## Zu diesem Buch

«Das Gewicht des Lebens» ist ein ergreifender und aufregender Roman, der in einem furiosen Gerichtsdrama seinen Höhepunkt findet. In der Tradition der großen realistischen Familienromane beschreibt er ein heikles Thema mit einer inneren Anteilnahme, der jegliche Rührseligkeit fremd ist. Mit großer Erzählkraft und ihrem Wissen um die Widersprüche des Lebens ergründet Jane Hamilton das universelle Leiden des Menschen, der nach einem Zuhause, nach Anstand, Liebe und Vertrauen strebt.

«Hochspannend, vor allem, weil Jane Hamilton ihre Romanfiguren so wunderbar lebendig, kraftvoll und einfühlsam beschreibt.» («Journal für die Frau»)

Jane Hamilton lebt auf einer Apfelfarm in Wisconsin.

Jane Hamilton

# *Das Gewicht des Lebens*

Roman

Deutsch von
Cornelia Holfelder-von der Tann,
Maja Ueberle-Pfaff und
Adelheid Zöfel

rororo
Rowohlt

Die Originalausgabe erschien 1994 unter dem Titel
«A Map of the World» bei Doubleday, New York
Redaktion Patricia Klobusiczky

Adelheid Zöfel übersetzte die Seiten 1–148,
Maja Ueberle-Pfaff die Seiten 149–348
und Cornelia Holfelder-von der Tann die Seiten 349–507.

Veröffentlicht im Rowohlt Taschenbuch Verlag GmbH,
Reinbek bei Hamburg, Februar 1997

Umschlaggestaltung Barbara Hanke
(Foto: LOOK, Karl-Heinz Raach)
Gesamtherstellung Clausen & Bosse, Leck
Printed in Germany
1690-ISBN 3 499 13994 4

Für STEVEN SHAHAN
in Liebe und Dankbarkeit

Und für ELIZABETH WEINSTEIN
ebenfalls in Liebe und mit Dank für jeden Tag,
bis zurück nach B-34.

*Alice*

# 1

*Ich dachte immer,* ein tiefer Absturz im Leben müsse die Folge eines großen Irrtums oder ein unglücklicher Zufall sein. Ich hatte nicht begriffen, daß es ganz langsam gehen kann, ohne Schwindelgefühle oder schmerzlichen Aufprall. Man braucht die Abwärtsbewegung nicht einmal zu spüren. Inzwischen weiß ich, daß mindestens zwei und für gewöhnlich sogar drei Dinge notwendig sind, um ein Leben zu verändern: Du drückst dich einmal um die Wahrheit herum und dann noch ein zweites und schließlich ein drittes Mal, und schon ist es soweit, und du hast einen Moment lang das Gefühl, du seist blitzschnell unten angekommen.

An einem Montagmorgen im letzten Juni öffnete ich die Augen und hörte, irgendwo weit weg, eine unheilverkündende Sirene. Es sollte das letzte Mal sein, daß ich so unbefangen diesem Geräusch lauschte, das sowohl Unglück als auch Verfolgung bedeuten kann. Emma und Claire schliefen wohlbehütet in ihren Betten, und mein Herz schien regelmäßig zu schlagen. Wenn der Stall noch draußen vor dem Fenster stand, sauber, weiß verputzt, wenn das Gras so kurz geschnitten war wie auf einem Golfplatz, wenn der große Ventilator im Eingang surrte, dann war auch mit Howard, meinem Mann, alles in Ordnung. Ich richtete mich auf, um nachzusehen. Wie erwartet war der Stall noch da. Ich erlaubte mir manchmal im stillen einen kleinen Scherz: Wohin der Stall auch geht, Howard, da bist auch du nicht weit. Howard war ein philosophierender Farmer mit einem Hang zur Poesie, der Golden-Guernsey-Kühe kaufte, weil ihm ihre Farbe gefiel und weil ihm «Golden Guernsey» angenehm flüssig von der Zunge ging. Daß diese Kuhsorte für ihr Butterfett berühmt war, schien zweitrangig. Seine Entscheidung beunruhigte mich, als wir die Farm kauften, weil ich wußte, daß man mit Poesie keinen Blumentopf gewinnen kann. Wenn ich jetzt einigermaßen wohlwollend gestimmt bin, frage ich mich, ob unsere fleißigen, gottesfürchtigen Mitbürger uns nicht vor allem für unsere Versponnenheit bestraft haben. In einer Stadt im Norden wären wir nicht weiter aufgefallen, aber in Prairie Center befanden wir uns vermutlich jenseits des kollektiven Vorstellungsvermögens.

Die Krankenwagen rasten den Highway hinunter, während ich in unserem Farmhaus im Bett lag. Früher war das hier ein winziges Städtchen namens Prairie Junction gewesen. Vor drei Jahren war dann am Stadtrand eine Hunderennbahn gebaut worden, was so viele Unternehmen, Geschäfte und Dienstleistungsbetriebe angelockt hatte, daß der Stadtrat beschloß, die neue, verbesserte Version unserer Stadt in Prairie Center umzubenennen. Selbst die Leute, die hier wohnten, wußten nie genau, wo sie sich eigentlich befanden.

Ich fragte mich, ob es irgendwo brannte, ob es an der gefährlichen Kreuzung einen Verkehrsunfall gegeben hatte oder ob in einer der Neubausiedlungen ein Baby zu früh zur Welt kam. Das hiesige Katastrophenspektrum war ziemlich begrenzt, aber irgend etwas lag mit Sicherheit in der Luft. Der letzte Regen war Anfang April gefallen, und jetzt, am ersten Juni, lagen alle außer den zähesten Moskitos als papierene Hüllen im Gras. Es war schon sieben Uhr morgens, man hätte längst Fenster und Türen schließen müssen, um den Rest der Nachtluft einzufangen, die auch nur dank der Dunkelheit ein bißchen kühler war. Der Staub auf dem Kies hatte gerade noch die Kraft, hochzuwirbeln, um dann ermattet gleich wieder auf die Blumenbeete zu sinken. Die Sonne stand weiß am Himmel, als hätte ihr glühender Kern alle Schattierungen, jede kleinste Farbnuance weggebrannt. Es würde kein Spätnachmittagsgold geben, kein frühmorgendliches Blaßgelb, kein flammendes Orangerot beim Sonnenuntergang. Wenn die Pflanzen Stimmbänder gehabt hätten, hätten sie wie Sklaven ihre frommen Klagelieder angestimmt.

Ich hatte oft die verrückte Vorstellung, der Teich würde uns retten: er würde den Dürretod hinauszögern, wenn das Klima in unseren Breiten umkippte. In den vor uns liegenden endlosen Sommermonaten konnten wir uns immer mit dem Gedanken an das erfrischende, saubere Wasser trösten. Nachmittags würden wir – unsere Töchter Emma und Claire, ich und manchmal auch Howard, der Farmer, Ehemann und Vater – den von Bäumen gesäumten Pfad hinuntergehen, diese dreißig Meter zum Juwel unseres Grundstücks: Klares Wasser sprudelte aus einer Quelle in einen drei Hektar großen Teich. Es gab dort keine Blutegel, keinen ekligen Schmutzfilm, auch keine Schnappschildkröten, und in den Tiefen lauerten keine Kreaturen aus der Kreidezeit. Unter der sengenden Sonne kräuselte sich das kühle, klare Wasser in kleinen Wellen, die sich rund um seine geheimnisvolle Quelle ausbreiteten, während unter der Oberfläche Forellen ihre Kreise zogen.

Ich mußte aufstehen. Howard hatte mir mit seiner gurrenden Flüsterstimme gesagt, ich solle ausschlafen, aber eigentlich hätte ich schon vor Stunden aufstehen und ihm helfen sollen. Ich lag reglos da und schnupperte: da war der warme, süßliche, alles durchdringende Duft von Silofutter und der säuerliche Geruch der schmutzigen Wäsche in dem überquellenden Korb draußen auf dem Flur. Ich konnte auch den beißenden Geruch von Claires durchnäßten Windeln ausmachen, ihre schweißigen Füße und ihr sandverkrustetes Haar. Die Hitze verstärkte die Gerüche, verdoppelte ihre Intensität. Howard strömte immer einen gewissen Geruch aus, der warm das Haus durchzog. Es war ein Moschusduft, als würde direkt in seinen Achselhöhlen ein schlammiger Fluß entspringen, der Nil oder der Mississippi. Ich hielt ihn inzwischen für den herben männlichen Geruch von harter Arbeit. Wenn Howard sich länger nicht gewaschen hatte, boxte ich ihn mit den Fäusten zärtlich auf die knorrigen Arme. Heute morgen lag Luzerne auf seinem Kopfkissen, und trockener Kuhmist klebte an den Turnschuhsohlen und an den Aufschlägen seines Overalls, der auf dem Bett lag. Lauter süße Erinnerungen an ihn. Er war schon hinausgegangen, als der erste grelle Lichtstrahl durchs Fenster drang. Er hatte saubere Sachen angezogen, um die Kühe zu melken.

In diesem Augenblick begriff ich in einem plötzlichen Erkenntnisblitz, daß der Gestank und die Unordnung, die hektische Langeweile des Farmerdaseins, unsere Ehe, die ermüdende Routine von Arbeit und Liebe – daß all das meine Erlösung war. Die halbe Welt schien irgendwelchen Ehemännern oder Ehefrauen davonlaufen zu wollen, aber ich wußte, wo ich hingehörte, und war immer darum bemüht, Wurzeln zu schlagen. An diesem Morgen hatte ich das sichere Gefühl, daß der reine, dampfende, unverwüstliche Gestank, der wie ein Band von Zimmer zu Zimmer bis hinaus zum Stall hing, unsere Familie zusammenhielt. Ich war so weit von meinen Fehlern des Schuljahrs entfernt, daß ich in der Freiheit des Sommers nie auf den Gedanken kam, meine winterlichen Fehltritte könnten unsere starken Bande strapazieren.

Beim Frühstück stellte ich gerade die Müslischalen hin, als Claire mit dem Löffel auf den Tisch schlug und verkündete: «Ich sterbe, wenn du stirbst.»

«Was?» sagte ich, zuerst etwa eine Oktave tiefer als sonst und dann ein zweites Mal in meiner normalen Tonlage: «Was?» Was veranlaßte Claire mit ihren drei Jahren, so etwas zu sagen, wenn nicht die schreckliche Kraft unserer Schwarzseher-Gene? Oder war sie hellseherisch veranlagt? Sah sie unser zertrümmertes Auto vor sich, während der Rachen des Lebens vergeblich unsere Überreste dem Tod zu entreißen versuchte? Jedenfalls paßte ich an diesem Morgen nicht auf. Ich dachte nicht daran, daß meine fünfjährige Tochter Emma die Milch in ihrer roten Plastiktasse haben wollte, um sie dann selbst über ihr Müsli kippen zu können. In aller Unschuld goß ich die unpasteurisierte, aber homogenisierte Milch unserer Kühe aus dem blauen Krug direkt in Emmas Schüssel.

«WAS MACHST DU DA?»

«Du lieber Gott», murmelte ich.

Emma protestierte so schrill, daß unsere einzige Kristallvase klirrte und mir das Blut im Kopf pochte. Sie zuckte und zappelte auf ihrem Stuhl herum, als hätte man sie unsachgemäß auf den elektrischen Stuhl geschnallt. Aus Erfahrung wußte ich, daß ich mein Vergehen so schnell nicht wiedergutmachen konnte. «Emma, Emma, Emma», sagte ich. Wie gern hätte ich ihr beigebracht, die kleineren Anfechtungen des Lebens gelassen hinzunehmen. Höchstwahrscheinlich würde mein Fauxpas eine Kettenreaktion auslösen, die sich über den ganzen Vormittag hinzöge – ein Wutanfall nach dem anderen, immer wieder eine neue Runde, gerade wenn wir es am wenigsten erwarteten.

«Warum hast du das getan?» schluchzte sie. Sie war ein Kind, das zur Hysterie neigte. Die Tränen lauerten bei ihr immer schon unter den Lidern. Sie war so oft unglücklich, weil sie etwas nicht hatte oder nicht sofort bekam. Wir führten ein hektisches Leben, und Emma hatte eine süße kleine Schwester, die ihre Ausbrüche ein bißchen gedämpft hatte, aber trotzdem waren sie unmäßig, ja gewalttätig. Sie machten mir angst. Es schien dabei um soviel mehr zu gehen als um meine Mißachtung des Protokolls. «Emma, es tut mir leid», sagte ich. «Ich hab nicht aufgepaßt. Hab ich dir eigentlich schon von Tante Kates Hühnchenkrug erzählt, der gegackert hat, wenn er leer war?» Selbstverständlich hatte ich das schon getan. Mehr als einmal hatte ich ihr von dem magischen Porzellankrug erzählt, und normalerweise unterbrach sie mich, indem sie selbst um so einen Krug bettelte. «Wenn du willst», sagte ich, «gieße ich Milch in deine Tasse, und wir fangen noch mal von vorne an.»

Sie warf den Kopf zurück und stöhnte. Mein Angebot war sinnlos. Emma war schon so braungebrannt, daß die kleinen Häutchen zwischen den Fingern wie weiße Perlen schimmerten, als sie jetzt in ihrem Kummer die Hände spreizte. Sie hatte sich wieder einmal in ihr großes Leid hineingesteigert, und ihr schmerzverzerrtes Gesicht war rot und fleckig. Ich wußte nicht, ob ich das, was sich hier anbahnte, einen ganzen Tag lang ertragen konnte. Also schlug ich mit den Händen auf den Tisch, und mit solcher Selbstbeherrschung, daß ich das Gefühl hatte zu flöten, erklärte ich: «Emma, wenn du weiter so ein Theater machen willst, dann setz dich auf den Stuhl draußen im Flur.»

«Warum», schniefte sie, «hast du mir das angetan?»

«Ich hab dir nichts angetan», erklärte ich, jedes Wort einzeln betonend. «Ich zähle jetzt bis drei, und wenn du dann immer noch Mucken machst, gehst du auf den Stuhl.» Das war eine Methode, die meine Nachbarin Theresa mit großem Erfolg anwandte, um ihre Kinder zu disziplinieren. Ich begann zu zählen. Emma blieb sitzen, während ich langsam und mit ausgedehnten Pausen von eins bis drei zählte. Selbst als ich fertig war und es kein Ausweichen mehr gab, wartete ich, um ihr die Gelegenheit zu geben, selbst aufzustehen. Schließlich blieb mir nichts anderes mehr übrig, als sie unter den Armen zu packen und wegzuzerren. Sie strampelte und warf fauchend und spuckend den Kopf vor und zurück. Welche Qual, welche Demütigung für mich, daß sie sich mit ihren fast sechs Jahren aufführte, als würde sie die tragische Rolle von Helen Keller einstudieren! Ich wußte nicht, wie der stete und tiefe Quell der Mutterliebe solch stürmische Jahre überdauern sollte. Ich fand es unerträglich, daß sie in ihrer Empörung so unvernünftig und so maßlos war. Sie hatte kein Recht, so wütend zu sein!

Im Flur stand für solche Anlässe ein schwarzer Stuhl, und als ich Emma auf den abgewetzten Sitz drückte, krallte sie ihre Fingernägel so fest in meinen Arm, daß sie mich blutig kratzte. «Bleib da sitzen», zischte ich. Ich ging zurück in die Küche und stellte die Uhr am Herd auf fünf Minuten. Meine Hände zitterten. Ich blickte auf meine Arme, auf die drei roten Kratzer. Emmas Wut war ein vollendetes Schauspiel, das kaum überboten werden konnte; unversehens stieg ihr Zorn aus dem Seelengrund auf, nachdem sie blitzschnell das Ausmaß der ihr angetanen Ungerechtigkeit erwogen haben mußte. Ich hätte heulen können, weil sie einen solchen Terror verbreitete und weil ihr Zorn so überraschend und ungebremst kam; ich hätte heulen können, weil ich wußte, daß ich für ihre Wut verantwortlich war; vor allem aber hätte ich am liebsten losgeheult, weil ich mein eigenes Leid wiedergutmachen und eine liebevolle Familienatmosphäre hatte schaffen wollen – und stattdessen hatte ich ein Teufelskind herangezogen. Einen Satansbraten! Unser ganzes Leben lang würde sie uns verfolgen, getrieben von dieser Wut; sie würde noch ins Altersheim stürmen, in dem ich gebeugt im Rollstuhl saß, um mir die Meinung zu sagen. Mehr als jeder andere Mensch, den ich kannte, brachte mich Emma dazu, in übersteigerten Kategorien zu denken und manchmal noch die Ewigkeit miteinzubeziehen. Ich bedeckte die Kratzer mit der Hand. «Was hast du eben gesagt?» fragte ich Claire, die brav auf ihrem Stuhl saß und die Klebe-Etiketten von den Bananen pulte. Ihre kurzen, glatten dunklen Haare lagen so eng am Kopf an wie eine knappe Mütze.

«Weiß nicht mehr.» Das war alles. Unsere Töchter hatten sich, mit unserer unfreiwilligen Komplizenschaft, schon früh ihre Rollen zurechtgelegt: Emma die Böse, Claire die Gute. Emma war unter Schwierigkeiten auf die Welt gekommen. «Wer bist du?» hatten wir kaum zu fragen gewagt, als sie wunderbarerweise saugte, rülpste und verdaute. «Woher kommst du?» Über sie gebeugt hatten wir darauf gewartet, daß sie, unser Geschöpf, ihre Hände entdeckte, sich aufsetzte; wir flehten sie an zu laufen, die Formen-Steckbox richtig zu benutzen, unsere Namen auszusprechen. Wir wollten sicher sein, daß sie normal war, und hofften insgeheim, sie möge weit über dem Durchschnitt liegen. Wir waren so vorsichtig, kauften ihr rutschfeste Socken und einen Fahrradhelm für den Leiterwagen. Nachts diskutierten Howard und ich beim Einschlafen über ihre Intelligenz und über das, was sie am Tag gesagt hatte. Claire hingegen war das glückliche zweite Kind, nichts als ein Baby, ein kleines Menschenkind, das bei uns wohnte und schon irgendwie größer werden würde, und meist gingen ihre Fortschritte im allgemeinen Chaos des Arbeitens, Kochens und der Suche nach frischen Klamotten unter.

Als der Timer klingelte, kam Emma wieder in die Küche marschiert. Sie kletterte auf ihren Stuhl, warf die Müslischüssel um und ließ sie auf den Boden knallen. Ihr tränenverschmiertes Gesicht leuchtete triumphierend. Die Schüssel zerbrach. Ich holte den Besen, ohne auch nur einen Augenblick zu stutzen, als wäre die Szene choreographiert; ich fegte die Scherben zusammen und ging dann hinaus in den Garten, wobei ich die Küchentür mit aller Kraft hinter mir zuknallte. Emma hatte so friedlich auf dem schwarzen Stuhl gesessen, aber nicht aus Gehorsamkeit, sondern weil sie da schon ihren Plan ausgeheckt hatte.

Draußen roch die Luft wie abgekocht, als hätte die Hitze ihre lebensspendende Kraft zunichte gemacht.

«Geh nicht weg!» rief Emma von der Veranda.

Ich gab ihr keine Antwort. Statt dessen legte ich die Hand über das Gesicht der gelben Katze, die sich aus Angst vor dem Ersticken wild zu winden begann. Beim nächsten Wutausbruch würde ich Emma sagen müssen, daß ich bis unendlich zählen und ihr alle Zeit der Welt geben würde, um sich wieder zu fangen. Ich schüttelte die arme Katze und hielt ihr zischend eine Strafpredigt, als Howard sagte: «Was machst du denn da, Alice?»

Er stand in der Tür der Milchkammer, in Gummi-Overall und hohen Gummistiefeln. Die offenen Schnallen der Stiefel und die Metallhaken am Overall klimperten bei jeder Bewegung. Bei seinem Anblick übermannte mich die Bewunderung für ihn, wie er da stand in seinem starren, klirrenden Aufzug, in dem jeder andere wie ein Trottel gewirkt hätte. Weil Howard selbst eine stattliche Erscheinung war, verlieh er sogar dem ollen Hillbilly-Aufzug eine gewisse Würde.

«Was ich da mache?» wiederholte ich, während ich die Katzenkrallen von meiner Bluse löste. «Ich bin kurz davor, diese Katze hier an Stelle unserer Tochter zu erwürgen, das ist alles», erwiderte ich mit einem spöttischen Lachen, als hätte ich einen Witz gemacht. Ich brauchte es gar nicht zu sagen – Howard wußte auch so, daß ich Emma meinte.

«Ich komme gleich, sobald ich kann.» Er machte kehrt und stapfte zurück in seinen Stall. Sein Overall war hinten so fest zusammengezurrt, daß es richtig zum Kneifen verlockte.

«Ich schaff das schon, Howard, wirklich.» Manchmal ärgerte ich mich, weil er mir nicht so vertraute, wie er sollte. «Ich denke schon, daß ich das richtig mache», fügte ich leise hinzu. «Immerhin erwürge ich die Katze und nicht Emma.»

Insgeheim hatte ich immer schon vermutet, Howard könnte in eine Telefonzelle schlüpfen, seinen Gummi-Overall abstreifen, so daß ein blauer Bodysuit zum Vorschein käme, sich dann die Kinder unter den Arm klemmen, um himmelwärts zu fliegen und in ein Land zu entschweben, wo die Milch in Strömen floß. Er war von jeher stark und zuverlässig gewesen. Das ist mein Lieblingsbild aus seiner Kindheit: Der neunjährige Howard stellt im Garten in Minneapolis ein Bataillon Spielzeugsoldaten auf, steckt Feuerwerkskörper in den Boden, zündet sie an und jagt seine Armeen in die Luft. Der Krach, der Rauch, die Zerstörung, das alles ist nicht nur aufregend, sondern wunderschön. Ich kann mir so gut vorstellen, was für ein Vergnügen es ihm gemacht haben muß, der Oberstratege zu sein. Im Familienalbum hat er stets den gleichen Bürstenschnitt, und er lächelt nie. Er war ein ernster Junge, dem man beigebracht hatte, das Leben sei wichtig und angenehm zugleich. Als ich ihn kennenlernte, steckte er voller unwiderlegbarer Überzeugungen, die aus seiner Kindheit in einer streng protestantischen Gegend rührten. Er glaubte, daß Gott den Menschen bestimmte Gaben verlieh, und wer sie richtig nutzte, ging den ihm bestimmten Weg. Sein Schöpfer hatte alles im Griff, genau wie Howards Mutter. Für Howard war das Leben nie grotesk; die Menschen waren im Grunde ihres Herzens keineswegs lächerlich.

Ich konnte ihn durch die Innentür im Melkraum verschwinden sehen. «Du brauchst dich nicht zu beeilen», rief ich ihm nach und ließ die Katze los. «Theresa bringt ihre Mädchen vorbei, also kommen wir ganz gut zurecht ohne deine –» Die letzten Wörter dachte ich nur: «– deine Kontrolle.»

Am Abend zuvor waren unsere Nachbarn Dan und Theresa mit ihren Kindern zum Abendessen dagewesen. Und in unserem Garten, dort, wo ich jetzt stand, hatte Howard einen Leuchtball in die

Luft geworfen, und die vier kleinen Mädchen waren, kaum sichtbar im Dunkeln, wie Fledermäuse auf und ab geschwirrt. Der giftgrüne Leuchtball war immer wieder im Gras gelandet, und Lizzy, die Kleinste, hatte in die Hände geklatscht und gerufen: «Mond! Mond! Mond!»

Als ich wieder in die Küche kam, aß Claire brav ihr Müsli. Emma saß auf dem Stuhl und lutschte an einer dünnen Haarsträhne. «Keiner hat mir Frühstück gemacht», stieß sie hervor.

«Ich würde jetzt auch gern frühstücken», sagte ich. «Möchtest du, daß ich hier mit dir esse und wir uns darüber unterhalten, was wir heute machen wollen, oder soll ich ein Tablett mit auf die Veranda nehmen, damit ich meine Ruhe habe?»

«Bleib hier», sagte Emma. «Krieg ich bitte was zu essen?»

«Klar.» Ich schenkte meiner bekehrten Tochter ein verkniffenes Lächeln. Schön, daß du wieder da bist, wollte ich sagen. Wir werden auch ganz vorsichtig sein, ganz behutsam, damit du nicht wieder explodierst.

«Also», sagte sie, «was genau haben wir heute vor?»

Heutzutage ist die Farm von Neubauten umgeben. Trotzdem hatte ich auf unserem Grundstück, wenn ich über das Roggenfeld blickte, manchmal das Gefühl, daß man von unserer Terrasse aus den Himmel in seiner ganzen unendlichen Weite sehen konnte. Wegen der schlechten Kanalisation und des Eigensinns zweier sturer Stadtväter war unser Stück Land bis in alle Ewigkeit als landwirtschaftliche Zone ausgewiesen – oder zumindest so lange, bis Investoren oder neue Beamte die Vorschriften einfach änderten. Als wir die Farm erwarben, waren das die billigsten hundertsechzig Hektar, die wir finden konnten. Es gab zwar Probleme mit dem Grundwasser und mit maroden Nebengebäuden, aber das Grundstück hatte einen gewissen Reiz, schon auf Grund der vielfältigen Landschaft: Sumpf, Wald und sanfte Hügel. Seit unserem Umzug war nach und nach jede Parzelle um uns herum dem sogenannten Fortschritt zum Opfer gefallen. Von unserem Paradies mit seinen

Bäumen und Weizenfeldern blickten wir auf bemalte Garagentore, auf denen fluoreszierende Gänse in bessere Länder fliehen zu wollen schienen, und auf schwarze Satellitenschüsseln, die wie lunare Zierbüsche aussahen. Von der Stelle, die Howard den «höchsten Punkt der Erde» nannte, konnten wir in der Ferne den klotzigen Stahl-und-Glas-Komplex mit den schwarzen Fenstern sehen, wo die Hunderennen stattfinden. Ich war noch nie bei einem solchen Rennen, aber ich stelle mir diese Art Wettkampf immer stumm vor: die grimmigen Hunde rasen geräuschlos im Kreis, die Zuschauer springen auf und wollen schreien, doch es kommt ihnen kein Laut über die Lippen.

Wir waren schon unter normalen Umständen Außenseiter, viel größere als die Städter, die wegen der ländlichen Idylle in die Neubausiedlungen zogen. Jeder in Prairie Center wußte – ein Wissen, das man einfach mit der Luft aufsog –, daß es uns nicht zukam, ein Farmhaus zu bewohnen, das seit drei Generationen der Familie Earl gehört hatte. Als Maynard Earl starb, hatte sich kein Angehöriger gefunden, der die Milchwirtschaft weiterführen wollte. Die Farm entsprach zwar nicht so ganz Howards Traum, aber es waren hundertsechzig Hektar Land zum Preis von achtzig, das Haus war solide gebaut, mit einem trockenen Fundament und drei intakten Stockwerken, und es lag nicht zu weit von der nächsten Grundschule entfernt. Der Stall war in gutem Zustand, hatte ein neues Dach und war erst vor kurzem renoviert worden. Nach dem Bauboom am Ort ging Howard oft nachts hinaus ins Freie, die Hände wie Scheuklappen seitlich an die Schläfen gelegt, um eine Stelle zu suchen, von der aus er die Dunkelheit sehen konnte. «Ich muß wissen, daß es hier noch ein Stück Natur gibt», sagte er einmal.

Ich kann mir jede Menge Gründe vorstellen, weshalb die Leute uns fürchteten. Die Weichen wurden gleich in der ersten Woche gestellt, als Lloyd, ein alter Freund von Howard, mit seinem silbergrünen Thunderbird knatternd in die Stadt gefahren kam. Ein Seitenblech seines Wagens war herausgerissen und durch eine Küchentür ersetzt worden. Wir waren gar nicht auf die Idee gekommen, daß eine Person afrikanischer Abstammung die Einwohner von Prairie Junction erschrecken und gegen uns aufbringen könnte. Und wir hätten Lloyd auch nicht verstecken oder tarnen können. Seine braune Haut schimmerte, und er hatte lange, schmutzig wirkende Dreadlocks. Er ging nicht zügig, er schlenderte, als würde der Tag schon darauf warten, daß Lloyd ihn einholte. Er konnte alles reparieren, und das tat er auch in jenem Sommer: Aus rostigen alten Teilen, bei denen keiner mehr sagen konnte, wozu sie gedient hatten, schuf er die reinsten Wunder. Als typische Midwesterner zeigten unsere Nachbarn ihre Abneigung auf höfliche Art. Weder verbrannten sie unseren Rasen, noch bewarfen sie unser Haus mit Eiern. Lloyd wohnte zwei Monate bei uns, und während der ganzen Zeit redete niemand mit uns, niemand wechselte ein freundliches Wort mit uns oder brachte uns eine Topfpflanze oder ein Eintopfgericht zur Begrüßung. Es war, als existierten wir gar nicht – nicht nur in jenem ersten Sommer, sondern noch viele Jahre danach. Ich bemerkte jede Kleinigkeit, zum Beispiel, wie sich in der Bank die Schalterfräuleins gegenseitig an Herzlichkeit überboten mit ihrem ständigen «Schönen Tag noch», bis endlich ich an die Reihe kam und sie mit einem Schlag sehr geschäftsmäßig wurden. Howard glaubte mir nie, wenn ich ihm erzählte, daß sie sich abwandten und ihre Fingernägel feilten oder ein Schild mit «Schalter vorübergehend geschlossen» aufstellten, wenn ich dran war, oder daß sie zu ihrem Münzsortierer gingen und Hunderte von Dollar in Pennies einfütterten, während ich wartete. Wir waren von Anfang an abgestempelt als das Hippiepaar mit diesem – diesem Helfer.

Später kamen die üblichen Probleme hinzu, die immer entstehen, wenn man in einer immer mehr zum Vorort verkommenden Umgebung Landwirtschaft betreibt: undisziplinierte Hunde rissen sich von ihren Besitzern los und kamen Stunden später hechelnd und mit blutigen Schnauzen von unserem Hühnerhof nach Hause. Teenager klauten, plünderten und kopulierten in unseren Nebengebäuden; gelegentlich beschwerten sich Nachbarn über den Dunggeruch und den Krach der Maschinen. Sehr wenige schienen die Verbindung zwischen der nahrhaften weißen Flüssigkeit, die sie beim Frühstück über ihre Cornflakes gossen, und Howards klapperndem, stinkendem Unternehmen gleich gegenüber herzustellen.

Trotz solcher Beeinträchtigungen hatte Howard oft das Gefühl – und mir ging es auch so –, daß wir in einem selbstgeschaffenen Paradies lebten, auf dieser letzten Milchfarm in Prairie Center. Vor Tagesanbruch und abends, vor dem Abendessen, half ich Howard oft bei den täglichen Verrichtungen. Ich ließ die Mädchen morgens weiterschlafen und ging hinaus in die kalte Nacht. Die Scheune schirmte uns vor den Lichtern der Neubausiedlung ab und schenkte uns, während wir Hand in Hand zur Arbeit gingen, oft das Gefühl, als einzige wach zu sein, zumindest in Prairie Center, aber vielleicht auch sonst: im Landkreis, im Bundesstaat, auf der ganzen Welt. Ich liebte die Vorstellung, allein zu sein. Die morgendliche Routine ähnelte dem Job einer Kellnerin: Theken säubern, Tische decken, servieren und nachher wieder aufwischen. Wir hatten unseren Gerätewagen im Gang stehen, und Howard und ich gingen von Kuh zu Kuh, reinigten zuerst die Euter mit einer Jodlösung, entnahmen dann eine Milchprobe und schlossen die Melkmaschine an.

Nach der Morgenroutine bemühte ich mich im Sommer immer, eine gute Farmersfrau zu sein und Howards Erwartungen zu erfüllen. Wir legten einen riesigen Garten an, und es gab Tage, an denen wir beim Frühstück, beim Mittag- und beim Abendessen buchstäblich nur Dinge aßen, die von unserem eigenen Stück Land stammten. Ich machte Butter in der Küchenmaschine, die Mädchen und ich stellten Erdbeeren und Apfelgelee, Tomaten und Zuckermais, Dillbohnen und eingelegte Melonenstücke auf den Tisch. In der Erntezeit – «Dreschzeit», wie Howard sagte – fuhr ich den Traktor mit dem Binder hinten dran, der die Luzerne einsammelte und bündelte und dann, wie ein Wunder, den Draht geschickt um die Ballen knotete. Mir schien es unfaßbar, daß der alte, rostige 1949er McCormick-Binder tatsächlich einen perfekten Knoten machen konnte.

Von September bis Juni arbeitete ich fünf Vormittage in der Woche als Krankenschwester an der Blackwell-Grundschule. Es war, als würde ich in eine andere Haut schlüpfen, wenn ich meine weiße Polyesterhose und meine rosarote Bluse anzog und mein Stethoskop umhängte. In meinem kleinen Kabuff in der Schule begann der Tag immer mit dem schmutzigen, stinkenden Jungen, der nie Frühstück bekam und chronische Magenschmerzen hatte; dann kamen die Kinder, die vergessen hatten, ihr Ritalin zu nehmen. Es gab Phasen mit Kopfläusen und Grippe, Windpocken und Bronchitis – lange Reihen keuchender Kinder, die auf ihren Hustensaft warteten. Mehrere Nachmittage in der Woche fuhr ich mit einem Krankenschwesternteam in die Nachbarsiedlungen. Dort nahm ich hinter einer spanischen Wand in dem städtischen Verwaltungsgebäude Platz, um heulende Babys und Kleinkinder zu impfen. Wir waren allgemein als die «Pieksdamen» bekannt, und überall, wo wir auftauchten, verbreiteten wir Furcht und Schrecken. Howard und ich waren so hoch verschuldet, daß wir den Berg zu unseren voraussichtlichen Lebzeiten kaum abtragen konnten. Kurz nach unserem Umzug vor fast sechs Jahren begann ich mich nach einem Beruf umzusehen, den ich nach einer kurzen und nicht zu kostspieligen Ausbildung ausüben konnte. Meine Schwiegermutter Nellie schlug vor, ich solle doch Krankenschwester werden. Sie bestand darauf, daß ich wieder aufs College ging, und schließlich bezahlte sie die Gebühren, bis zum Examen. Sie war selbst Krankenschwester und versicherte mir, es werde mir bestimmt sehr gefallen, leidenden Menschen zu helfen. Nach einem Jahr und ein paar Monaten verließ ich das Technische College in Blackwell als staatlich geprüfte Krankenschwester.

An Schulvormittagen, nach der Morgenroutine, fuhr ich die Mädchen zur Tagesmutter, damit ich in meinem Sprechzimmer sitzen und mit Zungenspateln hantieren konnte. Ein zweigleisiges Leben führen so gut wie alle Leute, das ist nichts Besonderes. Und doch kam es mir manchmal so vor, als jagte ein namenloses, bedrohliches Etwas hinter mir her, um sich in meine Waden zu verbeißen. Das wird das Leben sein, vermutete ich, und ich rannte und rannte und rannte und merkte unterwegs, daß das Phantom immer näher kam und ich meine Socken verlor, meine weiße Polyesterhose, meine rosarote Bluse, mein Kopftuch, und schließlich segelten meine ganzen Kleider im Wind davon.

Jedes Jahr im Juni hängte ich meine Uniform ganz hinten in den Schrank. Während der Sommermonate paßten meine Nachbarin Theresa und ich montags immer abwechselnd auf unsere Kinder auf. Theresa hatte auch zwei Töchter, je ein Jahr jünger als Emma und Claire. Wenn Theresa an der Reihe war, lieferte ich die Mädchen in der Neubausiedlung ab, und dann ging ich so schnell wie möglich nach Hause. Ich weigerte mich, die Ruinen meines Haushalts zu sehen: das Liegengebliebene, das Überfällige, den Dreck. Ich reagierte nicht, wenn Howard mich um Unterstützung bat. Ich schnappte mir den Kassettenrecorder und nahm ihn mit nach oben auf die geschlossene Veranda, zog die Jalousien herunter, und dann tanzte ich zu der ungarischen, bulgarischen, skandinavischen und rumänischen Musik, die ich in der High-School aufgenommen hatte. Ich verbeugte mich und knickste und legte die Hände auf die Schultern meines imaginären Partners. Stundenlang konnte ich so tanzen, ohne zu merken, wie die Zeit verging. Ich spürte das Glück bis in die Kehle hinauf, und anschließend konnte ich dann ganz friedlich Traktor fahren oder Unkraut jäten oder Howard das gewünschte Werkzeug reichen, während er auf dem Rücken unter irgendeiner großen, kaputten Maschine lag.

Von den zwanzig Familien in der Neubausiedlung auf dem Hügel waren Dan und Theresa Collins meine einzigen Freunde. Zu Theresa hatte ich eine so innige Beziehung wie noch zu keinem anderen Menschen zuvor. Ich konnte bei ihr zu Hause durch die Tür hereinkommen und «Juchu!» rufen, wie Laura Petrie und ihre glupschäugige Millie in der guten alten Zeit. Ich streifte dann immer sorgfältig die Schuhe ab und überprüfte Hände und Fingernägel. Wenn ich mich versichert hatte, daß ich sauber war, setzte ich in dem Kupferkessel Kaffeewasser auf, nahm an dem geölten Holztisch Platz und wartete. Unsere Gespräche waren tröstlich und lustig zugleich; ich glaube, man kann sagen, wir freuten uns aneinander. Theresa lachte oft Tränen über meine Geschichten, und ich versuchte, mir ihre vernünftigen Ratschläge zu Herzen zu nehmen. Unsere Freundschaft kam mir wie ein Geschenk des Himmels vor, wie etwas, was ich nicht als Belohnung für irgendeine bestimmte Tat erhalten hatte. Zuerst hielt ich sie für einen unverhofften Glücksfall, der mir ins Haus geschneit war. «Mach's dir bequem», trällerte Theresa immer von oben. Weil sie das jedesmal tat, kam ich mir wie ein schüchterner Verehrer vor und hatte Angst, sie könnte die Anweisung eines Tages plötzlich ändern.

An jenem Montagmorgen im letzten Sommer war ich an der Reihe, die Kinder zu hüten. Als Theresa mit den Mädchen, Audrey und Lizzy, in die Einfahrt bog, rannte Emma ins Bad. Sie knallte die Tür hinter sich zu und schrie: «Laß keinen rein, solang ich auf dem Klo bin!»

Ich antwortete nicht.

«LASS JA KEINEN REIN! KAPIERT?»

Theresa öffnete die Fliegengittertür mit dem Fuß und betrat die Küche, beladen mit Kleidern, der Windeltasche, der zweijährigen Lizzy und einem Karton voller Erbsenschoten.

«Kannst du das Zeug hier brauchen?» fragte sie. «Ich ertrinke förmlich darin, ehrlich.»

Theresas rundes Gesicht war von schwarzen Locken eingerahmt. Sie trug eine achteckige Schildpattbrille und hatte blaue Augen mit langen, geschwungenen Wimpern, die über die Brillengläser zu wischen schienen, wenn Theresa blinzelte. Die Brille rutschte oft halb die Nase hinunter, von den langen, kräftigen Wimpern nach unten gedrückt. Theresas makellose irisch-katholische Haut war leicht mit Sommersprossen besprenkelt und wirkte an den Wangen beinah durchsichtig. Sie hatte Grübchen, und ihre angeborene Freundlichkeit hatte wundersamerweise nicht unter ihrer Arbeit als Therapeutin und Sozialarbeiterin gelitten. Theresa war in Prairie Junction aufgewachsen, als immerhin noch sieben Milchfarmen in Betrieb gewesen waren, war dann nach Chicago gezogen, um dort ihr Glück als Therapeutin zu versuchen, und schließlich wieder nach Hause zurückgekehrt, in eine Neubausiedlung namens Vermont Acres. Howard und ich machten uns heimlich über diese Siedlung lustig, weil sich an ihrer Zufahrt eine knarrende, grob gezimmerte überdachte Brücke befand und weil die Straßen alle nach den Staaten New Englands benannt waren.

«Da sind die Windeln und die Badeanzüge und dann noch frische Kleider und Lizzys Decke und Audreys Puppe. Die Klamotten hat meine Mutter auf einem Flohmarkt erstanden. Du kannst die Erbsen doch verwerten, oder?» Sie ging in die Knie, setzte Lizzy ab und lud dann die mitgebrachten Sachen auf dem Tisch ab. Lizzy hatte die Augen und die Haut ihrer Mutter und die langen Beine ihres Vaters geerbt. Sie trollte sich ins Wohnzimmer.

«Hi, Liz!» rief ich ihr nach, aber sie war schon weg.

«Ich muß gleich wieder los. Ich treff mich nämlich mit meiner Mutter in der Stadt auf eine Tasse Kaffee», erklärte Theresa und hielt mich am Unterarm fest. «Wir haben erfahren, daß Onkel Emmett seine geheimgehaltene uneheliche Tochter beim Familienpicknick vorstellen möchte. Du kennst doch die Geschichte – mein Gott, wir wissen alle seit Jahren Bescheid, aber keiner hat es je zugegeben. Ich glaube, es ist gut, daß er es endlich bekanntgibt – aber meine arme Mutter ist so schockiert, daß sie gestern abend einen ganzen Sara-Lee-Käsekuchen verdrückt hat.»

«Nein!» Ich trat einen Schritt zurück und strich mir mit der Hand über die Kratzspuren von Emmas Frühstücksattacke.

«Hast du dich verletzt?» fragte Theresa. Sie versuchte, durch meine Finger auf die Kratzer zu schielen.

«Nein, nein», erwiderte ich, «ich habe nur heute morgen gleich als erstes für Emma eine Welt zerstört, indem ich Milch in ihre Müslischüssel gegossen habe, statt sie es selbst tun zu lassen.

Erst dachte ich, eine Kobra hätte ihr in den Fuß gebissen, aber es war nur ein Fauxpas meinerseits.»

Theresa runzelte die Stirn, weil sie nicht recht begriff, was die Wunden an meinem Arm mit der Müslischüssel zu tun hatten, aber dann meinte sie lachend: «Ich weiß, ich weiß.»

Nein, wollte ich sagen. Du weißt gar nichts. Audrey und Lizzy sind nie so schlimm wie Emma.

«Den Rest erzähl ich dir später», sagte Theresa im Hinausgehen. Sie schloß die Gittertür hinter sich, ging ein paar Schritte, drehte sich dann aber noch einmal um und rief in Richtung Haus: «Tschüs, Audrey. Tschüs, Lizzy.»

«MOM!» brüllte Emma von der Toilette. «Ich brauch dich hier.»

Ich ging sofort hin, aber sie saß bloß auf der Klobrille und studierte einen Katalog. «Emma», sagte ich, «könntest du mich bitte etwas freundlicher bitten? Ich habe heute morgen leider nicht besonders viel Geduld, und ich habe auch keine Lust, mich wie eine alte Hexe aufzuführen. Wenn du mich freundlich bittest, helfe ich dir gern.»

Ich lehnte mich an die Wand. Würde Emma je zivilisiert genug werden, um in die Schule zu gehen?

«Könntest du mir bitte helfen, Mom?» fragte sie. «Ist Audrey schon da?»

«Ja», sagte ich, während ich die gekreuzten Träger ihres Badeanzugs zurechtzupfte, was sie gut selbst hätte tun können. «Lizzy und Audrey sind im Wohnzimmer, und nachher gehen wir schwimmen – wenn wir alle wieder guter Laune sind oder dich zumindest aus dem Bad gelockt haben. Also, nimm dich *bitte* zusammen. Ich räume jetzt noch schnell den Tisch ab.»

Das war mein Plan: Ich wollte den Pfad hinuntergehen. Das Einfachste auf der Welt. Die Mädchen würden vorauslaufen, bis zum Teichrand, wo das Wasser zehn Zentimeter tief war, und da würden sie stehenbleiben, um zu testen, wie kalt es war. Sie würden mit Eimern, Schaufeln und Booten im Sandhaufen spielen und bis zu den Oberschenkeln ins Wasser waten und die Elritzen beobachten, die um ihre Füße herumschwammen. Ich würde mich kurz naß machen und mich dann hinlegen, das Kinn in die Hände gestützt. Ungeschützt, ohne an die gefährliche Sonne zu denken. Die Mädchen würden sich stundenlang mit vier Eimern und drei Hektar Wasser amüsieren, und der Morgen wäre im Nu vorbei.

Zuerst stellte ich die Milch weg, dann kletterte ich die Kellerleiter hinunter, um ein Stück hausgemachte Butter aus der Kühltruhe zu holen. Als ich den Plastikbehälter mit der Butter hinauftrug, hörte ich die Mädchen immer noch im Wohnzimmer spielen, also ging ich nach oben, um meinen Badeanzug zu suchen. Ich dachte, ich hätte ihn über den Stuhl im Schlafzimmer gelegt, konnte ihn aber nicht finden. Wir waren ein, zwei Tage nicht schwimmen gewesen, und ich wußte nicht, wo ich ihn das letzte Mal gehabt hatte. Also ging ich in die Abstellkammer, um auf die Wäscheleine hinauszusehen. Theresa würde so etwas nie passieren. Ihr Kühlschrank war groß wie eine Scheune und hatte außen Safthähne, die aussahen wie Ziegeneuter. An den Wänden waren überall Einbauregale und Schubladen aus Eichenholz angebracht. Eine Schublade enthielt nur Stifte, die nach Farben sortiert waren. Ich weiß nicht, was mich dazu brachte, in der Flurkommode nachzusehen, weil ja eigentlich niemand im Sommer dort einen Badeanzug verstauen würde. Ich zog die Schublade auf. Ein Durcheinander von alten Schuhen, Stiften und Bolzen, Klebeband und mottenzerfressenen Pullovern blickte mir entgegen. Und meine Karte, meine Karte der Welt.

Ich hatte seit Jahren nicht mehr an meine Weltkarte gedacht. Ich holte die Rolle heraus und kniete mich hin, breitete die Papierbögen auf dem Fußboden aus und fuhr mit den Fingern über die dunkelgrünen Wälder, die sich schlängelnden dunkelblauen Flüsse, die spitzen, lavendelblauen Gebirgszüge. Als Kind hatte ich heimlich eine eigene Welt entworfen: Ich hatte eine ganze Serie von Karten gemalt, eine topographisch, eine andere mit Import-Export-Angaben, eine dritte mit Bodenschätzen, Tier- und Pflanzenvorkommen, dann noch eine mit Informationen über Regierungen, Verkehrsnetze und kulturelle Zentren. Die Landkarten hatten monatelang mein ganzes Leben beherrscht; dort hatte ich gelebt, in dieser Welt namens Tangalooponda, oben in meinem Zimmer, die Schachtel mit den Buntstiften neben mir; dort erfand ich Dschungeltiere, Meeresfische, Diplomaten und Monarchen. Obwohl es in meiner Welt theoretisch auch Menschen gab, alle Rassen und Religionen, war ich doch immer allein, wenn ich mich nach Tangalooponda versetzte, heiter und gelassen wie ein Engel, inmitten der eindrucksvollen Schönheit der Natur. Als ich nun im vergangenen Sommer da auf dem Fußboden kauerte, erinnerte ich mich an diese herrliche Einsamkeit und lachte über meine kindliche Spinnerei.

Ich rollte die Karten sorgfältig wieder zusammen und legte sie zurück in die Schublade. Eine Weile blieb ich noch nachdenklich stehen, bis mir plötzlich einfiel, daß ich den Badeanzug in der Dusche aufgehängt hatte, was eigentlich logisch war. Ich ließ die Schublade offenstehen und schaute nach. Ja, da lag er zusammengeknüllt im Abfluß, zusammen mit einem aufgeweichten Seifenstück. Die Seife legte ich vorsichtig auf den klebrigen Kabinenrand. Ich ging zum Waschbecken und wusch den Badeanzug mit kaltem Wasser aus, wrang dann zuerst das Oberteil aus und anschließend den Rock. Der Badeanzug war so konzipiert, daß er möglichst viel vom Körper kaschierte, ohne seine Identität als Schwimmkleidung ganz aufzugeben. Er gehörte zu den besonders ausgefallenen Geschenken meiner Schwiegermutter. Ich wickelte ihn in ein Handtuch und trampelte darauf herum, um ihn möglichst trocken zu kriegen. Im Augenblick konnte ich mir nichts Unangenehmeres vorstellen, als einen kalten, nassen Badeanzug überzuziehen, obwohl es ein heißer Montagmorgen war. Schließlich nahm ich das Handtuch mit dem Badeanzug, ging den Flur entlang und dann Stufe für Stufe die Treppe hinunter ins Wohnzimmer.

Emma und Audrey fütterten ihre Puppen an dem blauen Plastiktisch. Claire saß auf einem Hocker und steckte sich Münzen in den Mund.

«Claire!» rief ich, warf das Handtuch beiseite, kniete mich neben sie und langte ihr in den Mund. «Du weißt doch, daß du das nicht darfst! Was ist denn bloß in dich gefahren?»

Ich sammelte die Münzen ein, die auf dem Fußboden und auf Claires Schoß lagen. «Die schmecken gut», erklärte sie.

«Ich weiß, sie schmecken dir», sagte ich, «aber Münzen sind nicht zum Essen da. Davon wirst du krank.» Ich hätte nicht «Was ist denn in dich gefahren?» sagen sollen. Das hatte sie nun auch nicht verdient. «Du bist doch ein kluges Mädchen», sagte ich, «aber Geld ist nicht zum Essen da.» Ich blickte mich um, ob vielleicht schon jemand an einer Münze erstickt war.

«Wo ist Lizzy?» fragte ich, mich an niemanden direkt wendend.

Keine Antwort.

«Lizzy?» rief ich. Ich hielt kurz inne, um zwischen meinen Beinen hindurchzugreifen und einen Faden hinten an meinen Shorts abzureißen, der mich an den Schenkeln kitzelte. «Hast du gesehen, wo Lizzy hingegangen ist, Claire?»

Claire schüttelte den Kopf, so daß ihre glatten schwarzen Haare von einer Seite zur anderen flogen. Die älteren Mädchen hockten jetzt unterm Tisch und flüsterten miteinander. «Emma», sagte ich, «würdest du bitte aufpassen, daß Claire keine Münzen in den Mund steckt, solange ich Lizzy suche?» Emma lachte verächtlich. Ich hätte ihr am liebsten eine gescheuert. Ich hob die Hand, ließ sie aber auf meinen eigenen Schenkel sinken. Dann packte ich Claire und begann die Suche durchs Haus. «Du bist zu schwer, Claire, ich kann dich nicht mehr herumschleppen.»

«Ich weiß», meinte Claire. «Ich mag Münzen, weil sie kalt schmecken.»

«Himmelherrgott», wollte ich gerade sagen, doch dann fiel mir ein, daß Howard mir neulich einen Vortrag gehalten hatte, ich sollte vor den Kindern nicht fluchen. «Lizzy, wo bist du?» rief ich. «Mäuschen, sag mal piep!» Wir schauten im Geräteraum und in der Speisekammer nach, im Bad und in Howards Arbeitszimmer. Wir gingen nach oben. Wir spähten in alle Schränke in der Erwartung, sie würde dort mit den Händen vor dem Gesicht kauern. Erst als wir wieder nach unten in die Küche kamen, bemerkte ich die sperrangelweit offene Fliegengittertür. Ich mußte kurz stehenbleiben, weil sich meine Beine plötzlich wie wabbelige rosarote Radiergummis anfühlten. Ich wußte, was zu tun war. Im Flugzeug soll man zuerst sich selbst und seine Angehörigen mit Luft versorgen, ehe man anderen hilft. «Rührt euch nicht vom Fleck», sagte ich, während ich den Fernseher anstellte und Claire vor «The Frugal Gourmet» setzte.

«Geht nicht aus dem Haus», befahl ich. Und war bereits draußen. Ich rannte durch den Garten, den baumbestandenen Pfad hinunter zum Teich. Wenn Tiere – Rehe oder Füchse – vor einem Verfolger fliehen, werden sie vermutlich von großer Hellsichtigkeit geleitet. Sie vergeuden keine Bewegung, und weil sie wissen, wie tief der Wald und wie lang das Feld ist, ahnen sie im Laufen jede Biegung voraus, jedes schützende Dickicht. Ich hingegen rannte wie eine Blinde, ständig über meine schweren Beine stolpernd.

Als ich zur Lichtung kam, konnte ich nichts sehen – nur den grellen Sonnenfleck, der auf dem Wasser tanzte. Ich legte schützend die Hand über die Augen, aber es dauerte trotzdem noch eine Weile, bis ich das rosarote Hinterteil des Stramplers knapp unterhalb der Wasseroberfläche entdeckte, etwa drei Meter vom Ufer entfernt.

Wenn ich gezwungen bin, jene zehn Minuten so zu betrachten, wie sie wirklich waren; wenn ich genau hinschaue, durch den Schleier gestammelter Gebete und erhoffter Wunder, dann sehe ich mich, groß und schlaksig, unbeholfen und langsam – ich rufe unzusammenhängendes Zeug und wate durchs Wasser auf Lizzy zu. Von der Anmut oder Behendigkeit eines Helden keine Spur. Und während ich mich auf Lizzy zubewegte, dachte ich immer nur: Sie ist okay! Sie ist okay! Niemand ertrinkt im flachen Wasser

– das sind doch nur Ammenmärchen! Sie sucht nur ein Stück vom Ufer entfernt nach Elritzen oder nach Steinen oder Schnecken.

Ich zog sie aus dem Wasser, legte sie über die Schulter und stolperte durchs Wasser zurück; nun erst begann ich zu schreien, um Hilfe zu schreien. Ich wußte nicht, wie ich genug Lärm machen sollte, damit man mich hörte. Ich schrie so laut, daß ich das Gefühl hatte, es müßte mich zerreißen, aber die ganze Welt war still und friedlich. Die Blätter an den Bäumen hingen schlaff herunter wie gelähmte Hände. Ich legte Lizzy auf den Rücken, das war richtig. Ich kippte ihr Kinn zur Seite, drückte mein Ohr auf ihre kalte Brust und horchte. Aber ich hörte nur meine eigenen Geräusche, mein Keuchen und Tropfen und das Pochen meines robusten Herzens. Lizzys Haut war wie Gummi, ihr Gesicht so grau wie ein alter Karpfen. Ihre Lippen schimmerten heidelbeerblau, die starr aufgerissenen Augen waren trübe wie Schlamm. Ich stieß einen gellenden Schrei aus. Wahrscheinlich fühlte ich ihr auch den Puls, ehe ich ihren Strampler aufriß und ihr hektisch die Brust massierte; ich konnte keinen klaren Gedanken fassen, ich behandelte das zweijährige Mädchen mit den zwölf Kilo Körpergewicht und dem zerbrechlichen Brustkorb wie eine Erwachsene, obwohl man eigentlich nur eine Hand nehmen sollte und nicht zwei. Beatmen sollte man – aber wie oft? Es gab doch wissenschaftlich exakte Anweisungen für die Herz-Lungen-Massage! Die Vorschriften änderten sich ständig, weil man immer besser und detaillierter über den menschlichen Körper Bescheid wußte. Ich hörte mit dem Pumpen auf, um Lizzy zu beatmen. Ich bin staatlich anerkannte Krankenschwester, aber ich wußte nicht, wie man wiederbelebt. Ich hatte noch nie einen lebenden oder toten Menschen beatmen müssen, und ich hatte seit dem vergangenen Jahr keinen Auffrischungskurs mehr besucht. In der Schule pflegten die Kinder nun mal nicht ins Waschbecken zu fallen und zu ertrinken; sie hatten keine Herzinfarkte. Inzwischen war Howard bei mir, legte mir kurz die Hand auf den Rücken. Ich behielt meinen Mund auf Lizzys Mund. Ich konnte mich nicht an den Rhythmus und die Dauer erinnern, trotzdem pumpten meine Hände und mein Mund Luft in Lizzys Lungen wie aus eigenem Antrieb.

Ich kann mich nicht entsinnen, innegehalten oder mich umgeschaut oder Luft geholt zu haben, bis mich ein Mann in dunkelblauen Hosen hochzog und zu Howard schob. Da sah ich, daß der Krankenwagen auf dem Pfad stand und die Sanitäter in Scharen anrückten.

«Was ist passiert?» Howard packte mich an den Schultern und schüttelte mich. «Was ist los? Wie geht es ihr?»

Wir haben seither kein einziges Mal über diese Zeit, über diese Augenblicke gesprochen, als meine verzweifelten Schreie kein Ende nehmen wollten und er mich hörte und zu mir rannte, sah, was los war, und dann ins Haus zurücklief, den Rettungsdienst anrief, auf die Sanitäter wartete und die Mädchen unter Kontrolle behielt. Ich weiß nicht, wie lange ich versucht habe, Lizzy wiederzubeleben – ob es fünf Minuten waren oder fünf Stunden. Die Szene ist mir immer präsent, schimmert irgendwo in der Ferne. Wenn ich am wenigsten darauf gefaßt bin, habe ich sie plötzlich ganz klar vor Augen: Sie blendet mich geradezu – der Teich, das leblose Mädchen auf der Erde, Howard neben mir. Er hatte sich noch nicht rasiert, und an seinem Hut klebte Futterklee. Er hatte weiße Fältchen um die Augen, wo die Sonne nicht hingedrungen war. Würde man Howards Nase, seine Augen oder sein Kinn einem populären Filmstar aufpfropfen, wäre dessen Karriere mit Gewißheit beendet. Aber in ihrer Gesamtwirkung machen diese unregelmäßigen Gesichtszüge aus Howard einen gutaussehenden Mann. Damals war er braungebrannt und robust, was darüber hinwegtäuschte, daß er im Grunde sehr gefühlvoll ist. Ich hielt ihn für einen beängstigend guten Menschen, stabil, wunderbar schweigsam, überlegt, Probleme und Ideen durchdringend, die Nachdenklichkeit in Person.

Lizzy sah aus wie tot. Aber sie konnte doch gar nicht tot sein. Ihre Augen standen offen. Sie konnte nicht in unserem Teich ums Leben gekommen sein. Emma hatte früher abends immer auf die

Wand gestarrt. Sie hatte noch nicht begriffen, daß sie die Augen zumachen mußte, um einzuschlafen.

«Red mit mir, Alice. Sag was.»

Ich legte die Hand auf den Mund und biß mir in Zeige- und Mittelfinger. Ohne die Lippen zu bewegen, sagte ich: «Sie kommt durch.»

Die Männer würden Lizzy retten. Sie würden problemlos ihren Puls finden, weil sie ruhig waren und Übung hatten. Howard schüttelte mich. Später dachte ich, daß er die Wahrheit aus mir herausschütteln wollte.

«Hör auf!» schrie ich. Ich wollte ihm nichts sagen, ich mußte mich losmachen.

«Wir müssen Dan anrufen», sagte er.

Er meinte, daß ich ihn anrufen sollte. «Ich weiß, ich mach's schon», keuchte ich. Alles, nur um mich seinem Griff zu entziehen.

«Wenn ihr was passiert ist...»

«Ich ruf ihn an», keuchte ich, «ich geh ja schon.» Ich rannte an der Ambulanz vorbei und stolperte in Richtung Haus.

Audrey und Emma standen auf der Veranda und sahen mich kommen. Aus unserem Schlafzimmerfenster drang das Lied «Cruella Deville» aus dem Kassettenrecorder, begleitet von Claires piepsiger Stimme. Ich war gar nicht mehr dazu gekommen, die Läden zu schließen.

Ich wußte, was ich als erstes tun mußte. Die Luft war so heiß, daß man kaum atmen konnte. Sie stach wie die trockene Hitze in der Sauna. Ich dachte an Lizzys Vater, den großen Dan, mit dem über die Badehose quellenden Bauch und dem dunkelbraunblauen Brillengestell. City Dan, dessen große Ruhmestat es war, für das Museum in Blackwell ein Milchfarm-Diorama gebaut zu haben, den sogenannten «Molkerei-Schrein»; er sollte an die Milchwirtschaft erinnern, die im Süden des Bundesstaates früher ein wichtiger Wirtschaftsfaktor gewesen war. Dan buk Geburtstagskuchen für die Familie und kandierte Zuckermaiskolben zur Musik seiner Lieblings-CD, *The Great Ladies of Jazz*. Lizzy war zum Teich gerannt und hineingeplatscht. Das Wasser hatte ihre heißen Füße angenehm gekühlt, und sie war weiter hineingerannt, und dann hatte sie verzweifelt gestrampelt. Sie hatte versucht, sich am Wasser festzuhalten, hatte nach dem Metallgeländer, nach der Leitersprosse, nach ihrer Mutter gegriffen. Aber da war nichts. Sie griff ins Leere. Sie schlug um sich. Sie öffnete den Mund, um «Mama» zu rufen. Ihre Lungen füllten sich mit Wasser, und sie ging unter. Vielleicht sah sie das strahlend weiße Licht und spürte die berauschende Wärme Gottes, wie das angeblich beim Sterben passiert. Sie ging unter. Die Forellen, mit denen Howard den Teich besetzt hatte, schwammen durchs dunkle Wasser. Aus dem Augenwinkel bemerkten sie Lizzy. Sie wußten genau, was sie da sahen, sie hatten das Wissen geerbt und kannten den Anblick von jeher.

Dan, mit seinem schiefen Grinsen, würde kommen und mich mit dem Taschenmesser erstechen. Ich schlug die Hände vors Gesicht und flüsterte: «Lizzy, tu das nicht.» Ich fingerte am Telefon herum und hatte Mühe, die klebrige Wählscheibe zu drehen.

«Dan Collins.» Er meldete sich, noch ehe es richtig geklingelt hatte, als hätte er in seinem Büro gesessen und nur auf die schreckliche Botschaft gewartet.

«Dan.» Ein erstickter Laut drang aus meiner Kehle in den Hörer.

«Hallo? Ist da jemand?»

Ich wollte es ihm nicht sagen. Ich würde etwas erfinden. Den Kopf an das schmutzige Küchenfenster gelehnt, sah ich mich selbst, wie ich Theresa statt des Erbsenkartons, der Flohmarktklamotten und des Windelpakets Lizzy abnähme. Theresa ginge, und ich würde die Tür verriegeln. Wir stünden da und schauten durchs Fliegengitter hinaus in den Garten und zu dem Pfad, zu dem Lizzy laufen würde, wenn ich sie hinunterließe. Emma riefe vom Klo, während ich an der Tür stünde und die unerträgliche Süße von Lizzys verschwitzten Haaren einatmete.

# 2

***Der Morgen,*** an dem Lizzy in den Teich fiel, zog sich über drei Kalendertage hin. Im Krankenhaus, in dem fensterlosen Warteraum, gab es keinerlei Anhaltspunkte dafür, ob Tag oder Nacht war, außer dem Geräusch der Essenswagen, dem Geruch von Eiern, Brühe oder paniertem Kalbsschnitzel. Um dennoch ein Gefühl für die verstreichende Zeit zu bekommen, horchte ich hin und wieder auf Veränderungen in dem gleichmäßigen Sirren der Neonleuchten. Ich hoffte, dem Geräusch einen Hinweis darauf zu entnehmen, wie viele Stunden wir schon warteten. Da aber keine Schwankungen festzustellen waren, legte ich das Ohr an die mit Teppich bespannte Wand und horchte angestrengt auf das Nachtgeräusch der Grillen, auf das mögliche Tagesgeräusch der Zikaden. Es war noch zu früh für Zikaden, das wußte ich, aber vielleicht doch heiß genug, um ein Insekt zu täuschen, das den größten Teil seines Lebens als Larve, als eine blinde Masse weißen Protoplasmas unter der Erde lebte. Ich umschlang meinen Oberkörper, um mich gegen die kalte Luft zu schützen, die aus den Luftschächten von unten heraufdrang, aus dem archetypischen Leichenkeller mit seinen ordentlich aufgereihten Seziertischen, wo unter den Laken kalte graue Füße mit Schildchen am großen Zeh hervorlugten. Tages- und Jahreszeiten waren anderen Leuten vorbehalten, Bankern und Busfahrern, Lehrern und Verkäufern. Wir aber warteten. Wir warteten Stunde um Stunde in diesem eisigen dunkelbraunblauen Gelaß, wo ein einsamer Gummibaum uns Sauerstoff spendete.

Auf dem Weg zum Krankenhaus hatte mich der Sheriff gefragt, wie viele Minuten Lizzys Verschwinden unbemerkt geblieben sei. Ich konnte nicht sagen, wie lange ich in der Kühltruhe nach der

Butter gekramt hatte, wie lange ich meine Weltkarte studiert, wie lange ich im Haus nach Lizzy gerufen hatte. Konnte es denn sein, daß ich mich, ohne es zu merken, in Zeitlupe durch die knisternde Hitze bewegt und tatsächlich stundenlang nach meinem Badeanzug gesucht hatte? Während ich nach Lizzy rief, hatte ich an Claire gedacht und mich gefragt, ob Claire wohl die ganzen Münzen verschluckt hatte und ob ihr Magen schon aussah wie der geflieste Grund eines Wunschbrunnens. Ich hatte keine Ahnung, wie lange ich Lizzys feuchtkalte Brust bearbeitet hatte. Mit einer mir ansonsten wesensfremden Sicherheit hatte ich gewußt, daß Lizzy tot war. Dann hatten die Sanitäter am Teich ein Wunder der medizinischen Technik vollbracht, so etwas wie eine Starthilfe beim Auto. Sie hatten Lizzy das Leben wiedergegeben und uns eine verführerische Hoffnung. Mediziner konnten alles wieder in Ordnung bringen, und das taten sie auch. Es war einfach unvorstellbar, daß sie Lizzy nicht in ein, zwei Tagen wieder auf die Beine kriegen würden. Ich glaubte fest daran, obwohl die Medizin schon bei meiner Mutter und meiner Tante Kate und bei meinem Vater versagt hatte. Bei dieser Zweijährigen würde das Krankenhauspersonal sich selbst überbieten, weil soviel auf dem Spiel stand.

«Also, Ma'am. Wie lange war sie verschwunden?» Der Sheriff hatte seine Frage wiederholen müssen.

Zehn Minuten? Oder noch länger? Ich hatte ihn angeschaut und geflüstert: «Sieben?»

Man bat mich, im Warteraum zu bleiben, als wir ins Krankenhaus kamen. Ich erinnere mich, daß ich mich dort umschaute und Robbie Mackessys Mutter sah. Robbie war im Vorschulkindergarten der Blackwell Elementary School, eins der wenigen Kinder, die regelmäßig ins Krankenzimmer kamen. Er war häufig krank, wegen seiner Mutter, dachte ich, wegen ihrer Nachlässigkeit. Mrs. Mackessy blätterte in einer Zeitschrift, blickte aber nicht auf das Gedruckte, sondern zu mir. Sie kniff die Augen zusammen, als könne sie es nicht ertragen, sie zu öffnen und mich auf Anhieb voll und ganz wahrzunehmen. Ich hätte gleich wissen können, daß wir im Begriff standen, einen Hügel hinunterzupurzeln, und irgendwann würden wir ganz unten landen, zerschmettert zwar, aber endlich in Frieden. Ihr häßlicher Mund, ihr hämisches Grinsen bewirkten, daß ich am liebsten losgeheult hätte. Die Haare hingen mir immer noch tropfnaß im Rücken, und mein feuchtes T-Shirt klebte am Bauch und ließ meine Brüste deutlich hervortreten: Leider habe ich keine hübschen kleinen Brustwarzen, sie sehen eher aus wie Untertassen, die Haut ist grobkörnig wie ein gerupftes Huhn. Ich verschränkte also die Arme vor der Brust und merkte, daß ich unaufhörlich zittern mußte. Es war kalt, kalt wie in der Kühlkammer, in die Howard die geschlachteten Lämmer brachte.

Was hatte Claire beim Frühstück zu mir gesagt – daß sie gemeinsam mit mir sterben wolle? Ich konnte meinen Gedanken hier im Warteraum freien Lauf lassen, weil die Ärzte Lizzy schon wieder in Ordnung bringen würden und wir dann nach Hause gehen durften. Manchmal glaubte ich fast, daß Claire schon andere Leben gelebt hatte, obwohl ich eigentlich wenig mit solchen Dingen wie Tarotkarten, Naturmedizin oder Astrologie anfangen kann. Aber trotzdem – Claire wußte eher als ihre Schwester Sachen, die ihr eigentlich niemand beigebracht haben konnte. Sie erkannte früh die natürliche Ordnung der Dinge und die gesellschaftlichen Regeln. Es war verlockend, sich Claire in einem anderen Land vorzustellen, mit fremden Eltern und einer großen Geschwisterschar, wie sie auf einem Kamel die Straße hinunterritt und eine inzwischen längst ausgestorbene Sprache sprach. Ich konnte mir alles mögliche vorstellen. Theresa erzählte immer, die Kinder kämen so gut miteinander aus, wenn sie bei ihr waren. Ich habe keine mütterliche Begabung, hatte ich mir nur zu oft gesagt. Mir fehlten die Instinkte, von denen ich mich leiten lassen konnte. Ich mochte Theresas Mädchen, natürlich mochte ich sie, aber ich war mir immer unsicher, wenn ich Montag morgens alle vier im Haus hatte, unsere Kinder und Theresas. Zuerst wollte ein Kind ein Glas

Milch, dann das nächste, und dann noch eins und noch eins. Und dann verschüttete eines was, und die anderen zogen nach. Sie wollten erst die Knete und fünf Minuten später die Wasserfarben und eine Brezel und noch mehr Milch. Sie waren in der Überzahl, und es lohnte sich nicht, nein zu sagen und sich dann das Gequengel anzuhören, sie seien hungrig oder durstig. Also goß ich ihnen Milch ein. Ich nahm mir an diesen Montagen immer vor, nicht auf die Uhr zu sehen. Ich versuchte, mit den Klötzen etwas Schönes, Großartiges zu bauen, aber dann stieß eins der Mädchen bestimmt den Turm um oder fiel hin und schlug sich den Kopf an und brauchte ein Pflaster und seine Schmusedecke, die in dem Durcheinander nicht aufzutreiben war. Am Schluß hingen wir zu fünft vor dem Fernseher und leckten unsere Wunden.

Gleich würde der Arzt durch die Tür kommen, das wußte ich, und er würde mir sagen, Lizzy trinke gerade einen Schluck Brühe: sie sei zwar erschöpft, könne jetzt aber nach Hause. Vielleicht würde er mich fragen, ob die Eltern informiert worden seien oder ob es nicht das einfachste wäre, wenn ich sie mitnehmen und nach Vermont Acres bringen würde. Die Fahrt zum Krankenhaus wäre letztlich nichts weiter gewesen als ein kleiner Ausflug. Das Gehirn, mit seinen Falten und Furchen, seinen undurchschaubaren Vernetzungen, hielt einiges aus, wie Granit. Lizzy war kaum länger als einen Herzschlag verschwunden gewesen. Es war einem lang vorgekommen, klar, aber vermutlich waren es nicht viel mehr als ein, zwei Minuten gewesen. Alles würde wieder gut werden; ich wußte es genau: Alles wird wieder gut. Der Rettungswagen und die Notaufnahme kosteten bestimmt ein Vermögen, aber wir würden bezahlen. Nellie war zwar unberechenbar, aber wenn Howard ihr bestimmte Sachverhalte so vermittelte, daß sie die Lösung für ihre eigene Idee hielt, stellte sie oft bereitwillig einen großzügigen Scheck aus. Wir könnten die Krankenhausrechnung schon am Monatsende bezahlt haben. Verständlicherweise würde Lizzy eine Zeitlang nicht zu uns kommen. Wir konnten wohl kaum einen Zaun um den Teich ziehen, also war es besser, sie blieb zu Hause.

Nächstes Jahr wäre sie schon in der Lage, Anweisungen zu befolgen und schwimmen zu lernen, jedenfalls genug, um herumzupaddeln und unter Wasser Luftblasen zu machen.

Ich verbarg den Kopf zwischen den Knien, weil ich jemanden die Rampe herunterrennen hörte, dort, wo noch kein Teppichboden ausgelegt war. Theresas weiße Sandalen mit den kleinen Absätzen klapperten geräuschvoll. Sie kam mit Dan die Rampe heruntergestürzt. Als sie den Teppich betraten, verstummte das Klappern augenblicklich. Kurze Zeit war gar nichts mehr von ihnen zu hören. Doch dann vernahm ich ihr angespanntes Wispern, und als sie näherkamen, konnte ich ihre atemlose Angst direkt hören. Sie schossen an mir vorbei zu der Krankenschwester, die sie durch die Türen aus rostfreiem Stahl in den Behandlungsraum führte. Die Türen schwangen hinter ihnen zu, sie vibrierten und spiegelten zitternd das Deckenlicht wider. In dem funkelnden Metall sah ich Lizzys rosa-weißen Strampler im Sonnenlicht auf und ab schaukeln. Ich begann zu beten, ohne nachzudenken, ohne es richtig zu merken. So saß ich da, vorgebeugt, die geballten Fäuste in die Wangen gepreßt, die Augen fest geschlossen – aus irgendeiner Eingebung heraus wußte ich genau, wie man eine flehende Haltung einnimmt. Obwoh ich wenig Übung hatte, kam mein stockendes Gebet mit Sicherheit von Herzen. Ich fühlte richtig, wie die Worte sich lärmend und schreiend ihren Weg durch meine hohlen Knochen bahnten.

In puncto Religion war ich nicht besser gerüstet als ein Kind. Außerdem stand mir mein Skeptizismus im Wege. Und doch war da der hagere alte Mann mit dem langen weißen Bart und den fließenden blauen Gewändern aus hundertprozentiger Baumwolle. Hinter geschlossenen Augen sah ich ihn: Er hielt einen Stab in der Hand und blickte mit gerunzelter Stirn auf mich herunter. Mit seinem langen Zeigefinger deutete er auf die lebendige Lizzy. Sieh her, schien er zu sagen. Sieh, wie sie im Gras spielt, wie sie auf und ab hüpft, wie sie mit den Armen flattert und in die Hände klatscht.

Sie hatte gerade angefangen, in zusammenhängenden Sätzen zu

sprechen. Sie befand sich in jener entscheidenden Kindheitsphase, da sie möglicherweise bereits alles Wissenswerte kannte. Sie verstand die Struktur ihrer Familie; sie wußte, was Zugehörigkeitsgefühl, Wut und Liebe bedeuteten, obwohl sie nicht viel mehr sagen konnte als *Ball* und *muh*, *ich will*, *süßes Kind* oder *böser Hund*. Während die Sprache ihre Erfahrung formte und das Denken limitierte, würde ihr wahrscheinlich der größte Teil ihrer Weisheit eine Zeitlang abhanden kommen. Durch Beobachtungen an meinen eigenen Kindern hatte sich für mich Wordsworths Gedanke bestätigt, daß das Wissen um die Unendlichkeit dem Kind mit den Jahren entgleitet, vielleicht, so dachte ich, durch eine nadelstichgroße Öffnung in der Nackenkuhle. Lizzy stand mit ihren zwei Jahren am Scheideweg, zwischen den Welten. Es war eine verlockende Vorstellung, kleine Kinder könnten uns, wenn sie nur die Sprache beherrschten, zu ihrem Ursprung zurückführen, zu ihrer Werdenskraft; sie könnten uns etwas über die Geduld lehren, über das Warten und über das Warten im Dunkeln.

Als ich das Wort «Alice» hörte, dauerte es eine ganze Weile, bis es mich erreichte, bis ich seine Bedeutung verstand und aufsprang. Ich stieß gegen Theresas Bauch. Als ich ihr vorgeschobenes Kinn sah, faßte ich mich schnell wieder, ohne sie zu umarmen. «Was?» jammerte ich. Die Locken klebten ihr an der Stirn, und ihre Brille war auf die Nasenspitze herabgerutscht. Die Füße weit auseinander, die Knie leicht gebeugt und die gespreizten Hände auf Brusthöhe, sah sie aus, als wolle sie einen Angriff abwehren, als erwarte sie, daß ihr gleich etwas Schweres entgegengeschleudert würde. Ich stand zwei Handbreit von ihr entfernt und wedelte nervös mit den Armen.

«Sie atmet etwa zehn Züge in der Minute», sagte Theresa. «Das ist langsam. Dr. Hildebrand vom Kinderkrankenhaus war heute morgen zur Visite hier, und er meint, wir sollen sie hierlassen. Er kann nicht sagen, wieviel» – sie blickte zu dem Neon-Ausgangsschild hoch – «Gehirnaktivität vorhanden ist, aber die nächsten paar Stunden werden …»

Sie redete, als würden wir uns ständig über die Sauerstoffzufuhr der Kinder austauschen. Unser Kleinstadtkrankenhaus war ein zivilisierter Ort, wo die Babys ausgetragen zur Welt kamen, wo Prostatadrüsen in Ordnung gebracht und die Mandeln nur im Notfall herausgenommen wurden. Gehirntote Kinder gab es nicht in dieser frisch renovierten Institution mit den elektronischen Wegweisern und den Teppichen an den Wänden.

Ich platzte heraus: «Der Morgen war total chaotisch. Emma saß auf dem Klo und schrie, und ich dachte, Lizzy sei ins Wohnzimmer gegangen. Ich – ich war nur ganz kurz oben im Bad, und als ich wieder rauskam und nach ihr gesucht habe, war sie verschwunden.»

«Ich hatte Lizzy gesagt, du würdest mit ihr schwimmen gehen, ihr würdet alle zum Teich gehen.» Sie schob die Brille hoch und drückte den Steg auf die Nase. Mit hoher, dünner Stimme fügte sie hinzu: «Ich hab ihr gesagt, sie könne schon prima schwimmen.»

Jetzt war der Moment gekommen, meinen Großmut und meine Charakterstärke unter Beweis zu stellen. Theresa hatte sich abgewandt; sie hielt sich die Hände vor das Gesicht, um ihre Haut gegen den kratzigen Sofabezug zu schützen. Ich hätte sie so gern in den Arm genommen und dann genau das Richtige gesagt, damit sie noch Jahre später, wenn sie auf diese schrecklichen Stunden im Krankenhaus zurückblickte, an meinen Satz denken würde. Vier oder fünf Worte, die die Situation verändert hätten; vier oder fünf ungewöhnlich kluge Worte. Wenn Lizzy wieder gesund war, würde Theresa mich sicher fragen, wie ich es geschafft hatte, in einem solchen Augenblick diese Klarsicht zu beweisen.

Ich legte ihr die Hand auf die Schulter, meine kalte Hand. «Es wird alles wieder gut», würde nicht reichen, weil man das ja nicht wissen konnte. Theresas Rücken hob und senkte sich zuckend. Um mich zu beruhigen, dachte ich an Howards Gummistiefel mit den klirrenden Schnallen. Als Theresa sich aufrichtete, wollte ich sie in die Arme schließen. Ich wartete, die Hand auf ihrer Schulter. Ich wartete, bis eine riesige Frau, dunkel und bedrohlich wie ein Stier, zur Anmeldung ging und die kleine Klingel bediente. Robbie Mackessys Mutter war verschwunden, ohne daß ich es gemerkt hatte. Die neu angekommene Frau riß eine Familienpackung Mais-Chips auf und begann zu essen. Man kann solche Chips kaum geräuschlos essen, aber sie unternahm auch nicht den geringsten Versuch, diskret zu sein. «Komm, wir...», begann Theresa, wischte sich mit dem Taschentuch über das Gesicht und ging in Richtung Eingangshalle.

An der Wand hingen außer den Teppichen auch Kunstwerke. Ein im Zwischengeschoß beginnender Marmorbrunnen plätscherte ein treppenartiges Gefälle hinunter, auf beiden Seiten von Farnen gesäumt. Theresa und ich hatten nach der Renovierung am Tag der offenen Tür im Krankenhaus eine Besichtigungstour gemacht. Wir hatten jedes Gemälde einzeln betrachtet, lokale Motive, von Künstlern aus der Gegend gemalt: das düstere Polizeirevier, Dans Molkerei-Schrein, die Kiwanis-Loge, das alte Schulhaus, verschiedene Kirchen, das erste freistehende Kentucky Fried Chicken-Restaurant des Bundesstaates in einer Einkaufszone. Wir waren frech und arrogant gewesen, wir hatten uns aufgrund unserer Gesundheit und höheren Bildung überlegen gefühlt. Ich wäre nie auf die Idee gekommen, daß ich eines Tages wegen einer solchen Banalität ein schlechtes Gewissen haben könnte – weil ich hochmütig über regionale Kunst geurteilt hatte. Ich kenne das – ich weiß, wie es ist, wenn die Gemälde in einem Raum, das Geschirr im Regal, die Pfirsiche auf dem Tisch plötzlich ganz deutlich hervortreten und sich klar und konturiert von der eigenen Leere abheben. Im Fahrstuhl standen Theresa und ich nebeneinander und starrten auf den Stockwerkanzeiger, als erwarteten wir, dort noch etwas anderes zu lesen als 1, 2 und 3, als erwarteten wir, hier im Schweben die Wahrheit zu erfahren. Ich holte tief Luft und atmete den Geruch der Gurkenseife ein, die Theresa immer kartonweise bei einem Unternehmen in St. Louis bestellte. Es war ein so vertrauter Geruch, der nicht in einen Krankenhausfahrstuhl paßte, sondern an zu Hause erinnerte, an die Kinder, an Vormittage bei einer Tasse Kaffee.

«Darf ich da überhaupt rein?» flüsterte ich, als ich hinter ihr her durch die Türen zur Intensivstation tappte. Sie hörte mich nicht. Aber sie hatte mich gesucht, sie wollte mich dabeihaben, also war es wohl richtig, wenn ich ihr folgte; es war ihr Wunsch. Aus allen Türen drang Geklingel, Gesumme und Gepiepse. Dan war im Zimmer 309, er stand oben am Bett und Pfarrer Nabor von der hiesigen Presbyterianer-Gemeinde am Fußende, mit gefalteten Händen und gesenktem Kopf. Lizzys kleine Gestalt lag unter einem Wirrwarr von blauen Schläuchen begraben. Die Maschinen, die sie am Leben erhielten, zischten und klickten, die Flüssigkeiten liefen ihr die Nase hinauf und die Kehle hinunter und in die Adern an ihren Armen. Es wird alles wieder gut, sagte ich mir erneut. Der Arzt aus Milwaukee ist ein Spezialist und die medizinische Technik perfekt. Gleich wird eine gewaltige Rauchwolke aufsteigen – die Maschine wird sie ausstoßen –, und wenn die Wolke sich hebt, wird Lizzy wieder ganz bei sich sein, wach, unversehrt, und sie wird erstaunt in unsere gequälten Gesichter schauen.

Es mag komisch und vielleicht sogar hartherzig klingen, aber als ich am Bett stand, schlug meine jämmerliche Angst in einen unverhüllten Haß auf den guten Pfarrer Joseph Nabor um. Ich hörte ihn etwas murmeln über den Regen auf Erden, der Wasser über die Felder schickt. Er ging auf Theresa zu, die behaarten Hände ausgestreckt, wie ein Schlafwandler mit den Handflächen nach unten. Er hielt sie an den Armen fest. Jeder wußte, daß er selbst ständig in Lebensgefahr schwebte: dieser große, bärtige Mann hatte so schweres Asthma, daß er seine Predigt nur mühsam ohne Spray durchstand. Weil er so leise sprach, verstand ich kein Wort, aber an der Neigung des Kopfes, an dieser pastoralen Haltung, die sowohl Demut als auch Autorität ausdrücken sollte, merkte ich, was er sagte. Theresa war katholisch, Herrgott noch mal! Sie brauchte keinen asthmatischen Protestanten, der ihr ein unbekanntes Gebet vorsprach.

Dan starrte auf Lizzys Gesicht. Er streichelte ihre Wade, den einzigen Körperteil, der nicht von irgendwelchen Schläuchen okkupiert war, die einzige Stelle, die er berühren durfte.

STEH AUF, LIZZY. Ich schlug mir die Hand vor den Mund. Ich war nicht sicher, ob ich laut gerufen hatte oder ob der Lärm nur in meinem Kopf existierte. Niemand sah mich an, und ich blieb mir unschlüssig, ob sie nur nichts gehört hatten oder ob ich keinen Ton herausgebracht hatte. Ich wußte nicht, ob ich stehen oder sitzen, bleiben oder gehen sollte, ob ich mit geschlossenen oder offenen Augen abwarten, etwas sagen, mich still verhalten oder mich bewegen sollte. Ich hätte Dan am liebsten angeschrien. SAG DOCH WAS, DAN, ALTER JUNGE. RED MIT MIR! Ich starrte auf den Fußboden, auf die Fliesen, weil Lizzy mir auf einmal so fremd vorkam.

Als der Pfarrer mit Theresa fertig war, kam er zu mir. Er war achtundzwanzig und gerade mit der Ausbildung fertig. Ich mochte ihn nicht, wollte seine ausgestreckte Hand nicht ergreifen. Er spielte eine Rolle, nahm Posen ein, die ihm nicht zustanden, trug eine Feierlichkeit zur Schau, die seine Jahre weit überstieg. Als er vor ein paar Monaten nach Prairie Center gekommen war, hatte er versucht, mit der McDonald Corporation einen privaten Immobilien-Deal abzuschließen. Er hatte ein Stück Wald am Highway, das zu den sechs Hektar Land hinterm Friedhof gehörte, für den Bau eines Restaurants und eines Freizeitparks zum Verkauf angeboten. Wir waren während eines Gebets über das Wasser auf den Feldern hereingeplatzt, weil er sich wahrscheinlich an keine andere Bibelpassage mehr erinnern konnte oder weil er gerade einer Sitzung zur Prävention von Dürrekatastrophen beigewohnt hatte. Ich merkte sofort, daß er mich mit Bibelversen trösten wollte. «Sie werden die Hilfe des Herrn brauchen», erklärte er feierlich.

Für einen Augenblick verspürte ich den unwiderstehlichen Drang, zu lachen und zu rufen: «Das kannst du laut sagen, Joe.» Ich entzog ihm meine Hand und wandte mich wieder dem Bett zu, um Lizzy zu erkennen, jene Lizzy, der es bald wieder gut gehen würde. Die Schläuche führten ihr neue Kräfte zu: Luft und Flüssigkeit. Möglicherweise, mit ein bißchen überirdischem Beistand, konnte damit Lizzys Selbst, ihr Geist und ihr Potential, wieder in Herz und Gehirn zurückfließen.

Pfarrer Nabor packte mich am Ellbogen und führte mich weg. Ich dankte ihm und setzte mich in den Sessel im Warteraum vor der Intensivstation. Sofort legte ich den Kopf in die Hände, um zu beten. Ich würde den ganzen Tag und die ganze Nacht beten, ich würde so lange beten wie nötig – selbst dann, wenn alles überstanden war. Ich würde eine ergebene Jüngerin von Pfarrer Nabor werden und im Hintergrund warten, um die Lesung zu übernehmen, wenn er keine Luft mehr bekam.

Ich betete den Rest des Tages. Nur einmal schweiften meine Gedanken ab. Ich flehte zu dem alten Mann, dem Herrgott. Ich sagte bitte, bitte, bitte, wie ein Kind, das noch nicht gelernt hat, mit Betteln aufzuhören. Das war alles, was mir einfiel: ihn anzuflehen, an den ich bis heute morgen nur selten gedacht und an dessen wundertätige Kräfte ich nicht geglaubt hatte. Ich sagte gerade bitte, als mir der Glückskeks einfiel, den ich vor zwei Wochen beim Chinesen in Blackwell bekommen hatte. Ich hatte den Papierstreifen aus dem Keks gezogen und gelesen: «Glück ist eine Illusion, Leid die Wirklichkeit.»

Ich erinnerte mich daran, daß ich zu Howard gesagt hatte: «Das soll der Nachtisch sein?» Bei ihm stand: «Wir kommen nur, um zu schlafen, um zu träumen.» Ich hatte protestiert, eigentlich hätte ich seinen Spruch bekommen sollen. Ich erzählte ihm, ich würde öfter träumen, ich sei eine seiner sechzig wunderschönen Golden Guernseys, mit einer großen feuchten braunen Nase und schwimmenden Augen, und er würde mir mit einem besonderen Kniff den Rücken tätscheln.

«Ich kann mir gar nicht vorstellen, wie du als Kuh wärst», hatte Howard langsam und bedächtig gesagt. «Ich weiß nicht, welcher Teil deiner Persönlichkeit einer Kuh gleicht. Du wärst sehr zappelig. Ich müßte dich wegbringen zum –»

«Du würdest mich doch nicht wegbringen! Nie und nimmer.»

«Okay, einverstanden, ich würde dich nicht wegbringen. Du hast recht.»

Wir feierten alle unsere Geburtstage und Hochzeitstage auf einmal. Howard bemerkte sehr nüchtern, das Rindfleisch, die Wasserkastanien und die Erbsenschoten schmeckten, als wären sie in Badewasser eingelegt worden. Das chinesische Ehepaar am Herd und die Kellnerinnen waren so entzückt, endlich Gäste zu haben, daß wir fast schon ein schlechtes Gewissen hatten – wir hatten nämlich insgeheim beschlossen, nie wiederzukommen. Howard hatte seine dichten schwarzen Haare gekämmt – vielleicht das erste Mal seit unserem fünften Hochzeitstag. Wir waren die einzigen Gäste im Restaurant, und ich glaubte, eine gewisse romantische Stimmung zu spüren. Ich stellte mir vor, eine Romantik-Politesse käme in ihrem kleinen Wägelchen vorbei, und ihr weißer Zauberstab würde herausschießen, um Strafzettel an unseren Beinen zu befestigen. Für ein Paar, das seit sechs Jahren verheiratet war, hegten wir durchaus angemessen viel Gefühl.

Howard beugte sich zu mir und erzählte zuerst von Claire, wie sie mit zwei wilden Kätzchen, die sie am Genick festhielt, oben an der Heurutsche saß, und dann von Emma, die den Hund vor den alten Leiterwagen spannte und die tollste Fahrt ihres Lebens machte. Er lächelte, während er mit der Hand über die beschlagenen Fenster wischte. Ich war von der einen Flasche Bier leicht betrunken. Ich lachte laut, rülpste und bekam einen Schluckauf. Unsere Kinder waren wunderbar, und nicht einmal Howards Rindfleisch und mein lauwarmes Huhn mit Mandel-Irgendwas, das heißt, ein, zwei Mandeln in einer graugrünen Pampe, konnten unsere Begeisterung dämpfen.

«Ich frage mich, ob ein Kind wie Robbie Mackessy glaubt, daß Leid die einzige Wirklichkeit ist», hatte Howard gesagt, nachdem ich meinen Glückskeks aufgemacht und gelesen hatte: «Glück ist eine Illusion, Leid die Wirklichkeit.»

Die Vorstellung, daß GLÜCK nichts als ein Phantom sei, gefiel mir nicht. Ich schaute durch den Kreis, den Howard auf der Fensterscheibe freigewischt hatte, und blickte weit zurück, in die Zeit, als mein Vater mit mir nach Bolyston, Ohio, gefahren war, um das «Kleinod Ägyptens» anzusehen. Es war eine riesige Maschine, ein kolossaler Apparat, der für den Tagebau verwendet wurde. Er war fünfzehn Stockwerke hoch, mit Rollen, so groß wie Riesenräder, und mit Verstrebungen, so prächtig wie bei der Golden Gate Bridge. Die Schaufel war so enorm, daß sie 150 Kubikmeter Erde auf einmal bewegen konnte. In zwei, drei Einsätzen konnte das «Kleinod Ägyptens» eine ganze Kohlesiedlung auslöschen. Das Unternehmen, für welches mein Vater arbeitete, hatte die Rollen gebaut, und die Maschine war sein ganzer Stolz. Als ich darauf zurannte, packte mich mein Vater am Kragen und brüllte: «Was ist denn in dich gefahren?» Und weil ich nicht antwortete, schüttelte er mich. «Antworte mir, was ist in dich gefahren?»

«Ich wollte raufklettern», stieß ich schließlich hervor. «Und dir winken.»

Er packte mich unter den Achseln und hob mich hoch. Ich war zehn, eigentlich viel zu alt für so etwas. Soweit ich mich erinnern konnte, hatte er mich noch nie hochgehoben. Ich begann zu schreien und stopfte mir dann die Hände in den Mund. Es war ein unausgesprochenes Gebot meines Vaters: ich durfte unter keinen Umständen schreien. Er hob mich immer noch höher, damit ich den Schatz richtig sehen konnte. «Das Ding ist größer als der gottverdammte Parthenon», sagte mein Vater immer, als wäre der Parthenon ein Standardmaß. Einen Meter höher zu sein verbesserte meine Perspektive nicht maßgeblich, und ich konnte mich sowieso nicht auf die Maschine konzentrieren, weil ich auf seinen Schultern saß. Sie waren knochig, und ich sah, daß er Schuppen hatte, riesige Flocken in den braunen Haaren, die wie Weidenkätzchen am Zweig wirkten. Trotzdem wußte ich, daß ich diesen Augenblick nie vergessen würde – das Glücksgefühl war stärker als alles, was ich mir vorstellen konnte, es war wie das blendende Flirren der Sonne im frischen, tiefen Schnee.

«Was denkst du gerade?» hatte mich Howard an jenem Abend im Restaurant gefragt.

«Was?» Meiner Erfahrung nach stellte man solche Fragen nur, wenn man frisch verliebt war. «Mir ist noch etwas aus meinem Kuh-Traum eingefallen», log ich. «Es war unheimlich anstrengend, diesen Traum zu träumen. Ich wurde von der Weide in den Melkstall gebracht und in ein Freßgitter gesperrt. Mein Name stand auf dem Schild, alle wichtigen Informationen: GARDNER FRANCES KATHRYN GOODWIN ALICE.» Ich zählte an den Fingern mit. «Gardner von meinem Vater, Frances von meiner Mutter, Kathryn von meiner Tante, die mich großgezogen hat. Goodwin von dir, dem Samenspender, Alice für mich selbst. Ich war eine gute Milchkuh, ehrlich. Ich wäre erstklassig gewesen, aber so eingesperrt konnte ich nicht fressen, und du hast mich auch noch beobachtet...»

«Das hast du nicht gedacht, Alice. Du hast gerade so friedlich ausgesehen...»

«Du hast recht, Howard», hatte ich gesagt. «Du hast recht! Ist das nicht furchtbar» – ich pickte mit meinem Stäbchen ein Stück Huhn auf – «wir kennen einander so gut, daß wir nicht einmal ungestört vor uns hin träumen können? Ich habe an unsere merkwürdige, einsame Hochzeit gedacht und an diesen warzenköpfigen Richter. Weißt du noch, wie er meinte, wir hätten uns doch bestimmt gründlich kennengelernt? Wir kannten uns doch überhaupt nicht! Vielleicht kennen wir uns auch jetzt noch nicht. Manchmal denke ich, das einzige, was ich kenne, ist die tägliche Knochenarbeit – aufstehen, die Kühe melken, rein zum Frühstück, raus zu den...»

«Alice», hatte Howard kopfschüttelnd gesagt, «wichtig ist doch nur, daß wir uns lieben. Kannst du denn nicht sehen, wie einfach das ist?»

Es war nicht im entferntesten so einfach – oder? Konnte es überhaupt so einfach sein? «Ich weiß, ich weiß», sagte ich und beugte mich vor, um meine Wade zu massieren. «Ich rede von – Herrgott, ich hab einen Krampf im Bein...»

«So machst du es nur schlimmer», sagte er mit seiner ruhigen und reifen Sechzig-Stück-Vieh-Farmer-Stimme. Ich krümmte mich und umklammerte mein Bein. «Lehn dich zurück und versuch dich zu entspannen.» Der Schmerz wanderte über die Kniekehle in den Oberschenkel und in Richtung Magen. «Entspann dich, Alice. Du machst es nur schlimmer.»

Wir mußten früh nach Hause gehen. Ich lag an dem Abend in der heißen Badewanne, streichelte geistesabwesend meine tadellos entspannte Wade und dachte über Emma nach, die der Anlaß unserer Heirat gewesen war. Emma war kaum größer gewesen als ein Pfirsich *in utero*, aber sie hatte die Macht besessen, uns zu zwingen, eine Familie zu werden, eine Farm in Prairie Junction zu kaufen. Sie wäre auch in einer Schublade oder einer Kiste ganz zufrieden gewesen, aber wir hatten geheiratet, hundertsechzig Hektar Land gekauft, einen Stall, mehrere Nebengebäude und ein dreistöckiges Haus. Sie hatte uns zu mehr gezwungen, als einander nur kennenzulernen und zu lieben: Sie hatte uns genötigt, ein gemeinsames Leben aufzubauen.

Ich hatte den Muskelkrampf erneut verspürt und war tiefer ins Wasser gerutscht. Ich würde immer älter werden und schließlich auf irgendeine Weise sterben. Ich würde quälende Schmerzen empfinden, die zum normalen körperlichen Verfall gehörten. Chronische Schmerzen in den knirschenden Gelenken, eine gebrochene Hüfte, eine Operation an der Gallenblase, einen bösartigen Knoten in der Brust – lauter Leiden, welche die Menschen tagein, tagaus ertragen müssen. Mit zweiunddreißig überkamen mich manchmal leise Zweifel. Ich konnte mir vorstellen, wie mein Körper sich im Laufe der Jahre zu etwas entwickeln würde, das außerhalb meiner selbst bestand, das man anfeuern mußte wie einen guten alten Freund, der mit dem Fahrrad den Berg hinaufkeucht. Trotzdem hoffte ich, daß kein Schmerz je so schlimm sein würde, daß er den Moment auslöschen konnte, als ich auf meines Vaters Schultern saß und das ungeheuerliche, das wunderschöne Kleinod Ägyptens sah, das die ganze Menschheit schrumpfen ließ.

Howard war mit einer Kerze ins Bad gekommen. Er machte das Licht aus und legte seine Kleider ab und kletterte in die Wanne, wobei er soviel Wasser verdrängte, daß es mir bis ans Kinn stieg. Damals schien man die Sommerhitze einfach genießen zu können. Es war nett von Howard, daran zu denken, daß eine kleine Balgerei in der Badewanne Spaß machen würde, es war nett von ihm, einfach mit einer Kerze hereinzukommen, wortlos die Hand auf meinen Kopf zu legen und mir übers Haar zu streichen. Ich rückte ein bißchen, um ihm Platz zu machen. Es war eine Dürreperiode gewesen, wie ich Theresa erst neulich erzählt hatte, und wer hätte es der hungrigen Farmersfrau verdenken wollen, daß sie an einem stillen Abend eine im Supermarkt erstandene Dose Schlagsahne aus ihrer Bademanteltasche zog und den Intimbereich des Farmers mit Sahnehäubchen verzierte? Theresa und ich hatten uns gebogen vor Lachen, als wir draußen auf der Veranda unsere Ehebettgeheimnisse austauschten. Ich hatte nicht bedacht, wie kalt sich die Schlagsahne anfühlen würde, und war deswegen überrascht, als Howard quiekend wie ein Schwein in den Flur rannte. Er hatte zwar versucht, darüber zu lachen, aber er konnte den Gedanken nicht ertragen, daß ich Geld für ein Milchprodukt ausgegeben hatte, während ich doch jederzeit unsere eigene Sahne von der Milchkanne abschöpfen konnte.

Wie oft hatte ich voller Ehrfurcht dem glücklichen Schicksal gedankt, das mich vor vielen Jahren in Ann Arbor, Michigan, zu Howard geführt hatte. An jenem Abend in der Badewanne war ich ihm dankbar gewesen, dankbar für die Aussicht auf einen Neuanfang. Obwohl es in der tiefen, aber kurzen Badewanne ziemlich eng war, obwohl ich im Eifer des Gefechts immer wieder Gefahr lief, vom Wasserhahn durchbohrt zu werden, war ich trotzdem dankbar gewesen.

Ich saß mit geschlossenen Augen im Warteraum des Krankenhauses und dachte an den Abend in der Badewanne, als die Aufzugklingel ertönte und Howard auf den frischgeputzten Fußboden heraustrat. «Wie geht es ihr?» fragte er. Er setzte sich und legte den Arm um mich. Ich konnte sein Herz schlagen hören. Ich versuchte, meine Wange auf den Metalldruckknopf an seiner Hemdentasche zu legen. Howard war der zuverlässigste Mann in ganz Wisconsin. In meinem betäubten Zustand hatte ich ihn vom Warteraum im dritten Stock aus riechen können, als er noch draußen auf dem Parkplatz war.

«Heute nachmittag haben ihre Augenlider gezuckt», sagte ich. Ich war gerade hellwach gewesen, war nach dem angestrengten Beten wieder aufgetaucht, um Luft zu holen. Dan war aus Zimmer 309 gekommen und hatte nach Theresa gerufen. Vielleicht, dachte ich, konnte ja Howard das Wunder vollbringen. Die Macht des Geruchs würde Lizzy wieder zurückholen.

«Was heißt das?» fragte Howard.

Ich schüttelte den Kopf. Ich wollte aufwachen und Emma und Claire im Nebenzimmer vorfinden. Ich würde sie anschreien, weil sie sich gegenseitig an den Haaren zogen, und wir würden unser glückliches Leben weiterführen. Ich hätte alles dafür gegeben, wenn mir jemand gesagt hätte, ich sei nur in eine andere Dimension gerutscht, wie in einem Märchen. Ich erhaschte nur einen Blick auf eine mögliche Zukunft, und wenn ich wieder auf die Erde zurückkehrte und ein paar Seiten weiterblätterte, wäre alles wieder in Ordnung. Die zuckenden Augenlider konnten, nach den Gerüchten hier in der Halle zu urteilen, alles bedeuten oder auch nichts.

Ich hatte Howard von Anfang an bewundert, weil er so schön war und weil er ruhig im Hintergrund bleiben konnte, beobachtend, aber nicht wertend. Eine erstaunliche Mischung, hatte ich immer gedacht. Er war ganz anders als mein Vater. Er weinte im Kino, er liebte Versteigerungen und Secondhandshops wegen der Antiquitäten, und zwischendurch machte er aus heiterem Himmel eine unglaublich komische Bemerkung, auf die zu warten sich gelohnt hatte. Er wußte viel: Er wußte, wie Streichhölzer hergestellt wurden, was man tun mußte, wenn ein Bienenschwarm auf einem

Baum landete, wie man einen Wundverband anlegte, Feuer machte, eine Kerze herstellte, etwas fürs Abendessen schlachtete. Wenn er sagte, er habe etwas zwanzigmal oder zweimal oder tausendmal gemacht, dann stimmte das. Er übertrieb oder beschönigte die Tatsachen nicht. Sein Kodex war es, unbedingt ehrlich zu sein. Ich hatte stets angenommen, daß er jeder Lage gewachsen war.

«Howard», flüsterte ich in seinen Hemdendruckknopf. «Was soll ich tun?»

Er rieb sich das frischrasierte Kinn. «Was ist passiert?»

Ich wollte schlucken, aber meine Zunge war dick und rauh, wie ein Topfkratzer. «Ich –» Der Druck meiner geschwollenen Zunge gegen den Gaumen war unerträglich. «Ich weiß es nicht.»

Er zog mich an seine Brust. Das tröstete mich. Wenn man festgehalten wurde, konnte man nichts falsch machen. Ich konnte mir vorstellen, den Rest meiner Tage auf diesem Krankenhaussofa zu verbringen. Als ich mit dem Wagen zum zweitenmal gegen den großen steinernen Blumentopf neben der Garage gefahren war, hatte Howard mit seiner Hausbesitzerstimme gesagt: «Alice, du wirst mir erklären müssen, was da passiert ist.» Er wartete. Dabei war er jemand, der sich stets bewegen, arbeiten, etwas schaffen mußte. Eine Weile würde er noch auf mich warten müssen. «Ich weiß nicht, was ich tun soll», sagte ich nach einer Minute. «Es ist so schnell passiert, während Emma auf dem Klo war.» Ich merkte, noch während die Wörter über meine Lippen kamen, daß ich die Zeit im Keller und im Obergeschoß weggelassen hatte. «Wo sind Emma und Claire?» fragte ich. «Wie geht es ihnen?»

«Ich habe Nellie angerufen», sagte Howard.

Sein Gesicht sah aus wie das eines Cro-Magnon-Menschen. Es bestand nur aus Furchen, und er hatte struppige Augenbrauen und eine wulstige Stirn; auf einem Höhlengemälde hätte er toll ausgesehen. Er wäre ein Cro-Magnon-Star gewesen, wäre auf dem Titelblatt von Cro-Magnon-*People* abgebildet worden, der bestaussehende, fast schon moderne Mann des Jahres. Seine Augen standen zu eng zusammen. Wenn man ihm in die Augen sah, hatte man das Gefühl zu schielen. Howards Mutter Nellie war aus St. Paul, Minnesota, angereist, acht Stunden von hier. Sie war gekommen, weil es ein echter Notfall war. Es half mir, daran zu denken, wie widerlich ich Pfarrer Joseph Nabor gefunden hatte. Ich stellte mir vor, wie er nach Hause kam, seine Mutter anrief und ihr erzählte, er habe den Kranken, den Trauernden und den Verbrechern so wunderbar geholfen, obwohl er doch selbst kaum atmen konnte.

Howard sprach vom Essen. Ich konnte unmöglich in die Cafeteria gehen, konnte mich nicht hinsetzen und einen Bananencremekuchen verdrücken, während Lizzy um ihr Leben kämpfte. Ich konnte nicht, wollte nicht, und Howard zog mich hoch, wartete kaum ab, daß ich in meine Sandalen schlüpfte. Als wir an der weitgeöffneten Tür zur Intensivstation vorbeikamen, zögerte ich. Ich machte mich von Howard los, mußte stehenbleiben und mich umsehen. Das hier war kein Phantasiegespinst, keines von diesen schrecklichen Dingen, die ich mir ausdachte, kein bewaffneter Überfall und auch nicht die gleißende Sonne, die durch das Ozonloch herunterbrannte. Um Lizzys Bett herum stand Theresas vielköpfige katholische Familie: Schwestern, Brüder, Mutter und Vater, Großmütter, Tanten und Onkel, Großonkel, Cousins und Cousinen. Es waren so viele Leute, daß sie bis in den Flur hinaus standen – sie waren alle im Krankenhaus, statt für das morgige Familienpicknick Coleslaw und Kartoffelsalat vorzubereiten. Sie umstellten das Bett, hielten sich an den Händen, beteten gemeinsam. Sie sprachen jedes einzelne Gebet, vom ersten *Gegrüßet seist du, Maria* bis zur letzten Novene. Fünf von Theresas acht Geschwistern könnten ohne weiteres exkommuniziert werden – Theresa hatte mir ausführlich von ihren Sünden erzählt. Sie hatten Unzucht getrieben, Gott gelästert, Ehebruch begangen. Und was hatte Theresa über die uneheliche Tochter des Onkels gesagt? Wahrscheinlich war sie die junge Frau mit dem kurzen Rock und den gewagten Plateausandalen.

Eigentlich sollte ich auf die Verwandten zugehen und ihnen von meiner unendlichen Scham und von meinem Elend erzählen. Ich würde bestimmt zur Hölle fahren, in den weißen Flammen verbrennen, und ich würde von mir aus erwähnen, daß ich es nicht anders verdiente. Normalerweise zensierte ich meine Gedanken nicht, aber von jetzt an würde ich alles Sture und Übertriebene darin austilgen. Die Angehörigen hatten sich um das Bett des Kindes versammelt und murmelten und beteten; in diesem Augenblick waren sie fromm, verpflichteten sich, genau wie ich das getan hatte, zu ewigem Glauben und zur Reinheit des Herzens, wenn nur dieser Kelch an ihnen vorüberginge. Niemand winkte. Niemand löste sich aus dem Kreis, um uns ins Zimmer zu holen. Dan blickte auf und schien uns gar nicht zu erkennen.

Noch zwei Nächte und zwei Tage saßen wir im Warteraum. Howard ging nur zum Melken weg und kehrte mit einem frischen, würzigen Geruch an den Turnschuhen zurück. Wir schlossen nachts die Augen, aneinander gelehnt, und horchten, wie sich die Welt auf Rädern den Flur auf und ab bewegte. Die Wäschekörbe hatten Räder, die Waagen, die Tropf-Stangen, die Sauerstoffapparate, die Servierwagen, die Betten, die Stühle, die Kommoden, die Nachttische. Nichts war im Boden verankert. Die Schwestern schienen zu schweben, wie Vögel flatterten sie den Flur hinunter, und ihre gepolsterten Schuhe berührten kaum den Boden. Sie waren so schnell, wie sie nur konnten, angesichts der Nachtklingeln und der Schwerkraft und der nächtlichen Stunde.

Andere Familien kamen, um ihre Schicksalsschläge auszusitzen. Wir beobachteten, wie sie hier im Warteraum ihre eigenen Grüppchen bildeten. Ich saß am Sofaende und blickte auf Lizzys Tür. Die dicke Frau erhob sich in regelmäßigen Abständen und bat uns alle um Aufmerksamkeit. «Lasset uns beten», hob sie an.

# 3

***Als ich um meine Mutter*** und später um meine Tante Kate trauerte, sagte ich mir, daß sie zwar unwiderruflich tot waren, daß sie aber dennoch zu mir gehörten und meine innere Welt bewohnten, die mindestens so laut und bewegt war wie das Leben selbst. Schon als Kind schätzte ich die Gabe der Erinnerung höher als alle anderen. Ich begriff, daß wir mit dem Älterwerden allmählich eine ganze Nation in uns herumtragen, Orte und Sitten, die längst untergegangen sind. Wir glauben, daß sie uns gehören, daß wir als einzige unsere Vergangenheit hochhalten, daß wir so undurchdringlich sind wie Stein. Das Erinnerungsvermögen erscheint mir immer noch wie ein Geschenk, und die wenigen Dinge, die für immer vergangen und auf ewig ein Teil von mir sind, halte ich mit aller Kraft fest, während das neue Leben mit seiner veränderlichen Perspektive vorbeiströmt. Theresa, da bin ich sicher, hat es geschafft, ein gesundes Gleichgewicht zwischen Wertschätzung des Vergangenen und Vorwärtsstreben zu finden. Howard hat die letzten paar Jahre aus seinem Gedächtnis getilgt. Manchmal denke ich, er will sich vormachen, Prairie Center sei nur ein unmögliches und dummes Hirngespinst gewesen, wir seien in einem Mohnfeld eingeschlafen, kurz nachdem wir uns kennengelernt hatten, und sechs Jahre lang bewußtlos geblieben. Beim Erwachen fanden wir uns an einem überraschenden, aber irgendwie unvermeidlichen Ort wieder. Wenn ich Lizzy erwähne, muß er innehalten. Er starrt auf seine Schuhe, und dann schüttelt er sich, als müßte er in einen Traum zurücktauchen, um sich an die Tochter unserer Freunde zu erinnern.

Im Krankenhaus sorgte Theresas älteste Schwester dafür, daß immer sechs oder sieben Familienangehörige am Gebetskreis teilnahmen. Wer gerade freihatte, holte Essen und Kissen, transportierte Grandma hin und her, massierte den anderen den Rücken und rief Verwandte außerhalb des Bundesstaates an. Theresas jüngste Schwester stand vor Zimmer 309 und weinte, aber nicht wegen Lizzy, sondern weil sie mit ihren neunzehn Jahren immer noch als Baby galt und nichts richtig machen konnte. Sie hatte beim Chinesen das Falsche geholt: eine fettfleckige Einkaufstüte mit zwölf Kartons Schwein süß-sauer, sechs Kartons Reis und vierundzwanzig Glückskeksen. Tränen voller Wimperntusche liefen ihr in den Mund, und sie sah so unglücklich aus, daß Howard ans andere Ende des Flurs gehen mußte, um aus dem Fenster auf das Heizwerk zu schauen.

Stunde um Stunde saß ich da und beichtete Gott meine fundamentale Nichtswürdigkeit. Ich wollte von nun an alles besser machen, wollte meine ganze Kraft darauf verwenden, mein Herz zur Liebe zu zwingen. Wenn ich doch ein bißchen mehr Shakespeare im Kopf hätte, mehr als nur ein paar versprengte Zeilen: wenn ich doch auf den Tisch steigen und mit meinen Zauberworten die Engel aus ihren Verstecken locken könnte. Ich verfügte über so wenig, in meinem Gehirn gab es keine vollständigen Gedichte oder Bibelverse, die wie Feuerwehrleute auf ihren Pritschen schlummerten und nur auf eine Katastrophe warteten. Ich kam nur bis zu «Geh du nicht sanft in jene letzte Nacht» und «Kein Schlimmstes, es gibt keins».

Das einzige, was in meinem Leben entfernt an Religion erinnerte, waren die wöchentlichen Pilgerfahrten mit Tante Kate zur internationalen Volkstanzgruppe in Hyde Park, New York. Auf den ersten Blick hatte das wenig mit dem traditionellen jüdisch-christlichen Glaubensweg zu tun. So sehr ich mich auch bemühte, mich ganz auf Lizzy zu konzentrieren, nicht nur auf ihren Körper, sondern auch auf das, was ihre Seele ausmachte – ich schweifte immer wieder nach Hyde Park ab, wo ich mit Tante Kate im Kreis herumwirbelte. Jeden Freitagabend versammelte sich dort eine höchst gemischte Gesellschaft in der Ida-Noyes-Halle, um Tänze aus aller Welt einzustudieren. Der Gruppenleiter holte die sorgfältig katalogisierten Schallplatten aus rosaroten Metallbehältern hervor und setzte behutsam die Nadel auf die ausgewählte Stelle an. Das war unser Gottesdienst, unser Abendmahl. Vergebens versuchte Tante Kate mir beizubringen, daß ich den immer noch aknebefallenen dreißigjährigen Männern, die mir auf die Füße traten und mich auch noch um den nächsten Tanz bitten wollten, mit Nachsicht begegnen sollte. Die meisten hatten eben viel zu viel Zeit in einem Labor verbracht, dachte ich, und immer nur aus Petrischalen gegessen, statt hin und wieder etwas Richtiges zu sich zu nehmen. Wenn ich mich beklagte, dieser oder jener habe Mundgeruch, meinte Tante Kate immer: «Ja, mein Schatz, es ist schrecklich, wie bei einem alten Ziegenbock – aber sei nett, hab Geduld.»

«Hast du gebetet?» fragte ich Howard, als wir die Krankenhaussofakissen aufschüttelten. Wir bereiteten uns darauf vor, wieder im Warteraum zu schlafen, die zweite Nacht. Ich wollte nicht nach Hause, weil ich den Gedanken an Nellies inquisitorische Fragen, die Vorstellung, in der vertraut alltäglichen Umgebung zu warten, nicht ertragen konnte. Es war etwas anderes, in der stickigen Atmosphäre des Warteraums auszuharren, an einem Ort, wo wir, wie im Fegefeuer, Rechenschaft über unsere Sünden ablegten und auf Gnade hofften. Ich mußte mich ganz dem Warten widmen; ich wollte die Zeit nicht mit gedankenlosen Routinearbeiten, Essen und anderen Leuten verbringen. Howard war gerade erst von der Farm zurückgekommen. Es war nach zehn Uhr; alle anderen hatten ihre Zelte abgebrochen und waren nach Hause gegangen, um im eigenen Bett zu schlafen.

«Hab ich was gesagt?» fragte er zurück. Er versuchte, flach auf dem Rücken zu liegen, fand das aber unbequem und drehte sich wieder auf die Seite. Mit verzogenem Mund strich er sich über die kratzige Wange. «Was ist, wenn Lizzy nicht wieder gesund wird?»

«Was?» sagte ich.

«Ich meine», flüsterte er, «was ist, wenn sich nichts tut?»

Ich hatte Claire und Emma am Telefon gesagt, ich würde im

Krankenhaus bleiben, um Lizzy beim Gesundwerden zu helfen. Howard blickte mich unverwandt an, und ich konnte in seinen Augen sehen, wie Dan und Theresa die ganzen Schläuche und Maschinen nach Hause transportierten, wo Lizzy dann, für immer zwischen Leben und Tod schwebend, weiterexistieren würde. Sie würde im Wohnzimmer liegen; die Mädchen würden sie für eine Art Schneewittchen halten, wenn sie zu Besuch kamen. Lizzy würde wachsen, und jeden Tag müßte man sie umbetten, damit sie sich nicht wundlag. Sie würde in der Pubertät häßlich und plump sein und dann mit sechzehn wieder sehr schön. Eines Tages würde ihre Menstruation beginnen, ohne daß es sie kümmerte. Jahre würden vergehen, und die Familie würde Lizzys Anwesenheit keine besondere Beachtung mehr schenken, wenn sie alle im Wohnzimmer zusammensaßen, weil sie das schlafende Kind als ganz selbstverständlich hinnahmen. Hin und wieder dächten sie vielleicht, Lizzy hätte etwas gehört; an Weihnachten würde Dan im Eßzimmer das Tischgebet sprechen und erwähnen, wie sehr sie alle Lizzy liebten, und aus dem Augenwinkel würde Theresa wahrnehmen, wie das Mädchen den Kopf drehte und sie alle anschaute und dann wieder einschlief.

Ich umklammerte Howards Unterarm, als hätte er das alles auch gesehen. «Ich werde sie jeden Tag besuchen», verkündete ich laut. «Ich bleibe bei ihr, wenn Theresa einkaufen geht oder in die Bibliothek oder zur Therapie muß, ich schwör's, ich werde...» Mit fünfundsiebzig, wenn unsere Ehemänner längst tot waren, würden Theresa und ich noch immer neben der grauhaarigen Frau sitzen, die nie erwacht war.

Die Zeit verging, ohne wie üblich durch Mahlzeiten, Sonnenuntergänge und Waschrituale unterbrochen zu werden. Es war Howard, der schließlich fragte, ob die ganzen Gebete nicht eher dazu dienten, Lizzy in die andere Welt zu geleiten. Ich schüttelte verneinend den Kopf. Es konnte nicht wahr sein, daß sich hinter ihren Augenlidern nichts verbarg. Der Arzt hatte eine Reihe von Tests durchgeführt, um die Gehirnfunktion an der Augenreaktion zu überprüfen. Anfangs hatte Lizzy anscheinend nicht einmal die primitivsten Reflexe gezeigt. Ihre Pupillen reagierten nicht auf Helligkeit. Sie nieste nicht, wenn man ihre Nasenlöcher von innen mit einem Papiertaschentuch reizte. Es konnte nicht wahr sein, daß sie ihr Innenleben verloren hatte wie ein ausgeblasenes Ei. Ich war mir gar nicht sicher, ob es überhaupt so etwas wie eine Seele, eine vom Körper losgelöste Wesensform, gab, und wegen dieser Zweifel fiel es mir um so schwerer, mir eine junge kleine Seele vorzustellen. War Lizzys Seele wie ein Vogel mit gestutzten Flügeln im Innern dieses aufgedunsenen Körpers, ein Vogel, der immer stiller wurde und schließlich die Augen schloß? Oder war der kleine Vogel schon vor Tagen, als sie im Teich versank, hinausgeflogen, immer höher, immer höher?

Dr. Hildebrand gab seine Diagnosen in Bruchstücken bekannt. Die endgültige Entscheidung schien schließlich ein Gemeinschaftsbeschluß von ihm und Pfarrer Nabor und Dan und Theresa zu sein. Sie würden Lizzy gehen lassen. Am dritten Tag, spätabends, kamen die Familienmitglieder in den Warteraum. Die Schwester trug einen hölzernen Schaukelstuhl, auf dessen Sitz und Rückenlehne runde Flechtmatten befestigt waren, in Lizzys Zimmer. Wir saßen alle im Warteraum und versuchten, nicht zur Intensivstation zu blicken, nicht auf das Fenster mit den zugezogenen Vorhangen, auf die geschlossene Tür, hinter der unbegreiflicherweise ein Leben zu Ende ging. Mrs. Clark, unsere Vorbeterin, rutschte auf ihrem Stuhl hin und her, wie immer, wenn sie aufstehen wollte, aber ihre Tochter ergriff ihre Hand und hielt sie zurück.

In Zimmer 309 entfernte die Schwester den Tropf aus Lizzys Arm, den Schlauch aus ihrer Nase, stellte das Sauerstoffgerät ab, den Herzmonitor, entfernte die Blutdruckmanschette und den Katheter. Dan hob Lizzy aus dem Bett und trug sie zum Schaukelstuhl. Seine Schultern waren bis zu den Ohren hochgezogen. Er wiegte Lizzy sanft. Theresa kniete auf dem Boden und legte den Kopf in Lizzys Schoß. Nun durften sie Lizzy überall berühren. Sie sprachen mit ihr, glaubten, daß sie wieder bei sich war, daß sie hören und verstehen konnte. Dan zählte stumm mit, während Lizzy zuerst alle zwölf Sekunden einen Atemzug tat, dann alle vierzehn, achtzehn, zwanzig. Sie warteten, über das Kind gebeugt, doch kein Atemzug folgte.

# 4

***Howards Mutter Nellie*** hatte nicht nur Emma und Claire drei Tage lang bei Laune gehalten, sondern auch Brot, Kuchen und Plätzchen gebacken, zwei Kasserollen Brokkoli-Auflauf mit Huhn und noch etliche andere Speisen zubereitet: verschiedene Sorten Wackelpudding, Dips, ihre Spezial-Salatsauce mit Knoblauch. Als wir in der Nacht nach Lizzys Tod heimkamen, verteilte der Ventilator die heiße Luft gleichmäßig im Wohnzimmer. Howard sagte, er wüßte gern, ob die Höllenfeuer heißer sein könnten als die gegenwärtige Temperatur in unserer Küche. Ich entgegnete, das wisse ich nicht, es sei schon sehr heiß, aber die Hölle sei vermutlich noch eine Stufe schlimmer, und außerdem...

«Schon gut», sagte er.

Im Bett lagen wir lange wach, die Augen über einem Tränenschleier geschlossen. Es hatte keinen Sinn, schlafen zu wollen, und lange vor der Morgendämmerung schlich ich die knarrende Treppe hinunter. Ich öffnete aus alter Gewohnheit den Kühlschrank und stand reglos vor seinem Schlund. Dunkelheit starrte mir entgegen; die Glühbirne war schon vor Wochen durchgebrannt. Die grün leuchtenden Digitalziffern der Mikrowellenuhr auf der Anrichte erhellten den Raum wie sanfter Kerzenschein, und als ich mein Gewicht vom rechten auf den linken Fuß verlagerte, fing sich das Licht in der Himbeergötterspeise mit den Bananen- und Ananasstückchen im untersten Fach. Sie schien mir zuzublinzeln. Howard hatte mir erzählt, die Frauen aus der Kirchengemeinde würden die Collins mit Essen versorgen, auch Nellie habe zunächst unsere Tupperware mit Klebeband und wischfestem Filzstift sorgfältig gekennzeichnet und dann mehrere Mahlzeiten in die Gemeindeküche gebracht.

Auf dem Heimweg hatte Howard kein Wort gesprochen. Als wir gerade das Haus betreten hatten, fragte er mich, wann das Begräbnis stattfinde, als glaubte er, ich hätte zwischen Wagentür und Schwelle etwas Neues erfahren. Ich hatte ihn mit großen Augen und offenem Mund angestarrt wie eine Idiotin, und dann hatte ich gelacht. Ich wußte nicht, wo ich jetzt sein wollte, wo ich hingehen könnte, um wieder Boden unter die Füße zu kriegen. Der schwache Duft von frischem Brot, die vielen selbstzubereiteten Gerichte, die sauber geschrubbte Spüle, die Tischsets, abgeräumt und ordentlich auf dem kalten Holzherd gestapelt, der bis zum Rand gefüllte Salzstreuer – jede dieser Kleinigkeiten gab mir das Gefühl, in meiner eigenen Küche eine Fremde zu sein. Leben ist Nahrung, schien Nellie mit ihrer Kocherei zu verkünden. Hier ist Leben!

Ich ging auf die Veranda und setzte mich in die Schaukel. Wetterleuchten blitzte in der Ferne, erhellte kurz den Himmel und verlosch, bevor ich es noch richtig wahrnehmen konnte. So viele Wunder waren am Werk: aus einer Blüte wurde ein Pfirsich, eine Biene konnte in ihrem Thorax Honig zubereiten, eines Tages würde es regnen. Doch für Lizzy gab es keine Wunder mehr. Ich dachte an den Wechsel der Jahreszeiten, und im Grau der Nacht gelang es mir fast, den azurblauen Himmel über mir zu sehen, das Rotgold der Ahornblätter, das Karminrot der reifen Äpfel, den Rauhreif auf dem Gras. Lizzy war mit einemmal Teil der Erde geworden. Wir würden deren Schönheit betrachten und dabei versuchen, sie mit Lizzys Augen zu sehen. Zugleich aber war Lizzy nunmehr auch die Luft, die Blume, vielleicht sogar der Mond. Alles, was wir tun konnten, das einzige, was uns geblieben war, war das Schauen.

Als ich zwei Stunden später erwachte, saß ich immer noch draußen in der Schaukel. Ich war vornüber gesunken und hatte geschlafen, die Wange auf dem Blatt der Pflanzschaufel. Howards vergilbte, fleckige T-Shirts hingen, eins neben dem anderen, an der Wäscheleine. Ich war nicht sicher, ob ich sie da aufgehängt hatte. Am Himmel war keine Wolke, und die Vögel zwitscherten in dem

Fliederbusch beim Vogelbad. Ich richtete mich auf und schaute ins fahle Licht. Es war wieder ein wunderbarer Morgen. Das Grün wurde langsam aus dem Gras gebrannt, und die vertrockneten Spitzen würden mich in die Füße stechen, wenn ich über den Rasen ging. Die Schwalbe in dem Nest am anderen Ende der Veranda beäugte mich mißtrauisch, als erwartete sie, daß ich ihr nachstellte und sie in der Hand zerquetschte. Ich erinnere mich, wie ich plötzlich erkannte, daß mein prekäres Gefühl des Verwurzeltseins stets nur Wunschdenken gewesen war. In meiner Naivität hatte ich geglaubt, an einem Ruhepunkt angekommen zu sein. Jetzt war mir der feste Grund der Welt entzogen worden.

Ich ging nach oben in Emmas Zimmer, sorgfältig die knarrenden losen Dielen vermeidend. Vielleicht war hier mein Zuhause, in diesem kleinen Zimmer mit Bett und Kommode. Auf dem Boden lagen Federn von einem Puppendeckbett, ausgetrocknete Filzstifte ohne Deckel, und in dem langhaarigen Teppich blinkten Münzen. Ich setzte mich auf die Bettkante und betrachtete Emma. Sie würde nicht besonders hübsch werden, was mich hin und wieder quälte. Sie hatte dünnes blondes Haar, eine Knubbelnase und kleine Augen mit spärlichen Wimpern. Ich gab meinen Kindern abends immer einen Gutenachtkuß und klammerte mich an ihr sorgloses Leben. Es war die kurze Zeit der Gnade, die Zeit, ehe Schmerz und Kummer sie mit der Wirklichkeit vertraut machten.

Emma wirkte im Schlaf wie ein anderes Kind, mit dem geschlossenen Mund und den zusammengelegten Händen unterm Kinn. Obwohl sie mich von Anfang an, seit der Geburt, furchtbar genervt hatte, weil sie so eigensinnig war, gewann ich mit der Zeit doch immer stärker das Gefühl, daß ich sie kannte und daß ich sie auch in Zukunft stets besser kennen würde als sie sich selbst. Ich verstand sie, noch ehe sie ein Bild von sich hatte, und das Wissen um ihre Vorlieben und Neigungen würde ich für mich behalten wie ein geheimes Schatzkästchen. Ich hatte sie Tag für Tag gewaschen und mit den Händen über ihre weiche Haut mit dem goldenen Flaum gestrichen, diese Haut, die jahrelang keinen einzigen Leberfleck aufgewiesen hatte. Wider bessere Einsicht wollte ich gern glauben, daß ich sie, egal, was ihr widerfuhr – Ehe, Scheidung, Geburt, Enttäuschungen und Triumphe – immer genau kennen würde. Sie schniefte im Schlaf und kräuselte die Stirn. Ich berührte ihr Haar, und ich war froh, so froh, daß nicht *sie* ertrunken war. Plötzlich dachte ich, daß meine Mädchen in Sicherheit waren, denn sie hatten die Statistik auf ihrer Seite: pro Wohngegend starb innerhalb eines bestimmten Zeitraums nicht mehr als ein Kind. Wir hatten Lizzy für die Sicherheit aller anderen geopfert. Emma war erst mal nicht in Gefahr, sie konnte in die Vorschule gehen und lernen, wie man im Kreis sitzt und ausschneidet und aufklebt und mit dem Mund auf dem Unterarm unanständige Geräusche erzeugt. Sie hatte die Möglichkeit, den langen dunklen Tunnel der staatlichen Erziehung zu durchqueren und in einem langen weißen Gewand zur Abschlußfeier zu gehen und anschließend ein College zu besuchen, das wir uns leisten konnten. Ich hätte gern gewußt, was man ihr über Lizzy gesagt hatte. Ich wollte leise sein, aber ich schluchzte haltlos in das zusätzliche Kissen auf dem Bett.

«Oma hat mir ein neues Armband geschenkt.» Emma hatte sich halb aufgerichtet. Den Kopf auf die Faust gestützt, den Ellbogen gebeugt, starrte sie mich an.

«Das ist ja toll», flüsterte ich.

«Es ist aus Kristall», sagte sie, «wie für 'ne Prinzessin.»

Ich hatte in meinem ganzen Leben noch nie so heftig geschluchzt, und Emma wollte es nicht einmal zur Kenntnis nehmen. Es war, als würde ich sie jeden Morgen auf diese Weise wecken, weinend. Weinend, weil ich nicht mehr das Recht zu haben glaubte, mich in ihrem Zimmer aufzuhalten; weinend, weil ich unabsichtlich das eigene Nest beschmutzt hatte.

Die Trauerfeier und das Begräbnis fanden zwei Tage nach Lizzys Tod statt, abends in der presbyterianischen Kirche von Prairie Center. Dan liebte diese kleine Stadtkirche, wo er jeden Sonntag seinen schwarzen Talar anlegte, durch die Sakristeitür zur Kanzel ging und dann seinen Platz an der Orgel einnahm. Er konnte nur acht Pedale bedienen, kam aber trotzdem zurecht. Er hatte aus dem Molkerei-Schrein eine lebensgroße Kuh für die Krippe gespendet, die in der Weihnachtszeit auf dem Rasen aufgestellt wurde und die er freundlicherweise den Rest des Jahres in seiner Garage aufbewahrte.

Als wir um Viertel vor fünf beim Essen saßen, fragte Nellie Howard, was er zu der Beerdigung anziehen werde.

Er hatte gerade in ein Muffin gebissen, und bei seiner Antwort: «Mein dunkelblaues Sportjackett», flogen die Krümel in alle Richtungen.

«Guck mal, was Daddy macht!» quiekte Claire.

Es dauerte eine geschlagene Minute, bis Nellie im Geiste Howards Garderobe durchgegangen und bei dem abgetragenen Sportjackett angekommen war, das sie ihm gekauft hatte, als er sechzehn war.

«Du meinst doch nicht die Jacke, die du schon in der High-School hattest», sagte sie, über die Absurdität seines Vorschlags lächelnd.

«Doch, genau die», antwortete Howard.

Als sie den Mund wieder zukriegte, räusperte sie sich. Sie hielt sich mit beiden Händen am Tisch fest, warf den Kopf zurück, streckte ihr spitzes Kinn vor und blickte von dieser schwindelerregenden Höhe auf Howard herab. «Liebling», erklärte sie, «du kannst bei sechsunddreißig Grad keinen Cordsamt tragen.» Sie stand auf, und mit der Entschlossenheit eines Feldwebels marschierte sie in ihr Zimmer ab. Doch ehe wir noch überlegen konnten, was sie im Sinn haben mochte, war sie wieder zurück. «Geh und kauf dir einen Anzug», sagte sie und knallte einen Blankoscheck auf den Tisch. «Du brauchst sowieso einen – den kannst du dann bei solchen Gelegenheiten tragen.»

Würde es denn noch mehr solche Gelegenheiten geben? Und konnte ein so außergewöhnlich großer, dünner Mensch ohne weiteres einen passenden Anzug finden?

«Weißt du, was ich alles anfangen könnte mit den – mit den hundert Dollar oder was das kostet?» entgegnete Howard ohne eine Spur von Verärgerung. «Ich könnte mir einen besseren...»

«Sei nicht albern. Du brauchst einen Anzug für Emmas Schulabschlußfeier, für ihre Collegeabschlußfeier und wenn sie heiratet.»

Nellie hatte keine Ahnung, wie ihr Sohn tickte. Er stellte sich immer so dumm an! Erstens glaubte er ernsthaft, er könnte für hundert Dollar einen Anzug kriegen, und zweitens stand er jeden Morgen um halb fünf auf, um in den Stall zu gehen und Tiere zu melken, die so groß waren wie der Parthenon. Nellie war überzeugt, daß Howard diese Milchfarm-Phantasie bald überwunden haben würde, daß dieses Traumleben nichts anderes war, als wenn ein kleiner Junge stundenlang einen Traktor im Sandkasten herumschiebt und dabei Motorengeräusche nachahmt. Man konnte auch überleben, ohne Kühe um ihr rechtmäßiges Eigentum zu bringen; wir konnten mit Kalzium angereicherten Orangensaft und Sojamilch trinken. Meine Ohren brannten, und meine Wangen wurden heiß, wenn ich zuviel an Nellie dachte. Ich konnte ihr nicht verzeihen, wie sie Howard behandelte – als bettelte er um Süßigkeiten. *Okay, Schätzchen, hier sind hunderttausend Dollar für deine Farm. Iß sie nicht alle auf einmal, sonst kriegst du Bauchweh.* Sie hatte die gemeine Angewohnheit, uns erst großzügig zu beschenken und dann zu meckern, wir wüßten nicht mit dem Geld umzugehen. Manchmal warf sie uns die Scheine regelrecht nach; dann wieder hatten wir das Gefühl, wir müßten auf Knien gekrochen kommen und sie um jeden Cent anbetteln. Dabei hätte ich für ihre gelegentlichen spontanen Geldsegen echte Dankbarkeit empfinden und zeigen müssen. Aber wie sehr ich mich auf sie einzustellen versuchte, wie gut ich mich gegen sie und meine eigenen Aggressionen gewappnet glaubte, ich war doch immer wieder so sprachlos wie beim erstenmal über die kleinen Predigten, die Kränkungen, die scheinbar beiläufige Großzügigkeit, an die im nachhinein Bedingungen geknüpft wurden.

Howard verstand es zwar, seinen Ärger zu überspielen, aber ich kannte ihn gut genug, um zu wissen, daß der unverwandte Blick, den er nun auf mich richtete, seine Art von Hilferuf war. Ich zuckte die Achseln und schob meinen Teller weg. Sie wollte, daß er anständig aussah. Ihr Sohn würde in der Kirche nach Mist riechen und mit schmutzigem Gesicht dasitzen; er würde sich nicht von seiner besten Seite zeigen, und niemand würde merken, was für ein guter, kluger Junge er war. Ich sah die Besorgnis in ihrem zerknitterten Gesicht. Die Frau ihres Sohnes brachte nichts als Schande, und er selbst setzte sich nicht genügend von ihr ab. Nellie war müde, und sie wurde alt. Man mußte es ihr allerdings hoch anrechnen, daß sie kaum ein Wort über Lizzys Tod verloren hatte, und ich war auch geneigt, die Sache mit dem Anzug als einen Versuch zu sehen, uns beizustehen. Sie tat mir fast leid. Howard hatte heute bereits die Produktivität und das Wohlbefinden der Kühe aufs Spiel gesetzt, indem er sie zwei Stunden zu früh gemolken hatte. Warum also nicht Nellie einen Gefallen tun? «Ich fahr dich», sagte ich zu ihm. Und an Nellie gewandt, murmelte ich: «Wir werden schon was Anständiges für ihn auftreiben.»

Auf dem Weg in die Stadt konnte ich mir meine Standardbemerkung nicht verkneifen: «Eines Tages müssen wir aufhören, ihr Geld anzunehmen.»

«Ich weiß.» Howard wurde stets einsilbig, wenn sich ein Streit anbahnte.

Bei Hutchin's, dem Herrenbekleidungsgeschäft in Blackwell, das zum Glück an Freitagen länger geöffnet hatte, probierte Howard drei Anzüge an, die allesamt in der Taille zu weit und an den Ärmeln zu kurz waren. Obwohl er farbenblind ist, wählte er ein seriöses grau-grünes Ensemble. «Das ist doch nicht rosa, oder?» flüsterte er. Die Verkäuferin wies ihn darauf hin, daß er auch Schuhe und eine Krawatte, ein Hemd und Socken brauchte. Sie blinzelte mir zu, als wollte sie sagen: Wir sind auf einer Seite. Wir haben ein gemeinsames Interesse daran, diese willenlose Puppe einzukleiden. Als ihr schließlich klar wurde, daß mit mir irgend etwas nicht stimmte, daß ich schwachsinnig oder taub war, wandte sie sich ab und redete mit Howard, als hätte sie seine geniale Begabung für das Kombinieren von Socken und Krawatten gerade erst erkannt.

Wir saßen etwa eine Viertelstunde herum, kratzten uns an den Beinen und blätterten im *Reader's Digest*, während der Anzug geändert wurde. Die Schneiderin wohnte gleich um die Ecke und wurde wegen dieses Notfalls vom Abendessen weggeholt. Bei allem Pech hatten wir auch ein bißchen Glück. Ich fand eine Modezeitschrift mit einem Parfümprobestreifen, den ich kräftig an meinen Handgelenken rieb. Nach einer Weile begann Howard, an seinen Schneidezähnen zu kratzen und mit dem Fuß auf den Holzfußboden zu klopfen. Schließlich sprang er auf und stürmte ins Hinterzimmer, wo die Frau über ihre Näharbeit gebeugt saß, die Nase auf dem Hosensaum. Aus seiner Tasche holte er eine Nadel, mit der er am Nachmittag das Hinterteil der Kuh mit dem prolabierten Uterus zugenäht hatte. «Dazu brauche ich nur einen sauberen Saumstich», sagte er. «Keine Bange. Ich hab am College einen Polsterkurs gemacht.»

Die Schneiderin blickte erschrocken auf. Ihre Stirn war so monumental wie der Mount Rushmore. Erstaunlich, daß ein Mensch so kleine Augen, ein haselnußgroßes Mündchen und kaum Haare auf dem Kopf haben konnte – und trotzdem eine derart riesige Stirn. Ich mußte dauernd hinsehen und dachte, daß man mit so einer Stirn immer sehr aufpassen müßte, um nicht ständig gegen das Eisfach oder den Küchenschrank zu knallen.

«Wir haben nicht viel Zeit», erklärte Howard. «Hätten schon vor 'ner halben Stunde dasein sollen.»

Um Viertel nach sechs war der Anzug fertig. Howard zahlte ein Heidengeld dafür und trug die Summe sorgfältig auf Nellies Scheck ein. Dann ging er in die Umkleidekabine, um seinen Staat anzulegen. Schweigend und mit gesenktem Blick erschien er wieder, als sei ihm sein Körper vom Halsansatz bis zu den Knöcheln plötzlich fremd geworden. Staunend betrachtete ich ihn, den

Arbeitsmenschen, dem sein Aussehen egal war, der nichts von täglicher Körperpflege hielt – und da stand er nun, ungeheuer vornehm in seinem neuen Anzug. Es war erst Juni, aber sein Gesicht war schon tief gebräunt. Seine Zähne funkelten weiß und blendeten gefährlich, wie eine Sonnenfinsternis. Man kam nicht umhin, ihn zu bewundern, sich diese Schönheit irgendwie einverleiben zu wollen – ihn zu trinken, ihn aufzuessen, in sein Hemd zu kriechen und sich dort für den Rest seines Lebens zu verstecken. Nach sechs Jahren Ehe machte er mir gelegentlich immer noch weiche Knie.

«Hast du die Stirn dieser Schneiderin gesehen?» sagte ich draußen auf dem Gehweg. «Ich habe noch nie so einen Kopf...»

Howard packte mich am Arm, und wir blieben stehen. «Alice», sagte er, «weshalb fallen dir immer so komische Sachen auf? Warum kannst du nicht auch mal was Positives an jemandem sehen?» Es war sonst nicht seine Art, so offen Kritik zu üben, und seine Zurechtweisung brachte mich völlig durcheinander. Ich sah doch auch das Positive an den Leuten, ganz bestimmt. Oder? Ich wollte mich verteidigen, aber er sagte: «Laß gut sein.» Er ging zu seiner Seite des Autos und murmelte vor sich hin, während er die Tür öffnete. Ich hörte ihn sagen: «Ich möchte das endlich hinter mich bringen.»

Der Anzugkauf hatte mich kurzfristig vom eigentlichen Anlaß des Abends abgelenkt. Jetzt fiel mir alles wieder ein, und es war ein Gefühl, als würde mir ein Bleirohr direkt auf den Schädel niedersausen. Howard hatte recht. Wie konnte ich nur so oberflächlich sein und mich über eine riesige Stirn ereifern, wenn wir doch diese Hürde vor uns hatten, deren Überwindung bestes Benehmen und unsere ganze Kraft erforderte.

«Tut mir leid», sagte ich. «Tut mir wirklich leid.»

Die Leute standen um die halbe Kirche Schlange, als wir an den Straßenrand fuhren. Der Parkplatz war überfüllt, und die Diakone wiesen die Autofahrer mit ernster Miene an, in Doppelreihen zu parken. Es war sieben Uhr abends, aber die Sonne glühte so stark wie am Nachmittag. Ich erinnere mich, welche Angst mich überkam, als ich all die gleißenden Autos sah, das heiße Metall und das Glas, in dem sich das Licht wie im Wasser spiegelte. Niemand in der Schlange hatte genug Energie, sich Luft zuzufächeln oder die Mücken zu verscheuchen. Die Luft war drückend und schal, als befänden wir uns im Inneren eines Ballons. Die meisten Frauen um uns herum trugen Nylonstrümpfe, so daß ihnen die Kleider an den Beinen klebten. Mir wurde ganz übel von diesem Anblick, und ich flüsterte Howard zu: «Die kriegen bestimmt einen Hitzschlag.»

«Sei still», fuhr er mich an. «Halt bloß den Mund.»

Ich blickte den Hügel hinunter auf die Reihen kniehoher Maispflanzen, die während des vergangenen Monats jeden Tag gewässert worden waren. Ich schaff das schon, sagte ich mir. Ich würde an den tiefen Brunnen denken, an das Bewässerungssystem da unten, das den Mais zum Wachsen brachte. Ich würde mir vorstellen, daß die grünen Maiswedel so hoch wuchsen wie Elefanten. Howard und ich hatten in den letzten Tagen wenig miteinander gesprochen. Gemeinsam hatten wir Emma und Claire von Lizzy erzählt. Die beiden Mädchen hatten uns zehn Minuten lang ausgefragt: Wo Lizzy jetzt sei, und ob es weh getan habe, und warum sie nicht einfach probiert habe, ans Ufer zu schwimmen? Sie konnten nicht begreifen, daß wir Lizzy nie wiedersehen würden, aber sie versuchten es zumindest, wobei sie an den Fingern kauend zur Decke blickten. «Passiert uns das auch mal?» fragten sie dann. «Nein», versicherten wir ihnen. «Erst, wenn ihr ganz alt seid.» Lizzy war für sie plötzlich ein fremdes Wesen, ganz anders als sie selbst. Vor ihrem Tod war Lizzy unverletzlich gewesen, genau wie sie selbst auch. Etwas hatte sich verändert, etwas hatte Lizzy in dieses – in dieses fremdartige Wesen verwandelt. Als die beiden erkannten, daß sie selbst immer noch gesund waren und ihnen nichts zustoßen konnte, zogen sie fröhlich von dannen.

Howard und ich waren uns mit übertriebener Vorsicht begegnet, ohne recht zu wissen, was sich hinter dieser Höflichkeit verbarg. Er ging morgens aus dem Haus, und ich vergrub das Kinn im Kissen und starrte auf den weißen Bezug. An den letzten beiden Tagen hatte ich ihn bei seiner Rückkehr mit Entschuldigungen überschüttet. Mehr als einmal sagte er, ich solle bitte still sein. Es gab keinen Streit, kein wütendes Geschrei, weil er mir den Mund verboten hatte. Howard wußte, was angebracht war: Es war dumm, den Geist des toten Lammes zu beschwören – Buster hatten wir es genannt –, das Nellie in Form von Koteletts zum Abendessen serviert hatte. Es war feige, vorzuschlagen, die Kühe trockenzustellen und ein paar Wochen irgendwohin zu fahren, bis das Schlimmste vorbei war. «Bitte, Alice», hatte er gesagt, «sei still und laß uns die Sache hinter uns bringen.»

Zuerst, als wir da in der Schlange standen, hatte ich gar nicht gemerkt, daß Howards Oberlippe zitterte, daß er sich zusammenreißen mußte. Erst als er sich jetzt von mir abwandte, begriff ich, daß ihm die ganze vergangene Woche unwirklich vorgekommen war, bis eben. Er wischte sich die Nase mit dem Ärmel ab. Ich hatte das Gefühl, ich könnte durch seinen Anzug hindurch auf seine unbehaarte Brust sehen, die mich trotz seiner übernatürlichen Stärke nie an große männliche Kraft hatte denken lassen, sondern an Porzellan, an glattes, weißes Porzellan, das zerbrechen konnte, wenn man sich nicht vorsah. Ich erinnerte mich daran, wie Howard im Krankenhaus gesagt hatte, er habe das Gefühl, wir befänden uns außerhalb von Zeit und Raum. Als es dann vorbei war, hatte er zu Hause wieder seine tröstliche Routine aufnehmen können. Die Arbeit bedeutete Erholung. Er hatte die täglichen Verrichtungen alleine erledigt und war bestimmt dankbar gewesen, daß die Anstrengung ihn ermüdete. Seine rostige Bewässerungsanlage leckte, und die Kuh hatte einen Vorfall erlitten. Er hatte aber nicht den Tierarzt gerufen, weil er sich die hundert Dollar für dessen bloßes Erscheinen lieber sparen wollte, also hatte er den Uterus selbst wieder hineingeschoben, die Kuh mit Schnürsenkel und einer Stopfnadel genäht und ihr eine Penizillinspritze verpaßt. Es kam wohl eher selten vor, daß ein Milchfarmer ein solches Risiko einging, da die Tiere sehr teuer waren. Wenn die Kuh an einer Infektion starb, würde er sich wie ein elender Kurpfuscher vorkommen; wenn sie durchkam, wie ein begnadeter Farmer.

Die letzten Tage war Howard sehr beschäftigt gewesen. Da war es nicht weiter verwunderlich, wenn nun in der Kirche seine Gefühle zum Ausbruch kamen. Vielleicht erinnerte er sich daran, wie wir Lizzy auf der Säuglingsstation im Krankenhaus gesehen hatten, als sie gerade vier Stunden alt war. Es gab ein Fotoalbum und das Video von ihrer zweiten Geburtstagsparty. Ihr Gesicht war mit weißem Zuckerguß verschmiert gewesen, ein Ballon war geplatzt, und sie hatte geheult. Dan und Theresa hatten bestimmt die Zeit seit Lizzys Tod damit verbracht, miteinander zu reden – was für ein wunderbares Kind Lizzy gewesen war, wie sie krabbeln, stehen und laufen gelernt hatte, alles mit unwiderstehlicher Energie innerhalb eines Monats. Kopfschüttelnd würden sie sich darüber gewundert haben, was für ein Ausnahmekind Lizzy gewesen war. Immer wieder würden sie ihren kleinen Anekdotenschatz durchgegangen sein, bis es sinnlos geworden wäre, alles noch einmal zu wiederholen. Sie würden sich immer und immer wieder geschworen haben, die Erinnerung an Lizzy lebendig zu erhalten. Aber sie wäre ihnen schon beim Sprechen entglitten. Vielleicht würden sie noch mehr Kinder bekommen und in einen anderen Bundesstaat ziehen. Als Teenager würde Audrey sich gelegentlich daran erinnern, daß es da mal eine Schwester gegeben hatte, die im Teich der Nachbarn ertrunken war, jenes längst zu einem Foto im Wohnzimmer erstarrte Baby.

Ich erinnere mich, daß ich mich von der ganzen Versammlung weit entfernt fühlte. Ich war gefaßter, als ich hätte sein sollen. Theresa, die sich wegen ihrer Praxis als Familientherapeutin in solchen Fällen auskannte, hatte mir einmal gesagt, Gefühle seien nie falsch. Gefühle gibt es einfach, und sie müssen ernstgenommen werden, aber sie haben an und für sich, hatte Theresa gesagt, kein moralisches Gewicht und sollten deshalb nie beurteilt werden. Soviel Spielraum hätte ich mir selbst nie geben können, und ich wußte sehr genau, daß meine Gelassenheit, diese unangemessene Ruhe, falsch war.

Ich stand in der Schlange und überlegte, wie ich die Trauerformalitäten hinter mich bringen sollte. Es wäre wesentlich angenehmer gewesen, im Untergeschoß der Kirche den Kuchen für den «Lunch» aufzuschneiden oder auf die riesige Kaffeekanne aufzupassen. Ich hatte mich angeboten, das heißt, Howard hatte es für mich getan. Er hatte immer wieder die Nummer der Collins gewählt, bis er endlich durchgekommen war. Aber Theresa hatte ihm mitgeteilt, es gebe genug Leute, um den Bedarf zu decken.

«Um den Bedarf zu decken?» hatte ich wiederholt, und Howard hatte nicht geantwortet, weil Nellie in der Tür stand. Er hatte die Augen verdreht und eine Grimasse gezogen und war dann aus dem Zimmer gegangen.

Zu Lizzys Angehörigen konnte ich eigentlich nichts mehr sagen. Das Leben von Dan und Theresa würde nie mehr so sein wie vorher. Ich beherrschte die Regeln der Ersten Hilfe nicht, hatte meinen Haushalt nicht einmal soweit im Griff, daß ich auf Anhieb meinen Badeanzug fand, konnte nicht auf andere aufpassen, war eine Heidin, die kaum ein Gebet zustande brachte. Ein «Tut mir leid» würde da nicht ausreichen.

Meine verschwitzte Bluse klebte mir am Bauch, und meine Handgelenke dufteten immer noch nach dem neuen Calvin-Klein-Parfüm «Escape», das ich bei Hutchin's in der Zeitschrift gefunden hatte. Howards Mutter hatte den geblümten Rock gebügelt, und ich hatte mir sorgfältig Achselhöhlen und Beine rasiert, aus Angst, ein häßliches dunkles Haarbüschel könnte womöglich als Zeichen der Respektlosigkeit gedeutet werden. Ich war groß und mußte immer darauf achten, mich gerade zu halten, meistens ohne Erfolg. Hier in der Schlange stand ich aufrecht. Ich packte meine Haare, zog sie aus dem Gummiband, strich sie mit den Fingern glatt und zurrte dann das Band wieder fest. In diesem Moment entdeckte ich ein paar Meter hinter uns Mrs. Mackessy. Ich hatte sie im Krankenhaus gesehen, im Wartezimmer. Ich hatte drei Tage lang in der Halle gesessen und nichts getan. Nur gewartet. Von nun an würde ich überall, wo ich hinging, überraschend auf Leute treffen, die mich an unerfreuliche Dinge erinnerten.

In der Schlange hier in der Kirche wirkte Mrs. Mackessy wie immer respektabel. Sie trug einen weiten weißen Rock und eine rosarote Bluse, und ihr Haar wurde von einer goldenen Bananenklammer zusammengehalten. Sie blies sich Luft ins Gesicht, indem sie die Unterlippe vorschob wie eine Schnute.

«Mach voran», flüsterte Howard und schubste mich.

Ich nickte. Richtig. Mach voran. Den Ausdruck hatte er vorher noch nie verwendet. Ich mochte Mrs. Mackessy nicht, genausowenig wie ihren Jungen, der hinter ihrem Rock hervorlugte. Es paßte mir nicht, daß die beiden hier in der Schlange standen, und außerdem tat Mrs. Mackessy auch noch so, als stellte die Trauerzeremonie eine lästige Verpflichtung für sie dar. Sie gehörten nicht hierher – sie waren keine Freunde der Familie. Ich wußte, daß Mrs. Mackessy und ihr Mann bei Theresa in der Eheberatung gewesen waren. Ich weiß noch, wie ich damals dachte: Die sind anders als wir, die gehören zu den Leuten, die ihre Sozialhilfe gleich für Hundewetten ausgeben.

«Alice, beweg dich», sagte Howard in schulmeisterlichem Tonfall. Drei Schritte, und ich stand wieder neben ihm. Ich überlegte erneut, was ich tun sollte, wenn ich zu den Angehörigen kam. Sollte ich jedem die Hand drücken oder alle auf die Wange küssen und wortlos weitergehen? Was war mit Theresas älterem Bruder, mit dem, der wie ein Gangster aussah? Womöglich erwartete er mich mit einem Messer im Ärmel.

Was soll ich tun? fragte ich meine staubigen Füße. Wenn Howard wüßte, wie ich mich fühlte, würde er mich führen. Ich könnte mein müdes Haupt auf seine Schulter legen und leise und untröstlich weinen, und er würde mir beruhigend zuflüstern, den ganzen Weg lang. Hoffentlich konnte ich angemessen viele Tränen vergießen. Dan sollte ich vermutlich umarmen, ob es ihm nun paßte oder nicht. Er würde spüren, wie ich zitterte, und vielleicht meine Angst verstehen. Was sagen? Was sagen? Ich war wütend, daß Howard mir befohlen hatte, still zu sein. In der Kirche würde ich mir alle Mühe geben, genug zu weinen, um einen guten Eindruck zu hinterlassen, aber nicht soviel, daß ich nicht mehr aufhören konnte. Schließlich war der Gottesdienst nicht viel mehr als eine Show, ähnlich wie eine Hochzeit, eine bereinigte, offizielle Darstellung des Grauens und des Chaos, das sich vorher abgespielt hatte.

Ich holte tief Luft und fuhr mir mit der Zunge über die Lippen, als ich in die Vorhalle einbog. Vor uns stand der Sarg, der weiße Sarg mit den goldenen Verzierungen an den Rändern, als gehörte er zur Möbelausstattung eines Mädchenzimmers. Er war so groß wie der Karton, in dem Emmas Kinderwagen geliefert worden war. Man konnte zunächst gar nichts erkennen, bis man sich nach und nach an das grelle Licht gewöhnt hatte. Lizzy lag im Sarg, auf ein weißes Satinkissen gebettet. Ihr Kleid hatte rosarote Puffärmel mit Schleifchen an den Säumen, eine Passe mit Schleifchen über der Brust und ein Lätzchen mit Spitzenbesatz um den Halsausschnitt. Der Fußteil des Sarges war zugeklappt. Lizzy war so aufgedunsen gewesen, daß man ihr vermutlich gar keine Schuhe oder Strümpfe über die Füße hatte ziehen können. Sie wirkte größer als zu Lebzeiten, und doch hatte sie etwas beinahe Zweidimensionales. Die ganze Ausstaffierung, das silberne Haarband mit den fünf rosaroten Rosen – das alles ließ sie aussehen wie ein Hochzeitskuchen. Lizzy hätte sich das nie gefallen lassen! Sie hätte geschrien und gestampft, an den Schleifen gezerrt, sich das Haarband heruntergerissen. Ich zupfte Howard am Ärmel und suchte seine Hand. Ich wollte mit ihm weglaufen. Wir mußten hier raus; ich konnte die Hitze und die drängelnde Menschenmenge, die mich zum Weitergehen zwang, nicht ertragen.

«Howard», flüsterte ich laut. Er starrte auf die Leiche. Die Tränen liefen ihm über die Wangen und weichten seinen steifen weißen Kragen auf.

«Du lieber Himmel, Theresa sah ja so schlecht aus, als ich ihr gestern begegnet bin. Ich hab gesagt, sie soll sich erst mal hinsetzen und mir alles erzählen.» Die Stimme hinter uns war hoch und schrill, wie ein Zahnarztbohrer. Ich konnte nicht anders, ich mußte mich umdrehen. Es war ein fürchterliches Weibsstück mit unzähligen Pusteln im Gesicht, die unter einer dicken Schicht Puder und Rouge zum Vorschein kamen, dessen grelles Pink in der Natur gar nicht vorgesehen war. Sie kam offensichtlich gerade von einer Veranstaltung, bei der man einen «Hallo! Ich heiße ________»-Aufkleber tragen mußte. Er löste sich schon ab und rollte sich an den Rändern auf. Dem Schildchen zufolge hieß sie Mrs. M. L. Glevitch, und sie schlug mich gleich in ihren Bann: Ich konnte den Blick nicht von ihr wenden. Das Make-up hörte am Hals abrupt auf. Sie trug ein langärmeliges blaues Polyesterkleid, das vermutlich so bequem war wie ein Müllsack, dazu dicke dunkelbraune Strümpfe und schwere ochsenblutfarbene Schuhe – man konnte schon fast von Arbeitsschuhen sprechen, fand ich. Mit ihrer großen dunkelblauen Handtasche zerquetschte sie eine Mücke auf ihrem Arm. Mrs. Glevitch und ihre Freundin mußten sich vorgedrängt haben, denn vorher waren sie noch nicht hinter uns gewesen. «Du wirst es nicht glauben.» Mrs. Glevitch senkte die Stimme. «Theresa hat darauf bestanden, daß der Bestattungsunternehmer Lizzy eine Windel anzieht.» Sie schaute ihre Freundin an, wobei sie einen Winkel der Unterlippe in den Mund sog und mit aufgerissenen Augen nickte. «Sie wurde richtig hysterisch, als die Swanson Brothers Unterhosen verlangten. Das gute Mädchen hat richtig geschrien. Ich war nämlich dort, um Lois Wrights Sterbeurkunde für Otis abzuholen. Und ich habe mit eigenen Ohren gehört, wie Theresa geschrien hat» – ihre Stimme wurde noch leiser, erstarb zu einem zischenden Flüstern – «‹Lizzy geht doch noch gar nicht auf den Topf›, hat sie geschrien.»

Die Freundin schüttelte den Kopf und schnalzte mit der Zunge gegen die Zähne.

«Und dann hat Chas Swanson Theresa am Ellbogen genommen und sie in sein Büro geführt, und da hat er den Arm um sie gelegt und gesagt, er würde sich ganz nach ihren Wünschen richten …»

«Da ist sie», sagte die Freundin. Sie schubste mich beiseite, um den Sarg besser sehen zu können.

«Chas Swanson», fuhr Mrs. Glevitch fort, ohne ihre Freundin

zu beachten, «der hat doch in der Woche mindestens zwei- oder dreimal mit Toten zu tun, und sogar er hat geweint. Ich hab selbst gesehen, wie er sich die Augen mit dem Taschentuch ausgewischt hat, nachdem Theresa weg war.»

Ich schaute Lizzy noch einmal an. Ihre kurzen braunen Haare waren stumpf und sauber gekämmt. Auf ihrer Brust lag, von den merkwürdig flachen Händen umschlossen, ihr Bär. Bei ihrer Geburt war er rosarot gewesen, aber inzwischen war er grau, und die Nase hatte sie ihm abgebissen. Ihre anderen Spielsachen bildeten einen Kreis um den Sarg: das Stehaufmännchen von der Sesamstraße, das Kistenteufelchen, vier Stoffpuppen, eine Werkbank mit einer fehlenden Schraube und ein Stall von Fisher-Price mit Zaun, Getreidesilo und um den Futtertrog aufgestellten Tieren.

Ich tastete nach Howards Arm, nach seinem Jackett, nach irgend etwas, woran ich mich festhalten konnte, und im selben Moment stieß mich von hinten etwas, das sich wie eine große Vinyltasche anfühlte.

«Nein», sagte ich zu Howard, «zwing mich nicht.» Ich begann zu weinen, als ich es wiederholte: «Zwing mich nicht.» Ich drehte mich um, stolperte über die Arbeitsschuhe, trat jemandem auf die Sandalen und zwängte mich an den schwitzenden Leuten vorbei zur Tür. Als ich schon auf dem Parkplatz war, rannte ich los. Blindlings lief ich an den Autos vorbei, den Abhang hinunter, über den Highway und in Jacksons Maisfeld. Ich glaubte Mrs. M. L. Glevitch zu hören, wie sie über Megaphon allen Leuten verkündete, die Psychopathin laufe vor dem Begräbnis weg. Daraus konnte sie eine tolle Geschichte machen, sie hatte ja alles mit eigenen Augen gesehen! Ganz zu schweigen davon, daß die Psychopathin ihr auch noch auf die Schuhe mit den Stahlkappen getreten war! Sie hatte von Anfang an nicht ein einziges Mal daran gezweifelt, daß die große Blondine an allem schuld war; man konnte es schon an ihrem Blick merken, sie wagte ja nicht einmal, einem direkt in die Augen zu sehen.

Ich rannte, bis ich zu einem Hain kam, einem schmalen Baumstreifen, der sich steil bergauf zog. Ich kletterte und stolperte und hielt mich an dünnen Schößlingen fest, die ich zerbrach, während dicke Erdklumpen den Hang hinunterrollten. Schließlich trat ich so heftig gegen einen verfaulenden Baumstumpf, daß ich hinfiel und sitzenblieb. Meine Pumps waren staubig und lehmverschmiert. Ich zog sie aus und schleuderte sie beiseite. «Komm zurück», flüsterte ich. «Komm zurück.» Die zerbröckelnde Erde war rauh, zerfurcht und kühl. Was für ein schönes Gefühl, sich einfach hinzulegen. Selbst noch auf dieser Anhöhe vibrierte der Boden vom Verkehr auf dem Highway. Ich erinnere mich, daß ich in der Ferne einen Lastwagen mit röhrendem Auspuff hörte. Ich erinnere mich, daß ich dachte: Es gibt niemanden, der mir helfen kann, niemanden, der mich trösten kann, keinen Ort, wo ich Vergebung finden kann. Aber wer weiß, vielleicht gehörte das Röhren ja zu der Großen Erdmaschine, dem Kleinod Ägyptens, das mich mit seinen gewaltigen Greifern hochheben und hin und her, hin und her schaukeln würde, bis ich fest eingeschlafen war.

# 5

*Am Morgen nach dem* Begräbnis stand Nellie am Herd und briet Speck. Sie erzählte mir, wie ihre Welt zusammengebrochen war, als ihr zweiter Sohn tot geboren wurde. Während sie die zischenden Streifen vorsichtig mit der Gabel wendete, berichtete sie, zwanzig Stunden lang habe sie Wehen gehabt, und dann habe man ihr, ehe sie noch Einspruch erheben konnte, eine Narkose verpaßt. «Als ich aufgewacht bin, hat keiner was gesagt. Ich wollte wissen, wo mein Baby ist, und die Schwestern haben einfach weitergemacht, als wäre nichts geschehen. Gegen zehn kam der Arzt rein, und der hat es mir dann erzählt. Walt war geschäftlich unterwegs und konnte wegen des Schnees nicht nach Hause kommen.»

Ich wußte, Nellie wollte mir wirklich helfen und mich zum Sprechen ermuntern, wenn sie mich daran erinnerte, daß andere Menschen auch schon gelitten hatten. Ich starrte auf den Tisch und dachte nur, daß Nellie und ich nichts gemeinsam hatten. Wenn das Leben ihres Sohnes, noch ehe es beginnen konnte, ein Ende gefunden hatte, so lag es an der unbarmherzigen Logik von Mutter Natur. Lizzys Tod hingegen hatte keinen Sinn, keinen Grund, keinen, außer Fahrlässigkeit.

«An seinem Geburtstag spüre ich immer noch den Schmerz», sagte Nellie.

«Hm», machte ich, in meinem Müsli stochernd. Ich hatte schon längst das Alter erreicht, in dem ich anderen Schaden zufügen konnte, aber ich hatte mich noch nicht daran gewöhnt, daß es meine Generation war, die sich zur Zeit die Erde untertan machte. Der Knabe, mit dem ich am College ein Postfach geteilt hatte, war inzwischen leitender Architekt beim Bau eines Vierzig-Millionen-Museums in Fort Worth. Wie konnte ein Zweiunddreißigjähriger genug wissen, um ein so riesiges Gebäude vor dem Einsturz zu bewahren? Überall lauerten Gefahren, und es war ein Wunder, daß wir uns angesichts eines möglichen Todes und drohender Katastrophen nicht lähmen ließen, sondern die Alltagsfreuden wie Autos, Toaster, frische Luft, Thunfisch und Freunde durchaus genießen konnten. Vielleicht hatte Nellie ja bloß etwas ganz Vernünftiges getan, etwa die Badewanne mit einem scharfen Putzmittel geschrubbt, um dann feststellen zu müssen, daß das Mittel durch die Haut in ihr Blut gedrungen war und ihr Kind getötet hatte.

Trotz meines rationalen Verstandes, der mich immer am Glauben gehindert hatte, und obwohl es mir von jeher, wie ich in den achtziger Jahren erkennen konnte, an Selbstwertgefühl gefehlt hatte, wurde ich das Gefühl nicht los, daß ich der elendste Mensch auf Gottes weiter Erde war. Während Nellie weiterplapperte, dachte ich an Howard, der jetzt irgendwo auf dem Feld arbeitete und schwitzte und den Schmerz in Schach hielt, indem er ihn in eine historische Perspektive zwängte. Also versuchte ich einen Augenblick lang zu denken, ich sei unbedeutender und habe mehr Glück als andere vor mir, die ebenfalls schuldig geworden waren. Blitzschnell ging ich die mir bekannte Geschichte durch – die alten Römer, die sich erwiesenermaßen die Hände mit dem Blut ihrer Angehörigen besudelt hatten, die Rosenbergs, die Nixons, die Eltern von John Hinckley, Jr., die namenlosen Massen, die für Fehltritte und Verzweiflungstaten büßen mußten. Es tröstete mich nicht, daß es vor mir schon andere gegeben hatte. Ich wußte, es war abscheulich, daß ich, statt normaler Trauer, Scham und Angst empfand. Meine Reue, meine Unfähigkeit, mich mit der Situation abzufinden, wollte nicht nachlassen und war mit Sicherheit stärker als bei allen anderen schuldigen Personen, die mir einfielen.

«Ich habe dann versucht, noch einmal durchzugehen, was ich während der neun Monate alles getan hatte, weil ich unbedingt herausfinden wollte, warum.» Nellie redete immer weiter. Sie legte jetzt den Speck auf Küchenpapier aus. «Obwohl man damals sehr viel weniger über mögliche Risiken wußte als heute, bin ich immer sehr vorsichtig gewesen, und geraucht oder getrunken habe ich sowieso nicht.»

Es war acht Uhr morgens, Emma und Claire saßen im Wohnzimmer, im elektromagnetischen Feld des Fernsehers, und schauten sich an, wie irgendwelche Comicfiguren sich gegenseitig Bananen auf den Kopf hauten. Ich geh jetzt da rein, dachte ich, und schlage den Apparat kaputt. Wie hatten wir den Kindern je erlauben können, sich Zeichentrickfilme anzusehen? Ich hatte immer gesagt, die Mädchen vor die Glotze zu setzen sei genauso schädlich, wie sie nur mit Süßigkeiten zu füttern, aber oft war ich einfach zu müde gewesen, um mir eine Alternative einfallen zu lassen. Das ganze Fluchen, Schimpfen und Hauen, die Nachgiebigkeit, wenn ich hätte stark sein sollen – ich sah das gesamte Panorama, die Geschichte meines Versagens in Farbe und Ton vor mir, und das Zetern und Flehen dröhnte mir in den Ohren. Ich schob meinen Stuhl zurück, während Nellie immer noch redete, ging zum Fernseher und drückte wie wild die großen schwarzen Tasten. Das Bild wackelte und verschwand.

«Stell ihn wieder an!» schrie Emma. Claire sang: «An. An.»

Als ich nachdrücklich den Kopf schüttelte, rief Emma: «Ich hasse dich, Mom. ICH HASSE DICH.»

«Emma, Kindchen!» Nellie kam ins Wohnzimmer, in der einen Hand ein Geschirrtuch, in der anderen einen Teller. «Sprich nicht in diesem Ton mit deiner Mutter.»

«Aber ich will den Fernseher an!» jaulte Claire.

Emma verschränkte trotzig die Arme, drehte den Kopf weg und zeigte ihrer Großmutter den zarten schmutzigen Hals und den Goodwinschen Cro-Magnon-Kiefer. Es war sicher schwierig für eine Fünfjährige, eine ältere Frau zu respektieren, die sich ausschließlich auf den Verdauungsprozeß ihrer Enkelin konzentrierte und dabei immer von «sein Geschäft machen» redete. Emmas Blick fiel auf die Barbiepuppe mit den langen schwarzen Haaren. Sie packte die Puppe und fuchtelte Claire damit vor der Nase herum, um sie zu reizen. «Das ist meine!» plärrte Claire prompt. «Emmie hat meine Barbie!»

Ich machte auf dem Absatz kehrt und verschwand wieder in der Küche. Nellie hatte gesagt, ich solle etwas essen. Ich setzte mich an meinen Platz, vor eine Schüssel Knuspermüsli, kleine Kieselsteine, die meiner Verdauung förderlich sein sollten. Nellie hatte irgendwie die Uhr um hundert Jahre zurückgedreht; sie war die Farmersfrau, die unbesungene Heldin, die im Morgengrauen aufsteht, um einen Kuchen für den Mittagstisch zu backen. Nach ihrer Überzeugung gab es keinen Kummer, der nicht mit einem Biskuitkuchen besiegt werden konnte. Der Fünfundzwanzig-Pfund-Sack Mehl sprengte fast den Küchenschrank, und die neuen, funkelnden Wakkelpudding-Formen standen dicht beieinander auf der Spüle zum Trocknen, symmetrisch aufgereiht wie ein Bühnenballett. Auf der Anrichte taute eine Lammkeule auf, und die grünen Zwiebeln, erstaunlicherweise aus dem toten Garten herübergerettet, trockneten auf einer Serviette. Wohin ich auch blickte, überall stand etwas zu essen. Anscheinend blieb genug Zeit, um einzupökeln und einzukochen und für Nahrung zu sorgen. Mit einem Ohr hörte ich, daß Nellie im Wohnzimmer versuchte, die Mädchen für Literatur zu gewinnen. Ihre Stimmen waren weit weg, als wären sie die Geister kleiner Farmmädchen aus längst vergangenen Zeiten.

Am Tag zuvor hatte ich lange im Unterholz gelegen, bis ich merkte, daß es dunkelte. Bei Nacht würde ich womöglich den Weg nicht finden. Ich ging die Straße entlang, und auf halber Strecke fuhr Howard an mir vorbei. Zuerst merkte ich es gar nicht. Er drosselte das Tempo und fuhr an den Rand. Auf das Armaturenbrett starrend wartete er, während ich die Straße überquerte, zur Beifahrerseite tappte und die Tür aufmachte. Ich kam mir vor, als wäre ich zum Schuldirektor zitiert worden. Das Herz pochte mir im Hals, und ich wollte mein Gesicht in den Händen vergraben und ihm schluchzend sagen, daß ich das nicht gewollt hatte, daß es ein Mißverständnis war. Er wartete das Klicken meines Sicherheitsgurtes ab, ehe er den Blinker bediente. Beim Fahren beugte er sich so weit vor, daß er mit der Nase fast die Windschutzscheibe berührte, als hätte er Angst, eine Ameise zu überfahren. Ich kratzte mich ständig am Ohr, obwohl es gar nicht juckte.

Howard parkte neben Nellies Oldsmobile Achieva in der Einfahrt. Er zog den Schlüssel aus der Zündung, blieb sitzen und starrte auf unseren wunderschönen weißen Stall mit dem schimmernd blauen Silo daneben. «Vier erwachsene Männer haben Lizzys Sarg getragen», murmelte er, «dabei hätte einer genügt. Als mein Vater starb, war das traurig, aber im Vergleich zu diesem bodenlosen Schmerz...»

Ich hielt mir die Ohren zu und sagte, ich wolle kein Wort mehr hören.

«Meinetwegen, Alice», sagte er, «aber wenn du dich so melodramatisch aufführst, mußt du damit rechnen, daß...»

«Glaubst du denn, ich wüßte nicht, was diese alte Giftspritze, diese Mrs. Glevitch, jetzt rumerzählt?» hatte ich gebrüllt. «Sie sagt zu allen Leuten: ‹Alice Goodwin, die Frau, die – die das Baby ertränkt hat – ist mir auf die Dockers getreten, als sie vom Begräbnis weggelaufen ist. Alice Goodwin hatte nicht mal genug Anstand, dem Kind die letzte Ehre zu erweisen.› Glaubst du, ich wüßte das nicht?» schrie ich. Ich hob selten die Stimme, aber in dieser Lautstärke hatte das Elend etwas Prickelndes.

«Okay, Alice», sagte Howard. «Beruhige dich. Laß gut sein. Komm, wir gehen ins Bett und vergessen die Sache.»

Ich schaute ihn an, seine engstehenden Augen, die aussahen wie Druckknöpfe, mit denen die Nase festgehalten wurde. «Okay», entgegnete ich. «Vergessen wir's. Willst du sagen, ich soll alles vergessen, Howard?»

Er hatte gerade den Kopf eingezogen, um auszusteigen, und mich deswegen nicht gehört. «Was meinst du überhaupt mit Arbeitsschuhen? Alice, warum läßt du dich eigentlich von fremden Leuten derart verrückt machen? Sie kennen dich doch gar nicht.»

Aber ich wußte Bescheid. Was Mrs. Glevitch zu wissen glaubte, war so stark wie die Wahrheit, und bald schon würde es die Wahrheit sein. Über mich wurde geredet, und sie würde die Informationsfetzen erhaschen und mit der ihr eigenen Art von Poesie aufpeppen. Mrs. Glevitch würde ihren Zauberstab schwingen, und siehe da, Alice Goodwin stiege neu belebt aus Lizzys Asche auf, in der passenden Gestalt einer Verbrecherin.

Nachdem wir vom Begräbnis nach Hause gekommen waren, war ich gleich nach oben gerannt, um Nellie zu entgehen. Ich hatte im Flur gewartet, bis die Gästezimmertür aufging und Nellie mit energischen Schritten durchs Wohnzimmer in die Küche marschierte.

«Wie war's?» hatte Nellie gefragt, nachdem sie den Anzug gelobt hatte: die Farbe, die Stoffqualität, das Gewicht, den klassischen Schnitt und daß man ihn zu jeder Jahreszeit tragen konnte. Solche Anzüge kamen nie aus der Mode.

«Das Begräbnis, es war» – ich konnte hören, wie Howard seinen Schuh auf den Küchenfußboden plumpsen ließ – «ein Alptraum.»

«Ach, herrje.»

Es folgte gedämpfte Stille. Vermutlich erzählte Howard gerade von meiner Flucht aus der Trauergemeinde.

«Zu Beginn», hörte ich ihn dann sagen, «hat der Pianist die ‹Pavane für eine verstorbene Infantin› gespielt. Das machte uns alle fertig. Pfarrer Nabor stand auf der Kanzel und konnte kaum die Fassung bewahren. Schließlich hat er was gesagt wie ‹Es gibt Zeiten, in denen unser Glaube auf die Probe gestellt wird›. Er meinte, normalerweise könne er in seinen Trauerreden immer auch ein paar positive Sachen sagen, aber in diesem Fall sei es schwierig, etwas Gutes zu entdecken.»

«Lieber Gott.»

«Die nächsten zwanzig Minuten hat er dann versucht, sich selbst zu widerlegen. Die himmlische Gnade, die wunderbaren Wege des Herrn, das, was Elizabeth uns lehren sollte. Am Schluß hat er noch gesagt, er hoffe, daß Gott schon öfter mit Zweijährigen zu tun gehabt habe. Die Trauergemeinde hat gequält gelacht.»

Nach einer kurzen Pause sagte Nellie: «Du liebe Zeit. Ich glaube, die Gemeinde braucht einen neuen Pfarrer. Wo steckt Alice? Ist alles in Ordnung?»

Ich lehnte mit geschlossenen Augen an der Kommode. Howards zweiter Schuh fiel zu Boden. Ich hörte den Plumps immer wieder, wie durch Halleffekt, lauter und lauter, bis ich mir die Ohren zuhalten mußte.

Ich stand am Küchenfenster und beobachtete, wie Nellie die Kinder mit Marshmallows in den Garten zu locken versuchte. Die beiden würden den Fernseher nicht so ohne weiteres aufgeben, sie würden einen Preis dafür einfordern, Pfund für Pfund. Da würde Nellie schon mehr bieten müssen. Ich ging nach oben und legte mich aufs Bett. Es war acht Uhr morgens, und die Sonne schien mir direkt ins Gesicht. Es tat wieder weh zu atmen. Es tat weh zu stehen, es tat weh zu liegen, es tat weh, die Augen dem hellen Licht zu öffnen, es tat weh, sie zu schließen und zu sehen. Ich konnte nur reglos daliegen und mir die Musik, die Tanzschritte ins Gedächtnis rufen. Howard knallte die Tür zu und ging in die Küche, aber dort fand er nicht seine Ehefrau vor, die brav ihr Müsli aß, sondern Nellie, die Eier und wieder mal im Laden gekauften Speck briet, von Schweinen, die mit Antibiotika vollgestopft und in enge Ställe gepfercht worden waren.

«Riecht gut», hörte ich ihn sagen. «Wo ist Alice?»

Nellie gab sich alle Mühe, nicht aufdringlich zu sein. Sie hielt sich betont im Hintergrund, wie ein diskreter Kellner, der die Teller abräumt und den nächsten Gang serviert, während das junge Paar verliebt flirtet. Aber ihre Präsenz war unübersehbar. Sie hatte Hemden ausgegraben, die seit Jahren voller Flecken waren, und jetzt schwammen sie in irgendeiner mysteriösen Lauge in der Badewanne. Sie kochte Howards Lieblingsgerichte, um ihn zu mästen, wie jene wunderbaren Götterspeisen, die zugleich exotisch und vertraut anmuteten. Sie war nie auf den Gedanken gekommen, ihm Kochen beizubringen, und ohne eine Mutter oder eine Ehefrau wäre er bestimmt verhungert. Nellie wollte, solange ich außer Gefecht war, nur für Ordnung sorgen, putzen, helfen, aber durch die Decke konnte ich ihren Blick sehen, ihr Achselzucken, die himmelwärts verdrehten Augen, als Antwort auf die Frage: «Wo ist Alice?» Ich hörte, daß Howard die Treppe hochgehen wollte und Nellie rief: «Laß sie ein bißchen allein, Howie.» Howie. Er war sechsunddreißig. «Sie braucht Zeit.»

Wie lieb von ihr, dachte ich, während ich mich mühsam umdrehte und die Arme über die ganze Breite des Bettes ausstreckte. Nellie hatte mich von Anfang an nicht gemocht, und ich war ihr im Laufe der Jahre nicht gerade ans Herz gewachsen. «Wie lieb von dir», sagte ich laut.

Ich schlief bis in den späten Nachmittag, und während ich schlief, sorgte ich dafür, daß ich von meinem früheren Leben träumte. Nellie ging mit den Kindern in den Park, in die Bibliothek und zu dem Waffelstand in Blackwell. Dann bereitete sie das Abendessen zu, und die Mädchen saßen mit der Nase vor dem Fernseher. Dabei entfernten sie sich mit jeder Minute weiter von Dickens und Shakespeare. Nellie war zwar mit einem Geschäftsmann verheiratet gewesen, aber eindeutig zur Farmersfrau geboren. Milchfarmer brauchten Frauen, die gern Speck brieten und aufwendige Mittagsmahlzeiten zubereiteten, zu denen mindestens zwei stärkehaltige Nahrungsmittel gehörten: warmes selbstgebackenes Brot und Mais-Muffins; dann drei Gemüsesorten: Bohnen und gedünstete Tomaten und Kürbismus; außerdem an Hickoryholz geräucherten Schinken, mit Ananasscheiben belegt und mit Rohzucker glasiert; Kirschkuchen mit Schlagsahne als Nachtisch, und ganz zum Schluß noch Pralinen. Erdnußbutter und Gelee genügten nicht für einen Mann, der die Nation ernährte. Nellie trug eine von zu Hause mitgebrachte weiße Spitzenschürze, die ihr wie eine Perlenkette um den Hals hing. Ihre grauen Haare waren mit durchsichtigen Plastikhaarnadeln zu einem Dutt zurückgesteckt. Sie trug eine Stützstrumpfhose und weiße orthopädische Schuhe. Sie würde gut für den Farmer sorgen, ihm seinen Kakao zubereiten, wenn er von der Arbeit nach Hause kam, ihn auf die Stirn küssen und ihm den bequemen Sessel zurechtrücken, damit er den Wetterbericht hören konnte. Mich könnten die beiden in die Dachkammer einquartieren, wo ich in Frieden alt werden und nur nachts schreien würde, wie Rochesters wahnsinnige Ehefrau.

Zum Abendessen ging ich nach unten. Howard war immer noch draußen bei «seinen Damen», wie wir die Kühe zärtlich titulierten. Ich hätte ihm helfen sollen. Wir Frauen und Kinder saßen am Tisch und aßen und wischten uns den Schweiß vom Gesicht. Ich nahm mir ein warmes weißes Brötchen aus einem Korb, der mit einem rot-blau-karierten Tuch ausgelegt war. Gleich würde das Haus auf einer heißen Luftwolke davonschweben. Nellie brauchte nur die Backofentür noch einmal zu öffnen, dann würde der Hitzeschwall das Haus von seinem Fundament lösen, und wir würden über Wisconsin fliegen und südwärts nach Kansas treiben. Ich grub meine Zähne in das weiche, teigige Brötchen. Es fiel in sich zusammen wie ein angestochener Ballon. Im Mund fühlte es sich an wie trokkene Baumwolle. Kauen schien unmöglich.

«Entschuldigt mich bitte», flüsterte ich.

«Wohin gehst du?» rief Emma. Sie folgte mir ins Bad und schaute zu, wie ich das Brötchen in meine Papierserviette spuckte.

«Tut mir leid, Nellie», sagte ich, als ich zurückkam. «Ich glaube, ich bin krank.»

Claire kräuselte die Nase und sagte: «Warum hast du den Fernseher abgestellt?»

Ich hätte irgend etwas Versöhnliches sagen müssen: Morgen höre ich auf, mich dauernd selbst zu bemitleiden, das verspreche ich euch; Lizzy ist lieber im Himmel als auf der Erde; euer Vater liebt zwar seine Kühe und Felder mit leidenschaftlicher Hingabe, aber euch liebt er noch viel mehr. Doch ich saß nur da und sagte kein Wort.

Howard brachte die Mädchen ins Bett. Ich hörte ihn in Emmas Zimmer Klarinette spielen. Er spielte: «Ain't Misbehavin'», während die Mädchen in ihren weißen Unterhosen um ihn herumtanzten. «Spiel ‹Don't You Touch My Mojo›», rief Emma. Statt dessen spielte er den Anfang der «Rhapsody in Blue». Die Klarinette klang wie die Sirene vom Feuerwehrhaus unten, wenn sie ihren Hilferuf aussendete.

Am zweiten Morgen nach dem Begräbnis warf Howard seinen Overall auf den Fußboden im Eingang. Er kam die Treppe zum Schlafzimmer hoch, immer zwei Stufen auf einmal. Das Stampfen seiner Stiefel rief Furcht und Zittern hervor, als würde er seinen lauten Aufstieg mit «Ich bin der Riese Timpetu» begleiten.

«Alice», sagte er und setzte sich auf die Bettkante, neben meinen Kopf. «Zeit zum Aufstehen.» Er klang nicht wütend. Er schrie nicht. Er gehörte nicht zu den Leuten, die gerne Streit anfangen; wenn jemand ihn danach fragen sollte, dann würde er bestimmt sagen, in der ganzen Zeit unseres Zusammenlebens hätten wir nie ein böses Wort gewechselt. Er musterte mich teilnahmslos, als wäre ich eine Bankangestellte mittleren Alters, die seine Einzahlung überprüft. Obwohl ich eigentlich unsere Ehe nicht für gefährdet hielt, hatte ich doch manchmal etwas daran auszusetzen. Er bestimmt auch. Theresa hatte mir versichert, das sei ganz normal für eine Beziehung. Ich hatte Howard in dem Wissen geheiratet, daß ihn nichts glücklicher machte als der Anblick von Milch, die durch die Rohre in den großen Tank steigt. Später kam mir der Verdacht, daß er wahrscheinlich nur an Milchsubventionen gedacht hatte, als er mir das erste Mal so lange und so intensiv in die Augen blickte, daß ich errötete und zu zittern anfing. Der Melkstall war sein Kriegsschauplatz. Er war der General, und die Kühe waren seine Soldaten, die er zweimal täglich, sieben Tage die Woche, zweiundfünfzig Wochen im Jahr ins Manöver führte. Zwar wußte ich, als wir heirateten, daß Howard von Milchwirtschaft träumte, aber ich hatte keine richtige Vorstellung davon, wie anstrengend die täglichen Routinearbeiten waren. Normalerweise konnte ich mich darauf besinnen, wie befriedigend es doch war, meine eigene

Arbeit irgendwie zu bewältigen und gleichzeitig Howards Traum zu unterstützen, sein Ideal vom richtigen Leben, das viel besser war als jedes Leben, das ich mir hätte ausdenken können. Aber manchmal, wenn ich müde war oder mir Sorgen ums Geld machte, überlegte ich, wie ich ihn bestrafen könnte. Die Kinder und ich würden ihn aus unserem Leben streichen, ihn den Kühen überlassen, wenn er es unbedingt so haben wollte. Ich würde unsere einzige Altersversicherung gegen bares Geld einlösen und nach Griechenland gehen, nackt den weißen Strand entlangschlendern und mit dem größten Vergnügen, mit wachsender Begeisterung Ziegenmilch zum Mittagessen trinken! Den Anblick einer Kuh fänden wir bis an unser Lebensende abstoßend. Wir wären braungebrannt und würden tanzen wie Alexis Sorbas.

«Gibt es nicht jemanden, den du anrufen könntest, um mal über alles zu reden? Irgendeinen alten Freund, der dir helfen kann?» fragte Howard. Was für eine vernünftige Frage. Typisch Howard, an das Nächstliegende zu denken.

Ich verkroch mich unter dem Laken. Wenn Tante Kate noch gelebt hätte, wäre sie gekommen und hätte mit uns am Küchentisch Quadrate für eine Quilt-Decke zugeschnitten. Sie hätte mit hundert Stundenkilometern auf ihrer Nähmaschine genäht, während irgendeine wohlduftende Brühe mit einer Schweinshaxe auf dem Herd köchelte. Um nicht zu weinen, plapperte ich los: «Der verrückte Zahnarzt! Ich könnte den verrückten Zahnarzt vom Volkstanz anrufen. Er hatte Haare wie Bozo, ehrlich wahr, rote Büschel, die seitlich vom Kopf abstanden, und er trug immer so scheußlich schmierige, karierte Hosen, und sein Reißverschluß war ständig auf Halbmast, und er hat nie...»

«Alice, wir haben noch viele Dinge zu erledigen», sagte Howard.

Dinge? Ich hatte kein Interesse an irgendwelchen Dingen. Ich möchte mit *dir* reden, Howard, hätte ich vielleicht gesagt, wenn ich nicht so müde, so mutlos gewesen wäre. Ich hatte soviel Schande auf mich geladen, daß es keine Gnade für mich gab. Konnte er nicht sehen, daß ich allein war, auf mich selbst zurückgeworfen, aus der Dorfgemeinschaft verstoßen wie eine Leprakranke? Ich hatte von jeher immer alles falsch gemacht, alles zerstört, was mir begegnete. Im Umgang mit meinen Kindern war ich nicht geduldig, nicht vernünftig genug, auch nicht mit den Kindern in der Schule. Unser Haus versank im Boden, und ich konnte bloß tatenlos zuschauen, wie es zerfiel, ich hatte nicht einmal die Kraft, zu Mörtel und Streichmesser und Pinsel zu greifen.

«Theresa hat vorhin angerufen», sagte Howard.

Diese Mitteilung ließ mich hochschrecken. Ich konnte mir nicht vorstellen, Theresa zu besuchen, «Juchu» zu rufen und den Kupferkessel aufzusetzen, an dem Hackblocktisch Platz zu nehmen und darauf zu warten, daß sie die Treppe herunterkam, nur noch eine Tochter im Schlepptau. In all den Jahren, die wir nun in Prairie Center lebten, war Theresa stets meine einzige richtige Freundin gewesen. Ich hatte keine Reserven für Notzeiten. Wie konnten wir jetzt noch Nachbarn sein? Ich überlegte, ob wir uns im Laden wohl aus dem Weg gehen und einen Umweg machen würden, um uns nicht auf der Straße zu begegnen.

«Mom fährt nächste Woche nach Rumänien», sagte Howard in dem besänftigenden Ton, den er bei Kühen anschlug, die Gebärprobleme hatten. «Es wird Zeit, daß du aufstehst.»

«Ich kann nicht», sprach ich in das Kissen, bewußt den kurzen Satz verwendend, der ihm in den entscheidenden Jahren seiner Erziehung verboten gewesen war.

Die nächsten beiden Tage schlief ich durch. Ich sagte mir, ich müsse mich von den Strapazen der Mutterschaft ausruhen, sei völlig zermürbt von meinen zankenden Kindern. Ich war erschöpft gewesen, ohne es richtig zu merken, und jetzt konnte ich mich keinen Zentimeter mehr rühren. Nachts geisterte ich hellwach durchs Haus. Die klagenden Klänge der Klarinette drangen von der vorderen Veranda herauf, wo Howard spielte. Ich stand an Emmas Bett, wischte ihr den Schweiß von der Stirn und zog ihr vorsichtig den Daumen aus dem Mund, in der Hoffnung, damit die Kosten für den Kieferorthopäden zu sparen. Ich bewegte den Ventilator in ihre Richtung, wenn sie ihre Lage veränderte. In Claires Zimmer kniete ich nieder, um durch die Stäbe des Kinderbetts ihr rundes Gesicht besser sehen zu können. Claire würde später eine Schönheit werden. Ihre Lippen waren leicht geöffnet, und aus dem Mundwinkel rann ein feiner Speichelfaden. Ihre Augen waren nicht ganz geschlossen, so daß ich das Weiße zwischen den Lidern sehen konnte. Ich streckte die Hand durch die Stäbe und berührte Claires rundliche Finger.

Wenn unsere Kinder groß waren, würden sie hemmungslos an ihrer Erziehung herumkritisieren. Sie würden sich mit mir hinsetzen, um mir zu sagen, was ich alles falsch gemacht hatte, und jeden Charaktermangel einzeln aufzählen. Eines Tages würden sie mich in jeder Hinsicht überflügelt haben, sie würden klüger und weiser sein als ich, besser angepaßt, großzügiger – alles Stärken ihres Vaters. Sie würden wissen, wie man in der Welt zurechtkam. Ich würde zuhören und eingestehen müssen, daß sie recht hatten. Sie würden nie vergessen, wie ich versucht hatte, Emma Freundlichkeit und Güte einzubleuen, indem ich «Sei nett zu deiner Schwester» schrie, während ich ihr den blanken Hintern versohlte. Ich fragte mich, ob sie mir meine Unzulänglichkeiten je verzeihen konnten.

Als ich nach den Mädchen geschaut hatte, zog ich mir wegen der Moskitos, die im Tau brüteten, eine Hose und ein Sweatshirt über. Ich ging über die Wiese. Mit zusammengekniffenen Augen sahen die Lichter oben in der Siedlung aus wie Sternbilder, der Große Wagen, Kassiopeia, der Schwan. «Da hast du früher gewohnt», sagte ich zu Lizzy. «Lizzy Collins aus Prairie Center, Wisconsin. An Weihnachten hat euer Haus einen Stern auf dem Dach – daran kannst du es erkennen. Euer Nachbarschaftskomitee hat strenge Regeln aufgestellt, ihr dürft nur weiße Lichter nehmen, die nicht blinken. Also hebt sich euer Stern sowohl vom Himmel ab als auch von all den geschmacklosen Dekorationen in der Stadt.»

Ich sah das Leben, das Lizzy hätte leben können, am dunklen Horizont vorüberziehen. Sie war rund und rosig, und ihre Mutter zog sie immer hübsch an. Sie hätte vielleicht zu der Clique von Mädchen gehört, die im Kindergarten mit Klatschspielen und Seilhüpfkunststücken anfangen und dann Jahre später Cheerleader und Mitglieder des Schülerparlaments wurden. Vielleicht wäre sie das geworden, wovon wir alle geträumt hatten. Ich sah sie vor mir, wie sie mit sechzehn im hohen Gras hinter dem Baseballfeld stand und sich sehnlichst wünschte, der Junge möge sie küssen, was alle Mückenstiche wettgemacht hätte.

Vielleicht wußten Dan und Theresa, was sie von Lizzy gelernt hatten, aber ich konnte mir nicht vorstellen, welche Lernerfahrung ihren Verlust auch nur andeutungsweise kompensieren könnte. Ich beobachtete, wie die Lichter in den Schlafzimmerfenstern ausgingen, eins nach dem anderen, und bald strahlte nur noch die Außenbeleuchtung, um die Einbrecher daran zu hindern, mit den Videogeräten davonzuschleichen. Es mußte doch eine Formel geben: Wenn ich ________ tue, kommt Lizzy zurück. Ich wußte nur nicht, wie man richtig Buße tut. Wenn ich lange genug auf den Teich starrte, auf den Schwarm Insekten über der Wasseroberfläche, kam ich vielleicht darauf. Ich werde die Augen schließen, dachte ich, und es mir ganz stark wünschen. Ich werde ein Geräusch hören, wie von einem springenden Fisch, und wenn ich aufblicke, sehe ich Lizzy, wie sie an die Oberfläche kommt und die rosaroten Schuppen abstreift und mit ihren neuen Armen im Bruststil ans Ufer schwimmt.

Vier Tage nach dem Begräbnis verkündete Nellie bei einer von ihr zubereiteten Lasagne – Howards Lieblingsgericht –, daß sie morgen abfahren müsse. «Ich bin nicht sicher, ob ich euch allein lassen kann», sagte sie, während sie um den Tisch herumging und jedem ein Stück Knoblauchbrot auf den Teller legte.

«Wir schaffen das schon, Mom», sagte Howard.

«Ich könnte die Leute heute abend anrufen und sagen...»

«Du wirst uns fehlen, aber wir kommen gut zurecht. Diese Leute zählen auf dich.»

Am Ende der Mahlzeit wollte Emma ganz langsam nach Claires Tischset greifen, und wider Erwarten stieß Claire einen großartigen, schrillen Schrei aus.

«Kinder!» ächzte Nellie.

Howard nahm seine J. I. Case-Mütze von der Anrichte und erklärte auf seine typische knappe Art: «Ihr zwei. Wir fahren weg.»

Als das Auto mit unüberhörbarem Auspuffgeknatter ansprang, räusperte sich Nellie und setzte sich anders hin. Sie und Howard hatten offenbar eine kleine Aussprache zwischen uns geplant. Ich wußte das, ich sah die Lust an der Verschwörung auf Nellies großem, ehrlichem Gesicht. «Alice», begann sie und wischte sich den Mund mit einer Serviette ab. «Ich mache mir Sorgen um dich. So wird es nicht besser, Liebling. Du mußt positiver denken und darfst nicht immer nur so grübeln.» Ich wußte, was sie als nächstes sagen würde. Die Wörter würden aus ihrem Mund herausquellen: In Zeiten wie diesen, Alice, braucht eine Frau immer noch eine Mutter, und wenn du über irgend etwas reden –

«Ich hatte meine Tante Kate», sagte ich, ehe sie weiterreden konnte. «Sie war zwar nicht meine Mutter, aber ich liebte sie über alles.» Ich zog meine Huarache-Sandalen an, deren Sohlen in Mexiko aus alten Reifen hergestellt worden waren. Sie sahen aus wie etwas, das ein Hund abgenagt und dann verscharrt, dann wieder ausgegraben und weiter abgenagt hatte. «Sie hat mir diese Sandalen auf einem Jahrmarkt gekauft, und ich kann sie immer noch tragen, nach fünfzehn Jahren.»

Es war nicht nett, so etwas zur armen Nellie zu sagen. Sie wollte doch nur, daß alle Leute immer einen guten Eindruck machten und gepflegt und sauber und höflich waren. Ich bedeutete für sie eine Zumutung, das wußte ich, zerzaust und verstört wie ich war, aber mit der richtigen Einstellung könnte man das wieder in den Griff kriegen – wenn ich mich nur bemühen würde.

«Ich gehe kurz raus», sagte ich. Ich legte Nellie die Hände auf die Schultern und wünschte mir, diese eine Geste könnte alles wiedergutmachen.

Am Ufer stachen mich die Moskitos in die Stirn und flogen mir in die Nase. Ich schloß die Augen und horchte intensiv auf das leiseste Plätschern, das Schwappen des Wassers. Eines Tages würden wir wieder im Teich schwimmen gehen, aber wie sollten wir den Mut aufbringen, das Tabu zum erstenmal zu durchbrechen – es war eine schreckliche Vorstellung, den Mund in dieses Wasser zu tauchen, uns von diesem Wasser berühren zu lassen. Theresa würde den Pfad bestimmt nie wieder hinuntergehen können, vielleicht wollte sie überhaupt nicht mehr zu uns auf die Farm kommen. Als die Mücken unerträglich wurden, ging ich um den Teich herum in das Waldstück. Es war ein alter Baumbestand, die Eichen, Hickorybäume, Walnußbäume, Roteichen ragten majestätisch in den Himmel, und am Boden wuchsen Maiapfel, Doppelsporn, Haselwurz, Giftsumach, Götterblume und Waldlilie. Der hohe Baldachin schützte die Wildblumen vor der Sonne, und das flirrende Goldlicht, das gefiltert durch die Blätter drang, war voller Insekten. Ich dachte an die anderen Todesfälle in meinem Leben: meine Mutter, mein Vater, meine Tante Kate und eine junge Frau, die ich im College flüchtig gekannt hatte. Die Trauer um diese Menschen hatte immer auch allgemeine Gedanken und Angst mit sich gebracht, Gedanken an den eigenen Tod, an das unvermeidliche Staub zu Staub. Lizzys Tod, der Tod eines Kindes, sollte eigentlich nichts mit einem selbst zu tun haben, die Trauer sollte reiner sein. Ich hätte Lizzy gern wenigstens eine Minute lang vergessen, um einen Spaziergang machen zu können oder mit den Mädchen zusammenzusein oder etwas zu kochen oder mir das Gesicht zu waschen, ohne diese Last auf meinen Schultern zu spüren, dieses schwere bleierne Joch im Nacken, das mir das Gefühl gab, gebückt gehen zu müssen.

Ich kam zu einer Gruppe von Färberbäumen auf einer ehemaligen Lichtung. Dahinter lag der Obstgarten, der seit fünfzehn Jahren nicht geschnitten worden war. Jedes Frühjahr dachte Howard, in der kommenden Saison könnte er endlich die Bäume stutzen und spritzen und die vorhandenen Äpfel pflücken und außerdem neue Sorten anpflanzen. Immer optimistisch, immer im Irrtum. Die zwanzig Bäume schienen sich mir entgegenzuneigen, ihre knorrigen, krummen Gestalten erinnerten an alte Männer, die sich auf dem Dorfplatz versammelt hatten und miteinander flüsterten. Sie zogen über mich her, das spürte ich genau. Sie machten mir angst, bis ich sie genauer anschaute, die abblätternde Rinde, die kahlen Stellen, wo die Hirsche geknabbert hatten. Sie waren ohne Disziplin, ohne lenkende Hand gewachsen, jeder Zweig gierte nach Licht und Platz, die Schößlinge trieben in die Höhe, ein einziges Gewirr ungezügelter Regeneration. Ich wollte nie wieder zurück ins Haus zu Nellie und Howard. Lieber wollte ich hier im Obstgarten bleiben und von den alten Bäumen verurteilt werden, die sich für streng hielten, aber so nichtsnutzig, so launisch waren wie verwöhnte Kinder. Ich kletterte in die Gabelung eines Baumes, vermutlich eines McIntosh, und von da zum nächsten Zweig. Zum tausendstenmal überlegte ich, wo ich hingehen könnte, um mich besser zu fühlen, wo etwas oder jemand mich aufnehmen würde, wenn ich wegrannte. Ich könnte doch in einer Hängematte schlafen wie eine Geächtete, und bis morgen früh warten, wenn Nellie weg war. In der Ferne hörte ich eine Drossel, die von Käfern und Beeren, von Sommer und Zwielicht sang, und auf dem Gesicht spürte ich eine sanfte Brise. Der Apfelbaum erschien mir gastfreundlich, und einen Moment lang fühlte ich mich nicht mehr ganz so elend. Ich hörte nichts außer dem Vogel und dem Hauch des Windes, und alles war so friedlich, weil mir noch viele Stunden blieben, bis ich wieder heimgehen mußte. Das Knacken der Zweige, die Schritte im trockenen Gras hörte ich nicht. Der Schrei gellte durch die Nacht. Kein Wort, nur Schrecken erfüllte ihn, und selbst als er verhallt war, spürte man ihn noch in der Luft. Ich rutschte, fing mich wieder, und als ich Theresa erkannte, konnte ich mich nicht mehr halten, ich glitt mit ausgebreiteten Armen nach unten, wobei ich mir den Rücken aufschürfte.

Sie stand etwa drei Meter von mir entfernt, in der nächsten Baumreihe. Ihr verzerrter Mund stand offen, doch sie hatte bereits geschrien, und die Stille war wie nach einem Autounfall, wenn nur noch Rauch aus dem Wrack dringt.

Sie hatte mir mit ihrem Schrei einen furchtbaren Schrecken eingejagt, aber ich wollte mir nichts anmerken lassen. Ich stand auf, klopfte mich flüchtig ab und überlegte fieberhaft, was ich sagen könnte – etwas über mein Weglaufen beim Begräbnis, über Mrs. Glevitch und daß ich dauernd an Theresa und an Lizzy dachte. Das stimmte – ständig dachte ich an die beiden. «Ich...» begann ich.

«Du hast mich erschreckt», sagte sie mit Tränen in der Stimme. Sie ging im Kreis herum, wobei sie sich dauernd auf die Brust klopfte und so heftig atmete, daß ich befürchtete, sie könnte hyperventilieren. «Ich kann so was im Moment schlecht verkraften.»

«Tut mir leid», sagte ich kläglich.

Theresa griff in die Tasche ihrer Shorts und zog eine Schachtel Camel Lights und ein Streichholzheftchen hervor. Daß sie Zigaretten mit sich herumtrug, war so unerhört wie die Vorstellung, daß Pfarrer Nabor Kokain bereithielt, wenn er das Altenheim besuchte. Ich zuckte erschrocken zurück.

«Ich weiß, ich weiß», meinte sie. «Nur hin und wieder, wenn ich allein bin. Das ist ein Überbleibsel aus meiner wilden Zeit an der High-School, als wir heimlich auf dem Klo gepafft haben. Im Moment hilft es mir, wie ein alter Freund.» Sie steckte die Zigarette in den Mundwinkel, entzündete ein Streichholz, und als die Flamme schon fast ihren Daumen erreicht hatte, brachte sie schließlich die Zigarette zum Glimmen. Sie lehnte sich an den Baum in der nächsten Reihe. Ich wußte nicht, was tun, also versuchte ich, für meinen wunden Rücken eine einigermaßen bequeme Position am Apfelbaum zu finden. Es war komisch, hier mit jemandem wie in einem steckengebliebenen Fahrstuhl festzusitzen, während wir doch hundertsechzig Hektar zur Verfügung hatten, wo es genug Deckung und jede Menge guter Verstecke gab.

«Im Moment schaffe ich es einfach nicht, dich zu besuchen», sagte sie leise. «Es tut so weh. Ich komme manchmal hierher und setze mich an den Teich, aber ich will dich nicht stören. Neulich habe ich bei euch angerufen, aber noch während es läutete, habe ich gemerkt, daß ich überhaupt nicht mit dir sprechen könnte. Das macht mir sehr zu schaffen, neben allem übrigen – wie soll ich wieder ins Leben einsteigen, wie kann ich neu anfangen. Ich bete fast den ganzen Tag.»

Ich wollte mich entschuldigen, nicht nur für Lizzys Tod, sondern auch für mein Verhalten beim Begräbnis und dafür, daß ich sie gerade erschreckt hatte und sie gedacht haben mußte, im Obstgarten wären Geister zugange. «Tut mir leid –»

Sie blies den Rauch aus und wedelte mit der Hand. «Es gibt nichts zu sagen – das ist für uns beide ja das Schreckliche. Ich weiß, es tut dir leid, und weil ich ein so wohlerzogenes Mädchen bin, tut es mir sogar leid, daß es dir leid tut. Ich habe nicht viel an dich denken können, Alice, aber ich weiß, eines Tages werde ich vermutlich auch deinen Schmerz spüren. Father Albert hat mit mir über dich gesprochen; er hat mir da einiges zu verstehen gegeben. Ich weiß, du leidest, und der Schmerz ist bestimmt furchtbar. Ich bin so unglücklich, daß ich nicht mal denken kann.»

«Ich weiß», flüsterte ich. Ich wandte mich zum Gehen, weil ja ohnehin nichts zu machen war. Ich hatte das Gefühl, weggeschickt zu werden – unsere unerwartete Begegnung war beendet, und es würde lange Zeit keine Besuche mehr geben. Aber irgend etwas hielt mich fest – nicht nur Theresas höchst reale Anwesenheit, nein, auch mein Bild von Theresa. Hin und wieder hatte sich jede von uns in der anderen gespiegelt gesehen, und wir glichen uns stärker, als wir uns eingestehen wollten, wir waren aus demselben Klumpen Lehm geschaffen und hätten uns sicher jeweils ganz ähnlich entwickelt, wenn wir bei der Geburt vertauscht worden wären. Durch meine Erziehung mußte ich zwangsläufig aus dem Gleichgewicht geraten, und so war es auch gekommen; Theresa hingegen war dazu erzogen worden, stets alles auszugleichen, und zwar in einem Maß, das ebenfalls aus dem Rahmen fiel. Ich wollte so gern für mich selbst und meine Welt eine Ordnung schaffen, was mir natürlich nie gelang, und sie wünschte sich, ohne jeden Erfolg, endlich einmal loszulassen, damit alles aus den Fugen geriet. Von außen betrachtet waren wir himmelweit voneinander entfernt, und ich glaube, uns amüsierten die Unterschiede, diese verschiedenen Spielarten, die wohl vor allem durch die Umstände hervorgerufen worden waren. Wir verstanden uns, wir mochten einander, während wir uns gleichzeitig wegen unserer Marotten kritisierten. Unsere Freundschaft ging sehr tief, sie war geprägt von Loyalität und Vertrauen, einem unerschütterlichen Glauben an die gegenseitige Zuneigung. Ich hatte noch nie eine Freundin wie Theresa gehabt, und ich spürte, wie ihr Leben sich neben dem meinen abspielte, so wie ich das Tun und Sein meines Mannes als Ergänzung zu meinem eigenen empfand. Erst jetzt, da sie sich von mir abwenden würde, begriff ich, wie wichtig sie mir war.

Sie nahm noch einen Zug und begann zu husten. «Verdammt», keuchte sie. «Ich kann's nicht mehr.»

«Es wird dir schon wieder einfallen», sagte ich. Es waren die ersten tröstenden Worte, die ich seit Lizzys Tod an sie richtete. «Es wird dir schon wieder einfallen», wiederholte ich, mich von dem Baumstamm lösend.

Sie begann zu reden. Offenbar hatte sie gar nicht gemerkt, daß ich gehen wollte, daß sie mich weggeschickt hatte. «Es ist furchtbar», sagte sie. «Ich habe meine Tochter verloren, und dich habe ich auch verloren. Ich habe nicht das Gefühl, daß du weg bist, du bist nur einfach – nicht am richtigen Platz. Ich habe mich noch nie so allein gefühlt. Ich denke immer wieder: Das muß ich Alice erzählen – und dann fällt mir ein, ich kann dich ja nicht anrufen, und dann spüre ich diesen Schmerz, der mir die Brust durchbohrt.» Sie legte den Kopf auf die Knie und gab einen leisen Klagelaut von sich, der wie der ferne Ruf eines Eistauchers klang. «Ist das nicht verrückt», sagte sie und richtete sich wieder auf, «wieviel ein Mensch weinen kann?» Sie blickte zum Wald, und Tränen liefen ihr übers Gesicht. «Es ist doch wirklich nicht zu fassen, wie lange das geht, und dann kommt zwischendurch so eine merkwürdige

Phase der Ruhe, Seelenfrieden, das muß es wohl sein, und dann geht es wieder los, der ganze Schmerz kommt wieder, und du fühlst dich wie ein – wie ein Gefäß, das gar nicht groß genug ist, um das alles aufzunehmen.»

Ich nickte. An dem McIntosh hingen Hunderte winziger, verkrüppelter Äpfel, keiner größer als ein Fingerhut. Ich hatte zwar keine Ahnung von Seelenfrieden, aber dafür war ich schon unzählige Male von Tränen fast überschwemmt worden.

«Ich gehe jeden Abend runter zum Teich, weil ich dort am besten an sie denken kann. Ich sitze da und blicke aufs Wasser, und dann spüre ich sie richtig. Wenn ich sie so sehen kann, wenn ich sie festhalten kann, dann ist alles in Ordnung, dann ist alles in Ordnung.» Sie nahm einen tiefen Zug. Sie sprach zu den Bäumen, als hätten diese sich versammelt, um ihr zu lauschen. Bestimmt hätte sie auch geredet, wenn ich nicht dagewesen wäre: mit dem Gras, den Vögeln, den Geistern. Ich lehnte mich wieder an den harten Baumstamm. «Ich bin heute nach Neenah gefahren, zu Albert Satinga», fuhr Theresa fort. «Alle Leute sagen, ich muß mein Leben wieder in die Hand nehmen und etwas tun, Urlaub machen, mir einen jungen Hund kaufen, einen Garten anlegen. Ich lächle und nicke zustimmend – lieber Gott, ich bin so wohlerzogen, es macht mich richtig krank. Innerlich schreie ich bei diesen Ratschlägen. Meine Schwester hat mich zu einem Volleyball Kurs jeden Mittwochabend angemeldet und zu einem Stickkurs im Nähzirkel. Sie meint es gut – aber sie sollen mich doch bitte alle einfach in Ruhe lassen. Dan steht jeden Morgen um vier auf und geht zum Molkerei-Schrein...»

Ich sah Dan vor mir, in seinem Keller-Büro mit dem Keramik-Kuh-Nippes auf dem Schreibtisch. Ich fragte mich, ob er arbeiten konnte. Vielleicht eröffnete er in ein paar Monaten zur Überraschung der ganzen Stadt eine Ausstellung, eine geniale Installation über die Erfindung der Dreschmaschine. Vielleicht hockte er aber auch ein Jahr lang in seinem Büro und brachte nichts zustande. Ich hatte anfangs Angst vor Dan gehabt; nach der Zeit im Krankenhaus hatte ich nicht weniger Angst vor ihm, aber ich bekam auch Angst um ihn. Er mag vielleicht versucht haben, sich dem dunklen Abgrund, der Vorstellung vom Jenseits tapfer zu stellen, nicht so sehr um seiner selbst, sondern um seiner kleinen Tochter willen. Der größte Teil der Familie suchte wahrscheinlich in den konventionellen Bildern vom Himmel Trost. Ich hatte Lizzys Grab noch nicht besucht, aber ich war sicher, daß man dort die schiere Last der Erde spürte, wie wenn man einen Samen einpflanzte oder einen Hamster beerdigte. Theresa konnte reden, und sie besaß eine angeborene Stärke: Da stand sie und erzählte, obwohl ihr ein Messer die Brust durchbohrte und wir uns theoretisch nichts zu sagen hatten. Ich war nicht sicher, ob Dan in den Abgrund blicken konnte, ohne selbst hineinzustürzen.

Sie wischte sich das Gesicht ab und versuchte gleichzeitig unbeholfen mit ihrer Zigarette fertig zu werden, als wäre ihr das gänzlich unvertraut, als müsse sie sich erst daran gewöhnen, wie wenn jemand das erste Mal auf hohen Absätzen geht. Ich fragte sie, ob die Leute auch für Dan irgendwelche Aktivitäten planten, aber sie hörte nicht zu. «Gestern mußte ich einfach zu Albert fahren», sagte sie. «Es ist verrückt, ich weiß, aber ich konnte nicht anders. Ich habe Audrey zu meiner Schwester gebracht. Als Ausrede habe ich gesagt, ich müßte was mit der Versicherungsgesellschaft regeln und den Vertretungsplan in der Praxis fertig machen, weil ich diesen Sommer nicht mehr arbeite. Ich konnte es nicht erwarten, Albert zu sehen.»

Ich wohnte einem sehr intimen Moment bei. Das war nicht für mich bestimmt, wie Theresa, an den Baum gelehnt, rauchte und redete. Ich hatte das Gefühl, sie eigentlich gar nicht anschauen zu dürfen. Es war nur logisch, daß sie mit ihrem alten Freund Albert Satinga reden wollte. Er war Priester in ihrer Kirchengemeinde gewesen und außerdem Theresas Englischlehrer an der St. Benedict's High-School. Fünfundzwanzig war er damals gewesen, hatte sie mir erzählt, untersetzt, kräftig, mit schwarzen Augen und einem immer noch flaumigen Bartwuchs auf den roten Wangen. Mit sechzehn hielt Theresa ihn für den faszinierendsten Menschen, dem sie je begegnet war, und keiner in Prairie Junction konnte Father Albert in puncto Schönheit, Glauben und Poesie das Wasser reichen. Als Schirmherr des Schuljahrbuchs hatte er die Schüler aufgefordert, mit dem Kopf nach unten vom Dach hängend die Wasserspeier zu fotografieren. Theresa, das wußte ich, hatte ihn damals angebetet, und sieben Jahre später hatte sie ihn schlicht geliebt, als ihm aus verschiedenen Gründen das geistliche Amt entzogen wurde – nicht zuletzt deswegen, weil er seinen Schülern subversive Literatur zu lesen gegeben hatte, beispielsweise den *Fänger im Roggen*. Der Hauptgrund war allerdings, daß er sich in ein Beichtkind verguckt hatte, ohne es je gesehen zu haben. Er war hingerissen von den Geschichten, die ihm diese namenlose, gesichtslose Frau über ihr Leben mit einem gewalttätigen Mann erzählte. Wochenlang suchte er während der Frühmesse um sechs Uhr mit den Augen das Kirchenschiff nach ihr ab. Sie hatte eine tiefe Stimme – etwas Wunderbares an einer Frau, das wußte er. Alle seine Wünsche gingen in Erfüllung, als an einem Montag morgen ein Wesen mit unnatürlich blonden, starr gewellten Haaren die zerbrechlichen, behandschuhten Finger in seine priesterlich ausgestreckte Hand legte und «Father Albert» flüsterte. Vier Monate später mußte er mit Schimpf und Schande die Kirche verlassen, und ein Jahr später war seine junge Ehe, die doch gerade erst begonnen hatte, schon wieder vorüber. Er stand kurz vor einem Nervenzusammenbruch, und Theresa kümmerte sich um ihn. Als er aus dem Krankenhaus entlassen wurde, ging er nach Red Wing, Minnesota, um zu lernen, wie man Blasinstrumente repariert. Inzwischen lebte er in Neenah, Wisconsin, wo er in einem Musikgeschäft Ventile und abgenutzte Klappenpolster von Waldhörnern, Klarinetten, Flöten und Tuben reparierte.

«Ich hatte weder die Zeit noch die Ruhe, ihn anzurufen, vor lauter Krankenhaus und Beerdigung», sagte Theresa. «Ich weiß nicht, wie ich es überhaupt geschafft habe, alles zu organisieren, den Sarg, mein Gott, das Kleid, die Schuhe – meine Mutter war so hysterisch, das reichte für uns alle. Ich habe immer noch das Gefühl, ständig in Trab zu sein; es dauert bestimmt noch eine ganze Weile, bis ich richtig zur Ruhe komme. Deshalb muß ich immer zum Teich gehen, um mich zu sammeln. Manchmal spüre ich dann eine innere Gelassenheit, dann kann ich mich über den ganzen Wahnsinn erheben, und ich schwebe irgendwo zwischen Erde und Lizzy. Es war so seltsam, als ich die ganzen Sachen für sie eingekauft habe – welche Farbe würde ihr gefallen, welcher Stoff. Als ginge sie aufs College.»

Lizzy aufs College – für einen Sekundenbruchteil stellte ich mir vor, Lizzy könnte irgendwann zurückkommen und nach Vassar oder aufs Smith College gehen, denn diese Erfahrung konnte sich eigentlich kein Mädchen entgehen lassen, auch wenn noch so viele Hindernisse im Weg standen. Ich mußte weg, nach Hause, zu Nellie und Howard. Deren Vorwürfe und wohlmeinende Absichten waren leichter zu ertragen als dieses Gespräch, das nicht für meine Ohren bestimmt war und zu dem ich nichts beitragen konnte. Theresa beugte sich vor, um ihre Kippe auf dem Boden auszudrücken. «Ich mußte einfach hinfahren, quer durch Neenah zu dem Musikgeschäft.» Sie zündete sich eine neue Zigarette an und warf das Streichholz ins ausgebleichte Gras. «Alice», sagte sie, zum erstenmal direkt an mich gewandt, «manchmal habe ich ein ganz merkwürdiges Gefühl. Es dauert nie länger als eine Minute. Es ist – als wären wir alle so überflüssig wie junge Kätzchen. Kennst du das?»

Ich war erst verblüfft und dann entzückt, daß sie mir eine Frage gestellt hatte, und ich nickte heftig.

«Gott», sagte sie und ballte die Fäuste, «ich hasse dieses Gefühl.» Sie zog ein Taschentuch aus ihrer unerschöpflichen Tasche und putzte sich die Nase. Sie sah mich zwar nicht richtig an, hatte sich aber umgedreht und stand jetzt seitlich und nicht mehr mit dem Rücken zum Baum, so daß ein Beobachter den Eindruck bekommen hätte, wir würden tatsächlich miteinander reden. «Ich bin also zu dem Laden gegangen, und durchs Fenster habe ich beobachtet, wie Albert herumwerkelte und irgendwelche Schubladen mit Dichtungsringen durchwühlte, du weißt schon, Ersatzteile halt. Aus einer Schublade holte er mit seiner öligen Hand irgendeinen schmierigen Schlauch heraus und drehte ihn hin und her, wie ein Waschbär den Müll. Er kam mir vor wie ein Tier – echt. Auf der Brusttasche von seinem roten Hemd war in kursiver weißer Schrift der Name ‹Albert› eingestickt, wie bei einem Tankwart. Kannst du dir das vorstellen?»

Sie wartete keine Antwort ab. Während sie immer mehr von sich preisgab und immer erregter wurde, war ich allmählich ruhiger geworden, hatte mich noch mehr in mich selbst zurückgezogen. Es ging ihr nicht gut; sie war selbst wie ein Tier, das mit dem Fuß in eine Falle geraten ist und so wild um sich schlägt, daß es gar nicht merkt, woher der Schmerz kommt. Vielleicht erzählte sie jedem, der ihr über den Weg lief, ihre Geschichte, oder sie saß in Del's Diner herum und sprach jeden darauf an, der dort seinen Kaffee trank, egal, ob er zuhören wollte oder nicht.

«Ich habe mir die Notenblätter angeschaut, bis die Frau im Laden mit einem anderen Kunden beschäftigt war, und dann bin ich schnell nach hinten in die Werkstatt gehuscht. Ich habe den Kopf auf die dreckige Werkbank gelegt und nur noch geheult; ich habe gewimmert: ‹Father, vergib mir, ich habe gesündigt.›»

«Ehrlich?» Das verblüffte mich nun doch.

Sie nickte und stieß dabei mit vorgeschobener Unterlippe dicke Rauchwolken aus, so daß ihr der Qualm ins Gesicht stieg. «Alte Angewohnheiten kriegt man nicht so leicht los», sagte sie, «vor allem nicht die katholischen. Ich wette, ihn hat seit zehn Jahren keiner mehr ‹Father› genannt.»

«Wie hat er reagiert?»

«Ich habe gleich gemerkt, daß er noch nichts von Lizzy wußte. Irgendwie dachte ich, jemand hätte ihn angerufen. Er war richtig schockiert, daß ich da so unangemeldet an seiner Arbeitsstelle auftauche. Ich habe geheult und ihn angeschrien, wie eine Irre, die Werkstatt könnte doch einen so ungeschickten Typen wie ihn gar nicht brauchen, er müsse unbedingt» – sie schluckte – «er müsse unbedingt wieder junge Leute mit guten Büchern verderben und junge Mädchen dem Heiligen Geist zuführen.»

Sie krümmte sich zusammen und hustete in beide Hände, und obwohl ich ein ganzes Stück von ihr entfernt stand, hätte ich ihr gern auf den Rücken geklopft. Dann kam sie auf mich zu, wobei sie sich an einem Zweig festhielt wie an einem Geländer. «Ich könnte das Dan nie erzählen. Meinen Schwestern auch nicht. Sie halten Albert für einen alten Lustmolch. Du bist der einzige Mensch, der die Sache mit Albert wirklich versteht.»

Es war lächerlich, diesem Kompliment so viel Wert beizumessen, aber einen Moment lang freute ich mich über ihr Vertrauen.

«Ich schwör's», sagte sie, «trotz der ganzen Instrumente, trotz des blöden ‹Albert›-Hemds und der zu engen Hose – er ist so dick, so unglaublich dick – ich schwör's, inmitten von Schmiere und Kleister leuchtet seine Heiligkeit auf. Er ist fett, er muß zum Friseur, aber trotzdem spürst du ganz genau, du befindest dich in der Gegenwart des Heiligen Geistes.»

Das Licht wurde fahl, und allmählich wirkte sie selbst wie ein Geist. Ich war dankbar, daß sie mit mir redete und nicht mehr mit den Bäumen. «Wir gingen die Straße runter in ein Café, und da saßen wir einander gegenüber und tranken Kirsch-Soda, heimlich, wie in der High-School. Es hätte vor fünfzehn Jahren sein können – als wäre überhaupt keine Zeit vergangen. Er zwang mich, etwas zu tun, was ich mich alleine nie getraut hätte. Er bestand darauf, daß ich ihm Lizzys Leben erzähle, von Anfang bis Ende. Zuerst bin ich in Panik geraten, weil ich dachte, ich kann doch nicht so darüber reden, als wäre es ein ganzes, abgeschlossenes Leben gewesen. Ich hatte schreckliche Angst – daß ihre Geschichte viel zu kurz war oder daß ich sie wie eine kleine Heilige darstellen würde, während sie doch ein Mensch im besten Sinn des Wortes ist. Aber dann habe ich angefangen, gleich nach der Empfängnis ... Gott, ich kann es kaum glauben – ich konnte mich an alles erinnern, an jeden Arztbesuch und wie ich ihren Herzschlag mit diesem komischen Stethoskop gehört habe. Ich habe die Geburt beschrieben – nichts habe ich ihm erspart, nicht einmal die Nachgeburt. Die Schwester wollte den Mutterkuchen aufbewahren und abends in ihrem Lamaze-Kurs vorzeigen. Ich sagte, auf keinen Fall – ich wollte nicht, daß meine Plazenta einer Gruppe verängstigter Eltern vorgeführt wurde. Albert beugte sich vor, als könnte er es kaum erwarten, von Lizzys erstem Zahn zu erfahren und wie endlich die schlaflosen Nächte vorbei waren und wie sie an den Tropf gehängt wurde – du weißt doch, als sie damals schon ganz dehydriert war? Letztes Jahr?»

Es schien Jahre, Jahrzehnte her, und jetzt würde Theresa im Eiltempo durch die Jahreszeiten hasten, durch Regen und Hagel und Schnee, bis sie verwittert war und schließlich mit Moos bedeckt sein würde.

«Er hat mich gezwungen, alle Wörter aufzuschreiben, die sie sagen konnte – es sind sechsundfünfzig. Ziemlich gut für eine Zweijährige, stimmt's? Es dauerte mehrere Stunden, bis ich mit ihrer Geschichte fertig war. Albert machte die längste Kaffeepause in der Geschichte der Industriegesellschaft, vermutlich wird er gefeuert. Aber mir wurde plötzlich klar, daß Lizzy ein erfülltes Leben hatte; klar, es war begrenzt, doch in gewisser Weise enthielt es alles, was wir erleben, wenn wir hundert Jahre alt werden. Ich könnte mich den Rest meines Lebens darüber beklagen, daß sie nicht die Chance hatte, erwachsen zu werden, aber Albert hat mich dazu gebracht, genau hinzusehen – wie geheimnisvoll und wie ungewöhnlich sie war, welches Geschenk Lizzy für uns darstellte. Damit gab er mir Kraft für die lange Trauerarbeit, die vor uns liegt. Das war sein Geschenk an mich, verstehst du, Alice? Siehst du das?»

Ich hörte auf, an der Rinde zu zupfen, und blickte hoch. Ich wußte nicht recht, ob ich es sehen konnte. Von außen betrachtet sah es aus, als wäre Lizzy so gut wie alles entgangen. Sie würde sich nie mit sechzehn verlieben oder *Der geheime Garten* lesen oder wieder an Veilchen riechen oder Zuckerwatte essen oder das erste Mal mit dem Fahrrad sausen.

«Als ich fertig war, hat Albert noch etwas gesagt, und dabei sind ihm die Tränen übers Gesicht gelaufen. ‹Ich werde das Mädchen vermissen›, hat er gesagt. Dabei kannte er sie nicht einmal! Dann hat er sich zu mir gesetzt, und wir haben uns gegenseitig in den Armen gewiegt, so heftig, daß das eine Ende der Sitzbank abhob, wie bei einem Schaukelgestell, weißt du, der Teil, der nicht im Boden verankert ist.»

Was ich in der Dämmerung von Theresa sehen konnte, im glimmenden Lichtschein der Zigarette, erschreckte mich so sehr, daß mir die Luft wegblieb. Sie blickte zum Himmel empor, den weit aufgerissenen Mund zu einem fanatischen Grinsen verzerrt, als versuchte sie, ihren ganzen Glauben in den dunklen, unsichtbaren Äther zu schicken. Sie begann zu flüstern, und ich mußte näher kommen, um sie zu verstehen. «Es war so seltsam, als ich mich von ihm verabschiedet habe. Ich bin viel zu schnell gefahren. Ich wußte, es war schon dunkel, aber der Highway wirkte so – strahlend. Das ist das einzig richtige Wort dafür – er strahlte.»

Ihr zuliebe versuchte ich mir den leuchtenden Highway vorzustellen, ein helles Band von Neenah bis Prairie Center. «Das glaubt mir niemand», sagte sie laut. «Ich werde es keiner Menschenseele erzählen. Dan kann ich auch nicht sagen, warum ich Angst habe wegzufahren. Ich habe Angst, sie könnte zurückkommen, und wir wären nicht zu Hause. Was soll sie denn machen, wenn wir nicht da sind?» Theresa kam noch näher, den Unterarm über Mund und Wange gelegt. «Ich muß mich nur erinnern», sagte sie mit zitternder Stimme. «Ich muß mich an den Heiligen Geist erinnern. Die Wut, die Trauer, die Angst – das alles lichtet sich wie Nebel, wenn ich mich an seine Gegenwart erinnere, wenn ich die Wärme und das Leuchten des Heiligen G–»

«Wohin wollt ihr fahren?» fragte ich. Ich hatte eben erst begriffen, daß sie vom Wegfahren gesprochen hatte.

«Wohin wir fahren wollen?» wiederholte sie. «Ach, wir haben zuerst an Cape Cod gedacht, aber dann wollten wir lieber mit dem

Zug nach Glacier fahren und auf die Berge steigen. Klettern. Alpine Wiesen und schneebedeckte Gipfel.»

Die Mücken hatten uns entdeckt, flogen uns ins Gesicht, dicht wie Schnee. Theresa schlug sich hektisch auf Nase, Beine, Arme, Brust. «Das ist ja ekelhaft!» rief sie. «Ich gehe, diese Mücken sind furchtbar. Audrey kommt am besten damit klar. Sie hüpft im Park herum und ruft: ‹Meine Schwester ist im Himmel, meine Schwester ist im Himmel!› Ich wette, sie stellt sich den Himmel so ähnlich vor wie Disneyland, mit Wasserrutschen und Cola und Leuten, die als Big Bird oder Minnie verkleidet sind.»

Sie ging von mir weg und schlug dabei um sich. Es war fast wie früher: Theresa, die den halben Heimweg lang noch weiterredete. Sie rief: «Sag Dan bloß nicht, daß ich geraucht habe, okay?» Und dann kam sie wieder ein Stück zurück, ohne auf den Mückenschwarm zu achten. «Vielleicht ist der Himmel ja das, was wir uns darunter vorstellen», sagte sie. «Für mich ist der Himmel mein Leben als Mutter. Das sehe ich jetzt sehr klar. Für Lizzy ist bestimmt alles himmlisch, außer Waschen, und natürlich Mrs. Klinkes Schäferhund. Sie ist ganz versessen auf – auf das Leben. Ich sag ihr immer wieder: ‹Hab Geduld, Lizzy. Ich werde immer deine Mutter sein, auch mit achtzig. Ich werde nichts vergessen, gar nichts, und wenn ich wieder bei dir bin, dann machen wir da weiter, wo wir aufgehört haben.›»

# 6

***Sie ließ mich verwirrt*** im Obstgarten zurück. Theresa verschwand schnell außer Sichtweite, nach Hause, zu ihrem stillen Ehemann, oder zum Teich, wo vielleicht die Engel für sie sangen. Vielleicht waren die Engel ja immer dort, aber nur Theresa konnte sie hören und sehen, weil sie ihr, einer nach dem andern, über den Wassern erscheinen würden. Theresa hatte verblüffend viel geredet, zusammenhängend und verständlich, trotz des schrecklichen Schicksalsschlags. Ich beneidete sie um ihren Heiligen Geist, obwohl ich nicht glaubte, daß Gott den Highway erhellte. Ich wußte nicht, ob ich sie jetzt in Vermont Acres besuchen und an früher anknüpfen durfte oder ob wir von nun an nichts mehr miteinander zu tun hatten und nur noch in der Öffentlichkeit verlegene Höflichkeiten austauschen würden. Wir hatten einander mehr als einmal wie leidenschaftliche Schulmädchen gestanden – voller Hoffnung, daß dieses Gefühl erwidert wurde, und voller Angst, dem könnte nicht so sein –, daß wir füreinander die besten Freundinnen waren. Ich versuchte mir meine Reaktion vorzustellen, wenn Emma oder Claire bei Theresa etwas zugestoßen wäre, wenn sie in eine ihrer modernen Haushaltsmaschinen geraten oder sonstwie umgekommen wären. Ich könnte ihr nie verzeihen, daß sie solche überflüssigen Apparate besaß oder daß sie so nachlässig gewesen war; ich könnte ihr nicht begegnen, ohne ihr innerlich Vorwürfe zu machen. Trotz Father Alberts Rat, auch an meinen Schmerz zu denken, trotz Theresas Großmut konnte ich mir nicht vorstellen, wie sie mir so weit vergeben könnte, daß wir fähig wären, wenigstens wieder oberflächlich miteinander zu plaudern. Ich wußte nicht, ob Vergebung etwas Leichtes, Glitzerndes war, was sich über die Menschen ergoß und sie erlöste, oder etwas Schweres,

Belastendes, eine Art Schuldenkonto, das sich ständig erneuerte, egal, wieviel man abtrug.

Ich wollte ihr nicht noch einmal über den Weg laufen, und da ich keine Ahnung hatte, wohin sie ging, wanderte ich ganz langsam zwischen den Bäumen hin und her. Ging es Theresa, trotz ihrer Fähigkeit, vollständige Sätze zu bilden, wirklich gut? Es war so verlockend, sich an die Vorstellung zu klammern, daß sich alle Toten droben im Himmel befanden, unangefochten vom Gesetz der Schwerkraft und von dem Satellitenmüll, der die Erde umkreiste, und daß sie so lange warteten, bis auch wir an der Reihe waren und ihnen folgten. Lizzy, meine Tante Kate, meine Mutter. Ich bemerkte die Mücken nach einer Weile gar nicht mehr, während ich über den Himmel nachdachte, über Tante Kate, wie sie sich, viele Meilen über uns, nach Tabak und Lavendelseife duftend, herunterbeugte, um Lizzy in Empfang zu nehmen. Während meiner Kindheit hatte ich so viel und so lange gelitten, daß die Vorstellung vom Himmel für mich schon vor vielen, vielen Jahren zu einer Alltäglichkeit geworden war: Meine Mutter saß dort, die Schürze um die schmale Taille gebunden, und wartete und wartete, die Hände auf dem Tisch gefaltet, mit Plätzchen, auf einem Porzellanteller kreisförmig angeordnet, und mit Milch in hohen Gläsern.

Als ich größer wurde, waren diese Himmelsphantasien immer seltener von Nutzen, denn die mit ihnen verbundenen logistischen Probleme reckten ihre häßlichen Häupter. Blieben junge Menschen ewig jung, kehrten alte Leute zur Blüte ihrer Jahre zurück? Und die Leute, die zwar einen unangenehmen Charakter hatten, aber eigentlich nett gewesen wären, wenn sie nicht eine schreckliche Kindheit gehabt hätten – erhielten diese Leute eine neue Persönlichkeit? Was war, wenn meine Mutter während der himmlischen Bastelstunde nicht mit meinem Vater am selben Tisch sitzen wollte? Wenn sie sich mit jemandem zusammengetan hatte, der sie um ihrer selbst willen liebte und auf ihre Bedürfnisse eingehen konnte?

Jeder Verlust, den ich erlitt, führte mich zu diesem ersten Verlust zurück. Meine Mutter starb an Lungenkrebs, als ich acht war. Sie hatte einen College-Abschluß in Hauswirtschaft, die ideale Vorbereitung für ihr Leben als Ehefrau meines Vaters. Ihr Tod lehrte mich, daß es so etwas wie Logik oder Erbarmen nicht gab. Sie hatte ein Mißtrauen gegen Fettsäuren gehegt, lange bevor es Mode wurde – trotz der mißbilligenden Blicke ihrer Familie hatte sie immer Margarine serviert, und der Sonntagsschmorbraten war durch Geflügel ersetzt worden. Sie hatte keine Laster – außer hemmungsloser Schadenfreude, wenn sie meinen Vater beim Bridge schlug. Bei diesen seltenen Anlässen erhob sie sich vom Tisch, sie, die ansonsten dem Hausfrauenideal der fünfziger Jahre voll und ganz entsprach, um in ihren flachen schwarzen Pumps ein paar Entrechats zu vollführen. Mein Vater, der mir noch lange nach seinem Tod ein Rätsel blieb, trank in Maßen, äußerte sich selten, und dann auch nur, wenn ich zu frech und ungezogen war. Er saß den ganzen Tag, in seinen eigenen Zigarettenrauch gehüllt, im Büro und entwarf Flaschenzugsysteme. Und doch erwachte er jeden Morgen, ohne zu husten, und seine Füße glitten jeweils in den passenden Pantoffel unterm Nachttisch.

Als mir unser Nachbar, Mr. McCrady, die medizinischen Fakten einer Krebserkrankung erklärte und sagte, die Zellen würden wild zu wuchern beginnen, stellte ich mir die Lungen meiner Mutter voller schleimiger Glibberdinger vor, so groß wie Schnecken ohne Häuser. Kein Wunder, daß sie Atemprobleme hatte und ärztliche Betreuung brauchte. Weil ich wußte, daß mich meine Mutter im Krankenhaus geboren hatte und weil ich wie alle Kinder nicht rational dachte, verknüpften sich für mich Geburt und Krebs, und ich dachte, ich sei verantwortlich. Ich weiß nicht, ob ich mir ihren Tod je wirklich verziehen habe. Während der knappen acht Monate, die sie zum Sterben brauchte, aßen mein Vater und ich Abend für Abend schweigend Hühnerfrikassee. Ich ging in die Schule, und anschließend rannte ich die Treppe zu meinem Zimmer hinauf, immer zwei Stufen auf einmal. Ich schloß die Tür hinter mir, las und arbeitete an meiner Weltkarte. Ich fühlte mich geborgen in unserem höhlenartigen alten Haus mit seinen drei Etagen, den fünf Schlafzimmern und den viereinhalb Badezimmern.

Am Nachmittag ihres Todes kam mein Vater nach Hause und ging in sein Arbeitszimmer. Bevor er die Tür hinter sich zumachen konnte, schlüpfte ich hinein und stellte mich neben seinen Schreibtisch. Ich hatte mir vorgenommen, herauszufinden, warum die Nachbarn am Hintereingang alle möglichen Speisen ablieferten. Mein Vater, so erfuhr ich später, hatte sie während der Krankheit meiner Mutter gebremst, aber jetzt, nach der offiziellen Bekanntmachung, waren sie nicht mehr zu halten. Etwas hatte sich verändert. Vor dieser Veränderung hatte ich noch mehr Angst als davor, meinen Vater um eine Erklärung zu bitten, also holte ich tief Luft, um ihn zu fragen.

Bevor ich ein Wort herausbrachte, blickte mein Vater auf und sagte: «Sie ist von uns gegangen.» Er holte eine flache, quadratische Schachtel aus seiner Schublade und reichte sie mir, als wäre ich hereingekommen, um mir ein Geschenk abzuholen. In der Schachtel befand sich ein Tonband. Da klingelte es, und mein Vater ging an mir vorbei zur Tür. Ich holte mir im Flur den gelben Kasten mit dem Tonbandgerät. Er war schwer, und ich mußte mich bücken, um ihn mit beiden Händen hochzuheben. Ich schleppte das Gerät die Treppe hoch in mein Zimmer, verschloß die Tür und verbarrikadierte sie mit meiner Kommode. Es war gar nicht so einfach, das weiße Möbelstück quer durchs Zimmer zu schieben. Ich fädelte das Band ein und legte mich direkt vor die kleinen Silberlöcher in der Mitte des Kastens. Mit der Hand tastete ich über den Rand des Kastens, um den Hebel auf AN zu stellen, und dann sagte eine Stimme, die mir seit jeher vertraut war: «Hallo, Alice, ich will dir aus einem Buch vorlesen, das ich sehr mag und das du auch magst. *Laura im großen Wald* von Laura Ingalls Wilder. ‹Es war einmal, vor sechzig Jahren, da lebte ein kleines Mädchen in den Großen Wäldern von Wisconsin, in einem kleinen grauen Haus...›» Ihre Stimme kam von dem schimmernden Band. Plötzlich begriff ich, was mein Vater gemeint hatte. Meine Mutter war nicht ins Krankenhaus gegangen. Sie war tot. Wenn ich das Gesicht in den Teppich drückte, drang mir die Stimme direkt ins Ohr. Es war, als würde mich eine Hand unsanft im Genick packen und an einen neuen Ort zerren. Ich konnte nichts tun als still daliegen. Es war unmöglich, die Hand abzuschütteln. Ich schloß die Augen und sah durch die Lider, wie das gelbliche Tageslicht immer schwächer wurde. Die Stimme sprach weiter, ein Wort verhaspelte sich in das nächste, bis am Ende des zweiten Kapitels meine tote Mutter sagte: «Gute Nacht, Alice. Ich bin so stolz auf dich. Ich liebe dich. Gute Nacht.» Ich hob den Kopf. Es war mitten am Nachmittag. Warum hatte sie den Rest des Buches nicht mehr aufgenommen?

Als das Band abgespult war, drehte es sich immer weiter, das Endstück flappte hin und her. Es drehte sich weiter, während ich aufstand und mitten im Zimmer darauf wartete, daß etwas passierte, irgend etwas. Es drehte sich noch, als die Nachbarin, Mrs. McCrady, an meine Tür hämmerte und sagte, ich solle nach unten kommen. Als sie die Tür schließlich aufbekam, war ich schon aus dem Fenster und aufs Dach geklettert. Mrs. McCrady wußte sich nicht zu helfen, sie stellte den Teller mit Dosenpfirsichen und Sahne einfach auf den Fenstersims, und ich weiß noch, daß ich sie ausgelacht habe, weil sie mich anscheinend für eine Maus hielt, die erst schnuppern kommt und dann das Gift frißt.

Beim Begräbnis saß ich in der vordersten Reihe neben meinem Vater und befingerte ständig das ausgefranste Ende meines schwarzen Plastikgürtels. Mein Vater stieß mich an, als wir aufstehen und singen mußten: «Schlaf, mein Herz, und ruh in Frieden, Nun in dieser langen Nacht». Alle um mich herum schluchzten, während sie zu singen versuchten:

Engel werden dich begleiten,
Auch in dieser langen Nacht.
Nichts mehr soll dir Qual bereiten,
In Gefahr sie dich geleiten,
Nun in dieser langen Nacht.

Ich starrte auf die verschwommenen Wörter im Gesangbuch. Ich haßte die Engel, weil sie meine Mutter mitgenommen hatten, und dachte, ich würde bestimmt nicht lang genug leben, um erwachsen zu werden – ich konnte dieses Gewicht, das so schwer auf mein Herz drückte und mir so weh tat, nicht mit mir herumtragen und die Last durch die ganzen vor mir liegenden Jahre schleppen.

Anfangs hörte ich das Band sehr oft. Die flache schwarze Schachtel auf meiner Kommode rief mir zu: «Ich bin's, deine Mutter. Ich bin hier.» Ich mußte dann einfach aus dem Bett schlüpfen, das Bandgerät zum Stecker ziehen und das braune Band durch die Nuten führen. Ich wußte, wenn ich nur schnell genug in den Schrank sehen könnte, fände ich sie dort hinter den Kleidern, sie würde mit ausgebreiteten Armen auf dem wirren Haufen abgetragener Schuhe knien. Ich riß die Tür auf. Nichts. Nichts außer den kleinen leisen Wörtern, die wie Würmer aus dem Kasten in der Zimmerecke krochen. Die Stimme war atemlos und las mit angestrengter Ausdruckskraft. Meine Mutter hatte sich eigentlich nicht für das Buch interessiert. Sie hatte in einem Rollstuhl gesessen, die wenigen noch verbliebenen Haare mit einem Stirnband zusammengehalten. Das letzte Mal, als ich sie gesehen hatte, hatte sie ihre Hand mit den hervortretenden Adern zitternd nach mir ausgestreckt und sie dann erschöpft wieder herunterfallen lassen – sie war zu müde, um mir entgegenzukommen. Es war sehr mühsam für sie gewesen, die beiden Kapitel zu lesen, mit jedem Wort schien die Qual größer zu werden. Ich packte das Bandgerät wieder in seinen gelben Kasten hinten im Schrank, setzte mich aufs Bett und starrte wie gebannt auf die gegenüberliegende Wand. Meine Mutter lag zusammengerollt wie eine Katze in dem Bandgerät und kratzte an den Löchern, bis ich den Deckel wieder aufmachte.

Tante Kate, die ich nur einmal kurz getroffen hatte, als ich vier war, stand plötzlich und unerwartet in unserer Küche, kochte und nähte Quilts, schöpfte Papier, versorgte unsere Wäsche und setzte komplizierte Puzzles zusammen, die Reproduktionen surrealistischer Gemälde darstellten. Eigentlich war sie nicht meine Tante, sondern eine Jugendfreundin meiner Mutter. Jahre später erfuhr ich, daß sie in Schweden gelebt und nichts von der Krankheit meiner Mutter gewußt hatte. Ahnungslos hatte sie eines Tages in Stockholm einen Umschlag ausgehändigt bekommen, der den letzten Willen und das Testament meiner Mutter enthielt. Tante Kate war einundfünfzig, halb so groß wie ich, und trug die grauen Haare zu einem Pagenkopf geschnitten. Selbst die Engel hätten keinen besseren Ersatz schicken können. Sie war in jungen Jahren einmal verheiratet gewesen, aber ohne Erfolg. Tante Kate packte ihr Leben in Stockholm zusammen, zog in die Dachkammer unseres Hauses und lebte so lange bei uns, bis sie in dem Sommer, bevor ich aufs College ging, an einem Herzinfarkt starb. Es war ein ungewöhnliches Arrangement, aber meine Mutter hatte sicher gewußt, daß es funktionieren würde. Mein Vater zog sich mit seinen Geräten und Tüfteleien zurück in sein Arbeitszimmer, wo der Spirituosenschrank stand. Er verhielt sich wie ein anspruchsloser Untermieter, der seine Mahlzeiten auf einem Tablett während der Nachrichten aß, morgens ins Büro ging und erst spät nach Hause kam. Tante Kate behandelte mich nicht wie die Tochter, die sie nie gehabt hatte, sondern wie eine alte Freundin, deretwegen sie eine lange Reise gemacht hatte.

Während meines ersten Collegejahrs nahm ich das Band, das meine Mutter für mich besprochen hatte, mit in den Musikraum, wo die Musikstudenten in einer Reihe saßen, Copland, Monteverdi, Händel und Schubert hörten und Kaugummi kauend die Musik in ihren Partituren verfolgten. Ich war so einsam, und ich wollte von jemandem hören, den ich kannte. Die Stimme meiner Mutter drang von der Maschine in meine Kopfhörer. Bei voller Lautstärke und in Stereo rannen ihre Worte meine Kehle hinunter wie Wasser. Ich verschloß die Augen vor dem College, blendete die Gegenwart aus, die darauf wartete, erfüllt zu werden. Alles, was ich brauchte, war ihre Stimme, die mich durchs Dunkel führte.

# 7

***Am Morgen nach meiner*** Begegnung mit Theresa stand Nellie um fünf Uhr auf, um Howard einen Abschiedskuß zu geben und nach Minneapolis zu fahren. Es war bewundernswert, daß sie jetzt nach Rumänien aufbrach, um sich mit einem Team von Ärzten und Lehrern um kranke Kinder zu kümmern. Ich war am Abend vorher so lange um die Hintertür geschlichen, bis sie die Küche verlassen hatte, und als die Luft rein war, hatte ich mich schnurstracks ins Bett begeben. Ich war sofort eingeschlafen, ohne mich bei ihr zu entschuldigen oder zu bedanken. Und ich war auch nicht aufgestanden, um ihr eine gute Reise zu wünschen. Ich war unhöflich und undankbar gewesen. Während ich viele Stunden nach ihrer Abreise immer noch im hellen Tageslicht döste, träumte ich, daß ich ihr schrieb, ich hätte beschlossen, ihren Rat zu befolgen und die positiven Seiten des Lebens zu sehen. Emma kam winselnd ins Zimmer, weil jemand ihre Wundertüten-Figur kaputtgetreten hatte. Sie vergrub den Kopf in meinem Arm und quengelte: «Kannst du nicht aufstehen? Es ist so heiß. Ich will schwimmen gehen. Warum können wir nicht schwimmen gehen?» Ehe mir eine Antwort einfiel, verzog sie sich wieder, um Claire zu suchen, weil sie genau wußte, ich würde nicht reagieren.

Ich stand an diesem Morgen schließlich doch auf, weil Howard es von mir verlangte. Nach seiner Morgenrunde kam er ins Schlafzimmer. «Emma hat Hunger», erklärte er. «Claires Windel ist völlig durchweicht. Entweder gibst du ihnen jetzt etwas zu essen – oder ich muß es tun.» Wie immer redete er in abgehackten Sätzen, die genau das Wesentliche trafen. Er konnte alles reparieren und ordnen und achtete auf jede Einzelheit. Der Stall war der schönste und sauberste Stall weit und breit. Er zog das Laken zurück, setzte sich und legte seine Hand auf meine. «Warum ist Claire noch nicht sauber? Ich habe wieder Probleme mit dem Bewässerungssystem.» Er zog mich hoch und legte den Arm um mich. «Alice», sagte er, «ich brauche deine Hilfe.»

Ich hatte vergessen, daß ich nackt war. Ich schaute zuerst auf meine Füße, dann auf meine Brüste und meinen Bauch, schließlich auf meine Schenkel und Knie. Meine Haut hatte eine schreckliche Farbe, ganz grau, als wäre ich in Formaldehyd eingelegt gewesen. Ich dachte an die Lammkeule, die wir vor ein paar Tagen gegessen hatten. Nellie hatte meine fleckige Leinenschürze umgebunden und das Fleisch vom Knochen getrennt, es überall eingeschnitten und mit gehacktem Knoblauch gestopft, und dann hatte sie das blutige Fleisch über die glühenden Kohlen gelegt. Schafe waren Tiere, die Müdigkeit und Ruhe, Hunger und Durst verspürten und die den Genuß einer verfaulten Melone kannten. Sie besaßen den Instinkt, für ihren Nachwuchs zu sorgen, einen Instinkt, der aussah wie Liebe. Dann dachte ich einen Augenblick lang an Lizzy in ihrem Sarg unter der Erde. Wie seltsam, jemanden in die Erde zu legen! Ich könnte Emma oder Claire nicht in eine Kiste packen und begraben, ohne verrückt zu werden. Ich würde den leblosen Körper immer noch als Menschen sehen, als ein Kind, das schreckliche Angst haben mußte, so allein und von all der Erde erdrückt. Ich blickte aus dem Fenster und sah Lizzys Knochen unter ihrem Sonntagskleid, die kurzen Zehenknöchelchen in den Lackschuhen. Nein, sagte ich zu mir. Nicht das. Ich schüttelte unwillkürlich den Kopf, als könnte ich dessen Inhalt wie eine Zaubertafel mit zwei raschen Bewegungen für immer löschen.

«Hab ich dir das eigentlich schon erzählt?» fragte Howard. Er beugte sich vor, um aus seiner Schublade ein frisches Unterhemd zu angeln. «Nach dem Begräbnis ist ein Vertreter aufgetaucht und wollte Dan und Theresa eine Sargversicherung andrehen.»

«Eine Sargversicherung?» sagte ich. «Na ja, man weiß ja nie. Man kann nicht vorsichtig genug sein.»

«Was?» fragte Howard.

«Nichts.»

«Was hast du gesagt?»

«Was?» fragte ich. Ich setzte mich auf. Ich war nackt bis auf die Socken. Ich hatte die Ordnung der Dinge vergessen. Ich war Mutter, und Mütter mußten jeder Situation gewachsen sein, weil sie die Kinder zu versorgen hatten. Auch in Krisenzeiten mußten sie die Mahlzeiten zubereiten, denn es gab zum Essen keine Alternative außer dem Tod. Wir Mütter durften nicht sterben, bis das jüngste Kind seinen Collegeabschluß hatte. Howard, wie soll ich kochen, wenn ich nicht mal weiß, welches Kleidungsstück ich als nächstes anziehen muß?, wollte ich ihn fragen. Vielleicht war es besser, wenn die Kinder zuerst starben, dann konnte man sich entspannen und brauchte sich keine Sorgen mehr zu machen, nur noch zu trauern.

«Was tust du denn da, Alice?»

Manchmal sagte er meinen Namen wie eine Schlange, mit zischendem S-Laut. Auf der Kommode stand eine Plastikwanne, darunter lag eins von Howards dreckigen Hemden. Ich hatte nichts an außer meinen Socken. In der Wanne befand sich Butter, die inzwischen weich und ranzig war. Ich konnte mich gar nicht mehr daran erinnern, daß ich an dem Tag, als Lizzy ertrunken war, ins Schlafzimmer gekommen war.

«Deine Kinder brauchen dich, Alice.» Er zischte mir leise ins Gesicht: «Alissss.» Ich wußte, er wollte mich aufscheuchen, damit ich wieder gesund wurde. Ich würde es wahrscheinlich genauso machen, wenn er auf dem Totenbett läge. Emma sah fern und rief nach uns, während Claire mit ihrer Müslischüssel auf den Küchentisch klopfte.

Ich holte Luft. Ich wollte den Mund aufmachen und über die Berge hinweg schreien: WAS SOLL ICH TUN!» Das Echo würde zurückkommen, Wassollichtun, wastun, wastuuun. Statt dessen drang ein Geräusch aus meiner Kehle, als hätte man mir einen Strick um den Hals gelegt. Ich hatte nicht die Kraft, mich anzuziehen und hinunter in die Küche zu gehen, und das Bett war so schön ohne das obere Laken, wie ein sauberes weißes Floß. Ich ließ mich wieder zurücksinken. Ich wollte einen Kurs festlegen, wollte mich mit dem Floß irgendwohin treiben lassen.

«Scheiße», flüsterte Howard. Er benutzte selten Schimpfworte, was ihnen um so mehr Gewicht verlieh. «Was soll das? Reiß dich zusammen, Alice. Mach dir ein Frühstück. Mach weiter, Emma und Claire zuliebe. Mach weiter. Das mußt du dir auch selbst sagen.»

Er öffnete mühsam unsere verklebten Schubladen und holte mir eine Unterhose heraus, einen Büstenhalter, ein graues T-Shirt und Shorts. Dann zog er mich hoch und begann mich anzuziehen. Er hob meine Füße hoch und steckte sie durch die Öffnungen meiner Unterhose. Vermutlich war es wichtig, Emma und Claire jeden Morgen zu wecken und ihnen etwas zu essen zu geben und dafür zu sorgen, daß sie einen Mittagsschlaf machten, damit sie groß wurden und selbst Kinder bekommen konnten, die sie dann morgens weckten und denen sie zu essen gaben und die sie zum Mittagsschlaf anhielten, damit sie ihrerseits groß wurden und Kinder bekommen konnten. Das nannte man Weitermachen, und es war gut so. Ich zog die Unterhose von den Knöcheln hoch zur Taille. Ich erinnerte mich, daß ich vor langer Zeit auf wunderbar heißem Beton gelegen hatte und den Frauen und Tante Kate zugeschaut hatte, wie sie während der Mittagspause im öffentlichen Schwimmbad ihre Bahnen zogen. Die Frauen sahen alle gleich aus mit ihren eng anliegenden Bademützen, unter denen sich die Stirn vorwölbte. Ihre Beine erinnerten von hinten an Hüttenkäse. Sie schwammen gemächlich, und bei jedem Kraulzug holten ihre Arme mit den Grübchen aus. Wenn sie ans Ende der Bahn gelangten, drehten sie sich auf den Rücken und kehrten mit den Beinen schlagend zu ihrem Ausgangspunkt zurück. Ich hatte mein Frühstück gegessen und war zu Bett gegangen, vielleicht hatte ich wie ein junges Mädchen einen kurzen Augenblick vollendeter Schönheit erlebt, und dann war ich als eine dieser ältlichen Schwimmerinnen wieder erwacht.

«Ich trage einen geblümten Badeanzug mit einem Rock und wattierten Körbchen», sagte ich.

«Ich lasse das nicht zu.» Howard sprach ganz ruhig mit mir, während er mir das Hemd über den Kopf zog. «Niemand macht dir Vorwürfe. Das weißt du genau.» Er nahm meine Hände und steckte sie durch die Armlöcher. «Du machst dich selbst für einen Unfall verantwortlich, der jedem hätte passieren können. Hast du Theresa angerufen? Die Shorts machst du selbst. Ich hole Claire. Emma braucht dich. Sie kapiert nicht, was los ist. Sie braucht dich, Alice.»

Er redete mit mir, wie mein Vater es getan haben könnte, wenn er sich je wirklich mit mir unterhalten hätte.

«Und kämm dir die Haare. Bitte», rief er vom Flur aus. «Dave und Phil kommen heute morgen zu uns.»

Diese Information brachte mich zum Grübeln. Dave und Phil. Als Howard mit Claire auf dem Arm zurückkam, dachte ich immer noch darüber nach.

«Was ist, Alice?»

Genau in dem Moment, als er mit seiner sanften, geduldigen Stimme diese Frage stellte, fiel es mir wieder ein, Dave, der Bodenkundler von der Universität Wisconsin, und Phil, der bei ihm promovierte. Sie hatten unsere Farm auf Fingerhut und Regenwürmer, auf Phosphor und Stickstoff hin untersucht.

«Ich hab mit Theresa gesprochen», sagte ich.

«Gut. Sehr gut.»

Zuerst hatte sie gesagt, mit mir könne sie keine Minute zusammensein, und dann war sie förmlich übergesprudelt vor Neuigkeiten, als hätte sie seit Wochen mit niemandem mehr geredet. Wenn ich Theresa gewesen wäre, hätte ich die Liebe, die sie für mich empfand, in Haß verwandelt; ich hätte mühelos und wie selbstverständlich die eiternde Wunde genährt. Ist es möglich, hätte ich Howard gern gefragt, wenn ich den Mut dazu aufgebracht hätte – hältst du es für möglich, daß sie mir vergibt?

Ich absolvierte das Frühstücksritual. Milch auf dem Tisch, Löffel bei jedem Set, die verschiedenen Müsli- und Cornflakessorten aufgereiht, für jeden Geschmack eine. Nach dem Essen saß Claire auf meinem Schoß und Emma neben mir, und wir lasen in unserem illustrierten Märchenbuch. Anschließend hockte ich auf dem Fußboden und zog die Babypuppen an und aus. Auf ihren winzigen weißen Plastikschuhen stand unten «Made in China». Faltige, krummgebeugte Chinesinnen saßen in stickigen Fabriken in Hongkong und nähten Puppenschuhe zusammen, damit unsere Mädchen in Wisconsin Familie spielen konnten. Ich schloß die Augen und wünschte mir einen Ort wie den Wald der Urzeit herbei, den Geruch von Bienen und Honig und saftiger Vegetation, einen Ort, wo die Tiere in Harmonie zusammenleben, weil sie Angst vor ihrer eigenen Kraft haben. Als Emma und Claire am selben Puppenkleid zu zerren begannen und sich anschrien, hielt ich mir die Ohren zu, legte den Kopf auf die Knie und trötete wie eine Autohupe.

«Als ich deine Mom war», erklärte Claire und legte ihre klebrige Hand auf meinen Arm, «und als du mein Baby warst, da bin ich immer nett gewesen.»

«Das ist sehr schön», sagte ich, ihre schimmernden dunklen Haare berührend, die wie eine enge Kappe anlagen.

«Ich bin nie böse gewesen, als ich deine Mom war.»

Vielleicht hatte Claire recht. Vielleicht war sie die Reinkarnation meiner Mutter, Barbara Gardner, die so jung an Lungenkrebs gestorben war. Vielleicht war meine Mutter bereitwillig gestorben, weil sie genau wußte, daß sie als mein zweites Kind wieder auf die Welt kommen würde. Meine Mutter hatte beschlossen, daß es besser war, wieder ein kleines Kind zu sein, als mit meinem Vater verheiratet zu sein, und dann hatte sie sich schließlich in meiner Gebärmutter eingenistet.

Emma quiekte: «Als du ein Baby warst, haben wir dir einen Schnuller in den Mund gesteckt, damit du still bist.»

Vielleicht plante Lizzy bereits ihre Rückkehr, in einem Wartezimmer mit Zeitschriften und leiser Musik und eingetopften Zitronenbäumen, die bis zur Decke wuchsen. Ich dachte an Theresa und Father Albert, wie sie zum Parkplatz gingen, nachdem sie ihre Kirsch-Sodas getrunken hatten, wie sie sich unter dem dreizackigen Neonschild umarmten und Theresa plötzlich das Feuer in sich aufflammen spürte, das für sie die Liebe Gottes verkörperte.

Beim Mittagessen («Dinner», wie Howard immer sagte) saßen er und die Kinder und ich am Tisch und aßen: Vollkornbrot mit Cheddar, in der Mikrowelle überbacken, und Milch, Honigmelone sowie ein paar welke Salatblätter aus dem Garten. Nur die böse Emma aß Weißbrot mit Butter, keinen Käse und auch keine Melone, weil sie vor zwei Jahren einmal ein Stück bekommen hatte, bei dem ein Käfer die Schale entlangkroch. Claire aß alles, wie es kam. Wir waren die letzte Milchwirtschaftsfarmerfamilie beim Dinner, Prairie Center, um 1990. Obwohl Howard es mir nicht erzählt hatte, wußte ich, daß die Kuh mit dem Gebärmuttervorfall gestorben war, weil ich gesehen hatte, wie sie mit Ketten hinten am Traktor festgebunden war. Man würde sie abholen und in eine Leimfabrik bringen. Howard grollte mir wohl wegen irgendeiner unpassenden Bemerkung. Ich starrte aus dem Fenster und dachte daran, daß ich nie vorgehabt hatte, so lange zu leben. Als Kind war ich fest davon überzeugt gewesen, ich würde nicht einmal achtzehn werden.

Nach dem Essen kam das Team von der Universität. Es waren mehrere kluge, verantwortungsbewußte Leute in billigen T-Shirts. Sie brachten ihre eigene Verpflegung mit. Die Frauen sahen aus, wie ich ausgesehen hätte, wäre ich in Ann Arbor geblieben. Ihre behaarten Beine und Achselhöhlen schienen ihren geschulten Intellekt und ihr Desinteresse an konventionellen Schönheitsidealen zu demonstrieren. Die Frauen in Prairie Center, als demographische Einheit gesehen, rasierten oder wachsten sich alle die Beine bis zur Bikinizone. Später am Nachmittag, als Emma, Claire und ich beim Briefkasten an der Straße standen, sahen wir die Collins vorbeifahren. Dan am Steuer, Theresa vorne neben ihm und Audrey hinten auf dem Rücksitz. Sie würden klettern und immer höher klettern, bis sie innere Ruhe fanden. Theresa hatte gesagt, sie habe Angst wegzufahren, könne es jedoch Dan nicht sagen, aber vermutlich kämpfte Dan mit demselben schrecklichen Gedanken: Sie ist nicht tot, weil sie nicht tot sein kann, und wenn sie zurückkommt, wird sie nur ein verlassenes Haus vorfinden. Ich hob die Hand, um zu winken. Dan sah mich und fuhr weiter. Theresa war in die Landkarte vertieft. Audrey preßte die Nase ans Fenster und öffnete und schloß die Faust.

Ich ließ die Mädchen im Sandkasten im Garten zurück und ging nach oben, um mich kurz unter dem Ventilator auszuruhen. Das nächste, woran ich mich erinnere, ist, daß Howard mich schüttelte und sagte: «Wach auf. Geh nach unten und mach Abendessen. Bitte.»

Wir hatten jeder auf seiner Seite des Bettes einen Wecker, zwei alte Aufziehuhren aus unserer Zeit in Ann Arbor. Howards Wekker war ein Big Ben, meiner ein Little Ben. Natürlich tickte Big Ben, der Vater der Uhrenfamilie, tiefer und lauter. Mein Wecker tickte stakkato, hektisch, als versetzte ihn das Vergehen der Zeit in Panik. Sie tickten nicht im Gleichtakt, und Howards Uhr ging immer vor. Ich erinnere mich, daß ich manchmal aufwachte und das Gefühl hatte, die Wecker kämpften miteinander und stritten sich um ihre wertvollen Minuten und um die Art zu ticken, bis sie schließlich vor Erschöpfung einfach stehenblieben.

Nach Howards Zeit ging ich um 19 Uhr 40 ins Bett, nach meiner um 19 Uhr 30. Ich hörte noch, wie Howard im Nebenzimmer auf der Klarinette «Lucy in the Sky with Diamonds» spielte. Emma und Claire schwebten in ihren Sommernachthemdchen den Flur hinunter. Howard erwies sich als wunderbarer Vater, das war nicht zu leugnen. Er konnte soviel besser mit den Kabbeleien der Mädchen umgehen, er konnte mit ihnen balgen und ihnen Geschichten erzählen. Wahrscheinlich wäre es vernünftiger, ich würde pflügen und den Boden bestellen und säen und reparieren, und er würde die Kinder versorgen. Ich schloß die Augen, bis der nächste Tag kam und Howard mich wieder schüttelte. Er drückte mir meine Kleider in die Hand und leitete mich mit unermüdlicher Geduld an, indem er mir sagte, welchen Arm ich in welches Loch stecken mußte.

«Ich kenne dich doch, Alice», sagte er, während er die Turnschuhe vors Bett stellte. «Eines Tages machst du eine Geschichte daraus. Du erzählst unseren Gästen dann beim Abendessen, eine Zeitlang seist du so depressiv gewesen, daß ich dir beim Anziehen helfen und dir dauernd gut zureden mußte. Du sagst dann wahrscheinlich so was wie: Howard mußte mir die Füße abstauben, um mir die Socken anzuziehen.»

Ich betrachtete ihn mit zusammengekniffenen Augen und versuchte zu verstehen, was er da sagte, über diese Zeit, aus der später mal ein Scherz werden würde. Wenn ich mich etwas besser gefühlt hätte, dann hätte ich ihm vermutlich in die Fresse geschlagen. Die einzigen Gäste, die wir je zum Abendessen eingeladen hatten, waren Dan und Theresa. Zwischen allen meinen Zehen steckten gelbe Fussel. Ich legte mich wieder hin und schloß die Augen.

«Alice – Alice.» Er hockte sich nieder, und ich stellte mir vor, er würde nun bitten und betteln und mich mit russischen Kosenamen aus dem Bett zu locken versuchen, mir etwas vorsingen, mir Geld anbieten, einen Urlaub, einen Diamanten. «Alice», sagte er, «wir können das, was passiert ist, nicht rückgängig machen.» Er beugte sich über mich und strich mir die Haare aus dem Gesicht.

Ich wollte mich aufrichten, die Arme um seine Taille legen, meine Wange an seinen Bauch drücken und sagen, mir kämen alle Leute wie Monster vor, die mich mit einem Haps verschlingen wollten. Howard, ich zittre – spürst du das denn nicht?

«Ich weiß auch nicht, wie man mit so was fertig wird», sagte er, «aber ich weiß, wir müssen irgendwie weitermachen. Es wäre vielleicht gar nicht schlecht, wenn du Hilfe suchen würdest, professionelle Hilfe. Ich hab keine Ahnung, was es da so gibt. Du stehst nicht auf, du redest mit niemandem. Mußt du heute abend nicht zu einer Schulsitzung? Soll da nicht dein Vertrag besprochen werden? Wenn du dich selbst sehen könntest, würdest du begreifen, wie frustrierend –» Er drehte sich um und rief in den Flur: «Was ist, Emma?»

«Sie werden mich im Allerheiligsten lynchen», murmelte ich.

«Was?» fragte Howard.

«Könntest du bitte ganz kurz mal kommen?» rief Emma.

«Was hast du gesagt, Alice?»

«Nein», sagte ich, «nichts.» Als er aus dem Zimmer gegangen war, ließ ich mich wieder aufs Bett sinken.

Am Abend zog ich einen hellblauen Rock an und eins von Howards neuen weißen T-Shirts, die noch nicht vom Waschen vergilbt waren, sowie einen kleinen, ausgefransten Strohhut. Ich fuhr sehr vorsichtig über die kleinen Nebenstraßen zur Cafeteria der Grundschule in Blackwell. Ich wollte nicht schneller als dreißig Stundenkilometer fahren, weil mir meine Füße vom restlichen Körper abgetrennt schienen. Der Rektor hatte mir vor ein paar Wochen einen Brief geschickt mit der Mitteilung, einige Eltern wollten im kommenden Schuljahr bei verschiedenen Aufgaben mithelfen. Die Schulverwaltung und der Lehrer-Eltern-Beirat hätten festgestellt, daß es in meinem Arbeitszimmer zeitweise ziemliche Engpässe gab und daß es hilfreich sein könnte, wenn ein Elternteil die nicht verschreibungspflichtigen Medikamente verabreichen würde. Die Blackwell Elementary School war eine riesige Gesamtschule, vom Vorschulkindergarten bis zur achten Klasse, die letzte dieser Art im Bundesstaat. Sie hatte fast siebenhundert Schüler. Es stimmte, in meinem Büro ging es tatsächlich manchmal chaotisch zu. Man hatte mir gesagt, ich müsse unbedingt bei dieser Sitzung anwesend sein, damit der Vorstand diese Vorschläge diskutieren und außerdem meinen Vertrag durchgehen könne.

Die fünf Komiteemitglieder waren alle Männer im besten Alter. Einer war Futterfarmer mit Fingern wie Münzrollen, einer war Zahnarzt, einer machte irgendwelche obskuren Importgeschäfte, einer entwarf Tränken für Labortiere, und der letzte verkaufte Einbruchssicherungen. Sie wirkten alle ziemlich kräftig. Sie hätten mich ohne weiteres hochheben, an eine Straßenlaterne hängen und mich dort bis zum Morgen baumeln lassen können.

Vielleicht hatte Howard recht, wenn er sagte, eine Therapie würde mir helfen. Vielleicht konnte ich irgendein Medikament bekommen, das mich von morgens bis abends munter Tralala singen ließe. Die Komiteemitglieder blätterten in ihren Unterlagen und flüsterten miteinander, als ich in der Cafeteria Platz nahm. In der nächsten Reihe saßen noch ein paar Lehrer, darunter Luther Tritz, der Orchesterleiter. Vielleicht gab es an seinem Vertrag auch etwas zu besprechen, vielleicht wollten irgendwelche Eltern dirigieren oder den Kleinen die Tonleitern beibringen. Luke war ein kleiner, untersetzter Mann mit orangefarbenen Haaren, der aussah, als badete er immer in Karottensaft. Ich hatte noch gar keine Gelegenheit gehabt, Theresa von meinem neuen Faible für Luther Tritz zu erzählen. Soweit ich wußte, konnte er nicht lachen. Einmal, bei einem Lehreressen, hatte ich ein Zucken auf seiner orangefarbenen Stirn bemerkt, als der Stellvertretende Direktor einen geschmacklosen Witz erzählte. Morgens ging ich immer ganz langsam am Musikraum vorbei, um zu sehen, wie er die roten Musikordner aus seinem aufgeräumten Metallschrank holte und dann jeweils zwei auf einen Notenständer legte. Ich hatte Theresa noch nicht erzählt, daß dieses Interesse an Mr. Luther Tritz, bis in sein reines episkopalisches Herz hinein, nichts als eine intellektuelle Übung war – das Problem des tüchtigen Stadtratsabgeordneten mit Ehefrau und fünf Kindern und einem Wohnmobil, der sehr natürliche Gefühle für die blonde Schulkrankenschwester hegte. Wenn er in der Marschkapelle die Tuba spielte und gleichzeitig dirigierte, wirkte er unglaublich anziehend. Und ein Mann mit einem Job, der morgens um 8 Uhr 30 begann und pünktlich um 15 Uhr 15 endete, war einfach unwiderstehlich.

Catherine Trumper von der Lokalzeitung saß neben ihm. Sie hatte angeblich eine Spielzeit lang eine Affäre mit dem Footballcoach der High-School gehabt, während sie den Sportreporter vertrat. In früher Jugend war sie sehr attraktiv gewesen, dann war sie fett geworden, offenbar ohne es zu merken. Sie trug schwarze hochhackige Schuhe und ein enges, blau-lila gestreiftes Synthetikkleid. Ihr teilweise enthüllter sommersprossiger Busen, der in einen Stütz-BH gezwängt war, schien um Freiheit zu betteln. Luther besaß doch hoffentlich genug Verstand, sich nicht mit einer so ordinären Frau wie Catherine Trumper einzulassen. Sie war so üppig, daß sie regelrecht auf Luther überschwappte. Er blickte stur geradeaus, als könnte sie sich den ganzen Tag und die ganze Nacht an ihn pressen, und er würde es nicht merken.

Die Komiteemitglieder erörterten die Asbestbeseitigung. Die Schulen im Bezirk hatten alle Asbestprobleme, und das Wasser enthielt Schwefel und roch nach verfaulten Eiern. Luther Tritz beobachtete mich; ich spürte seine verwaschenen blauen Augen auf meinem Gesicht. Als ich den Kopf drehte, um seinen Blick zu erwidern, schaute er blitzschnell nach hinten, wo es überhaupt nichts zu sehen gab. Er wußte, warum ich vorgeladen worden war – auch er war eingeweiht! Catherine mußte sich nicht einmal vorbeugen, um in sein orangenes Ohr zu flüstern; sie erzählte ihm, ich hätte Lizzy absichtlich ertrinken lassen, das habe sie aus zuverlässiger Quelle erfahren, von einer Frau mit Arbeitsschuhen und verschmiertem Make-up. Ich hätte Lizzy aus dem Haus ausgesperrt, ich hätte sie angeschrien, sie solle doch zum Teich gehen, und dann hätte ich ihr einen Backstein um das Fußgelenk gebunden und sie ins Wasser gestoßen. Ich hätte zwar den Eindruck erwecken wollen, ich würde sie am Ufer des Teichs wiederbeleben, aber in Wirklichkeit hätte ich den Backstein losgebunden, den Knoten in der Schnur gelöst, um die ganze Sache zu vertuschen.

Luther Tritz nickte. Er hatte mich wohl immer schon für leicht verstört gehalten, weil ich so oft in der Tür gestanden und die Jungen angeglotzt hatte, während sie ihre Holzblasinstrumente zusammenschraubten.

«Herr Vorsitzender», rief Catherine Trumper, «könnten Sie für mich die Asbestsanierung bitte in Dollar aufschlüsseln? Ich konnte diesen Zahlen eben nicht ganz folgen.»

«Also gut, Cathy», begann der Herr Vorsitzende. Sie würden die Kosten aufschlüsseln, während ich Luke von oben nach unten entkleidete. Ich fragte mich, ob er von Kopf bis Fuß behaart war. Ich konnte ihn mir gut unter der Dusche vorstellen, die orangefarbenen Haare vom Wasser angeklatscht. «Oh, Luke», würde ich flüstern. «Luke, Luke, Luke, mein lieber, süßer, nasser Luke. Kannst du mir ein Lächeln schenken, Luke?» Es wäre bestimmt eine Lebensaufgabe, dem Orchesterleiter ein einziges kleines Grinsen abzuringen.

David Henskin, der Direktor, beäugte mich. Wahrscheinlich wollte er herauskriegen, ob das Gerücht stimmte, das ihm zu Ohren gekommen war. Er stand am Ende seiner beruflichen Laufbahn, war aber immer noch ein imposanter Mann mit stahlgrauem Haar und einer kleinen Brille mit schwarzem Gestell, die man in meiner Kindheit als «Idiotenbrille» bezeichnet hätte, und der frischen, glatten, wohlduftenden Haut eines Mannes, der sich mehr als einmal am Tag rasieren muß. Er blickte in meine Richtung, und dann nahm er plötzlich Haltung an, weil man zum Tagesordnungspunkt «Heizungsbrenner» überging. Wenn es um den Brenner ging, war er in seinem Element. Der Heizungsbrenner war alt. Mr. Henskin liebte den Apparat, aber die neuen Modelle waren ebenfalls wunderschön und außerdem effizient. Jedermann im Komitee verstand etwas von Heizungs- und Kühlungssystemen. Die Männer liefen sich bei der Diskussion über die kaputten und gefährlichen Maschinenelemente schon mal warm, damit sie richtig in Fahrt waren, wenn es um die Schulkrankenschwester ging, die keine Erste Hilfe leisten konnte. Wenn Luke mir nur ein Zeichen geben könnte, ein kleines Signal, dann wüßte ich, daß er nicht dachte, ich hätte Lizzy ertränkt.

Er blickte über meinen Kopf hinweg zur Tafel. Ich erinnere mich, wie mir übel wurde, als säße ich in einem geschlossenen Güterwagen, der plötzlich stehenbleibt. Ich schlug die Hände vors Gesicht, um die Fassung zu bewahren. Ich konnte den Geruch der Schulmahlzeiten nicht ertragen, den Geruch endloser Jahre von

Schulmahlzeiten und Bohnerwachs, von Fieberthermometern, Arbeitsheften, Sportstunden, frechen Jungen, braven Mädchen. Das war die Welt, die meine Kinder mit einigem Glück erben würden. Sie wollten ja unbedingt groß werden. Und wenn sie heranwuchsen, würden sie immer noch denken, daß das Erwachsensein ihnen nur Annehmlichkeiten bringen würde: Eis nach jeder Mahlzeit, Geschlechtsverkehr der mystischen Art morgens wie abends; Happy Hour mit Weinkühlern, alles ohne Rückschläge. In Wirklichkeit saß die Erwachsenenwelt bei Schulsitzungen, während die Männer den Heizungsbrenner ihrer Träume bestellten und Catherine Trumper jedes Wort aufschrieb. Die Erwachsenenwelt produzierte begehrliche Gefühle für jemanden wie Luther Tritz, der höchstens in seinem Organisationstalent etwas Ausschweifendes hatte. Emma und Claire würden zweifellos in einer Welt leben, in der man sich nicht mehr vor den Problemen drücken konnte, die viele von uns ignoriert hatten, weil wir uns nicht unmittelbar betroffen fühlten. Der Müll und die Seuchen würden in den Garten meiner Mädchen überschwappen wie Wellen am Strand. Und mit ihnen all die kaputten, hoffnungslosen und herzlosen Menschen mit den halbautomatischen Waffen. Statt unsere Kinder in ihren Begabungen zu fördern, statt in ihnen Interesse für Geschichte und Musik zu wecken, sollten wir sie lieber auf Gewalt und Hungersnöte und gefährliche Gangs vorbereiten.

Als ich aufschaute, fiel mein Blick durch das Fenster am anderen Ende des Raums, und da ging, gerade noch sichtbar, die Sonne über dem Fluß unter. Ihr Rot war dumpf und leuchtete nicht mehr, ihre Strahlen waren bereits schlafen gegangen, hatten sich in den glühenden Ball zurückgezogen. Der Himmel war mit einer schmelzenden Farbenpracht überzogen, sie reichte bis zum Horizont: Lavendel und strahlendes Blaßblau, Violett, pudriges Rosa und Orange, alle Töne gingen ineinander über. Wie gern wäre ich aus dieser Cafeteria geflohen, in die Kühle der Dämmerung, in die Farbe, die Farbe – nach Wochen und Wochen sengender Sonne, die alles zu einem glanzlosen Gold ausgedörrt hatte.

Luther Tritz starrte ausdruckslos ins Nichts, während er doch die Szene draußen vor dem Fenster hätte genießen können. Vermutlich war er taub nach all den Jahren, in denen er sich anhören mußte, wie die Schüler der Junior High ihre ganze aufgestaute Energie in die schmalen Mundstücke der Blasinstrumente pusteten. Wahrscheinlich lachte er deswegen nicht mehr, weil er gar nicht hörte, was gesagt wurde. Für ihn gab es nicht mehr viel Spaß am Leben, weil seine Sinne abgenutzt waren. Ich hatte mir immer ausgemalt, er würde mich morgens quer über den Parkplatz beobachten, ein Leuchten in den Augen mit den orangenen Lidern. Jetzt glaubte er, ich hätte Audrey ebenfalls zum Teich locken wollen, um ihr das gleiche anzutun wie Lizzy – aber dann war Mrs. Glevitch in der Tür erschienen und hatte in Sekundenschnelle ihre Mary-Kay-Produkte auf unserem Küchentisch ausgebreitet. Mrs. Glevitch hatte das Leben eines unschuldigen Kindes gerettet – und das nicht zum erstenmal. Er glaubte, die Obduktion habe ergeben, daß Lizzys Körper mit blauen Flecken übersät war – ich hätte einen großen Stock genommen und – NEIN! Ich durfte nicht ausrasten, bloß nicht, bloß nicht! Ich wollte die Leute hier in der Cafeteria zurücklassen, Luke, Catherine, David Henskin, und nie wieder an sie denken. Ich wollte sie ihren scheußlichen Gedanken über mich überlassen, ihren Gedanken an Autos, Spiele, Rasenflächen, Urlaubsreisen. Ich durfte nicht an widerliche, häßliche Dinge denken, ich wollte mich kopfüber in etwas Schönes stürzen! – Dürste nach Schönheit, strebe nach Schönheit, und alles Grobe, Häßliche, Erniedrigende, Dunkle fällt von dir ab. Ich wollte Lizzy als das süße Kind sehen, das plapperte und herumhüpfte, ein lebendiges Wesen aus Fleisch und Blut und nicht ein moderndes –

Seht euch den Sonnenuntergang an! hörte ich mich rufen.

Die Komiteemitglieder, die Herren aus der Verwaltung, die ehrlichen und verantwortungsbewußten Lehrer und Bürger im Publikum und die Vertreter der Presse folgten aufmerksam einem Vortrag über die absehbaren Schwierigkeiten beim Entfernen des unter dem Schulhof liegenden Öltanks. Sie hatten mich nicht gehört. Ich stand vor dem gleichen Problem wie im Krankenhaus – auf mir lag ein Fluch, so daß keiner mich hören konnte. Ich wußte nicht, ob ich gerufen hatte oder nicht. Ich wollte unbedingt, daß alle aus dem Fenster schauten und den Sonnenuntergang betrachteten. Wir hatten vergessen, was Farbe ist. Violett. Rosa. Purpur. Jetzt waren diese Farben vor uns ausgebreitet wie in einem Lehrbuch, um uns etwas zu zeigen, was wir vergessen hatten. Ich schob meinen Stuhl zurück und rannte hinaus, an der ersten Tischreihe vorbei, wo die Mächtigen saßen, das Komitee und die Verwaltung, an dem Redner vorbei, der einfach weitersprach. Ich hielt mir die Hände vor Mund und Nase, als müßte ich mich gleich übergeben. Alle verfolgten mein Tun mit offenem Mund. Wie konnte jemand mitten während einer Diskussion über den Heizungsbrenner weglaufen! Auf einmal war alles so komisch – der Heizungsbrenner, der Öltank, Luke und Catherine, die Ernsthaftigkeit dieses Abends und das Leuchten des Himmels. Ich hielt mir die Rippen und ging lachend aus der Tür, den Flur hinunter, lachend in die Mädchentoilette. Lachend lehnte ich mich gegen die Kabinentür, lachend saß ich auf der Toilette, lachend stand ich am Waschbecken, bis ich das Gefühl hatte, jemand hätte mir einen Schlag verpaßt. Sterne explodierten über meinem Kopf wie Feuerwerk.

Als ich aus der Toilette kam, wäre ich fast mit einer Frau zusammengestoßen, die draußen neben dem Trinkbrunnen stand. Vor Schreck zog ich mich in den Türrahmen zurück.

«Mrs. Goodwin», sagte sie. Seit vier Jahren arbeitete ich jetzt schon an der Schule, und ich hatte mich immer noch nicht daran gewöhnt, daß sich erwachsene Menschen gegenseitig mit Mr. und Mrs. anredeten. Für mich war Mrs. Goodwin Nellie. «Ich bin Detective Grogan von der Ermittlungsbehörde in Racine, und das hier», sie wandte sich dem Polizisten zu, der gerade aus der Jungentoilette kam, «das ist Officer Melby.»

Ich glaube, zuerst nickte ich und musterte die beiden, und dann wandte ich mich zum Gehen. Es schien mir in dem Moment völlig belanglos, daß zwei Polizeibeamte mich ansprachen, und ich dachte auch nicht daran, daß eine Vorstellung in der Regel irgend etwas einleitete. Mir war übel, ich war müde, ich hatte genug. Die Polizistin trug normale Straßenkleidung, beige Hosen und eine weiße ärmellose Bluse. Der Officer mit seinen schwarzen Hosen, dem Schlagstock, dem Rangabzeichen, war auf den ersten Blick schwer als Person auszumachen. Als Kind hatte ich immer gedacht, daß Nonnen und Polizisten ihre Uniform nicht trugen, sondern daß die Kleidung sozusagen von selbst stand. Aber Melby sah gut aus in seiner Uniform, er war breit gebaut, hatte braune Augen, sehr helle, makellose Haut, gute Zähne. Die Frau folgte mir, und als sie auf gleicher Höhe war, sagte sie: «Wir würden uns gern einen Moment mit Ihnen unterhalten, wenn Sie nichts dagegen haben.»

«Mit mir?» Ich blieb stehen und lehnte mich an eins der Schließfächer.

«Nur kurz.» Sie lächelte. Sie war kleiner als ich, hatte blonde Ringellocken, blaue Augen, Sommersprossen auf der Nase und das unermüdliche Lächeln einer Person, die unbedingt nett sein will. Ich mußte nach Hause – mein Kopf dröhnte, und alles war so grell, daß mir selbst die trübe Flurbeleuchtung weh tat. Die Polizistin lächelte weiterhin gewinnend, als glaubte sie, wir könnten Freundinnen werden. «Wir hätten gern ein paar Informationen über Robbie Mackessy», sagte sie.

Ich erinnere mich, daß mir ganz schwach wurde und daß ich fast hingefallen wäre. Sie wollten mir gar keine Fragen zu Lizzy stellen, weil ich sie nicht vorsätzlich aus dem Haus gelassen hatte. Sie wußten, daß Lizzy den Pfad hinuntergerannt war, während ich oben im Haus etwas gesucht hatte. Robbie Mackessy steckte in Schwierigkeiten, das war alles. «Ahh», sagte ich und schlug sanft mit dem Kopf gegen das Schließfach.

«Keine angenehmen Erinnerungen, verstehe ich Sie richtig?» fragte sie.

«Ich hab versucht, ihn zu vergessen», meinte ich sarkastisch, als wäre es lustig.

«Sie hatten Probleme mit ihm?»

Ich blickte hinauf zu den Deckenfliesen, die mit gleichmäßigen schwarzen Punktreihen verziert waren. Ich kannte Robbie schon viel zu lange. Nach jedem anstrengenden Schulmorgen kroch ich nach Hause in die Traumwelt der Farm, zu der zermürbenden Arbeit, die mir so alt erschien wie die Zeit selbst. Ich zog Karotten aus dem Boden, als würde ich jemanden an den Haaren zerren. Es war so tröstlich, ganz genau zu wissen, was getan werden mußte.

«Probleme», wiederholte ich. «Kann man wohl sagen.» Die Polizistin war hübsch und zierlich, und sie trug ein Medaillon um den Hals. Und mein Kopf schmerzte, und es wurde dunkel, und ich wollte unbedingt nach Hause und schlafen und viele Tage schlafen und das Leben verschlafen.

«Wie lange kennen Sie ihn schon?»

Ich mußte überlegen. Er hatte am Vorschulprogramm teilgenommen, mit fünf, und war dann mit sechs im ersten Schuljahr gewesen. «Etwa zwei Jahre», antwortete ich.

«M-hm.» Sie nickte ihrem Notizblock zu. Die anderen Beamten im Polizeipräsidium nannten sie wahrscheinlich mit einer gewissen Zärtlichkeit Grogan, und ihr gefiel das bestimmt, weil es ihr ein Gefühl der Zugehörigkeit gab und sie gleichzeitig doch das einzige Mädchen in der Familie war. Die Männer konnten sie nicht mies behandeln, weil sie zart war, ja, aber durchaus auch stark genug, um zuvorkommenden Umgang zu fordern. «Sie haben also eine recht intensive Beziehung zu ihm, nehme ich an?»

Ich lachte bei der Vorstellung von einer «Beziehung».

«Nein?» Grogan legte ihren langen roten Fingernagel an den Mund und neigte den Kopf nach rechts.

Ich wollte schon sagen, er habe Angst vor mir, aber das stimmte nicht. Robbie Mackessy schien vor niemandem Angst zu haben. Ich konnte nicht gut sagen, daß wir uns überhaupt nicht leiden konnten, daß er ein gestörtes Kind war, brutal, grausam, und daß er mich vom ersten Augenblick an gegen sich aufgebracht hatte. Officer Grogan war eine präraffaelitische Schönheit, aber wenn sie schon Polizistin sein wollte, paßte der Name Grogan zugegebenermaßen sehr gut zu ihr. «Ich denke, die meisten Kinder haben Angst vor der Schulkrankenschwester», sagte ich.

«Angst?»

«Ich bin groß und habe angeblich immer eine Spritze in der Hand. Die Kleinsten sind nervös, weil sie denken, sie werden gleich gepiekst, obwohl ich das in der Schule nicht mache. Manche kennen mich, weil ich eine der Impf-Ladies von der Klinik bin.»

«Das ist kein besonders guter Ruf.»

Am liebsten wäre ich, ans Schließfach gelehnt, eingeschlafen. Die Polizeibeamten hatten ja keine Ahnung. Robbie besaß die maßlose Energie eines chronisch wütenden Menschen. Wenn er in mein Büro kam, stellte er sich vor meinen Schreibtisch und starrte mich an. Es mag nicht besonders schlimm klingen, wenn man sagt, daß man angestarrt wird, aber vielleicht hätte ich den Polizisten erzählen können, daß ich nie wußte, was Robbie dachte oder was als nächstes auf mich zukam. Er setzte mir derartig zu, daß ich manchmal aus dem Raum gehen mußte, um vor der Tür ein paar Tanzschritte zu machen. Genau das war seine Intention: Er wollte mich aus der Fassung bringen. Wenn ich ihn fragte, was ihm fehle, dann starrte er mich immer nur wortlos an. Wenn ich sagte, ich würde ihm gern in den Hals oder in die Ohren schauen, starrte er mich an, und wenn ich sagte: «Also gut, dann geh wieder in dein Klassenzimmer», dann stand er da und starrte. Wenn ich ihn ignorierte und meiner Arbeit nachging, dann stand er womöglich immer noch da und starrte mich an, Spott auf dem ansonsten ausdruckslosen Gesicht, und dann murmelte er oft eine unverständliche, aber eindeutig negative Bemerkung über meine Art oder meine Kleidung vor sich hin. Wenn ich ihm vorschlug, wir könnten doch gemeinsam ins Rektorat gehen, damit Mr. Henskin ihn untersuchte, dann zuckte er die Achseln und trabte los, als wäre er derjenige, der mich bestrafen lassen wollte.

Ich wollte nicht an ihn denken und hatte auch nicht vor, an ihn zu denken, weil ich an andere traurige Dinge denken mußte und an die untergehende Sonne und an die Fahrt nach Hause. «Ich muß gehen», sagte ich zu den Polizeibeamten. «Mein Mann muß arbeiten, und ich –»

«Nur noch ein paar Fragen, bitte, Mrs. Goodwin. Je mehr wir über Robbie wissen, desto besser können wir ihm helfen.»

«Was ist denn das Problem?» fragte ich schließlich.

«Wir können dazu leider nichts sagen», entgegnete sie. «Wir haben gehofft, Sie könnten uns mitteilen, ob Ihnen gegen Ende des Schuljahrs etwas aufgefallen ist – hat er vielleicht verängstigt gewirkt? Oder haben Sie irgendwelche ungewöhnliche Verhaltensweisen bemerkt?»

Ich versuchte mich zu erinnern. Ich schloß die Augen und versank in einen grauen Schlummer. «Nicht mehr als sonst», flüsterte ich. Es war mir egal, ob sie mich hören konnten. Um mich zu verstehen, hätten sie so nahe herankommen müssen, daß es fast schon einer Umarmung gleichgekommen wäre. «Die Eltern haben ihn ständig krank in die Schule geschickt», faselte ich. «Er ist noch ein richtiges Baby, obwohl er schon fünf oder sechs ist. Die Eltern sind gesetzlich berechtigt, ihr Kind in die Schule zu schicken, und die Schule ist verpflichtet, für ihn zu sorgen. Robbie war auch im Hort-Programm. Manchmal war er zwölf Stunden am Tag hier im Haus, von sechs Uhr morgens bis sechs Uhr abends. Die Schule muß ihm wie ein Käfig vorgekommen sein, wie eine Abstellkammer. Ich glaube nicht, daß man an solchen Orten viel träumen darf.» Ich öffnete die Augen und schaute die beiden Polizisten an, und wieder hätte ich beinahe losgelacht, weil sie meinen ziellosen Gedanken so aufmerksam lauschten.

«Was fehlte ihm denn?» fragte Grogan.

«Halsschmerzen, Mittelohrentzündungen, Erkältungen, Allergien, Bienenstiche, Grippe, Windpocken, aufgeschürfte Knie. Letztes Jahr hatte er etwa fünfmal eine Mandelentzündung. Ich glaube, seine Mutter ging mit den Medikamenten sehr, na ja, sagen wir mal, salopp um.» Das war milde ausgedrückt. «Mandelentzündungen können ziemlich schlimm sein», sagte ich mit gerunzelter Stirn, wie eine besorgte Krankenschwester.

Ich war einmal wegen Robbie zur Schulpsychologin gegangen, weil ich ihn nicht dazu bewegen konnte, sein Suprax zu nehmen. Er spuckte es mir ins Gesicht oder auf den Fußboden, und ich weiß genau, daß eine Flasche mit 200 Gramm fünfzig Dollar kostet. Mrs. Watson war eine vierschrötige Frau mit feuerrot gefärbten Haaren, die zu einem strengen Dutt zurückgesteckt waren, und den sanften Rundungen eines Sherman-Panzers. Sie hätte eigentlich ein guter Geist sein sollen, aber sie blaffte sowohl die Kinder als auch das Personal immer nur an, als wäre das, was sie zu geben hatte, eine bittere, aber dafür um so gesündere Arznei. Sie sagte zu mir: «Gehen Sie zurück in Ihr Büro und zwingen Sie ihn. Es ist Medizin, er muß sie nehmen, und Sie sind dafür verantwortlich, daß er sie schluckt.» David Henskin war ein älterer, distanzierter Herr, der ebenfalls die Botschaft ausstrahlte, wir sollten mit unseren Problemen selbst fertig werden. Ich hatte oft Alpträume, daß Robbie seine Medizin nicht nahm und neben meinem Schreibtisch tot umfiel.

«Robbie hat mir die Illusion genommen, ich könnte helfen oder überhaupt etwas bewirken», sagte ich, offenbar laut.

«Wie meinen Sie das?»

Wenn sie Robbie auch nur andeutungsweise kennen würde, hätte sie gleich begriffen. Es lag an seiner Art, einen anzuspucken, zu beschimpfen, fertigzumachen. Erst in dem Moment kam mir der Gedanke, daß die beiden möglicherweise wußten, was ich getan hatte. Natürlich! Sie waren gekommen, weil ich Robbie letztes Jahr einmal geschlagen hatte. Ich hatte mir eingeredet, daß es nicht wirklich passiert sei, aber Grogan wußte es. Hinter ihrem Tupperware-Party-Gesicht war sie sehr raffiniert. Ganz ruhig, ganz ruhig, befahl ich mir. Es war kein besonders harter Schlag gewesen. Aber ich hatte ihn geschlagen, und das war der eigentliche Grund, weshalb ich nicht zum Direktor gegangen war – ich hatte Angst, Robbie könnte mich verpetzen. Seit jenem Tag vor mehreren Monaten, als ich ihn auf die Wange geschlagen hatte, hatte ich mich auf alles gefaßt gemacht. Ich war fest davon überzeugt gewesen, daß man mich rausschmeißen würde, daß ich erledigt war, daß meine Lizenz widerrufen würde. Ich hatte gewartet – Tag für Tag, Woche für Woche, Monat für Monat. Er hatte mich so lange verächtlich angestarrt, bis ich schließlich auf ihn zuging und ihm eine Ohrfeige gab. Er hatte mit seitlich herabhängenden Armen dagestanden und mich immer noch angestarrt, als hätte er mich noch nie gesehen. Ich hatte niemandem davon erzählt, nicht einmal Howard.

«Nein», sagte ich, «ich muß jetzt gehen.» Ich konnte den dunklen Flur nicht ertragen, genausowenig wie die Männer vom Schulkomitee und Robbie und seine Mutter oder Mrs. Watson und Luther Tritz und die hübsche Grogan und den gutaussehenden, stummen Melby. *Segnen Sie mich, Grogan, ich habe gesündigt.*

«Ist alles in Ordnung?» fragte Grogan. «Sie sahen vorhin bei der Sitzung ziemlich elend aus.»

Ich hatte die beiden in der Cafeteria gar nicht bemerkt, aber sie mußten mich beobachtet haben. Sie hatten herumspioniert, weil sie mich abfangen wollten. Ich hatte Robbie geohrfeigt, und Lizzy war wegen meiner Unachtsamkeit ertrunken. «Ich fühle mich nicht gut», sagte ich. Mir war ganz schwummerig, und ich mußte mit beiden Händen die Wand berühren, damit sich nicht alles drehte.

«Tut mir leid, daß ich Sie nicht gebeten habe, sich hinzusetzen», sagte Grogan. «Warum nehmen wir nicht auf der Bank da am Ende des Flurs Platz? Es dauert nicht mehr lange.»

«Ich kann nicht hierbleiben!» schrie ich. «Ich bin krank, kapieren Sie das denn nicht?»

«Nur noch ein paar Fragen...»

«Ich bin mit den Nerven am Ende! Wollen Sie wissen, was los ist? Ich habe einen Nervenzusammenbruch, und keiner will mich in Frieden lassen.» Ich konnte die Tränen nicht mehr zurückhalten. «O Gott», schluchzte ich, als der Damm brach.

«Was ist los mit Ihnen?» fragte Grogan streng.

«Ich tue allen Leuten weh», wimmerte ich. Ich dachte an Nellie und was für ein undankbares Monster ich war. Ich stolperte rückwärts, dann drehte ich mich um und raste aus der Tür. Im Auto rammte ich den Schlüssel ins Zündschloß und fuhr mit quietschenden Reifen davon. Das Geräusch, dieses Wimmern, das da aus meinem Mund drang, war so merkwürdig, so irrsinnig, daß ich es abstellen mußte, um ihm nachzuhorchen. Da merkte ich, daß ich nach Howard rief.

# 8

***Als ich nach Hause kam,*** war der Himmel noch nicht dunkel. Er stellte jenes leuchtende Blau zur Schau, das weder zum Tag noch zur Nacht gehört. Ein paar Sterne, ein Planet funkelten. Ich ging nach oben in unser Zimmer, zog mich aus und legte mich ins Bett. Über dem Surren des Ventilators hörte ich gedämpft die Schläge meines Herzens. Ich hatte einmal, ehe ich Robbie geohrfeigt hatte, eine Auseinandersetzung mit Mrs. Mackessy gehabt. Ich konnte mir einreden, ihm nicht richtig weh getan zu haben – ich brauchte nur das Bild ein bißchen abzuändern, den Winkel meiner Hand und die Wucht des Schlages. Ich fand auch, daß die Szene mit Mrs. Mackessy eigentlich keinen Grund zur Sorge bot. Sie war um 12 Uhr mittags in die Schule gekommen, um Robbie abzuholen. Er hatte sich am Morgen immer wieder übergeben, und selbstverständlich war weder zu Hause noch sonst irgendwo jemand erreichbar gewesen. Mit Sicherheit hatte er sich schon vor der Schule schlecht gefühlt. Ich hatte drei Stunden bei ihm gesessen, ihm die heiße Stirn gekühlt und ihm den Kopf gehalten, während er sich erbrach. Er fühlte sich zu elend, um sich zu wehren, zu schwach für irgendwelche Frechheiten, und dieses eine Mal schien er tatsächlich zu erkennen, daß er mich brauchte. Er hatte nicht die Kraft, sich wieder hinzulegen, nachdem er sich erbrochen hatte, und ich mußte ihm dabei behilflich sein.

Ich hatte innerlich vor Wut auf Robbie Mackessys Mutter gekocht, während ich ihren Jungen versorgte. Ich kann ehrlich sagen, daß ich Mitleid mit diesem Kind hatte, das mir sonst völlig kaputt und bereits rettungslos verloren erschien. Mrs. Mackessy hatte ihren Sohn krank in die Schule geschickt, weil er ihr gleichgültig war und weil sie dachte, es sei das Problem der Schule und nicht ihres.

Um die Mittagszeit beobachtete ich von meinem Büro aus, wie sie langsam aus dem Auto stieg, ihr Kleid glattstrich und den Kopf zurückwarf, damit ihre goldene Mähne den Rücken hinunterfiel. Ich sah sie affektiert den Flur entlanggehen, wie ein Pferd, das sein Leben lang Dressur gelernt hat. Sie hob die kleinen Füßchen und setzte sie sorgfältig wieder auf, von den Zehen über den Spann bis zur Ferse, wobei sie dauernd den Kopf hin und her warf, daß ihre Haare flogen. Sie kam fünfzehn Minuten zu spät, um Robbie abzuholen und ihn gleich wieder anderswo abzuliefern. Sie arbeitete als Geschäftsführerin eines Steakrestaurants in Blackwell, was zweifellos ein anspruchsvoller Job war – sie mußte Leute einstellen, Nahrungsmittel ordern, Arbeitspläne aufstellen und bedienen. An diesem Tag trug sie ein konventionelles blaues Kleid mit breiten roten Biesen am Kragen, an den Manschetten und am Saum. Dazu goldene Sandalen mit gekreuzten Riemen – Jesussandalen in Goldlamé.

«Was fehlt ihm?» wollte sie wissen.

«Dasselbe wie heute morgen, als Sie ihn in die Schule geschickt haben», antwortete ich.

Sie preßte die Lippen aufeinander und musterte mich mit zusammengekniffenen Augen.

«Wenn man Kinder hat», fuhr ich in einem möglichst professionell neutralen Ton fort, «muß man gelegentlich zuerst an die Kinder denken und dann erst an sich selbst.»

Sie trat einen Schritt auf mich zu. «Kümmern Sie sich gefälligst um Ihren eigenen Mist», zischte sie mir ins Gesicht.

Ich lächelte, so süß ich konnte. «Ihre Nachlässigkeit erhält mir den Job», entgegnete ich. «Wahrscheinlich sollte ich mich bei Ihnen bedanken, Mrs. Mackessy.» Es war sinnlos, mit ihr zu streiten, das wußte ich, aber ich hatte so lange gewartet und mir die ganze Zeit ausgemalt, wie ich ihr die Meinung sagen würde. Robbie war schließlich doch eingeschlafen. Mrs. Mackessy drängte sich an mir vorbei in das Kabuff, um ihn zu holen.

«Er hat sehr viel Flüssigkeit verloren», rief ich ihr nach. «Wenn

Ihnen das Leben Ihres Kindes lieb ist, sollten Sie mit ihm zum Arzt gehen.» Ich folgte ihr, und dann sagte ich etwas, was ich nie hätte sagen sollen: «Wenn er weiterhin krank in die Schule kommt, dann werde ich Sie anzeigen. Es geht nicht an, daß er immer so erschöpft ist. Ich meine es ernst, Mrs. Mackessy. Ich werde Sie anzeigen.»

«Ich werde *Sie* anzeigen», knurrte sie, während sie mit Robbie über der Schulter an mir vorbeiging. Sie drehte sich um und hätte dabei fast den Kopf ihres Sohnes gegen den Türrahmen geknallt. «Ich werde dafür sorgen, daß Sie hinter Gitter kommen, wenn mit ihm was nicht stimmt.»

Das war im Oktober gewesen, und ich war mittags nach Hause gegangen, um Howard bei der Maisernte zu helfen. Ich erinnere mich, daß er mit mir schimpfte, weil ich viel zu schnell mit dem Traktor fuhr, und ich war danach mehrere Tage lang schlecht gelaunt gewesen, weil ich dauernd darauf gewartet hatte, daß Mrs. Mackessys Drohung etwas nach sich ziehen würde. Ich hatte bei meiner Arbeit nichts falsch gemacht, außer daß ich diese Familie nicht leiden konnte. Die Abneigung, die zwischen uns herrschte, war heftig genug, um mir Unbehagen zu verursachen.

Es begann wieder zu winden, und die Zweige unseres Ahornbaums kratzten am Haus. Ich legte mir das Kissen übers Gesicht. Ich wollte schlafen, ohne Mrs. Mackessy zu sehen oder zu hören. Ich hatte Robbie Mackessy im Dezember geschlagen, weil er mich dauernd so haßerfüllt angestarrt hatte. Er hatte die Ohrfeige ohne Reaktion hingenommen – als wäre der Schmerz direkt an eine bestimmte Stelle in seinem Inneren gewandert, wo er seine Wunden speicherte. Er hatte vor meinem Schreibtisch gestanden, und zum erstenmal hatte er ausgesehen wie ein liebenswertes Kind. Er hatte ganz still gehalten, als ich ausgeholt hatte. Und als ich einen Schritt zurücktrat, waren seine Wangen frisch und rosig, und er lächelte. Später dann im letzten Sommer fiel mir dieses Lächeln wieder ein, und mir schien, als hätte er gewußt, wie sehr dieser eine Schlag mir schaden würde. Er hatte immer weiter gelächelt, als wäre die Ohrfeige ein Kuß gewesen. Er hatte gelächelt, als wollte er sie mit nach

Hause nehmen zu seiner Mutter und die Wirkung abwarten: Sie würde mit gerafftem Rock und Schaum vor dem Mund im Hochtrab über den Flur tänzeln, in der felsenfesten Überzeugung, daß sie das Rennen machen würde.

Ich dachte wieder die falschen Gedanken. Ich mußte versuchen, gesund zu werden und optimistisch zu sein; ich sollte an die nimmersatte grüne Raupe denken, die sich einen Kokon spinnt, einschläft und als Schmetterling erwacht. Vielleicht war der Tod nichts anderes als eine völlig Metamorphose. *Mach weiter. Denk an die Schönheit!* «Mach weiter», flüsterte ich. «Mach weiter. Mach weiter.»

Ich schlief fast, als Howard in der Tür erschien. Ich registrierte verschwommen, daß er zum Bett kam, sich auf die Kante setzte und dann die Hand auf meinen Schenkel legte. Ich drehte mich zu ihm hin und überlegte, wie ich ihm von dem kleinen Debakel bei der Schulsitzung erzählen sollte.

«Du bist früh zurück», sagte er. Er streckte sich in Stiefeln neben mir aus und fuhr mir mit der Hand über Rückgrat und Po. «Wie war's denn?»

Ich biß ganz fest in das Schaumgummikissen und stieß zwischen den Zähnen hervor: «Katastrophal.»

Er küßte mich auf den Nacken und sagte sehr zärtlich zwischen den Küssen: «Wie oft habe ich dir schon gesagt, du sollst nicht mit vollem Mund reden?»

Er roch nach Motoröl und saß mir buchstäblich im Nacken. Ich wollte nicht weinen. Ich mußte ihn bitten, nicht mehr zu versuchen, mich gesund zu machen. Ich wollte nicht weinen, und ich wollte ihm von Grogan und Robbie erzählen, von Mrs. Mackessy, von Theresa unten im Obstgarten. Er dachte vielleicht, ich hätte auf ihn gewartet, so wie ich früher im Bett auf ihn gewartet hatte, in meinem schwarzen Negligé und mit dem schwülen, unnahbaren Blick, der nur eines bedeuten konnte. Jetzt trug ich ein weißes Top, und ich hatte das Gesicht nach unten gewandt, so daß er meine Augen gar nicht sehen konnte. Als er mein Hemd am Rücken nach oben schob und nach meinen Brüsten griff, drehte ich mich blitzschnell um und schubste ihn mit meinem Kissen weg.

«Komm schon, Alice», sagte er und richtete sich lachend auf. «Du brauchst mich nicht zu schlagen, damit ich Lust auf dich bekomme. Du fehlst mir. Wir sollten uns ein bißchen amüsieren, das können wir brauchen.» Ich nahm mir vor, Theresa von ihm zu erzählen, falls wir je wieder miteinander redeten: Howard und ich konnten zwar Todfeinde sein, aber spaßeshalber würden wir uns trotz allem eine halbe Stunde Sex gönnen und uns anschließend wieder in unsere Trutzburgen zurückziehen. Wie die Russen und die Deutschen, die am Weihnachtstag auf dem Schlachtfeld Fußball spielten. Ich lag da und dachte, ich würde doch noch anfangen zu weinen, aber keine gewöhnlichen Tränen, sondern eine neue Sorte, jede Träne so groß wie ein kleiner See. Er küßte mich auf die Augenlider und die Wangen. Ich merkte, wie sich mein Mund an seinem rieb, was wohl ein Kuß sein sollte. Ich mußte ihm von Grogan erzählen und daß ich nicht genau wußte, wieso ich jetzt fröstelte, es gab bestimmt einen Grund dafür, der sich früher oder später herausstellen würde. Ich fuhr mit beiden Händen in sein dichtes, struppiges schwarzes Haar, das wie eine uralte heilende Substanz war, die Blutungen stillen und andere Heilungswunder vollbringen konnte. Vielleicht sollte ich ihm im Schlaf ein Büschel ausreißen und es in einem Medaillon um den Hals tragen. Womöglich wurde ich dann über Nacht wieder gesund. Ich hatte ein Gefühl, als lastete das ganze Gewicht von Howards schwerem Kopf auf meinem Mund. Jetzt hatte er mich – die Wochen des Kummers und der Erschöpfung und das dumpfe Verlangen nach Trost, der ganze Druck lag auf seinen Lippen, die sich gegen meinen Mund preßten. Ich erinnere mich, wie mich dieses Gefühl überkam, langsam, ganz langsam: So war das also, unter Wasser, immer tiefer, an dem schlammigen Seegras vorbei, den Blick zur Wasseroberfläche gerichtet, zu den paddelnden Füßen einer Schildkröte. Ich entspannte mich und sah den Mond durchs Wasser dringen und mir ins Gesicht scheinen. Die Haare schwammen mir vor der Nase herum, gleich hinter dem Kuß, und meine ausgestreckten Hände berührten das Wasser, als gehörten sie jemand anderem und würden mir zuwinken, ich solle doch näher kommen. Wenn wir doch ewig so verharren könnten, in vollkommener Erfüllung, und der Dunkelheit entgegen treiben, ohne zu ersticken oder zu sterben ...

Als er mich dann in seiner Erregung umklammerte, konnte ich es plötzlich nicht mehr ertragen, keine Sekunde länger. Er ließ sich immer wieder auf mich sinken, immer wieder, und mit jedem Stoß erdrückte er mich. Ich mußte weg, ich konnte die Hitze, seinen schweißnassen Körper nicht mehr ertragen, und doch merkte ich kaum, daß ich mich nach Luft japsend aufbäumte, ihn wegstieß und aus dem Bett sprang. Keuchend blieb ich neben der Kommode stehen.

Im Dunkeln konnte ich sehen, wie er um sich schlug, als wäre er angeschossen worden, und sich dann zusammenkrümmte. «Warum tust du das?» fragte er leise.

Es hatte mir bis jetzt immer Spaß gemacht, wenn wir, die Eltern, uns hinter verschlossenen Türen liebten und anschließend aufstanden, um nachzusehen, ob die Mädchen von dem frivolen Treiben aufgewacht waren. Howard rieb sich den Bauch mit einem T-Shirt ab, packte dann seinen Overall und seine Unterwäsche und ging mit den Klamotten in der Hand aus dem Zimmer. Die Stiefel hatte er erst gar nicht ausgezogen. Ich bekam immer noch kaum Luft. Jetzt konnte ich mir endlich vorstellen, wie es für Lizzy gewesen sein mußte, als die Welt über ihr wankte und verschwand.

Am nächsten Morgen kam Howard erst um neun ins Haus. Ich sah ihn über den Rasen gehen, und dann blieb er vor der Küchentür stehen, als wäre er nicht sicher, wer unter dieser Adresse wohnte. Sein Overall war voller Heu. Howard sah aus, als hätte er sich die Haut vom Gesicht abgezogen und nicht wieder richtig aufgesetzt. Ich hatte keine Ahnung, wo er geschlafen hatte. Er suchte irgend etwas in seiner Hosentasche, und gleich darauf zog er eine Dichtung, einen Schraubenzieher und ein Stück Plastikrohr heraus.

Ich ging auf die Veranda und kauerte mich auf den orange und rot gemusterten Läufer, den Howard in seinem farbenblinden Stolz bei einem Kirchenbasar für mich erstanden hatte. Der gestrige Abend war aus mehreren Gründen seltsam gewesen, nicht zuletzt deswegen, weil sich in meinem Kopf Lizzy, Howard, Mrs. Mackessy und Robbie zusammengetan hatten, so zart und zugleich eindeutig miteinander verbunden wie ein kleiner Reigen ausgeschnittener Papierfiguren, die sich an der Hand halten.

«Falls du es noch nicht gemerkt hast», sagte Howard, als er um die Ecke kam, «wir brauchen Lebensmittel. Die Liste liegt auf dem Tisch.»

Ich spürte richtig, wie meine Augen immer größer wurden. Ich glotzte wie eine junge Kuh. «Und herzlichen Glückwunsch, daß du es geschafft hast, aufzustehen», fügte er hinzu.

«Ich habe jetzt keine Zeit zum Reden und du auch nicht –» Er deutete mit einer Kopfbewegung durch die Tür in Richtung Claire. Claire hatte ein Obstmesser von der Anrichte in der Küche geholt und war dabei, einen Pfirsich aufzuspießen.

«Alice, kümmerst du dich um Claire? Ich gehe jetzt. Mach weiter, verstanden?» Er ging auf mich zu und wollte mich an den Schultern packen und schütteln. Ich schauderte und wich zurück gegen die Fliegengittertür.

«Was erwartest du von mir?» Das war eine vernünftige Frage. Im Stall war eine Krankheit ausgebrochen. Der Zaun hinter der Weide war kaputt, und die Kühe hatten sich auf den Weg nach Vermont Acres gemacht. Lottie, die Rebellin unter den Kühen, war in den Garten einer gewissen Mrs. Klinke eingedrungen, die gerade ihre Wäsche aufhängte. Mrs. Klinke hatte reagiert, als hätte King Kong seine Nase über ihre Geschirrhandtücher gestreckt. Das Universitätsteam kam demnächst, um seine Forschungsarbeit weiterzuführen, obwohl das ganze Getreide vertrocknete. Ich rannte an Howard vorbei, was er bestimmt dramatisch fand, und eilte die Treppe hinauf in unser Schlafzimmer. Das Zimmer war ein Ort, den ich immer als sicher empfunden hatte. Howard hatte mir vorgeschlagen, die Worte «Mach weiter» als eine Art Mantra zu benutzen. Er war so geschickt, wenn es ums Weitermachen ging. Er konnte mich mit dem Kissen ersticken und dann mehr oder weniger gegen meinen Willen mit mir schlafen, er konnte mich zu einem Therapeuten schleifen, mir Einkaufslisten in die Hand drükken, aber er hatte keine Macht über mein Innenleben. Er konnte mich nicht daran hindern, in der Schulcafeteria auf den Resopaltisch zu steigen und alle aufzufordern, Mutter Natur zu bewundern. Ich hatte mich bemüht, seinen Anweisungen zu folgen, weil ich seinem Instinkt vertraute. Ich hätte ihm erklären sollen, daß ich das Gefühl hatte, aus dem Weltraum in einen Brunnen gefallen zu sein, und daß es mehr als nur einer ausgestreckten menschlichen Hand bedurfte, um mich da herauszuholen. Die geschmolzene, ranzige Butter hatte sich über die Kommode ergossen und war auf den schmutzigen Bettvorleger getropft. Emma drosch im Wohnzimmer auf Claire ein. Howard brüllte über den Lärm weg: «Ich gehe jetzt!»

Vom Schlafzimmerfenster aus sah ich ihn am Stall vorbei zum Maschinenschuppen gehen, wo der Traktor stand. Er blieb stehen und schaute hinauf zur Siedlung. Er horchte nach den Nachbarjungen mit ihren Mountainbikes. Sie fuhren kreuz und quer über seine Luzerne und walzten sie platt. Wenn er sie erwischte, leugneten sie, überhaupt Räder zu besitzen, obwohl diese deutlich sichtbar unter den Bäumen standen. Howard streckte den Kopf vor und horchte. Er hatte eine schrecklich schlechte Haltung, seine Brust war eingesunken – er war nichts als ein Gockel, der seinen Anspruch auf den staubigen Hof geltend macht.

Claire schrie jetzt. Ich ging nach unten, durch die Speisekammer und die Küche und den Vorraum ins Bad. Ich knallte die Tür so laut wie möglich hinter mir zu, dann trommelte ich dagegen, trat sie auf und knallte sie wieder zu, so daß die Farbsplitter wie Funken flogen und das Gewürzregal über dem Herd herunterfiel. Die Flaschen kullerten in den Lüftungsschacht. Nachdem ich genug geknallt hatte, stürmte ich ins Wohnzimmer. Ich packte Emma vorne an ihrem ärmellosen Hemdchen und schüttelte sie, und als nun beide Mädchen heulten, stimmte ich mit ein und schrie: «ICH GEHE JETZT IN DEN GOTTVERDAMMTEN LADEN, KAPIERT?»

Ich kickte die Spielsachen von der Zufahrt, öffnete die Wagentür, setzte mich hinters Steuer und startete den Motor. Aus dem Kassettenrecorder dröhnte Musik, als hätte Howards Kassette nur darauf gewartet, mir meine Situation vor Augen zu führen: «*Alles vorbei, Tom Dooley...*» Ich drückte einen Knopf nach dem anderen, bis ich schließlich «Eject» erwischte. Es war fast komisch, jetzt ausgerechnet auf diesen Song zu stoßen. Auf Seite A waren zwölf Lieder, darunter «Charlie Is My Darling», «Loch Lomond» und «The Ash Grove», aber es mußte «Tom Dooley» sein, und die Worte tönten durch das Auto, wie um mich zu quälen.

Emma kam aus dem Haus gelaufen, daß ihre mageren Knie gegeneinander schlugen. Claire wackelte hinter ihr her, klein und rund und dunkel. Emma hing ihr Pony schon halb über die Nase, und ihr Hemd war von der Schulter gerutscht. Sie wirkte so verloren, daß ich mich abwenden mußte. Ich würde alles kaufen, was Howard haben wollte. Wir hatten zwar Nellies sorgfältig markierte Gerichte, aber kein Briefpapier, keine Bananen und keine Mayonnaise. Ich starrte auf die zerknitterte Liste, während die Mädchen in ihre Kindersitze kletterten. Wir fuhren jetzt zum Laden, wie es sich gehörte. Wenn wir es heute zum Piggly Wiggly schafften, wer weiß, was dann morgen alles geschehen konnte. Vielleicht kam alles wieder in Ordnung, und wir machten immer weiter, blieben ständig in Bewegung, wie der Planet selbst, so daß wir nicht mehr merkten, wie anstrengend es war, einen Fuß vor den anderen zu setzen.

Meine Kinder saßen auf dem Rücksitz und studierten Bilderbücher aus dem Büchersack im Auto. Sie warteten darauf, daß ich sie zum Laden kutschierte. Sie wirkten nicht gestört, verhielten sich nicht wie Idioten. Sie trugen Markenkleidung und hatten es irgendwie geschafft, wie ihre durch und durch modernen Schwestern aus Prairie Center auszusehen. Ich überlegte gerade, ob ich sie an mein schlechtes Benehmen erinnern sollte, indem ich mich entschuldigte, als das Polizeiauto in die Einfahrt einbog.

Howard kam aus dem Melkstall und ging auf den Polizisten zu. Ich war bereits ausgestiegen und ging in Richtung Tor, zu der Wiese neben dem Garten. Ich legte mich auf das verdorrte Gras und blickte, so konzentriert ich konnte, in den blauen Himmel. Ich wollte die Weite des Raumes fühlen, die ruhige Leere, ich wollte etwas festhalten, das jenseits meiner Reichweite lag.

# *Howard*

# 9

***Letzten Sommer setzten wir*** uns oft ins Auto und fuhren die Landstraßen auf und ab. Obwohl die Sonne auf uns herunterbrannte, wußte ich nicht, wo Osten und wo Westen war. Den Mädchen fielen nach einer Weile die Augen zu, und sie nickten ein. Vielleicht wurden sie auch von den Maisstengeln hypnotisiert, die mit serienmäßiger Präzision an uns vorüberglitten. Sie hockten da wie in Trance. Ich versuchte, mich gegen alle Gedanken abzuschotten. Nachdenken half mir nicht weiter. Ich konzentrierte mich auf den Asphalt vor dem Wagen. Wir befanden uns in einer Kapsel, die Mädchen und ich, außerhalb von Zeit und Raum, während die Folksongs wie Rauchschwaden aus dem Kassettenrecorder drifteten. *So be easy and free, when you're drinkin' with me. I'm a man you don't meet every day.* Der kleinste Anlaß katapultierte mich wieder in die Gegenwart zurück. Ein Zaun, ein Hoftor, eine Kuh, Wäsche auf der Leine, der Mond am Himmel. Wochenlang mußte ich bei allem immer nur an Alice denken. Seit dem letzten Sommer nehmen auch Emma und Claire die Dinge nicht mehr einfach als gegeben hin. Auch sie stellen Fragen, auf ihre Weise. Was ist da noch, was wir nicht auf Anhieb sehen? Sie können keinen Fluß mehr anschauen, ohne sich zu fragen, ob er verschmutzt ist und ob die Fische krank sind.

An einem ganz gewöhnlichen Morgen im heißesten, trockensten Sommer des Jahrhunderts stiegen zwei Polizisten aus ihrem Wagen und gingen um das Haus herum, wo sie meine Frau vorfanden, die im verdorrten Gras auf dem Rücken lag. Sie streckte die Arme in die Höhe und lockerte die Finger. Sie kniete sich hin, während ihr der Stämmige die Handschellen anlegte und sie, ohne einmal Luft zu holen, über ihre Rechte belehrte. Solche Szenen sind einem bestens bekannt, nur daß sie normalerweise nicht im eigenen Garten stattfinden. Der Polizist klang wie ein Kind beim Tischgebet. Er nuschelte den Text herunter wie ein einziges, zusammenhängendes, sinnloses Wort. Mir geht es wie allen Leuten: jeder glaubt, daß das Unglück immer nur die anderen trifft. An jenem Dienstagmorgen im letzten Sommer hätte es mich sicher weniger verblüfft und eingeschüchtert, wenn ein grünes Männchen im Maisfeld gelandet wäre und Alice zu einem Check-up auf den Merkur entführt hätte.

Als ich den Polizisten Fragen stellte, bekam ich keine Antwort. Als ich darauf bestand mitzukommen, drehte sich Alice um und sagte: «Bleib hier. Ich ruf dich an.» Der kleine Polizist mit der Brille klatschte mir ein Stück Papier in die Hand. «Was ist das?» fragte ich. Ich hatte keine Zeit, es in Ruhe selbst zu lesen. Ich stolperte neben Alice her, mal mit ihr zusammen, mal von ihr getrennt, und bat sie, mir die Sache zu erklären. Nie und nimmer, sagte ich, würde ich zu Hause sitzen bleiben, während sie von zwei Männern weggebracht wurde, die beide jünger waren als wir.

Die Polizisten sagten: «Brauchen Sie etwas aus dem Haus, Ma'am?»

Sie hörten mir nicht zu.

An den Polizisten gewandt, sagte Alice: «Kann ich mir ein paar Bücher holen? Was darf ich sonst noch mitnehmen?»

«Bücher sind okay. Und Socken zum Wechseln, weiße, das ist eigentlich alles.»

Sie blieb auf dem Gehweg stehen. Sie sagte so ruhig, als hätte sie schon erwartet, daß man sie abführen würde: «Ich bin in Schwierigkeiten, Howard. Lies, was auf dem Papier steht. Robbie Mackessy sagt, ich... schreckliche Sachen. Ich weiß nicht, was dahintersteckt, aber ich muß mitfahren. Und du mußt dich um die Mädchen kümmern.»

Zu meinem dreißigsten Geburtstag hatte Alice beim «Unternehmen Zeitreise» ein Gemälde in Auftrag gegeben. Ein Künstler aus Pittsburgh malte mich in Öl als napoleonischen Soldaten. Alice hängte das Porträt im Badezimmer über der Toilette auf. Ich war ganz gut getroffen darauf. Jedesmal, wenn ich pinkeln mußte, fühlte ich mich desorientiert. An jenem Dienstagmorgen im letzten Sommer stand sie um neun Uhr dreißig in Handschellen auf dem Gehweg und sah mich an. Es war nur die erste von vielen Situationen in jenen Monaten, die sich außerhalb von Zeit und Raum abzuspielen schienen oder in einem historischen Moment, den ich erst noch einordnen mußte. «Es hat keinen Sinn, mir nachzufahren», sagte sie. Dann drehte sie sich um und ging ins Haus.

Sie hatten offenbar erkannt, daß Alice harmlos war, denn sie nahmen ihr die Handschellen ab, während sie einen Einkaufsbeutel mit Büchern, Papier und Umschlägen füllte. Sie hatten sie losgelassen, dachte ich, weil sie wußten, daß sie unschuldig war. Aber wenn sie Alice zunächst gefesselt hatten, war es nicht richtig, sie jetzt wieder freizulassen. Ich fragte mich, wieviel sie eigentlich von ihrem Job verstanden, wenn sie ihre Gefangenen in aller Ruhe nach der Pistole stöbern ließen. «Nein», sagte Alice mit bedauerndem Kopfschütteln, «ganz weiße Socken habe ich nicht. Laß mich mal dieses Haftbefehlsdings sehen.» Und sie nahm mir das Blatt mit der freien Hand weg.

«Alice...»

«Hier», sagte sie und streckte dem Polizisten ihre Handgelenke hin. «Ich ruf dich an, wenn ich weiß, was los ist, Howard. Ich brauche einen Anwalt. Vielleicht könntest du mit Rafferty sprechen.»

Die Mädchen hielten sich im Ford versteckt. Alle paar Minuten sprangen sie auf, lugten aus den Wagenfenstern und tauchten sofort wieder unter. Als Alice aus dem Haus kam, ging sie zum Auto, und durchs Fenster nahm sie rasch Emmas Kopf zwischen die Hände. Sie trug wieder Handschellen. Erst hielt sie Emmas Gesicht. Dann trat sie an das vordere Fenster und tat dasselbe bei Claire. Sie hatte sie mit einer Art Zauberbann belegt, und die Mädchen wußten, daß sie kein Wort sagen durften. Sie machten die Münder auf und wieder zu. «Ich ruf dich an», rief sie mir noch zu, bevor der Polizist die Autotür hinter ihr zuschlug. Als sie losfuhren, schlüpften Emma und Claire aus dem Auto und stellten sich neben mich. Wir standen im Staub der Auffahrt. Als der Wagen um die Kurve bog und verschwand, warteten wir immer noch. Ich glaube, wir dachten – und warum auch nicht? –, die Straße würde sich einfach zu einer Geraden strecken und uns ihr Ziel offenbaren.

Nach einer Weile blinzelten wir und rafften uns langsam auf. Ich sagte, wir würden jetzt reingehen und uns Marshmallow-Fluff-Sandwiches machen. Claire fing an zu wimmern. Emma hielt am längsten durch: sie blickte immer noch die Straße hinunter. Wahrscheinlich hätte sie sich genauso gefühlt, wenn ein Tornado über uns hereingebrochen wäre, während sie schlief, und ihr das Liebste auf der Welt weggerissen hätte. Claire, die plötzlich vor Angst zitterte, kletterte nervös auf mir herum. Ich erzählte ihr, Alice würde bald zurückkommen, wahrscheinlich noch bevor wir unsere Sandwiches aufgegessen hatten. Im Haus drehte ich im Fernsehen eine Talkshow an. Ich ließ den Apparat ohne Ton laufen. Die Mädchen hockten am Fenster und warteten jeden Moment darauf, daß Alice an der Türschwelle abgesetzt würde. «Im nächsten Auto ist sie», wiederholte Emma ohne Unterlaß. «Ich weiß, das nächste ist es.»

Ich beschmierte die Brote großzügig mit Fluff und legte jedem Mädchen eins an seinen Platz. Ganz automatisch hob ich den Telefonhörer ab, um Dans und Theresas Freund, den Anwalt Paul Rafferty, anzurufen. «Nein, tut mir leid, Sir», sagte die Sekretärin, «er kommt erst Donnerstag wieder.»

«Ich – ich glaube, es ist ein Notfall.»

«Dann werden wir Sie vorläufig an Mr. Finn weiterleiten. Er wird in etwa einer Stunde seine Besprechung beendet haben. Woher rufen Sie an, wenn ich fragen darf?» Sie hatte die süßliche Stimme und die angestrengte Geduld einer Kindergärtnerin. «Mal sehen, ob ich Sie richtig verstanden habe», und sie wiederholte unsere Nummer.

«Das da ist bestimmt ihr Auto», rief Emma, als ich auflegte.

Beinah glaubte ich ihr, und ich trat ans Fenster, um selbst hinauszusehen. Für mich war Gott schon immer ein höchst liberales Wesen, der einen zu Beginn mit dem Notwendigsten versorgte und einen dann seinen eigenen Weg gehen ließ. Als Ayatollah Khomeini starb, sah ich mir im Fernsehen an, wie Hunderttausende von identisch gekleideten, schwarzverschleierten Frauen um ihn trauerten. So etwas hatte ich noch nie erlebt. Ihr Glaube war es, der mich schockierte. Sie trugen ihn einfach mit sich herum, ohne nachzudenken, wie Ameisen ihre Brotkrumen. Mir fiel an jenem Dienstagmorgen keine bessere Beschäftigung ein als hinauszugehen und die Bewässerungsanlage zu kontrollieren. Die Mädchen aßen im Laufen. Als ich Claire in den Wasserstrahl hielt und sie quietschen hörte, war ich mir plötzlich sicher, daß alles, was sich gerade abgespielt hatte, eine Art Streich gewesen sein mußte. Kein Grund zur Sorge. Wir würden rasch die Anlage überprüfen und dann losfahren und Alice holen. Eigentlich wollte ich die westliche Wiese kopfdüngen, aber das müßte eben bis morgen warten. Es handelte sich nur um ein Versehen, das sie mir anfangs ganz nüchtern erklären würde. Im Verlauf des Sommers dann würde die Geschichte von Mal zu Mal amüsanter werden. In diesem Fall hätte sie vermutlich das Recht, ihrem Hang zur Übertreibung nachzugeben. Die Bewässerungsanlage war so alt und verrostet, daß ich sie im Grunde abschreiben konnte. Wir waren noch nicht am Stall angelangt, als Alan, unser Milchfahrer, von seinem Lastwagen stieg. Er hoppelte mit seinem üblichen Grinsen auf uns zu. Er glaubte, ich würde mir wie immer seine Witze und Pläne anhören. Aber an jenem Dienstagmorgen winkte ich ihm nur kurz zu und lief dann im Eiltempo mit den Mädchen zurück ins Haus.

Wir machten uns gerade noch ein paar Brote mit Marshmallow Fluff für die Fahrt zurecht, als das Telefon läutete. «Ich hab nur diesen einen Anruf», sagte sie.

«Was?» Ich nahm das Telefon, soweit es die Schnur erlaubte, um die Ecke mit ins Badezimmer.

«Das sollte mir eine Lehre sein, Howard. Hast du den Haftbefehl gelesen? Robbie Mackessy sagt, daß ich ihm scheußliche Sachen angetan habe. Ich hab die Polizisten im Auto gefragt: ‹Habt ihr nicht die Nase gestrichen voll von solchen Sachen? Langweilt es euch nicht maßlos? Sind wir mittlerweile so auf das Thema Mißbrauch fixiert, daß wir nichts anderes mehr sehen können? Nehmen wir uns von jetzt an nur noch als potentielle Mißbrauchstäter wahr – verstehe ich das richtig?› Sie haben nur starr geradeaus geschaut und keinen Ton gesagt. Erinnerst du dich an die Sendung, die wir mal bei deiner Mutter im Kabelfernsehen gesehen haben, dieses ‹Mein schönster Fetisch›? Vielleicht zieht sich ja die ganze Welt solche Bilder rein und hält das für normal. Weißt du noch, der Kerl mit dem Schuh, und die Frau, die...»

«Alice...»

«Ich versuch ja, den Mund zu halten, Howard, ehrlich. Aber irgendwie ist es so – typisch. Ich hab das Bedürfnis, diese Leute wachzurütteln, damit sie endlich davon loskommen. Letztes Jahr wurde ein Drittkläßler wegen schweren Mißbrauchs angeklagt, weil er einem anderen Jungen auf dem Spielplatz die Hosen runtergezogen hatte. Er mußte vor Gericht erscheinen und sich zu zehn Jahren Therapie verpflichten. Ich weiß noch, wie John Croger mich im Hinterhof in die Ecke gedrängt und mir die Brüste befummelt hat – damals war ich in der sechsten Klasse, das war sozusagen im finstersten Mittelalter, damals konnte man nichts dagegen unternehmen. So schrecklich ich das fand – ich wußte trotzdem, daß es bloß ein dummer Jungenstreich war.»

«Alice!» Ich mußte schreien, um sie zum Schweigen zu bringen. «Erzählst du mir bitte, was...»

«Ganz Prairie Center ist gegen mich, soviel ist klar.» Sie senkte die Stimme. «Erinnerst du dich an den Winter, als ich Sally Hunter eingeladen habe? Vielleicht weißt du es nicht mehr, aber sie und Emma sind nach oben gegangen, haben sich ausgezogen und Doktor im OP gespielt, dann sind sie kreischend durch den Flur gerannt und splitternackt auf der Matratze herumgehopst. Ich habe mir überhaupt nichts dabei gedacht. Ich fand es einfach schön, daß sie so gut miteinander auskamen. Sally ging nach Hause und erzählte ihrer Mutter, daß ihr der Popo von Doktor Emma zugenäht worden ist und daß sie bei uns keine Kleider tragen muß. Darla Hunter rief völlig aufgelöst bei uns an: ‹Seid ihr in dieser Familie denn alle sexbesessen, oder was?› Das fand ich gut, wir und ‹sexbesessen›. Ich versuchte, nicht loszuprusten, und erklärte Darla, daß wir die Missionarsstellung bevorzugen und es einmal im Monat treiben, und außerdem hielte ich es für normal, wenn Kinder spielen... O Scheiße, Howard, ich hab nicht den ganzen Tag Zeit. Weiß Gott, meine Kindheit war nicht gerade normal, aber wenigstens konnte ich unter Meyers Terrasse Doktor spielen.»

«Alice...»

«Sie haben mich eingebuchtet, Howard. Ich war im Wartekäfig.»

«Was?»

«Nur für ein paar Minuten, und allein. Es hat gestunken. Ich wurde mit Handschellen an den Tisch gekettet, während sie sich Namen und Adresse aufgeschrieben haben. Dann haben sie mir die Fingerabdrücke abgenommen und mich für ihre Verbrecherkartei fotografiert. Das Bild wird sofort in den Computer eingespeist. Gleich kriege ich meinen orangen Häftlingsoverall mit dem ‹Racine County Jail›-Logo in schwarzen Druckbuchstaben auf dem Rücken. Kein Witz, so läuft das hier. Zur Vernehmung muß ich dann mit Beinschellen in den Gerichtssaal schlurfen.»

Ich wiederholte ihren Namen. Eigentlich wollte ich fragen: «Warum? Warum du?»

«Hast du Rafferty erreicht?» unterbrach sie meine Gedanken.

«Er hat Urlaub. Er kommt erst Donnerstag wieder. Finn wird jeden Augenblick zurückrufen. Alice, warum...»

«Ich will Rafferty. Theresa sagt, Finn ist ein geiler Bock, er trinkt zuviel und reißt zweideutige Witze. Ich kann mich doch nicht von jemandem verteidigen lassen, der bei der Wahl der Miss Dairyland in der Jury sitzt. Ich will keinen anderen als Rafferty. Sie haben mich wegen hinreichenden Tatverdachts verhaftet, das ist so ein juristischer Trick, wenn sie ziemlich sicher sind, daß du's getan hast, jedenfalls sicher genug, um dich in den Knast zu stecken. Stell dir das mal vor! Wenn ich hier rauskomme, werde ich eine neue Sprache reden und mit heiserer Stimme fluchen wie ein Fernfahrer. Robbie ist von einer Jugendfürsorgerin befragt worden, außerdem sind ein paar Ermittlungsbeamte schon seit Wochen auf den Fall angesetzt. Soviel ich weiß, haben sie mit Darla Hunter gesprochen, und die hat sie über unseren *sexbesessenen* Haushalt aufgeklärt. Während ich im Bett lag und mir wegen Lizzy die Augen ausgeheult habe, haben die Polizisten in Erfahrung gebracht, daß ich eine geistesgestörte, gemeingefährliche Frau bin, die von Beerdigungen wegrennt und Kleinkinder mit Rektalthermometern und Zungenspateln quält. Sie brauchen dich bloß in einen Streifenwagen zu zerren, und schon glaubst du beinah selbst, daß du verrückt oder schuldig bist.»

Alice ist schon mit ihrem Hang zur Übertreibung auf die Welt gekommen. Wahrscheinlich hat sie schon als Säugling viel länger gekeucht und geheult, als es ein ordentliches Geburtstrauma erforderte. Ich hatte mir angewöhnt, das meiste, was sie sagte, mit Vorbehalt zu genießen. Ich kannte sie nicht gut, als wir heirateten. Andererseits kannte ich sie gut genug, um zu wissen, daß ich mir eine Zukunft ohne sie nicht mehr vorstellen konnte. Sie neigt zu heftigen Gemütsschwankungen, mal ist sie ganz in sich abgekapselt, und im nächsten Augenblick tanzt sie im Zimmer herum und erzählt eine haarsträubende Story, wie ihr einmal in der Arztpraxis eine Maus das Bein hochgeklettert ist.

«Ich komme, so schnell ich kann», sagte ich. «Wir engagieren vorläufig Finn. In dreißig Minuten bin ich...»

«Nein», sagte sie. «Du kannst nichts machen. Ruf einfach nur das Büro an, sie sollen Rafferty ausrichten, daß es dringend ist. Er soll dich sofort zurückrufen. Ich nehme mir solange einen Pflichtverteidiger. Kannst du dir vorstellen, was Rafferty im Urlaub so treibt? Irgendwas Exzentrisches, Briefmarkensammlertreffen in Reno oder – oder Volkstänze mit Glöckchen und

Tüchern. Ich vertraue ihm, auch wenn er ein komischer Kauz ist, und du?»

«Ich muß unbedingt zu dir», sagte ich.

«Nein. Hör zu. Du würdest mich jetzt gar nicht zu Gesicht bekommen. Sie bringen mich in zwei Minuten weg.» Als ich merkte, daß ihr die Stimme versagte, redete ich leise und mit Nachdruck auf sie ein. Das Rechtssystem war korrupt, das wußte ich, aber sie konnten sie nicht ohne ausreichende Beweise im Gefängnis behalten. Finn würde sie innerhalb einer Stunde herausholen, sobald seine Sitzung zu Ende war.

«Howard», sagte sie mit zittriger Stimme. «Du machst dir falsche Vorstellungen. Ich bin nun mal hier drin, und die Wahrheit allein wird mich nicht rausholen.» Bevor ich antworten konnte, sagte sie: «Eins noch. Nur eins.» Sie hatte sich gefaßt und klang wieder, als sei das Gefängnis Teil eines Plans, von dem ich als einziger nichts gewußt hatte. «Du mußt mir versprechen, daß du unter keinen Umständen Emma und Claire zu einem Besuch mitbringst. Wenn du keinen Babysitter findest, dann komm lieber nicht. Die Besuchszeit für meine Gruppe ist 14.15 Uhr am Sonntag.»

«Sonntag?»

«Du mußt etwas früher kommen und dich eintragen lassen. Ich könnte es nicht ertragen, wenn Emma und Claire das hier sehen. Und ich könnte es auch nicht ertragen, wenn sie nach fünfzehn Minuten wieder verschwinden. Du mußt es mir versprechen.»

Wenn es nach mir ging, würde ihr Aufenthalt dort sowieso nur noch ein paar Stunden dauern.

«Howard», sagte sie. «Hörst du mir zu? Du mußt es mir versprechen.»

«Ja, ich hör dir zu...»

«Also dann. Ruf Rafferty an.»

«Alice...»

«Die Zeit ist um. Ruf Rafferty an. Bitte.»

«Was hast du da geredet?» wollte Emma um die Ecke herum wissen.

Ich bin wie tausend andere Jungen dazu erzogen worden, mich anzustrengen, im Konkurrenzkampf zu bestehen und hart zu arbeiten, um ein entscheidendes Ziel zu erreichen. Dieses Ziel war zwar recht unbestimmt, aber dafür um so erstrebenswerter. Der Preis, den wir für den Weg zum Erfolg entrichten mußten, war die Summe unserer Mühen in Schule, Kirche und Pfadfindergruppe. Wir gingen in den Kindergottesdienst und hörten von Gott, aber wir erfuhren auch, daß seine Macht nicht viel zählte im Vergleich zur erlösenden Kraft von harter Arbeit und freiem Unternehmertum. Man erklärte uns, daß wir alles erreichen könnten, wenn wir uns ernsthaft darum bemühten und es mit aller Kraft wollten. Willenskraft und Strebsamkeit – das war in unseren Augen Mannhaftigkeit. In meiner Jugend glaubte ich an eine vorgegebene Ordnung, in die ich mich als Erwachsener unweigerlich einfügen würde. Ich glaubte, daß es ein unverwechselbares Muster gab, das nur mir bestimmt war, nur mir allein. Ich würde mehr und mehr arbeiten und zum Lohn ein Stück Land und einen Kuhstall bekommen, dazu ein Schild an der Einfahrt, auf dem stand: «Howard Goodwins Familienfarm. Guernsey-Zucht. Staatlicher Milcherzeuger».

Ich legte den Hörer auf und wußte, daß alles ein großer Irrtum war. Ich würde jemanden in Raffertys Kanzlei erreichen, und mit einiger Hartnäckigkeit – mehr war gar nicht erforderlich –, mit einiger Hartnäckigkeit wäre die ganze Angelegenheit in ungefähr einer Stunde aufgeklärt.

«Mama mußte für eine Weile nach Racine, aber sie kommt bald zurück», sagte ich zu Emma.

«Sie hat uns gar nicht richtig auf Wiedersehen gesagt», schniefte sie, den Blick auf die Einfahrt gerichtet.

Ich setzte mich an den Küchentisch, zog Emma mit einer Hand zu mir und nahm sie in den Arm. Mit der anderen strich ich über die Holzmaserung. Wir würden hinfahren und sie zurückverlangen. Wenn Finn anrief, würde er mit einem Blick die Gesetzeswillkür durchschauen und sehen, wo wir anpacken und etwas ausrichten konnten.

«Wann kommt sie wieder?» fragte Emma.

Meine Hand strich wie von alleine über die Tischplatte. Der Farmer, dem wir das Haus abgekauft hatten, erzählte uns, daß an eben diesem Tisch seine Urgroßmutter den Indianern oben in Winston, ungefähr eine halbe Stunde von Prairie Center entfernt, Maisbrot vorgesetzt hatte. Die Mädchen haben die Geschichte gut und gerne zwanzigmal von mir gehört. Ich verwandle den Tisch in ein lebendiges Wesen und erzähle alles aus seiner Perspektive. Es ist das Jahr 1836. Er sieht, wie die Indianer hereinstürmen, an ihren Gürteln baumeln die Skalps. Sie wollen die Kaffeemühle sehen und das weiße Baby. Unsere Mädchen betteln mich inzwischen an, ihnen aus der Sicht des Tisches zu erzählen, was Emma und Claire Goodwin heute erlebt haben. Er hat eine ungewöhnlich tiefe Stimme und gibt ihnen meist gute Ratschläge oder eine Moral mit auf den Weg. Jedesmal, wenn ich meine Ellenbogen auf die Eichentafel stütze, stelle ich mir vor, daß sie uns prüfend in Augenschein nimmt, daß mich ihr klarer Blick durchschaut.

«Es ist eklig, wenn du kochst», sagte Emma. «Du rührst immer alles zusammen, und ich kann es mir nicht in Haufen schieben.»

Ich hatte Emma noch gar nicht richtig geantwortet oder sie in bezug auf meine Kochkünste besänftigt, als Finn zurückrief. Ich entrollte die lange Telefonschnur, während ich ins Bad ging und die Tür hinter mir schloß. Ich besaß nicht viele Informationen. Ich hatte Mühe, die Situation zu beschreiben.

«Meine Frau ist verhaftet worden, ich glaube wegen s-s-sexuellem Mißbrauch.» Ich hatte seit Jahren nicht mehr gestottert, seit meiner Kindheit nicht. Einen Moment lang war ich vom fremden Klang meiner Stimme ebenso überrascht wie von der merkwürdigen Geschichte, die ich mir abrang. «Sie haben sie in Handschellen gelegt», sagte ich.

«Ja, das tun sie immer, wenn jemandem ein schweres Verbrechen zur Last gelegt wird.»

«Ein schweres Verbrechen», wiederholte ich. «Sie hat doch überhaupt nichts getan.»

«Wenn die Polizei die gesetzlichen Vorschriften eingehalten hat», sagte er, «ist die Verhaftung rechtsgültig. Das ist die erste Frage, die geklärt werden muß.» Ich erinnerte mich plötzlich an einen Abend, an dem Alice und ich auf den Jahrmarkt gegangen waren. Überall klebte Maismehl. Nirgendwo konnte man dem berauschenden Geruch von gerösteten Maiskolben, Pferdeäpfeln und Schmieröl entgehen. Wie hatten wir gelacht, als wir Mr. Finn entdeckten. «Richter Finn», hatte ihn Alice genannt. Wir kicherten, als er bei der Wahl der Miss Dairyland seinen Stimmzettel weitergab.

«Hatten sie einen Haftbefehl?»

«Ja, ja», erwiderte ich. «Ich konnte nur einen kurzen Blick darauf werfen.»

«Dann ist die Polizei in diesem Fall vermutlich davon ausgegangen, daß die ihr verfügbaren Informationen glaubwürdig genug sind, um laut Gesetz die geplante Festnahme für gerechtfertigt zu halten. Wir nennen dies einen ‹hinreichenden Tatverdacht›. Bei Verhaftungen entscheidet ein Richter vom Bezirksgericht, ob ein hinreichender Tatverdacht vorliegt.»

«Alice kennt Rafferty persönlich. Am liebsten möchte sie ihn damit beauftragen.»

«Sie wissen doch sicher, Mr. Goodwin, daß sie umgehend juristischen Beistand benötigt. Sie werden heute noch die Kautionssumme festsetzen. Mr. Rafferty ist erst Donnerstag wieder ...»

«Ich verstehe.»

«Sie können jetzt zwei Dinge tun. Sie können sich einen Anwalt nehmen, was ich Ihnen dringend raten würde, und Sie können die Kaution zahlen, sobald die Höhe feststeht.»

Obwohl er mir eindeutige Instruktionen gegeben hatte, wartete ich im Grunde immer noch darauf, daß er mir einfach erklärte, wie wir sie dort herausholen könnten. Die Mechanismen des Gerichtswesens waren mir zwar durchaus bekannt, aber zu Anfang war ich zugegebenermaßen wie vor den Kopf gestoßen. Wahrscheinlich kam mir das Ganze deshalb so nebulös vor, weil wir uns plötzlich mittendrin befanden. Die wenigsten rechnen mit dieser Art von Problemen oder treffen entsprechende Vorkehrungen. Ich glaubte, Alice wäre von diesen Regeln erst gar nicht betroffen, weil es sich bei ihrer Verhaftung um einen eklatanten Irrtum handelte.

«Wenn Sie möchten, daß ich sie bis Donnerstag vertrete...»

«Danke. Danke für die Informationen. Ich bin Ihnen sehr...»

«Hören Sie», unterbrach er mich. «Mr. Rafferty kommt erst Donnerstag. Sie sollte bis dahin jemanden haben, einen Pflichtverteidiger, irgendwen. Ist ihr klar, daß sie kein Wort sagen soll, bis...»

«Danke», plärrte ich. «Wir denken daran. Vielen Dank. Ich m-melde mich wieder.»

Alice erzählte manchmal anderen Leuten, und zwar sehr zu meinem Leidwesen auf eine Art, die mich wie ein dressierter Affe wirken ließ, eine meiner Stärken bestünde darin, immer ruhig zu bleiben. Dabei war, wenn man es recht betrachtete, am Telefon *sie* auffallend ruhig geblieben. Ich hatte schon jetzt das Bedürfnis, ihre Emotionslosigkeit auf meine Weise auszugleichen. Wie betrunken torkelte ich von der Küchenrolle zum Kühlschrank und weiter zum Geschirrschrank. Ich zog mehrere Kreise durch die Küche und versuchte, meinen Töchtern etwas anderes vorzusetzen als Brote mit Marshmallow Fluff. Alle Schubladen standen offen, und ich polterte ständig dagegen. Ich rief im Gefängnis an und bekam zu hören, daß man am Telefon keine Informationen über Häftlinge weitergäbe. Ich ließ mich zum Büro des Pflichtverteidigers durchstellen, und erfuhr lediglich, daß derjenige, der Alices Fall bearbeitete, sich im Gericht aufhielt. Als die Sekretärin mich auf die Warteleitung legte, dämmerte mir zum erstenmal, daß es mir vielleicht nicht gelingen würde, Alice vor dem nächsten Morgen freizubekommen. Ich mußte ihr unbedingt sagen, daß sie kein Wort von sich geben durfte, daß sie den Mund nicht aufmachen sollte. Einen Augenblick lang wurde mir übel, und ich hielt mich am Spülbecken fest. Mir war ganz schlecht vor Angst bei dem Gedanken, daß sie jedem, der es hören wollte, diese Geschichte von unserer «Sexbesessenheit» auf die

Nase binden würde. Ich zerrte die Pfannen, Schüsseln und Töpfe hervor, die wir immer ins unterste Schrankfach stopften. Wir hatten zum Organisieren weder Zeit noch Energie oder Talent. Die Schränke zeugten von unseren Unzulänglichkeiten. Die fettigen Pfannen lagen ungespült aufeinandergestapelt. In den Eiswürfelbehältern klebten Spinnweben und Insektenleichen. Drei große Plastiktüten waren mit Deckeln vollgestopft, von den entsprechenden Gläsern keine Spur. Normalerweise hätte mich ein solches Chaos nicht weiter gestört. Emma und Claire besahen sich die Sachen mit Begeisterung, bis sie schließlich herausfanden, daß die schwarzen Flecken auf dem Backpapier Mäusedreck waren.

An diesem Morgen hatte ich vorgehabt, den Wassertank im Hof zu reparieren, das mickrige erste Heu fertigzumähen und den westlichen Acker zu düngen. Ich mußte die Schafe entwurmen, Rechnungen bezahlen, mich um die Sojabohnen kümmern. Das Heu machte mir Sorgen. Es würde nicht für ein ganzes Jahr reichen. Und schon jetzt hatten die Kühe wegen der Dürre kein gutes Weideland mehr. Alice beklagte sich oft, daß man keine Zeit hatte, auf irgendein Detail Sorgfalt zu verwenden. Vermutlich hatte sie recht. Sie hatte einmal im Zorn etwas ausgesprochen, das mich bis ins Mark getroffen hatte. In der Landwirtschaft, hatte sie gesagt, ginge es doch nur darum, immer am selben Ort dasselbe zu tun, man sähe ja doch nie etwas anderes als Milch, Dünger und Sojabohnen, jahraus, jahrein das gleiche. Genau das Gegenteil ist der Fall. Es gibt den Wechsel der Jahreszeiten, medizinische Problemfälle, neue Technologien, die man prüfen und mit den althergebrachten vergleichen muß. Jedes Jahr beginnt neues Leben. An jenem Vormittag im letzten Sommer überkam mich ein Gefühl von Stillstand, wie ich es bis dahin noch nie gekannt hatte. Kein angenehmes Gefühl, auf der Stelle zu stehen, zwangsweise auf der Stelle zu stehen, wie festgekettet. Ich glaube nicht, daß dies die Art von Stillstand war, die Alice gemeint hatte.

Am späten Nachmittag setzte ich mich zwischen Emma und

Claire auf das Sofa. Ich versuchte, ihnen «Hänsel und Gretel» vorzulesen. Die Hitze und die Ungewißheit schnürten uns die Luft ab. Sie konnten nicht zuhören. Als Hänsel zum zweitenmal seine Spur aus Brotkrumen legte, fragte Claire: «Können wir nicht baden?» Sofort sprangen beide auf, um Handtücher zu holen und den Wasserhahn aufzudrehen. Hätte Alice mich sehen können, wie ich abstaubte, wie ich im Badezimmer Handtücher und Putzzeug hervorholte und die Regale abwischte, hätte sie den Grad meiner Nervosität sofort erkannt. Schon jetzt hatte sich bei uns etwas verändert, das den ganzen Sommer über so bleiben würde. Es gab ein Draußen, das vor unserer Haustür begann. Es war eine formlose und heiße Landmasse, in der Alice umherirrte, Schritt für Schritt auf der Suche nach dem Heimweg. Der einzige andere Bezugspunkt befand sich in unseren vier Wänden. Die Räume unseres Hauses waren das, was wir besaßen und kannten.

An jenem Nachmittag nahm ich immer wieder den Telefonhörer in die Hand, um ein Gespräch mit der amerikanischen Botschaft in Bukarest anzumelden. Jedesmal legte ich gleich wieder auf. Ich wußte nicht recht, was ich meiner Mutter ausrichten lassen sollte. Sie fragte immer nach der Ernte und den Tieren, aus reiner Höflichkeit. Genauere Fragen konnte sie nicht stellen, weil ihr das Farmvokabular fehlte. Ich erklärte ihr dann, was ich gerade tat und warum ich es für interessant oder notwendig hielt. Wenn ich sie nun in Rumänien anrief, würde sie schon detaillierte Fragen stellen müssen, um auch nur eine vage Antwort zu bekommen. Als um drei Uhr das Telefon läutete, riß ich den Hörer von der Gabel.

«Howard...», begann Alice.

«Bist du draußen?»

Im Hintergrund lief ein Fernsehapparat, und ich konnte sie kaum verstehen. «Der Pflichtverteidiger macht seinen Job erst seit einem Monat», sagte sie. «Er war nervöser als ich.»

«Wo bist du?»

«Oben», sagte sie. Ich stutzte einen Augenblick und überlegte, ob sie wohl oben über mir meinen konnte, in unserem Schlafzimmer. «Vierter Stock, öffentliches Telefon. Ich kann jetzt, wo sie mich eingebuchtet haben, so viele Leute anrufen, wie ich will. Hör zu, sie sagen, daß auch noch andere Kinder Anklage gegen mich erheben werden. Der Richter ließ sich darüber aus, daß eine Krankenschwester schließlich eine Vertrauensperson sei und daß die Allgemeinheit immer besonders wütend reagieren würde, wenn man ihr Vertrauen mißbrauchte. Deshalb ist die Kaution auch so außergewöhnlich hoch. Der Anwalt dachte, Grundbesitz oder eine Bürgschaft würden als Sicherheit für meine Freilassung ausreichen, aber das lief nicht. Der Richter hat eine Kaution festgesetzt.»

«Wieviel?»

«Zuviel.»

«Wieviel?»

«Es ist verrückt, Howard – es sind, es sind hunderttausend.»

Hunderttausend was? Kastanien? Walnüsse? Wir hatten fünfhundert Dollar auf einem Sparkonto für Emma, wenn sie mal aufs College ging. Vor einigen Wochen hatten wir nicht nur die Farm refinanziert, sondern auch noch zehntausend Dollar Kredit von der Bank aufgenommen, für einen Mähdrescher, eine Hochdruckpresse und ein Trockengerüst. Der Mähdrescher war ein Traum, er behandelte das Heu und verringerte die Trockenzeit auf die Hälfte. Mit der Presse konnte ich es an einem Nachmittag allein auf sechshundert Ballen bringen. Wenn Alice und Dan halfen, kam ich auf das Doppelte.

Möglicherweise rückte meine Mutter ein paar tausend Dollar heraus, aber einhunderttausend – da hätten sie auch gleich zwei Millionen ansetzen können. «Ich schreibe dir einen Brief», sagte Alice ruhig. «Mir geht's gut.» Dann sagte sie etwas, was mich fast zum Lachen brachte: «Mach dir keine Sorgen, Howard.»

«Mach dir keine Sorgen», sprach ich ihr nach.

«Sie haben nichts in der Hand.»

«Alice», begann ich. Sie würde mich sicher gleich wieder unterbrechen.

«Die Frauen hier drin sind jung genug, um meine Töchter zu

sein», sagte sie, nachdem sie meine Reaktion abgewartet hatte. «Ich denke immerzu an euch drei», flüsterte sie. «Mir geht's nicht schlecht. Das zeigt uns nur, was im nächsten Leben auf uns zukommen wird. Ich komme in die Hölle und du in den Himmel, zusammen mit den Mädchen. Da können wir uns dann glücklich schätzen, wenn es überhaupt so was wie einen Besuchstag gibt.»

Als ich darauf nichts erwiderte, sagte sie leise: «Ich mache Witze, Howard. Es war nicht ernst gemeint.»

Nach dem Anruf stiegen wir ins Auto. Es war die erste von vielen Fahrten, die noch folgen sollten. Zuerst steuerten wir Racine an, dann bogen wir nach Norden oder Süden ab. Manchmal hatte ich die Vision vor Augen, ich könnte einfach ins Gefängnis eindringen und sie herauspauken. Bei dieser ersten Fahrt kurbelten wir die Fenster herunter und stellten das Radio auf volle Lautstärke. Die Mädchen hielten den Kopf in den Wind und schlossen die Augen. Ich folgte den Leitlinien über gewundene Straßen und redete mir ein, sie würde spätestens am nächsten Morgen zurück sein. Es war doch nicht möglich, daß man sie länger als eine Nacht festhielt.

In den nächsten Tagen tauchten mehrere Probleme auf. Ich hätte mich eigentlich gar nicht wundern dürfen, als ich am Mittwoch den *Blackwell Dispatch* aus unserem Briefkasten zog. Die Schlagzeile verkündete in schwarzer Balkenschrift: «Krankenschwester aus Prairie Center des sexuellen Mißbrauchs angeklagt». Darunter stand in kleinerer Schrift: «Schulleiter beraumt Versammlung für besorgte Eltern an». Ich stand in der Einfahrt und hoffte, wenn ich nur weg- und dann wieder hinschaute, würde vor meinen Augen eine andere Titelstory erscheinen. In der Nacht zuvor hatte ich mich nicht ausgezogen. Ich hatte nicht viel oder vielleicht auch gar nicht geschlafen und war einfach im Wohnzimmer sitzen geblieben. Jetzt stach mir das Sonnenlicht in die Augen. Claire klammerte sich an mein Bein und kreischte, ich solle ihr etwas zu essen geben, während ich las:

Alice Goodwin, 32, wurde am frühen Dienstag vormittag in ihrem Haus in der Walnut Lane 22 394 verhaftet. Ihr werden sieben Vergehen zur Last gelegt, darunter zwei Fälle bewußter Fahrlässigkeit sowie Kindesmißhandlung und zwei Fälle von sexuellem Mißbrauch von Schutzbefohlenen. Mrs. Goodwin ist beim Schulbezirk Blackwell angestellt und hat dort eine Teilzeitstelle als Schulkrankenschwester. Bereits mehrere Wochen vor der Verhaftung wurde gegen sie ermittelt. Wenn Goodwin überführt wird, muß sie mit einer Höchststrafe von mehr als hunderttausend Dollar und fünfzig Jahren Gefängnis rechnen. Richter Rhone vom Bezirksgericht Racine County verfügte außerdem, daß zusätzlich Klage erhoben wird wegen verschiedener anderer Verdachtsmomente, die ebenfalls auf bewußte Fahrlässigkeit und sexuellen Mißbrauch schließen lassen.

Weiterhin wird gegen Goodwin im Fall der zweijährigen Elizabeth Collins aus Prairie Center ermittelt. Die Verdächtige beaufsichtigte das Kind, während dieses ihren Angaben zufolge aus dem Haus lief und in einem Teich auf dem Gelände der Goodwin-Farm ertrank. Dr. David Henskin, der Leiter der Blackwell Elementary School, zeigte sich heute schockiert über die Verhaftung und gab an, er werde die Ermittlungen nach Kräften unterstützen. Eine Versammlung der betroffenen Eltern ist für Freitag, den 16. Juni, um 19 Uhr angesetzt.

Wahrscheinlich erkannte ich in diesem Moment, als ich wie angewurzelt mit Claire in der Einfahrt stand, zum allerersten Mal das Ausmaß des Problems. So leicht würden wir das, was uns als rätselhafter Irrtum erschien, nicht ungeschehen machen. Selbst mit Raffertys Hilfe würde Alice sich nicht so mir nichts dir nichts aus dem Gefängnis schleichen können. Am Ende des Vormittags, als es mit den Anrufen losging, wußte ich schon ganz genau, daß ihre Schwierigkeiten wie auslaufendes Quecksilber waren, das zerrann und in unerwartete Ecken kullerte. Ich war völlig benommen von der Tatsache, daß Alices private Sorgen über Nacht in aller Öffentlichkeit diskutiert wurden. Ich hatte bis zum Morgengrauen in meinem Sessel ausgeharrt und gewartet. Gewartet und Wache gehalten gegen etwas, das da draußen lauerte und das ich nicht beschreiben konnte. Ich hatte noch gar nicht gewußt, daß es sich schon ausbreitete, daß es sich ungehindert auf uns zubewegte.

Ich trug Claire ins Haus und legte eine ganze Packung Cheerios in ihre ausgestreckten Arme. Emma wollte sich gerade lauthals beklagen, daß sie keine eigene Packung bekam, als das Telefon klingelte. «Halt die Klappe», fuhr ich sie an. Ich hatte meinen Kindern gegenüber oder auch nur in ihrer Gegenwart noch nie solche Worte benutzt. «Halt die Klappe», wiederholte ich und gab ihr die Packung mit den Cornflakes.

«Mr. Goodwin?»

«Am Apparat.»

«Hier ist Sylvia Romero von der *Racine Journal Times*. Ich störe Sie nur ungern...»

«Ich hasse Cornflakes», kreischte Emma.

«...ich weiß, es ist eine sehr schwierige Zeit für Sie. Sicher ist die Verhaftung Ihrer Frau...»

«Ein schwerer Sch-Schock gewesen», beendete ich den Satz. Ich hielt den Hörer mit der Hand zu und stampfte in Emmas Richtung mit dem Stiefel auf.

«Oh, sicherlich. Solche unglücklichen Situationen geraten ja schnell aus der Hand. Sicher wissen Sie, daß man seit Bekanntwerden der Geschichte in Ihrer Gegend viel über Ihre Frau spricht. Wir möchten Ihnen unbedingt die Chance bieten, uns zu sagen, was Sie über die Dinge wissen, die ihr zur Last gelegt werden. Es ist nur fair, daß Sie...»

Ich legte auf und goß den Mädchen Milch in ihre Tassen, setzte mich hin, rieb mir die Augen und zog mir das T-Shirt aus. Als das Telefon das nächste Mal loslegte, ließ ich es drei- oder viermal klingeln.

«Hallo?» sagte ich schließlich.

«Ich werd Ihnen sagen, was sie gemacht hat.» Die Stimme der

Frau klang rauh, ich kannte sie nicht. «Meine Tochter sagt, Ihre Frau ist immer in den Umkleideraum gekommen, wenn die Mädchen nach dem Sport geduscht haben. Sie sagt, sie ist bei ihrer Freundin immer mit der Hand am Rücken entlanggefahren, auf und ab. Sie sagt, sie blieb da und hat die Mädchen angestarrt, wenn sie nackt unter der Dusche standen. Sie hat dem Mädchen mit den Händen über den Rücken gestrichen, bis es endlich flüchten konnte. Und einer Zwölfjährigen aus der Nachbarschaft hat sie erzählt, daß sie sich's mit einem Tampon ‹besorgen› könnte, ich glaube, das war das Wort, das sie benutzt hat.»

Ich wischte mir den linken Unterarm mit meinem zerknautschten T-Shirt ab und sagte dann: «Wen wollten Sie denn erreichen? Hier Autoverleih K&L.»

«Kommt ins Auto», sagte ich zu den Mädchen. «Wir fahren ein bißchen herum.»

«Wir haben aber noch nicht fertiggegessen», rief Emma, «und du hast nicht mal ein T-Shirt an.»

Ich schnappte mir die Schlüssel vom Haken und riß die Tür auf. Ken Hegeman, der Chefredakteur des *Blackwell Dispatch*, bog gerade in unsere Einfahrt ein. Er hatte zwei Jahre vorher einen Artikel über die Farm geschrieben, als die sogenannte «ertragsgerechte Landwirtschaft», ein altes Konzept, plötzlich alle aufhorchen ließ. Ich hatte viel mit verschiedenen Arten von Kompost experimentiert, die ich an Stelle von Pestiziden benutzte. Insgesamt war meine Ernte nicht schlecht ausgefallen. Wegen der elektromagnetischen Ströme in der Nähe des Stalls und der großen Weideflächen, die wir besaßen, setzte ich mich sehr für die Umtriebsweide ein. Der Zellgehalt der Milch lag bei unseren Kühen so niedrig wie überhaupt nur möglich. Ich hätte gerne Pferde statt Traktoren eingesetzt, aber das war bei dieser Fläche nicht praktikabel. Ich hakte die Fliegengittertür wieder zu und rannte zur Hintertreppe. Dabei flüsterte ich «Kommt schon, kommt schon, kommt schon» und zog Claire an der Hand hinter mir her. Die Mädchen setzten sich kerzengerade aufs Bett in unserem Schlafzimmer. Sie keuchten und bemühten sich zugleich, mehr zu hören als nur ihren eigenen Atem. Wir warteten, während Ken an der Tür klingelte und in regelmäßigen Abständen ans Fenster klopfte. Später, nachdem er es aufgegeben hatte und weggefahren war, parkte ein Reporterteam von den Channel-Four-Nachrichten seinen Bus auf der anderen Straßenseite. Sie filmten das Haus. Ich verriegelte die Türen, und wir gingen wieder nach oben. Diesmal warteten wir im fensterlosen Flur. Neben dem Badezimmer steht eine alte Mahagonikommode, in der nur Krimskrams liegt. Um uns zu beschäftigen, fingen wir an, die Schubladen auszuräumen. Wir entdeckten Papierrollen, alte Schuhe, ausgetrocknetes Kreppband, kaputtes Babyspielzeug und unvollständige Kartenspiele. Für die Mädchen war es eine Art Schatzsuche. Das ganze Zeug war wertlos.

Als der Bus wieder weg war, setzten wir uns vor den Ventilator im Schlafzimmer. Claire schlief ein, während ich Emma «Schiffe versenken» beibrachte. Und wenn das Team von Channel Four in unserem Haus mehr Geheimnisse aufspürte, als mir lieb sein konnte? Mir lief eine Gänsehaut über den Rücken, als ich mir überlegte, wie eine heruntergekommene Farm mit blätterndem Anstrich wohl auf sie wirken würde, wenn sie ihr Filmmaterial sichteten. Zum erstenmal sah ich unser Zuhause, wie es Außenstehende sahen. Für ihren trainierten Blick würde es aussehen wie ein Ort des Unheils.

Wenn ich überhaupt klare Gedanken fassen konnte, drehten sie sich nur um eines: Woher bekam ich hunderttausend Dollar? Wenn wir das Auto verkauften, den alten Mähdrescher und die neue Hochdruckpresse, ergab das zusammen vielleicht siebzehntausend. Wenn wir alle Farmgeräte oder die Kühe verkauften, hatte ich kein Einkommen mehr und konnte Rafferty nicht bezahlen. Wenn meine Mutter mir fünfundachtzig gab und ich vierzehn oder fünfzehn aufbrachte, konnten wir Alice da herausholen. Sobald ich nicht mehr klar denken konnte, hatte ich Mühe, mich zu besinnen, *wo* ich sie eigentlich herausholen sollte. Ich vergegenwärtigte mir die Sachlage, so gut es ging, und versuchte, Robbie Mackessy, einen anonymen Ermittler, Alice und eine Gefängniszelle mitten in

Racine irgendwie unter einen Hut zu bekommen. Immer wenn ich diese unmöglichen Verbindungen herstellte, wußte ich, daß mich weniger Zweifel geplagt hätten, wenn sie einfach gestorben wäre.

Gelegentlich durchfuhr mich die Vernunft wie ein Blitzstrahl, und ich erkannte gewisse Tatsachen. Was ich auch immer verkaufte, es würde uns oder der Sache schaden. Wir hatten so gut wie keine Anlaufstellen mehr. Es würde sich als schwierig, wenn nicht unmöglich erweisen, jemanden für die Mädchen zu finden, solange ich weg war, um Alice herauszuholen. Wir waren mit unserem einfachen Leben immer zufrieden gewesen. Wir waren, glaube ich, stolz gewesen, daß wir so geringe Ansprüche hatten. Was die Kinderbetreuung anbetraf, so lebten die wenigen Menschen, die ich normalerweise zu Hilfe gerufen hätte, weit weg. Dan und Theresa kamen nicht in Frage, außerdem waren sie noch in Montana, und die Babysitterin, die während des Schuljahrs auf die Mädchen aufpaßte, verbrachte den Sommer in ihrer Ferienhütte in Boulder Junction. Meine Mutter vollbrachte ihr gutes Werk in Rumänien.

Ich hatte schließlich doch die Botschaft angerufen und für Nellie die Nachricht hinterlassen, niemand sei verletzt, aber sie solle so schnell wie möglich zurückrufen. «Ist etwas passiert?» fragte sie, als sie endlich durchkam. Es gab eine Zeitverzögerung und ein Echo, so daß ich noch mein Hallo hörte, während sie mich fragte: «Geht's dir gut?»

«Äh...»

«Was ist? Was ist, Howie?»

Ich hatte keine Lust, meiner Mutter zu erzählen, daß Alice verhaftet worden war, weil sie einem kleinen Jungen ein Leid angetan hatte oder weil sie Schülerinnen im Umkleideraum über den Rükken strich.

«Was ist denn? Brauchst du mich, mein Schatz?»

«Ich brauche etwas Geld, um Alice aus dem Gefängnis zu holen», schrie ich in den Hörer, in der Hoffnung, meine Lautstärke allein würde sie die genauen Einzelheiten begreifen lassen. Wegen des Echos überlagerten sich unsere Stimmen in der Leitung. «Ich kann dich nicht hören, Schatz. Die Verbindung ist schrecklich.» Dann fragte sie noch einmal: «Geht's dir gut?»

«Alice ist mit jemandem verwechselt worden und sitzt im Gefängnis.» Das war die ganze Geschichte. Genau das war passiert.

«Ach du liebe Güte. Wie lange wird es dauern, bis sie das aufgeklärt haben?»

«Ich weiß nicht», sagte ich. «Sie haben die Kaution auf...»

«Bei allem Respekt, mein Liebling, ich finde wirklich, Alice bringt sich immer selbst in Schwierigkeiten. Ich mag sie schrecklich gern, aber manchmal hat sie so eine negative Einstellung. Was, sagst du, soll sie angeblich getan haben?»

«S-Sie.» Ich konnte meiner Mutter erzählen, daß es um Betrug oder Unterschlagung ging, daß der Schule ein paar hundert Dollar aus der Kasse fehlten. «Wir werden es schon schaffen», sagte ich. «Bald ist alles wieder in Ordnung.» Ich würde ihr nach der Vorverhandlung Bericht erstatten, wenn ich die Anklage gehört hatte. Ich konnte nicht gut zugeben, daß es mir selbst ein Rätsel war.

«Du hättest gerne, daß ich nach Hause komme! Das höre ich dir doch an.»

«Nein, das nicht. Hauptsache, wir holen sie raus, dann wird sich schon alles klären.»

«Was ist mit den Mädchen? Mit wem hat man Alice denn verwechselt? Die Welt ist ein solches Chaos. Hier geht es drunter und drüber. Die Zustände im Krankenhaus sind primitiv, es gibt so viele Aids-Babys, nicht genug Medikamente, nicht genug Essen. Wir tun, was wir können...»

«Das ist toll, Mom.»

«...aber meine Güte, wenn du die Kinder siehst, es bricht dir das Herz.»

«Glaubst du, du könntest uns etwas Geld leihen? Ein paar T-T-Tau...»

«Man sollte doch meinen, daß sie diese Art von Irrtümern mit ihren Computern im Handumdrehen aufklären können.»

Vielleicht, dachte ich, würde ihr erst nach dem Gespräch aufgehen, daß Alice tatsächlich eingesperrt war, und sie würde zurückrufen und dann wirklich zuhören wollen. Sie hatte nicht mehr viel, was sie uns geben konnte – das hatte sie mir noch vor kurzem zu verstehen gegeben. Doch es war immerhin möglich, daß sie irgendwo einen Notgroschen besaß, den sie opfern konnte. Ich würde sie morgen, wenn ich etwas geschlafen hatte, nach der ganzen Summe fragen.

«Könntest du am Donnerstag wieder anrufen?» fragte ich. «Dann weiß ich mehr.»

«Sicher haben sie den Irrtum dann schon aufgeklärt.»

«Wahrscheinlich hast du recht, Mom.»

Ich kann nicht behaupten, daß ich am nächsten Morgen bei Rafferty mehr Glück hatte. Als ich ihm die absurde Anklage erläuterte, brachte er erst nur ein Geräusch hervor, das wie ein Rülpsen klang. «... Kaum zu glauben», meinte er. Dann erklärte er mir, wie ein hinreichender Tatverdacht festgestellt wird. Das hatte ich schon von Finn gehört. Alice vertraute ihm blind und glaubte, er werde sie retten. Sie vertraute ihm, nicht weil die Anklage ungerechtfertigt war, sondern weil sie ihn für grundanständig hielt. Wir hatten ihn bei einem Barbecue kennengelernt. Minuten später wirbelten Alice und Rafferty bei den Collins über die Terrasse. Er kannte einen Tanz, den sie in der High-School gelernt hatte. Sie gründete ihr Vertrauen auf die Tatsache, daß sie beide dieselbe ungarische Polka kannten. Seine Stimme klang so belegt, daß man ständig das Bedürfnis hatte, sich an seiner Stelle zu räuspern.

«Das ist bestimmt nicht angenehm für Sie», sagte er.

«Nein», stimmte ich zu.

«Natürlich nicht. Es ist sehr unerfreulich. Ich bin gerade erst zurückgekommen, aber ich werde gleich ins Büro des Pflichtverteidigers laufen, im Gefängnis vorbeischauen und mit Alice reden.» Sein Näseln übertraf alles bisher Dagewesene. Es war schier undenkbar, daß er sich nicht zur Belustigung seiner Sekretärin die Nase zuhielt, während er mit mir sprach. «Können Sie morgen vorbeikommen, so um zehn? Ich kann mich besser hineinversetzen, wenn ich mit ihr darüber gesprochen habe. Die Kaution ist unverschämt hoch für jemanden wie Alice, und als erstes werden wir das Gericht bitten, die Summe auf ein vernünftiges Maß zu reduzieren. Sie dürfen unter keinen Umständen am Telefon etwas besprechen, das in irgendeiner Weise mit dem Fall zu tun hat, weder zu Hause noch im Besuchsraum. Das ist ganz wichtig.»

Er schwieg, bis ich seine Anweisung bestätigt hatte.

«Wegen morgen», fuhr er fort, «...übrigens, ich weiß, wie schrecklich das für Sie ist, glauben Sie mir.»

«Ich weiß nicht...», sagte ich, im Zweifel, ob er sich meinen Gemütszustand vorstellen konnte.

«Wäre ein anderer Tag besser?»

«Ein anderer Tag?»

«Sie sagten, Sie wüßten nicht...»

«Nein», sagte ich. «Ich werde da sein.»

Ich legte auf und knallte einen Topf auf unseren Eichentisch, als ob ich ihm so seinen prüfenden Blick abgewöhnen könnte. Ich brauchte jetzt einen Plan, einen Plan, einen guten Plan. Was ich über Rechtsprechung wußte, hatte mir vor Jahren die flimmernde Schattengestalt von «Perry Mason» beigebracht. Immerhin wußte ich genug, um zu erkennen, daß Rafferty und Finn... keiner von beiden verstand wirklich, was los war. Ich sagte mir, daß kein Mensch sieben Jahre lang mit einem anderen zusammenlebt, ohne dessen Grenzen ziemlich gut zu kennen. Anwälte, Systemgläubige, Politiker, sie alle waren von Bürokratie und Fachjargon so verkrüppelt, daß ihnen jeglicher gesunde Menschenverstand abging. Als Nation waren wir dabei, unser kollektives Denkvermögen zu verlieren. Das konnte man an einer Menge von Problemen erkennen. Einer ganzen Menge. Egal, was man betrachtete, welche Institution, welche Organisation, welche Problemlösungsstrategie. Zum Beispiel die Aids-Epidemie. Ich hatte die kleingedruckten Artikel in der Zeitung lange genug gelesen, um zu begreifen, daß AZT vielleicht mehr Leute umbrachte als das Aids-Virus. Meinen alten Freund Lloyd hatte es in New York City erwischt. Man konnte die ganze Sache verfolgen und sehen, daß die Krankheit so politisiert wurde, daß niemand mehr über die Tatsachen zu sprechen wagte, die nicht ins Bild paßten. Gleich würde das Geschirr zu Bruch gehen, wenn ich es noch heftiger in den Schrank knallte. Ich brauchte jetzt sofort einen Plan, einen hieb- und stichfesten Plan, eine Kampfstrategie. Zuerst mußte ich jemanden finden, der die Mädchen während des Treffens mit Rafferty und während der Besuchszeit am Sonntag beaufsichtigen konnte. Ich mußte mit Alice reden, ernsthaft reden, um zu erfahren, warum das passiert war. Für die Hin- und Rückfahrt und die Viertelstunde Besuchszeit würde ich nicht lange brauchen. Es mußte unter unseren Bekannten doch jemanden geben, der sich solange um Emma und Claire kümmerte. Jemand, der für kaum länger als eine Stunde an einem Sonntag nachmittag auf sie aufpaßte. Ich hörte das *boing, boing* einer Maultrommel. Es dauerte verdammt lange, bis ich herausfand, daß das Geräusch von mir stammte. Das mußten meine Nerven sein. Mir schien, als könnte ich die verfluchten Dinger tatsächlich hören.

Cathy Johnson kam mir in den Sinn, nachdem ich alle sauberen Töpfe weggeräumt hatte. Sie war Krankenschwester und hatte mit Alice in der Impfklinik gearbeitet. Vor einiger Zeit hatte sie mir erzählt, daß sie manchmal mitten in der Nacht Angst bekam. Sie fürchtete, eines der Kinder könnte durch eine Masernimpfung einen Gehirnschaden davontragen.

«Cathy», sagte ich, als sie den Hörer abnahm. «Hier ist Howard Goodwin.»

«Was ist?» Ihre Stimme klang anders als sonst, ohne jede Anteilnahme.

«Ich hätte gerne gewußt, ob ... äh, du ... du hast wahrscheinlich schon von der Sache mit Alice gehört.» Ich wartete auf ihre Antwort, den stetigen Rhythmus des *boing, boing* im Ohr. Ich wartete, und dann sagte ich: «Ich hätte gerne gewußt, ob Emma und Claire ... ob du vielleicht morgen oder Sonntag nachmittag auf sie aufpassen würdest, eine Stunde oder so. Ich bin etwas im Streß, und ich ...»

«Ich glaube kaum», sagte sie. «Ich habe es nicht gerade leicht zur Zeit. Entschuldige mich, ich wollte gerade aus dem Haus.»

«Ah, ja, danke trotzdem», sagte ich.

Die Mädchen rannten draußen durch den Sprühregen aus der Bewässerungsanlage. Ich hatte Emma den Schlauch an die Pumpe anschließen lassen, auch wenn wir die Wasserverschwendung später vielleicht bereuen würden. Durch das Fenster beobachtete ich, wie sie in ihren identischen, rosa-grün gestreiften Badeanzügen hin und her hüpften. Der Hörer lag noch in meiner Hand. Ich hörte den Brummton in der freien Leitung. Die Mädchen hielten mit den Fingern die rostigen Löcher zu. Jedesmal, wenn sie losließen und das Wasser sie naßspritzte, kreischten sie und rannten weg. Sie spielten vollkommen unbeschwert. Es waren kluge Mädchen, hübsche Mädchen. Es waren gefühlvolle, liebe Mädchen, aber ihre Nachbarn waren gegen sie eingenommen. Sie rannten herum und wedelten mit den ausgebreiteten Armen.

Als nächstes rief ich Suzannah Brooks an, eine Nachbarin der Collins oben aus der Neubausiedlung. Suzannah unterrichtet ihre drei Kinder zu Hause selbst. Jedes Jahr kam sie mit ihnen für einen Abend zu uns auf die Farm, damit sie sehen konnten, wie die Milchwirtschaft funktioniert. Sie durften die Kälber füttern, einer Kuh Milch aus dem Euter quetschen, die Kätzchen streicheln, die Heurutsche heruntersausen. «Hallo, Suzannah?» sagte ich.

«Ja, am Apparat.»

«Howard Goodwin.»

«Ich habe für dich gebetet. Ich fühle mit dir, aufrichtig, und ich bete für das arme Kind. Ich weiß nicht, wohin die Welt treibt. Wie sagt doch die Schrift: ‹Ein Ruchloser gräbt Unheil, seine Lippen versengen wie Feuer. Ein Hinterlistiger stiftet Streit, und ein Ohrenbläser entzweit Freunde. Ein Gewalttätiger verführt seinen Nächsten und bringt ihn auf den Weg zum Unglück. Ein Mensch, der abirrt vom Wege der Einsicht, wird ruhn in der Totengeister Versammlung!› Ich bete, daß deine Frau nicht so weit vom Wege abgeirrt ist. Ich weiß nicht, wie du noch mit ihr zusammenleben sollst, wenn sie je herauskommt, wie sie mit sich leben kann. Jesus wird dich am Ende retten, wenn du ihm deine Sorgen anvertraust.»

«Oh», sagte ich und legte auf.

Am Freitagvormittag nahm ich die Kinder mit in Raffertys Büro in Racine. An der Straße, die zum Gericht führt, stehen mehrere renovierte viktorianische Häuser. Hätte Alice ein Fenster öffnen dürfen, hätte man ihr von Raffertys Büro aus etwas zurufen können. Sein Haus ist das grüne mit den gelben und violetten Tür- und Fensterrahmen, direkt neben der Telefongesellschaft. Das Erdgeschoß, Finns Reich, ist mit einer Spiralmustertapete ausstaffiert, die einen leicht schwindlig werden läßt. Im Badezimmer sind in Hüfthöhe lauter Waagen aufgemalt. Laut Theresa hat Finns Frau das Erdgeschoß dekoriert. Wenn Dolores Finn mit ihren Musterbüchern erscheint, steht Rafferty an der Treppe Wache. Er erklärt ihr, daß sie mit ihren Pinseln und Trockenblumenarrangements ja keinen Schritt weiter gehen soll.

Vor Raffertys Büro stapelten sich die Kartons bis zur Decke. Sie verdeckten jedes Tapetenmuster, das sich dahinter verbergen mochte. Der Raum wirkte weder wie ein Wohlstandstempel noch wie eine Klause, in der ein Gelehrter seine juristischen Triumphe vorbereitet. In den eingebauten Wandregalen standen Romane, Do-it-yourself-Ratgeber, Petersons Naturführer über Blumen, Bäume, Vögel und Hecken, und daneben die dicken, langweiligen juristischen Wälzer. Ich nahm den Sears-Katalog vom Flur-Sofa und setzte die Mädchen darauf. Beide hielten sich an einer Tüte Brausebonbons fest. Jeweils eine ganze Tüte für jede, ein halbes Pfund einzeln verpackter Bonbons. Sie hatten neue Stifte und Zeichenblöcke. Ich hatte die Sachen unterwegs im Target-Supermarkt in Racine gekauft.

Rafferty ist groß und dünn, seine vorstehenden Augen versteckt er hinter dicken Gläsern. Er hat Hasenzähne, einen ergrauenden Spitzbart und die bleiche Haut eines Zuchthäuslers. Er plauderte über das Jagen und Fischen, während ich aufpaßte, daß die Mädchen sitzen blieben. Er sah aus, als hätte er noch nie das Tageslicht erblickt. Ich war mir nicht sicher, ob er je vor Wut außer sich geraten war oder ob er schon immer mit, wie mir schien, grotesker Gelassenheit das System toleriert hatte, samt denjenigen unter uns, die Amok gelaufen waren. Während er mir die Hand schüttelte, sagte er: «Ihrer Frau geht es gut. Ich soll Ihnen ausrichten, daß sie sich nicht unterkriegen läßt.» Er ließ die Tür offen und bot mir Platz an. «Lassen Sie mich zunächst die Honorarfrage ansprechen», sagte er, «dann ist das erledigt.» Ohne genau – oder auch nur ungefähr – zu wissen, woher ich das Geld nehmen sollte, versicherte ich ihm, ich hätte die erste Zahlung spätestens im September für ihn parat. «Kein Problem», sagte er und notierte etwas auf der Rückseite eines Zettels, der wie ein Kassenbon aussah. Ich dachte wieder an meine Mutter. Sie würde uns helfen können, wenn sie im September zurückkam. Die Hunderttausend, die uns erst für die Kaution in den Schoß hätten fallen sollen, konnten wir dann während der Gerichtsverhandlung für die Anwaltskosten verwenden.

Rafferty legte mir noch einmal nahe, der Presse nichts mitzuteilen, weil die Berichterstattung schon negativ genug war. «Sie wissen sicher, daß heute abend in der Schule eine Versammlung stattfindet? Solche Treffen ziehen Kreise. Für uns ist es im Moment am besten, kein Aufsehen zu erregen und uns in aller Ruhe vorzubereiten. Wir werden sehen, womit die Gegenseite in ein paar Wochen bei der Vorverhandlung aufwartet. Ich habe das schon oft erlebt: Die Flammen schlagen hoch und halten sich eine Weile, aber wenn nichts dahintersteckt, werden die Leute bald müde, die Glut immer neu anzufachen.» Er stand auf und trat ans Fenster. Er blickte auf die Straße. Ich überlegte, ob er vielleicht an die anderen Fälle dachte, die aus heiterem Himmel eine verhängnisvolle Eigendynamik entwickelten. Es war schon des öfteren vorgefallen, daß die Öffentlichkeit im Interesse irgendeiner hehren Tugend mehr als bereit gewesen war, die verfassungsmäßigen Rechte eines einzelnen zu opfern.

«Sie kennen sich nicht zufällig mit Apfelbäumen aus, oder?» fragte er. «Ich habe da draußen an der Einfahrt eine ganze Reihe gesetzt, und seit fünf Jahren hat sich nichts getan.» Er drehte sich um und sah mich an. «Dolores Finn meint, es liegt an den Abgasen von der Straße...» Vielleicht hatte er meinen Gesichtsausdruck bemerkt. Vielleicht hatte er begriffen, daß es unpassend war, über Apfelbäume zu reden, während meine Frau ein paar Häuser weiter ohne triftigen Grund im Gefängnis saß.

«Dolores hat wahrscheinlich recht», sagte er, räusperte sich und setzte sich wieder an den Schreibtisch. «Wie Sie wissen, habe ich gestern mit Alice gesprochen. Ihre Frau ist einmalig, ein ganz besonderer Mensch, wie Ihnen sicher bewußt ist. Sie ist aus hartem Holz geschnitzt.» Er zog einen großen, kunststoffgebundenen Terminkalender hervor, studierte ihn und blätterte beim Sprechen vor und zurück. «Die Sache hat viel Wirbel gemacht, und es wird kompliziert werden, wenn sich noch andere Leute melden und wenn Lizzy da hineingezogen wird. Ich habe eine ganze Weile mit Alice gesprochen. Ich werde bei der Vorverhandlung sehr aufmerksam sein, mir die Gegenseite genau ansehen und hören, was sie zu sagen haben. Gewöhnlich verhalten sich solche Fälle genau umgekehrt – die respektablen, alteingesessenen Bürger beschuldigen die Bardamen. Also, bei der Vorverhandlung...»

«Lassen sie sie frei?»

Er blickte von seinem Kalender auf. «Nein, nein, ich will Ihnen das erklären. Vorverhandlungen werden aus drei Gründen durchgeführt: erstens, um herauszufinden, ob ein hinreichender Tatverdacht besteht, auf Grund dessen gegen den Verdächtigen Anklage erhoben werden kann. Ich muß Sie gleich vorwarnen, daß eine Anklage nur sehr selten abgewiesen wird. In diesem Fall lag ein Haftbefehl vor, was bedeutet, daß der Richter die Anschuldigung bereits in Hinblick auf einen hinreichenden Tatverdacht geprüft hat. Der zweite Grund für eine Vorverhandlung ist die sogenannte Offenlegung, wodurch die Verteidigung Informationen von der Anklagevertretung erhält. Und schließlich entscheidet der Richter dabei, ob er die betreffende Person zum Erscheinen vor dem Gericht verpflichtet. Die einzige Möglichkeit, sie noch vor diesem Zeitpunkt, also jetzt, freizubekommen, ist durch die Kaution.» Er blätterte immer noch in seinem verschlissenen Kalender. Wenn man ihn überhaupt sympathisch finden konnte, dann deshalb, weil er sich nicht mit Leder, orientalischen Teppichen, Bronze und Marmor umgab. Einem Mann, der seine Papiere in orangefarbenen Golden-Guernsey-Milchkartons aufbewahrte, konnte man schwerlich etwas verübeln.

«In Fällen wie diesem, wenn nämlich die Angeklagte eine tüchtige, sozial integrierte Person ist, liegt die Kaution zwischen drei- und zehntausend. Irgendwo dazwischen. Ich werde mit dem Richter sprechen, einen Antrag auf Reduzierung der Summe oder Umwandlung in eine Vermögensbürgschaft stellen. Die Farm ist Ihr größter Trumpf, wenn wir über die Kaution verhandeln. Ein ordentliches Stück Eigentum wie dieses beweist, daß Sie hier bleiben wollen. Aber ich kann Ihnen gleich sagen: Es wird ein Kampf. Wie viele Schüler besuchen die Blackwell-Grundschule – siebenhundert, sagte sie? Das heißt, vierzehnhundert Eltern sind rasend vor Empörung, und ich wette, der Richter wird sich nicht als Waschlappen erweisen wollen.»

Rafferty schlug sein Buch zu und stand auf. Er packte die Hose am Gürtel, zog sie hoch und stopfte das Hemd von allen Seiten hinein. Er tat das mit dem Eifer eines Maulwurfs, der ein Loch buddelt. «Wir werden sehen, was sie in ein paar Wochen bei der Vorverhandlung anbringen», sagte er.

Offenbar war das Treffen für ihn beendet. Ich war ganz und gar nicht bereit zu gehen. Er hatte mich in keiner Weise aufgeklärt. Ich wußte immer noch nicht, warum es seiner Meinung nach gerade Alice getroffen hatte. Ich hatte wohl gehofft, Rafferty würde die ganze Sache als grobe Ungerechtigkeit entlarven, und damit wäre alles ausgestanden. Als ich aufstand, streckte er mir die Hand in Brusthöhe entgegen. Ich sah sie an und fragte mich, was ich damit anfangen sollte. Ich mußte scharf nachdenken, linke Seite, rechte Seite, Hand und Fuß sortieren, um das richtige Körperteil zu finden, mit dem ich seinen Handschlag erwidern konnte.

«Versuchen Sie, sich etwas auszuruhen», sagte er dann und boxte mir mit seiner knochigen Faust gegen den Arm, was er wohl für eine kumpelhafte Geste hielt. «Wir werden das schon durchstehen, Sie werden sehen. Es passiert nichts zum erstenmal, und ich fürchte, auch nicht zum letztenmal. Wir lassen uns durch nichts erschüttern und walzen sie platt.» Er ging zur Tür und stieß sie weit auf. «Ich rufe Sie an, wenn sich gezielte Fragen ergeben.» Die Mädchen saßen auf dem Sofa und hatten den Mund voller Bonbons, die nach künstlichem Bananen-, Erdbeer- und Blaubeeraroma stanken. Ich kniete mich hin, um ihre Sachen einzupacken. «Ich sehe Alice heute», sagte Rafferty. «Ich erzähle ihr von unserem Gespräch, und daß sie» – er wies mit dem Kinn auf die Mädchen – «prächtig aussehen.»

An der Eingangstür sagte Claire: «Sieh mal, Daddy, wir sind wie Hänsel!» Auf dem ganzen Weg die Treppe hinunter hatten wir eine Spur aus Bonbonpapieren hinterlassen, Papierfetzen in grellbunten Farben. Sie lachte: «Jetzt finden wir den Weg zurück aus dem Wald!»

# 10

***Am Samstagabend rief*** ich Miss Bowman, unsere Eierfrau, an. Früher hatten wir selbst Eier, bevor die Nachbarhunde all unsere Hühner gerissen hatten. Ich hatte den Hühnerstall für hundesicher gehalten, aber die schwarzen Labradors hatten sich einfach durch die Schwingtür hineingequetscht. Ich hatte auf sie geschossen und sie verfehlt. Jeder einzelne von ihnen, sagte Alice, war frech wie ein Fuchs. Unser Umgang mit Miss Bowman hatte sich bisher auf den wöchentlichen Austausch von einem Dollar fünfzig gegen zwei Kartons Eier beschränkt. Sie war eine dürre, grauhaarige Frau, die Hühner und Terrier hielt. Sie wirkte aus mehreren Gründen eigenartig. Ohne ein Wort zu sagen, drückte sie mir jede Woche die Traktate der Zeugen Jehovas in die Hand. Auch mit ihrem rechten Auge stimmte etwas nicht. Sie schien aber keine Schmerzen zu leiden. Peinigend war es nur für den, der ihr gegenüberstand und das halbgeschlossene Augenlid sah, unter dem nur ein Teil der verrutschten Iris zum Vorschein kam.

«Miss Bowman», sagte ich.

«Wer ist da?» Ihre Stimme knarrte, als ob sie selten benutzt würde.

«Miss Bowman, hier ist Howard Goodwin, Ihr Eierkunde von der Farm.»

«Mhm.»

Hätte man noch Hexen gejagt wie einst in Salem, hätte sie als erste dran glauben müssen. Sie wäre verdächtig gewesen, weil sie mit ihren Tieren redete, weil sie als alleinstehende Frau Eigentum besaß und weil sie entstellt war. Sie war so weltfremd, wie ich es mir nur wünschen konnte.

Ich sagte: «Meine Mädchen wollten fragen, ob sie mal vorbeikommen und Ihnen bei der Arbeit helfen dürften. Sie kennen sie nicht besonders gut, aber sie haben Sie immer gerne besucht, wenn wir Eier geholt haben.» Es stimmte, daß Emma und Claire sich immer darum stritten, wer den Scotchterrier, der im Hof an einen Pfosten gebunden war, zuerst streicheln durfte.

Miss Bowman am anderen Ende der Leitung schwieg.

«Ihre Mutter und ich haben nämlich morgen nachmittag eine wichtige Besprechung, und ich dachte mir, vielleicht könnten die Mädchen für ein Stündchen zu Ihnen rüberkommen. Natürlich bezahle ich dafür. Ich bezahle dafür.»

Möglicherweise hatte es ihr die Sprache verschlagen, weil jemand mit ihr über etwas anderes sprechen wollte als über Eierpreise. Ich wartete eine Weile auf ihre Antwort. Sie atmete schwer, ihr «ah, ah, ah» bei jedem Atemzug sickerte mir direkt ins Ohr. Schließlich sprach sie. «Könn' se sich benehmen?»

«Es sind liebe Mädchen. Ganz liebe Mädchen. Wäre Ihnen halb zwei recht?»

«Wer war das?» rief Emma vom Treppenabsatz.

«Miss Bowman», sagte ich. «Morgen geht ihr...»

«Ich gehe NICHT zu ihr nach Hause.» Sie baute sich vor mir auf. «Das tu ich nicht! Sie hat nur ein halbes Auge!»

Es gab Augenblicke, und dies war einer davon, in denen mir fast die Knie einknickten, in denen die Verzweiflung wie eine Woge über mir zusammenschlug. Es hatte mich schon genug gekostet, Miss Bowman anzurufen und sie um etwas zu bitten, wofür sie nicht geeignet war. Claire saß vor dem Fernseher, fast mit der Nase am Bildschirm. Ich hockte mich hin und flüsterte in Emmas Ohr: «Wenn du morgen nicht diese eine Stunde zu Miss Bowman gehst, werde ich Mutter nicht besuchen können.» Ich hatte Alice noch nie «Mutter» genannt. «Ich werde nicht herausfinden, wie wir ihr helfen können. Ich werde nicht herausfinden, wann sie nach Hause kommt. Wenn du hier sitzt und ein Riesentheater veranstaltest, bleibe ich einfach hier und paß auf dich auf. Mama wird da sitzen und warten und sich wundern.»

«Ich will auch mitkommen», protestierte sie, aber schon gedämpfter.

«K-Kinder dürfen da nicht mitkommen.»

«Warum nicht? Miss Bowman sieht aus wie ein Vogel, wie einer von diesen nackten Vögeln, die aus dem Nest gefallen sind.» Genauso sah sie tatsächlich aus. Ich mußte mich zwingen, leise und sanft zu sprechen. Ich wäre lieber meinen häßlichen neuen Eingebungen gefolgt und hätte losgeschrien. Ich hatte die Mädchen noch nie geschlagen. Jetzt konnte ich mir vorstellen, sie zumindest grob durchzuschütteln. Rafferty hatte mich morgens angerufen, um mir von der Elternversammlung an der Blackwell-Grundschule zu erzählen. Sie hatten eine Sozialarbeiterin aufgetrieben, die die Abteilung für sexuellen Mißbrauch an einer Klinik in Milwaukee leitete. Sie hatte den Eltern nahegelegt, ihre Kinder sorgfältig zu beobachten, ob sie Alpträume hatten, bissen, bettnäßten, masturbierten, spuckten oder andere auffällige Verhaltensweisen zeigten. Sie schlug vor, einen Arzt aufzusuchen, der feststellen konnte, ob es zu körperlichen Mißhandlungen gekommen war. Sie hatte alarmierende Zahlen über die Verbreitung von sexuellem Mißbrauch an die Tafel geschrieben. «Wir können alle hierbleiben, dann erfahren wir eben nicht, wie es Mama geht», sagte ich zu Emma. «Und sie wird nicht wissen, wie es uns geht.»

Emma schlug die Hände vors Gesicht und begann fast geräuschlos zu weinen. Ich schickte sie ins Wohnzimmer zu Claire. Weil sie sich um die Sitzordnung stritten, packte ich sie ohne Gutenachtgeschichte ins Bett. Ich hörte, wie Emma in ihrem Zimmer ein Weilchen weinte, bevor sie einschlief. Rafferty hatte versucht, das El terntreffen harmlos, fast nebensächlich klingen zu lassen – kein Grund zur Sorge. Ganz bestimmt hatte die Sozialarbeiterin den Eltern nicht erzählt, daß viele der beschriebenen Verhaltensweisen bei kleinen Kindern normal waren. Rafferty wußte ebensogut wie ich, daß diese Eltern imstande waren, Benzin um unser Haus zu gießen und ein paar brennende Streichhölzer ins Gras zu werfen.

Schließlich deponierte ich am Sonntagnachmittag die Mädchen

doch noch in Miss Bowmans Wohnzimmer. Als ich ging, standen sie vor ihren Nippes. Sie hatten die Hände gefaltet, damit sie erst gar nicht in die Versuchung kamen, die Porzellankrüge und Glasfigürchen anzufassen. Miss Bowmans Lebensumstände boten einen so merkwürdigen Anblick, daß sie vor Staunen verstummten. Das Sofa und die Stühle waren mit Plastikschonern überzogen, die steif und ganz neu aussahen. Ich fragte mich, ob sie die wohl besorgt hatte, um ihre Möbel vor den Mädchen zu schützen. In der Ecke stand ein Klavier, auf dem Couchtisch lagen Kisten mit Einmachgläsern und Deckeln, eine Schüssel mit orangeroten Dattelpflaumen stand auf einem Teewagen aus Metall. An der Wand stapelten sich Eierkartons bis halb unter die Decke. Das Haus roch nach Katzen und dem Gasofen, nach Schimmel und überreifem Obst. Miss Bowman stand wie gelähmt mitten in ihrer Küche. Ihr Territorium war noch nie zuvor von Zwergen belagert worden. Sie drückte mit beiden Händen einen Topflappen gegen die Brust. «Nichts anfassen», keuchte sie.

«Ich bin bald zurück», sagte ich.

Emma warf mir einen ängstlichen Blick zu, mit dem sie vermutlich erreichen wollte, daß ich mich noch schlechter fühlte als ohnehin schon. Ich hatte mir eingeredet, Miss Bowmans Haus sei ein sicherer und zuträglicher Ort für Kinder. «Schwachsinnig» war das richtige Wort für unsere Nachbarin. Alice würde sich aufregen, wenn sie erfuhr, daß ich die Kinder unserer Eierfrau überlassen hatte. Ich stieg ins Auto und ließ sie allein zurück. Über die alte Holzbrücke fuhr ich nach Vermont Acres. Inzwischen wußte garantiert jeder in der Siedlung über meine Schwierigkeiten Bescheid. Ich fuhr an dem freistehenden neuen Haus vorbei, das mitten auf Clarence Hollands ehemaliger Pferdeweide prangt. Es ist ein gewaltiges Gebäude, einer Südstaaten-Plantage nachempfunden, mit Säulen, Fensterläden und einer Veranda, aber ohne schattenspendende Bäume. Ich nehme an, der Bau soll erhaben wirken, aber er steht da wie eine vergessene Filmkulisse. Alice stellte sich vor, daß seine Besitzer, ein Arzt und seine Frau, mit Südstaatenakzent sprachen, daß die Frau Korsett und Reifrock trug und die Dienstboten über dem offenen Feuer Maisgrütze kochten. Dr. Miller hatte vielleicht schon einige der Schüler vorsorglich auf Verletzungen hin untersucht. Ich bog auf den Highway P ein, der ins Stadtzentrum führt. An der alten Sinclair-Tankstelle vorbei, die als Bücherei dient, seit vor drei Jahren neben der Rennbahn die Super-Amerika-Tankstelle eröffnet worden ist. Mr. Benchler, der Bibliothekar, war ein pensionierter Geschichtslehrer mit einem Haken, der ihm eine Hand ersetzen mußte. Alice sagte, er erinnere sie an den bösen Captain Hook, nicht nur wegen seines Gebrechens, sondern weil er verschroben und ungefällig sei. Ich hatte von ihm interessante Sachen über die Mounds, die indianischen Grabhügelanlagen in der Gegend, erfahren und seine fehlende Hand nie bemerkt.

An jenem Sonntagnachmittag wirbelte der Wind den Staub von der breiten Straße gegen die Bücherei und Del's Restaurant. Das Lokal war der soziale Mittelpunkt der Stadt. Später, so stellte ich mir vor, wenn ich in die Jahre kam, würde ich bei Del's frühstücken oder Kaffee trinken. In zwanzig Jahren wäre ich ein angesehener älterer Bürger. Man bekam den Kaffee in großen weißen Kannen, die man auf dem Tisch behielt. Er war ziemlich dünn und meistens nicht besonders heiß. Alice mochte die Vorstellung, einmal eine ganze Kanne in Ruhe auszutrinken. Der dicke Del nahm buchstäblich drei Stühle in Beschlag, wenn er an der Theke saß und den ganzen Vormittag über Zeitung las. Hin und wieder aßen wir bei ihm Kirschkuchen. Die Mädchen tranken Kakao. Ich wartete auf den Tag, an dem Lavelle mich fragen würde, ob wir «das Übliche» nähmen.

Ich fuhr an der Feuerwache vorbei, am Rathaus, dem Dog 'N Suds, dem Lagerhaus und der Bankfiliale, die kürzlich überfallen worden war. Alice war enorm erleichtert, als sie erfuhr, daß im Prinzip keine Bank gegen Überfälle gefeit ist; also hatte doch kein gewiefter Bankräuber über Landkarten gebrütet, um die einzige Stadt in Südost-Wisconsin ausfindig zu machen, die man getrost überfallen konnte. Sie sagte gern, Archäologen, die mal unsere Zivilisation ausgruben, würden nichts anderes finden als Bankfilialen, Luxusbadezimmer und Lagerhäuser. Ich hörte Alices Kommentare an jeder Kreuzung auf dieser Fahrt durch die vollgebaute Landschaft. Sie würde das Gefängnis nicht überleben. Sie war in den letzten Wochen so labil gewesen. Ich wußte genug über Gefängnisse und das, was darin passierte, genug, um mir die Möglichkeiten lieber nicht auszumalen. Vielleicht lag sie gerade jetzt auf dem Zellenboden, verprügelt oder krank. Alles in diesem Sommer glich, schon während es geschah, einem Traum, an den man sich kaum erinnert, einem Fragment, das man vor lauter Angst verdrängen möchte: die Dürre, Lizzy, Alices Krankheit, die Polizisten, Suzannah Brooks und ihre Bibel, Miss Bowman.

Ich fuhr unter der Interstate hindurch in das neue Land der Autohändler und Teppichgeschäfte, des mexikanischen Adobe-Restaurants, des Wisconsin Cheese Palace. Ich hatte Racine schon immer gemocht. Als Industriestandort war Racine im 19. Jahrhundert von Chicago und Milwaukee verdrängt worden. Um die Jahrhundertwende kam die Stadt durch einige seriöse Unternehmer wieder in Schwung. Einer meiner Kindheitshelden hieß J. I. Case – der Mann, der Dreschmaschinen und Landwirtschaftsgeräte herstellte. Als Achtkläßler in Minneapolis schrieb ich über Racine eine Hausarbeit mit dem albernen Titel: «J. I. Case: der Mann und die Stadt». Ich hatte an die Case Company geschrieben und um Informationen gebeten, und sie hatten mir eine Mütze geschickt, die, ähnlich wie Pfadfindermützen, ein Logo auf der Stirnseite hatte. Es war ein Globus, und auf dem Nordpol saß ein Adler, der sich mit seinen starken Krallen stets obenauf hielt. Als ich Farmer wurde, trug ich den ganzen Sommer über nichts anderes als J.-I.-Case-Mützen, bis es zu kalt wurde, um ohne Strickmütze auszukommen.

Deshalb wußte ich, daß die Stadt am See schon immer eine Fabrikstadt gewesen war, ein Ort, an dem robuste Gebrauchsgüter hergestellt wurden, hauptsächlich bewohnt von fleißigen Skandinaviern, Deutschen und Osteuropäern. Es ist eine bescheidene

Stadt, ein bißchen heruntergekommen, eine Stadt, in der es die Leute offenbar nicht nötig haben, vornehm zu tun. Es gibt dort eine High-School, benannt nach William Horlick, dem Mann, der das Milchpulver erfunden hat. Es gibt eine gute Bücherei, einen Zoo, ein paar Kliniken, ein von Frank Lloyd Wright entworfenes Kino mit dem Namen «Golden Rondell», das aussieht wie ein UFO. Es gibt Johnson Wax, Kringelgebäck und den Michigansee. Es sollte wohl ein Geheimnis bleiben, daß die Western Publishing Company Baseballkarten druckt. Wenn ich es weiß, weiß es vermutlich alle Welt. Entlang der Spring Street in Racine wuchsen vor Christi Geburt die kleinen Maisfelder der Waldland-Indianer. Alice und ich waren da vor ein paar Jahren einmal spazierengegangen. Für mich war es eine Art Pilgerreise, glaube ich. Sie merkte gleich, daß mich die schäbigen Häuser und der Müll deprimierten. «Tut mir leid, Howard», sagte sie, «vielleicht ist hier irgendwo noch ein Luftmolekül oder so von damals übrig.» Sie sog demonstrativ die Luft ein und hob Glasscherben und Abfall auf, damit ich mich besser fühlte.

Wenn man auf den Highway 20 einbiegt, sieht man ein riesiges Gelände mit Verwaltungsgebäuden von Kommune und Landkreis vor sich, die Telefongesellschaft, mehrere Kirchen und Anwaltspraxen, eine neben der anderen. Fünf mächtige Blocks für Gott und das Gesetz, alle miteinander verbunden durch das gute alte Telefon. Die wenigen viktorianischen Häuser, die sich zwischen die Kirchen zwängen, sind neu gestrichen und haben metallene Türbeschläge, Hängepflanzen und diskrete Schilder: Akgulian, Akgulian & Larson. Wenn man weiter nach Osten fährt, kommt man zum Gericht. Es türmt sich ganz unvermittelt vor einem auf, ein monolithischer, grauer Klotz mit Inschriften zum Thema Recht über dem Eingang. Später in jenem Jahr sagte Alice, es sei einfach unumgänglich, dieses Gebäude, überraschend und unumgänglich, ohne jeden Reiz, wie eine Porta Potti inmitten eines Naturschutzgebietes. Das ist genau das Gefühl, das einen beschleicht, wenn man davorsteht.

Der Justizkomplex inklusive Haftanstalt wurde vor ungefähr zehn Jahren auf der gegenüberliegenden Straßenseite hochgezogen. Niemand hatte damit gerechnet, daß die 146 Plätze innerhalb kurzer Zeit nicht mehr ausreichen würden. Mittlerweile sind in diesem Gefängnis ständig an die 500 Häftlinge untergebracht. Es ist ein einfaches Backsteingeviert, ein zweckmäßiger Bau, mit schmalen goldfarbenen Fenstern, die bei Tag glänzen. Bei diesem ersten Besuch stieg ich aus und starrte den Bau eine Weile an. Eine ältere Frau blieb vor mir stehen. Sie redete drauflos, als hätten wir uns schon eine Weile unterhalten. «Sie müssen wissen», sagte sie, «Racine hat die höchste Kriminalitätsrate in ganz Wisconsin.»

«Was?» sagte ich. «Tatsächlich?»

«Da drin ist kein Platz mehr.» Sie deutete auf das Gefängnis. «Demnächst müssen sie die Verbrecher in den See werfen. Wenn Sie mich fragen, gehören sie da sowieso hin.»

«Viele von ihnen standen doch noch gar nicht vor Gericht.»

Sie grinste und kam näher. «Aber getan haben sie's doch.»

Ich betrat eine kleine Eingangshalle voller Menschen, die entweder hinausdrängten oder auf ihre Besuchserlaubnis warteten. Als Besucher mußten wir Uhren, Schmuck, Kugelschreiber und Schlüssel ablegen und alles in Schließfächer sperren. Zur festgesetzten Zeit wurden wir durch eine Reihe von Türen in das Besuchsareal geschubst, ein langer Korridor mit lauter Nischen, Plexiglasfenstern und Telefonen. Die Szenerie ist uns allen, die Montag nachts gebannt vor dem Spätkrimi sitzen, wohlbekannt. Dan würde sagen, darum seien diese Orte auch typische amerikanische Sehenswürdigkeiten, ebenso bedeutend und bemerkenswert wie beispielsweise der Grand Canyon. Er behauptet, und damit hat er zweifellos recht, die Gerichte seien für die Öffentlichkeit deshalb so interessant, weil sie die letzten Bastionen von Macht und Geheimnis in unserer zerbröckelnden Gesellschaft sind. Ich setzte mich, wie man mich instruiert hatte, auf einen runden Hocker in Kabine drei. Ich wartete. Wahrscheinlich waren es Macht und Geheimnis, die meine Nerven in Schwingung versetzten, alle gleichzeitig, so daß sie in meinen Ohren dröhnten wie eine Blaskapelle. Das Glas war von Handabdrücken verschmiert. Kinder hatten die Handflächen dagegen gepreßt in dem vergeblichen Versuch, sich durch die Wand hindurch auf den Schoß ihrer Mutter oder ihres Vaters zu zaubern. Alice würde durch die Tür auf der anderen Seite kommen. Vielleicht war sie krank und konnte nicht sprechen. Der Mann in der Nebenkabine roch nach Knoblauch. Seine Haut und seine Haare waren so fettig, daß er glänzte. Wir vermieden jeden Augenkontakt und starrten stur geradeaus. Wir schämten uns, als würden wir auf eine Peepshow warten.

Ich erinnerte mich daran, wie Alice und ich am Tag unserer Ankunft in Prairie Junction schwimmen gegangen waren. Wir hatten vorher bei Del Thunfisch-Sandwiches und Kuchen gegessen. Als es dunkel wurde, gingen wir zu unserem eigenen Teich auf unserer eigenen Farm. Ich hatte gedacht, es würde Spaß machen, alles auszuziehen und zusammen zu baden. Ich wollte den Tag feiern. Nach ein paar Zügen tauchte sie bis zur Mitte des Teiches. Dort hielt sie dann plötzlich inne. Sie hatte den Kopf zurückgeworfen und bewegte sich kaum. Sie schien meine Gegenwart vergessen zu haben. Ich kletterte auf den Steg und trocknete mich ab. Ich wartete darauf, daß sie aus ihrer Trance aufwachen würde. Schließlich schwamm sie wieder auf mich zu. Am seichten Ufer stand sie auf und watete weiter. Dabei spritzte sie mit den Händen Wasser vor sich her. Offensichtlich war sie ganz in einen persönlichen Scherz oder Gedanken versunken. Sie hat mir nie erzählt, was es war.

Nun wartete ich in der Besucherzone des Gefängnisses auf sie und fragte mich, ob sie wieder so distanziert sein würde, wie es jemand ungeachtet der räumlichen Nähe zu einem anderen sein kann. Sie würde unerreichbar sein. Ich würde ihr überhaupt nicht helfen können. Es war wie der Tod, so unerreichbar zu sein. Aber natürlich war das nicht der Tod, diese Begegnung mit jemandem, der so unberührbar war wie ein Geist. Ihre Gruppe kam im Gänsemarsch durch die Tür. Sie war die dritte und trug das orangefarbene Hemd und die Hosen, die dem Augenschein nach aus Sackleinen genäht waren. Der Mann neben mir schrie gleich zu Beginn seine Tochter an, weil sie schon wieder in Schwierigkeiten geraten war. Alice stand sehr aufrecht da und blickte starr geradeaus wie ein Soldat. Der Hörer fühlte sich glitschig an. Als sie sich in die Kabine setzte, sagte ich: «Besuche bereiten einem beides, Freude und Kummer.»

*Howard.* Ich sah ihre Lippenbewegung, als sie nach dem Hörer griff, und dann hörte ich sie. «Howard. Zwei Sachen. Ich weiß, Nellie ist in Jugoslawien. Behältst du das hier bitte für dich? Ich will diesmal auf keinen Fall, daß du zu Mama rennst, hörst du?»

«Sie ist in Rumänien», sagte ich.

«Ich weiß, ich weiß. Ich könnte ihr nie wieder ins Gesicht sehen und dir auch nicht, wenn sie an ihr Erspartes gehen müßte oder ihren Schmuck versetzen oder das Haus verkaufen, nur um die Kaution für mich zu zahlen. Ich weiß nicht, wie ich es noch deutlicher sagen soll. Ich könnte es nicht ertragen. Das ist meine Sache, und ich lasse nicht zu, daß sie dafür ihre letzten kostbaren Dollars wegwirft.»

Der Hörer fiel mir aus der Hand. Als ich ihn wieder ans Ohr gehoben hatte, sagte sie: «Ich weiß, es klingt undankbar, aber das ist nicht meine Absicht. Es ist nur, daß ich es einfach nicht ertragen könnte. Zweitens, mach bloß keine Dummheiten, wie etwa Parzellen zu verkaufen. Du mußt mir schwören, daß du nichts Übereiltes tun wirst. Du sollst keinen Antrag stellen, daß die Farm zu Bauland erklärt wird, und du sollst auch nicht den alten Obstgarten verkaufen. Ich weiß, ich habe mich immer wieder über die Farm beklagt, aber das habe ich nicht ernst gemeint, ehrlich. Ich liebe sie. Der Gedanke, daß du alles mögliche tun würdest, um Geld aufzutreiben und mich hier rauszuholen, ist ein Alptraum für mich. Ich habe tatsächlich geträumt, daß du dich in den Vorgarten gestellt hast, wie ein Kind, das Limonade verkauft; nur hast du ganze Kühe verkauft. Ich kenne dich, Howard, ich kenne dich! Ich will einfach nicht, daß du etwas tust, was wir beide später bereuen.»

Ich hatte nicht ernsthaft daran gedacht, irgendeinen Teil der Farm zu verkaufen, wahrscheinlich, weil Rafferty mir gesagt hatte, sie sei unser größter Trumpf. Außerdem war sie nicht gerade das, was man spontan auf den Markt werfen konnte, um schnell zu Geld zu kommen. «Ich will dich hier raushaben.» Ich mußte schreien, um mich verständlich zu machen. Der Vater rechts neben mir tobte und fluchte. Links neben mir saß ein Teenager, dessen Jeans an den Seiten von oben bis unten aufgeschlitzt waren. Er war so aufgeregt, daß er zum Reden aufstehen mußte.

«Schau», sagte sie. «Sie müssen mich innerhalb von drei Monaten vor Gericht stellen. Sie dürfen mich nicht länger als neunzig Tage hierbehalten. Gut, sie könnten es, wenn Rafferty mehr Zeit braucht und einen Antrag auf Verlängerung stellt. Trotzdem, drei Monate, vier Monate – jedenfalls geht es mir gut.»

«Alice», sagte ich langsam, «Rafferty meint, wir sollten den Fall nicht am Telefon diskutieren. Wir müssen vorsichtig sein. Aber kannst du mir helfen, das alles zu verstehen? Suzannah Brooks betet für uns, keiner spricht mit mir...»

«Wir haben keine Zeit für Erklärungen. Es läuft nicht schlecht. Ich habe mit Rafferty gesprochen. Er bringt mich zum Lachen, so komisch ist er, mit dieser Stimme, völlig verschleimt wegen seiner Polypen. Er müßte sie sich rausnehmen lassen, findest du nicht? Abgesehen von seinem Bärtchen und der Art, wie er dauernd daran herumreibt, ist er klug und anständig...»

«Ich habe ihn auch getroffen.» Und dann sagte ich noch einmal: «Ich verstehe das nicht.» Aber wir redeten aneinander vorbei. Wir hätten ebensogut auf zwei verschiedenen Kontinenten sitzen können, zwischen denen Satelliten unsere Stimmen hin und her funkten.

«Du mußt wissen», sagte sie gerade, «daß Mrs. Mackessy mich seit langem im Visier hat. In den letzten Tagen habe ich darüber nachgedacht, wie Prairie Junction, Prairie Center oder wie zum Teufel auch immer dieser Ort heißt, sich so schnell verändert hat, all diese Neubauten, die Rennbahn, die Siedlung am Highway. Er hat sich so stark verändert, daß wir nicht einmal mehr wissen, wie er heißt...»

«Wir sollten nicht darüber reden, was...»

«Diese Hmongs sind unten bei der Mühle eingezogen. Hmongs in Prairie Center! Die Alteingesessenen glauben wahrscheinlich, das Ende der Welt naht. Manchmal sind die Leute so verwirrt, weil sich alles so schnell bewegt, daß sie jemanden rauswerfen müssen, damit es ihnen wieder besser geht. Es hätte wirklich jeden treffen können. Die Nachbarschaftskomitees in den Neubausiedlungen streiten sich ständig darüber, wie hoch die Zäune sein sollen, welche einjährigen Pflanzen gesetzt werden können, welche Art von Weihnachtsdekoration zulässig ist. Aber das hier wird sie zusammenschweißen.»

«Verdammt, Alice», stieß ich halblaut hervor. Es war mir ein Rätsel, wie sie so unpersönliche Dinge sagen konnte. Ich hatte angenommen, sie würde schwach und unzugänglich sein. Ich hatte angenommen, ich würde ihr gut zureden müssen, damit sie überhaupt den Mund aufmachte.

«Sieh mich nicht an, als ob ich bescheuert wäre, Howard. Ich sage ja nicht, daß ich es verdiene. Ich habe mir heute nacht ganz schön leidgetan, und ich dachte, ich sollte beten, ich sollte Christus oder Gott oder irgendwen bitten, mich aus dem Gefängnis zu retten. Und dann wurde mir klar, daß es sinnlos ist, jetzt mit dem Glauben anzufangen, nur um gerettet zu werden. Das wäre opportunistisch. Wenn ich an Gott geglaubt hätte, bevor ich in Schwierigkeiten geriet, wäre das was anderes, aber so …»

Ich versuchte zu verstehen, wovon sie sprach. Und ich mußte sie bei der Stange halten, damit sie nichts erwähnte, was ihr zur Last gelegt werden konnte. Auch wollte ich herausfinden, was sich an ihr verändert hatte. Während sie im Plauderton fragte, ob es wohl angebracht wäre, die tägliche Bibelstunde zu besuchen, begriff ich, daß ich seit der Sache mit Lizzy kein einziges Mal mit ihr geredet hatte. Sie hatte wochenlang nicht gesprochen. Jetzt legte sie los wie früher, vor Lizzys Tod. Gewöhnlich hörte sie nicht mehr auf, wenn sie einmal in Fahrt war. Das hatte auf mich denselben beruhigenden und anheimelnden Effekt wie das laufende Radio im Stall, dem ich mal zuhörte und mal nicht. Sie kam nahe an die Glasscheibe und sah mich aus zusammengekniffenen Augen an. «Geht's dir gut, Howard? Du siehst schrecklich aus.»

Wir hatten so wenig Zeit, und ich wußte immer noch nicht, weshalb ihr das passiert war. Das vor allem hatte ich in Erfahrung bringen wollen, das und natürlich, ob sie heil und unversehrt war. «Alice», sagte ich, «da waren Anrufe. Ich muß herausfinden...»

«Was? Was sagen die Leute?»

«Wir sollten das hier nicht diskutieren...»

«Das ist lächerlich! Ich habe das Recht zu wissen, was die Leute sagen, damit ich mich verteidigen kann. Es kommt mir vor, als würden diese Geschichten von Mal zu Mal ungeheuerlicher. Erzähl's mir! Erzähl mir, was gesagt wird.»

«Eine Frau, eine Fremde, hat gesagt, daß du ihrer Tochter gesagt hast...»

«Was?»

«Daß sie es sich mit einem Tampon b-besorgen kann.»

Sie schloß die Augen und kräuselte die Nase, als wolle sie sich an einen Geruch erinnern. Nach einer Weile warf sie den rechten Arm hoch. Mit weit aufgerissenen Augen und Mund starrte sie mich an, bevor sie zu einer Erklärung ansetzte. «Wie können wir in dieser Welt leben, Howard?» Sie wartete einen Moment, vielleicht auf eine Antwort. «Wie machen wir das nur? Man versucht, ein anständiger Mensch zu sein, sich über das Grobe und Häßliche zu erheben, aber nicht so weit darüber, daß einem alles widerwärtig erscheint. Vielleicht geht es einfach nicht. Die meisten Kinder in der Schule sind lieb und nett, aber die anderen, die es nicht sind, die Minderheit, die machen alles kaputt. Letzten Herbst, letztes Jahr, ging ich ins Mädchenklo, weil ich jemanden johlen hörte. Ich hab es dir doch erzählt. Josie Marone stand am Waschbecken, Josie Marone, ein sehr intelligentes, frühreifes Mädchen aus der sechsten Klasse, die, die beim Chorkonzert das schulterfreie Ballkleid getragen hat. Es stellte sich raus – ich bin sicher, ich hab dir davon erzählt. Ganz bestimmt. Es stellte sich raus, daß das Mädchen im Klo ihre erste Periode bekommen hatte und Josie sie überreden wollte, ein Tampon zu benutzen. Ich sagte Josie, ein Tampon wäre unter den Umständen nicht ratsam, und ich zog eine Binde aus dem Automaten. Das arme Mädchen war völlig durcheinander. Als ich gehen wollte, sagte Josie zu mir: ‹Und? Kann man sich's mit einem Tampon besorgen?› Sechste Klasse. Was soll man darauf antworten? Sie kicherte, sie dachte wohl, sie könne mich provozieren. ‹Josie›, habe ich gesagt, ‹bei der Sexualität geht es um Vertrautheit und Nähe, um Geben und Nehmen›, so auf die Tour. Manchmal mag ich einfach nicht in dieser Welt leben. Vielleicht bringt der ganze Sex in der Werbung und in den Filmen die Neuronen der Kinder in Aufruhr, und ihre Pubertät setzt früher ein als je zuvor. Könnte das nicht sein? Wir sollten nach Irland auswandern, in irgendein armes Land, wo es keine Empfängnisverhütung gibt, kein Plastikspielzeug, wo die Leute eine Menge Bier trinken und Gemüse anbauen.»

Sie lehnte sich auf ihrem Stuhl zurück und blickte auf die Wanduhr. «O nein, noch nicht», stöhnte sie. «Die Zeit ist fast um. Okay, okay, also Rafferty sagt, es dürfte kein Problem sein. Das, was ich ihm erzählt habe, macht es relativ einfach, den Hebel anzusetzen und die ganze Sache zu Fall zu bringen. Ich müßte eigentlich zehn Tage nach meiner ersten Vernehmung eine Anhörung haben, von Rechts wegen, aber Rafferty will sie verschieben, damit er sich besser vorbereiten kann. Als erstes will er versuchen, die Kautionssumme zu senken. Die Staatsanwaltschaft mahnt ihn zur Eile, und er versucht, sie hinzuhalten. Beim Telefonieren gibt es hier in unserem Haufen eine richtige Hackordnung, und als ich das zweite Mal drankam, warst du weg. Und dann hat jemand den Münzschlitz verstopft, und sie sagen, sie werden den Apparat nicht reparieren. Ich glaube sowieso nicht, daß ich imstande wäre, mit den Mädchen zu sprechen. Ich bin so weit weg von ihnen – geht es ihnen gut? Wo sind sie denn heute nachmittag?»

Ein Piepsen ertönte als Warnsignal.

«Und noch was, sag ihnen die Wahrheit, so gut du kannst. Sag ihnen, hin und wieder kann es vorkommen, daß Leute der falschen

Person die Schuld für ihre eigenen Probleme geben. Sag ihnen, ich hoffe, daß ich in neunzig Tagen wieder da bin, im September. Und Howard», sagte sie. Sie kam wieder nahe an die Glasscheibe, wie ein Delphin, der im Aquarium vorbeischwimmt. Wir sahen uns in die Augen. Sie sagte nichts mehr. Ich glaube, wir erinnerten uns beide an die Nacht vor ihrer Verhaftung. Das letzte Mal, daß wir uns berührt und ein paar Worte gewechselt hatten. Ich hatte nicht verstanden, was in ihr vorging, warum sie sich plötzlich gewehrt hatte und so heftig hochgeschnellt war, daß die Dielen krachten und die Kommode wackelte. Am nächsten Morgen hatte ich mir nicht vorstellen können, wie wir diese Kluft je überbrücken sollten. Während wir uns ansahen, schien es einen Augenblick lang fast so, als sei ihre Haft das Ergebnis jener Nacht. Die Vorstellung war schrecklich und beängstigend. Die Verbindung riß ab. Sie winkte mir zu und trat mit einem schiefen Lächeln zurück. Die schauerlichen Klamotten schlotterten an ihr. Sie hätten einer großen, dicken Frau gepaßt. Sie leuchteten orangerot wie Reflektoren, die man nachts sehen kann, wenn man eine Taschenlampe darauf richtet.

Ich blieb eine Weile in der Eingangshalle stehen, vermutlich in der Annahme, daß noch etwas geschehen würde. Daß mich der ältere Polizist, der hinter einer Glasscheibe an seinem Computer arbeitete, fragen würde, ob ich Howard Goodwin sei. Er würde einen Blick auf seinen Bildschirm werfen und mir erklären, er habe neue Informationen erhalten und ich könne Alice mit nach Hause nehmen. Auf der Farm hatte ich mir den Gedanken abgewöhnt, daß die meisten von uns vom Unglück verfolgt sind. Doch alle, die hier herumstanden, sahen aus, als gäbe es in ihrem Leben nichts als Haß, Dummheit und Schicksalsschläge. Natürlich. Was hatte ich denn erwartet? Und trotzdem stand ich immer noch da und starrte wie ein heimatloser Fremder die mürrische, picklige Frau an, der man jedes einzelne ihrer zwanzig Jahre ansah. Sie fletschte angestrengt die verfaulten Zähne, während sie versuchte, Limonade aus der Dose in ein Babyfläschchen umzufüllen.

Auf dem Heimweg parkte ich beim Golfplatz am Washington Park und sah den in pastellfarbenen Dreß gekleideten Männern zu, die in ihren Wägelchen herumsausten. Mein Vater war ein begeisterter Golfer gewesen, und manchmal sah ich mir ein Spiel an, wohl um seinetwillen. Früher gab es noch drei Mounds in diesem Park am Root River, die etwa aus der Zeit um 1000 vor Christus stammten. Eine dieser Erdskulpturen hatte die Form eines Panthers und war ungefähr 25 Meter lang. Die aufgehäufte Erde war schon vor Jahren abgetragen worden, um für den Golfplatz Platz zu schaffen. Mein Vater war enttäuscht gewesen, daß ich mich nicht für Golf interessierte. Er hatte nicht glauben wollen, daß ich mit einem Freund spielen konnte, ohne Punkte zu zählen, und daß wir auf den Platz gingen, weil ich mich gerne im Freien aufhielt.

Als ich in Miss Bowmans Einfahrt einbog, saßen die Mädchen auf den Eisenbahnschwellen am Fuß ihres notdürftig terrassierten Gartens. Sie stritten sich nicht, sie redeten nicht, und sie wühlten nicht im Dreck. Miss Bowman trat aus der Küchentür. Sie beobachtete uns mit ihrem heilen Auge, während ich den Mädchen in den Wagen half. «Danke», rief ich. «Das war sehr freundlich.» Sie stand auf der Veranda und behielt die Hände in den Schürzentaschen. Sie rührte sich nicht. Ich hob einen kleinen, spitzen Stein auf und merkte gerade noch rechtzeitig, daß ich im Begriff war, sie damit zu bewerfen. Ich wollte sehen, ob er sie zu einer Bewegung oder zum Sprechen veranlassen würde. Noch vor einer Woche hätte ich nie den Wunsch verspürt, irgend etwas auf jemanden zu werfen. «Wir kommen demnächst wegen der Eier», sagte ich. «Nochmals danke.» Ich winkte. «Wiedersehen.» Im letzten Moment fiel mir ein, daß ich noch bezahlen mußte. Ich stieg wieder aus und rannte die Stufen zum Seiteneingang hoch. Sie briet auf dem Ofen Zwiebeln in einer Pfanne. Als ich die Küchentür öffnete, japste sie und drehte sich erschrocken um. «Hier», sagte ich und legte fünf Dollar auf den Tisch. «Herzlichen Dank.»

Ich startete den alten Ford und fuhr quietschend aus der Einfahrt. Der Scotchterrier am Pfosten drehte fast durch. «Also», sagte ich, als wir die Einfahrt und das Gekläff hinter uns gelassen hatten. «Was habt ihr gemacht?»

Emma saß mit fest verschränkten Armen auf dem Rücksitz. «Nichts. Sie ist uns überall hinterhergelaufen. Sie ist blöd.»

«Sie ist blöd», plapperte Claire nach. «Sie singt vor sich hin.»

«Du hast gesagt, du holst Mama nach Hause.» Emmas Stimme klang kehlig. Jetzt, da ich Alice vor mir gesehen hatte, wurde mir bewußt, daß ich für die Mädchen eine völlig neue Art von Verantwortung trug. Wir saßen in unserer Einfahrt im Auto, und ich erzählte ihnen, daß ihre Mutter im Bezirksgefängnis war, weil die Leute manchmal der falschen Person die Schuld für ihre eigenen Probleme gaben. Ich weiß nicht, ob das überzeugend klang. Emma protestierte, das sei nicht fair. Claire listete immer noch Miss Bowmans Eigenheiten auf: Sie bewahrte ihre Topflappen im Backofen auf, die Hunde tranken aus der Kloschüssel, sie konnte ihr eines Auge nicht aufmachen.

«Sei still», sagte Emma zu Claire. «Aber wie kommt sie wieder raus? Wie kommt sie da denn wieder raus?»

«Sie hat einfach vor unserer Nase Kekse gegessen», kreischte Claire.

Emma schlug ihrer Schwester mit einem Buch auf den Kopf. «Ich habe gesagt, sei still, du dumme Kuh. Wie kommt sie wieder raus?»

Ich parkte neben dem Haus und nahm Claire auf den Arm. Sie war völlig aufgelöst. Wir gingen hinein, wo ich sie zu besänftigen versuchte. Lange würde es nicht vorhalten. Dann hielt ich einen kleinen Vortrag über das Strafrecht in unserem Staat. Ich erklärte, daß sie Alice nicht länger als neunzig Tage einsperren durften, drei Monate, bis Ende September. Emma, mit ihrem angeborenen Sinn für die Schwächen menschlicher Institutionen oder vielleicht auch mit ihrem amerikanischen Instinkt, Probleme einfach durch Geld lösen zu wollen, sagte: «Könnten wir nicht bezahlen, um sie rauszubekommen?»

«Dafür ist viel Geld nötig.»

«Oma wird es uns geben.»

«Ja, mhm, vielleicht kann sie uns helfen.»

«Und wenn nicht? Ich gehe nie mehr zu Miss Bowman. Nie im Leben. Wer paßt dann auf uns auf?»

Emma dachte wahrscheinlich ganz praktisch und überlegte, wer Stunde um Stunde und Tag für Tag bis September für ihre Unterhaltung sorgen würde. Ich dachte nicht nur an die Stunden, sondern auch an die Details. Ich hatte den Mädchen noch nie die Haare gewaschen, ihnen noch nie die Ohren geputzt oder die Zehennägel geschnitten. Kochen war auch nicht mein Fall. Mir wäre keines der täglichen Rituale in den Sinn gekommen, hätte nicht Alice in einem Brief voller Instruktionen einen genauen Zeitplan aufgestellt. Der Brief – der einzige, den ich von ihr erhalten hatte – war vor einigen Tagen gekommen. Einmal die Woche, schrieb sie, schnitt sie Fingernägel, schrubbte die Mädchen hinter den Ohren, wusch die Haarbürsten im Waschbecken aus und legte sie mit den Borsten nach unten auf ein Handtuch zum Trocknen. Sie erklärte mir, ich solle die Wäsche nach Farben sortieren, als sei das wichtig. «Steck keine Baumwollsachen in den Trockner», warnte sie. Sie erinnerte mich daran, daß ich mit Emma nicht zu streng sein sollte, wenn sie bestimmte Sachen nicht essen wollte, vor allem jetzt nicht.

Was soll das denn? fragte ich mich, als ich den Brief gelesen hatte. Ich verstand nicht, wie Alice so abgeklärt sein konnte. Ich verstand nicht, woher sie die Ruhe nahm, an so unbedeutende Dinge zu denken. Ich erinnerte mich, wie gelassen sie gewesen war, als die Polizisten sie abgeholt hatten, und dann an ihre Lebhaftigkeit bei meinem Besuch. Ich wußte nicht, ob sie krank war oder ob es ihr sogar allmählich besser ging. Ihr Verhalten verwirrte mich ebenso wie die Anklage. Selbst die Dürre und das kranke Lamm, das die Kontrolle über seine Beine verloren hatte, sogar Lizzys Tod gehörten einfach zu den Pechsträhnen und Tragödien, die man im Lauf des Lebens zu bewältigen hatte. Aber nichts in unserer bisherigen Erfahrung hatte uns darauf vorbereitet, ganz und gar aus unserem Leben herausgerissen zu werden.

Und obwohl ich wahrscheinlich wie ein Schwachkopf dastehe, wenn ich nicht einmal weiß, wie man einem Kind die Ohren putzt oder daß man Unterwäsche in heißem Wasser wäscht, waren mir diese Aufgaben jahrelang erspart geblieben. Alice und ich hatten die Alltagspflichten von Anfang an zwischen uns aufgeteilt. Sie hatte einmal gesagt, es gehöre zu den schönen Seiten des Farmerlebens, daß sie nicht das Gefühl habe, ihr allein werde die ganze Plackerei aufgebürdet. Alle Jobs waren mühsam. Wir steckten gemeinsam im Schlamassel. Wir lachten über die Vorstellung, aneinandergeschmiedet zu sein wie Kettensträflinge. Thoreau hielt es für ein Unglück, eine Farm zu erben oder gar freiwillig eine zu erwerben. Farmer sind arme Teufel, sagte er, Sklaven ihrer Scholle. Sie verbringen so viel Zeit mit Arbeit, ihre schmerzenden Finger zittern von der Anstrengung, ihre Rücken krümmen sich, sie haben keine Zeit und Energie für die wertvolleren Früchte des Lebens. Ich war immer der Ansicht, Arbeit sei so gewöhnlich und so wertvoll wie Luft, etwas, was uns teilhaben läßt. Mich zieht es nach draußen, zu den gewöhnlichen Freuden der täglichen Arbeit. Alice sagte häufig, wenn ich ein Vogel wäre, würde ich morgens als erster singen, wie die Wanderdrossel, die schon loslegt, bevor ein Lichtstrahl ihr oder anderen die Erlaubnis dazu erteilt.

Ich habe eine Menge nachgedacht über unsere Farm und unser Haus, das 1852 erbaut wurde. Es war immer noch ein gutes Haus, obwohl es nicht viel hermachte. Es gibt Tausende solcher Häuser im ganzen Mittleren Westen: weiße Schindelhäuser mit alten Windmühlen im Garten. Viele von ihnen in den Prärien von Kansas und Nebraska stehen inzwischen leer. Es sind rechteckige Gebäude, und ihre Größe richtet sich nach dem Bedarf der Besitzer. Unsere Häuser sind stabiler, als sie aussehen, sie sind stärker als ein Wirbelsturm, sie stemmen sich tapfer gegen Insekten und Dürre und lange Winter, stemmen sich gegen die Zeit, trotzen all den Generationen, die sie eine nach der anderen beherbergt haben. Ich habe versucht, mir die Männer und Frauen vorzustellen, die in unserer Küche das Brot gebrochen haben, die die Erde bearbeitet haben und abends in Stiefeln eingeschlafen sind, weil sie zu müde waren, sie auszuziehen. Mir ging es manchmal auch so. Thomas Clausen, der Farmer, der unser Haus gebaut hatte, gab seiner Frau einen Abschiedskuß und zog in den Bürgerkrieg. Ein alter Mann bei Del's hatte mir von ihm erzählt. Als Clausen aus dem Krieg kam, machte er gleich wieder kehrt und ging nach Kalifornien, um Gold zu waschen. Ich weiß nicht, ob ihm seine Frau und die Kinder seine Abwesenheit übelgenommen haben.

Alice erzählte mir einmal, daß die Pionierfrauen magersüchtig waren, es gebe Beweise dafür. Ich konnte mir nicht vorstellen, daß Thomas Clausen aus Kalifornien heimkehrte und seine Frau als dürres Gerippe vorfand. Ich stellte mir jene erste Familie gerne als leidgeprüft, aber innerlich gefestigt vor, als weise und robust. Oben auf dem Speicher fand ich ein Foto von späteren Bewohnern. Sie standen alle miteinander vor dem Haus, sogar das Baby war dabei, und blickten furchtbar grimmig drein. Im Grunde kann ich mich für die vergangenen Zeiten nicht sonderlich erwärmen, obwohl mir Alice schon vorgeworfen hat, ich sei hoffnungslos sentimental. Es hat nie ein vollkommen glückliches Zeitalter gegeben. Trotzdem versuche ich, mir das Gebiet vor der Landnahme vorzustellen und was es bedeutet haben muß, Platz zu haben, soweit das Auge reichte. Um das Jahr 10 000 vor unserer Zeitrechnung jagten die Wisconsin-Indianer, die vielleicht genau da lagerten, wo sich jetzt unser Garten befand, Mastodonten. *Mastodonten.* Sie aßen Bisons, Riesenbiber, Karibus und Elche. Inzwischen ist es undenkbar, daß tatsächlich jemand aus diesen Flüssen und Seen trinken könnte. Ich habe nicht die Phantasie, mir vorzustellen, wie es damals war. Ich kann mir nicht einmal die endlose Prärie und die riesigen Waldgebiete vorstellen. Ich kann das Bild nicht lange genug in meinem Kopf bewahren, um genau zu erkennen, was wir verloren haben. Und deshalb wirkt der Verlust so unendlich groß, gerade weil ich weiß, daß meine Kräfte nur wenig bewirken können und daß unsere Erde über alle Maßen beraubt worden ist.

Ich habe auch über den Jungen nachgedacht, der mal auf unserer

Farm lebte, Gurdon Huck. Er fiel 1908 vom Heuwagen und brach sich das Genick. Ich fand das Tagebuch seines Vaters mit Einträgen zu Wetter, Pflanzzeit und Ernte auf dem Boden unseres Schrankes. Es lag unter einer Hutschachtel wie ein Stück Abfall. Der letzte Eintrag lautet: «9. Juni 1908. Gestern fiel unser Junge vom Wagen. Hat sich das Genick gebrochen. Tot.» Ich zeigte Dan das Tagebuch, aber ich war nicht bereit, es dem Molkerei-Schrein zu überlassen. Es gehört zum Haus. Auf dem Speicher fanden wir in einer alten Truhe Bücher über Landwirtschaft, Etikette und Religion, einen Füllfederhalter, einen Beutel voller Spitzen, einen zerbrochenen Teller, eine Kuchenform, die mit schwarzgrauen Steinen gefüllt war. Wir hatten keine Ahnung, wer die Steine gesammelt hatte oder woher sie stammten. Wir brachten sie nach unten und stellten sie auf unseren Küchentisch. Sie fühlten sich unglaublich glatt an. Mit der Zeit sammelte sich auf ihnen Staub an, Brösel und Marmeladenflecke. Schließlich sahen sie immer weniger wie Relikte aus der Vergangenheit aus und immer mehr wie wir selbst. Ich wischte sie ab und brachte sie wieder auf den Speicher.

Die Leute, die in unserem Haus lebten, gingen vermutlich, wie die meisten von uns, davon aus, daß das Hier und Jetzt die Realität ist. Ziemlich bald nach unserem Einzug verlor die Zeit für mich ihre Grenzen. Diese Einsicht kommt wohl allmählich mit dem Alter. Die Vergangenheit schien in die Gegenwart einzufließen und sie in manchen Augenblicken zu überlagern. Es waren all diese Spuren, die mir den schnellen Lauf der Zeit, der Generationen, so bewußt machten. Alice fragte sich, was wir mit den alten Sachen anfangen sollten, mit der Spitze, den Steinen, den Füllern, den Büchern. Für sie hieß das nur, sich für den Wohltätigkeitsbasar zu entscheiden oder für den allmonatlichen Sperrmüll. «Sie bleiben auf dem Speicher», sagte ich. Ich wollte ihr erklären, daß dieser Stapel von Sachen uns als Mahnung diente. Wir waren Durchreisende, weiter nichts. Aber ich glaubte auch, daß diese wenigen Gegenstände in der Truhe, diese Boten aus der Vergangenheit, die Tapetenschichten in unserem Schlafzimmer und das Tagebuch im

Schrank, von Erfahrungen zeugten, die für uns durchaus etwas bedeuten konnten. Alice wiederholte, ich sei ein unheilbarer Romantiker. Ich konnte nur noch einmal betonen, daß diese Vergangenheit, die Einzelheiten dieser Vergangenheit, auf irgendeine unheimliche, unwägbare Art eine Rolle spielen. Ich sage unwägbar, weil das, was heute wichtig erscheint, es morgen wahrscheinlich nicht mehr ist, und auf jeden Fall ist dann das meiste verloren und vergessen oder aber zerstört. In den sechs Jahren, die wir auf der Farm verbrachten, glaubte ich hartnäckig daran, daß unsere Vorgänger im Haus uns ihre Geschichte hinterlassen hatten, weil sie wußten, daß wir sie bewahren würden.

Wir hatten diese ganzen sechs Jahre in Prairie Center gebraucht, um das Farmgelände richtig kennenzulernen. Sogar Claire, so klein sie war, kannte die geheimsten Winkel und Verstecke. Im Mai, wenn das Gras so grün war, daß man kaum hinsehen konnte, und die Luft so überwältigend süß, daß man hineingehen und den Fernseher anstellen mußte, um die Sinne zu beschwichtigen – da wußte Claire, daß es Zeit war, auf den Weiden nach Spargel zu suchen. Wenn es regnete, überlegte sie, ob sie unsere geheimen Plätze nach Morcheln absuchen sollte. Im Juni, wenn die Erdbeeren reif wurden, mähten wir das Heu, und die Mädchen saßen oben auf dem Heuwagen. Ich mußte ständig an den Jungen denken, der hinuntergefallen war und sich das Genick gebrochen hatte. Im Juli wurden die rosaroten Himbeeren, die an den Sträuchern im Wald und auf unserer Veranda wuchsen, dunkel und herb. Im August waren die sauren Äpfel an der Reihe. Im September gab es die Kochbirnen im alten Obstgarten. Im Oktober ernteten wir Kürbisse und Mais für Popcorn. Und wenn im Winter Schnee lag, lebten wir praktisch nur noch für die wilde Schlittenfahrt den Hang hinunter.

Vielleicht erträumte ich mir das alles auch nur. Ich weiß es nicht mehr. Ich erinnere mich noch an jenen ersten April, als wir die Krokusse sahen, die überall auf den Hügeln hinter dem Teich aus der Erde sprossen. Alice lief voraus und kniete nieder. Sie drehte sich zu mir um. Ihr Gesicht war rot vor Freude. «Glaubst du, die Farmersfrau, die sie gepflanzt hat, hat an uns gedacht, als sie die Löcher grub? Glaubst du, sie hat ein Gebet für die Farm gesprochen? ‹In der Hoffnung auf die nächsten hundert Jahre! In der Hoffnung auf Howard Goodwin!›»

# 11

***Die Natur ist so eingerichtet,*** daß jeder freie Tag einen Farmer mindestens eine Woche kostet. Ich schaffte gerade noch die Morgen- und Abendroutine und ließ alles andere schleifen. Am Montag brachte ich in den frühen Morgenstunden, bevor die Mädchen aufwachten, die Energie auf, das halbtote Lamm zu schlachten. Nach fünf Jahren Erfahrung betrachtete ich mich immer noch als Neuling beim Töten. Ich stellte mich ungeschickt an. Ich betäubte das Lamm mit einem Schlag auf den Kopf und schnitt ihm dann schnell die Kehle durch. Hühner und Lämmer hatte ich schon häufiger geschlachtet, und gelegentlich mußte ich einem Tier den Gnadenstoß geben. Jedesmal, wenn ich ein Tier schlachtete, dachte ich weniger darüber nach. Ich wußte, wenn ich es nur zuließe, würde der Prozeß bald ganz mechanisch ablaufen. Einerseits wäre ich gerne in der Lage gewesen, den Job zu erledigen, ohne einen Gedanken darauf zu verschwenden, andererseits hatte ich das Bedürfnis, innezuhalten, dem atmenden Tier meinen Dank abzustatten, mir voller Staunen sein Wesen zu vergegenwärtigen, bevor ich es erschlug.

Auch ohne über die vordere Veranda hinauszuschauen, wußte ich in diesen ersten Wochen genau, daß jeden Tag ein Stück mehr der Dürre zum Opfer fiel. Es spielte keine große Rolle. Unser Leben stimmte ohne Alice ohnehin nicht. Nachdem es Rafferty nicht gelungen war, die Kaution zu reduzieren, sagte er mir, jetzt könne man nur noch abwarten. Das war sein ständiger Refrain: abwarten. Ich glaube, er hatte keine Ahnung, wie grausam seine Sprüche waren. Nichts tun, nur abwarten. Und wie wartet man bitte, wollte ich fragen. Ich erinnere mich, wie ich im Wohnzimmer auf dem Stuhl saß, zu müde, um Fenster und Türen gegen den unablässigen Ansturm glühendheißer Luft zu schließen, und die juristischen Bücher wälzte, die ich aus der Bücherei ausgeliehen hatte. Die Mädchen lagen keuchend auf dem Teppich. Eigenartig, wie sie in der Hitze und Stille ihre Kindlichkeit verloren. Hin und wieder rafften sie sich auf und setzten einen Legostein auf den anderen. Einen Stein auf den anderen zu drücken, beanspruchte all ihre Kraft. Sie kamen mir vor wie Schläuche mit kleinen Lecks, wenn sie wieder zurücksanken. Sie lagen ohne Kissen auf dem Boden, die Köpfe zur Seite gewandt.

Man mußte sich mit der dreisten und falschen Anschuldigung befassen, und dann war da noch die schlichte Tatsache, daß wir Alice vermißten, daß wir sie brauchten. An dieser Tatsache hielt ich mich fest. Wie leicht hätte man sich von der Wut beirren lassen können, die sich über uns entlud. Ich mußte mich immer wieder daran erinnern, daß der wirkliche Grund, warum wir solche Schlagseite hatten und völlig vom Kurs abgekommen waren, nichts mit dem Tumult in unserer Umgebung zu tun hatte. Der Grund lag allein in der Abwesenheit unseres Navigators. Sie lenkte uns. Sie lenkte unsere Körper und sogar unseren Verstand, unseren Geist. Sie wurde energisch, wenn wir stinkend aus dem Stall kamen, und sie ließ es mich wissen, wenn meine Haare zu lang wurden. Sie brachte mich zum Reden, was nie meine starke Seite gewesen ist. Sie fragte nach Ereignissen wie dem Indianerkrieg von 1832. Obwohl sie die wichtigsten Punkte bis zum nächstenmal stets vergaß, schien sie sich immer wieder neu dafür zu interessieren. Über Geschichte wußte sie nichts, über die Gegenwart noch weniger. «Wer war noch mal Barry Goldwater?» konnte sie fragen. «Was ist 1968 auf diesem Parteitag passiert, damals in Chicago?»

Ohne sie, ohne die Familie, hätte ich vielleicht Tag und Nacht gearbeitet. Vor dem Mittagessen ging sie auf die Veranda und läutete die alte Essensglocke. Hungrig und durstig kehrte ich zurück in unsere Zeit, in unser Haus. Ich erinnerte mich: Das Essen stand dampfend auf dem Tisch, und Alice spielte eine Mozart-Sonate, die sie besonders mochte. Es war das einzige, was sie je auf dem blechern klingenden Klavier spielte, das wir mit dem Haus übernommen hatten. Mit ihrer kratzigen Stimme, ihrer «bekloppten Stimme», wie Alice sie nannte, sang sie den Mädchen Lieder vor. Sie las ihnen stundenlang vor und ließ sich von ihnen das ganze Gesicht mit Clownfarbe anmalen. Als ihre Mutter gestorben war, erzählte mir Alice einmal, sei das so gewesen, als hätte jemand das Licht ausgeknipst oder die Lautstärke so weit heruntergedreht, daß sie nichts mehr hörte. Wenn Emma und Claire imstande gewesen wären, ihre Gefühle in Worte zu fassen, hätten sie wahrscheinlich dasselbe gesagt.

Klar erlebten sie und ich in unserer Ehe auch unerfreuliche Wochen oder sogar Monate. Natürlich hatte sie zeitweise unbarmherzig auf mir herumgehackt. Dann stopfte ich die Fäuste in die Hosentaschen und machte mich an die Arbeit. Manchmal wirkte sie monatelang gehetzt, alles irritierte sie. Dann ging man ihr besser aus dem Weg. Unser Leben war nicht einfach, und ihr Job als Krankenschwester sowie der Haushalt und die Mithilfe auf der Farm strengten sie an. Trotzdem wollte ich einfach nicht glauben, daß sie alldem nicht gewachsen war, daß sie unseren selbstgewählten Weg nicht durchhalten würde. Die paar Male, die wir uns ernsthaft gestritten hatten, zerschmetterte sie einen Teller und stürmte in die Nacht hinaus. Ich konnte Streitereien noch nie leiden. Wenn ich mich als Stimme der Vernunft betätigte, wenn ich darauf hinwies, daß es klüger wäre, die «Diskussion», wie ich es beschwichtigend nannte, fortzusetzen, rastete sie gleich wieder aus. Später beschuldigte sie mich im Scherz, ausgeglichener und reifer zu sein, als ein normaler Mensch ertragen könne.

Ich lernte sie in Ann Arbor kennen, wo ich bei den alten Bahngleisen Gemüse anbaute. Einmal die Woche brachte ich meine Ware zum Markt und baute mir dort aus zwei Tischböcken und einer Holzplatte einen Stand. Darauf legte ich meine Brokkoli, Erbsen, Karotten, Tomaten und Gurken. Die riesigen violetten Kohlköpfe, die ich im Morgengrauen erntete, wenn die äußeren Blätter noch taubedeckt waren, hätten jeden beeindruckt. Ich wollte schon immer Farmer werden, auch wenn mein Vater entschlossen war, aus mir einen Geschäftsmann zu machen. Zuerst studierte ich Geschichte, und als er gestorben war, fing ich mit Agrarwissenschaft an, Schwerpunkt Milchwirtschaft. Mein Studium zog sich beschämend lange hin. Alice schlenderte eines Morgens an meinem Tisch vorbei, als ich im letzten Semester studierte. Ich weiß noch, wie sie meine Auberginen anstarrte. Sie waren wunderschön und schimmerten wie Glanzleder. Ihr blondes Haar war zu einem Zopf geflochten, im Nacken zusammengerollt und festgesteckt. Sie trug einen Korb mit Lauchstengeln über dem Arm. Sie war die malerischste Person, die mir je begegnet war. Sie hatte ein merkwürdiges Tuch um die Schultern, eine gesteppte Patchwork-Bettdecke, die auseinandergeschnitten und zu einem Umhang verarbeitet worden war. Gewöhnlich sprach ich fremde Frauen nicht an. Doch jetzt hörte ich mich sagen: «Du bist sicher hungrig nach der langen Überfahrt auf der *Mayflower*.»

Sie beschäftigte sich weiter mit den Auberginen, und als sie genug davon hatte, sah sie mir direkt in die Augen. «Bin ich», sagte sie, ohne zu blinzeln.

Ich wurde durch eine Gruppe von Orientalen abgelenkt, die meine Produkte umkreisten. Ich konnte gar nicht mehr sehen, wie das Mädchen zurücktrat. «Wieviel? Wieviel?» fragten alle gleichzeitig und hielten ihr Gemüse hoch. Ich warf ihnen Tüten zu, forderte sie auf, sich selbst zu bedienen, rannte zwischen der Waage und der Schublade mit dem Wechselgeld hin und her. Ich stieß gegen sie, weil sie plötzlich, in ihre Bettdecke gehüllt, irgendwie neben mir stand und versuchte, das Preisschild zu lesen, das drüben auf der Kundenseite lag. Sie stand jetzt auf meiner Seite. Mit gerunzelter Stirn zählte sie an den Fingern ab, wieviel zweieinhalb Pfund Brokkoli bei vierzig Cents pro Pfund kosteten. Sie hatte die heilige, unsichtbare Grenze zwischen Verkäufer und Käufer überschritten. Sie war geradewegs auf meine Seite übergewechselt und begann unaufgefordert, abzuwiegen und Kleingeld zu zählen.

Ich hatte reichlich Erfahrung mit anderen Frauen, die ich zunächst reizvoll fand, weil sie mir unbedingt gefallen wollten. Ich verliebte mich meist in Mädchen mit langen braunen Haaren und großen weißen Zähnen, die so intensiv bemüht waren, sich für die Welt und das Leben zu interessieren. Schließlich fand ich heraus, daß sie nur auf den Rausch der Romantik aus waren. Sie saßen mir stets auf die gleiche Weise zu Füßen und blickten strahlend zu mir empor. Sie wechselten ihre politische Einstellung, wenn ich es verlangte, sie fanden dieselbe Hunderasse nett, sie wurden Vegetarier. Ich verstand wohl recht bald, daß blinde Anbetung kurzlebig ist und daß sie mir in Wahrheit vorübergehend die Macht zugestanden, sie zu zermalmen. Ich mußte ihnen sagen, daß ich noch nicht bereit sei, mich zu binden, daß es nichts mit ihnen persönlich zu tun habe. Ich konnte es nicht leiden, wie sie an mir klebten und um das Recht bettelten, bleiben zu dürfen.

An jenem Tag, an dem ich Alice zum erstenmal sah, fragte ich sie, ob sie in der nächsten Woche wiederkommen und mir helfen würde. Sie sagte, sie wisse es noch nicht. Als ich erwähnte, daß es schon um 6 Uhr früh losging, daß ich gleichzeitig entladen und verkaufen mußte, sagte sie: «So früh steh ich nicht auf.»

Mir kam kurz der Gedanke, mich bei ihr zu bedanken und es dabei zu belassen. Sie hatte einen Korb voller Lauch. Alleinstehende kauften doch keinen Lauch. Man kaufte Lauch, um für eine Familie Suppe zu kochen. Ich wußte, wenn ich sie jetzt gehen ließ, würde ich sie vielleicht nie wiedersehen. Ich konnte sie dazu bewegen, sich auf die Ladefläche meines Lieferwagens zu setzen. «Du bekommst deine Farm», verkündete sie, nachdem ich ihr in aller Eile die Pläne für den Rest meines Lebens erläutert hatte. Sie war keine Hellseherin. Natürlich konnte sie nicht voraussagen, was geschehen würde, aber wenn man ein stiller Mensch war und viel beobachtete, wie sie es über zwanzig Jahre lang getan hatte, dann bekam man ein Gefühl für Lebensmuster und Persönlichkeiten. Während ihrer ganzen Schulzeit, sagte sie, habe sie immer nur mit verschränkten Armen am Pult gehockt und die Lehrer, die Schüler und das Verwaltungspersonal beobachtet. Sie hatte Traumgebilde entworfen und sich die Leute in verschiedenen katastrophalen Situationen vorgestellt, damit sie nicht vor Langeweile einging. Sie bekannte sich sogar zu staatlichen Schulen mit ihrer strengen Monotonie, weil die einen zwinge, sich eine innere Welt zu erschaffen.

An manchen Samstagen im folgenden Herbst kam sie, um mir zu helfen, an manchen nicht. Ich konnte nicht schlafen, wenn sie nicht kam. Wenn ich wach war, dachte ich die ganze Zeit an sie. Als ich ihre Adresse kannte, machte ich mir Sorgen, daß sie umziehen könnte, ohne es mir mitzuteilen. Ich hatte Angst, sie würde ihre Telefonnummer ändern lassen oder Hand in Hand mit einem anderen an meinem Stand vorbeispazieren.

Als sie das erste Mal in meiner Wohnung duschte, kam sie mit einem Handtuch, das sie wie einen Turban um den Kopf gewickelt hatte, aus dem Badezimmer. Sie trug meinen karierten Flanell-Bademantel, den mir meine Mutter geschenkt hatte und den ich nie anzog. Sie bückte sich, um Schuhe anzuziehen. Auf ihrem Rücken lag eine blonde Haarsträhne, die das Handtuch nicht erfaßt hatte. Sie war mit einem sauberen Rucksack gekommen und hatte daraus erstaunliche Dinge hervorgeholt. Sie entpuppten sich als alltägliche Gegenstände in exotischer Verpackung. Sie hatte eine Zahnbürste mit Wildschweinborsten dabei und Zahnpasta in einer schwarzen Tube, ein Pessar samt Spermizid und eine hölzerne Seifendose, die sie für unpraktisch hielt. Ich war noch jung genug, um zu hoffen, daß der Schlüssel zum Glück in einer Beziehung im Leben mit der «richtigen», realistischen Frau lag. Sie war unabhängig, dachte ich, sie brauchte keinen, der ihr den Weg zeigte. Als sie sich mit ihrem Turban vornüber beugte, schien mir, wenn jeder Mann eine Frau hätte, die aussah wie Alice in meinem Bademantel, wäre die Welt ein friedlicher Ort.

An Weihnachten besuchten wir meine Mutter, und Emma wurde gezeugt. Mein Vater hatte mir immer mit Enterbung gedroht, wenn ich ein Mädchen ohne Trauschein schwängern würde. Selbst in der High-School hatte ich höllisch aufgepaßt. Manche Frauen wissen, wann eine Empfängnis stattfindet, heißt es, ihr sechster Sinn verrät es ihnen. Meine Mutter hatte uns in getrennten Zimmern untergebracht. Als ich annahm, daß sie schlief, schlich ich wie ein Teenager den Flur entlang zu Alice ins Bett. Gerade als ich in sie eindrang, polterte Nellie ins Badezimmer. Sie fing an, sich die Zähne zu putzen, und dann klopfte sie mit der Zahnbürste gegen das Porzellanwaschbecken. Ich hielt Alice den Mund zu. Es war nicht abzusehen, ob es meiner Mutter je gelingen würde, die Borsten trockenzuklopfen. Es war ein aufdringliches, hartnäckiges Geräusch; es klang wie der Krach, den Leute auf Hochzeiten veranstalten, wenn sie mit der Gabel an ihre Sektgläser schlagen. Ich weiß noch, wie ich damals dachte, daß es vermutlich der gleiche Lärm war, den Sperma und Eizelle machen, wenn sie zusammentreffen und miteinander verschmelzen.

Alles fügte sich zum besten. Drei Wochen später merkte Alice, daß sie schwanger war. Einen Monat später wurde sie fünfundzwanzig und erbte die beträchtliche Summe, die Tante Kate ihr hinterlassen hatte. Mein Vater war tot und konnte uns nicht enterben. Wir ließen uns in Ann Arbor von einem Friedensrichter trauen. Mit Hilfe meiner Mutter, mit dem, was Alice beisteuerte, und mit meinen eigenen mageren Ersparnissen kauften wir die Farm in Prairie Junction. Alice war sicher, daß mein Vater, der gerade erst zwei Jahre tot war, über unseren einzigen eklatanten Fehltritt hinwegsehen würde. Er würde erkennen, sagte sie, daß gerade der uns auf den Pfad der Tugend geführt hatte.

Anfangs schrieb uns Alice mehrmals in der Woche. Sie machte sich Gedanken über alltägliche Dinge, Dinge, die mich wunderten. Sie fragte, ob die wohltätigen Damen von der Kirchengemeinde uns warmes Essen, Kuchen und Nußbrot brachten. Ich hielt das für einen Scherz. Wir waren keine Kirchgänger, aber ich wußte, daß die Damen uns unter anderen Umständen tatsächlich zu Hilfe geeilt wären. Sie hätten die Art von Nahrung gebracht, die meine Mutter mit der Präzision einer Maschine für die Bedürftigen zu produzieren vermag.

In Telefongesprächen mit Nellie und in meinen Briefen an Alice übte ich mich in der hohen Kunst der Verstellung. Ich grübelte über jedem Wort, das ich schrieb. Ohne ihr die furchtbaren Einzelheiten mitzuteilen, wollte ich Alice zum Kämpfen anstacheln. Jeden Tag war ich aufs neue schockiert über das, was mir seit den wenigen Minuten, in denen ich sie gesehen hatte, wie eine merkwürdige Ergebenheit in ein himmelschreiendes Unrecht vorkam. Sie war meilenweit entfernt von ihrer eigenen Tragödie. Sie schien davon nicht stärker berührt als von einer Ölpest an der Küste von Guam. Wenn sie nur ihre Schwingen gegen die eisernen Gitterstäbe schlagen würde, dachte ich, hätte sie eine Chance, herauszukommen. Manchmal hätte ich sie gerne gepackt und geschüttelt. Ich wollte ihr begreiflich machen, daß alle gegen uns waren. Es war unmöglich, mit dem Tierarzt über die Weißmuskelkrankheit zu reden, die unter den Schafen grassierte. Er hatte mich am Telefon auf die Warteleitung gelegt und war nicht mehr an den Apparat gekommen. Weil ich Rücksicht nehmen und zugleich ihren Zorn entfachen wollte, kam letztlich bei meinen Briefen nicht viel raus.

Als meine Mutter an jenem ersten Sonntag endlich wieder durchkam, beantwortete ich keine einzige ihrer Fragen wahrheitsgemäß.

«Howie», sagte sie. «Es war so mühsam, dich zu erreichen. Wie geht es dir? Ist mit den Mädchen alles in Ordnung?»

«Uns geht's gut, Mom.»

«Haben sie das Problem aufgeklärt?»

Das war eine gute Frage. Meine Mutter wußte anscheinend, wie man nicht nach Einzelheiten fragte. Das «sie» konnte die Gesamtheit unserer Freunde und Feinde bedeuten. «Das Problem» war so herrlich allgemein, daß ein Ja oder Nein genügte. Rafferty hatte gesagt, er habe eine griffige Methode für den Fall gefunden. «Es wird schon», sagte ich. «Ich brauche später etwas Geld für das Anwaltshonorar. Jetzt gleich brauche ich vor allem Geld für die Kaution – um Alice rauszuholen. Für ihre Kaution.»

«Ich verstehe nicht, warum du bezahlen mußt, wenn es ein Irrtum war. Ich habe zur Zeit nicht viele Reserven, Howard.» Sie nannte mich immer Howard, wenn wir über Finanzen sprachen. «Was brauchst du denn?»

Ich versuchte, es ohne Umschweife auszusprechen.

*Einhunderttausend.* «Neunzig», sagte ich. «Neunzigtausend.»

«Wie viele tausend? Große Güte, sagtest du neunzehn?» Sie seufzte. Ich hörte dieses Seufzen über zwei Kontinente und einen Ozean hinweg. Sie seufzte noch einmal. Erstaunlich, daß ein Seufzen genug Substanz hat, um von einem Hörer aufgenommen, als elektronischer Impuls an einen Satelliten weitergegeben und wieder zur Erde zurückgefunkt zu werden.

«Howard», sagte sie, «du weißt, ich würde alles für dich tun. Ich hatte nicht das geringste dagegen, dir Geld für deine Farm zu leihen. Nicht daß diese Lebensform mir etwa keine Sorgen macht. Sie bietet keine Sicherheit und bringt nicht viel ein. Du kannst dir nicht alles leisten, was du haben solltest. Dein Vater und ich haben unser ganzes Leben hart gearbeitet, und wir haben eine hübsche Summe gespart. Ich habe dir ein Gutteil unseres Notgroschens gegeben. Vielleicht verstehst du nicht, Schatz, daß...»

«Die Mädchen sitzen in der Badewanne, Mom. Ich muß mal nach ihnen sehen, deshalb mach ich jetzt Schluß. Wir sind schon über den Berg, du brauchst dir keine Sorgen machen.»

Es war elf Uhr nachts. Die Mädchen schliefen. Wenn ich jetzt nicht auflegte, war meine Mutter nicht mehr zu stoppen. Ich kannte ihren Sermon auswendig. Sie würde alles aufzählen, was sie je für uns getan hatte. Alice hatte einmal bissig bemerkt, Nellie sei der lebendige Beweis für die Tatsache, daß geistlose Menschen in dieser Welt eine Menge Gutes tun können. Ich nahm ihr übel, daß sie das Offensichtliche beim Namen genannt hatte. Meine Mutter hatte sich früher wie eine verwöhnte Hausfrau benommen. Doch im Grunde hatte sie sich als Krankenschwester schon immer undankbare Aufgaben im Dienst der Gemeinschaft aufgehalst. Sie hatte jahrelang ehrenamtlich für das Rote Kreuz gearbeitet und war in Gegenden geflogen, in denen es nicht mal die primitivsten sanitären Anlagen gab, geschweige denn Vier-Sterne-Hotels. Ich weiß, daß meine Mutter, wie Mütter nun mal sind, für uns nur das Beste wollte. Alice würde mir da widersprechen, die Tatsachen sprächen doch für sich. Nellie, behauptete sie, sei eine passiv-aggressive Betriebsnudel, die ihre Schwiegertochter nicht leiden konnte. Nellie, sagte sie, versuche bewußt oder unbewußt, unser Leben zu verpfuschen, nur um zu beweisen, daß ich die falsche Entscheidung getroffen hatte. Im Gegensatz zu dem, was das alte Sprichwort sagt, habe ich die Erfahrung gemacht, daß gute Absichten einen ganz schön weit bringen können. Ich würde nie freiwillig mein Leben auf etwas verwetten, aber wenn ich es müßte, dann auf meine Mutter. Ich würde mein Leben darauf verwetten, daß sie immer die besten Absichten hatte und daß wir von ihnen profitiert haben.

Ich sagte Alice nichts von Nellies Anruf. Ich erzählte ihr nicht, daß wir zwei Tage nach ihrer Verhaftung in Blackwell einkaufen gingen. Die Wasser teilten sich vor uns, als wir im Supermarkt den Gang entlangkamen. Die wenigen Frauen am Milchregal starrten uns an und verzogen sich dann. Am Ende des Junk-Food-Regals lauerte ein älterer Mann mit Bartstoppeln und einem verschwitzten grünen T-Shirt, das ihm über Brust und Bauch spannte. Er spuckte auf das Linoleum zu meinen Füßen. Er schnaufte schwer und blickte mich drohend an. Wir ließen unsere Einkäufe beim Zeitschriftenstand im Wagen zurück und räumten das Feld. Emma und Claire machten ihrem Kummer ungehemmt Luft. Daraufhin fuhren wir dreißig Kilometer weiter, um ein Brot und ein paar Liter Milch zu kaufen.

Ich erzählte Alice auch nicht, daß Rafferty am Abend vor dem ersten Gerichtstermin ungefähr eine Dreiviertelstunde bei uns saß. Wir unterhielten uns in der Küche, als die Mädchen im Bett waren. Er erklärte mir, daß er es sich bei seinen Fällen zur Aufgabe mache, jedes Steinchen umzudrehen. Er hatte in dem Restaurant gegessen, in dem Carol Mackessy als Geschäftsführerin arbeitete. Shrimps in Pesto-Sauce. Gar nicht übel. Wir würden uns nach der Vorverhandlung eingehender unterhalten, aber schon jetzt käme es ihm darauf an, in die Haut der Hauptfiguren zu schlüpfen... Seine Augen waren zu groß für die Augenhöhlen, was ihnen eine Intensität verlieh, die echt sein mochte oder auch nicht. Nicht in meine Haut, dachte ich. Er saß an unserem Küchentisch und zeichnete gerade Linien auf seinen Notizblock. Manchmal fragte ich mich, ob er nicht ein Scharlatan war. Hatte er wirklich Jura studiert, oder war er ein Niemand, der sich über unschuldige Opfer hermachte? Ich mußte mir in Erinnerung rufen, daß er uns wärmstens empfohlen worden war. Er war schließlich mit Dan und Theresa gut befreundet.

Er wirkte überrascht, als ich ihm sagte, daß ich Alices Familiengeschichte nur in groben Zügen kannte. Was ich über ihre Jugend wußte, ließ sich in zwei Sätzen zusammenfassen. Sie ist ein Einzelkind, und sie wurde von der besten Freundin ihrer Mutter aufgezogen. Ihr Vater starb an Nierenversagen, als sie zweiundzwanzig war.

«Das ist alles?» fragte er und riß die Augen noch weiter auf. Alice meinte einmal, sie traue sich nie, Rafferty gegenüber komische Bemerkungen zu machen, aus Angst, ihm würden die Augen rausfallen.

Mir fiel auf, daß sie, weil ich so wenig über sie gesagt hatte, wie eine Psychopathin erscheinen mußte, wie eine Frau, die sich ihrem eigenen Mann nicht anvertraut. Ich glaube, er spürte mein Unbehagen. Er fing an, logische Fragen nach dem Farmbetrieb zu stellen. Ich ertappte mich dabei, wie ich ausführlich über Saatbeete für Luzerne redete. Ich erzählte ihm, daß ich nur drei Prozent meiner Kälber verlor und auf diese Zahl stolz war. Ich hatte aus Sperrholz kleine quadratische Verschläge für die Neugeborenen gezimmert und ihnen aus Eimern mit Gummizitzen warme, verdünnte Vollmilch gefüttert. Schon ziemlich früh bekamen sie eine Mischung aus Mais, Biertreber, Hafer und Mineralien. Ich sagte Rafferty nicht, daß Alice manchmal ausflippte und sich eine Stunde lang über das Problem ihrer Kinnhaare ausließ, wobei sie all die verschiedenen Arten der Enthaarung auflistete, denen sie sich schon unterzogen hatte. Ich bog mich vor Lachen, wenn sie die makellosen Kosmetikerinnen imitierte, die sich über ihre Haarwurzeln hermachten. Andererseits gab es Zeiten, da merkte sie kaum, daß ich existierte. Sie stellte sich vor, daß Claire schon mal als Prinzessin im alten Ägypten gelebt hatte und daß sie damals gelernt hatte, wie man Tiere und Menschen verzaubert.

Als Rafferty mich nach Lizzys Tod fragte, erklärte ich ihm, so gut es ging, die Abfolge der Ereignisse. Einiges ließ ich allerdings aus. Als Alice in der Vorhalle der Kirche bei der Beerdigung «Zwing mich nicht!» geschrien hatte, waren alle erstarrt. Lizzys Schlange stehende Verwandte hatten ihre Umarmungen unterbrochen, ihr Händeschütteln, ihre tröstenden Worte. Sie hatten meiner Frau nachgestarrt, die aus der Tür trampelte. Ich hatte mich nicht gerührt und zu Boden geblickt – im Vertrauen darauf, daß alles gleich vorbei sein würde. So war es denn auch gewesen. Die Frau hinter mir hatte «Na ja!» geschnaubt. Das hatte als Signal dafür gedient, daß Geräusche und Bewegungen wieder einsetzen konnten. Theresa war als einzige in der Reihe so freundlich gewesen, sich nach Alice zu erkundigen. Ich weiß nicht mehr, was ich als Erklärung oder Entschuldigung vorgebracht hatte, bevor ich in den Altarraum gegangen war. Ich hatte den Kopf zum Gebet gesenkt. Als nächstes hatte ich gemerkt, daß ich Alice verfluchte, statt meine Gedanken auf Lizzy zu richten.

Selbst als ich Rafferty über die Butterfett-Anteile in der Milch meiner Guernseys informierte, hatte ich das Gefühl, mir sei ein Teil meiner Erinnerung oder Erfahrung abhanden gekommen. Irgend etwas passierte mit meinem Gehirn. Vieles hatte ich nie angezweifelt. Diese Sicherheit entglitt mir jetzt in den Pausen zwischen meinen Sätzen. Ich erzählte ihm nicht, daß meine Frau zwanzig Stunden am Tag geschlafen hatte. Ich erzählte nicht, daß sie in dieser Zeit weder sprechen noch sich allein anziehen konnte. Später beruhigte ich mich damit, daß Verschweigen nicht zu den schweren Sünden zählt. Es ist nur ein Sicherheitsventil für diejenigen unter uns, die zur Ehrlichkeit um jeden Preis erzogen worden sind. Den Abend vor ihrer Verhaftung erwähnte ich auch nicht. Ich war in unser Schlafzimmer gekommen und hatte sie auf dem Bett liegen sehen. Früher hatte sie das immer getan – ins Bett gehen, wenn es noch hell war –, weil sie wartete. Das war ein Zeichen. Ich war an jenem Abend reingekommen und hatte sie angezogen auf dem Bett liegen sehen. Sie zitterte, in dieser Hitze. All das paßte zu unserer stillschweigenden Übereinkunft. Sie war endlich wieder bei sich. Das hatte ich gewußt, weil sie den Kopf hob und ihn mir zuwandte. Da war ich sicher gewesen, daß sie gewartet hatte.

Ich hätte nicht erklären können, was in jener Nacht vorgefallen war, weder Rafferty noch irgend jemand anderem. Ich hatte selbst inzwischen nicht viel darüber nachgedacht. Sie hatte mich weggestoßen. Sie hatte mich mit dem Knie hart am Kinn getroffen, als sie aufsprang. Rafferty sagte gerade, er könne sich nicht vorstellen, wie Leute über den Tod ihres Kindes hinwegkämen. Er starrte mich über den Tisch hinweg an. Ich befühlte mein Kinn mit beiden Händen, als wäre die Verletzung noch frisch. Ich sagte, wahrscheinlich kämen sie nie darüber hinweg. Er wollte wissen, ob ich ihm noch etwas zu sagen hätte. Am Abend, bevor sie Alice abholten, hatte ich die Zeichen mißdeutet, die Geheimsprache, die Rituale – etwas, das ich jahrelang für völlig eindeutig gehalten hatte. Rafferty nahm mich aufs Korn, als sei ich der Schuldige. Ich wiederholte, ich wisse auch nicht, wie man nach einem solchen Verlust weiterleben könne. Ich fragte mich, ob ich Alice je verstanden hatte. Ich fragte mich, warum es nach so vielen Jahren unseres Zusammenlebens nur eine Handvoll Sätze gab, die ich einem Fremden über meine Frau anvertrauen konnte.

# 12

***Am Abend nach der*** Vorverhandlung stand Theresa bei uns vor der Tür. Ich hatte sie nicht erwartet. Es war Mitte Juli, und sie waren fast einen Monat weggewesen. Ich versuchte gerade, einen Kirschfleck aus dem neuen weißen T-Shirt zu entfernen, das meine Mutter Emma Anfang des Sommers geschenkt hatte. Emma hatte zu spät erkannt, daß sie ihr T-Shirt ruinierte, wenn sie ihre schmutzigen Finger daran abwischte. Sie versuchte stillzuhalten, während ich ihr beim Rubbeln an den Rippen weh tat. Claire saß im Wohnzimmer und sah sich mit glasigen Augen eine Varieté-Show an. Wäre meine Mutter dagewesen, hätte sie sich auf das T-Shirt gestürzt und kalte Kompressen auf den Flecken gedrückt. Aus dem Augenwinkel bemerkte ich einen Schatten im gelben Abendlicht. Ich nahm an, eine Wolke hätte sich über die Sonne geschoben. Theresa trat ganz nah an das Fliegengitter und drückte die Hände dagegen. Sie rahmten ihr Gesicht ein. «Ist jemand zu Hause?» fragte sie. Sie sprach so leise, daß mir der Gedanke kam, es wäre ihr vielleicht lieber, wenn wir nicht zu Hause wären.

Der Fleck war an den Rändern verwischt und sah schlimmer aus als vorher. In den Wochen ohne Alice hatte ich mein Bestes getan, um den Schein zu wahren. Wenn wir uns gehen ließen, würden die Nachbarn oder die Polizei auf der Bildfläche erscheinen und uns den Rest geben. Um der Normalität willen hatte ich gesaugt und die alten Thunfischdosen weggebracht, aber bestimmte Arbeiten lagen mir einfach nicht. Mein Verhältnis zu dem dreckigen T-Shirt war eher gespannt; meine Mutter hätte es sofort ins Herz geschlossen. Und für so unwesentliche Dinge wie Teppiche konnte ich mir auch keine Sympathien abringen. Warum den Tisch abwischen, den Boden putzen, die Läufer zurechtrücken, nach jeder Mahlzeit die Eßtheke saubermachen, wenn wir vier Stunden später doch wieder alles in Unordnung brachten, was ich mit so viel Mühe aufgeräumt hatte? Diese Frage stellte ich mir nur halb im Scherz. Alice sagte immer, ich hätte eine hohe Toleranzgrenze für Dreck und Verwahrlosung. Bald nach unserer ersten Begegnung in Ann Arbor wurde ich im Auto von ihr als Nasenpopler entlarvt, als einer, der sich die Hände unter dem Sitz abwischt, wenn kein Papiertaschentuch greifbar ist. Ich erwiderte: «Und was ist die Alternative?» Sie sah mich über ihre Sonnenbrille hinweg an, als wäre die Antwort offenkundig. Wenn sie einen Abend lang mit Theresa zusammengesessen hatte, ließ sie gelegentlich eine Gardinenpredigt vom Stapel. Sie ritt gerne darauf herum, daß meine Unzulänglichkeit in Haushaltsdingen eine Gewohnheit sei, die mir meine Mutter schon in frühester Kindheit eingeimpft habe. In meinem Elternhaus, sagte sie, habe es klare weibliche Grenzlinien gegeben, die Männer nicht zu überschreiten wagten. Sie meinte vermutlich den Maschendrahtzaun um den Besenschrank und den Geschirrspüler. So wurde aus mir ein unverbesserliches Ferkel. Die Milchwirtschaft hat meine natürlichen Neigungen noch verstärkt. Ich bin den ganzen Tag draußen in Schmutz, Dung und Spreu. Das liegt in der Natur der Sache: überall Staub, überall kaputte Maschinen, die irgendwo gelagert werden müssen. Wo man geht und steht, liegen rostige Nägel, Bindegarn und alte Zaunlatten, die man vielleicht noch mal gebrauchen könnte. Nach einer Weile hatte ich den Versuch aufgegeben, überhaupt Ordnung zu halten.

«Wir sind hier drin», sagte ich zu Theresa, als ich ihr die Tür öffnete. Ich fragte mich, ob sie von Alices Verhaftung wußte. Ich fragte mich, ob sie aus der Bibel zitieren oder mir die Augen ausstechen würde. Beim Eintreten sah sie sich in der Küche um. Mit einem einzigen scharfen Blick erkannte sie wohl, daß ich mein Bestes getan hatte. Sie sah, daß mein Bestes nicht viel wert war.

«Ich hab versucht, einen Kirschfleck auf Emmas weißem T-Shirt wegzumachen», sagte ich, um zu erklären, warum alles andere auf der Strecke geblieben war.

«Laß mich mal», sagte sie und griff nach dem Küchentuch in meiner Hand. «Halt still, Em.» Ich entspannte mich ein bißchen. Wenn sie sich um einen Flecken kümmern konnte, wußte sie vielleicht noch nichts. Sie kniete sich hin und rubbelte eine Weile auf dem T-Shirt herum. «So geht das nicht», sagte sie. «Setz Wasser auf, Howard. Bei einem Obstfleck mußt du heißes Wasser von oben auf den Stoff gießen. Du hältst es ganz hoch – es funktioniert nur, wenn der Abstand groß genug ist. Heißes Wasser und Abstand, das ist der ganze Trick.»

«Heißes Wasser und Abstand», wiederholte ich. «Zieh das Hemd lieber aus, Emma.» Ich ließ am Spülbecken Wasser in den Kessel laufen und ging quer durch die Küche zum Herd. «Bitte», sagte ich auf dem Weg und zog für Theresa einen Stuhl heran. Ich fummelte am Schalter der einzigen funktionierenden Kochplatte herum, dann ging ich zum Tisch und postierte mich ihr gegenüber, wobei ich versuchte, lässig die Arme auf eine Stuhllehne aufzustützen.

Wir sahen zu, wie Emma ihr T-Shirt auszog. Sie versuchte, die nassen Stellen von sich fernzuhalten, damit ihr Gesicht nichts abbekam. Ich konnte mich nicht daran erinnern, je mit Theresa allein gewesen zu sein, ohne andere Erwachsene. Im Grunde kannte ich sie nur in ihrer Beziehung zu Dritten. Sie war eine gute Freundin meiner Frau. Sie war die Frau meines Nachbarn. Sie war die Mutter der Spielkameraden unserer Kinder. Wenn unsere Familien zusammen zu Abend aßen, standen Dan und ich oft draußen im Freien, bis das Essen fertig war. Wir redeten darüber, ob ich den neuen ultradehnbaren Drahtzaun kaufen oder bei meinem alten bleiben sollte, über die Potawatomi-Indianer, über Sturmsicherungen, Heimatgeschichte, Kommunalpolitik, Landespolitik, die Brewers, die Leistungen unserer Töchter. Wenn wir dann um den Tisch saßen, stilisierte Alice manchmal einen ganz alltäglichen Vorgang zu einer Riesenszene. Sie konnte aus einer einfachen Transaktion am Schalter der First Federated Bank in Prairie Center eine tief bewegende griechische Tragödie machen. Sie fuchtelte hemmungslos mit den Armen. Ihr Haar löste sich aus dem Tuch. Manchmal bremste ich sie. Sie neigte dazu, die Welt in Schwarzweiß zu sehen, und wenn ich zu bedenken gab, daß der Filialleiter kein Bösewicht sei, sondern durch die staatlichen Vorschriften zur Vorsicht gezwungen werde, blickte sie auf ihren Teller, kniff die Lippen zusammen und strich schweigend Butter auf ein Brot. Theresa drängte Alice meist, die Geschichte fertig zu erzählen. Es war immer Theresa, die etwas Humorvolles und vermutlich auch Wahres von sich gab. «Beachte den Kerl einfach nicht», sagte sie lächelnd. «Männer wissen viel zu viele Details, das bekommt ihnen nicht.» Nach sanftem Drängen sprach Alice weiter, aber mich ignorierte sie. Ihre Geschichte war nur zur Erbauung unserer Nachbarn bestimmt.

Emma hatte das T-Shirt ausgezogen. Zu dritt beobachteten wir gebannt, als hätte der Elektroherd die Anziehungskraft eines Lagerfeuers, wie sich die Kochspirale unter dem Kessel orangerot färbte.

«Was ist hier los, Howard?» Theresas Stimme war von Natur aus leise. Wenn sie sprach, mußte man ihr auf den Mund schauen, um die Worte zu verstehen.

«Was?» fragte ich.

«Wie geht es dir?»

Wie es mir ging? Ich mußte Alice aus dem Bezirksgefängnis herausholen. Ich mußte arbeiten. Ich drehte mich den ganzen Tag praktisch im Kreis und schaffte so gut wie nichts. Ich mußte für Emma und Claire sorgen und sie beschützen. Ich ließ sie einen Mittagsschlaf halten, damit ich mich von ihrem Lärm erholen konnte. Sie waren die halbe Nacht hellwach. Wir hatten keine Lebensmittel mehr, und ich wußte nicht, ob ich die Energie aufbrachte, weit genug zu fahren und einzukaufen. Es schien, als ob die Welt jenseits der Farm sich immer weiter von uns entfernte. Ich wußte nicht, ob ich die Monatsrate bezahlen konnte, geschweige denn auch nur einen Bruchteil von Raffertys Honorar. Ich war mir überhaupt nicht sicher, ob unsere Kühe im nächsten Winter etwas zu fressen haben würden. Nicht mal für den Sommer war genug Futter da. Ich war selbst hungrig. «Mir geht's gut», waren, glaube ich, meine Worte.

«Ich bin so außer mir», flüsterte sie über den Tisch hinweg. Sie atmete flach und hastig, um nicht zu weinen. Sie rollte die Augen und schob die Brille hoch. «Wir sind heute nachmittag erst wiedergekommen. Wir waren länger weg, als wir vorhatten. Ich hasse dieses Land. Ich kam zur Tür rein – und fiel fast über den Stapel Zeitungen im Flur. Ich steh da und lese und sage plötzlich laut: ‹Was? *Was?*› Und wer kommt da des Weges? Natürlich Suzannah Brooks, dieser vorbildliche Christenmensch. Sie wollte sich vergewissern, daß ich den Mist auch gehört hatte. Als sie ‹Robbie Mackessy› flötete, habe ich kein Wort mehr gesagt und ihr die Tür vor der Nase zugemacht.»

Ich legte den Finger an die Lippen, um sie am Weiterreden zu hindern. Ich wollte nicht, daß sie in Emmas Gegenwart noch mehr sagte.

«Wenn ich hiergewesen wäre, hätte ich das verhindern können, das weiß ich genau. Ich hätte darauf bestanden, Robbie zu befragen. Ich hätte mit der Polizei gesprochen. Ich kenne die Mackessys – ich hatte sie in Therapie. Gib mir vier, fünf Stunden, und ich könnte dir ihre ganzen Probleme aufzählen. Carols Eltern waren beide stocktaub. Ich meine, sie haben nie das geringste gehört. Sie hatten so ungefähr sechs Kinder, und die sind allesamt aus dem Gleis gelaufen. Carol hat es nie richtig angesprochen, aber ich habe das Gefühl, ihre beiden älteren Schwestern sind...»

«Reden wir später weiter...», setzte ich an.

Sie hüpfte von einer Sache zur nächsten, buchstäblich ohne Atempause. «Robbie ist ein ausgefuchster Lügner! Ich kenne solche Kinder. Sie tun alles, um ihre Familie zu manipulieren. Seine Mutter liefert ihm ausreichend Gelegenheiten, sein Lügentalent zu entfalten. Als ich Dan erzählt habe, daß man Alice verhaftet hat, daß sie im Gefängnis sitzt, hat er gesagt: ‹Mach dir keine Gedanken darüber.› *Mach dir keine Gedanken darüber!* Der Mann ist nicht ganz bei Trost. Als ich gesagt habe, ich würde zu euch fahren, hat er gemault: ‹Das ist wahrscheinlich keine gute Idee, Theresa. Du weißt doch, wie die Leute reden.› Verstehst du, was ich meine? Er hat den Verstand verloren! Ich habe es ihm erklärt. Ich habe gesagt: ‹Sie stecken in Schwierigkeiten, und da sollen sie plötzlich nicht mehr unsere Freunde sein?› Das Schlimmste ist, daß ich keine Ahnung habe, wie ich ihm helfen soll. Es ist mein Beruf, mich um Leute zu kümmern, die leiden. Wenn er ein Patient wäre, ein Fremder, würde ich die richtigen Worte finden. O Gott, ich weiß auch nicht. Ich habe so was schon mal erlebt, Howard. Jemand wird beschuldigt, und der Richter kann die Sache nicht abschmettern, weil das Thema so heikel ist. Die Presse, die Eltern, die Politiker, alle beteuern sie scheinheilig, daß man den Kindern doch glauben müsse. Die Schulkrankenschwester! Es würde den armen Richter seine Karriere kosten, wenn er Alice frei herumlaufen ließe.» Sie hörte auf zu reden und fletschte die Zähne. Dann kniff sie die Augen zu und stieß ein gutturales «Gaaahhh» aus.

«Emma, geh nach oben und zieh dir ein frisches T-Shirt an», sagte ich. Sie stand am Kopfende des Tisches und musterte Theresa.

«Und Myra Flint, diese Frau vom Jugendamt – sie haben Myra Flint auf Robbie angesetzt? Das Ganze ist doch ein schlechter Witz, eine Karikatur des Systems. Ausgerechnet Myra! Wenn du in deinem ganzen Leben noch nie mißbraucht worden bist, dann schnüffelt sie in vergangenen oder zukünftigen Leben herum und findet garantiert etwas. Robbie weist viele Symptome eines persönlichkeitsgestörten Kindes auf, und weißt du was? Myra Flint wird das nicht einmal erkennen! Robbie wird diese Frau um den kleinen Finger wickeln. Jede Wette. Sogar um Geld. Und Mrs. Mackessy schafft das auch. Es frustriert mich so, wenn ich Leute wie die Mackessys zu behandeln versuche, weil sie keine Hilfe wollen. Manche Leute arbeiten ja tatsächlich an Veränderungen, hin und wieder mal. Aber Carol hat kein Interesse daran, sich selbst auf die Sprünge zu helfen. Null. Sie wollte es eben nicht anders. An den Wochenenden zieht sie los nach...»

«Ich möchte jetzt nicht darüber reden», sagte ich und schob Emma ins Wohnzimmer. Theresa sagte lachend: «Und außerdem kann ich einfach nicht glauben, daß irgend jemand Robbie allen Ernstes für einen glaubwürdigen Zeugen hält. Es ist gar nicht auszuschließen, daß er mißbraucht worden ist, bei der Familie! Aber wie kann man glauben, daß er einigermaßen kohärent aussagen würde! Das begreife ich einfach nicht, Howard. Ich kann mir höchstens vorstellen, daß Robbie seiner Mutter erzählt, ihm sei etwas Schreckliches zugestoßen, und daß sich Carol ganz plötzlich auf dieses Kind besinnt. Das ist denkbar. Robbie hat schließlich herausgefunden, daß er verletzt sein muß, ganz schlimm verletzt – nicht bloß, weil er vom Rad gefallen ist und sich das Knie aufgeschürft hat –, damit seine Mutter sich um ihn kümmert, damit sie sich für ihn stark macht. Was stand da in der Zeitung über die anderen drei Jungen, die Anklage erheben?»

«Bitte», sagte ich. «Ich möchte nicht darüber reden...» Ich wies mit dem Kopf in Emmas Richtung, so übertrieben ich nur konnte.

«O Gott», rief sie, «ich hab ja meinen Grips nicht beisammen, Howard. Wirklich nicht. Es tut mir so leid. Was hab ich mir nur dabei gedacht?» Sie hielt Emmas unseliges T-Shirt in der Hand und rollte es zu einer Wurst zusammen. Dann schlug sie damit gegen die Wand.

«Was machst du mit meinem T-Shirt?» wimmerte Emma.

«Was ist, Schatz?» fragte Theresa.

«Was machst du mit meinem T-Shirt?»

«Oh, Emma, o du meine Güte. Ich bin vor Wut so außer mir, ich weiß gar nicht mehr, was ich tue. Wir kriegen diesen Flecken raus, ganz bestimmt. Howard, ich werde alles tun, ich würde...»

«Lauf nach oben und zieh deinen Schlafanzug an, ja, Emma?» sagte ich. «Wenn du wieder herunterkommst, kocht das Wasser. Wir schauen dann Theresa zu, wie sie diesen Zaubertrick mit

Hitze und Abstand vollführt.» Ich bewegte mich in Richtung Veranda und hoffte, Emma würde tun, was ich ihr sagte.

«Wann ist die Vorverhandlung?» flüsterte Theresa hinter mir, während ich vorausging. «Gewöhnlich schieben sie die doch ewig hinaus.»

«Sie war schon», sagte ich und setzte mich auf eine Bank, die ich aus einem Stück Walnußholz gezimmert hatte. «Montag. Gestern. Rafferty hat sich darum bemüht, daß sie nicht endlos vertagt wurde.»

Emma kam zur Tür und beobachtete uns. «Bitte, Emma», bettelte ich. «Ich muß mit Theresa sprechen, und wenn wir fertig sind, machen wir uns...» Ich hatte nichts Verlockendes zu essen im Haus. «Wenn wir fertig sind, machen wir das T-Shirt.» Sie drehte sich langsam um und verschwand um die Ecke.

«Wie ist es gelaufen? Erzähl's mir.» Theresa hockte auf der Stuhlkante mir gegenüber. Sie mußte schon viele Male hier gesessen und mit derselben Dringlichkeit gefragt haben. Sie und Alice hatten oft große Geheimnisse miteinander. Nicht selten hörte man sie ungläubig gackern.

Die Dämmerung brach an, hier und da zirpten ein paar Grillen. Ich spähte durch die Tür und konnte Claire gerade noch erkennen. Sie hatte sich vor dem Fernseher zusammengerollt und war eingeschlafen, während gräßliche Frauen mit Silikon-Busen über ihr unglückliches Dasein zeterten. In der Küche scheuchte ich Emma hinter dem Holzofen hervor. Sie schlurfte mit hängendem Kopf und baumelnden Armen auf die Treppe zu.

Alice hätte aus der Vorverhandlung eine spannende Geschichte gemacht, obwohl das Ganze in der Regel angeblich keine große Sache war. Rafferty hatte mir gesagt, die Vorverhandlung sei nicht der Ort, um auf Einzelheiten einzugehen. Wenn er die nachlässige Mutter und den ungezogenen Jungen zu sehr in den Vordergrund stellte, hätte der Staatsanwalt in den folgenden Monaten ausreichend Zeit, der amerikanischen Öffentlichkeit Mrs. Mackessy als eine Mutter Theresa und Robbie als Liebling der Nation zu präsentieren. Die Verteidigung halte sich völlig bedeckt, erklärte er, der Ankläger dagegen müsse seine Karten auf den Tisch legen. Bei der Vorverhandlung brachte der Richter möglicherweise Sympathie für die arme, alleinstehende Mutter auf, die ihr Herzblut gab, um ihr Kind großzuziehen. Beim Prozeß würde Rafferty die wahre Mrs. Mackessy zu Tage fördern und darüber hinaus ein Loblied auf Alices Tugenden anstimmen: Alice, die kompetente, anständige Krankenschwester, der man Carols Nachlässigkeit und Robbies Fehlverhalten zur Last legte.

Trotz meiner Tendenz, die Dinge historisch zu betrachten, war mir in letzter Zeit häufig der Gedanke gekommen, daß Geschichtenerzählen doch ziemlich nutzlos war. Die ersten Wissenschaftler hatten vor langer Zeit, noch vor Sokrates, festgestellt, daß sie nur dann alles verstehen konnten, wenn sie Geschichten durch empirische Methoden ersetzten. Die Schöpfungsmythen erklärten in gewisser Weise das Wer und Warum, aber die Wissenschaft würde die Fragen nach dem Wie und Was beantworten. Ich hatte versucht, die Vorverhandlung nicht als Geschichte, sondern als Serie von Fakten zu betrachten, die folgende Fragen beleuchteten: Wie ist es geschehen? Was ist Alice? Es war eine absurde Frage: Was ist Alice? Und doch stellte ich sie mir andauernd und fand keine Antwort darauf. Ich hatte die Vorverhandlung immer und immer wieder vor meinem geistigen Auge ablaufen lassen, und von Stunde zu Stunde wurde ich verwirrter. An jenem Abend, als Theresa kam, glaubte ich ungefähr fünf Minuten lang, die versprengten Fakten könnten einen Sinn ergeben. Ich dachte, ich wäre in der Lage, ihr die Einzelteile darzulegen. Mit ihrer Erfahrung würde sie Erklärungen und Zusammenhänge finden, wo ich es nicht konnte.

«Ich denke viel an Alice.»

«Oh, Howard», hauchte sie, «wenn du nur wüßtest, wie oft ich an sie denke. Meine Schwester hat mich gefragt, wieso ich immer noch mit ihr befreundet sein kann, und ich habe ihr gesagt: ‹Wenn das in deinem Pool passiert wäre, glaubst du, ich würde dann nicht mehr mit dir reden?› Mir ist, als hätte ich zwei Menschen verloren, und das versteht keiner, am wenigsten mein Mann.»

Ich konnte ihr natürlich nicht die Frage stellen, die mich seit dem Vortag quälte: *Was ist meine Frau, Theresa?* Ich murmelte etwas von klimatisierten Streifenwagen, die wir heute statt der Holzkarren haben, daß sich aber sonst seit den Tagen der Inquisition nicht viel geändert hätte.

«Und du kannst die Geldstrafen mit American Express bezahlen», fügte sie hinzu. «Du hast recht! Die Veränderungen sind nur unwesentlich.»

An jenem Montag hatte ich die Mädchen in einer Einkaufspassage am Stadtrand von Racine bei einer gewerblichen Kindertagesstätte abgeliefert, der einzigen, die sie ohne vorherige Anmeldung aufnehmen wollte. Der Morgen hatte schon schlecht angefangen. Der große Milchkrug fiel aus dem Kühlschrank und zerbrach auf dem Boden. Die Autoschlüssel waren verschwunden. Eine junge, kräftige Kuh litt ohne erkennbaren Grund an Durchfall. Beim ersten Blick auf die Tagesstätte «Kinderparadies» fingen Emma und Claire an zu schreien. Ich mußte sie regelrecht abschütteln und sie in der Obhut zweier Studentinnen zurücklassen, die Buttons mit der Aufschrift «Praktikantin» an ihren roten Kitteln trugen. Selbst auf dem Parkplatz konnte ich noch hören, wie meine Töchter weinten. Als ich das Auto starten wollte, war der Motor abgesoffen. Ich saß fünfzehn Minuten fest, bevor der Wagen endlich ansprang. Zum Schluß war ich mir nicht mehr sicher, ob ich sie wirklich schluchzen hörte oder mir das nur einbildete. Das Geräusch hielt nach wie vor an, während ich weiterfuhr. Auch nach ein paar Kilometern konnte ich sie noch hören.

Vor dem Gerichtsgebäude waren Preßlufthämmer am Werk. Ich trug einen Anzug und schwitzte. Am Nordeingang ist eine Inschrift eingemeißelt, ein Zitat von Goethe. «Sehr viel ist zu erreichen durch Strenge, mehr durch Liebe, das meiste aber durch Einsicht und eine unparteiische Gerechtigkeit, bei der kein Ansehen der Person gilt.» Die Preßlufthämmer dröhnten mir in den Ohren, und die Sonne brannte mir durch Anzugjacke, weißes Hemd und T-Shirt bis auf die Haut. Ich las das Zitat mehrere Male. Mir rann der salzige Schweiß in die Augen, und ich konnte kaum etwas erkennen. Das Problem mit Goethe ist, daß man gerade vor Gericht etwas Besonderes sein will, ein Individuum. So dachte ich mir jedenfalls. Man will nicht Teil einer anonymen Masse sein.

Obwohl es sich nur um ein schäbiges Provinzgericht handelt, wirkt der Bau einschüchternd genug, um Passanten daran zu erinnern, daß darin Menschen zugrunde gehen, während andere ihr Glück machen. Der Eingang ist rundum mit primitiven Reliefs verziert, die den einfachen Mann beim Pflügen und Kettenschmieden zeigen. Mühsam richtet er sich unter schwerer Last auf. «Du weißt doch, was Goethe über die Gerechtigkeit gesagt hat, diese Inschrift am Gericht?», fragte ich Theresa.

«O Gott», sagte sie und verzog das Gesicht. «Gerechtigkeit! Dem Bau würden ein paar Blumenkästen und Smiley-Aufkleber auf der Drehtür auch nicht schaden.»

Ich merkte, daß ich zitterte, als ich mich auf Abteilung Sechs zubewegte. Wie gesagt, ich hatte Racine immer für einen wunderbaren Ort gehalten, wo Farmgeräte hergestellt werden und die Leute von Johnson Wax beratschlagen, wie sie die Welt am besten sauberhalten. Für mich thronte Racine immer ganz oben auf der Weltkugel, zusammen mit dem Adler auf meiner J. I. Case-Mütze. Schon im Treppenhaus hörte ich den Lärm aus dem sechsten Stock. Als ich den obersten Absatz erreicht hatte, blieb ich erst mal auf dem harten Zementfußboden stehen. Ich sah durch ein kleines Fenster in den Vorraum. Ein Schwarm Mütter hatte sich eingefunden. Sie verständigten sich durch Rufe. Ihre großen Köpfe wippten auf und ab.

«Sie lassen uns nicht rein!»

«Sie können uns nicht aussperren!»

«Der Richter kann die Tür abschließen lassen, wenn er will.»

Vorstadtrebellinnen, die die Zitadelle stürmten. Bewaffnet waren sie mit ihren langen, spitzen Ohrringen, mit ihren schweren

Ketten und Armreifen, ihren blitzend weißen Raubtierzähnen, ihren stahlfarbenen Haarhelmen. Goethe wurde mir suspekt. «Sehr viel ist zu erreichen durch Strenge, mehr durch Liebe.» So weit, so gut. «Das meiste aber durch Einsicht und eine unparteiische Gerechtigkeit.» In Ordnung. «Bei der kein Ansehen der Person gilt.» Es gab meines Wissens nichts im Himmel und auf Erden, was für die erfolgreiche Lösung eines Konfliktes so entscheidend war wie die Stärke einer Persönlichkeit. Gorbatschow demontierte die Sowjetunion durch die Stärke seiner Persönlichkeit. Es gereichte ihm allerdings nicht zum Nachteil, daß er die elegante Raissa im Schlepptau hatte, die eine Kreditkarte in der Brieftasche herumtrug. Man nehme Mrs. Thatcher ihre Persönlichkeit, und übrig bleibt nur eine Hausfrau mit Dauerwelle, die für ihren Mann Essen einkauft. Wenn in Abteilung Sechs Mrs. Mackessy auf den Richter wie eine verkommene Schlampe wirkte, durfte er das nicht gegen sie verwenden. Wenn Alice grau und mitgenommen in ihrem orangefarbenen Aufzug hereinschlich, durfte er sich kein Mitgefühl gestatten. Wenn sie ihre amüsanteste Geschichte erzählte, würde er nicht lachen. Wenn er sie fragte, was aus ihrem Leben geworden sei, konnte sie Shakespeare zitieren. Sie würde die Worte sagen, die sie sonst immer benutzte, wenn sie einen Gegenstand suchte: «Sie ging fort, ich fühl es, doch weiß nicht, wie sie ging.» In Ausübung seines Amtes durfte er sich von den Bataillonen, die sich an der Schwelle von Abteilung Sechs zu einem Belagerungsring formierten, nicht beeinflussen lassen.

Eigentlich hatte ich auf dem College Geschichte studiert, um mich eingehender mit historischen Persönlichkeiten zu befassen. Generäle und ihre Schlachtpläne hatten mich schon immer interessiert. Ich wollte wissen, was Männer wie Bonaparte, Patton, Hannibal, Pickett, Lee, Grant und Custer im Innersten bewegte. In der High-School hatte ich nur Daten, Schlachten und Verträge auswendig gelernt. Was diese berühmten Gestalten am Wegrand zurückgelassen hatten, konnte ich nur vage erahnen. Seit meinem fünften Lebensjahr wußte ich, daß manche von uns über andere Macht ausübten, daß jemand wie Rickie Kroeger meiner Mutter Kekse entlocken konnte, ein Nick O'Brien hingegen nicht. Auch hatte meine Mutter mir erklärt, in Gottes Plan gäbe es Schwache und Starke.

An jenem Montagmorgen in Racine öffnete ich die Tür und prallte unausweichlich auf die Rücken parfümierter Frauen. Aus dem Aufzug quollen immer mehr Menschen. Es war ein Gedränge wie in einem überfüllten Zug. Sie registrierten nicht gleich, daß ich da war. Gerade als ein Schauder des Erkennens durch die Menge ging und es allmählich still wurde, öffnete sich die Tür zu Abteilung Sechs. Ich weiß nicht, wie es Rafferty gelang, mich am Arm zu packen und durch die Tür nach drinnen zu ziehen. «Das können Sie doch nicht tun!» riefen die Frauen. «Haltet ihn! Kommen Sie an die Tür! Das ist gegen das Gesetz!»

Der Richter stand in seinem schwarzen Talar mit erhobenen Armen vor der aufgeregten Meute. Von hinten gesehen war er eine dunkle Masse, die den Eingang versperrte. Alle, die draußen in der Halle standen, wurden wieder weggeschickt. Er erklärte ihnen, daß sie einen Gerichtsbeschluß bräuchten, um eingelassen zu werden. Dann schloß er die Doppeltür und verriegelte sie. Innen fand ich die übliche Einrichtung vor: Holztäfelung mit hellem Furnier, an den Wänden halbmondförmige Lampen, in die Richterbank eingebaute Regale, die mit grünen, in Leder gebundenen Folianten bestückt waren. Das Mobiliar sollte uns wohl das Gefühl vermitteln, daß wir in der Gewalt von Männern standen, die die Zeit und die Ruhe gehabt hatten, weise zu werden. Ich ging auf die Fenster am hinteren Ende des Saales zu. «Setzen Sie sich weiter vorne hin», rief mir Rafferty von seinem Tisch aus zu. «Sonst hören Sie nichts.»

«Wenn ich im Gericht bin, fühle ich mich wie in der Kirche», flüsterte Theresa in dieser Nacht auf der Veranda. «Alle bereiten sich irgendwie vor – zünden Kerzen an, gießen Kaffee ein. Wo ist da der Unterschied? Es ist dieselbe Ruhe, ein fast beängstigendes Schweigen. Noch heute überkommt mich in der Kirche manchmal die Angst, und im Gericht habe ich sowieso immer Angst. Als Kind glaubte ich, geradewegs in die Hölle zu kommen, wenn ich nicht im richtigen Moment niederkniete. Dramatik und Rituale, das haben die beiden gemeinsam, auch diese Geheimnistuerei um den Priester oder den Richter. Ich glaube, das Gericht ist für viele Leute zur Kirche geworden, meinst du nicht? Obwohl man dort immer höllisch lange warten muß. In der Kirche kommen die Priester wenigstens pünktlich zur Messe.»

Ich weiß nicht, wie lange ich wartete. Rafferty war durch eine Seitentür hinausgegangen. Richter Peterson verschwand mit einer Thermoskanne in der Hand hinter einer Stellwand. Die Protokollantin flüsterte mit dem Justizwachtmeister und versuchte, lautlos zu lachen. Ich dachte über Goethe nach. Ich hoffte, daß Horace Peterson sich im Laufe seiner Karriere zu einem ausgezeichneten Menschenkenner entwickelt hatte. Zu einem wahren Experten. Ich hoffte, daß er über Goethe hinausgekommen war und die Menschen inzwischen mühelos durchschaute. Er sah aus wie ein ermüdeter Fünfundfünfzigjähriger. Ich klammerte mich an die Hoffnung, er würde Alice nur einmal ansehen müssen, um sofort den Irrtum zu erkennen. Sie war eine schöne Frau, die ihre langen Haare zu einem Zopf geflochten trug. Sie war eine angenehme Erscheinung. Sie war gebildet. Ja, sie war impulsiv, das gab sie selbst zu. Aber sie war auf jeden Fall tüchtig, natürlich war sie das, und sie hatte Prinzipien. Gleichzeitig gab ich mich auch der Hoffnung hin, daß er mit den Jahren milder geworden war, daß ihn eine schöne Frau nachsichtig stimmen konnte. Es war mir egal, wie sie freikam.

Offenbar hatte es ein Zeichen gegeben, denn plötzlich erschien Richter Peterson mit seiner Kaffeekanne wieder am Richterstuhl. Der Wachtmeister öffnete die Tür zum Warteraum, und Alice schlurfte herein. Wie sie es vorausgesagt hatte, klirrten ihre Fußfesseln beim Gehen. Sie blickte sich nicht nach mir um. Sie sah sofort aus dem Fenster, auf den weißen Himmel. Ihre orangefarbenen Kleider schlotterten ihr am Leib. Die Hosen bauschten sich an den Knöcheln. Der Schritt hing bis zu den Knien. Rafferty hielt eine Akte in der Hand und sprach mit ihr. Es war Hochsommer, und er trug ein dickes Jackett. Susan Dirks, die Staatsanwältin, und Mrs. Mackessy kamen mit Robbie hinter der Stellwand hervor und setzten sich an ihren Tisch.

«Was für einen Eindruck machte Alice im Gericht?» fragte Theresa. «Wie ging's ihr?» Ich hörte mich sagen: «Sie haben sie ausstaffiert wie eine Geistesgestörte.»

«Wie konnten sie das tun, Howard», fragte sie leise. «Was meinst du damit?»

«Wie jemand, dem man nicht erlauben sollte, sich alleine anzuziehen. Weil die Sachen dann immer zu groß sind.»

Theresa kam auf mich zu und stellte sich neben mich. Sie legte mir den Arm um die Schultern und blickte zu mir hinunter.

«Sie sagt, es geht ihr gut», murmelte ich und versuchte, mich ihrer kleinen Hand zu entziehen.

«Rafferty hat mir mal was Komisches erzählt», sagte Theresa, ohne sich zu rühren. «Wenn er die Ankläger nicht ausstehen kann, stellt er sich vor, daß die Anwälte und ihre Zeugen einen ruhigen Fluß entlangtreiben. Sie wissen nicht, daß sie auf einen gefährlichen Wasserfall mit scharfkantigen Felsen zusteuern. Er sagte, er sieht sie vor sich – vor seinem geistigen Auge –, wie sie in die Tiefe gerissen und am Ende zerschmettert werden. Auf diese Weise bleibt er gelassen.»

«Das ist bestimmt sehr hilfreich», sagte ich. Schließlich gelang es mir, aufzustehen, indem ich vorgab, mir ein Taschentuch aus der Hosentasche ziehen zu müssen. Ich kehrte ihrem mitfühlenden Blick den Rücken zu und schneuzte mich. Ich hatte nicht viel Gelegenheit gehabt, mit Rafferty über die stellvertretende Staatsanwältin Susan Dirks zu sprechen. Sie war eine schlanke, elegante Frau. Sie hatte die Sorte Haar, die in meinen Augen für die Frauen von Wisconsin, Minnesota, Michigan und Iowa typisch ist. Meinetwegen auch von Indiana. Es ist wellig wie geriffeltes Metall, die albernen Stirnfransen sehen aus, als kämen sie direkt aus der Spraydose. Susan Dirks trug einen glitzernden schwarzen Blazer und einen kurzen schwarzen Rock. Dazu hatte sie sich jede Menge schweren

Goldschmuck an die Handgelenke und um den Hals gehängt. Als alle versammelt waren, wirkte Alice in ihren überdimensionalen orangefarbenen Hosen erst recht fehl am Platz, wie eine Idiotin, die im geschmacklosen Outfit auf der Party erschienen war.

Als ich mich wieder neben Theresa setzte und ihr berichtete, daß keiner der Anwälte ein richtiges Eröffnungsplädoyer gehalten hatte, sagte sie: «Und was war mit ihrem Bekenntnis ‹Ich tue allen Leuten weh›? Suzannah Brooks hat mir das geradezu triumphierend unter die Nase gerieben.»

Unwillkürlich mußte ich ein paarmal blinzeln. Ich glaubte, ich hätte sie nicht richtig verstanden. Dieses Eingeständnis hatte mich eine schlaflose Nacht gekostet. Es war nicht meine Absicht gewesen, es Theresa gegenüber auch nur zu erwähnen. Ich wußte immer noch nicht richtig, ob ich eigentlich besorgt, verblüfft oder wütend war. Um klarzukommen, mußte ich mich für eine der drei Möglichkeiten entscheiden. Ich hatte mich stundenlang herumgewälzt und versucht, nicht in Panik zu geraten. Der Polizeibeamte hatte am Ende der Vorverhandlung ausgesagt. Unter Eid hatte er angegeben, Alice habe ihn laut angeschrien: «Ich tue allen Leuten weh.» Wenn es nach mir gegangen wäre, hätte Theresa mir eigentlich nur erklären sollen, was Alice war, ohne daß ich selbst die wesentlichen Anklagepunkte beisteuern mußte. Ich hatte gar nicht gewußt, wie ich ihr von dem erdrückenden Beweismaterial berichten sollte. Ohne überhaupt auf Alices Selbstbeschuldigung einzugehen, hatte ich fragen wollen: Hat sie es getan? Theresa würde verneinen. Sie würde ein zweites Mal verneinen. Dann würde sich ihr Gesichtsausdruck verändern. Sie würde sich von einer Seite zeigen, die ich nie zuvor kennengelernt hatte. Sie würde zunächst ungläubig die Stirn runzeln. Und dann würde so etwas wie Verachtung ihr hübsches Gesicht entstellen.

Sie gab mir keine Gelegenheit zu fragen, wie Suzannah Brooks etwas durch die verschlossenen Türen gehört haben konnte. Sie wandte sich um und legte mir wieder die Hand auf den Arm. «Ich kann mir vorstellen, warum Alice das gesagt hat, du nicht? Nach dem, was mit Lizzy geschehen ist, verstehe ich, daß sie sich grundsätzlich schuldig fühlt. Mir würde es auch so gehen. Rafferty wird sicher dafür sorgen, daß ihr Geständnis im Prozeß nicht gegen sie verwendet werden kann. Er wird ein Hintertürchen finden, du weißt doch, wie Anwälte so etwas handhaben. Wahrscheinlich hatten sie Alice nicht über ihre Rechte belehrt, und deshalb wird alles, was sie geäußert hat, nicht zugelassen. Alice hat ihre Gefühle ausgedrückt, keine Tatsachen. Wenn man sie gut kennt, ist das ganz einfach zu verstehen. Sonst gibt sie sich nicht so leicht geschlagen, aber es ist doch klar, daß sie noch viel zu bewältigen hat. Ich glaube, sie hat nicht einmal die Hälfte ihrer alten Familienprobleme gelöst. Das ist auch einer der Gründe, weshalb sie so witzig sein kann, weil sie im Grunde so verletzlich ist. Sie hat viel von ihrem Leid in Humor verwandelt, aber wir wissen alle, daß tief in ihrem Innersten ein großer Schmerz sitzt.»

Ich konnte nicht anders, ich mußte sie anschauen, ihren unverwandten Blick erwidern. Sie war sich völlig sicher, daß sie recht hatte, das konnte ich sehen. Sie erfand das nicht alles, um mich zu trösten. Die Eigenschaften, die sie beschrieb, waren vermutlich genau die, die mich damals zu Alice hingezogen hatten: Mal hatte sie ihre Haare zu einem Knoten hochgesteckt und war die Beherrschung selbst, und dann wieder löste sie den Zopf und tanzte völlig selbstvergessen. Ich war Theresa dankbar, dankbar, daß sie mir Alices Äußerung begreiflich machen konnte. Ungefähr drei Sekunden lang war ich geradezu euphorisch.

«Das liebe ich so an Alice, du nicht auch?» fuhr Theresa fort. «Sie läßt die herzerfrischendsten Bemerkungen los, diese sagenhaften Sprüche, nur manchmal versagen ihre Bremsen, und du wünschst dir, du könntest sie knebeln.»

Man müßte sie knebeln. Wenn man sie nur knebeln könnte! Sie hätte diese Dinge nicht sagen sollen! Es war falsch von ihr gewesen, ihre schmutzige Wäsche vor dem Polizeibeamten auszubreiten. Es war unbesonnen. Es war idiotisch. Wie kann jemand zu einem Polizeibeamten sagen: «Ich tue allen Leuten weh»? Theresa zog mich sachte am Arm. Offenbar konnte sie sehen, was ich dachte. Wenn Alice im Zimmer gewesen wäre, hätte ich weggehen müssen, um ihr meine Wut nicht zu zeigen. «Und was ist dann geschehen?» fragte sie. «Erzähl mir davon. Hat Robbie ausgesagt? Bitte, sag es mir.»

Alice würde sagen, daß ich eigentlich nie auf die Kleidung von Leuten achte, aber selbst mir war klar, daß Kleidung bei der Vorverhandlung eine entscheidende Rolle spielte. Robbie trug einen beigen Anzug mit Weste, als sei das Verfahren eine Demonstrationsveranstaltung für zukünftige Anwälte. Dabei sollte doch hier kein Ansehen der Person gelten. Mrs. Mackessy verkörperte die ideale amerikanische Vorstadtmutter, wie sie da oben auf der Zeugenbank saß, mit ihrem Jungen auf dem Schoß. Sie trug eins von diesen Jeans-Kleidern, die mich immer an Futtersäcke erinnern. Wir sollten uns ausmalen, wie sie in ihrem mit Holz ausgekleideten Kombi zum Tierarzt, zum Pfadfindertreffen, zum Gemeindebasar kutschierte. In Wirklichkeit fährt sie einen 1979er Impala. Offenbar hat sie sich ordentlich um die Karre gekümmert, denn die Karosserie ist noch gut in Schuß. Ihr langes, strähniges Haar war mit einem rosaroten Satinband zusammengebunden. Alice sagte später, dieses rosarote Satinband habe ihr den Rest gegeben.

Als Susan Dirks Mrs. Mackessy in den Zeugenstand führte, sprang Rafferty auf und ging rasch zum Richterstuhl, um Einspruch zu erheben. Es gebe keinen ersichtlichen Grund dafür, sagte er, daß der Junge auf dem Schoß seiner Mutter sitze. Alice meinte, etwas in Raffertys Stimme und Auftreten habe seine Ersuchen und Einreden vernünftig und richtig klingen lassen. Vermutlich hatte sie recht. Er wirkte ruhig und energisch zugleich. Die Staatsanwältin, gab er dem Richter zu bedenken, wisse, daß ihr Fall auf wackligen Füßen stehe, und versuche, ihn mit allen Mitteln zu stützen.

Der Richter wies den Einspruch zurück. Die Vorverhandlung sei in jeder Hinsicht anstrengend, Robbie habe das Recht, sich sicher zu fühlen, und schließlich könne ein Kind zuverlässigere Angaben machen, wenn es nicht verängstigt sei.

Der Justizwachtmeister ließ Robbie die Hand heben und schwören, die Wahrheit zu sagen und nichts als die Wahrheit.

«Okay», erwiderte er. Er lehnte sich an seine Mutter. Als er die Armlehnen anfaßte, merkte er überrascht und erfreut, daß sich der Stuhl drehen ließ.

«Wie geht's dir, Robbie?» fragte Susan Dirks. «Hast du es schön gemütlich?»

«Ja.»

Das Gebäude hatte eine optimale Klimaanlage. Wir hatten es alle schön gemütlich.

«Es wird nicht lang dauern», sagte sie zu Robbie. «Ich stelle dir jetzt ein paar Fragen, und dann wird der Herr da drüben, Mr. Rafferty» – sie zeigte auf ihn – «der im karierten Anzug, dich etwas fragen, und dann kannst du wieder nach Hause gehen.»

Robbie nickte. Alice sagte immer, er würde so aussehen, als könnte er sich jeden Moment in Luft auflösen, wenn er diesen großen Mund nicht hätte. Seine Augen waren farblos. Seine Haare waren farblos, sogar sein Anzug war farblos. Sie hatte schon Monate vor diesem Sommer verkündet, er habe das ausdrucksloseste Gesicht, das ihr je untergekommen sei, ob bei Erwachsenen oder Kindern. Außerdem starre er sie dauernd an, was ihr auf die Nerven gehe. Bei der Vorverhandlung saß er auf dem Schoß seiner Mutter und starrte auf einen Punkt neben Mrs. Dirks' Füßen.

«Wie alt bist du, Robbie?» fragte Susan.

«Sechs.» Soweit ich es beurteilen konnte, hatte der Junge noch nicht einmal mit der Wimper gezuckt.

«Das ist großartig, Robbie. Du bist sicher alt genug, um den Unterschied zwischen wahr und gelogen zu kennen.»

«Ja, Ma'am.»

Alice ließ den Kopf nach vorne sinken. Sie hielt ihn gesenkt, als würde sie beten.

«Wenn ich dir sagen würde, daß deine Jacke lila ist, ist das die Wahrheit oder eine Lüge?»

«Das ist eine Lüge.»

«Was ist eine Lüge, Robbie?»

«Was Schlimmes», sagte er und sah wieder auf Mrs. Dirks' Schuhe. «Wenn man sich was ausdenkt.»

«Ja, das ist richtig. Es ist eine Lüge, wenn man sich etwas nur ausdenkt. Was bedeutet es, die Wahrheit zu sagen?»

«Das muß man. Wenn was ... das ist, wenn was wirklich passiert ist, also wenn man's nicht erfindet oder so.»

«Genau. Und in diesem Gericht gibt es ein Gesetz, daß wir alle die Wahrheit sagen müssen. Wir haben einen Eid geschworen, daß wir die Wahrheit sagen. Das heißt, wir haben es versprochen. Du hast gerade versprochen, aufrichtig zu sein, als du eben die Fragen von Mr. Malone beantwortet hast. Verstehst du das?»

Dann gestattete der Richter Rafferty, Robbie im Hinblick darauf zu befragen, ob er den Eid verstanden hatte und in der Lage war, Fragen wahrheitsgemäß zu beantworten. Rafferty stand an seinen Tisch gelehnt und feuerte kurze Salven auf den Jungen ab. Ich glaube, sogar ein Sechsjähriger mußte spüren, wie Rafferty seinen geschulten Verstand ausspielte. Rafferty sprach in einem kühlen Ton und machte keinen Hehl aus seiner Abneigung.

Als Susan Dirks ihre Befragung fortsetzte, stand sie etwa einen Meter von den Mackessys entfernt. Sie hatte die Arme über der flachen Brust gekreuzt und einen Fuß vorgestreckt, mit der Schuhspitze nach oben. Der Pfennigabsatz bohrte sich in den kurzen Flor des Teppichbodens. «Kannst du uns erzählen, was du am liebsten machst, deine Lieblingsbeschäftigungen?»

«Nintendo. Fahrradfahren. Mein Dad hat mir einen G. I. Joe geschenkt.» Er listete seine Spiele gleichgültig auf, als würden sie ihm nichts bedeuten.

«Spielst du Abenteuer mit deinem G. I. Joe, Robbie?»

Er versank eine Weile in Carol Mackessys Schoß. Sie hielt ihn um die Taille und legte ihr Kinn auf seinen Kopf. «Ja», sagte er.

«Und kämpft er zum Beispiel gegen Feinde, dein G. I. Joe?»

Er richtete sich urplötzlich auf, so daß er gegen das Kinn seiner Mutter stieß und ihr Kopf nach hinten kippte. «Ich tu so, wie wenn er gegen die Bösen kämpft, wie Nigger und so und...» Er wurde immer lebhafter und sah zum erstenmal an Mrs. Dirks vorbei. Dann streckte er den Zeigefinger aus und begann, reihum alle Bänke zu beschießen, bis sein ganzes Magazin leer war. «*Ba bam, ba bam, ba bam,* er knallt sie ab, jagt die Häuser in die Luft... Das Zeug quillt ihnen aus'm Bauch, uahh, er hat mich erwischt...»

Zur Protokollantin sagte Rafferty: «Halten wir fest: der Zeuge streckt die Hände vor, zielt mit dem Finger wie mit einer Pistole und bewegt ihn von links nach rechts.»

Weder Mrs. Dirks noch Mrs. Mackessy waren auf Robbies Ausbruch gefaßt gewesen. Mrs. Dirks hatte die Arme ausgestreckt und die Hände erhoben wie eine Chorleiterin. Rafferty wandte ein, die Staatsanwältin gebe dem Zeugen Zeichen. Allerdings war das kein Fingerzeig, den Robbie zu deuten verstand. Mrs. Mackessy versuchte, mit dem unerwarteten Kinnhaken fertig zu werden. Sie mußte ihren Zorn unterdrücken. Mit dem Unterarm und der geballten Faust drückte sie Robbie fest gegen ihren Bauch.

«Ich verstehe», sagte Susan zu Robbie. «Das bildest du dir alles ein.»

«Ja, aber das ist nicht echt, kein bißchen. Es ist nicht mal im Fernsehen echt. Die machen nämlich solche Bilder im Fernsehsender, und dann beamen sie einem die ins Haus. Das sind nur Bilder, die jemand gemalt hat.»

«Wenn Leute im Fernsehen erschossen werden, sind sie dann richtig tot, Robbie?»

«Das sind Leute, die nur so umfallen. Sie kriegen viel Geld dafür.»

«Das heißt, manchmal spielst du so, als ob, und manchmal schaust du Fernsehen, und dann gibt es Zeiten, wo die Sachen echt sind...»

«Echt ist, wenn man lebt.»

«Hast du schon mal gelogen, vielleicht deine Mom oder deinen Dad angeschwindelt?»

«Ich probier, es nicht zu machen.»

Sie mußte ihn angelächelt haben. Man hörte die Herzlichkeit in ihrer Erwiderung. «Wir probieren alle, nicht zu lügen. Manchmal ist es schwer, oder?»

«Mhm», sagte er, ohne den Blick von ihren Füßen zu heben.

«Wie fühlst du dich, wenn du deine Mom anschwindelst?»

«Ich hab mal Bonbons genommen, und sie hat es gemerkt.»

«Hast du geschwindelt wegen der Bonbons?»

Er nickte wie ein alter Mann, mit einem kaum merklichen Neigen des Kinns.

«Wie hast du dich gefühlt, als du gelogen hast?»

«Ganz eklig. Als sie – nachher hab ich mich entschuldigt.»

«Woher weißt du, daß du nicht lügen darfst, Robbie? Wer bringt dir so etwas bei?»

«Meine Mom. Man merkt, ob einer eine wahre Geschichte erzählt oder eine Lüge. Das hab ich gelernt.»

«Wie kann man das erkennen?»

«Eine Lüge ist ganz komisch, man kann sie nicht richtig glauben, man sagt halt: Jaja, schon gut.»

Es war schwer vorstellbar, daß Emma in einem Jahr so mitteilsam sein würde. Alice hatte bei einem meiner Besuche gesagt, Robbie sei ein ganz bemerkenswertes Kind, jemand, der schon mit sechs verstand, daß das Interesse der Öffentlichkeit aus seinem Leben eine Story machte und daß diese Story etwas wert war.

«Was passiert mit dir, wenn du lügst, Robbie?»

Seine Augen wanderten von ihrem Fuß zum Boden des Zeugenstands. «Mom wird wütend.»

«Leute, die lügen, werden bestraft, nicht?»

«Ja, Ma'am.»

«Du verstehst doch, daß Leute, die im Gericht lügen, auch bestraft werden?»

«Ich weiß.»

«Natürlich. Für deine sechs Jahre bist du schon ein kluger Junge. Du mußt jetzt sehr gut nachdenken, um dich an alles zu erinnern, und du mußt immer die Wahrheit sagen.»

«Okay», sagte er.

«Kennst du die Dame in dem orangefarbenen Anzug, die da am Tisch sitzt?»

Anzug war sehr milde ausgedrückt für das, was Alice anhatte. Was bei Robbie unter anderem merkwürdig erschien, waren sein Blick und die Tatsache, daß er sich während der ganzen Befragung höchstens ein paar Zentimeter bewegte. Er drehte den Kopf von Alice weg und sah sie dann aus dem Augenwinkel an. «Ja», sagte er.

«Woher kennst du sie, Robbie?»

Er sah wieder zu Boden.

«Sie ist die Krankenschwester.»

«Wo ist sie Krankenschwester?»

«In meiner Schule.»

«Wie hieß deine Lehrerin letztes Jahr in der Vorschule der Blackwell-Grundschule, Robbie?»

«Mrs. Ritter.»

«Mrs. Ritter. Bist du gerne in die Vorschule gegangen?»

Rafferty kippelte mit dem Stuhl. Seine Arme lagen gestreckt und mit gefalteten Händen auf dem leeren Pult. Er kam mir unnatürlich ruhig vor, wie er da neben Alice saß. Sie hatte kein einziges Mal den Kopf gehoben, seit Robbie Mrs. Dirks das erste Mal mit «Ja, Ma'am» geantwortet hatte. Ich wünschte mir, sie würde sich aufraffen und hinschauen. Es machte keinen guten Eindruck. Der Richter würde folgern, daß sie ihrem Ankläger nicht in die Augen schauen konnte.

«Warum war Mrs. Ritter deine Freundin?» fragte Susan.

«Sie war nett zu mir. Sie hat manchmal gesagt, daß ich mein Arbeitsblatt nicht fertig machen muß.»

«Ich verstehe. Und gab es andere Gründe, warum du sie nett fandest?»

«Sie hat mir Süßigkeiten geschenkt.»

«Hat sie nur dir Süßigkeiten geschenkt oder allen aus der Klasse?»

«Wir haben jeden Tag Kekse und Popcorn und Salzstangen gekriegt. Die Milch mußten wir in der Halle holen.»

«Dann war Mrs. Ritter eine liebe Frau?»

«Sie hatte eine Wüstenrennmaus in einem Käfig. Die durften wir übers Wochenende mit nach Hause nehmen.»

«In deiner Schule, Robbie, weißt du noch, daß du ins Büro der Krankenschwester kommst, wenn du den Flur entlang gehst, am Klassenzimmer der zweiten Klasse vorbei.»

«Mhm.»

«Dann kommt noch ein kleiner Flur.»

«Ja.»

«Dort sind mehrere Zimmer, nicht wahr, für den Rektor und die Sekretärin und den Vertrauenslehrer und die Krankenschwester.»

«Glaube ja.»

«Die Krankenschwester ist im ersten Zimmer.»

«Ja, im ersten.»

«Du warst letztes Jahr oft bei der Krankenschwester?»

Robbie, der schon die ganze Zeit zu Boden sah, schlug die Augen noch weiter nieder. Die Veränderung war unheimlich. Es sah aus, als ob etwas herabfiele, als ob ein Vorhang heruntergelassen würde und ihn verhüllte. «Sie war gemein zu mir.»

«Wer war gemein zu dir?»

«Sie. Die Krankenschwester.»

«Wie war sie gemein zu dir?»

«Sie hat mich angebrüllt.»

«Wo hat sie gebrüllt?»

«In ihrem Zimmer.»

«Warum hat sie dich angeschrien? Weißt du, warum sie gebrüllt hat?»

Ich hatte, wie gesagt, in meiner Jugend viel von Perry Mason gelernt. Mir schien, Rafferty hätte gegen einige von Mrs. Dirks' Fragen Einspruch erheben müssen.

«Damit ich das gemacht hab, was ich nicht wollte.»

«Was solltest du denn tun?»

Mechanisch, als hätte man ihn dazu aufgefordert, drückte er sich die Faust in den Magen. «Es tut weh», sagte er lustlos, «*aauuuuuuu*.» Seine Mutter küßte ihn aufs Ohr und wischte sich dann mit dem Handrücken die Augen.

Rafferty stellte sich rechts neben den Richterstuhl. Er zeigte beim Sprechen auf Mrs. Mackessy. Er erhob selten die Stimme, aber wenn er energisch werden wollte, klang sie belegt. «Einspruch, Euer Ehren. Dirks bauscht den Fall auf, indem sie Mom da oben sitzen läßt. Zahlt das Gericht ihr auch die Taschentücher? Ich würde die Freunde und Angehörigen meiner Klientin bei der Gerichtsverhandlung gern im Zeugenstand sehen, um ihr moralische Unterstützung zu gewähren, nachdem sie monatelang im Gefängnis war.»

«Beruhigen Sie sich», fauchte der Richter. «Ich möchte Sie doch bitten, das Alter des Zeugen zu bedenken.»

«Ich weiß, es tut weh», sagte Mrs. Dirks zu Robbie, nachdem sich Rafferty wieder gesetzt hatte. «Tut mir leid, Herzchen.»

Ihr Kosewort klang, als käme es vom Tonband der Zeitansage.

«Aber daß du hier bist, hilft uns, die Wahrheit herauszufinden, damit es nicht mehr weh tut und damit anderen Kindern nicht weh getan wird.»

Raffertys Tonfall klang angewidert, als er Einspruch erhob. Der Richter wies ihn zurück. Dirks marschierte flott zu ihrem Tisch und holte eine Puppe aus ihrer Einkaufstasche. Man nennt sie heutzutage «anatomisch detaillierte Puppen», nicht mehr «anatomisch korrekte Puppen». Sie drückte sie an die Brust, als wollte sie sie beschützen. «Du hast diese Puppe schon einmal gesehen, Robbie, in Miss Flints Büro. Stimmt das?»

«Ja.»

«Möchtest du lieber an der Puppe zeigen, was im Sprechzimmer der Krankenschwester passiert ist? Wäre das leichter, als darüber zu sprechen?»

Sein Nicken war kaum erkennbar.

«Dann zeig es uns, Herzchen.»

Robbie nahm die Puppe entgegen und hielt sie zuerst recht unbeholfen, da er die Schultern hochgezogen hatte. Er hielt sie ganz vorsichtig, wie einen richtigen Säugling. Sie war mit kurzen blauen Hosen und einem rot-blau-gestreiften T-Shirt bekleidet. Das Haar bestand aus braunem Garn. Robbie drehte die Puppe so, daß er ihr Gesicht sah. Er schien weich zu werden, endlich einen Gesichtsausdruck zu bekommen. Er kniff die Augen zusammen. Seine dünnen Lippen zitterten, und die Mundwinkel verzogen sich nach unten. Ich werde nie vergessen, wie er diese Puppe anschaute. Er zuckte zusammen, an ihrer Statt. Er wimmerte, während er auf ihr Gesicht blickte. Er quietschte. Genau in diesem Augenblick setzte sich Alice auf. Sie drehte sich um, weil sie sehen wollte, ob ich da war. Vermutlich wußte sie, was ich für ein Gesicht machen würde. Ich fühlte ihren Blick auf mir und riß mich nur zögernd von dem Jungen los, um sie anzusehen. Gleich als sie aus ihrer starren Sitzhaltung erwachte, kam mir der Gedanke, daß sie wie ein Störsender die Aussage sabotieren wollte. Robbie würde etwas Widerwärtiges mit der Puppe anstellen müssen. Sie lenkte mich ab. Er wollte nicht weitermachen; er wollte sich nicht daran erinnern müssen, was man ihm angetan hatte.

Mrs. Dirks hielt ihm ein Tablett mit medizinischen Instrumenten hin. Sie bot ihm ein Stethoskop, Wattebällchen, Zungenspatel, Pinzetten, Scheren, Heftpflaster und eine Rolle Verbandsmaterial an. Sie präsentierte das Tablett wie eine Platte mit Hors d'œuvres. Alice hatte mich ertappt. Sie hatte sich nur deshalb umgesehen, weil sie sehen wollte, ob ich unsicher war. Sie hatte etwas entdeckt, was ich lieber für mich behalten hätte. Ich war nicht willens, mir anzuschauen, wie der Junge dieser Puppe eine grausame und unangemessene Bestrafung zuteil werden ließ. Ich wollte nichts mit diesem bizarren Spiel zu tun haben. «Es ist eine Lüge, wenn es komisch ist», hatte Robbie gesagt. Aus seiner Logik folgte, daß dieser Saal, dieses Gebäude, die unbegreifliche Geschichte, alles hier eine Lüge war.

«Weißt du, wozu man das braucht?» fragte Mrs. Dirks, als Robbie sich einen Zungenspatel aussuchte.

«Man muß ‹aahhh› sagen.»

Es war bereits dunkel auf der Veranda, als ich versuchte, Theresa die wichtigsten Details von Robbies Zeugenaussage mitzuteilen. Ich erklärte, daß er den Unterschied zwischen Lüge und Wahrheit zu begreifen schien, daß er wußte, daß Lügen unrecht war. Seine Besuche bei Alice, sagte ich, hatten ihn zumindest ziemlich durcheinander gebracht. Ich stand auf, um die alte Kerosinlampe anzuzünden, die wir mit dem Haus übernommen hatten. Abgesehen von leisen Ausrufen hatte Theresa während meines Berichts geschwiegen. Ich war dankbar für ihre Anwesenheit und sogar für ihr Mitgefühl, aber jetzt war ich müde. Ich konnte nicht mehr. Ich spähte um die Ecke, ob Emma sich dort versteckte und lauschte. Sie war im Wohnzimmer, lag neben Claire vor dem Fernseher. «Hast du von den Waldland-Indianern gehört, die ungefähr 500 vor Christus hier lebten?», fragte ich, während ich das Streichholz ausschnipste. «Die Väter brachten ihren Söhnen in der Pubertät bei, sich mit dem Traumleben vertraut zu machen. Sie glaubten, nein, sie wußten, daß es in den Wäldern und in der Prärie göttliche Geister gab. Durch Fasten und Träume stellten sie mit den Geistern intensiven Kontakt her. Und sie glaubten, beim Sterben würde ein Gott ihre Seele ins Paradies geleiten, in ein großes Dorf, in dem Frieden herrschte, Vollkommenheit. Sie würden ewig Lacrosse spielen. Ich erinnere mich, daß ich im College gelesen habe, wie die Väter dieses Traumleben ihren Söhnen weitergaben. Uns wird nichts Derartiges überliefert. Ich glaube, wir haben in unserem Leben nichts Vergleichbares. Manchmal spüre ich eine Nähe zu den Menschen, die hier in diesem Haus gelebt haben. Aber keine Gespenster oder Geister. Es ist nur eine Verbindung zur Vergangenheit, eine Art Geistesverwandtschaft vielleicht.»

«Oh, Howard», sagte Theresa erschrocken, «das ist so furchtbar für dich.»

Ich sah sie an. Ich hatte gar nicht gemerkt, daß ich laut redete.

Ich sprach nicht mit vielen Leuten über das Traumleben der Indianer oder über mein eigenes Traumleben. Ich lehnte mich auf der Walnußbank zurück. Für Alice sei es noch viel schlimmer als für mich, murmelte ich. Eine Zeitlang schwiegen wir beide.

Bei der Vorverhandlung hatte ich mit gesenktem Kopf gewartet, während Robbie an seiner Puppe herumstocherte. Während er allen anderen zeigte, daß er sich in sexuellen Dingen auskannte wie ein Erwachsener. Ich kümmerte mich nicht darum, wie der Richter mein Verhalten interpretieren würde. Ein Kind konnte nicht aussehen wie Robbie, wenn ihm nicht jemand übel mitgespielt hatte. Mit sechs konnte man eine traumatische Erfahrung nicht simulieren. Anfangs hatte er verängstigt gewirkt und gepeinigt von der Erinnerung, und dann, als die Bilder wieder in ihm aufstiegen, hatten sich seine Augen weit geöffnet, als könnte er sich nicht von jener Szene lösen. «Vor siebenundachtzig Jahren», hatte ich mir mit dem Kopf zwischen den Knien vorgesprochen, «gründeten unsere Väter auf diesem Kontinent eine neue Nation, empfangen in Freiheit und dem Grundsatz geweiht, daß alle Menschen gleich erschaffen sind. Nun stehen wir in einem großen Bürgerkrieg, der eine Prüfung ist dafür, ob diese Nation oder irgend eine dergestalt empfangene und auf den gleichen Grundsätzen beruhende Nation Bestand haben kann.» War es richtig gewesen, bei Gettysburg vierzigtausend Männer zu opfern – für eine einzige makellose Rede? Manchmal schien es so. Ich sprach manchmal die Rede während der Farmarbeit vor mich hin. Sie hatte eine ähnliche Wirkung wie die Mantras aus meiner kurzen TM-Zeit, nur nachhaltiger, denn sie pulste in meinen Adern ebenso wie in meinem Kopf. «Die Welt wird sicher kaum Notiz nehmen von dem, was hier gesagt wird, und sie wird sich gewiß nicht lange daran erinnern, aber sie wird nie vergessen, was diese Männer getan haben.» Mit gesenktem Kopf fragte ich mich, was von diesem Sommer an Positivem bleiben würde. Ich fragte mich, welche Hoffnung wir wohl nach Hause mitnehmen konnten, die sich länger halten würde als diese Horrorvorstellung, in Abteilung Sechs zu sitzen, während Robbie Mackessy seine Puppe quälte.

«Was hat er denn gemacht?» fragte Theresa in ihrer sanften, beharrlichen Art. «Was hat er mit der Puppe gemacht?»

Ich hatte nicht mehr aufgeblickt, während Mrs. Dirks ihre restlichen Fragen stellte. Ich hatte im stillen unentwegt die Gettysburg-Rede aufgesagt. Und ich hatte daran gedacht, daß ich schon als Kind hatte Farmer werden wollen. Ich wollte auf einer Farm arbeiten, seit ich zum erstenmal ein Weizenfeld eingesät hatte. Da hatte ich auf dem Schoß meines Onkels Erwin gesessen, während er den Traktor fuhr. Später im Sommer hatte ich ihn auf seiner Farm in Zombrota, Minnesota, noch einmal besucht. Ich sah den Weizen, das Meer von grünem Weizen, das wir gesät hatten. Ich habe nie vergessen, wie schön dieses Feld war. Der Weizen bewegte sich im Wind wie Wellen. Jahre später im College las ich, daß es in einhundert Jahren keinen Mutterboden mehr geben würde, daß wir den Mutterboden schneller verbrauchen als jede andere natürliche Ressource. Das genügte, um dem Pfad folgen zu wollen, den Onkel Erwin mir vorgezeichnet hatte.

«Ich weiß nicht genau, was Robbie mit der Puppe gemacht hat», sagte ich zu Theresa.

«Er hat den Akt nicht vollzogen?» fragte sie in vollem Ernst.

Ich hatte mich erst dann wieder aufgerichtet, als Mrs. Dirks sagte: «Okay, Robbie. Vielen Dank. Du bist schwer in Ordnung. Du bist ein sehr tapferer Junge, und wir danken dir.» Ich hatte gehofft, Alice würde den Kopf noch einmal wenden und mich anblicken. Sie würde sehen, daß ich nicht betroffen war. Sie würde sehen, daß nichts von dem, was Robbie getan hatte, auf mich Eindruck gemacht hatte.

Mit jenem Scharfsinn, den nicht einmal Alice besitzt, sagte Theresa: «Wenn ich du wäre, hätte ich mir die ganze Prozedur nicht anschauen können, Howard. Und dann noch in Alices Beisein. Ich hätte die Augen geschlossen und mir die Ohren zugehalten.»

Sie brachte mich völlig durcheinander. Ich mußte das Kinn in die Hände stützen, bevor ich wieder sprechen konnte. «Dann fing Rafferty mit dem Kreuzverhör an», sagte ich heiser. «Er trug ein ziemlich schäbiges kariertes Jackett, bei dem ich an ein großes, altes Billig-Kaufhaus in Chicago denken mußte. Goldblatt's. Meine Tante Penny schickte mir immer Spielzeug von Goldblatt's, das nach ungefähr zehn Minuten kaputtging. Die Verkäufer mußten Jacken tragen, die zu den Sofas in der Möbelabteilung paßten.»

Wir wußten beide, daß ich die Frage nicht beantwortet hatte. «Mein Gott», seufzte sie. «Dabei verdient er mehr als genug. Er könnte es sich leisten, bei Saks oder Brooks Brothers einzukaufen.»

Rafferty hatte sich an das Geländer gelehnt, das die leere Geschworenenbank abtrennte. «Hallo, Robbie», begann er, als hätten sie sich noch nie gesehen. «Ich heiße übrigens Paul. Kaum jemand nennt mich Mr. Rafferty, nicht mal Richter Peterson.» Zuerst hatte ich angenommen, Rafferty wolle aus Anstand dem Jungen die Befangenheit nehmen. Er hatte mir gesagt, der Richter werde den Fall nicht niederschlagen, weil die Beweislast in einer Vorverhandlung gering ist. Ich hatte von Anfang an, gleich als ich die träge Maschinerie des Gerichts mit den knarrenden Rädern und langsamen Umdrehungen sah, gewußt, daß es, selbst wenn Robbie nicht standhielt, viel Zeit und Geld kosten würde, Alice wieder eine weiße Weste zu verschaffen. Ich verstand erst später, daß jede einzelne Geste und jedes Wort von Rafferty bewußt darauf abzielten, bei Robbie Wut und Unverschämtheit zu provozieren.

«Bitte, Euer Ehren», sagte Rafferty, «darf ich an den Zeugenstand treten?» Der Richter nickte. Rafferty nahm einen Holzstuhl von seinem Tisch und stellte ihn in Robbies unmittelbarer Nähe hin. Er stellte einen Fuß auf den Sitz und stützte den Ellenbogen auf das Knie. «Ich will dir jetzt etwas erklären, mein Freund, bevor wir anfangen.» Mein Freund. Er hatte das Wort voller Sarkasmus ausgespuckt. Er fuhr sich mit der Hand leicht über den Hinterkopf.

Alice sagte, sein pomadisiertes, welliges Haar sehe immer aus, als käme es aus einer Gußform. «Wenn ich dir eine Frage stelle und du die Antwort weißt, kannst du Ja sagen. Wenn du sie nicht weißt, kannst du Nein antworten, oder Ich weiß nicht, oder Ich erinnere mich nicht. Wie Mrs. Dirks sagte, ist das wichtigste, daß du die Wahrheit sagst. Du sollst wissen, daß es in Ordnung ist, wenn du sagst Ich erinnere mich nicht, wenn du dich wirklich nicht erinnerst. Verstanden?»

Robbie starrte rechts neben sich auf den Boden, den Blick so weit wie möglich von Rafferty abgewandt. Er gab nicht zu erkennen, ob er Rafferty gehört hatte.

«Wer war die erste Person, der du von Mrs. Goodwin erzählt hast?»

«Meine Mom.»

«Deine Mom. Du wußtest, sie würde das verstehen, weil sie das, was du beschrieben hast, mit ihrem Freund tut, stimmt's?»

Wie nicht anders zu erwarten, fuhr Susan Dirks von ihrem Stuhl hoch. «Das ist bloßes Hörensagen, Euer Ehren, es ist irrelevant und kein unmittelbarer Beweis.»

«Ich ziehe die Frage zurück», sagte Rafferty gelassen.

Mrs. Mackessy hielt ihren Jungen jetzt noch fester umklammert. Sie versuchte ohne großen Erfolg, ihr Gesicht in seinen kurzen Haaren zu vergraben.

«Hat dich deine Mom in den Arm genommen, als du es ihr erzählt hast?»

Robbie zögerte. Er schwieg. «Ja», sagte er schließlich.

«Würdest du sagen, daß sie dich jeden Tag einmal in den Arm nimmt?»

«Einspruch, Euer Ehren», sagte Susan Dirks mit spürbarer Beherrschung. «Diese Fragestellung hat keinen Bezug zu...»

«Stattgegeben», knurrte der Richter.

«Manchmal können sie meine Fragen nicht leiden», erklärte Rafferty Robbie, «und dann kriege ich Ärger. Kriegst du auch manchmal Ärger?»

«Schon», sagte Robbie.

«Schon. Also du hast es deiner Mom erzählt, und sie hat die Polizei gerufen, und sie haben dich zu Miss Flint geschickt. Ich möchte, daß du dich an das erste Mal bei Miss Flint erinnerst. Denk kurz darüber nach, wie es an dem Tag in ihrem Büro war.»

Mrs. Mackessy verlagerte ihr Gewicht, und Robbie bewegte sich mit ihr auf und nieder wie auf einem Automatenpferd.

«Hast du Miss Flint gleich von Mrs. Goodwin erzählt?»

«Sie hat Spiele und so Sachen.»

«Hast du eine Weile mit ihr gespielt?»

«Ja.»

«Hat sie dich nach Mrs. Goodwin gefragt?»

Er antwortete nicht.

«Hast du ihr erzählt, was da in der Schule deiner Meinung nach passiert ist?»

Er zuckte die Achseln.

«Diese Frau», sagte Rafferty und deutete mit seinem Kugelschreiber auf die Protokollantin, «schreibt alles auf, was wir sagen. Du mußt mir schon antworten.»

Robbie verzog keine Miene und rührte sich keinen Millimeter.

«Wer sagt dir, daß Mrs. Goodwin böse ist?»

Er blieb bewegungslos sitzen. Er hatte die Augen niedergeschlagen. Er war bleich, und sein Gesicht schien keine Konturen zu haben.

«Ich weiß, es ist schon eine Weile her», sagte Rafferty, «wenn du dich also nicht erinnerst, macht das nichts. Hat dir Miss Flint gesagt, daß Mrs. Goodwin ein böser Mensch ist?»

«Nein.»

«Hat dir Susan Dirks gesagt, du sollst aussagen, daß Mrs. Goodwin böse war?»

«Sie hat gesagt, ich soll die Wahrheit sagen.»

«Wer hat dir gesagt, daß Mrs. Goodwin diese Sachen gemacht hat?»

«Miss Flint.»

«Miss Flint hat dir gesagt, daß...»

«Ich hab's ihr gezeigt...»

«Hat Miss Flint es dir zuerst gezeigt?»

Robbie sah Rafferty an. «Ich hab's *ihr* gezeigt», sagte er höhnisch, als sei die Frage eine Beleidigung seiner Intelligenz.

«Und was genau hat dich Miss Flint zuerst gefragt?»

«Hat die Krankenschwester dich angefaßt?»

«Miss Flint fragte: ‹Hat die Krankenschwester dich angefaßt?›»

«Ja.»

«Was hast du gesagt?»

«Ich hab's ihr an der Puppe gezeigt.»

«Hast du schon mal gesehen, wie deine Mom solche Sachen mit ihrem...»

«Euer Ehren», rief Mrs. Dirks aus, «wir wissen alle, was Mr. Rafferty vorhat. Er verletzt die Würde dieses Gerichts und die der Zeugen. Mr. Rafferty stellt Fragen, die auf Hörensagen basieren, die polemisch sind...»

«Mr. Rafferty», sagte der Richter langsam, «Sie sollten das Alter des Zeugen berücksichtigen. Ich verwarne Sie, verstehen Sie mich?»

«Ja, Euer Ehren.» Rafferty nahm seinen Fuß vom Stuhl und stellte sich aufrecht hin. Er verschränkte die Hände hinter dem Rücken.

«Welche Farbe hatten deine Hosen, als das im Büro der Krankenschwester passiert ist?»

Robbie zuckte die Achseln.

«Weißt du es nicht mehr?»

«Nein.»

«War ein Gürtel dran?»

«Mein Dad hat mir Hosenträger mit Batman drauf geschenkt.»

«Hast du deine Hosenträger im Sprechzimmer der Krankenschwester angehabt?»

«Nein.»

«Hast du einen Gürtel getragen?»

«Ich hab keinen Gürtel.»

«Hatten deine Hosen oben einen Druckknopf?» Rafferty öffnete sein Jackett und deutete auf seinen Bauch. «Ungefähr hier?»

«Kann sein.»

«Wer hat im Schwesternzimmer deine Hose aufgeknöpft?»

«Sie hat mich immer runtergeschubst.»

«Wer hat deine Hosen aufgeknöpft?»

«Sie.»

«Wer ist sie?»

«Die Krankenschwester.»

«Hat sie zuerst den Reißverschluß aufgemacht?»

«Ja.»

«Also hat sie zuerst den Reißverschluß an den Hosen aufgemacht, und dann hat sie die Hosen aufgeknöpft?»

Die meisten Kinder hätten garantiert ja gesagt, um es hinter sich zu bringen. Robbie schien nachzudenken. «Sie hat zuerst die Hosen aufgeknöpft», sagte er.

«Wo war der Rektor?»

«Weiß ich nicht.»

Rafferty fragte, wo der Vertrauenslehrer gewesen war, wo die Sekretärin gesessen hatte. Dann bat er Robbie noch einmal mehrere Minuten lang, seine Hosen zu beschreiben, ob sie Taschen gehabt hatten, ob die Krankenschwester die Hose bis zu den Knöcheln hinuntergezogen hatte, ob sie sie ihm ausgezogen hatte, wohin sie sie gelegt hatte. Auf eine ganze Reihe von Fragen antwortete Robbie, er wisse es nicht mehr.

«Am achtzehnten Mai hat dich eine Biene gestochen, Robbie, und dein Arm wurde dick. Du bist zu Mrs. Goodwin in ihr Zimmer gegangen deswegen. Erinnerst du dich daran?»

«Kann sein.»

«Erinnerst du dich, womit sie dir den Arm eingerieben hat, damit es besser wurde?»

«Sie hat mich angebrüllt», sate er mit monotoner Stimme.

«Was hat sie gebrüllt?»

«Sie hat Schimpfnamen zu mir gesagt.»

«Schimpfnamen?»

«Sie hat gesagt, sie bindet mich auf einem Stuhl fest.»

«Hat sie dich festgebunden?»

«Sie hat mich immer runtergeschubst.»

«Hat sie an diesem achtzehnten Mai deinen Bienenstich behandelt, als du auf dem Spielplatz gestochen worden bist?»

Seine Schultern zuckten einmal auf und ab.

«Hat sie deinen Bienenstich behandelt?»

«Weiß ich nicht.»

«Weiß ich nicht? Du erinnerst dich nicht?»

«ICH SAGTE, ich weiß nicht.» Robbie starrte Rafferty einen Augenblick wütend an, bevor er die Augen wieder auf den Teppich senkte.

«Das hast du, das hast du. Warum mußte dich Mrs. Ritter so oft zum Rektor schicken, Robbie?»

«Einspruch», rief Mrs. Dirks.

«Mr. Rafferty», sagte Richter Peterson, «Ihre Art der Befragung ist polemisch. Ich toleriere keine Einschüchterung. Wir werden diese Vorverhandlung in einer angemessenen Weise fortsetzen.»

«Ja, Sir», sagte Rafferty nickend und faltete wie ein kleiner Meßdiener die Hände vor dem Nabel. «Hast du schon einmal Streit angefangen, Robbie?»

Keine Antwort.

«Hast du jemals Worte benutzt, die du nicht sagen durftest?»

«Weiß ich nicht.»

«Hat dir Mrs. Goodwin jemals Medizin gegeben?»

«Ja.»

«Manchmal ging es dir also nicht gut, und sie hat dir Medizin gegeben, damit du dich besser fühlst?»

«Ja, stimmt», sagte Robbie und blickte wieder hoch. «Sie hat mir Medizin gegeben, damit mir schlecht wird.»

Rafferty knüpfte sofort an. «Bist du auch zu deinen Lehrern und zum Rektor so frech wie zu mir, junger Mann?»

Mrs. Dirks bat um eine Unterredung. Es folgte eine kurze unhörbare Konferenz vor dem Richterstuhl. Danach stellte sich Rafferty wieder vor dem Jungen und seiner Mutter auf, allerdings hielt er nun den vorgeschriebenen Abstand ein.

«Hat Mrs. Goodwin dir nicht helfen wollen, wenn sie dir Medizin gab, als es dir nicht gut ging?»

«Sie hat mich runtergeschubst.»

«Was hast du getan, als du wegen der Medizin zu ihr gegangen bist?»

«Sie hat mich...»

«Erst bist du ins Zimmer gegangen, ja?»

«Sie hat mich dauernd runtergeschubst.»

«Als du zur Tür hereinkamst?»

«Danach.»

«Nach was?»

«Nachdem sie mich in die Kammer geschickt hat.»

«Welche Kammer?»

«Die dunkle Kammer.»

«Welche dunkle Kammer?»

«Da, wo die Kranken hingehn.»

«Lebt dein Vater bei euch, Robbie?»

«Nein.»

«Bringt deine Mom ihre Freunde mit nach Hause?»

«Einspruch», sagte Mrs. Dirks. «Nicht relevant.»

Rafferty ging auf den Richter zu. «Euer Ehren», sagte er dabei, «ich möchte herausfinden, ob der Zeuge zu Hause sexuelle Handlungen zwischen Erwachsenen erlebt hat.»

«Ich weise diesmal den Einspruch ab, Mr. Rafferty», sagte Richter Peterson. «Denken Sie daran, daß ich heute ein bißchen gegen Sie eingenommen bin.»

«Danke, Euer Ehren. Waren jemals Freunde von ihr da?» fragte Rafferty noch einmal.

«Weiß ich nicht.»

«Hat deine Mom immer den gleichen Freund?»

Mrs. Mackessy trug nun die gleiche teilnahmslose Miene zur Schau wie ihr Sohn. Sie starrte in den leeren Gerichtssaal.

«Hat deine Mom immer den gleichen Freund?»

«Manchmal sind es die gleichen.»

«Hast du manche von ihnen gern?»

Wenn Robbie zwischendurch aufgesehen hatte, dann immer finster und feindselig. Im Verlauf der Befragung wurde sein Blick um einiges giftiger. «Sie sind okay.»

«Gibt es welche, die du nicht magst?»

«ICH HAB DOCH GESAGT, sie sind okay.»

«Spielen die Freunde deiner Mom mit dir, Robbie? Nehmen sie dich mit zu einem Match oder ins Schwimmbad oder in den Park?»

«Ich hab meine eigenen Freunde», blaffte er.

«Du hast Freunde? Was machst du, wenn deine Mom ohne dich weggeht und du zu Hause bleibst?»

«Spielen.» Er sprach das Wort so spöttisch aus, als wolle er sich für das sarkastische «mein Freund» revanchieren.

«Und fernsehen?» fragte Rafferty.

Robbie zuckte einmal kurz die Achseln. Er bewegte sich wie eine Marionette, bei der ein unsichtbarer Spieler die Schulterfäden hochzieht.

«Hast du heute früh ferngesehen?»

«Ja.»

«Was hast du gesehen?»

«Weiß ich nicht.»

«Kannst du dich an eine Sendung von heute morgen erinnern?»

«Ich hab doch gesagt, ich weiß nicht mehr.»

«Du weißt nicht mehr, was du vor zwei Stunden gesehen hast?»

«Ich zappe so rum.»

«Ah, dann bleibst du nicht lange bei einer Sendung?»

«Bei meiner Mom kriegen wir vierundsechzig Kanäle.»

«Dann kannst du also ganz viele verschiedene Programme anschauen?»

«Ich habe gerade gesagt, wir kriegen vierundsechzig Kanäle.»

«Was sind deine Lieblingssendungen?»

«Weiß ich nicht.»

«Schaust du gern Zeichentrickfilme, wie Goof Troop, Ninja Turtles, äh, Tiny Toons – oder wie heißen sie, Loony Tunes?»

«Ja.»

«Jetzt, wo du sechs bist, bleibst du da manchmal lange auf?»

«Ja.»

«Und du schaust nachts Fernsehen und zappst durch diese Kabelkanäle?»

«Ja.»

Mit jedem «ja» klang Robbies Stimme verächtlicher.

«Holt deine Mom Videos aus dem Videoladen?»

«Ja.»

«Dann schaust du manchmal nachts ein Video an, das sie mitgebracht hat?»

«Ja.»

«Hast du schon mal im Fernsehen nackte Leute gesehen, Robbie?»

Susan Dirks schüttelte die Fäuste, daß ihre Armreifen klirrten, und rief erneut dazwischen, daß Rafferty irrelevante Fragen stelle, den Jungen ermüde, ohne zur Sache zu kommen.

«Wir führen hier keinen Prozeß, Herr Richter», murrte sie. «Ich muß heute lediglich beweisen, daß zu Recht Anklage erhoben wird.»

Der Richter schien einen steifen Nacken bekommen zu haben. Er drehte den Kopf mit deutlicher Pein von Mrs. Dirks zu Rafferty. «Ihr Einspruch wird abgewiesen, Mrs. Dirks. Bringen Sie das zu Ende, Mr. Rafferty, bevor ich die Geduld verliere.»

«Hast du im Fernsehen jemals nackte Leute gesehen, Robbie?» fragte Rafferty im selben ruhigen Ton wie beim erstenmal.

«Nein.»

«Die Leute, die du siehst, wenn du die vierundsechzig Kanäle durchprobierst, sind alle vollständig angezogen?»

«Ja.»

«Übernachten die Freunde deiner Mutter bei euch...»

Susan kreischte «Einspruch», und im selben Moment sprang Robbie vom Schoß seiner Mutter und schrie: «Nein!»

«Ich ziehe die Frage zurück», sagte Rafferty. «Bist du ungefähr jede Woche einmal zur Krankenschwester gegangen?»

«ICH HAB DOCH GESAGT, daß ich allergisch bin», sagte Robbie. «Ich hab manchmal Ausschlag und Fieber.»

«Wann hast du mir gesagt, daß du allergisch bist?»

«Am Anfang.»

«Hast du mir gesagt, wogegen du allergisch bist?»

«Ich habe gesagt, ich bin allergisch.»

«Also gut, du bist allergisch. Wenn deine Allergie ausbrach, bist du dann zur Krankenschwester gegangen?»

«Mhm.»

«Ist Mrs. Goodwins Sprechzimmer nicht gleich neben dem Büro des Rektors?»

«Weiß ich nicht.»

«Ist es nicht neben der Schreibecke der Sekretärin?»

«Ja.»

«Und das Büro des Vertrauenslehrers? Mrs. Dirks hat dir gerade erklärt, daß es dort ist, wenn du es vorher nicht wußtest. Hast du je daran gedacht, nach nebenan zum Rektor zu gehen und ihn um Hilfe zu bitten?»

«Er hat mich immer angebrüllt.»

«Er hat dich auch angebrüllt?»

«Sie hat mich immer runtergeschubst.»

«Das Sprechzimmer der Krankenschwester hat keine Tür, Robbie. Hätte der Rektor nicht gesehen, was in Mrs. Goodwins Zimmer passierte?»

«Der sieht auch nicht alles!» Er zog eine Schnute. Zum erstenmal sah er wie ein Kind aus.

«Warum hat dich Mr. Henskin angebrüllt?»

«Er muß gucken, daß sich alle gut benehmen.»

«Und du hast das nicht getan?»

«Weiß ich nicht.»

«Mrs. Goodwins Arbeit ist so ähnlich. Sie muß Kindern helfen, gesund zu werden, wenn sie krank sind. Hat Mrs. Goodwin dir in die Ohren oder den Hals geschaut, weil du krank warst?»

«Sie hat mich immer runtergeschubst, mich festgebunden...»

«Dort vor aller Augen, da, wo auch der Rektor es sehen konnte, wenn er vorbeiging?»

Er schlug die Augen nieder. In diesem Augenblick dachte ich, wenn ich hunderttausend Dollar hätte, würde ich sie jetzt hergeben. Ich hätte das Geld hergegeben, nur um sehen zu können, was Robbie sah, um die Wahrheit erkennen zu können.

«Es war dunkel da drin. Wie in einer Höhle.»

«Warum hat der Rektor dich nicht gehört?»

«Ich konnte mich nicht mucksen.»

«Warum nicht?»

«Sie hat gesagt, sie würde mich aufschlitzen.»

«Wohin hat dich die Krankenschwester geschubst?»

«Auf ihr Bett.»

«Hat sie versucht, dir Medizin zu geben?»

«Sie wollte mich angucken. Sie hat gesagt, sie beißt mich.»

«Hat sie dich gebissen?»

«Sie hat gesagt, das würde sie machen, wenn ich mich bewege. Sie hat gesagt, mein ganzes Blut würde rauslaufen.»

«Sollte eine Krankenschwester dir nicht helfen, wenn du krank bist?»

«Sie hat mich angebrüllt. Sie war immer...»

«Als du Medizin gebraucht hast, warst du da brav?»

Robbie sah Rafferty an. «Ja.»

«Wenn sie dir in den Hals sehen mußte, hast du da stillgesessen?»

«Das hab ich doch gesagt», erwiderte Robbie, jetzt in einem weinerlichen Ton. «Ich wollte ja, aber sie hat mich immer runtergeschubst. Sie hat gesagt, ich darf nichts verraten. Sie hat gesagt, sie macht mich fertig, wenn ich petze.»

«Du warst einmal so krank, daß Mrs. Goodwin den ganzen Vormittag bei dir sitzen mußte. Sie mußte dir den Kopf halten, während du gebrochen hast. Sie ist bei dir geblieben, bis deine Mutter gekommen ist und dich abgeholt hat...»

«Sie schubst mich immer runter», jammerte er.

«Sie hat dir kühle Tücher auf die Stirn gelegt und dich kleine Eisstückchen lutschen lassen. So krank warst du.»

Er hatte sich an seine Mutter geklammert und schluchzte. «Sie hat mich runtergeschubst. Sie schubst mich immer runter.»

Während der Vorverhandlung hatte ich gedacht, daß mich nichts mehr so schockieren konnte wie Robbies Gesichtsausdruck. Aber nach ihm wurde der Polizeibeamte aufgerufen. Er zitierte Alice. Sie hatte die Polizisten angeschrien: «Ich tue allen Leuten weh.» Ich dachte, ich hätte mich verhört. Es war eine Sache, wenn der Junge verstört aussah, und eine andere, wenn meine Frau zugab, sie habe etwas Unrechtes getan. Ich war mir sicher, daß ich mich verhört hatte. Fast eine Stunde lang nahm Rafferty Officer Melby wegen Formalitäten in die Mangel, warum er Alice nicht über ihre Rechte belehrt hatte, unter welchen Umständen er jemanden über seine Rechte belehrte, was für Fragen er Alice noch gestellt hatte, wie lange er sie in der Cafeteria beobachtet hatte. Ich fand keinen Grund und keine Rechtfertigung dafür, daß ein Mensch, auch wenn er noch so verstört war, ausgerechnet zu einem Polizisten sagen konnte: «Ich tue allen Leuten weh.»

Rafferty setzte sich zu einer kurzen abschließenden Erklärung an seinen Tisch. Er hatte das Jackett ausgezogen. Es baumelte beim Sprechen am Zeigefinger hinter seinem Rücken. Die Staatsanwaltschaft habe nicht alle Anklagepunkte belegen können, argumentierte er. Robbie könne sich nicht sehr deutlich an den Mißbrauch erinnern, er habe weiter nichts Konkretes vorgebracht als die anatomischen Details, die ihm natürlich Miss Flint geliefert habe. Er schloß mit der Bitte an die Protokollantin, ihm eine Abschrift zu überlassen.

Mrs. Dirks ihrerseits sprach davon, daß eine Krankenschwester in jeder Gemeinschaft eine Vertrauensperson sei. Alice habe dieses Vertrauen mißbraucht. Von nun an werde man dem gesamten Schulpersonal mißtrauen, und die Eltern würden ein ungutes Gefühl haben, wenn sie ihre ABC-Schützen in die Schule schickten. Alice habe sich der Polizei gegenüber unmißverständlich ausgedrückt, und Robbie habe ihr Eingeständnis lediglich bekräftigt.

Die Geschichte mit der Puppe hatte ihre Wirkung nicht verfehlt. Der Richter murmelte etwas über die ernste Natur der Anschuldigung. Als seien die zornigen Mütter anwesend, forderte er die Eltern, die sich über Mrs. Goodwin beklagt hatten, auf, entweder offiziell Anklage zu erheben oder nicht länger Gerüchte zu verbreiten. Er setzte ein Datum für die formelle Anklageerhebung fest und entließ das Gericht. Alice stand sofort auf. Sie stellte sich auf die Zehenspitzen und versuchte, aus dem hohen Fenster zu schauen. Dann drehte sie sich zu mir um. Ich weiß nicht, was sie erwartete. Ich wäre am liebsten über die Sitzreihen gesprungen und hätte sie gepackt. Sie lächelte, dieses mitleidige schiefe Lächeln, bevor der Wachtmeister sie zum Gehen aufforderte. Ich beugte mich vor und legte Kinn und Mund auf meinen Ärmel. Ich mußte mir die Lippe völlig zerkaut haben. Als ich das Hemd später auszog, waren auf beiden Manschetten Blutflecken. Ich blieb eine Weile sitzen. Mir war nicht klar, wie ich mich durch die Heerscharen da draußen kämpfen sollte. Rafferty glitt neben mir auf die Bank, nachdem alle hinter der Stellwand verschwunden waren. «Das lief gut», sagte er. «Sogar besser, als ich angenommen hatte. Mrs. Dirks verliert gewöhnlich nicht die Beherrschung.» Er kicherte.

«Und warum diesmal?»

«Es ist wichtig, den Jungen in der Vorverhandlung hart ranzunehmen, richtig gemein zu sein, damit er in der Hauptverhandlung auf mich losgeht. Er wird sich erinnern, was für ein Ekel ich war, und es mir heimzahlen wollen. Vor den Geschworenen, verstehen Sie. Die Geschworenen, besonders die älteren, mögen freche Kinder nicht besonders.»

Er stank nach Rasierwasser.

«Ich glaube, das haben wir geschafft», fuhr er fort. «Ich habe keinen Zweifel, daß Robbie streitsüchtig, großmäulig und garstig sein wird. Ich dagegen werde die Freundlichkeit in Person sein und nichts als Mitgefühl und Verständnis zeigen.»

Er wartete auf eine Antwort.

«Mrs. Dirks kennt natürlich den Trick», sprach er weiter. «Sie hat zuerst versucht, ihre Einsprüche auf ein Minimum zu reduzieren. Sie wollte Robbie nicht den Eindruck vermitteln, daß ich wirklich der Fiesling bin, für den sie mich hält. Aber als sie trotz ihrer guten Vorsätze plötzlich loslegte, ließ sie mich erst recht wie ein Monster erscheinen.»

«Ach so», sagte ich.

«Ich habe so eine Ahnung, was Mrs. Mackessys Freunde angeht. Wie gesagt, ich habe das ganze Wochenende herumgeschnüffelt. Es würde mich nicht wundern, wenn sie die Anklage fallenließen. Vielleicht wollen sie zu einer außergerichtlichen Einigung kommen, was ich nicht zulassen würde. Dirks kennt mich. Sie weiß, daß sie eigentlich keine andere Wahl hat, als die Anklage fallenzulassen.» Sein Rasierwasser verbreitete einen widerlichen Geruch, der sich nur langsam, aber um so nachhaltiger bemerkbar machte. «Machen Sie nicht so ein entsetztes Gesicht», sagte er. «Sie wissen jetzt, daß der Junge den Prozeß nicht durchhält, und wenn sie nur einen Funken Verstand haben, werden sie begreifen, daß die Mutter noch weniger Chancen hat als er.»

«Was ist mit dem Eingeständnis?»

«Ja, natürlich werden sie das bis zum Gehtnichtmehr breittreten. Wir werden es streichen lassen. Wir wußten ja Bescheid, deshalb war es keine Überraschung.»

«Wir wußten Bescheid?» fragte ich.

«Alice hat mir gesagt, daß sie – wie hat sie es ausgedrückt? – den Polizisten gegenüber unzusammenhängendes Zeug geredet hat.»

Ich bedankte mich bei ihm und ging hinaus, sechs Treppen hinunter, nur weg von ihm. Ich lief, so rasch ich konnte. Die Frauen im

Vorraum waren nicht mehr da, vermutlich gaben sie ihrem Ärger jetzt woanders Nahrung. Auf dem heißen Pflaster der Wisconsin Avenue gegenüber vom Gefängnis blieb ich stehen. Ich sah zu den schmalen, verspiegelten Fenstern im vierten Stock hoch, wo Alices Zellenblock war. Sie hatte über Robbie immer in so geringschätzigem Ton gesprochen. An ihm war nicht viel dran. Ich hatte ihn mir als hartgesottenen, kräftigen Jungen vorgestellt, als jemanden, den man durchschütteln möchte. Wie hatte sie einem Jungen weh tun können, ohne daß es der Rektor, die Sekretärin und der Vertrauenslehrer merkten? Sie hatte mich einmal von Kopf bis Fuß mit Schlagsahne bespritzt und mich mit weit herausgestreckter Zunge verfolgt. Der Mutterboden des gesamten County hätte in diesem Moment in den Michigansee gepustet werden können, ich hätte es weder gemerkt noch mich darum gekümmert. «Ich habe nichts gesehen», sagte ich fast unhörbar. Die Metallplatten über den Gefängnisfenstern glänzten in der Mittagssonne. «Ich habe nicht gesehen, wie Robbie die Puppe angeschaut hat.»

Als ich Theresa das Ende berichtet hatte, legte sie den Kopf in den Schoß. Genau wie Alice und ich es zu verschiedenen Zeiten an jenem langen und unwirklichen Vormittag getan hatten. Theresa war wie erstarrt, an ihrem Stuhl festgeklebt. Ich wußte nicht, ob sie betete oder in dieser Stellung weinte. Ich hatte ihr einiges erzählt, so gut ich konnte. Anfangs hatte ich angenommen, durch das Erzählen würde mir manches klarer werden. Ich hatte gedacht, in meinen Sätzen wären vielleicht Antworten versteckt, irgend etwas Offensichtliches und Unübersehbares.

«Und was», sagte Theresa, ohne den Kopf zu heben oder zu bewegen, «hat Robbie gesagt, was Alice mit ihm gemacht hat? Das ist mir noch nicht klar.»

Ich war schon so oft bei dieser Szene steckengeblieben. Ich bekam sie nicht zu fassen. Ich wußte, Alice hatte mich immer dafür bewundert, daß ich «stabil» war – mit diesem Wort hatte sie mich oft charakterisiert. In Wahrheit war ich eine kleine Maus, die beim geringsten Schatten in ihr Loch zurücksaust. Ich hatte Robbie nicht angesehen, als er seine Puppe mißbrauchte, aber ich hatte sehr wohl mitbekommen, welche sexuellen Handlungen Alice angeblich an ihm vorgenommen hatte.

Ich erhob mich vom Stuhl in der Hoffnung, Theresa würde jetzt gehen. Immerhin hatte sie den Großteil der Geschichte gehört. «Ich muß nach Emma sehen...» setzte ich an.

«Was meint Rafferty?» Sie versuchte mich festzuhalten. Durch die Tür fiel ein dünner Lichtstrahl von der oberen Flurlampe und dem flimmernden Fernseher. Der Rest des Hauses war dunkel.

«Er glaubt, er könne die Sache über die Mutter und den einen oder anderen ihrer Liebhaber knacken.»

«Taugt er etwas, Howard?»

Das war nun eine Frage, die mich zugegebenermaßen überraschte. Dan war seit Jahren mit Rafferty befreundet. Rafferty war einer der wenigen Molkereischrein-Wohltäter, denn er hatte dem Museum über tausend Dollar gespendet. Dan hatte mir erzählt, Rafferty hätte in jeder Großstadt, in jeder beliebigen Kanzlei anfangen können, aber er habe sich bewußt für Racine entschieden.

«Wie kann man gegen den Mißbrauch einer Puppe ankommen?» sagte ich. Die Worte blubberten mir seitlich aus den Mundwinkeln. Wenn ich meine geballten Fäuste öffnete, dachte ich, würden meine Hände etwas packen und zu Boden werfen.

«Tut mir leid, Howard», sagte sie und streckte mir die Arme entgegen. «Rafferty ist bestimmt der beste, ganz bestimmt. Ich mache mir nur solche Sorgen um Alice. Diese Sachen sind so heikel. Ich mag Paul, wirklich. Er ist so ein Original – aber manchmal läßt er sich von der Dramatik eines Prozesses mitreißen. Ich habe viel gehört, die erstaunlichsten Geschichten, wenn wir irgendwo eingeladen waren. Er ist ein Spinner, weißt du? Hin und wieder verliert er auch einen Prozeß. Ich war mal im Gefängnis und habe...»

«Sie sagt, sie hält das schon durch», unterbrach ich sie. «Drei Monate, vier Monate.»

«Aber es wird doch viel länger dauern. Sie stellen andauernd Anträge. Prozesse werden immer wieder verschoben. Der Bau ist überfüllt. Sie haben durchschnittlich vierhundertfünfzig Leute dadrin, gleichzeitig. Die Hälfte drehen durch wegen Entzug von Crack oder Zigaretten – man darf nicht mehr rauchen. Die ganze Nacht ist Krach, es stinkt, es ist nie dunkel genug zum Schlafen.» Sie legte die Hände über die Augen. «O Gott, Howard, ich darf gar nicht daran denken, daß sie in einer Zelle ist.» Sie legte den Kopf wieder auf die Knie und begann zu weinen. Wenn sie noch eine unangenehme Bemerkung machen sollte, dachte ich, würde ich vielleicht nicht mehr an mich halten können und ihr einen Schlag in den Nacken versetzen.

«Tut mir leid, tut mir leid», schniefte sie. «Weißt du was? Ich nehm die Mädchen morgen zu mir. Ich nehme sie, bis diese Sache vorbei ist. Ich habe den ganzen Sommer frei. Du mußt doch arbeiten, und Audrey würde sich über Gesellschaft freuen, jetzt wo...»

Jetzt wo was? Solange ich mit Theresa geredet hatte, eine ganze Stunde lang, hatte ich völlig vergessen, daß Lizzy nicht mehr da war.

«Wärst du einverstanden, Howard? Daß ich auf die Kinder aufpasse?»

Der Wasserkessel klapperte auf dem Herd. Ich hörte ihn erst jetzt. Das meiste Wasser war vermutlich verdampft. Meine Kinder schliefen auf dem dreckigen Boden im grellen Flimmerlicht des einzigen Senders, den wir empfangen konnten. Meine Stimme klang wahrscheinlich ziemlich grob, als ich sagte: «Das wäre toll.»

# 13

*In der Nacht nach* Theresas erstem Besuch begannen wir mit einer Routine, die einige Wochen reibungslos lief. Ich stand früh auf und machte im Stall die Morgenrunde, bevor die Mädchen aufwachten. Sie sollten die alte Essensglocke läuten, wenn sie mich brauchten. Das hatte schon gegolten, wenn Alice und ich zusammen zum Melken gingen. Wir hatten es nie getestet, und ich war mir nicht sicher, ob ich das Klingeln über dem Surren des Kompressors hören würde. Gewöhnlich räkelten sie sich noch verschlafen in den Betten, wenn ich zurückkam und Frühstück machte. Theresa tauchte ungefähr um acht auf und nahm sie nach Vermont Acres mit. Sie konnten es gar nicht abwarten. Sie standen an der Fliegengittertür und fieberten dem Auto entgegen, sobald es sich am Maisfeld entlang näherte. Jedesmal kam Theresa ins Haus und packte ihnen Sachen ein, die sie im Lauf des Tages brauchen würden. Sie fand passende Kleidung für alle geplanten Aktivitäten.

Ein paar Tage nach der Vorverhandlung rief eine Sozialarbeiterin vom Jugendamt an, um einen Termin mit Emma und Claire zu vereinbaren. Wir führten ein nüchternes Gespräch über Uhrzeiten und Daten. Sie sagte nicht, warum eine Regierungsbehörde es für nötig befand, meine Kinder in ihrem Büro in der Stadt zu befragen. Mein erster Impuls war, den Hörer aufzuknallen. Ich erklärte der Frau freundlich, daß ich gerne erst einmal mit meinem Anwalt gesprochen hätte. «Ihr Anwalt hat mit diesem Prozedere nichts zu tun», entgegnete sie.

«Ich verstehe», sagte ich verständnislos. Aber ich wußte genug über das sogenannte Prozedere, um mir vorzustellen, wie man mir die Kinder unter dem Vorwand, sie müßten beschützt werden, entreißen würde.

Rafferty redete schneller als gewöhnlich, als ich ihn anrief, um seine Expertenmeinung einzuholen. «Sie lassen mich nie im Leben dabeisein», sagte er, «aber ich werde sie auffordern, die Sitzungen auf Video aufzuzeichnen. Mir sind schon Fälle untergekommen, da haben sie das Gespräch geführt, die Aufzeichnungen verlegt und dann die Kinder von zu Hause weggeholt. Keine Sorge, keine Sorge, das werden wir nicht zulassen. Das ist nur Schikane, nichts weiter als Schikane. Ein lästiges Problem mehr, mit dem wir uns beschäftigen müssen. Wir können uns nicht weigern, denn dann holen sie die Kinder im Handumdrehen weg. Widersetzlichkeit wird als Eingeständnis von Schuld gedeutet und fällt auf Sie zurück.»

Ich weiß noch, daß meine Knie plötzlich nachgaben und die Küche vor meinen Augen verschwamm und sich in rote Farbe auflöste. Sie breitete sich aus, die wabernden Wände zerflossen. Mir wurde erst heiß, dann eiskalt. Wie Alice uns das antun konnte, war mir schleierhaft.

«Wir müssen ruhig bleiben, so gut es geht», sagte Rafferty, «und kooperativ. Es ist eine ungewöhnliche Situation, weil die Kinder nicht von sich aus jemanden bezichtigt haben. Üblicherweise lassen die Kinder etwas durchblicken, und damit nimmt die Untersuchung ihren Lauf. Hier besteht nur ein Verdacht. Die Sozialarbeiter dürfen keine Suggestivfragen stellen; sie dürfen sie nicht in Pflege geben, wenn sie nicht ganz eindeutige Aussagen machen. Ihre Kinder müßten sehr detailliert Auskunft geben, Einzelheiten erzählen, ich meine wirklich Einzelheiten, damit diese Sache vor Gericht kommt. Sie wissen, daß die Mädchen nicht über diese Art von Vokabular verfügen.»

Theresa zeigte bei weitem mehr Mitgefühl und viel mehr Zorn. Als ich ihr sagte, daß ich für die Mädchen einen Termin vereinbaren mußte, stürzte sie mit gespreizten Fingern auf mich zu und hielt erst knapp vor meiner Brust inne. Nachdem sie sich abgewandt und vor die Wand gestellt hatte, sagte sie: «Theresa, komm zu dir.» Sie schloß die Augen und legte die gefalteten Hände an den Mund.

Ohne ihre Haltung zu ändern und ohne jegliche Betonung setzte sie zu einer Entschuldigung an. «Tut mir leid, Howard, verzeih mir, das alles macht mich wütend, sehr, sehr wütend.» Sie redete wie eine Schlafwandlerin. «Aber ich glaube», fuhr sie langsamer fort, «aber ich glaube, es hat nichts zu bedeuten. Die meisten Leute, die ich dort in der Abteilung kenne, irren sich zu Ungunsten der Kinder. Myra ist eine der radikaleren Mitarbeiterinnen. Ein Kind muß schon ziemlich kaputt sein, bevor es von zu Hause weggeholt wird. Es muß Blutergüsse haben – richtige Wunden, und es muß in eindeutigen Worten sagen können, was mit seinen Geschlechtsteilen angestellt wurde. Claire und Emma haben ihnen nichts zu erzählen. Nichts.» Sie sah zu mir hoch und sagte: «Ich finde es fabelhaft, wie du einen kühlen Kopf bewahrst. Ich könnte glatt jemanden umbringen, ehrlich. Es tut den Mädchen so gut, daß du so ausgeglichen bist. Dank deiner Ruhe werden sie alles unbeschadet überstehen.»

Wie ein alter Felsen, so hätte es Alice ausgedrückt. Durch und durch solide, hart, kompakt. Schon für sich genommen hätte mich diese jüngste Schikane restlos niedergeschmettert. Das traf mich mehr als alles andere: Die Mädchen waren unschuldig und sollten nichts mit den Schwierigkeiten ihrer Eltern zu tun haben. Wenn man sie mir wegnähme, würden sie langfristige Schäden davontragen. Weil mir diese Vorstellung unfaßbar und unerträglich war, weigerte ich mich, die Ereignisse überhaupt zur Kenntnis zu nehmen. Ich ging hinaus und arbeitete. Ich stürzte mich in die Arbeit, als hinge mein Leben davon ab. Ich arbeitete, so schwer ich konnte, ohne mich zu schonen, damit ich wenigstens nachts schlafen konnte.

Ich blieb unablässig in Bewegung und zwang Hände und Füße zu ihren gewohnten Aufgaben. Es gibt ein altes Sprichwort, das die meisten wohl kennen: Lebe so, als würdest du morgen sterben, und bestelle deinen Hof so, als würdest du ewig leben. Durch gute und schlechte Zeiten hatte ich versucht, mich daran zu halten. Atme tief durch, genieße den Augenblick, schätze, was du hast. Bestell den

Acker, flick die Zäune, leg dein Geld in gutem Zuchtvieh an. In jenen Wochen verbrachte ich meine Zeit damit, die Kartoffeln und den Gartenboden zu mulchen, Disteln herauszureißen und Steine aus den Feldern zu klauben. In einer blühenden Distel sind zwanzigtausend Samen enthalten. Mit meinen Lederhandschuhen und einem dicken Hemd gewappnet stapfte ich über die Farm und riß die stachligen Pflanzen samt Wurzeln aus, warf sie zu Haufen zusammen und legte die Blüten in meine Umhängetasche. Nachts verbrannte ich sie. Auf der ganzen Farm verteilt lagen die Haufen entwurzelter Disteln. Sie bleichten in der Sonne. Das Unkraut war mein Feind und schien selbst im Tod noch nicht vollständig besiegt. Ich muß in jenen Wochen Tausende von Disteln ausgerissen haben. Ich muß Tausende von Steinen aufgelesen haben. Den Frühjahrsweizen hatte ich bereits verloren, und der verkrüppelte Mais war nahezu verdorrt. Es war vernünftig, das tiefstgelegene Feld auf dem Farmgelände zur Aussaat vorzubereiten. Vielleicht war im Untergrund noch etwas Feuchtigkeit übrig, und das Feld würde bei Regen das Wasser speichern können. Der Ort war geeignet, um es mit Winterweizen zu probieren. Ich konnte mir genügend Gründe ausdenken, den ganzen Tag auf dem Feld zu arbeiten. In Wahrheit fiel mir nichts anderes ein, was ich hätte tun können, als Disteln zu stechen und aus den Furchen, die ich gezogen hatte, Steine zu lesen.

Felder sind immer voller Steine. Man kann in einem Sommer zwei Hektar freiräumen, im nächsten Frühjahr liegt alles wieder voll. Bei jedem Frost und dem anschließenden Tauwetter tauchen Steine an der Oberfläche auf, als hätten sie den Instinkt von Keimlingen. Und wenn man ein Feld pflügt, findet man wiederum Steine vor, wie alte Kartoffeln, die man eigenhändig hochgeholt hat. Und so ging ich das Feld entlang, beugte mich hinunter und sammelte die Steine – manche faustgroß, andere wie Melonen – auf Haufen oder legte sie auf den Heuwagen. Ich trug nur Unterhosen unter einem schmuddeligen Jeans-Overall. Sicher stank ich zum Himmel. Es gab vieles, was mir Sorgen machte, und manchmal mußte ich stehenbleiben und die Ängste sortieren. Es hatte nicht viel Sinn, darüber nachzugrübeln, warum es gerade Alice getroffen hatte. Ich versuchte, nicht über mögliche Gründe nachzudenken. Die Sorge um die Mädchen schob ich ebenfalls weit von mir. Immer wenn mir der drohende Gesprächstermin einfiel, hatte ich das Gefühl, daß sich mein Brustkorb zusammenzog. Rückblickend bin ich mir nicht mehr sicher, ob ich beim Arbeiten auch nur einen Gedanken zu Ende führte. Es war heiß, und ich ließ nicht locker. Mir war noch nicht klar, womit ich im Winter die Kühe füttern sollte. Die Mädchen waren oben bei Theresa in Sicherheit, das mußte ich mir andauernd ins Gedächtnis rufen. Ich sammelte Steine und versuchte, mich zu konzentrieren. Überleg dir, sagte ich mir, wie du Alice befreien kannst. Überleg dir, wie du die Familie zusammenhalten kannst, damit sie nicht in alle Winde zerstreut wird wie die Distelsamen, die in deiner Tasche ruhen. Es gab Nachmittage, an denen es mir als angemessene Lösung erschien, das Gefängnis in Brand zu setzen. Überleg dir, wie du die Mädchen vor dem System schützen kannst, das sie packen, festhalten und umkrempeln will. Kaum hatte ich diesen Vorsatz gefaßt, da sah ich eine gesichtslose Sozialarbeiterin nebst Susan Dirks und Rafferty vor mir, wie sie alle zusammen mit ihrem Floß auf einen steilen Wasserfall zutrieben. Sie blickten sich verwirrt um, während sie hinunterstürzten, auf die spitzen Felsen zu. *Susan, Paul, habt ihr es schön gemütlich?* Alice kam ungebeten hinterher, sie schlug um sich und kreischte im Fallen.

Während ich über die Felder ging, wies ich alle Gedanken an Robbie weit von mir. Ich versuchte, mir die Puppe als machtlosen Gegenstand vorzustellen. Man müßte sie doch ummodeln können, damit Robbie bei ihrem Anblick nicht länger so gequält wirkte. Ich war dazu erzogen worden, systematisch zu denken, erst A, dann B und so weiter. Mein Vater glaubte, abgesehen vom Finanzamt sei die Welt ein logischer Ort. Drei Tage lang baute ich am Hang neben der Einfahrt eine Steinmauer. Ich konzentrierte mich darauf, die Panik abzuwehren, die mich gelegentlich bei der Vorstellung überkam, daß man mir die Mädchen wegnehmen könnte. Daneben verbrachte ich viel Zeit in dem Niemandsland, das sich auftut, wenn man etwas unbedingt will. Ich wollte so ungebärdig wie ein Kind. Ich wollte entgegen aller Vernunft und ohne Aussicht auf Erfolg. Was ich wollte, schien manchmal ganz einfach. Ich wollte die Augen aufmachen und das erste Mailicht erblicken. Ich wollte feststellen, daß der Sommer noch nicht angefangen hatte.

In den ersten Tagen brachte mir Theresa mein Mittagessen in einer Tasche mit, wenn sie die Mädchen morgens abholte. Sie ließ es einfach auf dem Tisch stehen. Nicht lange darauf sagte sie, ich solle doch mit ihnen zusammen essen. Sie sagte, es sei schlecht für mein Wohlbefinden, pausenlos in der Hitze zu arbeiten. Ich lehnte ab. Sie hatte schon genug für uns getan. Sie schlug die Augen nieder, während sie sprach. «Ich will nicht stillhalten, Howard. Ich will nicht stillhalten und nachdenken. Aber ich will auch nicht weggehen und mich mit Leuten treffen. Ich bin mit Kolleginnen essen gegangen, und mit meinen Schwestern, mit alten Freunden und mit meiner Mutter, wir reden über neue Tapeten für unsere Küche, und wir lachen, als wäre es ungeheuer lustig, Tapeten auszusuchen. Du brauchst doch dasselbe wie ich, du willst dich auch immer bewegen und nicht nachdenken, und du brauchst das Schweigen und das Gespräch, das den Schmerz nicht ausklammert. Bitte, komm nur für zwanzig Minuten, iß etwas, erzähl mir von deinem Morgen, vom Mais, und ich erzähle dir von den Mädchen.»

Ihr Gespür für meine Bedürfnisse war mir keineswegs unangenehm. Ich fand ihr Einfühlungsvermögen tröstlich. Es war, als hätte sie mir kühlende Kompressen auf die Stirn gelegt. Ich sagte, ich würde kommen, sehr gerne. Ich vermißte Emma und Claire tagsüber. Ich vermißte ihren Lärm. Es war immer eine Erleichterung, wenn ich sie mittags zu Gesicht bekam und sah, daß sie fröhlich spielten. Ich mußte mich vergewissern können, daß sie noch bei mir waren. Den Tag über kam es mir oft so vor, als gäbe es fast nichts Lebendiges mehr, alles trocknete aus und starb. Früher hatte ich die Katzen bewundert, weil sie so gerissen waren. Jetzt fand ich sie nur noch grausam. Sie warfen die jungen Kaninchen und Eichhörnchen in die Luft, beutelten sie und schlugen selbst dann noch mit den Tatzen nach ihnen, wenn die Tiere schon längst verstümmelt waren. Jeden Morgen lagen mehr Schafe auf dem Boden und konnten die Muskeln nicht mehr bewegen. Ich tötete jeden Tag mindestens eines. Theresa sagte, das viele Alleinsein und Grübeln tue mir nicht gut.

Mittags stiefelte ich das staubige Maisfeld entlang. Ich durchquerte Mrs. Klinkes Garten und bog dann in den Rhode Island Court ein, die baumlose Straße, die bis zur Haustür der Collins führte. Ich klopfte. Wir sprachen nicht über die Risiken – die Nachbarn und ihren Tratsch. Dan war immer im Büro, und wir erwähnten ihn selten. Ich war mir bewußt, daß ich mich absolut untadelig verhalten mußte, und auch, daß ich nicht mehr viel zu verlieren hatte. Ich war schon längst verdammt. Als ich einmal laut überlegte, ob ich nicht Theresa ins Gerede brachte, ging sie mit einer Heftigkeit auf mich los, die ich ihr gar nicht zugetraut hatte. Ich durfte das Thema nie wieder anschneiden. Ich glaube, uns war beiden klar, daß die argwöhnische Nachbarschaft sie gnädigst verschonen würde. Ihr war nichts anzuhaben, wegen Lizzy.

Die Mädchen kamen immer von irgendwoher angerannt. Sie nahmen mich in Beschlag, dann verschwanden sie so schnell, wie sie gekommen waren. Aus der Küche roch es gut. Theresa hatte dicke, gebutterte Scheiben von ihrem selbstgebackenen Brot in einem Korb auf den Tisch gestellt, daneben Wassermelonen und Kantalupen, die in Scheiben auf großen Tellern angerichtet waren. Es gab Aufschnitt, Tomaten, grünen Salat, Radieschen, Erbsen, einen Glaskrug mit eiskalter Limonade. Sie machte Kaltschalen aus Erdbeeren oder Gurken. Obwohl ich mich immer für alte, geschichtsträchtige Häuser mit defekten Rohren stark gemacht habe, war ich jeden Tag froh, wenn ich diesen modernen, klimatisierten Bungalow betrat, in dem es sogar eine Müllpresse gab. In jenen

Wochen verspürte ich oft den Wunsch, mich in meinen dreckigen Steinsammlerkleidern auf dem Sofa auszustrecken und an einem Ort zu schlafen, an dem man dazu eine Decke brauchte.

Ich hatte seit unserem ersten Gespräch nie vergessen, daß Lizzy tot war. Theresa kam immer zur Tür und ließ mich ein. Ich achtete darauf, sie einen Moment in dem überwältigenden Bewußtsein anzusehen, daß Lizzy gestorben war. Theresa hatte ein eigentümliches Lächeln. Sie wirkte angespannt. Sie versuchte, an allem das Positive zu sehen. Sie öffnete die Tür, und wir blieben zwei Sekunden länger stehen als nötig. Ich glaube, wir ließen jeweils die Trauer des anderen auf uns wirken, oder vielleicht versuchten wir auch zu ermessen, welchen Kummer wir teilten und was uns trennte. Wir blickten uns an, dann machte sie die Tür noch weiter auf, und ich trat in den Flur.

Wir setzten uns an den Tisch, die drei Mädchen, Theresa und ich. Sie berichteten mir von ihrem Morgen. Sie hatten gemalt oder ein Labyrinth für den Hamster gebaut. Sie hatten sich verkleidet und die Welt mit den altbewährten Waffen der Frau erobert, mit hochhackigen Schuhen und Perlenketten. Emma wollte ab und zu wissen, was ich getan hatte. «Was, schon wieder?», meinte sie dann, wenn ich ihr sagte, daß ich Steine wegräumte. Sie war nicht beeindruckt von der Tatsache, daß früher einmal Eis in riesigen, 1000 Meter dicken Schollen vom Pol herabgeglitten war. Es war ihr egal, daß alle großen und kleinen Tiere vor der anrückenden Kälte hatten davonlaufen müssen. Sie zappelte auf dem Stuhl herum, wenn ich erklärte, daß sich da, wo der Gletscher geschmolzen war, massenhaft Steine angehäuft hatten. «Erzähl mir das später mal», lautete ihr Refrain, während sie vom Stuhl rutschte und mit Audrey die Kellertreppe hinunterrannte.

Nach dem Essen redeten Theresa und ich oft am Küchentisch in Ruhe weiter. Vor dem Befragungstermin der Kinder sprach sie meine Sorgen laut aus: Wer war für diesen Fall eingeteilt worden? Sollten wir Alice etwas von der Sitzung sagen? Was hielt Rafferty davon? War Theresa berechtigt, drüben im Amt anzurufen und mit

Rose Ann Lexin zu reden? Sie kannte die Frau nicht. Es war heikel, einer Unbekannten zu vertrauen. Schließlich kam sie wieder darauf zurück, daß die Mädchen nichts sagen würden, was irgend jemandem schaden konnte. Was Alice betraf, so hatte Rafferty am Telefon erklärt, gebe es keinen Grund, sie damit zu belasten. Sie würde sich in ihrer Isolation nur hilflos fühlen und Panik bekommen. Zu Theresa sagte ich: «Ich würde es aber wissen wollen.»

«Du würdest es wissen wollen», erwiderte sie. «Du glaubst, du würdest es wissen wollen. Aber stell dir vor, du sitzt da drin und mußt dir über so etwas Sorgen machen. Du kannst nicht mal rausgehen und herumrennen. Du kannst nicht schreien, ohne daß sich ein Dutzend Leute auf dich stürzen. Ich stimme Rafferty zu. Sie sollte es lieber nicht erfahren. Ich glaube, mich würde so etwas an den Rand des Wahnsinns treiben. Howard, ganz ehrlich.»

«Und später?»

«Später ist später. Du kannst es ihr sagen, wenn sie draußen ist. Du kannst es verharmlosen. Rafferty hat vermutlich recht, es ist nichts weiter als eine Schikane.»

«Nichts weiter als eine Schikane», wiederholte ich.

Sie war so freundlich, mir anzubieten, daß sie mit den Mädchen über die Sitzung reden würde. Sie sagte, sie würde natürlich nie von sich aus damit anfangen, aber wenn die Mädchen von selbst darauf zu sprechen kämen, könnte sie ihnen die Angst nehmen, vorausgesetzt, ich hätte nichts dagegen. Wenn wir über Emma und Claire sprachen, hatte ich hin und wieder die flüchtige Vorstellung, wir würden beide, sie und ich, wie ein Gespann unter einem Joch, die Last blindlings hinter uns herziehen. Meistens hatte ich das Gefühl, daß ich die Last allein zog, aber jeden Tag beim Mittagessen ließ der Druck ein wenig nach. Ich vergaß jedesmal wieder, daß er nachlassen würde, bis ich erneut an die Tür klopfte.

«Es scheint ihnen gut zu gehen, nicht?» sagte sie oft. «Mir kommt es so vor.»

Ich sagte jedesmal, daß es mir auch so vorkam. Wenn wir dieses Thema erschöpft hatten, erzählte sie mir Geschichten über ihre große Familie und ihre katholische Erziehung. Manchmal schwiegen wir entspannt. Die Küche war kühl und sauber. Wie mühelos das Leben in diesem Haus schien, dachte ich oft im nachhinein. Nach dem Essen ging ich auf die verglaste Veranda, die ebenfalls klimatisiert war. Ich setzte mich auf den Korbstuhl am Korbtisch und schrieb meinen täglichen Brief an Alice. Theresa spülte das Geschirr und sang dabei. Sie hatte eine helle, angenehme Stimme. Es war, wie gesagt, kühl in diesem Haus. Es war schwer, sich dort deprimiert zu fühlen. Ich war müde, zufrieden und satt. Ich hatte nichts mitzuteilen. Ein- oder zweimal legte ich den Kopf auf den Tisch und schlief ein.

Wenn ich genügend Energie aufbrachte, las ich Dans *Wall Street Journal*. Als sich im März die leiseste Andeutung einer Trockenperiode ergeben hatte, waren die Maispreise in die Höhe geschossen. Einen Monat später, als der Mais gerade gepflanzt wurde, fielen die Preise, weil sie in der Wochenvorschau Regen angesagt hatten. Jetzt, da der Mais im gesamten Mittleren Westen zur Hälfte eingegangen war, stand ihm auf dem Markt eine goldene Zukunft bevor. Es reicht nicht, daß man Tag um Tag in der Hitze übers Feld rennt und Steine aufsammelt, damit man ein paar Pflanzen setzen kann, und sie dann Woche um Woche hegt und pflegt, ohne jede Hilfe außer der Hoffnung und dem Kredit-Sachbearbeiter; es reicht nicht, wenn man im nassen Herbst auf trockene Sonnentage wartet, damit man in Tag- und Nachtarbeit die Ernte einbringen kann. Es reicht nicht, wenn man zusieht, wie die ganze Mühe durch Hagel, Sturm oder Frost zunichte wird. Alles das reicht nicht aus, um für Mais einen fairen Preis zu erzielen.

Als ich mich lauthals über die Machenschaften an der Börse beschwerte, sagte Theresa: «Du redest wie ein alter Nörgler. Als ob du hier in der Gegend aufgewachsen wärst und schon immer so ein alter Nörgler werden wolltest.»

«Das ist ja wirklich reizend von dir!»

Sie lachte. «Ich habe es als Kompliment gemeint, wirklich!»

Die Mädchen spuckten sich auf der Veranda mit Melonenkernen an. Theresa legte die Hand an die Wange und sah ihnen lange durch die Schiebetür zu. Zwischendurch schloß sie immer wieder die Augen. Ich begriff, daß sie vor dem zurückwich, was für sie auch jetzt noch undenkbar war. Ich versuchte, nicht hinzusehen. Ich fragte mich, mit welchen Worten ich ihr helfen konnte. Gleichzeitig wußte ich, daß niemand sie mit irgendwelchen Worten zu trösten vermochte. Sie konnte die anderen Mädchen nicht sehen, ohne Lizzy zu vermissen. Sie konnte nicht glauben, daß sie tot war, und doch war sie nach ihrem Urlaub im Westen gleich zur Polizeihauptwache gegangen und hatte mit den Polizisten über Lizzys Tod gesprochen. Sie hatte offenbar mit großem Nachdruck erklärt, daß dem, was dort am Teich passiert war, ganz bestimmt kein krimineller Akt zugrunde lag. Rafferty, nicht Theresa, hatte mich darüber informiert. Manchmal konnte ich nicht anders, ich mußte sie beobachten, während sie mit ihren Gedanken kämpfte. Ich machte mir Gedanken über sie, während sie mir gegenüber am Tisch saß. Ihre Stärke war bewundernswert.

Am 23. Juli fuhr ich mit Emma und Claire nach dem Mittagessen von Vermont Acres nach Racine zu ihrem Gesprächstermin. Ich hatte versucht, so locker wie möglich zu sein. Sie standen still, mit hochgereckten Gesichtern, vor uns, während Theresa ihnen mit einem nassen Tuch den Mund abwischte. Die Leute sind nett, erklärte sie. Ihr braucht keine Angst zu haben. Im Zimmer liegt ein Haufen Spielsachen, Plüschtiere und Puppen. Sie befeuchtete ihren Finger mit Speichel und glättete Emma eine Haarsträhne aus der Stirn. Die Mädchen wußten genug, um verängstigt zu sein. Nichts, was wir sagten, konnte ihnen die Angst nehmen. Im Auto fragte Emma, ob sie weggebracht würden. «Nein», sagte ich und fühlte, wie eine Hitzewelle in mir aufstieg. Straße und Himmel vor dem Wagen flimmerten und schienen sich zu wellen.

Rafferty wartete in der luftigen Eingangshalle des Justizkomplexes, wo die Ermittlungsbehörde ihren Sitz hat. Emma und Claire wußten nicht, daß sich ihre Mutter nur vier Stockwerke höher im Nebenflügel befand. Sie tranken abwechselnd vom Wasserspender, während Rafferty im Flüsterton auf mich einredete. «Es wird ein leichtes Spiel. Sie sind sich nicht einig. Sie wissen nicht, ob sie meiner Bitte entsprechen müssen oder ob sie mich zum Teufel schicken dürfen. Lexin hat gesagt, sie würde es auf Video aufzeichnen, die andere, Anderson, hat gesagt, sie seien dazu nicht verpflichtet. Sie hat einen Aufstand gemacht, weil die Kamera Kinder angeblich befangen macht. Ich habe sie sehr nett angelächelt und gesagt, die Kinder hätten den Großteil ihrer Kindheit vor laufender Kamera verbracht. Stimmt doch, oder? Und wir würden uns freuen, maßlos freuen, wenn wir alle anfallenden Kosten übernehmen dürften. Wenn jetzt noch irgendwelche Probleme auftauchen, haben wir sie damit in der Hand. Sie müssen das Band vor Gericht auspacken, und es ist so klar wie Hundepisse, Verzeihung.» Er drehte sich zu den Mädchen um. «Wie geht's uns heute?»

Sie hielten die Köpfe gesenkt und blinzelten ihn schräg von unten an. «Gu-u-u-t», jaulte Emma.

Zwei junge Frauen kamen durch einen langen Flur auf uns zu und nutzten die Zeit, um sich abzusprechen. Sie ignorierten Rafferty, während er uns vorstellte. Die attraktivere von den beiden sah sich kniend Claires Kuscheltier an. Ihre Stimme war hoch und klang weinerlich. «Was hast du denn da?» Claire wandte ihr Gesicht gegen mein Bein. «Schon gut, Schätzchen», sagte die Frau und nahm meine Tochter an der Hand. «Dein Dad bleibt hier und wartet auf dich. Da hinten ist ein Kaninchen, das dein Häschen gern treffen möchte.» Claire überlegte zögernd, ob es sich lohnte, von mir wegzugehen. «Ein Kätzchen ist auch da und ein Frosch. Meinst du, dein Häschen mag Frösche?» Claire trottete mit ihr davon, ohne sich umzusehen.

«Ich bin Mrs. Lexin», sagte die Blonde zu Emma. «Wir zwei, du und ich, unterhalten uns jetzt ein Weilchen, während Miss Anderson mit deiner Schwester spielt.»

Theresa hatte gesagt, sie sei darüber so wütend, daß sie am liebsten ihre Pfandflaschen gegen die Garagentür schleudern würde. Während ich Raffertys Worte als Geräuschkulisse über mich ergehen ließ, wollte ich nicht so sehr etwas zerschlagen. Es fehlte allerdings nicht viel und ich hätte mit einer für mich ungewöhnlichen Aggressivität die vier Treppen zu Alice hochgeschrien: *Da! Sieh dir deine Töchter an!*

Die Zeit schlich dahin. Trotzdem war Claire schon nach etwa zehn Minuten wieder draußen und Emma kurz danach. Claire hatte, nach ihrem geröteten Gesicht und den feuchten Wimpern zu urteilen, geweint. Mrs. Lexin, gute zehn Jahre jünger als ich, rief mich in ihr Büro. Sie hatte kurzes Haar und eine Brille, die ihr halbes Gesicht bedeckte. Sie studierte die Akte. «Die Mädchen sind sehr unglücklich, daß ihre Mutter verhaftet wurde.»

«Ja, das ist mir bewußt.»

«Wir würden sie morgen gerne noch einmal sehen, wenn Sie nichts dagegen haben.» Als ich nicht antwortete, warf sie mir einen Blick zu. «Können Sie das einrichten?»

Ich nickte.

«Für die Mädchen ist die Abwesenheit ihrer Mutter ganz offensichtlich eine traumatische Erfahrung, und ich würde Ihnen empfehlen, Mr. Goodwin, dringend empfehlen, jemanden aufzusuchen, der ihnen in dieser schweren Zeit hilft. Wir haben hier eine Liste von Therapeuten und Beratungsstellen in unserer Gegend. Sie sind dazu nicht gesetzlich verpflichtet, aber es wäre doch unter den gegebenen Umständen sehr ratsam.»

Ich hätte gerne gesagt, daß es den Mädchen vor dem Gespräch sehr gut gegangen war. «Danke», stieß ich zwischen zusammengebissenen Zähnen hervor.

«Man hat ihnen beigebracht, daß sie es immer wieder versuchen sollen, wenn es beim ersten Mal nicht klappt», sagte Rafferty, als wir aus der Tür traten, wieder hinaus in den sengend heißen Julitag. Claire jammerte an meiner Schulter, und Emma hielt sich schweigend dicht neben mir. «Die meisten von uns sind dazu erzogen, nicht aus der Reihe zu tanzen, sich anzupassen, Regeln zu befolgen. Regeln halten sicherlich die Welt zusammen, aber ich hab auch was von einem Anarchisten in mir. Wie schön wäre es, das System mal aufzumischen. Einigen hohen Tieren eine lange Nase zu drehen, ohne daß einem was passiert. Aber leider ist das Risiko einfach zu groß. Zu groß.» Er klopfte mir kräftig auf die freie Schulter. «Also dann bis morgen. Noch mal das Ganze. Derselbe Mist, dasselbe Ergebnis. Na ja, auf geht's. Weiter. An die Arbeit.» Er zwickte Claire ins Kinn. «Ihr paßt auf, daß euer Vater sich benimmt, Mädels.» Er fuhr Emma durch die Haare, dann schoß er zwischen den Autos hindurch über die Straße.

Das zweite Gespräch verlief genau wie das erste. Claire hielt sich an ihrem Hasen fest und weinte. Auch Emma wollte nicht spielen. Ihre Augen blieben trocken. Ich war stolz auf sie. Sie war höflich und zugeknöpft. Sie wolle zu ihrem Dad zurück, sagte sie zu Mrs. Lexin. Als sie gefragt wurde, ob zu Hause irgend etwas Schlimmes vorgefallen sei, sprach sie von der Katze, die in den Häcksler gesprungen und zerfetzt worden war. Damals hatte ich den Motor angelassen. Wieder wurde mir empfohlen, die Mädchen unverzüglich zu einem Kinderpsychologen zu schicken. Beim Hinausgehen sagte Rafferty zu mir: «Ein Stachel weniger in unserer großen weichen Pfote.» Zu Emma sagte er: «Hab ich nicht recht, Kleine?»

Emma zerrte an meinem Hemd, als er weg war. Sie wollte, daß ich mich zu ihr hinhockte, damit sie mir ins Ohr flüstern konnte: «Ich mag ihn nicht.»

Mit der Zeit dehnte ich die Mittagspause bei Theresa aus. Jeden Tag blieb ich etwas länger. Schließlich legte ich als Schutz gegen meine schmutzigen Kleider die Zeitung vom Vortag auf das Sofa und setzte mich darauf. Ich las *Time-Magazine* und *Country Home*. Theresa kümmerte sich um den Haushalt. Es war nicht leicht, den Text der Lieder zu verstehen, die sie sang. Ich las und war mir dabei ihrer Anwesenheit im Nebenzimmer bewußt. «Gehst du denn nie mehr arbeiten?» fragte sie einmal. Ich fuhr hoch. «Nein, nein, nein, Howard», lachte sie. «Setz dich wieder hin. Ich hab doch nur Spaß gemacht.»

An den langen, heißen Nachmittagen schleppte ich die Regner über den Boden, der immer trockener wurde. Die Anlage arbeitete nicht auf Hochtouren, und trotzdem befürchtete ich, daß die Quelle austrocknen würde. Der Sumpf, den ich zuerst angezapft hatte, war jetzt nur noch eine Schlammlache. Normalerweise stand das Wasser fast einen Meter hoch. Der Wasserspiegel im Teich war deutlich gesunken, und ich fand mehrere Forellen, die wie alte Schuhe mit dem Bauch nach oben am Ufer trieben. Ich kümmerte mich um die Sojabohnen und das Maisfeld im Obstgarten, die beiden Pflanzungen, die ich retten wollte. Königskerzen und Kletten waren ohne einen Tropfen Regen gewachsen. Schlau und stark entzogen sie dem Boden, was ihnen eigentlich nicht zugedacht war. Wenn mir die Hitze zuviel wurde, ging ich hinein und setzte mich neben den Ventilator. Ich durchblätterte die Bücher, die im Wohnzimmer lagen und die mich sachkundig und realitätsnah machen sollten. Rafferty hatte mir einen Rundbrief der «Opfer des Mißbrauchs-Gesetzes» gegeben. Er dachte, ich könnte mich vielleicht einer Selbsthilfe-Organisation anschließen wollen. Ich war nicht der Ansicht, daß ich etwas gemeinsam hatte mit den Vätern mißbrauchter Töchter oder mit Großeltern, die von ihren Enkeln beschuldigt wurden. Nichts von alledem konnte mir erklären, warum Robbie Mackessy seine Puppe so verzweifelt angesehen hatte.

Ich rief Rafferty fast jeden Tag gegen vier Uhr an. Ich wollte ihn daran erinnern, daß Alice noch in ihrem Käfig saß und ich noch draußen in der Sonne wartete. «Irgendwas Neues?» fragte ich immer. Es war ihm mit seinem Antrag Anfang Juli nicht gelungen, die Kaution für Alice herabzusetzen. Im August arbeitete er lange an einem Antrag auf Nicht-Zulassung ihres Bekenntnisses im Prozeß. Er war überzeugt, daß er damit durchkommen würde, denn man hatte sie damals noch nicht über ihre Rechte belehrt, als sie drauflosplapperte. Auch diesem Antrag wurde nicht stattgegeben. Ende August bat er um eine Verlängerung, die den Prozeß vom ursprünglich vorgesehenen 12. Oktober um sechs Wochen verschob. Später gab es dann noch einen weiteren Aufschub.

Ich hatte seit Lizzys Tod nicht viel mit Dan gesprochen. Bei der Beerdigung hatten wir uns schweigend die Hand gedrückt. In den Tagen danach war ich einige Male nach Vermont Acres gegangen. Wir hatten in der Einfahrt gestanden und Steine gekickt. Wir versuchten, uns zu unterhalten, als sei seine Arbeit im Molkerei-Schrein immer noch interessant und nützlich. Er half mir nicht mehr beim Melken wie in den sechs Jahren davor. Tatsächlich hatte ich ihn seit dem Urlaub nicht mehr getroffen. Theresa sagte, er gehe vor dem Morgengrauen ins Büro und komme erst sehr spät heim. Ich war mir nicht sicher, ob er wußte, daß meine Kinder praktisch in seinem Haus lebten.

Ungefähr um fünf begann ich meine übliche Abendrunde. Schon immer habe ich den stetigen Rhythmus der Melkmaschinen geliebt, das Geräusch der Milch, die sich in die Rohre ergießt und sich im Rohmilchtank sammelt. Wenn es sein müßte, könnte ich die Farm-Routine auch mit geschlossenen Augen bewältigen. Ich bewegte mich langsam durch die schweißtreibende Hitze. Ich wußte, daß ich irgendwann in die Küche gehen und mir etwas zu essen holen mußte. Punkt sieben Uhr dreißig brachte Theresa die Mädchen zurück. Sie blieb meist lange genug, um zu erklären, daß sie nur ein paar Reste zusammengeworfen hatte, nichts Besonderes. Auf dem Tisch stand jeden Abend eine brandneue, braune Lunchtüte. Darin lag ein Sandwich mit Roastbeef oder Schinken und in der Regel noch mehr: ein Apfel, ein Stück Kuchen, eine Plastikschüssel mit Obstsalat, ein Brownie. Ich war immer wieder entgeistert, erleichtert, dankbar, alles gleichzeitig. Ich überschlug mich vor Dankbarkeit. Sie rannte winkend aus dem Haus. Vermutlich ist es gut und schön, Anerkennung zu bekommen, aber zu viel Dank klingelt einem in den Ohren. Ich hätte mir wohl eher wie ein Schuljunge vorkommen müssen. Vielleicht hätte ich mich über ihre Mütterlichkeit ärgern sollen. Ich tat es nicht. Ich war müde und hungrig, und ihr Essen war gut.

Nachdem sie weg war, schlugen die Mädchen und ich halbherzig einen Baseball durch die Gegend. Manchmal malten sie ein Bild für ihre Mutter oder ließen mich den Brief vorlesen, den sie ihnen jeden Tag schrieb. In ihren Briefen erinnerte Alice sie an abenteuerliche, lustige oder aufregende Episoden aus unserer Familiengeschichte. «Wißt ihr noch», schrieb sie, «wie wir im Wald den Hund gefunden haben, der sich an seiner Leine um den Baum gewickelt hatte? Wißt ihr noch, wie Dad uns auf den Baum hochgeholfen hat, bevor er sich dem Hund näherte, und wie das arme Vieh, als die Leine durchgeschnitten war, eine Minute lang wie angenagelt stehen blieb und bellte und bellte, bevor es wegrannte? Wißt ihr noch, wie wir uns da oben im Baum wie Affen gefühlt haben?»

Nach einem schnellen Bad las ich ihnen vor, ein kurzes Buch. Es kam selten vor, daß sie nach mehr verlangten oder quengelten. Ich spielte nicht Klarinette, und sie tanzten nicht. Sie lagen auf Emmas Bett und warteten, bis ich wegging. Dann erst schlossen sie die Augen. Sie wollten, daß ich das Zimmer verließ, damit sie vergessen konnten. Sie waren klug, sie wußten, daß der Schlaf sie in eine andere Zeit tragen würde.

Mein wichtigstes Ziel war es, unsere Familie zusammenzuhalten. Unser Zuhause sollte für die Kinder ein Ort der Geborgenheit sein. Wäre es möglich gewesen, hätte ich mit Alice getauscht. Wir konnten nur deshalb Woche um Woche weitermachen, weil Alice selbst erstaunlich gut zurechtkam. Diese Tatsache verblüffte mich immer aufs neue. Während meiner sonntäglichen Besuche war sie in der Regel fröhlich und gefaßt. Ihre Haut hatte schon früh die Farbe von grauem Asphalt angenommen, aber ansonsten wirkte sie gesund. Was ihr offenbar mehr als alles andere zu schaffen machte, war ihr Bedürfnis, das Richtige zu sagen, die Besuchszeit unbeschwert über die Bühne zu bringen.

«Ich lebe noch», sagte sie einmal nach mehreren Wochen Haft. «Bitte schau mich nicht an, als wolltest du herausfinden, ob ich noch atme.» Sie legte die Hände über Mund und Nase und ließ sie über das Kinn gleiten. Dabei zog sie die Unterlippe hinunter, so daß ihr blasses Zahnfleisch und ihre schiefe untere Zahnreihe zum Vorschein kamen. «Geht es den Mädchen gut?»

Ich hatte hin und her überlegt, ob ich ihr von den Befragungen erzählen sollte, nachdem wir sie erfolgreich hinter uns gebracht hatten. Ich hatte daran gedacht, ihr zu schreiben. Aber ich wußte nicht, wie ich die Episode auf Papier darstellen sollte. Erst hinterher hatte ich, vermutlich vor Erleichterung, überlegt, ob ich Theresa bitten sollte, mir ihre Garagentür für meine alten Milchflaschen zur Verfügung zu stellen. Wenn ich Alice gegenübersaß, war meine Zunge wie gelähmt. Zwischen uns standen die befristete Zeit und ein Kontinent aus Glas.

«Sie gehen gern zu Theresa rüber», sagte ich. «Sie...»

«Da ist die Frau aus meiner Zelle», flüsterte sie und drehte sich um. Ein großes, blondes Mädchen mit entzündeten Pickeln im Gesicht ging hinter Alice vorbei. «Ich höre dauernd diese Stimmen, wie wenn sich das eigene Leben als Film vor einem abspult, nur daß es eher ein Hörspiel ist. Wie heißt es noch in diesem Sonett: ‹Die schaden können, und es doch nicht tun.›»

«Was?»

«Es geht darum, wie großartig du bist, wenn du nicht der Versuchung nachgibst, grausam zu sein, wie edel es ist, stark und gleichzeitig sanftmütig zu sein. Du weißt schon, der vollkommene Mensch. Ich habe dieses unglaubliche Bedürfnis, den anderen Frauen Gedichte vorzulesen, aber sie würden sich wahrscheinlich auf mich stürzen und mir den Mund mit Bonbons aus dem Automaten stopfen. Heute früh habe ich die Augen aufgemacht, Howard, und mich umgesehen, und es war genau wie am ersten Tag in Camp Everglade. Als ich neun war, bin ich in dieser muffigen Hütte aufgewacht und habe gedacht: ‹Ich habe keinen darum gebeten, daß er mich herschickt.› Heute früh habe ich das laut ausgesprochen. Das hier ist wirklich, verstehst du? Verglichen mit dem hier ist alles andere nebelhaft, wie eine Himmelsvision. Aber dann höre ich diese traurigen Geschichten und fühle mich wie die leibhaftige Tugend. Mir gehen diese ganzen verrückten Sprüche durch den Kopf. ‹Dank Gottes Gnade bin ich nicht unter jenen› und solche Sachen. Ich habe noch nie im Leben so etwas gedacht.

Theresa hat es immer gesagt, ob sie's wohl noch tut? Wie geht es ihr? Hat sie genug vom Kinderhüten? Bekocht sie dich?»

Als ich nicht gleich antwortete, sagte sie: «Mach nicht so ein belämmertes Gesicht. Was ist, bringt sie dir Lunchpakete und eisgekühltes Soda im Isolierbeutel und Salz in einem kleinen Pappstreuer für deine harten Eier? Mir läuft das Wasser im Mund zusammen, wenn ich an ihren Obstsalat denke, mit Kiwis und Erdbeeren und einem halben Dutzend anderer Obstsorten außerhalb der Saison.» Sie hatte genüßlich die Augen geschlossen, und als sie sie wieder öffnete und mich ansah, sagte sie: «Tatsächlich! Sie bringt dir Obstsalat! Ich sehe es dir an der Nasenspitze an. Ich wette, du fragst nicht mal, wieviel sie für die Lebensmittel ausgegeben hat.»

«Sie macht mir gelegentlich Mittagessen», sagte ich.

«Schön! Das freut mich. Ich hatte schon Angst, du verhungerst. Wenigstens kann ich jetzt beruhigt sein, daß du ab und zu die wichtigsten Nährstoffe zu dir nimmst.»

In diesem Moment fühlte ich mich ertappt, das weiß ich noch. Alice hatte doch gewollt, daß die Mädchen mit Audrey spielten. Die ganze Zeit hatte ich geglaubt, daß ich mich nur nach ihren Wünschen richtete. Als sie über eines von Theresas Rezepten mit Kapern im Wert von fünfzehn Dollar sprach, ging mir auf, daß meine Nachmittage in Vermont Acres mir immer wichtiger geworden waren. Wenn Alice sich umentschieden hätte, wenn sie gesagt hätte, die Mädchen sollten da lieber nicht mehr spielen, hätte ich die neue Gewohnheit nur ungern aufgegeben.

«Ich habe dir Bücher über das Rechtssystem mitgebracht», sagte ich. «Eins ist dabei über Zeugenaussagen vor Gericht. Ich finde, du solltest einen Blick darauf werfen und sehen, ob...»

«Ich will Romane», sagte sie. «Rafferty kümmert sich um alles andere.»

«Du hast Vertrauen zu ihm», stellte ich fest.

«Er ist doch großartig, findest du nicht? Wie sollen wir ihn nur bezahlen? Auf meinem Sparkonto sind zweihundert Dollar. Haben wir nicht eine Lebensversicherung? Nein, die haben wir uns für die Ballenpresse ausbezahlen lassen, oder? Was wird Nellie sagen, wenn du ihr erzählst, daß wir den besten Anwalt auf Gottes weitem Erdboden engagiert haben? Einen Staranwalt braucht man ja eigentlich nur, wenn man schuldig ist. Was wird Nellie davon halten?» Sie schraubte ihre Stimme hoch: «Diese Alice sieht immer nur das Negative...»

«Ich will dich hier raushaben», fiel ich ihr ins Wort, bemüht, ruhig, ehrbar und gefühlvoll zu klingen, wie es meinem Image entsprach.

Ihr langes, spöttisch verzogenes Gesicht, die riesigen, aufgerissenen Augen, die gekräuselten Lippen, alles erschlaffte auf der Stelle. Sie klemmte den Hörer zwischen Hals und Schulter und verbarg das Gesicht hinter den Händen. «Howard», sagte sie zwischen den Fingern hindurch, «tut mir leid, was ich gerade über Nellie gesagt habe. Ich hab's nicht so gemeint. Und ich war's ja, die auf Rafferty bestanden hat; ich habe diese blöden Sachen zu den netten Polizeibeamten gesagt, zu unseren Freunden und Helfern.» Sie hielt das Telefon von sich weg und schüttelte den Kopf. Dann nahm sie sich zusammen und richtete sich auf. «Du hättest das Recht, vor Wut außer dir zu sein, und dabei bleibst du so ruhig, wie es nur geht. Diese Besuche bedeuten mir so viel, das kannst du dir gar nicht vorstellen.» Eine andere als Alice hätte nun vielleicht losgeweint. «Ich lebe in meinem Kopf, das ist alles. Du kannst dir denken, was da drinnen los ist – Millionen Dinge, die mir früher nie in den Sinn gekommen sind. Dich zu sehen ist, wie wenn ich die Erlaubnis bekäme, durch ein Dachfenster zum Polarstern hochzuschauen. Damit ich weiß, wo ich bin. Ich sehe dich, und alles, was mir durch den Kopf schießt, fällt wie Staub von mir ab, und ich denke, Norden, Süden, Osten, Westen. Howard, Howard.» Als ich nicht reagierte, atmete sie tief durch und fuhr fort: «Du wirst also gut gefüttert. Ich will doch nur, daß diese fünfzehn Minuten ein gelungener Besuch sind. Es ist wie ein Rendezvous, auf das ich mich seit Wochen freue.» Sie lächelte wehmütig.

Ich war immer fassungslos, wenn ich vom Gefängnis zurückfuhr, nicht etwa, weil meine Frau in einem widerlichen, stinkenden Loch saß, in das kein Sonnenstrahl drang, sondern weil sie in einem widerlichen, stinkenden Loch saß und sich so bewundernswert hielt. Ich wußte nicht recht, was ich damit anfangen sollte. Sie las die ganze Zeit, Stendhal, Tolstoi und Tschechow, Emily Dickinson, Laura Ingalls Wilder, Damon Runyon, P. D. James, J. D. Salinger und weiß Gott was noch. Ich hatte erwartet, daß sie auf der Abwärtsspirale, die mit Lizzys Tod eingesetzt hatte, immer weiter sinken würde. Es hätte mich nicht gewundert, wenn sie völlig durchgedreht wäre, obwohl ich mir die Folgen nicht recht ausmalen konnte. Ich hatte erst ziemlich spät gemerkt, daß sie Hilfe brauchte. Es hatte schließlich eines Morgens bei mir geklickt, als ich sie darauf aufmerksam machen wollte, daß Claire ein scharfes Messer in der Hand hielt. Die Gefahr war ihr gleichgültig. Sie drehte sich um und ging hoch in ihr Schlafzimmer. Am Abend vorher hatte sie mich mit dem Knie am Kinn getroffen, als sie wie gestochen aus dem Bett sprang. Da war mir klar geworden, daß Alice eine Therapie brauchte. Daß sie das Bezirksgefängnis jetzt aushielt, kapierte ich einfach nicht. Meine Frau saß im Knast und benahm sich wie Maria Stuart. Ich war zu Hause, wanderte über die Felder, um Steine zu sammeln, und war nicht einmal in der Lage, mir ein Brot zu schmieren oder Cornflakes in die Schüssel zu schütten.

Gelegentlich setzte ich mich an den langen Nachmittagen in den Schatten und dachte über das eine oder andere nach. Mit sechsunddreißig hatte ich einige fundamentale Wahrheiten begriffen. Ich wußte endlich, daß das, was wir für sinnvoll halten, uns von außen aufgepfropft wird. Nicht vieles entsteht wirklich aus uns selbst, weder zu Beginn des Lebens noch später. Wir werden immer wieder vom Zufall oder den gerade herrschenden Strömungen beeinflußt. Ich war ein Dutzend Male geformt und umgeformt worden, je nach der Persönlichkeit meiner Mitbewohner. In der High-School zog ich in die Hütte eines Freundes und tat nichts anderes, als in der heißen Sonne zu sitzen und zu fischen. In diesen Monaten sah ich ständig in den Spiegel, und über dem ungekämmten Haar und dem unrasierten Gesicht lag wie bei einer Doppelbelichtung der glattrasierte, anständige, kluge, starke junge Mann, den mein Vater sich zum Sohn erkoren hatte. Alice schrieb mir Kräfte zu, von denen ich wahrscheinlich schon die ganze Zeit wußte, daß ich sie nicht besaß. Sie traute meinen Fähigkeiten. Sie hätte mir sicher nicht so unbesehen geglaubt, wenn sie gewußt hätte, wie bereitwillig ich damals nach Vietnam gegangen wäre. Nach der Einberufung hatte ich mich um die medizinische Tauglichkeitsuntersuchung geradezu gerissen. Ich war achtzehn. Ich hatte in der High-School am Ausbildungsprogramm für Reserveoffiziere teilgenommen und rechnete mir keine Chancen aus, daß sie mich als Kriegsdienstverweigerer anerkennen würden. Mein Vater und ich hatten darüber gesprochen, was es bedeutet, für sein Land zu kämpfen. Wir hatten über die Bürde der Demokratie gesprochen. Ich würde nach Vietnam gehen und genug Leute töten und dann hoffentlich wieder nach Hause kommen. Ich bemühte mich sehr, diese Pflicht zu akzeptieren. Mit meinen Freunden diskutierte ich den ganzen Sommer über den Krieg. Ich redete mir ein, der Konflikt sei gerechtfertigt und ich benähme mich heldenhaft. Ich muß geschwafelt haben wie ein selbstgerechter Idiot. Bei der Untersuchung wurde ich wegen Herzgeräuschen zurückgestellt. Ich taugte nicht zum Kanonenfutter. Ich ließ mir das Haar wachsen. Ich demonstrierte friedlich in Ann Arbor und einmal in Washington, immer in der Hoffnung, sie würden in Minneapolis mein Gesicht nicht in den Abendnachrichten entdecken. Das war nicht das letzte Mal, daß ich urplötzlich von einem zum anderen umschwenkte. Als ich Alice davon erzählte, hörte sie nur heraus, was sie hören wollte. Die Geschichte hatte ein Happy-End, ich war ja zurückgestellt worden. Aber für mich wurde sie mit den Jahren zum Symbol für einen grundlegenden Charakterfehler. Auf meinem Grabstein wird stehen: «Er hielt nie den Kurs. Er war sich nie sicher.»

Die Wochen vergingen. In der Nacht vom vierten auf den fünften Juli lag ich im Bett und horchte auf das Feuerwerk, das in den Neubausiedlungen losging. Unsere Unabhängigkeit schien mir nicht sonderlich glanzvoll. Ende Juli zog eines Morgens ein Gewitter auf. Ich stellte mich auf die Veranda und sah dem strömenden Regen zu. Laut Meßlatte waren 1,8 Zentimeter gefallen. Um Mittag kam die Sonne heraus. Dampf stieg von der feuchten Erde auf, und abends war der Boden wieder trocken. Die Sojabohnen gediehen ganz gut dank meiner Sorgfalt und der Bewässerung. Alle Schafe waren eingegangen. Die Kühe lagen in der Tageshitze auf ihrer Weide unter den Eichen und käuten endlos wieder. Theresa sagte oft, die Tiere hätten es gut, weil sie nicht die Fähigkeit hätten, zu wissen, zu planen oder sich zu erinnern. Mir kamen sie nicht glückselig vor, wie sie da lagen und kauten. Sie ließen endlose Stunden über sich ergehen. Sie ließen das Tageslicht und das Dunkel der Nacht über sich ergehen. Vermutlich waren die guten Gaben an sie verschwendet; auch wir wissen schließlich viele unserer Gaben nicht zu schätzen.

Der letzte Abend, an dem Theresa kam, unterschied sich nicht wesentlich von den anderen Abenden, nur daß wir bereits die Summe der vorangegangenen Nächte und Tage hinter uns hatten. Obwohl sie es nicht zeigte, war sie nach diesen drei Wochen erschöpft. Sie hatte mir beim Mittagessen erzählt, daß Dan übers Wochenende in Chicago an einer Tagung für Museumsleiter teilnahm. Wir hatten uns bei der Vorstellung amüsiert, wie er im großen Saal des Field Museum im Smoking beim Bankett saß und mit den Präsidenten des Smithsonian sowie des American Museum of Natural History anstieß. Wir sagten, er würde sich bestimmt auch über sich selbst lustig machen, wie er da so rechtschaffen den Molkerei-Schrein repräsentierte. Ich stellte beim Essen wieder einmal fest, daß ich Dan seit über einem Monat nicht mehr gesehen hatte. «Er arbeitet bis zum Umfallen», sagte Theresa fast unhörbar.

Ich stand an jenem Abend in der Küche, als sie die Mädchen nach Hause brachte. Emma kam zur Veranda gerannt. Von draußen rief sie: «Kann Audrey bei uns schlafen?» Theresa öffnete die Tür und legte das Lunchpaket auf den Küchentisch. Bevor sie nein sagen konnte, erwiderte ich: «Ich habe nichts dagegen.» Ich weiß nicht, was ich mir dabei dachte oder ob ich die Bitte überhaupt richtig gehört hatte. Die Mädchen drückten sich triumphierend die Hände. Audrey bettelte um Theresas Zustimmung; mal umschlang sie ihre Taille, dann wieder hüpfte sie an ihr hoch. Ich begriff zu spät, daß Theresa ihrer einzigen Tochter nicht erlauben konnte, in unserem Haus zu bleiben. Die Idee war absurd. Wir redeten beide gleichzeitig. «Ich würde dich zu sehr vermissen, Audrey», sagte Theresa. Ich sagte, es sei sowieso kein guter Zeitpunkt dafür. Wir wandten uns einander zu, während wir sprachen. Ich glaube, wir verstanden beide, was in dem anderen gerade vorging.

«Wartet», sagte Theresa. «Moment mal.» Sie legte die Hände auf Audreys Schultern und zwang sie zum Stillstehen. «Ihr Mädchen zieht euch die Schlafanzüge an und spielt in Emmas Zimmer, während Howard zu Abend ißt. Dann gehn wir nach Hause. Audrey kann ein andermal hier übernachten. Wir werden es vorher planen – nein, kein Gejammer. Du darfst immerhin noch eine Weile bleiben.»

Die Mädchen protestierten alle nur mäßig und schienen das für einen annehmbaren Kompromiß zu halten. Wir gingen die Treppe hoch. Emma zuerst, dann Audrey und Theresa. Claire und ich bildeten die Nachhut. Im Schlafzimmer standen Körbe voller schmutziger Wäsche. Ich befürchtete, sie könnte anbieten, die dreckigen Sachen mitzunehmen, aber sie ging wortlos daran vorbei. Während die Mädchen sich bettfertig machten, hörte ihr Gezwitscher und Geplapper nicht eine Sekunde auf. Man hätte das Haus für eine Menagerie halten können. Dabei strahlte der ganze Wirbel etwas Friedliches aus. Ich half Claire in ihren Pyjama und putzte ihr die Zähne. Dann steckte ich meine Klarinette zusammen und stand mit dem Mundstück zwischen den Zähnen in der Tür zu Emmas Zimmer, während ich zusah, wie meine Nachbarin meiner Tochter die Haare kämmte.

«Wie kriegst du den Kamm durch deine Locken?» fragte Emma Theresa.

«Na ja», sagte Theresa, «ich wasche sie mir jeden Morgen. Wenn sie naß sind, kämme ich sie schnell durch. Dann muß ich sie nur noch trocknen lassen, und sie werden so wie jetzt. Wenn ich sie trocken bürste oder kämme, werden sie ganz kraus. Sie stehen nach allen Seiten ab – gräßlich.» Sie biß sich auf die Lippe und lächelte mich über Emmas Kopf hinweg an.

«Ehrlich?» Emma drehte sich zu mir um, um zu erkunden, ob Theresa die Wahrheit sagte. Haare und Körper meiner Tochter bestanden aus kerzengeraden Linien. Ich hatte die dichten Ringellocken unserer Freundin zwar nie weiter beachtet, aber ich konnte durchaus verstehen, daß sie für jemanden, der die ersten zwei Jahre seines Lebens kahl gewesen war, interessant sein mußten.

«Spiel uns was vor, Daddy», rief Claire.

«Ich weiß gar nicht mehr, wie das geht», sagte ich. Ich hatte seit Wochen nicht mehr geübt. Meine Technik war eingerostet. Während ich das Blättchen einspannte, ging ich im Geist mein Repertoire durch.

«Ich wußte nicht, daß du ein Instrument spielst», sagte Theresa.

«Ich kann's auch nicht richtig», sagte ich. «Ich hab nur, äh...»

«‹Sing Me a Happy Song›!» schrie Claire. «Das mag ich am liebsten.»

«‹We Can Work It Out›!» forderte Emma. «Oder ‹Morning Has Broken›! Mein Dad», sagte sie zu Audrey, «kennt alle Lieder.»

Ich spielte schlecht. Theresa bürstete Emmas Haare. Die drei Mädchen saßen höflich still und hörten zu. Als ich fertig war, legten sie sich zusammen in ein Bett, und Theresa deckte sie zu. «Gute Nacht», riefen sie. Wir blieben an der Tür stehen. «Gute Nacht», sagten wir.

Wir gingen beide gemeinsam nach unten. Wir hörten noch, wie die drei ihr Komplott schmiedeten. Theresa sagte, sie würden nicht lange durchhalten, sie seien zu müde. Ich durchforstete die leeren

Schränke nach etwas Trinkbarem. Im Kühlschrank stand Milch. «Ich brauche nichts», sagte sie. «Iß du nur.» Sie gab ihrer Familie fettarme Milch, nicht unsere Vollmilch, auf der oben die Sahne klumpte. Sie erklärte immer, das sei Milch zum Baden, nicht zum Trinken.

«Nur zu», sagte sie und lud mich ein, an meinem eigenen Tisch Platz zu nehmen. Vor mir stand die Tüte, die sie mitgebracht hatte. Sie öffnete die Schranktür, holte ein Glas, ging zur Spüle und ließ Wasser hineinlaufen. Ich sah in die Tüte. Zwei Sandwiches mit Schinken, Salat und Tomaten. Das getoastete Weißbrot war mit kalorienarmer Mayonnaise getränkt. Dazu Weintrauben, Karottenstreifen, Bohnensalat in einem Behälter und drei Schoko-Cookies. Ich wußte nicht mehr, als was ich Theresa bezeichnen sollte. Was sollte ich zu ihr sagen, zu dieser Person, die in keine mir bekannte Kategorie paßte? Freundin, nehme ich an, obwohl sich keiner meiner Freunde je so viel Mühe gegeben hatte. Ich sollte ihr danken. *Danke* allein schien kaum angemessen. *Ich weiß nicht, was ich ohne dich täte* war zwar richtig, ging aber zu weit. *Du bist so gut zu mir* klang kitschig. Mir wurde plötzlich unbehaglich. Die ganze Zeit über, während ich die Tüte durchforstete, fiel mir nichts Passendes ein. Ich mußte aber etwas sagen. Ich war so hungrig, und ich aß ihr Essen, das sie eigens für mich zubereitet hatte. Sie hatte etwas Wasser getrunken und beobachtete aus dem Augenwinkel eine Ameise, die einen Brotkrümel über das Linoleum schleppte.

«Das war schön für Emma und Claire. Oben, so ins Bett gebracht zu werden.» Ich räusperte mich. «Das schmeckt sagenhaft.»

Sie nickte und löste den Blick nicht von der Ameise. Sie fixierte sie unablässig, während ich ihre Sandwiches verschlang. Ich konnte mich nicht mehr erinnern, worüber wir während so vieler Mittagessen geredet hatten. Fast wünschte ich mich weit weg.

«Danke, daß du das mitgebracht hast.»

Nur mit Mühe riß sie sich von der Ameise los und richtete ihren

Blick auf mich. In meinem Mund steckte ein ganzer Kanten Brot, der meine Backe anschwellen ließ. Ich hörte auf zu kauen. Ich weiß nicht, wie es geschehen kann, daß sich zwei Menschen in einer ganz gewöhnlichen Küche plötzlich verloren fühlen. Die alte Uhr, das Summen des Kühlschranks, der Ventilator im Wohnzimmer, alle Geräusche verstummten. Der Tisch, die unaufgeräumte Anrichte, der volle Abfalleimer an der Spüle, das Geplapper von oben – alles verschwand. Wir befanden uns an einem leeren Ort. Nur wir beide waren noch da und strahlten uns an.

Erst als sie ihre Locken schüttelte und die Hände ans Gesicht legte, schauten wir wieder weg. Sie war atemlos und hatte rote Wangen, als sei sie eine lange Strecke direkt bis zu unserem Tisch gerannt. Ich starrte kauend zur Decke. «Es ist alles so verworren», keuchte sie. «Alice fühlt sich verantwortlich wegen Lizzy. Mein Freund Albert erzählte mir etwas von – wie hat er es genannt? – dem Wesen der Gnade. Er redete davon, wie Gnade den Gebenden und den Empfangenden segnet. Wie er es sagte, klang es schön. Ich hab versucht, mir vorzustellen, wie sich Alice fühlen mag. Ich würde nicht mit ihr tauschen wollen, nicht eine Minute lang. Sie wird sich immer schuldig fühlen, und nichts, was wir sagen könnten, wird sie von dem Gedanken abbringen, daß sie etwas falsch gemacht hat. ‹Das Wesen der Gnade›, sage ich mir immer wieder, wenn ich am Verzweifeln bin. Ich bete diese Worte vor mich hin wie einen Rosenkranz, und ich weiß, Howard, wenn ich deine Familie in mein Herz schließe, bin ich gesegnet.»

Sie versuchte, Atem zu holen und gleichzeitig zu sprechen. «Was sage ich da? Natürlich würde ich tauschen, wenn Lizzy dadurch wieder lebendig würde. Aber verstehst du, was ich meine? Es wäre so bequem, Alice als eine einzige große Schutthalde zu benutzen: Die ‹Alice-hat's-getan›-Schutthalde. Das ist verlockend – sehr verlockend. Meine Schwestern sind in diese Falle getappt, aber ich werde es nicht tun, Howard. Ich werde es nicht tun. Sie sagen, Alice verdient es, eingesperrt zu werden. Wenn ich ihnen widerspreche, sehen sie sich vielsagend an und meinen im Grunde: ‹Theresa ist nicht ganz richtig im Kopf›. Ich habe den Fehler gemacht, einer von ihnen zu erzählen, daß ich mich für Alices Situation verantwortlich fühle. Ich glaube, sie waren drauf und dran, mich einweisen zu lassen. Aber ich fühle mich wirklich für ihre Situation verantwortlich, weil ich die Anklage hätte verhindern können, weil Lizzys... Tod Carol Mackessy den Auslöser gab, den sie gebraucht hat. Du glaubst, du stehst wegen Essen und Babysitten in meiner Schuld. Ich halte das nicht aus! Könnten wir bitte aufhören, es unter solchen Aspekten zu betrachten? Wir gehören zusammen, so denke ich darüber. Deine Mädchen helfen Audrey, sie helfen mir, den Tag zu überstehen. Sicher, sicher, es wäre nett, wenn Dan wieder zu sich käme, wenn er seinen Panzer kurz ablegen würde und erkennen könnte, daß Alice nur deshalb im Gefängnis sitzt, weil sich die Stadt einem Reinigungsritual unterzieht. Ich bin nur – na ja, die Hälfte der Zeit einfach sprachlos. Dan wird noch tot umfallen vor lauter Arbeit, bevor er herausfindet, daß der einzige Weg, den Schmerz zu überwinden, der Schmerz selbst ist. Er kämpft mit aller Macht dagegen an, weil er glaubt, es würde ihn umbringen.»

Ich aß, so schnell ich konnte, riß die Trauben von ihren Stielen. Ich hätte ihr zu verstehen geben sollen, daß sich die Tage durch ihre Hilfe mehr als erträglich gestalteten. Jedesmal, wenn ich zu ihrem Haus ging, hatte ich das Gefühl, der Hölle zu entkommen. Ich saß bei ihr auf dem Sofa, einfach, um ihrem Gesang zu lauschen. Und ich freute mich auch auf ihr Kommen am Abend, wenn sie die Mädchen heimbrachte und ich sie dabei kurz zu Gesicht bekam. Das Verlangen war so verwirrend wie offensichtlich. Es war etwas, das ich hätte erkennen müssen. Das Verlangen, das mich zu ihr, zu Theresa Collins, zog, war so stark, daß ich nicht mehr klar denken konnte.

«Alles still da oben», sagte sie. «Kein Wunder. Sie haben heute so ausdauernd gespielt. Ich sehe nur schnell nach, ob alles in Ordnung ist.» Sie ging quer durch die Küche zur Treppe. Ich hatte vergessen, wie es ist, wenn man sich von einem Menschen angezogen fühlt. Wie hatte ich nur Tag für Tag in der Tür stehen und Theresa ansehen können, ohne sie so wahrzunehmen, wie ich es jetzt tat. Ich hatte vergessen, wie die bloße Anwesenheit eines anderen Menschen das Blut schneller strömen läßt, so daß der Drang, sich ihm zu nähern, einem schlagartig die Wirkung der Schwerkraft enthüllt. Und man erkennt plötzlich, das hier ist etwas Starkes und Wichtiges, etwas, das man zum Leben braucht, diese Frau, die sich da durch den Raum bewegt.

Als sie zurückkam, wartete ich an der Spüle.

«Ich will sie nicht hier lassen», flüsterte sie. Sie stand mir am Tisch gegenüber. «Das weißt du.»

«Bleib noch ein bißchen», sagte ich. «Ich trage sie den Hügel hoch. Ich trage sie gleich nach Hause.» Draußen auf der Veranda sei es kühler, sagte ich, und man könne den Mond sehen.

«Der Mond ist mir egal», erwiderte sie.

«Komm raus auf die Veranda.» Ich spürte sie beim Gehen hinter mir, fühlte mein Blut in den Rücken strömen.

«Ich muß nach Hause», wisperte sie.

Wir standen draußen in der Dunkelheit auf dem Flickenteppich, den Alice immer besonders gern gemocht hatte. «Manchmal», sagte Theresa, «bin ich sicher, daß Gott gütig ist. Manchmal bin ich sicher, daß Lizzy bei ihm gut aufgehoben ist. Aber heute habe ich wirklich Angst, Howard. Heute habe ich das Gefühl, als würde alles unter mir wegkippen. Heute», sagte sie und kam näher, «ist alles so verwirrend. Wegen dir besteht überall Gefahr, und gleichzeitig herrscht nur dort keine Gefahr, wo du gerade bist.»

Sie flog in meine ausgestreckten Arme, prallte hart gegen mich und blieb einfach stehen. So habe ich es in Erinnerung. Ich wollte sie an mich ziehen, und da lehnte sie schon an mir. «Sie haben sie in die Erde gelegt», weinte sie an meiner Brust. «Er war heiß an diesem gelben, windigen Abend, an dem sie beerdigt wurde. Der Wind wehte pausenlos. Sie haben sie begraben, und ich konnte sie nicht daran hindern. Ich konnte es nicht verhindern.» Wir hielten einander fest und wiegten uns sachte. Sie war so schwer, zu schwer zum Festhalten. Wir sanken auf den harten Verandaboden, nur der dünne Teppich, aus alten Jeans und Hemden gewebt, schützte uns vor dem Stein. Bei jedem neuen, quälenden Schluchzen hielten wir uns nur noch fester umklammert.

# 14

***Schon mit sechs*** hatte ich gelernt, daß die Welt ein Jammertal ist. Unser Nachbarjunge, Peter Nichols, trieb sich eines Tages in der Nähe seines Zuhauses auf den S-Bahnschienen herum. Die Stromschiene versetzte ihm einen tödlichen Schlag. Weil die Fenster in jenem Sommer offen standen, hörte ich gelegentlich seine Mutter. Sie gab ein nervtötendes Geräusch von sich. Es kam mir vor, als würde sie die Tonleiter auf und ab singen, obwohl ich wußte, daß das, was sie produzierte, nichts mit Musik zu tun hatte. Es ängstigte mich noch jahrelang, daß der Junge in einem Augenblick lebendig und im nächsten schon tot gewesen war. Warum konnte er sein winziges Versehen nicht rückgängig machen? Nach all dieser Zeit scheint es mir immer noch unmöglich, daß jemand schlagartig umkommt, ohne es überhaupt zu merken. Ich versuchte Theresa in jener Nacht zu erklären, daß ich den Schock von Lizzys Tod bis jetzt noch nicht überwunden hatte. Nur wenn ich intensiv darüber nachdachte, wurde mir klar, daß sie tot war. «Ich verstehe es nicht», mehr konnte ich nicht sagen.

Wir lagen den größten Teil der Nacht auf dem Teppich. Wir hielten einander umschlungen. Wir hatten mit der Trauer zu kämpfen. Sie war in uns, tobte in uns. Wir konnten nicht still liegen. Wenn wir glaubten, endlich erschöpft zu sein, fing alles wieder von vorne an. Es war ein schier endloser Kreislauf. Einmal schluchzte Theresa: «Es wird nie aufhören, wir werden nie auf den Grund dieses riesigen, unermeßlichen Reservoirs stoßen.» Auch ich konnte nicht über den Moment hinausdenken. Es war mir unvorstellbar, wie wir aufstehen, uns den Staub aus den Kleidern klopfen, nach Hause gehen sollten.

Hin und wieder hob sie in einem ruhigen Intervall den Kopf

und redete. Gleich zu Anfang sagte sie: «Wenn ich wie eine Entenmutter meine Kinder zähle, sage ich mir, Audrey ist im Wohnzimmer, Lizzy in der Erde. Wie oft werde ich noch aussprechen müssen: Lizzy ist tot, bevor ich es glaube? Wie oft noch? Wenn mich die Leute fragen, wieviele Kinder ich habe, muß ich antworten, zwei. Weil ich immer noch zwei habe, oder nicht? Ich klinge immer ganz nervös, und die Leute sind verwirrt und verlegen. Oh, aber eins ist tot, das finden sie schließlich heraus. Trotzdem habe ich immer noch zwei Kinder. Lizzy ist immer noch mein Kind.» Sie lehnte sich an mich, und es fing wieder an, wir wälzten uns hin und her, schlugen um uns und schluchzten hemmungslos. «Es ist ein Gefühl, als wären wir nur die Hülle für ein wildes Etwas, das in uns wütet», weinte sie.

In einer anderen Ruhepause sagte sie: «Wäre es nicht schön, wenn man die Augäpfel herausnehmen könnte und sie das viele lästige Weinen alleine erledigen würden?» Wir lachten ein wenig, bevor unsere Trauer wieder einsetzte. «Was soll ich nur tun, Howard?» Immer wieder stellte sie mir diese Frage, immer wieder.

Das weiß ich nicht, erwiderte ich. Ich weiß auch nicht, wie lange wir weinten und wie lange wir zwischendurch ruhig lagen. Ich merkte, daß die Zeit verging, weil der Mond immer höher stieg. Wir lagen heulend auf dem Boden. Ihr Gewicht drückte mir schwer auf die Armbeuge. Ich fühlte ihre Wimpern an meinem Hals und ihren Atem durch mein Hemd. Ich rührte mich nicht, weil ich Angst hatte, die kleinste Bewegung würde sie vertreiben. Als der Mond über dem Windrad stand, richtete sie sich auf und sah mich an. Ich weiß nicht, wo ihre Brille hingeraten war. «Manchmal will ich einfach nur sterben», sagte sie mit ihrer leisen, atemlosen Stimme. «Ich will einfach nur sterben, damit ich dahin kann, wo Lizzy ist. Manchmal kommt es mir wie eine Strafe vor, daß ich auf der Erde gefangen bin.»

Ich zog sie an mich und küßte sie auf die dunklen Haare. «Nein», sagte ich. «Hier ist es doch gut.» Der Gedanke, daß sie sterben wollte, war mir unerträglich. Alles an Theresa verströmte

Güte. Man konnte ihr unkompliziertes Leid mühelos verstehen. Gleich würden wir aufstehen. Ich würde das Verandalicht anschalten, und wir würden unser Leben wieder aufnehmen. Wir waren müde und endlich auch empfindungslos. Ich konnte kaum noch den Kopf heben. Wir mußten beide eine Weile geschlafen haben. Vielleicht hatte sie sich ebenfalls gesagt, gleich würde sie aufstehen, gleich, gleich, und wie beim Schäfchenzählen war sie dabei eingenickt. Der Schlaf war eine Wohltat. Zum erstenmal seit Monaten schlief ich tief und fest. Ihre Haut roch so gut, als ich im Schlaf versank. Ich träumte von nichts anderem als von ihrem eigenartigen, fremden Geruch.

Wenn ich mich an diese Nacht erinnere, dann gibt es kein Ticken der Uhr. Das einzige, was sich bewegt, ist der Nachthimmel. Für uns auf der Veranda draußen hatte das keine Bedeutung. Wir waren bleischwer, unter einem Bann wie die Liebenden bei Shakespeare, die einen Zaubertrank zu sich genommen haben. Als sie aufwachte und sich erschrocken aufsetzte, drehte ich mich um und zog sie sofort wieder zu mir. Das erstaunte mich selbst. Ich fühlte ihre Bewegungen im Schlaf. Daß ich mitten in der Nacht auf dem Boden lag, mit der Freundin meiner Frau, der Frau meines Nachbarn, der Mutter der Spielkameradin meiner Kinder, war mir ganz gleich. «Ich muß nach Hause, Howard», murmelte sie in mein Hemd.

«Bleib.»

«Ich kann nicht», flüsterte sie. Sie beugte sich über mich und streichelte mit dem Handrücken meine Wange. Ich wollte nicht aufwachen. Ich öffnete ihre Hand und zog sie an meine Lippen. Sie ließ es zu. Sie lächelte, als sei es eine Gefälligkeit, daß sie mich ihre Finger küssen ließ, einen nach dem anderen. Ich legte Wert darauf, beim Küssen an ihrer Haut zu riechen. Mir ging auf, daß ihr Duft dem eines Frühlingsmorgens glich. Kein genialer Seifenfabrikant hatte seine Hand im Spiel. Es war ihr eigener Geruch, sie roch nach frischer, lehmiger, sonnenbeschienener Erde. «Du riechst gut», sagte ich. «Du riechst wie Erde im Frühling.»

Sie lachte laut auf und legte dann schnell ihre kleine Hand über den Mund. «Aus deinem Mund verstehe ich das als Kompliment.» Sie schüttelte den Kopf. «Erde.» Sie beugte sich herunter. Ich dachte, sie würde mich auf die Stirn küssen. «Erde», sagte sie noch mal. «Wunderbar.»

Vielleicht dachten wir beide an Alice. Theresa schoß womöglich kurz der Gedanke durch den Kopf, daß sie Alice meinen originellen Ausspruch unbedingt erzählen mußte. Ich dachte daran, wie Alice mir oft vorwarf, ich würde an Milchsubventionen denken, wenn ich mit ihr schlief. Sie war weit weg und schien belanglos. Ich verdrängte den Gedanken an Alice.

«Bitte erzähl mir nicht, wie ich rieche», sagte ich.

«Regen», flüsterte sie. «Wie wäre es damit? Du riechst wie Regen.»

«Ah, Regen.»

Sie strich mir mit den Fingern über Augenbrauen und Lider bis hinunter zum Kinn und streifte dabei langsam über meinen Mund. Ich beobachtete ihr Gesicht. Mit einem Finger zeichnete sie meinen Mund nach und nahm dann die Hand weg. Die Nacht würde vielleicht ewig weitergehen, wenn sie sich nur wieder an meine Brust legte. Wir würden über Erde und Regen sprechen. Sie war es, die die Zauberformel kannte, die nicht nur die Uhr, sondern sogar den Mond anhalten konnte. Ich weiß nicht, ob sie die Bedeutung dieser Nacht gegen die des realen Lebens abwog. Ich wollte, daß sie mich berührte, mir weiter das Gesicht streichelte. Ich schloß die Augen und spürte sie immer noch neben mir. Ihr Geruch war noch intensiver, wenn ich sie nicht sah. «Howard», sagte sie schließlich. Ich wußte, viel Zeit blieb nicht mehr. Langsam richtete ich mich auf. Ich strich ihr mit beiden Händen die krausen Locken hinter die Ohren. «Wie schaffst du es nur, dir diese Haare zu kämmen?» fragte ich. Sie lachte unbändig, ohne ihre Freude zu zügeln.

Ich hielt ihr Gesicht zwischen den Händen, und sie lächelte dieses hoffnungslose leise Lächeln. Ich wußte, es gab nur diesen einen Moment, um sie zu küssen. Ich zögerte, betrachtete die Nacht aus der Entfernung, bereits als Erinnerung. Das Verlangen, das ich nach ihr verspürte, würde ich immer als rein und gut empfinden. Sie war schön und klug, ihre Stimme und ihr Gesang, ihr Gesicht und ihr Lachen – Balsam. «Theresa», hauchte ich in diesen Kuß. Ich dehnte ihn aus, so lange ich konnte, bewegte mich in ihrem Mund, freudetrunken, Zunge an Zunge. Ich spürte das Flattern ihrer Wimpern gegen meine Wange, wie der Herzschlag eines kleinen Tieres.

Als sie sich entzog, folgte ich ihrem Mund. «Mehr nicht», flüsterte sie und schob mich sanft von sich. Wir lehnten die Köpfe aneinander, wohl wissend, warum wir aufhörten. Ich half ihr beim Aufstehen und ließ sie dann los. Sie nickte. Das war das Zeichen. Ich ging die Treppe hoch zu Audrey, Stufe um Stufe. Hinter mir entschwand schnell die Nacht. Einen Augenblick lang hatte ich den Impuls, zur Veranda zurückzugehen und nachzusehen, ob diese Nische in Zeit und Raum immer noch existierte. Die Mädchen lagen mit ausgestreckten Armen und Beinen halb übereinander auf dem Bett. Sie waren schwer und verschwitzt. Keine wachte auf, als ich sie auseinanderschob. Audrey kaute und ächzte. Sie hatte Locken wie ihre Mutter. Sie lag warm in meinen Armen. Unwillkürlich sah ich sie anders an als bisher. Ich hielt sie behutsam in den Armen, dieses Kind, Theresas Kind. Schritt für Schritt ging ich die Stufen hinunter und sagte ihr, ich würde sie jetzt nach Hause bringen.

Theresa stand schon draußen auf dem Rasen und trippelte von einem Fuß auf den anderen, als würde sie frieren. Sie hatte die Arme um sich geschlungen. Die Brille war wieder da. Der fast volle Mond, der jetzt hinter dem Hühnerstall verblaßte, tauchte die Welt in kaltes Licht. Sie rannte zwischen den verdorrten Maisstengeln voraus, und ich folgte, unfähig, mit ihr Schritt zu halten. Als wir ihr Grundstück erreichten, legte ich ihr Audrey in den Arm. Sie mußte mir gar nicht erst sagen, daß ich nicht mitkommen sollte. Ich sah ihr nach, wie sie mit ihrer Last an Mrs. Klinkes Hecke entlangtappte. Als weiter oben ein Hund kläffte, ließ ich mich auf alle viere nieder. Gleich würden in den Häusern die Lichter angehen. Die Leute würden in ihre Gärten strömen und nach dem Störenfried Ausschau halten.

Als ich am nächsten Morgen die Augen aufschlug, lag ich in meinem Bett. Alices Wecker stand auf drei Uhr dreißig. Die Sonne warf längliche, bleiche Rechtecke auf die Zimmerdecke. Es dauerte eine Minute, bis ich begriff, daß der Wecker schon lange nicht mehr lief. Ich stellte mir vor, wie Alice durch die Gefängnismauern, durch die Metallfenster, über die morgendliche Stadt und über die Felder hinweg zu unserem Bett blickte, zu mir. Ich stellte mir ihr wehmütiges Lächeln vor, ihr sarkastisches «Und was wirst du heute mittag essen? Ich *weiß* doch, du magst diesen Obstsalat!»

An der schrägstehenden Sonne erkannte ich, daß ich bereits eine Stunde zu spät zum Melken kommen würde, und trotzdem starrte ich weiter an die Decke. Ich erinnerte mich an die letzte Nacht, mit jener absoluten Ruhe, die, wie Alice und auch Theresa bemerkt hatten, meine Stärke war. Theresa und ich hatten geweint, bis wir nicht mehr konnten. Ich hatte sie im Arm gehalten und mich gefragt, ob eine Trauer wie die ihre, wie die unsere, je vergehen konnte. Ich hatte wohl gehofft, sie werde es nicht. Ich hatte gehofft, wir würden immer auf diese Veranda treten können, nur wir beide, während alle anderen freundlicherweise das Feld geräumt hätten. Ich hatte gehofft, wir würden für alle Ewigkeit in diesen Strom der Trauer eintauchen können.

Vermutlich erkannte ich in diesem Moment, als ich im Bett lag, daß wir nicht länger Raffertys Rat folgen und abwarten konnten. Ich kann nicht mit Bestimmtheit sagen, wann genau sich unser Leben aufzulösen begann. Natürlich könnte ich das Übel einzig und allein auf Alice zurückführen. Wie Theresa widerstehe ich dieser Versuchung. Ich weiß, es ist weder ehrlich noch fair. An jenem Morgen stand ich nicht gleich auf. Ich blieb liegen und dachte darüber nach, wie wohl jemand, der in späteren Jahren Alices Biographie nachzeichnen wollte, den Sommer, in dem Lizzy starb, einschätzen würde. Es wäre der herausragende Zeitabschnitt in ihrem Leben. Sie würde schließlich die Ururgroßmutter sein, die einige Monate im Gefängnis gesessen hatte. Die Ahnfrau, die den Jungen mißbraucht hatte. Zukünftige Generationen würden sämtliche schlechten Eigenschaften auf sie zurückführen. Es kam mir grausam vor, daß ihr Leumund schon festgeschrieben war. Wenn man mich überhaupt zur Kenntnis nehmen würde, dann nur in Verbindung mit Alice. Ihr Ehemann. Vielleicht war das noch grausamer: ein gesichtsloser Name neben der eindrucksvollen Gestalt der skandalösen Ururgroßmutter. Ich lag unter dem Laken und ließ den Morgen an mir vorüberziehen. Ich wußte, wieviel Energie es mich kosten würde, die Farm wieder auf Vordermann zu bringen. Das war der Augenblick, in dem ich zum erstenmal dachte: Ich schaffe es nicht.

Ich war nicht überrascht, daß Theresa am Samstag nicht kam. Es war spät, als ich mit der Arbeit anfing. Ich schrubbte gerade Maggie, eine ältere Kuh, die jedesmal Streit anfing, wenn sie sich drangsaliert fühlte, als Emma im Gang erschien. Die Mädchen kamen morgens selten aus dem Haus, und sie erschreckte mich. «Was willst du?» fragte ich. Meine Stimme klang wohl vorwurfsvoll, denn Maggie drehte den Kopf nach mir um.

«Ich hab nichts gemacht», jammerte Emma. «Warum bist du denn noch nicht fertig?»

Ich stand langsam auf. Mir tat jeder einzelne Knochen weh, während ich mich zentimeterweise aufrichtete. «Bin einfach müde», sagte ich.

«Wo ist Theresa?» fragte Claire von der Tür her.

«Wann kommt Mama nach Hause?» sagte Emma, mich am Hemd ziehend. «Ich hab vergessen, was du gesagt hast, wann sie zurückkommt.» Meine Töchter waren noch im Schlafanzug. Emmas war so abgewetzt, daß man das Muster nicht mehr erkannte. Man konnte bis zur Haut hindurchsehen. Vielleicht verurteilten sie

Alice, und sie würde Jahre in Haft verbringen. Bei all seiner Erfahrung kam Rafferty vielleicht doch nicht gegen den Jungen im Dreiteiler an und gegen die mißbrauchte Puppe, die in unzähligen Prozessen wirkliche und erfundene Scheußlichkeiten über sich ergehen lassen mußte. Ich hatte schon mit dem Gedanken gespielt, daß Alice eventuell noch Jahre im Gefängnis bevorstanden. Ich hatte mir aber nicht überlegt, was wir tun würden, wenn sie einen Großteil unseres Lebens im Gefängnis blieb. Ich war noch ganz verwirrt von den Ereignissen der Nacht. Während ich auf Emmas schäbigen Schlafanzug starrte, wurde mir klar, daß ich geglaubt hatte, Theresa zu kennen, und daß dieses Kennen allein auf einem trügerischen Gefühl beruhte. Ich kam mir vor wie ein aufdringlicher Blinder, der mit beiden Händen ein Gesicht betastet, um eine Vorstellung von dessen Form zu bekommen. Ich hatte auch geglaubt, Alice zu kennen, aber dieser Glaube war ebenfalls verloren. Sie wußte wahrscheinlich mehr über mich, als mir recht war. Ich war sehr müde. Ich wußte nicht mehr, ob ich je etwas geliebt hatte. Ich konnte nicht einmal sagen, was es bedeutete, jemanden zu lieben. Wir lebten zusammen. Alice war meine Frau. Diese Dinge schienen wie eine Illusion und implizierten doch Liebe. Seither frage ich mich, ob man überhaupt herausfinden kann, wie tief die Dinge gehen, ohne sich davon freizumachen, ohne sie auseinanderzunehmen, ohne sie zu ruinieren. Ich konnte mit Theresa eine Nacht erleben, die zärtlicher war als alles, was Alice und ich zusammen empfinden mochten, und dennoch machte Alice ihren Einfluß geltend. Meine Frau würde mir entgleiten, ich würde sie verlieren, aber sie würde immer noch Macht über mich ausüben. Die Gewißheit, daß sich daran nichts ändern würde, ließ Übelkeit in mir aufsteigen. Ich beugte mich vor und übergab mich in die Abflußrinne.

Ich schleppte mich den Gang entlang von Kuh zu Kuh, die vier Milchpumpen liefen alle gleichzeitig. Wenn Alice verurteilt wurde, würden wir unser Leben auf parallelen Gleisen hinter uns bringen. Sie drinnen, die Mädchen und ich draußen. Wir würden sie regelmäßig besuchen. Zu Emmas Schulabschlußfeier würden sie ihr

Hafturlaub geben. Sie würde mit ihren Fußschellen zu ihrem ersten Freigang schlurfen. Die Abendnachrichten würden die rührende Geschichte aufgreifen. Ich hielt es für möglich, daß Alices gegenwärtige Ungerührtheit bis zum Ende ihrer Tage anhalten würde. Sie würde vielleicht darauf bestehen, mich freizugeben, und mir in aller Ruhe erklären, daß wir uns scheiden lassen müßten, wen ich heiraten sollte und welche Ausbildung ich für meinen neuen Beruf bräuchte. Vielleicht glaubte sie, ich würde sie dem morgendlichen Appell überlassen, tagaus, taugein, bis sie an einer Gefängnisepidemie starb. Einen Großteil ihrer Zeit würde sie mit Briefen an Emma und Claire verbringen und sie an den Hund erinnern, der sich an der eigenen Leine um den Baum gewickelt hatte. Der Hund war der einzige, den ich je hatte retten können.

«Daddy», grummelte Emma, «ich habe gefragt: ‹Wann kommt Mama nach Hause?› Du hörst mir überhaupt nicht zu.»

«September», sagte ich. «Oktober.»

«Wie viele Minuten?»

Ich überschlug die Zahlen im Kopf. Wenn sie in sechs Wochen freikam, Mitte September, was nicht anzunehmen war, aber falls doch, dann waren es ungefähr dreiundvierzigtausend Minuten. Das klang erträglich.

«Dreiundvierzigtausend», sagte ich.

«Oh.» Sie war zufrieden. Sie beugte sich zu einem Kätzchen hinunter, das sie gezähmt hatte. «Glaubst du, Katzen wissen, wie sie aussehen?» fragte sie. Das schmutzigweiße Kätzchen in ihrer Hand hatte eine schwarze Nase, ein schwarzes Auge und einen schwarzen Kreis auf dem Rücken.

«Nein», sagte ich.

«Sie soll lieber nicht wissen, daß sie häßlich ist.»

Wäre ich in der Stimmung dazu gewesen, hätte ich eine Allegorie darin gesehen. Ich tappte weiter den Gang entlang. Mein Vater hatte mir oft von meinem Urgroßvater erzählt, ausschließlich aus Gründen der Abschreckung. Ich war ein Einzelkind und, schlimmer noch, ein Sohn. Mein Vater mußte mir erläutern, was im

Leben alles schiefgehen konnte, damit ich die Fallstricke besser vermied. Es war nicht einzusehen, warum ich die Fehler anderer wiederholen sollte. Er war nicht davon abzubringen, daß ich etwas aus mir machen sollte. Der Urgroßvater hatte offenbar einen Nervenzusammenbruch gehabt, als seine dritte Frau entdeckte, daß sie mit seinem neunten Kind schwanger war. Die beiden anderen Frauen waren während einer Schwangerschaft oder im Kindbett gestorben. Der Großvater wurde krank, so überlieferte uns die Familiensaga. Meine Urgroßmutter ernährte die Familie, indem sie für andere Leute wusch. Monate später, lange nach der glücklichen Geburt, kam der alte Knabe wieder zu sich. Als er schließlich begriff, was er seiner Familie angetan hatte, wie er sie gedemütigt und alleingelassen hatte, starb er auf der Stelle. Das ist die ganze Geschichte. Ich glaube, mein Vater erzählte mir diese Geschichte nicht, weil sie unsere Familie betraf, sondern weil sie von den Schrecken der Schande und den Freuden der Pflicht kündete.

Ich hielt mit meiner Arbeit inne, die darin bestand, abwechselnd die Euter zu waschen und das Melkgeschirr anzulegen, um den Mädchen zuzusehen; sie turnten barfuß auf den Heuballen in der Ecke herum. Wie sie die pieksenden Spitzen an den Füßen aushielten, war mir ein Rätsel. Die Kühe schlugen mit den Schwänzen aus und stampften. Es gibt einen Bibelvers, den meine Mutter immer zitierte: «Zur Zeit des Überflusses gedenket ihr nicht der Tage des Jammers, und zur Zeit der Not vergesset ihr auf entschwundenen Wohlstand.» Solche Dinge sagte sie, während ich ganz friedlich meinem Tagewerk nachging. Die Erinnerung tut einem keinen großen Gefallen, folgerte ich daraus. Keine zwölf Stunden waren vergangen, und schon nahm meine Erinnerung an die vergangene Nacht eine neue Färbung an. Es entmutigte mich, daß etwas, das mir gut erschienen war, von meinem Verstand ständig neu interpretiert werden würde. Die Mädchen waren in den Stall gekommen, schon am frühen Morgen verdreckt, um mich daran zu erinnern, daß nichts jemals einfach ist. Ich könnte darauf beharren, daß dieser Abend etwas ganz Eigenes war – zwei Menschen, die sich auf ihre Trauer einließen. So möchte ich ihn im Gedächtnis behalten. Ich stelle mir auch vor, daß Theresa und ich das schönste Geheimnis miteinander teilen. Wir denken wahrscheinlich beide an diese Nacht zurück, wenn wir Trost und die Vorstellung von Liebe brauchen. Auf der Veranda, als der Mond immer höher stieg, hatte ich geglaubt, daß ich sie liebte und daß es nicht falsch sein konnte, sie zu lieben. Im Morgenlicht wußte ich, es war Verrat, so zu denken.

Wir verbrachten den Samstag am Teich. Ich saß mit der Hutkrempe über den Augen im Schatten, während die Mädchen in ihren Schwimmwesten im Wasser herumpaddelten. Wir waren seit Lizzys Tod den Weg nicht mehr entlanggegangen. Es war heiß, ständig heiß, und überall, wo wir standen oder saßen, fühlte es sich an wie kochendheißer Asphalt. «Können wir nicht wenigstens schwimmen gehen?» hatte Emma gebettelt. Schwimmen oder nicht schwimmen würde Lizzy nicht wieder lebendig machen, sagte ich mir. Die Mädchen standen am Ufer und starrten gedankenversunken auf das Wasser. Sie erinnerten sich, vermute ich, daß der Teich gefährlich war. Nach und nach näherten sie sich den verlockenden kleinen Wellen. Es dauerte nicht lange, bis sie vergessen hatten, daß Lizzy hier den Tod gefunden hatte.

Erst am nächsten Tag fiel mir ein, daß ich niemanden hatte, bei dem ich die Mädchen während meines sonntäglichen Besuchs im Gefängnis lassen konnte. Ich hatte Alice versprochen, sie nie mitzubringen. Nur den Bruchteil einer Sekunde dachte ich an Miss Bowman. Ich stand einige Zeit am Telefon in der Küche. Erst wollte ich den Hörer in die Hand nehmen, dann zog ich die Hand wieder weg. Es schien immer so lange vernünftig, Theresa anzurufen, bis ich den Hörer berührte. Nimm ihn in die Hand, redete ich mir zu. Nein, erwiderte ich. Ich kann nicht. Ich lief in der Küche auf und ab. Ich hatte Alice versprochen, daß ich die Kinder niemals zum Besuch mitbringen würde. Aber erstens, sagte ich mir, gab es niemanden, der auf die Mädchen aufpassen konnte. Ich würde

Alice erzählen, Theresa sei leider zu beschäftigt oder verreist. Ich würde erzählen, daß ich sie im Juni bei Miss Bowman gelassen hatte, und sie würde meine Schwierigkeiten verstehen. Zweitens konnte ich nach fast einem Monat ohne Alice unsere Situation besser einschätzen als sie. Emma und Claire mußten sie sehen, sie mußten wissen, daß sie sich nicht allzu sehr verändert hatte. Alice erkundigte sich immer so eindringlich nach ihnen. Die Sehnsucht nach ihnen schien sie manchmal fast durch das Plexiglas treiben zu wollen. Für sie war es auch an der Zeit, die Mädchen zu sehen. Ich konnte mir natürlich überhaupt nicht eingestehen, daß die Mädchen einem Zweck dienen würden. Sie würden die Aufmerksamkeit von mir ablenken, mich vor Alices scharfem Blick abschirmen. An jenem Sonntagmorgen redete ich mir ein, sie habe die ganze Zeit nichts anderes gewollt, als Emma und Claire durch das verschmierte Sichtfenster zu betrachten. Es würde sie aufmuntern, ihre Stimmen durch das krächzende Telefon zu hören.

Bei einer der vielen Schüsseln Müsli, die wir während Alices Abwesenheit aßen, sagte ich: «Laßt uns heute nachmittag wegfahren. Wir baden und ziehen frische Sachen an und machen Mom eine Freude.»

Emma wollte sich gerade einen Bissen in den Mund schieben, aber jetzt senkte sie den Löffel, legte ihn zurück in die Schüssel. «Du meinst, wir können sie besuchen?»

«Wir können sie besuchen.»

«Du meinst, wir dürfen?»

«Es ist kein schöner Ort, Emma», sagte ich. «Das weißt du ja schon. Du erinnerst dich doch, wir dürfen nicht im selben Zimmer sein wie sie. Da ist Glas zwischen uns. Aber ich glaube, es würde Mom sehr g-glücklich machen, euch zu sehen.»

Wir badeten. Sie wühlten in ihren Schränken und fanden saubere Sommerkleider. Obwohl Alice ihre Ohren nicht inspizieren konnte, schabte ich das Schmalz aus ihnen heraus. Theresa hatte ihnen kürzlich die Haare geschnitten, und so sahen sie nicht wie Straßenkinder aus. Claire zappelte vor Aufregung. Emma hopste auf dem Bett auf und ab. Ich versuchte, ihnen die Nägel zu schneiden, aber sie hielten nicht still. Als ich sie gehen ließ, rannten sie aus der Tür. Sie hüpften hin und her über das trockene Gras und stimmten einen Singsang an: «Wir fahren jetzt zu Mama, wir fahren jetzt zu Mama.» Zum zweitenmal an diesem Morgen kniete ich mich hin und übergab mich.

Im Gefängnis klammerten sich die Mädchen an mich, als wir durch den Metalldetektor gingen. Sie ängstigten sich vor den surrenden Türen und dem Gedränge der Besucher im engen Flur. Wir setzten uns auf den einen Stuhl in der zweiten Kabine und warteten auf Alices Erscheinen. Ich hatte nie zuvor so lange warten müssen, aber an diesem Nachmittag gab es eine Verzögerung. Wir saßen da und warteten und dachten, sie werde jeden Augenblick auftauchen. Niemand wurde herausgelassen. Die Mädchen stritten sich um den Platz auf meinem Schoß. Claire behauptete, Emma habe mehr von meinem Körper als sie. Ich setzte mich breitbeinig hin und hob jedes Kind auf ein Bein, so daß die Territorien einigermaßen abgegrenzt waren. Als das geregelt war, fingen sie an, über die Frage zu streiten, wer zuerst sprechen durfte. Emma unterbreitete einen ausgeklügelten Plan. Jeder von uns hatte drei Minuten, dann zwei Minuten und dann eine Minute. Wir würden den Kreislauf immer wieder von vorne anfangen, bis die Zeit um war. Emma durfte anfangen, weil es ja ihr Plan war. Als sie aufeinander eindroschen, schickte ich sie zu der großen Glasscheibe hinter uns. So konnten sie in die sogenannte «Kommunikationszentrale» sehen, ein Zimmer mit mehreren Computern, blinkenden Schalttafeln und zwei Beamtinnen mit Kopfhörern.

Alice war die zweite. Sie war noch nicht in der Kabine angelangt, als sie die Mädchen entdeckte. Ich stand auf, um Alice besser zu sehen und ihr gleichzeitig den Blick zu versperren. Sie trug ein rosarotes Tuch um den Kopf. Es war fest zusammengebunden, so daß sie aussah, als wäre sie kahlgeschoren. Auf der Stirn hatte sie einen Bluterguß, einen großen violett-schwarz-grünen Kreis, wie ein drittes Auge. Sie sah verstört und gehetzt aus. Ich drehte mich nach den Mädchen um, dachte mir Möglichkeiten aus, wie ich sie daran hindern konnte, Alice zu sehen. Sie beobachteten immer noch die Beamtinnen. Ich griff nach dem Hörer, um etwas zu sagen, irgend etwas. Sie drückte sich gegen das Glas, als hätte sie vergessen, daß es uns trennte. Aber während ich schrie: «Nimm den Hörer ab», stolperte sie zurück zu dem Aufseher. Die Mädchen standen inzwischen neben mir und versuchten, über die Trennwand hinwegzusehen. Ich glaubte einen Moment lang, Alice würde den Aufseher angreifen, aber kaum berührte er sie, da sank sie auch schon in seine Arme. Sie war völlig erschlafft, selbst dann noch, als er sie von sich stieß. Er fuhr sie an, sie solle aufstehen, weitergehen. Sie kippte immer wieder gegen ihn. Schließlich war er so vernünftig, den Arm um sie zu legen und sie zur Tür hinauszuführen. Er schüttelte den Kopf. Er hörte nicht mehr auf damit, so, als wollte er sagen: Nicht noch so eine Verrückte!

# 15

***Zum erstenmal war*** mir der Gedanke, daß wir die Farm verkaufen müßten, wohl an jenem Tag gekommen, als ich herumtelefonierte, um einen Babysitter für die Mädchen zu finden. Ich hatte Suzannah Brooks und Cathy Johnson gefragt, ob sie die Kinder nehmen würden, während ich Alice besuchte. Ich erinnere mich, wie ich mit dem Hörer in der Hand dastand und zusah, wie Emma und Claire durch den Sprühregen aus der Bewässerungsanlage rannten. Sie wußten damals noch nicht, daß man sie aus der Gemeinschaft verstoßen hatte. Sie hüpften völlig unbeschwert über das Gras. Emma stellte sich vor, sie würde im Herbst mit schwingenden Röcken in die Vorschule gehen und Milch aus kleinen Tüten trinken. Für sie kam der Kindergarten dem Himmel am nächsten. Ich mußte schon damals, schon während sie durch den Sprühregen tanzten, gewußt haben, daß wir nicht in Prairie Center bleiben konnten. Dennoch wäre es gelogen, wenn ich behaupten würde, ich hätte vor Theresas letztem Abend bei uns ernsthaft erwogen, die Farm zu verkaufen. Ich hatte vorher nicht gewußt, wie leicht es ist zu lügen. Ich hatte auch nicht gewußt, wieviel es kostet.

Wir verließen am Sonntag den Besuchsraum im Gefängnis, so schnell wir konnten. Die Mädchen hatten Alice bestenfalls als schemenhaften Umriß gesehen. «Sie kann heute nicht kommen», sagte ich, während wir die Korridore entlang nach draußen hetzten.

«Warum nicht? Warum nicht?» schrie Emma, die hinter mir herlief und mich einzuholen versuchte.

«Sie ist krank», sagte ich.

Emma blieb am Schließfach stehen, in dem wir die Autoschlüssel deponiert hatten. «Sie ist nicht krank!» Die Adern an ihrem zarten Hals traten hervor, als sie mich anschrie: «Das hast du erfunden! Sie wollte nur DICH nicht sehen!»

Ich knallte das Schließfach zu. Der Türsummer ertönte, und ich stürmte hinaus. Ich marschierte die Straße entlang bis zu unserem Auto, ohne auf die gellenden Schreie der Mädchen hinter mir zu hören. Auf der Straße lagen Glasscherben und ein Kondom, im Rinnstein flogen Styropor-Fetzen umher, in einem Maschendrahtzaun steckte Papier. «Du lügst», kreischte Emma hinter mir.

Als wir im Auto saßen, schlug ich vor, uns einen Strand zu suchen, am Michigansee. Der Name kommt von einem Ojibwa-Wort, das «Es ist ein großer See» bedeutet. Das erklärte ich den Mädchen. Ich sah im Rückspiegel, daß Claire aus dem Fenster starrte. Tränen liefen ihr über die Wangen. Emma hielt den Kopf gesenkt und weinte leise vor sich hin. Was sie lernten, war, wie Erwachsene zu trauern. «Wir finden einen Strand», versprach ich. «Wir suchen uns ein paar gute Hopssteine.»

«Sei still», murmelte Emma in sich hinein.

Wir fuhren an den See, wir sammelten Steine. Wir fanden glatte graue, schwarze und weiße Steine. Im Sand steckte ein großes Schild, auf dem in roten Buchstaben stand: Schwimmen verboten – Anordnung des Gesundheitsamtes. Der Strand war menschenleer. Wir spazierten am Wasser entlang und hoben Steine auf, die wir in meine Mütze legten. Möwen kreischten und schlugen verärgert mit den Flügeln, während wir über tote Maifische hinwegstiegen. Die Sonne brannte, und das Wasser schien zu kochen. Die Fischknochen bleichten, und die Steine in meiner Mütze wurden immer schwerer.

Auf dem Heimweg sahen wir am Rand von Prairie Center etwas, was man in Kleinstädten sonst nie zu Gesicht bekommt. Ein älterer Mann hockte im Schneidersitz an der Hauptstraße. Er saß sehr nahe an der Fahrbahn, auf dem Kiesstreifen. Er trug keine Kopfbedeckung. Wir wohnten in einem wohlhabenden Winkel unseres Bundesstaates. Es gab keine Obdachlosen oder armen Minderheiten. Es gab auch keine reichen Minderheiten. Der Mann blinzelte in die Sonne. Er hielt ein Stück Pappe mit den Worten ‹Ich brauche Essen›.

Wir fuhren an ihm vorbei nach Hause. Die Mädchen gingen schwimmen, und ich selbst tauchte auch einmal kurz ein. Die Arbeit im Stall erledigte ich früher als sonst, und um halb acht waren Emma und Claire im Bett. Emma hatte mir die kalte Schulter gezeigt, wie schon so viele ihrer Geschlechtsgenossinnen vor ihr. Als sie schliefen, setzte ich mich an den Küchentisch, um an Alice zu schreiben, um es ihr zu erklären. Ich mußte da bereits gewußt haben, daß ich die Farm zum Verkauf anbieten würde. Rafferty würde im Viereck springen. Die Tatsache, daß wir soviel Besitz unser eigen nannten, hatte ihm offenbar großes Vergnügen bereitet, denn sie sollte uns vor dem Richter als anständige Bürger ausweisen. Die Worte aufrecht, moralisch, fleißig, 160 Hektar, sechzig Stück Vieh waren für ihn austauschbar. Unser Besitz ging ihn nichts an. Seit Juni war unser Leben in Auflösung begriffen. Wir hatten den Juli und bis in den August hinein gewartet. Mir war erst nach einer Weile aufgegangen, daß der Schaden irreparabel war. Ich wußte, daß die Mädchen nie und nimmer die Blackwell-Grundschule besuchen konnten. Ich wußte, daß ich nicht ohne Frau Farmer sein konnte, daß es sinnlos war, ohne eine Familie Farmer zu bleiben. Außerdem konnte ich mir nicht vorstellen, Jahr für Jahr nur einen Steinwurf von Vermont Acres entfernt zu leben. Ich würde im Wohnzimmer sitzen müssen und nach dem Mittagessen die Zeitung lesen und wissen, daß da oben Theresa in ihrer Küche sang.

«Liebe Alice», schrieb ich schließlich:

Ich glaube, aus mir könnte ein guter Gebrauchtwarenhändler werden. Vielleicht im nächsten Leben. Ich habe alles verloren, was du immer als meine liebenswerten Seiten betrachtet hast. Emma hat mich heute nachmittag einen Lügner genannt. Ich bin nicht mehr ruhig oder vernünftig und kaum noch gefühlvoll, auch wenn der Brief anders klingt. Ich mache mir Sorgen um dich. Es tut mir leid, daß ich die Mädchen mitgebracht habe. Es war ein Fehler. Claire und Emma haben gelernt, wie Erwachsene zu weinen. Sie sitzen da und weinen, ohne laut dabei zu sein. Wir brauchen dich bei uns, aus vielen Gründen, aber vor allem, damit du den Mädchen behutsam beibringst, ein paar Jahre abzuschütteln und endlich wieder Wutanfälle zu bekommen. Das wird eine Wohltat sein.

Howard

Zu mehr konnte ich mich nicht aufraffen. Ich brauchte fast zwei Stunden für das bißchen. Als ich fertig war, ging ich zum Briefkasten und warf den Umschlag in seinen länglichen, silbernen Bauch. Ich fragte mich, ob der Mann immer noch an der Fahrbahn saß. Das Schild wirkte wegen seiner Schlichtheit so eindrucksvoll. Ich brauche Essen. Wenn meine Zeit kam, was würde dann auf meinem Schild stehen, überlegte ich. Ich brauche Arbeit? Spaß? Eine Familie? Liebe? Als ich wieder im Haus war, legte ich die Steine vom Strand Stück für Stück auf eine gläserne Kuchenplatte. Das waren unsere eigenen Steine, die auf den Speicher gehörten, ein kleines, schweres Häufchen zur Erinnerung.

Am Montagmorgen rief ich nach dem Melken die Immobilienfirma Davis im fernen Waukesha an. Ich erklärte der Sekretärin, ich wolle meine Farm zum Verkauf anbieten und sei daran interessiert, daß alles so schnell wie möglich abgewickelt werde. In den Bäumen zirpten Zikaden, die ersten, die ich bemerkte. Sie hätten schon vor Wochen zirpen sollen. Das ganze Farmgelände war wie verändert. Es sah aus, als gehörte es mir schon nicht mehr. Vielleicht hatte sich mir die Farm von dem Tag an, als Alice wegging, allmählich entfremdet und war nun, so lange Zeit danach, schließlich nicht mehr wiederzuerkennen. Alice hatte in der Nacht, bevor sie verhaftet wurde, eine Art Anfall gehabt – sie war durchgedreht, während ich mit ihr schlief. Es war sehr wahrscheinlich, daß sie getan hatte, was ihr zur Last gelegt wurde. Ich hätte sicher nicht an ihre Schuld geglaubt, wenn Dutzende von Kindern sich Geschichten aus den Fingern gesogen hätten. Aber von Robbie hatte sie immer mit einem Zorn gesprochen, der gegen jede Vernunft verstieß. Sie würde nicht einer ganzen Schar von Menschen etwas antun – aber einem. Einem könnte sie tatsächlich wehgetan haben. Das war möglich. Der Gedanke allein genügte, damit ich mir wegen der Farm sicher war. Es war einfach sinnlos, sie zu behalten.

Am Montagnachmittag, kurz nach zwei, entstieg Sandy Brickman von der Firma Davis-Immobilien ihrem verbeulten Maverick. Sie stöckelte in hochhackigen Schuhen den Kiesweg entlang. Ich hatte gesehen, wie sie die Stirn runzelte, als sie die Autoschlüssel abzog. Sie bemühte sich, nicht zu zeigen, was sie von diesem Haus hielt, das sich so deutlich sichtbar nach Süden neigte und dessen Nebengebäude man schon längst hätte abbrennen sollen. Unsere Tür zierte kein Trockenblumenkranz. Auf dem Rasen gab es keine Blumenornamente, auf den sonnenversengten Stoppeln standen keine kleinen schwarzen Negerlein aus Gußeisen. Wäre das Gras nicht ausgebleicht gewesen, hätte das Haus vielleicht bewohnbar gewirkt. Man hätte es geradezu als Schnäppchen bezeichnen können, hätten die Fensterläden nicht schief an einem einsamen Scharnier gehangen und wäre der Außenanstrich nicht abgeblättert und zu Boden gesunken wie Schnee. Unser Heim roch nach Ruin. Sandy Brickman mit ihrem sechsten Sinn für Grundbesitz war im Bilde, noch bevor sie einen Fuß auf den Kiesweg gesetzt hatte.

Sie hatte sich zuviel Lippenstift auf den Mund geschmiert. Ihre Haut war von jener pockennarbigen, fettigen Sorte, bei der ich mich immer an die Mädchen auf der High-School erinnerte, die für jeden, der daran Interesse hatte, leicht zu haben waren. Von allen absurden Charakteren in unserem Traumsommer schoß Sandy Brickman den Vogel ab. Sie wirkte in unserer vertrauten Umgebung so deplaziert, als hätten wir sie aus Jux in der Einfahrt postiert. Als sie noch gut zwei Meter von mir entfernt war, streckte sie mir bereits die Hand entgegen. Ich rief ihr eine Begrüßung zu. Zu nahe wollte ich ihr eigentlich nicht kommen. «Wenn wir zum Aussichtsplatz hochgehen, haben wir einen guten Überblick», sagte ich. Sie ergriff meine Hand. Sie schwitzte in ihrem pinkfarbenen Kostüm. Sie blickte mir direkt in die Augen, als versuchte sie auf diese Weise herauszufinden, mit wieviel ich mich zufriedengeben würde. Ihre Ringe bohrten sich in meine Haut, und sicherlich fand bei diesem Handschlag irgendeine Art von Kommunikation statt. Sie fand, es sei eine gute Idee, sich erst einmal einen Gesamteindruck zu verschaffen. «Das Haus – nun ja», schnaubte sie.

Meine Slumkinder, denen niemand die Haare gekämmt und ein ordentliches Essen vorgesetzt hatte, zockelten mit leerem Magen hinter uns her.

«Wir haben Mom gestern nicht gesehen», sagte Claire, die vorausgerannt war, sich zu Sandy umgedreht hatte und jetzt rückwärts lief.

«Das ist schade», sagte Sandy.

Ich hatte absichtlich einen Makler in einer fernen Stadt engagiert. Der Skandal war örtlich begrenzt und hatte uns, soviel ich wußte, nur einmal ganz zu Anfang in die Nachrichten gebracht. Es war gut möglich, daß Sandy nichts von unseren Schwierigkeiten wußte. Sie würde ihre eigenen Schlüsse ziehen. Vielleicht hielt sie mich für einen Ex-Ehemann, der seine Kinder gekidnappt hatte. Oder sie nannte ein mitfühlendes Herz ihr eigen und nahm an, meine Frau sei verunglückt und wir hätten versucht, in einer spiritistischen Sitzung Kontakt mit ihr aufzunehmen.

Sandy Brickman und ich sprachen über die Raumordnung. Wir diskutierten über Ackerland. Wir erörterten Erdwälle, Faulbehälter und die Kanalisation. Wir sprachen über Landschaftsbau und Rechtsverordnungen. Noch ein Spruch meiner Mutter ist bei mir hängengeblieben. Er lautet: «Besser ein Langmütiger als ein Kriegsheld, und besser, wer sich selbst beherrscht, als wer eine Stadt erobert.» Ich hatte das dringende Bedürfnis, Sandy am Kragen zu packen und sie hemmungslos anzubrüllen.

«Ich will ganz ehrlich sein», sagte ich ruhig. «Meine Zwillingsschwester ist todkrank, Leukämie. Keiner von uns ist krankenversichert. Wir haben versucht, durch Tanzveranstaltungen und mit Sammelbüchsen im Supermarkt Geld für die Knochenmarksverpflanzung aufzutreiben. Sie können sich bestimmt vorstellen, wieviel das bringt.»

«Oh, das tut mir so leid», sagte Sandy.

«Ob der Verkauf der Farm die Rettung ist, weiß ich auch nicht, aber sie ist das einzige, was ich noch zu Geld machen kann.»

Ich hatte mein Leben lang den Boden bearbeiten, Land bestellen und Nahrung gewinnen wollen. Als wir einzogen und ich zum erstenmal zum Stall ging, konnte ich mir nicht vorstellen, daß ich jemals wieder etwas anderes brauchen würde. Ich hatte meinen eigenen Stall, eine Frau, ein Kind. Der Stall hatte Pfosten, einen Heuboden, einen Melkraum. Er hatte weiter hinten Boxen für Schafe und sogar für ein Pferd, wenn wir wollten. Laut Alice wünschten sich die meisten Männer insgeheim einen Stall, sogar die aus der Stadt. Sie sah, wie ich an dem Stall hing. Wie ich nachts nach einem Vorwand suchte, damit ich noch mal hingehen konnte.

«Ich brauche Bargeld», wiederholte ich. Ein leichtes Brennen auf der Haut war alles, was mir an Empfindung geblieben war. Ich war mir nicht sicher, ob ich je mehr empfunden hatte als eine animalische Sinneserregung, ein Taumeln auf den Abgrund zu. Wo immer ich hinblickte, sah ich das Schild: Ich brauche Essen.

«Es ist wirklich ein ganz besonderer Besitz, keine Frage», erklärte Sandy, während wir an der Sojabohnenpflanzung entlangstaksten. Das einzige Grün in Bodennähe war immerhin ein erfreulicher Anblick. Sandy sah das Land wahrscheinlich bereits in hübsche kleine 2-Hektar-Parzellen aufgeteilt, und darauf ein Traumhaus neben dem anderen, wahre Backstein-Paläste mit Parkettboden und Terrassen, großzügigen Fensterfronten, edlen Kaminen und Schlafzimmern mit begehbaren Schränken. Nicht zu vergessen Whirlpools, Kinderzimmer, Wohnzimmer, Badezimmer, und immer wieder Schränke, Schränke, Schränke. «Der Käufer muß natürlich Sinn für das Besondere haben. Sie sagten, dieser Besitz, oder jedenfalls Teile davon, können nicht als Bauland ausgewiesen werden? Sie sind in irgendeine Art von Landschaftsschutz eingebunden?» Sie prustete und schnaufte beim Aufstieg zum Aussichtspunkt. «Ich muß endlich wieder mit Aerobic anfangen», japste sie. Sie stocherte in der Erde, und ein Staubwölkchen stieg auf. «Ist der Boden trokken oder was?» Als sie wieder zu Atem gekommen war und den Blick über den Horizont schweifen ließ, spitzte sie die Lippen, als wollte sie pfeifen. Sie stieß nur Luft aus und schüttelte den Kopf.

Gegen die Farm ist nichts einzuwenden. Mit dem Rücken nach Osten bemerkt man die Greyhound-Rennbahn in der Ferne kaum. Man sieht die viereckigen Felder, den in der Sonne glänzenden Teich und den alten Obstgarten dahinter. Man sieht die Kühe auf der abgegrasten Weide im Schatten der wenigen Bäume. Man sieht die ausgedehnte Waldfläche. Man sieht das schilfige Ried und die Reiher, die sich trillernd in die Luft schwingen.

«Es gibt ein Ried, ein Moor und einen Sumpf auf diesem Besitz», sagte ich, was diesen Feuchtgebieten etwas zuviel Gewicht verlieh. Wir hatten ein Ried und im Prinzip auch ein Moor. Der Sumpf war fragwürdig.

«Echt wahr», sagte sie. «Ich wußte nicht, daß es so viele Arten nasser Erde gibt.» Das Moor hatte mich ursprünglich für die Farm eingenommen. Eine Farm mit einem Stall und einem Moor. «Das ist ja ein ganz besonderer Besitz, den Sie hier haben», sagte sie ungefähr zum drittenmal. «Ich sag Ihnen was.» Jetzt würde sie mir ein Geheimnis anvertrauen, ein Sandy-Brickman-Geheimnis. Sie schob sich die Bügel ihrer Sonnenbrille in den Mund; sie baumelte an ihren Lippen wie eine besonders grausige Zahnspange.

«Ja?» sagte ich in Erwartung ihrer Offenbarung.

«Wir müssen das Haus schätzen lassen, ein Gutachten erstellen, den Papierkram erledigen, die Sache ins Rollen bringen. Ich sause jetzt ins Büro zurück und rufe ein paar Leute an.» All das brachte sie mit den Brillenbügeln zwischen den Zähnen heraus.

«Es wäre schön, wenn Sie es so rasch wie möglich über die Bühne bringen könnten.»

Sie setzte die Brille wieder auf. «Ich glaube, ich habe eine Inspiration, mein Bester. Sie halten hier aus. Das ist alles, mehr müssen Sie nicht tun.»

Sandy Brickman, stellte sich heraus, war die Antwort auf die Gebete, die irgend jemand zum Himmel geschickt haben mußte. Theresa war der einzige Mensch, der meines Wissens jeden Tag betete. Es war mehr als wahrscheinlich, daß sie nicht nur für ihre verlorene Seele betete, sondern auch für Alice und für mich. Ich mache jedenfalls Theresa persönlich verantwortlich für Sandy Brickman. In den folgenden Wochen verrichteten der Schätzer und der Gutachter ihre Arbeit. Noch bevor Sandy sich die Einzelheiten über unsere Farm einverleibt hatte, mußte ihr Mrs. Arnold L. Reesman eingefallen sein. Sandy hatte ihr Berufsleben zu einem guten Teil damit verbracht, sich um Mrs. Reesman zu bemühen. Offenbar hatte sie sich bei der Dame nicht etwa als geldgierige Maklerin, sondern als Freundin, Interessenvertreterin und vielleicht auch Naturliebhaberin erfolgreich bewährt.

Es war Mitte August, als Sandy auftauchte. Alice war seit fast zwei Monaten in Racine. Ich erinnere mich, daß Emma etwa um diese Zeit am Dienstagnachmittag zur Vorlesestunde in die Bücherei gehen wollte. Sie hatte die Ankündigung im Schaufenster gesehen. Ich ließ sie nicht gehen. Sie rannte in ihr Zimmer und knallte die Tür zu wie ein Teenager. Ohne Theresa waren wir wieder bei Cornflakes angelangt, früh, mittags und abends. Ich träumte oft, daß der alte Mann und ich auf der Straße stünden und wir beide unsere Schilder hochhielten. Ich gönnte mir keinen Augenblick Ruhe. Ich ließ kein Wort über meine Pläne verlauten, nicht einmal wenn ich in der verschwiegenen Umgebung der Stallwände allein war. Während des Tages setzten die Mädchen ihre schicken Sonnenhüte auf, und wir schleppten zusammen Steine. Sie mochten das nicht, aber sie hatten keine Wahl. Wenn sie müde wurden, spielten sie unter dem Heuwagen. Im letzten Sommer räumte ich ungefähr sechzehn Hektar von Steinen frei. Einmal kochte ich an

Alices Stelle Apfelmus aus den ersten Äpfeln. Bei jedem einzelnen Apfel mußte ich die wurmigen Stellen wegschneiden. Wir hatten keinen Zucker im Haus, und als die Mädchen einen Löffel voll probierten, machten sie ein Theater, als hätte ich sie vergiftet.

Kaum hatte ich das Schild aufgestellt, da kam auch schon Mrs. Reesman zur Besichtigung der Farm. Sandy, Mrs. Reesman und Arnold Reesman III erschienen an einem Mittwochmorgen in einem silbernen Volvo. Beim Anblick dieses Wagens wäre ich beinah auf die Knie gesunken. Ich bin nie ein Auto-Freak gewesen, aber dieses silberne, solide verarbeitete, unfallsichere Automobil mit seinen weichen schwarzen Ledersitzen war ein Exemplar von unvergleichlicher Schönheit. Sandy stieg als erste aus. Sie hatte bei der ersten Runde nicht gelernt, daß hohe Absätze auf dem Land unnötig und gefährlich sind. Mrs. Reesman folgte. Sie war klein, zierlich, hatte kurzes, weißes Haar und eine riesige Oberlippe, die wohl von Natur aus geschwollen war. Altersmäßig war Mrs. Reesman etwa derselbe Jahrgang wie meine Mutter. Aber sie war reich und achtete deshalb weniger auf ihre äußere Erscheinung. Sie trug ein besticktes Hemd aus irgendeinem armen Land Lateinamerikas und dazu gewöhnliche weiße Hosen, die etwas vergilbt waren. Ihre Haltung war königlich.

Ich erfuhr, daß ihr verstorbener Ehemann, Arnold L. Reesman II, fünfunddreißig Jahre lang Pfadfinderführer gewesen war. Sie suchte ein Stück Land, das sie den amerikanischen Pfadfindern übereignen konnte – das Arnold L. Reesman II-Pfadfindercamp. «Reesman» würden es die Jungen nennen. Wir standen am Stall und peilten die Lage. Ich gab Arnold III die Grundstückspläne und Mrs. Reesman die Luftaufnahme. Während Mutter und Sohn die Köpfe über den Karten zusammensteckten, merkte ich, daß ich die Welt durch Alices Augen zu sehen begann. Sie bildete sich viel auf ihr rasches Urteil und ihre Menschenkenntnis ein. An jenem Morgen kam es mir nicht schwer vor, Fremde zu durchschauen. Charakterstudien setzen keine besonderen Fähigkeiten voraus. Mrs. Reesman war alt genug, um zu wissen, daß es eines Tages auch wieder regnen würde. Sie forderte ihren Sohn auf, sich das Gelände im Frühling vorzustellen, wenn das Gras leuchtend grün war. Ihre Vorstellungskraft reichte für die Tulpen, das erste Gezwitscher der Rotkehlchen und die knospenden Blätter. Der aus Quellen gespeiste Teich beflügelte ihre Phantasie. Als wir den kurzen Weg hinuntergingen und vor dem Wasser stehenblieben, grinste sie, wobei sich ihre Oberlippe zu grotesken Formen verzerrte. Sie sah die nackten Pfadfinder vor sich, wie sie über den Holzsteg rannten und mit ausgestreckten Armen in das klare Wasser sprangen. «Es ist eine Schande», erklärte sie mit ihrer vornehmen, präzisen Aussprache, «daß die Stadtjugend zwischen Zement und Glasscherben aufwachsen muß. Sie weiß nicht, daß sie selbst der Erde entstammt.» Die Jungen würden Vögel und Mikroorganismen studieren. Sie würden sich für Recycling und den Regenwald einsetzen. Das alte Farmhaus würde natürlich abgerissen und der Stall in eine Lodge verwandelt werden. Sie wurden etwas lebhafter, als sie sich die verschiedenen Möglichkeiten ausmalten. Arnold nickte. Mrs. Reesman hob die Augenbrauen. Er schlug vor, einige der Felder an benachbarte Farmer zu verpachten. Die sind nicht mehr lange hier, hätte ich ihnen verraten können. Mrs. Reesman legte die Hand auf ihr Herz bei dem Gedanken, wie viele gute Werke die Pfadfinder bei der Maisernte tun könnten.

Obwohl sich die Neubausiedlung bis weit in unsere Nähe vorgeschoben hatte, war unsere Farm für Sandy und selbst für Mrs. Reesman reinste Natur. Ein wildromantisches Fleckchen, und das so nahe an Milwaukee, nur siebzig Minuten! Die Mädchen trotteten die ganze Zeit hinter uns her. Als Claire nicht mehr konnte, nahm ich sie auf die Schulter. Ich hielt sie an einem Bein fest, mit der anderen Hand zerrte ich Emma weiter. Sie bohrte mir die Fingernägel in die Hand. Sie wollte mir wehtun.

Arnold war ein dünner, glattrasierter Mann von Anfang dreißig. Er hatte das Familienunternehmen übernommen, was offenbar hieß, er mußte sich um das Vermögen kümmern. Als er zu dem alten Obstgarten kam, atmete er tief durch und setzte sich auf einen

Baumstumpf. Er klaubte sich jede Klette einzeln vom Hosenbein. In seinen ursprünglichen Zustand zurückversetzt, schien er völlig mit sich im reinen. Mrs. Reesman beugte sich hinunter und las einen verschrumpelten Apfel auf. «Ist das nicht ein Duchesse?» fragte sie. Obwohl ich nicht sicher war, sagte ich ja. «Die gab es bei Maud, als ich klein war, Arnie», rief sie ihm zu. Der Duchesse-Apfel hatte sie geködert, so wie mich der Stall mit den strahlend weißen Wänden nicht mehr losgelassen hatte. Weiße Jungen, Indianerjungen und afroamerikanische Jungen würden zusammenkommen und die Äpfel aus Mrs. Reesmans Jugend pflücken.

Mrs. Reesman besaß eine altmodische Anmut und eine Distanziertheit, wie sie ihrem Reichtum anstanden. Ob sie den Besitz nun erwarb oder nicht, ihr Leben würde in exakt denselben Bahnen weiterlaufen wie vorher. Sie schien das Kaufen selbst nicht besonders zu genießen, aber sie stellte mir Fragen über die Farm. Ihr fehlte die unmittelbare Erfahrung mit solchen Dingen, aber sie war gebildet und geübt im Fragenstellen. Und jedesmal antwortete sie: «Wie interessant!» Ihre Würde und ihr Verhaltenskodex gestatteten ihr nicht, mir persönliche Fragen zu stellen.

Sandy begleitete mich zur Haustür, als die anderen beiden schon im Auto saßen. «Es gefällt ihr wirklich», sagte sie in einem leisen, verschwörerischen Ton. «Sie ist eine Dame mit Weitblick, soviel ist sicher, und sie ist sehr beeindruckt. Sie gehört zu denen, die sich der Gemeinschaft gegenüber verpflichtet fühlen. Ihr Großvater, glaube ich, hat eine der großen Brauereien in Milwaukee gegründet. Adele war schon immer so engagiert.» Das einzige, was mich davon abhielt, Adele blind zu vertrauen, war die Tatsache, daß sie Sandy im Schlepptau hatte. «Ich habe schon viele verschiedene Grundstücke mit ihr besichtigt», fuhr Sandy fort, «und ich weiß, wann sie wirklich angetan ist.»

*Ich hab's furchtbar eilig, Sandy Baby. Ich könnte schier aus der Haut fahren. Ich weiß, du hast den Quark über meine Schwester nicht geglaubt, deshalb überlasse ich alles deiner Phantasie, wenn du welche hast. Ich brauche schleunigst Bargeld, Herzchen, nur darauf kommt es an.*

«Es haben schon Leute wegen dem Verkaufsschild angehalten», log ich. «Ein Paar hat gestern abend geklopft und wollte sich umsehen.»

«Ach, wirklich.» Sie glaubte es nicht.

«Ich habe ihnen natürlich gesagt, sie sollen bei Ihnen anrufen.»

Ich bin sicher, Sandy setzte sich auf dem Rückweg mit vollem Elan für meine Interessen ein und erklärte Mrs. Reesman, ich hätte private Probleme und sehe dem Verkauf meines Eigentums mit großer Ungeduld entgegen, ja, ich stünde sozusagen vor einer einschneidenden Veränderung. Und angesichts meiner verzweifelten Lage sei ich sicher willens, mich zu einem beträchtlich niedrigeren Preis von meinem Land zu trennen. Nicht viele halbwegs vernünftige Menschen würden schließlich ein Grundstück mit Landschaftsschutz-Auflage kaufen.

Vielleicht hatte Rafferty doch eine Art sechsten Sinn. Am Tag nach Sandys erstem Besuch rief zur Abwechslung er mich an. Und von da an telefonierte er mehrere Male pro Woche mit mir, als spürte er, daß er auf der Hut sein mußte. Einmal hatte er eine gute Nachricht auf Lager: er habe einen Zeugen gefunden, der die Anklage zu Fall bringen würde. Er fragte mich, wie es mir gehe, wie ich mit der Farm und den Kindern zurechtkäme – Fragen, die ihm zu Anfang, als mir Mitgefühl noch gutgetan hätte, nicht in den Sinn gekommen waren. Ich ließ nicht das geringste durchblicken. «Wir kommen klar», sagte ich, «und warten. Wir warten.»

Am Freitag rief Sandy an und sagte, Mrs. Reesmans Angebot belaufe sich auf dreihunderttausend Dollar. Das war bedeutend weniger als meine ursprüngliche Forderung. Ich hatte mir ausgerechnet, was ich brauchte, um Rafferty zu bezahlen, Alice auszulösen, meine beträchtlichen Bankschulden für Land, Maschinen und Vieh zu begleichen. Ich hatte gehofft, ich würde meiner Mutter ihr Darlehen zurückzahlen können. Mrs. Reesmans Angebot reichte dafür nicht. «Überlegen Sie es sich», sagte Sandy. «Überschlafen Sie's, und dann klingeln Sie mich an.»

Ich stand am Fenster, wie damals im Juni, als alles anfing und die

Mädchen durch die Wasserfontänen gerannt waren. Obwohl sie jetzt teilnahmslos vor dem Fernseher hockten, hatte ich noch das Bild vor Augen, wie sie draußen in ihren Badeanzügen herumtanzten. «Nein», sagte ich zu Sandy, «es ist schon in Ordnung. Ich kann damit leben.» Ich legte auf. Ich verkündete: «Dreiundvierzigtausend Minuten. Wir können Mom vielleicht wirklich in dreiundvierzigtausend Minuten nach Hause holen, Emma.»

«Gut», sagte sie, ohne den Blick von der Werbung zu wenden. Gerade wurde eine Puppe mit den Körperfunktionen eines echten Babys angepriesen.

Im College hatte ich Amphetamine genommen, aber das war nichts gegen die überdrehte, rastlose Hektik jener Tage, in denen ich mich systematisch der Farm entledigte. Bald nachdem mir das Angebot unterbreitet worden war, rief ich den Auktionator Dick Smelts an. Er war, neben Theresa, der einzige Mensch in Prairie Center, der in jenem Sommer mit mir redete. Als ich ihm sagte, ich hätte den Versteigerungstermin gerne in drei Wochen, erwiderte er: «Wozu die Eile? So schnell werden Sie doch gar nicht fertig.» Ich versicherte ihm, ich würde. Verkaufen wollte ich die Herde, die Traktoren, das Melkgerät, den Hühnerstall, die Bewässerungstanks, die Ballenpresse, den Mähdrescher, die Zäune und einiges mehr. Ganze Horden von Menschen würden meine Verzweiflung spüren und meilenweit aus dem Umkreis zur Auktion strömen.

«Das wird aber kritisch, Mann.»

«Alles ist kritisch», sagte ich.

Es gab nur einen Menschen, der mich verstanden hätte. Theresa würde den Verkauf persönlich nehmen und ihn als Überreaktion interpretieren. Rafferty würde fuchsteufelswild werden. Dan schien sich für nichts zu interessieren. Aber wäre Alice eine unbeteiligte Zuschauerin gewesen, hätte es ihr eingeleuchtet. Sie selbst neigte zu radikalen Entscheidungen. Wäre es nicht um ihr Eigentum gegangen, hätte sie eingesehen, daß meine Entscheidung, die Farm aufzugeben, vernünftig war.

Am Donnerstag nach dem Wochenende, an dem wir alle zusammen Alice besucht hatten, bekam Emma Halsschmerzen und einen Ausschlag. Ich brachte sie schließlich zu einem Arzt in der Dependance der Blackwell-Klinik in Silver Lake. Sie hatte Scharlach. Claire hatte sich vermutlich schon angesteckt. Hätte ich eine Ausrede erfunden, um Alice nicht besuchen zu müssen, wäre sie mir auf die Schliche gekommen, aber unsere Entschuldigung hatte den Vorteil, wahr zu sein. Ich schrieb ihr sofort und erklärte, die Mädchen müßten ein paar Tage isoliert werden, aber ich würde sie auf jeden Fall in der kommenden Woche besuchen. Die Atempause war wohltuend. Den Mädchen ging es nicht mehr so schlecht, nachdem sie Antibiotika bekommen hatten. Sie mußten für meinen Wunsch, dem Gefängnis fernzubleiben, nicht allzu sehr leiden.

Für das folgende Wochenende hätte ich auch gerne eine Ausrede gefunden. Denn inzwischen hatte Mrs. Reesman ihr Angebot übermittelt. Wenn ich nicht kam, würde Alice wissen, daß etwas faul war. Wenn ich sie andererseits besuchte, würde sie mir die Veränderung am Gesicht ablesen. Es war eine riskante Situation, und das Risiko machte mich kühn. Es war eine Herausforderung, sie im unklaren zu lassen, selbstbeherrscht und gelassen zu sein, während es mich innerlich zerriß. Ich fühlte mich strotzend vor Kraft, ungehalten und draufgängerisch, und um mein Geheimnis zu hüten, mußte ich behutsam, ruhig und vorsichtig sein. Frech parkte ich vor dem Gefängnis auf einem Parkplatz, der für Polizeifahrzeuge reserviert war. Ich schloß die Mädchen mit Süßigkeiten und Spielzeug im Auto ein und ließ das Fenster einen Spalt offen. Emma bekam meine altmodische Armbanduhr in die Hand gedrückt. «Zwanzig Minuten», sagte ich zu ihr. «Wenn der Zeiger auf der vier steht. Es geht nicht anders. Wirklich nicht.» Sie sollten im Wagen bleiben. Sie durften die Fenster nicht herunterkurbeln. Sie mußten warten und ruhig sitzenbleiben. Sie hatten gelernt, daß ich hart blieb, daß mich nichts erweichen würde.

Ich dachte schon, Alice würde nicht erscheinen, als ihre Gruppe dran war. Ich wartete und beobachtete die anderen Gefangenen. Sie war die letzte. Sie schlich zu ihrem Stuhl, setzte sich und nahm den Hörer in die Hand. Sie sah mich nicht einmal an. Ihr Bluterguß war zu einem blassen Grüngelb verblaßt. Sie trug das rosarote Tuch, mit dem sie aussah wie kahlgeschoren.

«Ich bin sauer», sagte sie.

«Ich weiß.»

«Niemand sagt mir mehr irgendwas.»

«Was meinst du damit?»

«Theresa hat mir seit Wochen nicht geschrieben. Was für einen Scheiß hast du mir da erzählt, sie braucht Zeit für die Familie?» Sie hatte mich immer noch nicht mit einem Blick aus ihren allwissenden Augen beehrt. «Und plötzlich hört sie auf, sich um Emma und Claire zu kümmern? Sie hat gesagt, es täte ihnen so gut, sie konnte sich gar nicht mehr einkriegen von wegen Heilungsprozeß. Was glauben die Mädchen, warum sie nur noch sonntagnachmittags dort spielen dürfen?»

Ich ließ sie in dem Glauben, daß Theresa auf sie aufpaßte. «Ich glaube, es ist wegen Dan», sagte ich. «Er leidet wegen Lizzy.»

Sie nickte, als hätten meine Worte Theresas Gesinnungswandel ausreichend erklärt.

«Was ist mit dir passiert, Alice?»

«Wenn meine Haare ein bißchen länger sind, sehe ich aus wie Laurie Anderson. Ich stelle mir zum Spaß vor, ich wäre eine Pioniersfrau und das hier sei der Ort der Bewährung. Irgend etwas muß es doch geben, eine Lehre, einen Kern. Zumindest sollte ich mich doch fühlen, als wäre ich auf einer Reise ins Herz der Finsternis, so wie bei Conrad. Und du, du mußt mit allem klarkommen, der Farm, den Mädchen, den Nachbarn, während ich hier eine blöde Moral verpaßt bekomme...»

«Was ist passiert?» fragte ich noch einmal.

«Ich habe mir den Kopf angeschlagen», sagte sie. «Ich weiß auch nicht. Ich hatte eine Beule, und sie haben mich ein paar Tage ins Krankenhaus verlegt. Es war ein einziges Chaos. Ich war erstaunt, daß sie dich nicht angerufen haben, oder wenigstens Rafferty.»

«Du hast dir den Kopf angeschlagen? Weiter nichts?»

Sie sah hoch, als sei die Frage unverschämt. «Ja», sagte sie. Sie lachte, aber nicht wie über einen Witz. Sie lachte verächtlich, ha, ha, ha.

«Es dauert schon so lange, Alice. Zu lange.»

Als ich zum Auto zurückkam, hielt Emma Claire in ihrem Sitz fest. Sie drückte sie mit aller Kraft hinein. Claire konnte sich weder bewegen noch einen Ton von sich geben. Sie weinte so sehr, daß man in ihrem aufgerissenen Mund die Gaumenzäpfchen sah.

«Sie wollte raus», brüllte Emma. «Ich hab gesagt, das darf sie nicht. Sie wollte einfach aussteigen.»

Ich packte beide am Kragen und zog sie aus dem Wagen.

«Wohin gehen wir?» rief Emma.

«Spazieren. Einfach nur spazieren!»

Sie rannte voraus. In sicherer Entfernung drehte sie sich um und rief: «Ich komm nie nie mehr wieder mit dir nach Hause!»

«Das ist eine gute Einstellung», sagte ich. «Behalte sie. Du wirst sie brauchen.»

In den folgenden Wochen stand ich wie gewohnt früh auf. Ich molk, so schnell ich konnte. Die Kühe wunderten sich über die ruppige Art und Weise, in der ich mit ihnen umsprang. Sie drehten die Köpfe und glotzten mich mit großen Augen an, als sei ich ein Fremder. Dann ging ich in mein Arbeitszimmer und stellte eine Liste zusammen, die ich anschließend auswendig lernte. Ich erledigte eine Arbeit nach der anderen und dachte nicht mehr an Robbies Puppe oder Alices Verletzung oder Theresas sanfte Stimme. Obwohl es nicht im mindesten der Wahrheit entsprach, redete ich mir ein, ich hätte alles gut im Griff. Gleich nach Mrs. Reesmans Angebot fuhr ich in einen Lebensmittelladen außerhalb von Racine und holte Kartons. Ich erzählte den Mädchen, wir würden alles einpacken und dann so tun, als wären wir Vagabunden, die in Güterzügen leben, aus Konservendosen essen, den lieben langen Tag singen und mit einem einzigen Handtuch auskommen – kurz, ein sorgloses Nomadenleben führen.

«Du meinst, wir machen Lagerfeuer und braten wilde Tiere und essen sie mit den Händen?» fragte Emma.

«So ähnlich.»

«Kommt Mom mit uns?»

«Sicher.»

«Ja!» rief sie.

Natürlich hatten die Mädchen keine Ahnung, wieviel Unruhe auf sie zukam, wenn erst die Heuwagen bis obenhin mit Waschschüsseln, Schraubenkästen, alten Matratzen, Bilderrahmen und kaputtem Spielzeug vollgeladen waren. Ich wanderte durch die Zimmer und hörte den Auktionator schon rufen: «Isdasnicheinnetterkleinerlampenschirm, dieganzeladungfürfünfzigdollar, scheißdrauf, diedamedadrübenbietetsechzigdollar...» Wir würden nur ein paar Koffer mitnehmen. Ich packte ein, was ich besaß: zwei Paar Jeans, drei Overalls, einige Hemden und Sweatshirts und einen brandneuen Anzug, der uns vor Gericht zustatten kommen würde.

Es war gar nicht so viel da, wie ich angenommen hatte. Unser Leben ließ sich relativ leicht auflösen. Ich hatte mir wohl vorgestellt, ich würde die Farm vom Tag ihrer Gründung an, vor über hundert Jahren, komplett einpacken müssen. Mir war, als würde ich die Geschichte des Ortes zerlegen, auseinandernehmen, Jahr für Jahr. In Anbetracht des Alters unseres Heims war das Chaos im Grunde noch erträglich. Und uns selbst gehörte nicht viel. Ich erkannte, daß wir nichts als Durchreisende waren, die jetzt mit ihren wenigen Koffern weiterzogen. Wir waren nie etwas anderes gewesen als Durchreisende in einem baufälligen Gemäuer.

Alle Gedanken an die Dinge oben im Speicher und in den Nebengebäuden schob ich weit von mir – was ihr Zweck und ihre Bedeutung waren, wer sie benutzt hatte, wem sie nach uns gehören würden. Ich ging von Schuppen zu Schuppen und häufte den Abfall hierhin, die Auktionsgüter dahin. Emma und Claire wußten, sie mußten beieinander bleiben, dem Teich nicht zu nahe und mir nicht in die Quere kommen. Sie entwickelten allmählich ihre Strategien, meine Mädchen. Unter ihren Fingernägeln hatte sich dikker, schwarzer Dreck angesammelt, und ihr Haar war verfilzt. Sie saßen vor dem Fernseher, bis sie die Nase voll hatten, dann gingen sie in den Hof, zogen eine Katze am Schwanz und traktierten sich gegenseitig mit Fußtritten. Wenn sie sich ausgetobt hatten, setzten sie sich hin und legten eine Sammlung von Steinen, Samen, Stökken und Vogelbeeren an. Sie bauten eine Stadt, bis sie vollkommen war, dann stritten sie sich und zerstörten sie. Nachts schliefen wir wie Tote. Morgens wachte ich auf und zog meine Liste zu Rate. Ich legte einen solch grimmigen Eifer an den Tag, daß man ihn für Begeisterung hätte halten können.

An einem Nachmittag gegen Ende August fuhren wir nach Spring Grove, einer Kleinstadt nahe Racine, in der uns niemand kannte. Ich hatte den Mädchen erklärt, wir würden vielleicht erst in einem Haus wohnen, bevor wir mit dem Landstreicherleben begannen. Zuerst besichtigten wir eine Bleibe für hundertfünfundsiebzig Dollar die Woche. Sie lag über einem Schuhgeschäft. Ihr Inventar bestand aus einem mottenzerfressenen Teppich und dem Gestank von Generationen von Biertrinkern. Dann gab es ein kleines Haus, das mir gut gefallen hätte, aber es befand sich direkt neben einer Kläranlage. Danach kämpften wir uns durch ein Doppelhaus, einen Mietblock mit Sozialwohnungen und eine Reihe von Eigentumswohnungen am Fluß. Schließlich einigten wir uns auf eine Wohneinheit. Es war kein Zuhause. Es war keine Wohnung. Es war eine Wohneinheit. Es war eine Einheit in einer ganzen Kette von Einheiten. Alle zusammengenommen hießen diese Einheiten «Pheasant Glade». Als wir durch die Tür traten, jubilierte Emma, die seit dem Mittagessen kein Wort von sich gegeben hatte: «Das ist schön. Das wäre okay für uns.»

Alice fand oft, daß gerade Dinge, die alles andere als amüsant waren, im Grunde zum Lachen reizten. Diese Sicht hatte mich über die Jahre häufig geärgert und in den Rückzug getrieben. Aber jetzt begann ich zu verstehen, wie etwas so unerträglich sein konnte, daß man unwillkürlich darüber lachen mußte. Emmas unbekümmerte Äußerung, die Wohnung in Pheasant Glade wäre für uns genau das richtige, nachdem wir auf 160 Hektar gelebt hatten, war so weit von der Wahrheit entfernt, daß es schon wieder komisch war. «Hier kann ich in der Einfahrt radeln», sagte sie, «kein Kies.» Claire deutete auf eine Ecke, in der metallene Briefkästen hingen. Sie rief triumphierend: «Da drin sind dann Moms Briefe.»

Ich wollte die Farm noch vor der Übergabe verlassen, damit wir den Schlußstrich schon gezogen hätten, wenn das Geld eintraf. Dann würden wir Alice holen und uns bis auf weiteres in Pheasant Glade verschanzen. Ich begriff erst, in welch erbärmlichem Zustand unser Haus war, als ich einen letzten verzweifelten Versuch unternahm, ihm noch etwas Gutes zu tun. Ich weißte die Wand um die Dusche herum und putzte die Fenster. Ich versuchte, den Rost aus Toiletten und Waschbecken zu schrubben. Sandy und Mrs. Reesman hatten das Haus von innen nicht gesehen, weil es sowieso für die Abrißbirne bestimmt war. Ich hatte es nicht für eine Besichtigung hergerichtet, und jetzt, da sein letztes Stündlein geschlagen hatte, wollte ich ihm noch einen Liebesdienst erweisen. Wir hatten nie Zeit gehabt, uns um das Haus zu kümmern. Wir zogen ein, als Emma ein Säugling war. Alice hatte ihre Ausbildung begonnen, einen Job gefunden und dann Claire bekommen. Ich arbeitete rund um die Uhr. Die Farbe blätterte von den Fensterbrettern und Leisten. Vorhänge hatten wir nie gekauft. Im Badezimmer hing ein mit Reißzwecken befestigtes zerschlissenes Handtuch vor der Fensterscheibe. Der Rost, die Löcher im Linoleum, die Risse und Wasserflecken an der Decke, all das war uns schon lange nicht mehr aufgefallen. Wir hatten uns daran gewöhnt, daß die vergossene Milch von der Küche aus ins Badezimmer floß. In diesem Haus hatten wir uns geborgen, in den Lauf der Geschichte eingebunden gefühlt. Ich hatte es immer als wohlwollend empfunden. Es beherbergte uns, es verströmte eine Art Liebe, während wir darin wohnten. Wir hatten seine Wände beim Einzug abgewaschen; mehr hatten wir nicht getan.

Alice zuliebe packte ich äußerst sorgfältig. Ich legte Gleiches zu Gleichem. Ich beschriftete jeden Karton auf vier Seiten. Bei den meisten Spielen fehlten mehrere Teile. Auf zweien der vier Stühle, die uns meine Mutter geschenkt hatte, war so viel herumgetrampelt worden, daß das Rohrgeflecht zu reißen drohte. Der Griff am Sieb war verbogen, die Uhren standen, die Holzbausteine waren verkritzelt, die Filzmarker ausgetrocknet, das Sofa war dreckig, der Ohrensessel hatte einen Riß, an der Stereoanlage fehlten Knöpfe, die Bücher waren von Kindern oder Mäusen angeknabbert worden. Unser Müll verdiente meine Aufmerksamkeit nicht. Ich packte das Geldkästchen aus Eichenholz ein, das ich zu Emmas fünftem Geburtstag gebaut hatte. Und es gab eine Kirschholzschale, die ich zu Claires Geburt geschnitzt hatte. Emma wollte vielleicht eines Tages das Geldkästchen an ihre Tochter oder ihren Sohn weitergeben. Er würde nicht wissen, was das Kästchen Emma bedeutet hatte, aber er würde es vielleicht mögen. Es war mir gut geraten, hatte Fächer für Schmuck, Baseball-Karten, Geld, Münzen, tote Insekten. Das Holzkästchen war vielleicht das einzig Gute, was von mir bleiben würde.

Ich schleppte die Truhe vom Speicher herunter. «Die nehmen wir mit», sagte ich zu den Mädchen. In ihr lagen die Farm-Reliquien: die Steine, die Spitze, die Bücher, die Fotos. «Die Truhe ist alt und häßlich», sagte Emma. Sie hatte die Gewohnheit ihrer Mutter geerbt, die Dinge auf den ersten Blick zu beurteilen.

«Das muß so sein», blaffte ich. Sie wich zurück. Ich sah sie nicht an, aber ich wußte, daß sie mich haßerfüllt anstarrte.

Ich schrieb Alice jeden Tag kurze Briefe, in denen ich immer nur betonte, wie dringend ich sie aus dem Gefängnis heraushaben wollte. Diese Briefe schienen mir einigermaßen ehrlich. Ich hatte ihr die ganze Zeit schon Halbwahrheiten erzählt. Ich hatte gesagt, ich könne keinen Babysitter finden, Theresa brauche Zeit für ihre Familie. Ich erwähnte, daß keiner in der Stadt uns bediente, mit uns sprach oder uns auch nur zur Kenntnis nahm. Alice würde einsehen müssen, daß wir Emma nicht in die Vorschule der Blackwell-

Grundschule schicken konnten. so legte ich das Fundament. Ich wollte ihr von dem Verkauf so spät wie möglich berichten, und erst, wenn mir danach zumute war, würde es auch Rafferty erfahren.

Es dauerte etwa zwei Wochen, bis Theresa wieder zu uns kam. Ich gestattete mir kurze Momente, in denen ich an sie dachte. Ich gönnte mir ein Bild, den Klang ihrer Stimme, dann ließ ich es dabei bewenden. Ich glaube, ich war ziemlich sicher, daß sie als erste schwach werden würde. Ich konnte zwar an sie denken, aber nach Vermont Acres hochgehen und an die Tür klopfen, das war schlicht unmöglich. Sie kam eines Nachmittags, als ich auf dem Boden saß und vor der Stereoanlage meine alten Plattenalben durchblätterte. Etwas raschelte auf der Veranda. Die Katzen, nahm ich an. Ich las gerade die Songtitel von *Tea for the Tillerman*. Der Schätzer von Mrs. Reesmans Bank hatte sich angekündigt. Bevor ich aufstehen konnte, um nachzusehen, wer es war, Mr. Phelps oder Betty, die Katze, erschien Theresa im Türbogen zwischen Küche und Wohnzimmer. Sie hatte wohl das Falsche mit ihrem Haar angestellt, denn es stand vom Kopf ab. Es sah gräßlich aus. Die Mädchen saßen hinter mir und bastelten Puppenbetten aus ein paar kleineren Kartons. Ich sprang nicht auf. Ich blieb sitzen und hielt das Album fest. Sie sah anders aus als in meiner Erinnerung.

«Es stimmt also», sagte sie. Sie war nicht atemlos. Sie lächelte nicht.

«Theresa! Theresa!» rief Emma. «Wir spielen Landstreicher. Mein Dad sagt, wir springen auf Züge und essen rohe Kaninchen.»

Theresa nickte, obwohl sie Emma meinem Gefühl nach nicht gehört hatte. Sie sah mich an und sagte mit gesenkter Stimme: «Ich habe diese Woche jeden Tag einen Brief von ihr bekommen. Sie hat solche Angst, daß du die Farm verkaufst. Sie hat Rafferty davon erzählt, und er ist völlig ausgerastet.»

«Sie weiß immer alles», sagte ich.

Theresa setzte einen Fuß vor, näher kam sie nicht. «Auch wenn Rafferty eine Vertagung beantragt hat, ist der Prozeß doch schon in zwei – zweieinhalb Monaten. Sie kommt gut zurecht. Weiß der Himmel, wie ich ihr erklären soll, daß ich die Mädchen nicht mehr geholt habe. Ich habe nicht mal versucht...»

«Ich werde es ihr bestimmt nicht erklären», fuhr ich sie an.

«Geht es dir gut?» Sie kam ins Zimmer und stellte sich direkt vor mich. Sie hatte Tränen in den Augen.

«Schau», sagte ich, «wir können hier nicht bleiben. Das ist sonnenklar. Ich weiß nicht, warum ich es dir oder ihr erklären muß. Man kommt bei derlei Anklagen nie ungeschoren davon. Wir müßten auch dann verkaufen, wenn sie freigesprochen wird. Alice konzentriert sich aufs Überleben, und sie hat noch nicht ernsthaft darüber nachgedacht, daß wir hier erledigt sind. Es ist vorbei.» Ich ging an Theresa vorbei in die Küche. Im Gehen drehte ich mich um, nahm ihre Hand und küßte sie. Sie wich einen Schritt zurück und versteckte beide Hände hinter dem Rücken. Ich zuckte die Achseln und setzte mich wieder hin. «Alice war dauernd in Sorge, daß bestimmte Leute über sie reden», sagte ich. «Sie hat geglaubt, die alten Frauen tuscheln über sie. Ich habe ihr immer gesagt, sie solle damit aufhören, es sei Zeitvergeudung, sich um Tratschtanten zu kümmern. Jetzt weiß ich, wovor man Angst haben muß: Gerede. Das ist es. Gerede.

Und ich weiß nicht, warum wir je dachten, wir könnten hier Farmer werden. Jeder Mensch braucht die Gemeinschaft. Ich muß Madison anrufen, wenn ich etwas Neues ausprobieren will. Ich will Hügelkulturen oder die Umtriebsweide einführen, und ich muß einen bescheuerten Akademiker fragen. Wenn wir einen neuen Stall bauen wollten, würden wir keine Arbeiter finden. Was rede ich da überhaupt? Das gibt es ja gar nicht mehr. Einen Stall. Sie bauen jetzt nur noch Bretterverschläge, keine schönen Ställe aus echtem Holz, mit Pfosten und Balken. In Iowa sind sämtliche Farmen in der Hand von fünf Gesellschaften. Die Familienfarm hat keine Zukunft mehr. Gar keine. Als wir kamen, zogen gerade alle

Farmer von hier weg. Für die Menschen hier sind wir einfach irgendwelche Stadtleute, die sich dort breitgemacht haben, wo sie nicht hingehören. Ich habe immer gedacht, es gäbe Regeln in der Natur. Strikte Regeln. Wenn du sie verletzt, dann zahlst du dafür. Aber natürlich ist der Natur alles scheißegal. Unsere eigenen Normen sind willkürlich, gnadenlos. Was stimmt nicht mit uns, daß wir uns keinen Bungalow mit einem großen, runden Pool im Garten wünschen? Niemand schert sich darum, daß mir dieses Land etwas bedeutet, daß ich zufrieden bin, wenn ich weiß, daß es unterhalb unseres Gartens einen Pfad gab, den die Ochsentreiber benutzt haben. Sie brachten mit ihren Karren Lebensmittel nach Prairie Junction. Man braucht nur rauszugehen, mit den Augen zu blinzeln, und schon meint man, diese verdammten Ochsen zu sehen.»

«Wenn es dir soviel bedeutet, dann solltest du bleiben», sagte sie. Sie lehnte sich über den Tisch, um mich an der Schulter zu packen. Bevor sie sie berührte, besann sie sich eines Besseren. «Menschen haben ein kurzes Gedächtnis. Es wird so aussehen, als ob du davonläufst. Rafferty sagt...»

«Mir ist egal, was Rafferty sagt! Verstehst du? Mir ist völlig egal, was er sagt.» Ich schrie sie regelrecht an.

«Du hast ein Recht, hier zu sein», sagte sie leise.

Claire lenkte uns ab, indem sie in die Küche rannte und Theresa am Bein faßte. «Gehen wir jetzt in dein Haus?»

«Nein», sagte ich.

Claire, die ausgeglichene Claire, setzte sich auf den Boden und schlug rhythmisch mit der Stirn gegen den Schrank.

«Oh, mein Schatz», säuselte Theresa, kniete sich hin und legte die Arme um sie. «Ist ja schon gut.»

«Ich will in dein Haus gehen», schluchzte Claire. «Da ist es kalt.»

«Gehen wir doch zum Teich», schlug Theresa vor. Sie sah mich an, während sie mit Claire sprach. «Du und Emma, ihr könnt im Sand spielen und plantschen. Ihr müßt euch unbedingt ein bißchen abkühlen. Ist das nicht eine gute Idee?»

«Nein, das finde ich nicht», sagte ich.

«Sieh dir doch die Mädchen an», kommandierte sie. «Ihnen ist heiß. Claire hat Hitzepickel auf dem Hals und dem ganzen Rücken. Sie ist schmutzig, Howard. Der Teich ist kein Spukzimmer, er muß nicht abgeriegelt werden. Die Mädchen sollen nicht denken, er sei ein böser Ort. Das ist einfach Unsinn.»

Mir lag auf der Zunge zu sagen, daß es schon August war und daß wir den Teich jeden Tag benutzt hatten, um die Hitze zu überstehen. Sie bugsierte meine Kinder aus der Tür, tätschelte ihnen den Kopf und erzählte ihnen, daß sie sie vermißt hatte. Wie oft, fragte ich mich, waren wir, Alice, ich, Emma und Claire, an Sommernachmittagen diesen Weg entlanggegangen? Der Teich war unsere Entschädigung. Wir hatten keine Jobs mit Versicherungsschutz, Essensmarken, Dienstwagen oder Tribünensitzen im Sportstadion. Dafür konnten wir an Julitagen fünfe gerade sein lassen. Verschwitzt und schläfrig schlenderten wir ans Wasser. In diesen ein, zwei Stunden gab es keine Eile. Ich redete mir dann immer ein, daß jenseits der Lichtung kein Berg von Arbeit auf mich wartete.

Theresa stand am Wasser und schaute hinaus, während die Mädchen zu den Eimern rannten, die wir in einem hohlen Baumstamm aufbewahrten. Sie pellten sich aus den Kleidern, ließen nur die Unterhosen an. Ich schnallte ihnen die Schwimmwesten um. Sie mußten Westen tragen, obwohl beide schwimmen konnten. Es war lächerlich, weil sie mit den Westen nicht gut ins Wasser eintauchen konnten.

«Für mich ist sie hier», sagte Theresa. «Ich konnte Dan nie erklären, daß der Teich nicht unheimlich ist. Es ist nur Wasser. Jedesmal, wenn ich aus dem Wald komme, zerreißt es mich fast. Du weißt das alles – daß ich das Gefühl habe, der Schmerz bringt mich um. Aber es zieht mich dennoch hierher. Und ich glaube, Howard, daß der Ort belebt sein sollte. Ich habe das Gefühl, sie ist hier, und das Leben sollte gerade hier weitergehen, damit sie nicht einsam ist, damit sie ein Teil von uns bleibt.»

Wir setzten uns auf zwei rostige Metallstühle, die bestimmt seit gut dreißig Jahren am Teich standen. Ich wußte, ich hätte sie daran hindern müssen zu sagen, was immer sie als nächstes sagen wollte. Prairie Center hatte für mich keine Zukunft. Wir zogen weg. Ich hätte ihr für Sandy Brickman und Mrs. Reesman danken sollen. Es war ein Geniestreich gewesen, daß sie mir diese beiden Frauen als rettende Engel geschickt hatte. Außerdem war sie in die Polizeihauptwache marschiert und hatte den Beamten gesagt, sie sollten Alice in Ruhe lassen. *Vielen Dank* hätte alles bestens ausgedrückt.

Als sie tief durchatmete, wappnete ich mich innerlich. «Howard.» Sie ließ sich meinen Namen auf der Zunge zergehen wie ein Stück Schokolade. Ich zuckte innerlich zusammen. «Zuerst», sagte sie, «habe ich mir eingeredet, daß die Nacht damals nichts bedeutet hat, daß sie unwichtig war.»

«Mja», pflichtete ich ihr halbherzig bei.

«Nein, eigentlich war ich halbtot vor Angst, daß ich eines der Zehn Gebote verletzt hatte, dieses «Du sollst nicht begehren deines Nächsten Weib, Hab und Gut». Diese Worte haben mir einen Mordsschrecken eingejagt, ist das nicht das letzte? Im Grunde bin ich ein braves, katholisches Mädchen und werde es wohl immer bleiben. Nachdem ich die Angst vor den Worten überwunden hatte, kam mir die Nacht wie ein Irrtum vor. Aber das kann ich jetzt einfach nicht mehr glauben. Sie war für uns beide ein spirituelles Erlebnis, das weiß ich genau. Die treibende Kraft war Liebe, Reinheit. Es war eine seltene Art von Intimität. Selten.» Sie nickte bestätigend. «Ich werde nicht weiter darüber sprechen. Ich glaube daran und werde immer daran glauben.» Sie starrte mein Profil an. Ich fühlte ihren Blick auf mir, während ich den Mädchen zusah, die an einem nunmehr entweihten Ort herumtollten. «Tut mir leid, daß ich nicht gekommen bin und Emma und Claire geholt habe. Ich war eine Zeitlang ganz durcheinander. Ich konnte dich nicht sehen.

Dan kam am nächsten Abend von seiner Konferenz zurück. Ich schrie ihn an, kaum daß er durch die Tür kam, daß er entweder mit mir reden müsse oder ich würde ihn verlassen. Wir stritten uns. Er warf mir vor, ich würde überall und ständig losheulen, und ich schrie zurück, daß mir in meinem ganzen Berufsleben noch keiner begegnet sei, der so gnadenlos verdrängt. Eines schönen Morgens würde er aufwachen und merken, daß sein Herz gebrochen ist, und das sei viel schlimmer, als wenn man weiß, daß man ein gebrochenes Herz hat und sich um die Verletzung kümmert. Ich habe ihm angekündigt, wir würden nicht mehr auf Zehenspitzen um ihn herumschleichen und so tun, als ob es uns gutgeht. Ich hab gesagt, ich heule deshalb allen etwas vor, weil es mich zu Tode ängstigt, in seiner Gegenwart auch nur ihren Namen auszusprechen, vor ihm ‹Lizzy› zu sagen. Ich hab dauernd Angst gehabt, ich würde mal nicht daran denken, und er würde vor meinen Augen zusammenbrechen. Du weißt das. Ich hab gesagt, es bringt mich noch um, daß er so leidet, es tut ohnehin schon so weh, und dann noch sein Schmerz dazu. Ich fühle mich manchmal, als müsse ich das Leid aller mit mir herumschleppen. Deshalb muß ich eben damit hausieren gehen.» Sie war so dicht an meinem Gesicht, daß ich ihren Geruch einatmen konnte. «Mein Gott», sagte sie, «er bekam fast einen Nervenzusammenbruch am Küchentisch. Er ließ gerade noch zu, daß ich ihn am Arm hielt. Endlich, endlich fing er an, darüber zu reden. Er sagte, er könne es nicht ertragen, daß Lizzy nur noch eine Erinnerung ist. Er hätte noch nicht genug Zeit mit ihr verlebt, er hätte sie kaum gekannt. Er hat versucht, ihre Gegenwart irgendwie weiter in sich zu bewahren, sie mit unserem jetzigen Leben zu verbinden. Er haßt die Fotos, weil sie so flach und still sind ... Bei dir», flüsterte sie, «bei dir kam dieser ganze Schmerz aus mir heraus, weißt du?»

Wir würden Prairie Center verlassen. Wir würden weg sein, sobald ich den Mietvertrag für die Wohneinheit unterschrieben hatte.

«Dan hat soviel Zorn gespeichert. Er ist immer noch wütend auf mich, weil ich an dem Tag damals die Mädchen herkommen ließ. Und das macht mich natürlich insgeheim fuchsteufelswild, denn wann mußte er sich je um Kinderbetreuung kümmern? Er hievt sich aus dem Bett und geht arbeiten, er muß nie darüber nachdenken, wie er sich ein bißchen Freizeit organisiert oder bei jedem Plan die Familie berücksichtigt. Es ist sinnlos, jetzt davon anzufangen. Wen schert das jetzt noch? Aber er kann einfach nicht vernünftig denken, verstehst du? Er ist sauer, daß ich mir die Eileiter habe abbinden lassen. Das war gleich nach Lizzys Geburt. Wir hatten uns schließlich geeinigt, daß zwei genug waren. Na, jedenfalls, es war eine Art, wie nennt man das – ich glaube, ich bin verkalkt, du weißt schon, eine – Katharsis. Wenn ich so etwas noch ein einziges Mal erlebe, drehe ich wahrscheinlich durch. Wir schrien und weinten. Am nächsten Morgen blieb er etwas länger als sonst, und wir sprachen alle zusammen über Lizzy. Ich saß beim Frühstück und sagte: ‹Wißt ihr noch, wie Lizzy den Nachbarhund immer Gas-si nannte?› Audrey war starr vor Schreck. Und dann, als Dan anfing zu lachen und sagte, wie lustig das war, seufzte sie ganz laut vor Erleichterung.»

Sie sah jetzt auf den Teich, zu den Mädchen und nicht mehr zu mir. «Als er zur Arbeit gegangen war, sagte ich mir, Howard bedeutet mir nichts. Es war ein hübscher Zufall. Ein Traum. Ich war nahe daran, meinen alten Freund Father Albert anzurufen und ihm zu beichten. Ich weiß nicht recht, was ich gebeichtet hätte, aber er gibt mir immer mindestens ein Wort mit auf den Weg, das mein Leben verändert. Er würde mir wahrscheinlich auch raten, daß es Zeit sei, meine Gedanken auf mein Heim zu richten, Dan und Audrey nahe zu sein. Ich war mir ziemlich sicher, daß du dich beim Aufwachen genauso merkwürdig gefühlt hast wie ich...»

«Stimmt», sagte ich.

«Aber im Lauf des Tages mußte ich immer wieder an dich denken. Verdammter Kerl», flüsterte sie und lachte den Teich an. «Also gut, also gut, eine Woche, zwei Wochen gehen vorbei. Ich sehe dich überall um mich. Ich sehe dich durch's Küchenfenster. Ich sehe dich in meinem Schrank, ich sehe dich im Glas der Tischplatte. Ich träume, ich fahre Rolltreppen rauf und runter und suche dich. Ich liebe dich, weißt du das?» Sie wandte sich wieder meinem Profil zu. «Für unseren Alltag hat das nichts zu bedeuten, das weiß ich. Vielleicht übertrage ich die Liebe zu Lizzy auf dich. Das ist auch egal, weil ich nichts dagegen tun kann. Am liebsten würde ich aufs Dach steigen und es aller Welt ausposaunen.»

Ich sah weiterhin stur auf die Mädchen.

«Ja, ich liebe dich, Howard», sagte sie noch einmal. «Du bist ein guter Mensch – du bist die Güte in Person.»

Ich verdrehte die Augen und knurrte. Ich wollte gerade loslegen, daß sich gewöhnlich Sechzehnjährige solchen Mist in die Ohren schmachten, aber ich beging den Fehler, sie anzusehen. Ihr Gesicht war rosig, sie strahlte. Ich glaube, es war die Hoffnung in ihren Augen und in ihrem schüchternen Lächeln, die mich augenblicklich zur Besinnung brachte. «Nein, bin ich nicht.» Ich schüttelte den Kopf. Dann fiel mir etwas ein, was wahr sein könnte. «Als Kind», sagte ich, «habe ich geglaubt, daß Mut immer mit Handeln verbunden sein muß. Vorwärtsgehen war mutig, einem Traum nacheifern, in der Welt vorankommen. Dahin gelangen, wo man hin sollte. Ich dachte, etwas zu wollen würde Mut erfordern. Jetzt weiß ich, daß zu nichts von alledem Mut gehört. Das einzige, wofür du Mut brauchst, ist das Stillhalten. Das Dabeibleiben.»

Ich legte ihr die Hand an die Wange. Sie schloß die Augen und hielt den Atem an, die Wange in meine Hand geschmiegt. Sie konzentrierte sich auf ihre Wange, als wollte sie meine Hand festsaugen. Ich fühlte mich nicht imstande aufzustehen. Zum Haus zurückzugehen. Zu warten und zu warten, bis Alice freikam. Die ganzen weiteren Jahre zu warten und zu warten, in einer fremden Stadt mit meinen Töchtern und meiner Frau.

# 16

***Die Transaktion mit*** Mrs. Reesman war erst Mitte September abgeschlossen. Das Land war zunächst von der Bank begutachtet und geschätzt worden. Das Wasser mußte untersucht werden. Die Leitung der Pfadfinderorganisation und ihr Rechtsberater mußten ihre Zustimmung geben. Sie kamen zweimal, um ihr zukünftiges Camp zu inspizieren. Arnold L. Reesman III erschien mehrfach in seiner speziellen Freizeit-Designerkluft und spazierte über das Gelände. Er vertraute mir an, daß seine Mutter, wenn sie etwas in Augenschein nahm, sich immer sehr spontan entschied und daß es seine Aufgabe war, sich kundig zu machen. Sie hatten sich eine ganze Reihe von Grundstücken angesehen, sagte er, die meisten weitab der Stadt in überfüllten Badeorten oder in abgelegenen Waldgebieten, die wenig mehr als Zecken und Moskitos zu bieten hatten. Seine Mutter hatte eine Nase für Qualität, und obwohl sie gewöhnlich recht behielt, gab es auch schon mal Ausnahmen. Die Reihenhäuser am östlichen Stadtrand von Milwaukee zum Beispiel, die sie gerade hatte kaufen wollen, als er in den Kellern eine solche Konzentration von Radon entdeckt hatte, daß die Luft ganz gelb war. Ich machte den Mund allenfalls auf, um auf die interessanten geologischen Formationen der Farm hinzuweisen. Ich sagte nicht, daß Radon unsichtbar ist. Die Sonne stach, und das anstrengende Umherlaufen in kurzen Hosen und Wanderstiefeln trieb dem keuchenden Arnold die Röte ins blasse Gesicht. Er hatte ein sauberes Taschentuch in der Hosentasche, mit dem er sich die kleinen Schweißperlen von der Stirn wischte.

Er räumte immerhin ein, die Farm sei ein großartiger Besitz. Er würde ihn sicher richtig genießen, wenn er erst hier und da ein paar Wege freigeschlagen hätte. Ich fragte mich, wie lange sein Interesse wohl anhalten würde, bevor er sich zu einem seiner exotischen Angeltrips aufmachte. Ich hätte ihm einmal in einem sentimentalen Augenblick beinah von den Ochsentreibern erzählt, von dem Mann, der das Haus gebaut hatte, dem Jungen, der vom Heuwagen gefallen war. Ich war nahe daran gewesen, ihm die Aufzeichnungen und das Tagebuch zu zeigen. Im nächsten Moment fiel mir die Truhe ein. Ich begriff, daß die Dinge in der Truhe zur Farm gehörten und daß es angebracht war, sie Arnold zu überlassen. Er selbst sollte sie entdecken. Er konnte zu Del's rübergehen und bei einer Tasse Kaffee die ganze Geschichte erfahren. Ich würde alles dem Zufall überlassen, dem, was ich in jüngeren Jahren als «die lenkende Hand des Zufalls» bezeichnet hatte. Wenn Arnold etwas für altes Gerümpel übrighatte, wenn er gerne in alten Schränken kramte, würden ihm die Relikte Freude bereiten. Die Gegenstände in der Truhe und die Truhe selbst waren nicht viel wert, wenn man sie nicht mit anderen Dingen in Verbindung brachte – dem Stall, den Feldern, den Planwagenrillen, die man mit viel Phantasie noch entdecken konnte. Die Truhe für sich genommen war wie ein Fisch auf dem Trockenen, tot.

Ich hatte Arnold gegenüber erwähnt, daß ich mich durch die Milchwirtschaft ruiniert hatte, daß ich bei den derzeitigen Milchsubventionen nicht genug verdiente. Ich log und sagte, ich würde erst mal eine Weile ausspannen und mich später nach einem einträglichen Job umsehen. Beim letzten Besuch schüttelte er mir herzhaft die Hand und sagte mit der ganzen Frische und Aufrichtigkeit eines gestandenen Pfadfinders: «Nun denn, viel Glück.»

«Gleichfalls», antwortete ich.

Bei meinen Verhandlungen mit Mrs. Reesman hatten wir vereinbart, daß sie mir bis Weihnachten den Hühnerstall als Abstellraum überlassen würde. Dorthin schleifte ich jetzt einen Teil der Möbel, die nicht in unsere Wohnung passen würden. Vielleicht konnten wir eines Tages den Geschirrschrank, die überzähligen Bettgestelle, die Mahagoni-Kommode und den Küchentisch doch noch gebrauchen. Obwohl der Tisch ebenso zum Haus gehörte wie die Truhe, wußte ich, die Reesmans würden ihn verkaufen oder zu Feuerholz zerhacken. Deshalb hatte ich keine Skrupel, ihn mitzunehmen. Tatsache ist, ich brauchte ihn. Ich bildete mir ein, daß er ein Auge hatte. Er hatte die Indianer oben in Winston gesehen. Er war Zeuge zahlloser Katastrophen und bedeutend weniger Triumphe gewesen. Sein Vorzug bestand in seiner Unfähigkeit zu sprechen.

Am Morgen der Auktion, dem fünften September, flohen wir nach Spring Grove und richteten uns in der Wohnung ein. Im ganzen Staat war der Himmel blau. Meinen Zustand kurz vor der Auktion konnte man wohl als manisch bezeichnen. Ich hatte alles, was wir behalten wollten, in Kartons verpackt und den Rest nach verschiedenen Kategorien auf dem Rasen verteilt. Regen an diesem Samstag hätte den Vorfällen des Sommers die Krone aufgesetzt. Dick Smelts, der Auktionator, hatte mir zweimal beim Packen geholfen. Ich hatte seit Ende Juni mit sehr wenigen Erwachsenen gesprochen. Aus Gewohnheit redete ich weiter vor mich hin, auch als er neben mir stand. Er blickte prüfend auf unsere Habseligkeiten und notierte sich Zahlen auf seinem Klemmbrett. Er erkannte auf dem Heuwagen einiges von dem wieder, was die Vorbesitzer bei ihrer eigenen Auktion nicht losgeworden waren.

Ich hatte mein Pensum in diesen letzten Wochen konsequent und unter Hochdruck bewältigt. Die Kühe und die Mädchen spürten meine Nervosität. Gegen Ende konnte ich nicht einmal mehr abends einschlafen. Ich brachte Emma bei, das Telefon abzunehmen und zu fragen: «Wer spricht da, bitte?» Sie sei meine Sekretärin, erklärte ich ihr, und ich zahlte ihr fünf Cent am Tag. Wenn es Rafferty war, mußte sie ihm sagen, ich sei bei der Arbeit. In Gedanken listete ich die Auktionsgüter auf. Ich lag im Bett und ließ unsere Sachen einzeln Revue passieren, als liefe die ganze Nacht vor mir eine große Fernseh-Auktion ab. Ich bezweifelte kaum, daß sich das meiste verkaufen ließ. Smelts kannte zwei potentielle Käufer für die Herde. Beide hatten sich meine Guernseys im voraus angeschaut. Als ich am letzten Morgen zum Melken ging, drosselte ich mein Tempo nicht eine Sekunde. Ich spazierte nicht im Stall umher und bewunderte auch nicht die Wetterfahne. Es traf sich gut, daß nicht viel Heu im Silo lagerte. Ich sprach nicht mit den Kühen, während ich sie molk. Auch nach dem Melken hetzte ich weiter – zur Stalltür hinaus, ins Haus, die Treppe hoch, die Mädchen wekken, die Treppe runter mit unseren Taschen, Frühstück im Stehen, zur Vordertür hinaus, Dick begrüßen, in den Ford. Wir schnallten uns an und fuhren los.

Ich glaube, die Mädchen befanden sich mittlerweile in einem permanenten Schockzustand. Sie wußten nicht mehr, was los war. Sie wußten auch nicht, was sie mich fragen sollten, damit ich ihnen das Tohuwabohu erklärte. Ich hatte ihre Betten am Tag zuvor aufgeladen, aber ich sagte ihnen beim Wegfahren nicht, daß wir dort nie mehr wohnen würden. Sie waren oft still und, wie mir schien, verängstigt. In den kommenden Wochen fuhren wir immer wieder auf die Farm, aber wir übernachteten kein einziges Mal mehr in dem Haus.

Alles in unserer Wohneinheit in Pheasant Glade – die Teppiche, die Schränke, die Wände, die Türen, die Badewanne, die Toilette, die Wasserhähne, die Türklingel, die Leisten, die Lampenschirme, die Lichtschalter – alles bis hin zu den Teppichstäben war brandneu. Ich konnte mich nicht daran gewöhnen. Im ganzen Haus hing der Giftgeruch von PVC. Das Wohnzimmer hatte die unvermeidliche Kassettendecke, einen gemauerten Kamin mit einer kleinen Glastür und einem Rost, der allerhöchstens ein einzelnes Stück Brennholz faßte. Der Boden war mit einem blaugrau melierten Teppichboden ausgelegt. Das Wohnzimmer erweiterte sich zu einer Kitchenette mit Frühstücksecke. Von dort aus blickte man auf eine winzige Holzveranda, auf der gerade genug Platz für einen Tisch und einen Liegestuhl war. Oben gab es zwei Schlafzimmer – das größere hatte eine Schiebetür – und einen Balkon zur Straße. Der Whirlpool im Badezimmer war gerade groß genug für zwei sehr kleine Kinder. Das ganze Haus war ein Betrug. Das hier, knarrte und stank es aus allen Ritzen, ist der

Amerikanische Traum. Nur daß alles, was wir uns angeblich wünschten, alles, was so gut aussah, zu klein oder zu zerbrechlich für uns war. Als ich unsere wenigen zerschrammten Möbel hereinschleppte, merkte ich, daß selbst die schäbigen Zimmer über dem Schuhgeschäft besser gewesen wären als der falsche Glanz von Pheasant Glade.

Wir hatten immerhin eine Garage und einen Keller mit Waschküche. Einen Garten gab es nicht, nur die kleine Veranda. Die Mädchen saßen in der Einfahrt und sahen mir zu, wie ich ihre Betten und Stühle aus dem gemieteten Umzugswagen zerrte. Das Klavier schleppte ich mit viel Gefluche allein ins Haus. Claire und Emma spürten offenbar auf den zweiten Blick, daß das, was sie aufgegeben hatten, durch eine Asphalteinfahrt, eine zwei Quadratmeter große Veranda, einen Whirlpool und einen Plüschteppich nicht aufgewogen wurde. Ich gab Claire keine Antwort, als sie fragte: «Aber wir wohnen nicht richtig hier, oder?» Einer der geschmacklosen Schränke kippte gleich um. Ich hatte nichts Heftigeres getan, als ein Glas auf das Bord zu stellen. Als es in Scherben ging, wünschte ich mir Theresa herbei. Sie hätte die Mädchen von Zimmer zu Zimmer geführt und die billigen, häßlichen Sachen interessant erscheinen lassen. Sie hätte Begeisterung geheuchelt über die öffentliche Bücherei an der Straßenecke und den A&W hinter der nächsten Häuserzeile. Sie hätte uns ermutigt, erst mal frühstücken zu gehen und uns Speckeier einzuverleiben. Mir würde wenig Geld bleiben, wenn alles abbezahlt war. Mein plötzlicher Reichtum würde die Bankschulden tilgen und Raffertys angebliche Redlichkeit und Erfahrung kaufen. Ich hatte noch keine Zeit gehabt, die genauen Zahlen zu errechnen. Wir konnten ein paar Monate Leib und Seele zusammenhalten, dann mußten wir unsere Botschaft auf Schilder schreiben und uns an den Highway setzen.

Am Abend jener ersten Nacht in Spring Grove aßen wir einen Hackfleischauflauf, den Theresa zubereitet hatte. Sie hatte ihn irgendwann vor Morgengrauen in einer Kühltasche vor der Tür der

Farm abgestellt. Als wir in unserer neuen Küche kauend am Tisch saßen, sah mich Emma an und sagte: «Wenn Mom nie wieder heimkommt, meinst du, wir können dann bei Theresa leben? Als wenn sie unsere Oma wäre?»

«Ich will Mama», protestierte Claire.

«Aber ich meine, wenn sie nie mehr heimdürfte, nie, nie mehr, können wir nicht manchmal bei Theresa wohnen, damit wir bei einer Frau sind?»

Meine Töchter waren arglos. Wenn man aus dem Fenster über die Veranda hinwegsah, konnte man das Auge auf Müllcontainern ruhen lassen. Ich bin sicher, wir dachten alle dasselbe: wie es wohl morgens in jenem Haus in Vermont Acres wäre. Wir würden in die Küche hinunterkommen, wo so viel Liebe die Luft erfüllte, daß sie sichtbar wäre – gelb, dicht, vermutlich genau wie Radon.

Als Alice an ihrem letzten Sonntag im Gefängnis in den Besuchsraum kam, sah sie mich prüfend an, bevor sie das Telefon abnahm. Ich wartete mit dem Hörer am Ohr auf den Beginn des Gesprächs. Sie trug das rosarote Tuch um den Kopf. Ihr Gesicht war im Gefängnis länger und schmaler geworden, ihre blauen Augen größer. Ich hatte nicht den Eindruck, daß ich anders aussah als sonst, aber sie packte den Hörer und sagte: «Erzähl mir bloß nicht, daß du die Farm verkauft hast. Theresa hat mir seit Ewigkeiten nicht geschrieben, du die ganze Woche nicht, und das macht mich furchtbar nervös. Rafferty hat sich auch gewundert. Er sagt, er hinterläßt Nachrichten, und du rufst ihn nicht zurück. Es gibt kein Gesetz, daß Emma in die Vorschule muß. Wir könnten sie selbst unterrichten. Die Farm ist der erste Ort, an dem ich mich jemals sicher und lebendig gefühlt habe, und – o verdammt – wirklich vorhanden und zu Hause. Hab ich dir das je gesagt?»

«Ich habe die Farm verkauft», sagte ich, so ruhig wie früher. «Ich werde es Rafferty sagen, wenn ich soweit bin. Ich dachte, du würdest es wissen wollen.» Zu meiner Überraschung fing sie an zu weinen. «Gestern war die Auktion», fuhr ich fort. «Ein Farmer aus

New Derry hat die Kühe gekauft. Und die Ballenpresse auch.» Tränen strömten ihr übers Gesicht und tropften auf die Tischplatte. Ich wollte sie nicht weiter quälen. Nicht nötig zu erwähnen, wie wenig Geld unsere prachtvollen Geräte gebracht hatten. «Ich habe sie verkauft, Alice», sagte ich, «weil ich dich hier raushaben will, das ist mir am wichtigsten.» Daran war etwas Wahres. «Ich habe sie verkauft, weil wir in Prairie Center nicht mehr leben können. Wir werden schuldig sein, selbst wenn wir freigesprochen werden. Rafferty versteht das nicht. Sobald alles geregelt ist, kommen wir und holen dich.»

Sie stand auf und sagte dem Aufseher, sie sei fertig. Ich schwor mir, während ich sie weggehen sah, daß ich diesen Besuchsraum nie wieder betreten würde. Ich schwor, ich würde die Mädchen nie mehr auf dem Parkplatz alleinlassen. Wir würden unser Leben neu beginnen, sobald Alice draußen war, immer auf dem geraden, schmalen Pfad der Tugend. Auch wenn sie schuldig gesprochen wurde, würden wir versuchen, diesen Pfad nicht zu verlassen. Wir würden versuchen, uns kriechend vorwärtszubewegen, damit sie nach der Beendigung ihrer Haftstrafe nur ein kurzes Stück rennen mußte, um uns einzuholen.

«Hast du das gemeint mit Landstreicher sein?» fragte Emma nach ein paar Tagen in Spring Grove. Es war sinnlos, sich die Zukunft auszumalen, die immer vor uns zurückwich. Ich wußte nicht, ob uns das Schicksal wieder gnädig sein würde, ob ich einen Job bekäme, ob der Prozeß zu unseren Gunsten ausgehen würde. Wir konnten nach Alaska, Süd-Dakota oder Australien gehen. Wir konnten nach Kalifornien ziehen, und ich würde dort den Molkerei-Schrein des Westens eröffnen, zu Ehren der Milchindustrie, die dazu beigetragen hatte, den Colorado seines Wassers zu berauben.

«Das habe ich eigentlich nicht gemeint, Emma», sagte ich.

Am späten Nachmittag des dritten Freitags im September wurde der Verkauf besiegelt. Es schien passend, daß wir über hundert Kilometer bis Milwaukee und dann in das sechsundzwanzigste

Stockwerk eines schicken Wolkenkratzers fahren mußten, um unsere Farm herzugeben. Die Mädchen hatten sich daran gewöhnt, hinter mir herzutrotten und mit Süßigkeiten und billigen neuen Spielsachen – einem Püppchen, einem Puzzle, Holzperlen – in Empfangshallen zu warten. Sie freuten sich nicht mehr übermäßig über solche Geschenke. Während ich im Allerheiligsten die Papiere unterzeichnete, prügelten sie sich in der Lobby. Ich hörte von draußen Claires herzzerreißenden Schrei. Ich entschuldigte mich. Drohungen zogen nicht mehr, weil sie schon alles verloren hatten. Es schien ihnen auch gleich zu sein, ob ich ihnen wehtat. Die Sekretärin rettete die Situation, indem sie ihnen zeigte, wie ihr Faxgerät funktionierte. Ich zog mich wieder zurück, um die Farm endgültig Mrs. Reesman zu übergeben. Als Sandy mir zum letzten Mal die Hand schüttelte, sagte sie: «Ich hoffe wirklich, die Operation verläuft nach Plan.»

«Welche Operation?» fragte ich.

«Ihre Schwester – die Knochenmarkverpflanzung.»

«Sie ist gestorben», sagte ich und erwiderte ihren Händedruck.

Im Verlauf des Sommers hatte die Hitze gelegentlich nachgelassen, und einige unbedeutende Regenschauer waren niedergegangen. In der Nacht nach dem Verkauf aber goß es in Strömen, und von Osten her zog kühle Luft heran. Samstagmorgens erwachten die Grillen wieder zum Leben und sangen ihr Abschiedslied. Manche Ahornbäume hatten verfrüht die Farbe gewechselt und warfen ihre Blätter ab. Familien kehrten Laub zusammen und verbrannten es, als wir in Spring Grove zur Bank fuhren. Rauch zog durch die Straßen. Wir wollten den gedeckten Scheck über einhunderttausend Dollar abholen und dann nach Racine fahren. Emma schlug vor, wir sollten für Alice Blumen pflücken und die Wohnung schmücken. Bevor die Bank öffnete, fuhren wir aus der Stadt hinaus und pflückten ein paar dürre Wegwarten und Wildmöhrenstengel.

Unterwegs stiegen alle möglichen Ängste in uns auf. Emma sorgte sich, daß das Geld nicht reichen würde, daß sich die Regeln geändert haben könnten. Claire überlegte, ob Alice uns wohl noch wiedererkennen würde. Emma nannte ihre Schwester behämmert und beharrte darauf, daß Alice sie natürlich nie vergessen würde. Ich hatte genug mit meinen eigenen Befürchtungen zu tun. Früher hatte ich geglaubt, Erinnerung sei von Natur aus stets mit Erkenntnis verbunden – mit einer anderen Perspektive. Das glaubte ich jetzt nicht mehr. Selbst aus der Distanz heraus kann ich nicht recht verstehen, was letzten Sommer geschah. Vielleicht hinken Vergleiche, weil kein Ding je wie ein anderes ist. Der Sommer war eine Art Bewährungsprobe gewesen. Vermutlich sollte unser Glauben, unser Vertrauen auf die Probe gestellt werden. Wenn dem so war, dann hatte ich versagt. Aber ich war mir auch nicht sicher, ob wir hätten gewinnen können, ob es besser gewesen wäre, die Augen zu schließen und an einem Ideal festzuhalten. Der eine Weg schien mir nicht besser als der andere.

Der Zweifel war zwar keine Todsünde, aber er schien mir ebenso verderblich wie diese. Zweifel hatte alles untergraben, was ich für selbstverständlich gehalten hatte. Die Tatsache, daß ich die Wahrheit nie wirklich kennen würde, war mir zuwider. Es gab Gründe, keiner der beiden Seiten zu glauben. Es war sinnlos, diesen Sommer im Gedächtnis festzuhalten, mich mit einer Halbwahrheit zufriedenzugeben, nur um mein Bedürfnis nach Wissen zu stillen. Immer noch erscheint es mir besser, wachsam zu bleiben, diese Monate als Fluß zu begreifen, die Geschichte nie ganz abzuschließen, nie eine der Personen auf eine bestimmte Position festschreiben zu wollen. Es ist besser, glaube ich, sich nie endgültig zu entscheiden. In einem Moment der Schwäche versuchte ich einmal, Alice zu fragen. Ich wollte ihr erzählen, daß ich mir nicht sicher gewesen war. Sie blockte ab. Es ist wahrscheinlich zu unserem Besten, daß ich meine gravierendsten Zweifel nie äußerte. Weil ich mir sage, daß ich es nicht weiß und niemals wissen werde; manchmal kann ich mich sogar selbst austricksen. Ich kann mir weismachen, der letzte Sommer hätte nie stattgefunden.

Wir warteten in der Eingangshalle zum Gefängnis, während Alice benachrichtigt wurde. Als der Aufseher sie durchließ, rannte sie auf die Mädchen zu. Ich sammelte auf, was sie auf den Boden fallen ließ. Nach ein paar Minuten drängte ich sie in Richtung Tür. Ich schob sie durch die stickige Eingangshalle, nur weg von hier. Alice kniete am Bordstein. Die Mädchen klammerten sich an sie und traten dann wieder zurück, um ihr Kopftuch, ihr Gesicht, ihren Oberkörper zu streicheln. Sie berührten sie scheu, als sei sie ein verletztes Tier. Sie sagte nicht viel. Emma war still, aber Claire bestürmte sie mit Fragen, ohne auf die Antworten zu warten: «Hast du uns vermißt? Hast du gutes Essen bekommen? War es wie im Restaurant? Mußt du wieder dahin zurück? Dad hat mir einen Hopshasen gekauft. Warum hast du so einen Hut auf?»

Nach einer Weile half ich ihr hoch. Es fing wieder an zu regnen. Sie hob ihr Gesicht zum Himmel und öffnete den Mund. Wir gingen über den Parkplatz zur Straße. Sie trug Claire auf dem Arm und hielt Emma an der Hand. Als wir an der presbyterianischen Kirche vorbeikamen, setzte das Glockenspiel ein und spielte eine verzerrte Version von «For the Beauty of the Earth». Jeder Ton stimmte, solange er angespielt wurde, und fiel ab, sobald der nächste erklang. Leute in Festtagskleidung standen wartend auf den Stufen. Dies sei eine Hochzeit, verkündete Emma. Irgendwie wußte sie Bescheid, ohne daß es ihr jemand gesagt hatte. «Die Braut kommt gleich, damit alle ihr Kleid sehen können», sagte sie in ehrfürchtigem Ton. Wir gingen weiter. Emma zog Alice an der Hand zurück. Ich wollte weg aus Racine. Nichts hätte mich dazu bringen können, stehenzubleiben. Als sie mich auf der Grand Street einholten, machte Alice endlich den Mund auf. «Der Braut haben Zähne gefehlt», sagte sie. «Vielleicht hat ihr neuer Mann eine Krankenversicherung, und die gilt auch für sie. Vielleicht kann sie sie richten lassen.»

Sie schien glücklich bei dem Gedanken, daß ein fremdes Mädchen möglicherweise eine Brücke und ein paar Kronen bekam. Ich lachte irritiert. «Vielleicht, Alice», sagte ich.

Die Schleusen des Himmels öffneten sich, und der frische, kühle Regen prasselte auf uns nieder. Wir gingen unbekümmert weiter. Die Mädchen tanzten neben uns die Straße entlang. Wir beschleunigten unser Tempo nicht und stellten uns nicht unter. Es goß wie aus Kübeln. Das Wasser klebte uns die Haare an den Kopf und rann uns den Rücken hinunter. Als wir im Auto saßen, waren wir klatschnaß und durchgefroren. Ich drehte die Heizung voll auf. Weiter oben an der Straße stand ein Feuerwehrwagen, dessen Blinklicht rot durch den Regen leuchtete. Er reihte sich direkt vor uns in den fließenden Verkehr ein. Emma und Claire schienen für den grandiosen Anblick nicht viel übrig zu haben. Er fuhr vor uns her, bis wir den Stadtrand von Racine erreichten.

Als ich klein war, fuhren nach einem Brand die Feuerwehrautos durch die Straßen und läuteten ihre Glocken, damit alle wußten, daß das Feuer gelöscht war. Zu schade, daß sie das nicht mehr taten. Ein kollektiver Seufzer der Erleichterung ging durch das Viertel, wenn die Feuerwehr auf dem Weg zur Wache durch unsere Straße kam. Ich fragte mich, ob die Feuerwehrleute vor uns sich für Geschichte ebenso begeistern konnten wie ich. Vielleicht bewahrten sie in ihrem Fahrzeug eine Metallglocke auf, ein Relikt aus alten Tagen, das inzwischen ein paar Sprünge und einen schadhaften Klöppel hatte. Ich drehte mich zu Alice um. Sie saß auf dem Rücksitz und hatte beide Mädchen auf dem Schoß. Sie hatten alle drei die Köpfe zusammengelegt, und Alice atmete tief ein, als verströmten die dreckigen Haare und Kleider und die staubige Heizungsluft einen frischen Duft. Claire lutschte am Daumen, und Emma strich mit dem Finger über den ausgefransten Rand von Alices Shorts. Fast hörte ich das Festgeläut zur glücklichen Heimkehr – das helle, mißtönende Bimmeln einer zersprungenen Feuerwehrglocke.

# *Alice*

# 17

***Als ich gegen Kaution*** frei war, meinte Theresa in ihrem unermüdlichen Optimismus und ihrer Begeisterungsfähigkeit, ich hätte gelernt, die Angst zu bejahen. «Zu bejahen?» fragte ich lachend. «Nein, das glaube ich nicht», sagte ich, «das ist viel zu aktiv. Nein», wiederholte ich, «die Angst zu bejahen habe ich nicht gelernt.»

Aber während ich weg war, lernte ich tatsächlich wieder ruhig zu sein und abzuwarten. Es gab Tage, an denen ich mich im Gefängnis nicht viel anders fühlte als mit neun Jahren, wenn ich, umgeben von Buntstiften und Papier, in meinem Zimmer gesessen und an meiner Weltkarte gearbeitet hatte. Damals hatte ich mich in die sicheren Grenzen meines eigenen Landes verkrochen, eine alte Stoikerin in einem jungen Körper. Ich hatte gewußt, wenn ich außerhalb meines Zimmers Gleichgültigkeit heuchelte, konnte mir nichts passieren. Wie oft hatte ich Emma geraten, es zu ignorieren, wenn jemand sie hänselte oder quälte – obwohl ich genau wußte, daß schon die kleinste Kränkung eine Fünfjährige schmerzt, als würde man Salz in eine offene Wunde reiben. Ich erinnerte mich, mit welcher Entschiedenheit ich nach dem Tod meiner Mutter beschlossen hatte, mich in die tropischen Gefilde zurückzuziehen, die auf meiner Karte durch die grüne Farbe symbolisiert wurden. Ich war allein, aber niemals einsam in dieser Welt, die sich, wie ich das heute sehe, von der Erde dadurch unterschied, daß ihre Atmosphäre aus neuen Elementen bestand – Elementen, die man einatmete und die den Bewohnern ein Gefühl der Geborgenheit verliehen.

Ich erinnerte mich, daß ich als Jugendliche so heftige und so chronische Magenschmerzen hatte, daß meine Tante Kate mich schließlich zum Arzt schickte, um mich auf ein Magengeschwür untersuchen zu lassen. Es sei alles psychisch, befand Dr. Finnegan nach der Untersuchung. Meinen Vater irritierte es, daß meine Beschwerden nicht durch eine Operation oder mit Arzneimitteln beseitigt werden konnten. Er sagte, ich müsse mehr unter Menschen gehen, und verschwand in seinem Arbeitszimmer.

Als ich älter wurde, überlegte ich, wie ich mich ins Spiel bringen und mir gleichzeitig das bewahren konnte, was ich als meine Seele betrachtete. Ich war zu Tränen gerührt, als ich im ersten College-Jahr die antiken Philosophen las. Ich begriff, daß ich mein Leben lang Wache gestanden hatte, als wäre mein Körper eine Festung, die dieses kleine Ding beschützte, das so zerbrechlich war wie ein Ansteckzweig auf seinem Samtkissen: meine Seele. Es war quasi unmöglich, die Balance zu finden – zu sehen, zu berühren, zu fühlen und doch nichts in diesen Innenraum eindringen zu lassen, damit das arme Zweiglein ja nicht verbogen, angeknackst oder zerbrochen wurde. Mit achtzehn war ich still und fleißig, ich schuf mir eine Nische in der Bibliothek und las, tagaus, tagein, bis es draußen dunkel wurde und mir mein Spiegelbild aus dem Fenster entgegenblickte. Ich legte den Kopf auf die Arme und schlief im Sitzen, und im Einschlafen glaubte ich spüren zu können, wie mein Inneres, auch ohne die Hilfe von Fremden und Liebhabern, immer stärker wurde. Manchmal, in kalten, sternklaren Nächten, ging ich hinaus zu den Bahngleisen und blieb dort stehen, während die Züge dicht an mir vorbeirauschten. Ich wollte, daß die Kälte mich durchdrang, ich wollte das Beben der Erde spüren, ich wollte im Schnee wachen, bis mein ganzer Körper vor Müdigkeit schmerzte – alles nur, um mich lebendig zu fühlen. Jahre später, nachdem ich mehrere Experimente in Sachen unter Menschen gehen hinter mir hatte, traf ich Howard, der auf mich wie ein exotisches Heilmittel wirkte, eine speziell zusammengestellte Mixtur, die Sinnesempfindungen ohne schädliche Nebenwirkungen hervorrief.

Manchmal wußte ich nicht mehr genau, warum ich eigentlich im Gefängnis war; der Grund entglitt mir. Ich war eingesperrt, dachte ich dann, weil meine liberale Erziehung und die Festigkeit meiner verworrenen Überzeugungen auf die Probe gestellt werden sollten. Als ich auf der High-School war, hatte Tante Kate mir oft aus ihren heiligen Schriften vorgelesen, aus E. M. Forsters Romanen, während wir Haferbrei mit Pflaumenkompott aßen. Tante Kate erklärte, trotz aller Unterschiede seien die Menschen eins, wohingegen mein Vater mir beizubringen versuchte, es seien andere Menschen, nicht solche wie wir, die hungerten und Not litten.

Ich glaube nicht, daß ich je wieder in einem Park oder Zoo in Beton verankerte Spielgeräte sehen kann, ohne daß mein Herz in einem Tempo schlägt, wie es eigentlich nur beim Fitneßtraining ratsam ist. In unserem Zellenblock standen zwei Stahltische, die aussahen, als wüchsen sie aus dem Boden. Solange ich eingesperrt war, aß ich meinen Teller leer und zog jeden Tag ein frisches Paar Tennissocken an, ohne den geringsten Widerstand. Als ich wieder draußen war, konnte ich den Anblick oder den Geruch von Käsescheibletten zwischen laschem weißem Toastbrot, überbackenen Kartoffeln, fettigem Brathuhn, Obstsalat aus der Konserve oder Dosenerbsen nicht mehr ertragen. Ich kaufte mir teure Baumwollsocken mit knallbunten Blumen darauf.

Emma fragte mich immer wieder, wie es im Gefängnis war. Vielleicht könnte ich es mit einem Tag beim Babysitter vergleichen, überlegte ich. Oder mit den Komfort-Boxen, die Howard für die Golden Guernseys gebaut hatte, deren Milchproduktion zu wünschen übrig ließ? In ihrem neuen Quartier waren die Kühe sauberer geblieben und hatten täglich zwei zusätzliche Stunden dagelegen und wiedergekäut. Im Gefängnis war ich weit weg von Luft und Himmel gewesen, also war es vielleicht eher so, als würde man monatelang in einem U-Boot tief im Meer leben. «Es war so, als wäre man eins von vielen neugeborenen Hamsterbabies in einem kleinen Gitterkäfig, Emma», sagte ich schließlich.

«Ehrlich?» Sie guckte aus dem Fenster und stellte sich wahrscheinlich vor, wie es sich anfühlte, wenn man ständig an der feuchten, unbehaarten Haut aller anderen lag und nicht einmal bei den intimsten Verrichtungen ungestört blieb. Endlich sah sie mich wieder an. «Hattet ihr auch so ein Laufrad?»

«Was ist denn so lustig?» fragte Howard, der gerade ins Wohnzimmer kam, wo ich auf dem Sofa saß und mir vor Lachen den Bauch hielt. Ehe ich antworten konnte, erklärte Emma streng: «Das ist ein Witz von Mom und mir.»

Howard runzelte die Stirn und wich einen Schritt zurück. «Da will ich um Himmels willen nicht stören.»

Emma kam zu mir und flüsterte mir ins Ohr: «Hattest du 'ne Wasserflasche und solche grünen Röllchen zu essen und Sägemehl auf dem Boden?» Um ihr eine Freude zu machen, um sie bei mir zu halten, lachte ich ununterbrochen weiter, weil ich diesen ersten vertraulichen Moment noch länger auskosten wollte.

Ich hatte mich bewußt vor den Schrecken der Welt im Schoß unserer Farm verkrochen. Ich war immer dankbar dafür gewesen, daß ich auf dem Weg zum Einkaufen keine Angst vor Schießereien zu haben brauchte, daß ich die Türen nicht verriegeln mußte, daß es in der High-School noch keine Anzeichen für Bandenkriege gab. Ich wußte, man hatte nie einen gesicherten Platz in der Gesellschaft, ein ungünstiger Wind konnte einen auf die andere, die falsche Seite wehen. Theresa hatte sich in ihren Briefen wortreich darüber ausgelassen, wie schwierig es für jemanden wie mich sein müsse, die Qualen des Gefängnisses auszuhalten. Das Gefängnis ist für Angehörige der Mittelschicht in der Tat ein Schock – schlimmer als für die Drogenabhängigen und Prostituierten, die in regelmäßigen Abständen auf der Straße aufgegriffen werden –, aber ich dachte oft, es wäre dem Gemeinwohl gar nicht abträglich, wenn jeder eine Zeitlang auf dieses Hamsterdasein reduziert würde – ein Gefängnisaufenthalt als Pflichtübung, so wie man als Geschworener dienen mußte. Lynelle, eine Gefangene mit Aids im fortgeschrittenen Stadium, hatte gesagt: «Wenn man eingelocht ist, kriegt man nach 'ner Weile so ein Gefühl wie in der Kirche. Dein oller Körper ist nur ein Haufen Scheiße, und du fängst an und überlegst dir, was es sonst noch so gibt. Ich seh Visionen, ich hör Stimmen. Und dann, wenn du rauskommst – riecht die Luft nicht toll? Verdammt – sogar die Kälte riecht toll.»

Howard war genau wie Emma neugierig auf Orte, die er nicht kannte. Anfangs wollte er genau erfahren, was ich durchgemacht hatte. Ich wußte, er hätte mir gern einen Teil der Last abgenommen, er hätte gern das Gefühl gehabt, mein Unglück irgendwie mit mir gemeinsam zu tragen. Vielleicht dachte er, daß ich das auf keinen Fall zulassen und meine Märtyrerprüfungen eifersüchtig für mich behalten wollte. Lange Zeit konnte ich gar nicht darüber sprechen, was das Eingesperrtsein für mich bedeutet hatte. Das lag teilweise daran, daß ich erst hinterher meine Angst spürte. Sobald ich daran zurückdachte, brach mir sofort der Schweiß aus. Ich sah, daß Howard ein sauber verschnürtes Päckchen haben wollte, eine Zusammenfassung, die in der Versicherung gipfelte, daß es mir jetzt wieder gut gehe. Es war nicht das gleiche, wie wenn man seiner Familie von einem Stadtbummel erzählt. Das Gefängnis ist eine der letzten Bastionen auf dieser Welt, wo es noch mündliche Überlieferung gibt. Manchmal denke ich, die Gefangenen machten nicht nur deshalb Zoff, damit sie eine Geschichte zu erzählen hatten, sondern um fünf Geschichten erzählen zu können, jede Version witziger, grotesker oder verrückter als die vorherige. Es gab zweifellos genug Geschichten zu erzählen, aber es gab auch Geschichten über das Geschichtenerzählen. Obwohl ich längst den Glauben an die Idee der Wahrheit verloren hatte, wußte ich, wenn ich einmal zu reden beginnen würde, dann würden die Geschichten ihre eigene Gestalt, ihre eigene Wahrheit annehmen. In meinen dunkelsten Stunden bezweifelte ich, daß ich aus diesem Zeitschutt überhaupt eine Lehre mitnehmen konnte. Aber gleichgültig, welche Moral aus der ganzen Erfahrung zu ziehen war – ich mußte die einzelnen Teile miteinander und mit mir selbst verbinden, damit nicht plötzlich alles aus mir herausbrach und die Essenz sich gen Himmel verflüchtigte, noch ehe ich sie begriffen hatte.

Oft genug ist über die Gewalt, den Horror, die absolute Sinnlosigkeit des Gefängnislebens berichtet worden. In den kommenden Jahren dürfte noch viel mehr davon geredet werden, wenn man den derzeitigen Trend sieht, Strafen ohne Bewährung zu verhängen. Das Gefängnis in Racine war ein vergleichsweise harmloser Ort, und ich sollte mich glücklich schätzen, daß ich nicht in einer größeren, ärmeren Anstalt untergebracht wurde. Es ist erstaunlich, wie wenige Details es in einem Gefängnis gibt; es ist schon eine Meisterleistung, in einer so reichhaltigen Welt eine Institution auf hartes Metall, unnachgiebigen grauen Beton und ein paar dünne blaue Wolldecken zu reduzieren. Selbst Ameisen sind bunter und vielgestaltiger, als es unser Häuflein im vierten Stock war: Alle trugen die gleichen neonorangefarbenen Hemden und Hosen. Alle aßen die gleichen Mahlzeiten und hatten die gleichen Zellen mit der gleichen gnadenlosen Neonbeleuchtung. Es waren die kleinen Dinge, um die zu trauern ich mir gelegentlich gestattete: Sonnenlicht, Schatten, die Dunkelheit einer nächtlichen Landschaft, die schwüle, heiße Luft im Sommer. Wir konnten unserem eigenen Geruch und dem der anderen sowie dem plärrenden Fernsehapparat und den ewigen Streitereien nie entkommen. Nach kurzer Zeit begannen wir uns grimmig abzugrenzen, weil unsere Individualität gefährdet schien. In diesem Kampf wählten manche von uns den extremen Weg; wir wurden zu Karikaturen, schrill und verzerrt.

Schon als Robbie Mackessys Name das erste Mal fiel, hatte ich gespürt, daß dieser Sumpf viel mächtiger war als wir alle zusammen. Nicht lange nach meiner Verhaftung wachte ich auf und wußte, daß ich mich nicht wehren konnte. Nicht, weil mir die Kraft gefehlt hätte. Howard, bleich vor Angst, versuchte, meine Wut anzufachen, damit ich wie wild kämpfte. Ich konnte ihm nicht verständlich machen, daß es keine Frage von Gegenwehr oder Kraft war. Er glaubte, ich hätte aufgegeben, aber dem war nicht so. Die Würfel waren gefallen, und ich wußte es. Es half nichts, zu hoffen und zu beten, es half auch nichts, sich aufzureiben, um der Gerechtigkeit zum Sieg zu verhelfen, weil wir alle, Howard und ich, Emma und Claire, schon soviel verloren hatten. Ich begriff, daß Robbie unter der ganzen Sache am meisten leiden würde. Er war der Hauptgrund, weshalb ich so resigniert wirkte. Ich wollte meinen Prozeß nicht verlieren, aber ein Sieg wäre in diesem Fall ein Pyrrhussieg, kein Grund zum Jubeln. Ich sagte zu Rafferty, in meinen Augen sei der Pranger gar keine so üble Strafe, ich hätte nichts dagegen, wenn mich die Leute eine begrenzte Zeit lang mit Sachen bewerfen würden. Howard hatte mir einmal bei einem seiner vielen historischen Vorträge erzählt, in den amerikanischen Kolonien seien Frauen bestraft worden, wenn sie «Schande auf sich geladen» hatten. Vermutlich bestand genau darin mein Vergehen. Ich hätte gern jedem, der wollte, erlaubt, mich unterhalb der Gürtellinie mit Tomaten, faulen Eiern und Steinen zu bewerfen. Alle würden sich danach besser fühlen, und wir könnten nach Hause gehen.

«Wie hast du denn die Tage verbracht?» wollte Howard wissen. Er fragte mich in seinen Briefen, er fragte mich bei den Sonntagsbesuchen, und er fragte mich, als ich wieder draußen war. In meinen schwärzesten Momenten hätte ich am liebsten zu ihm gesagt, unsere Aufgabe im Leben sei es nicht, unsere Bestimmung zu erkennen, ja nicht einmal, uns fortzupflanzen, sondern das bodenlose graue Loch namens Zeit zu füllen. «Ich hab nicht viel gemacht», antwortete ich immer. «Gelesen. Gedöst.» Er fand, daß ich wie ein muffiger Teenager reagierte. Ich konnte ihm nicht vermitteln, daß ich es durchaus ehrlich meinte, daß es aber noch etwas anderes gab, eine Art ... Textur, würde ich es nennen, jenseits aller Aktivitäten, die uns beschäftigte, selbst wenn wir schliefen.

Unsere Existenz war auf drei Mahlzeiten am Tag und eine Dusche reduziert. Und die Frage war eigentlich nicht, was wir den ganzen Tag über machten, sondern wie wir die Nacht hinter uns brachten. Zwischen beidem war kein großer Unterschied. Um zehn Uhr abends wurden wir in unsere Zellen eingeschlossen und die Lichter im Tagesraum heruntergedreht. Aber richtig dunkel war es nie, und die Streitereien hörten auch nie auf. Ich habe so viele rassistische Beschimpfungen gehört, daß sie mühelos noch fürs nächste Leben reichen, wo der Kampf sicher weitertoben wird. Das einzige, was ich Howard sofort erzählte, war der amüsante Traum, den ich in meiner ersten Nacht zu Hause träumte: daß unser Block ein Muster an Harmonie war und ich wie Anne Sullivan, die Lehrerin von Helen Keller, doch noch zur Heldin wurde und den Mädchen neue Worte an die Hand gab.

Als man mich zum erstenmal in den Zellenblock brachte, saßen fünf oder sechs Frauen in der Gegend herum, schauten fern, spielten Karten; eine lag in ihrer Zelle auf dem Fußboden und zitterte unkontrollierbar. Sie hörten zu spielen auf, und selbst das kranke Mädchen hob den Kopf. Alle starrten mich, wie mir schien, mit dem gleichen Gesichtsausdruck an, die zusammengekniffenen Augen voller Haß. Sie folgten mir mit den Blicken, als ich den Raum durchquerte. Keine rührte sich. Aber es war, als würden sie sich bei einer einzigen falschen Bewegung sofort auf mich stürzen. Ich war weiß, mit der Milch der westlichen Zivilisation aufgezogen, und für diese Frauen war ich alt, sie dachten wahrscheinlich, sie bräuchten nur in meine Richtung zu spucken, und schon würde ich umkippen. Meine Hautfarbe war in den vorangegangenen Wochen von einem gesunden Braun in einen fahlen Grauton übergegangen, ich hatte blutunterlaufene Augen mit dunklen Rändern und dicken Tränensäcken. Ich wußte, im Gefängnis wurden Leute vergewaltigt, erstochen, in den Wahnsinn getrieben. Ich versuchte zu schlucken, wollte diesen Klumpen hinunterschlucken, von dem ich wußte, daß es Angst war. Während ich in meiner Zelle mit meiner Büchertasche herumhantierte, begannen die Frauen sich leise miteinander zu unterhalten – vermutlich debattierten sie darüber, wie sie eine so merkwürdige Erscheinung wie mich titulieren sollten. Ich legte mich auf meine Pritsche und deckte mich mit meiner Decke zu. Wenn ich schon die alte Henne im Hühnerhof sein mußte, die von den anderen zu Tode gehackt werden sollte, dann mußte ich mich vorher wenigstens ausruhen.

Ich war noch keine Viertelstunde in der Zelle, als eine der

Frauen hereinkam und sich vor mir aufpflanzte, die rechte Hüfte vorgeschoben, die geballten Fäuste in die Taille gestemmt. Wenn ich gleich zu Beginn der Pubertät schwanger geworden wäre, hätte sie meine Tochter sein können. Sie wirkte eher schmächtig und hatte lauter kleine Zöpfchen, die ihr, von einem Mittelscheitel ausgehend, bis auf die Schultern fielen. Ihre Haut hatte von Natur aus das künstliche, leuchtende Braun der Frauen in der Sonnenmilch-Werbung.

«Was hast du gemacht?»

Dyshett besaß die unheimliche Gabe, immer genau das in Erfahrung zu bringen, was sie wissen wollte. Ich habe nie ganz kapiert, wie und woher sie ihre Informationen bekam, von denen etwa vierzig Prozent stimmten. Ich stellte mir oft vor, daß sie sich einfach auf gut Glück vortastete und dann betrachtete, was sie in der Hand hielt, und die Geheimnisse herauslas. Sie war nicht wie die meisten der Mädels, die keine Ahnung hatten von der Welt außerhalb des Wohnviertels, in dem sie aufgewachsen waren, die den Namen des Gouverneurs ihres Bundesstaates nicht kannten und glaubten, alle Leute lebten von Sozialhilfe. Dyshett wußte wesentlich mehr als die anderen, und zudem verfügte sie über ein Vokabular, das es ihr ermöglichte, über Dinge außerhalb ihres eigenen Erfahrungshorizonts zu sprechen. Als ich ihre Frage nicht beantwortete, erschien auf ihrem Gesicht ein Lächeln, das ich fast für echt gehalten hätte. «Wie läuft'n das genau, wenn jemand wie du kleine Kinder fickt?» Sie grinste jetzt noch breiter. «Ist mir ja klar mit den Vögeln und Bienen und allem, aber ich blick's nicht, wie ihr's treibt. Du hast doch gar nichts zum Reinstecken, soviel wie ich seh. Was hast du dafür genommen – 'nen Besenstiel, 'ne Taschenlampe oder 'ne olle Banane?»

Ich war verblüfft über ihre Direktheit. Zwar sah ich wenig Sinn darin, ihr zu antworten, aber ich wußte, wenn ich gar nicht reagierte, handelte ich mir Probleme ein. Egal, was ich machte – in Schwierigkeiten kam ich so oder so. «Man hat mir sexuellen Mißbrauch angehängt», sagte ich. «Meinst du das?»

«*Angehängt*?» Sie nickte langsam, während sie mich spöttisch musterte. «Du bist total pervers.»

«*Angehängt*», wiederholte ich.

Sie packte meinen Zopf und drehte ihn so fest, daß mir die Tränen in die Augen schossen. «Du denkst wohl, ich müßt Respekt vor dir haben, weil du 'ne alte Frau bist. Aber ich kann Leute nicht leiden, die andern was tun. Wart's ab, Oma», sagte sie und drehte noch fester. «Wart's ab, du kriegst noch mit mir zu tun.» Sie ließ los und tänzelte in den Tagesraum, wobei sie mit klarer, voller Stimme einen Song über den Einzug ins Gelobte Land sang.

Ich erinnere mich, daß sich Howard am ersten Besuchstag darüber wunderte, daß ich so gelassen wirkte. Meine Haltung irritierte ihn im Lauf des Sommers immer mehr. Er kannte mich doch und hätte wissen müssen, daß ich nicht zu den Leuten gehörte, die die Gefahr liebten und das Risiko suchten. Ich hatte ihn aus vielen Gründen geheiratet – nicht zuletzt darum, weil ich dachte, er würde mir Sicherheit bieten. «Gelassen ist das falsche Wort», hatte ich gesagt. Irgendwie hatte ich gespürt, daß jeder Erklärungsversuch nutzlos war. *Ich versuche nur, mich zurechtzufinden, Howard, ich muß herausfinden, ob ich dichtmachen und mich tot stellen soll oder ob ich mich, wie eine hagere Asketin, über alles erheben und auf die Gnade warten soll.*

Zu Beginn war ich meistens in meiner Zelle, zusammen mit Debbie Clark, die mit ihren achtzehn Jahren das Pech gehabt hatte, im Auto ihrer Mutter Zwillinge zur Welt zu bringen und sie dann aus Versehen ins Jenseits zu befördern. Während der dreizehn Wochen, die wir gemeinsam verbrachten, jammerte sie eigentlich pausenlos. Mir half das viel, mit einer Frau eingesperrt zu sein, die so hemmungslos in Selbstmitleid badete. Nicht, daß sie keinen Grund dazu gehabt hätte. Sie war wegen Mordes an ihren Zwillingen verhaftet worden, kurz nachdem sie die Babys ganz allein in dem dreckigen blauen 1985er Bonneville ihrer Mutter geboren hatte. Aus Angst, ihre Eltern könnten die Pille finden, hatte sie nicht verhütet. Weil sie ziemlich korpulent war und immer Blusen in Übergröße trug, hatte keiner ihren Zustand bemerkt. Nicht einmal sie selbst war sich ganz sicher gewesen, obwohl sie gemerkt hatte, daß sich etwas veränderte. Irgendwas sei in ihr drin gewesen, sagte sie, und habe gegen ihr Herz geboxt. Sie war seltsam unattraktiv, vor allem, weil sie weder Wimpern noch Augenbrauen hatte und ihre Haut wegen eines obskuren Leidens schuppig und entzündet war. Sie sah so zerrupft aus wie ein kranker, neurotischer Vogel im Zoo.

Es wurde dadurch nicht besser, daß sie eine Tüte Chips nach der anderen aus dem Automaten holte. Ihr Anwalt hatte ihr gesagt, sie solle mit niemandem darüber sprechen, was sich in der Nacht des «Unfalls» zugetragen hatte. Aber sie erzählte mir unter dem Siegel der Verschwiegenheit doch alles, was sie für die Wahrheit hielt.

Begonnen hatte alles mit Jesse O'Leary, ihrem Freund, der von seiner jamaikanischen Mutter die schokoladenbraune Haut geerbt hatte und von seinem irischen Vater die blaßgrünen Augen, deren Schönheit hinter den dicken Brillengläsern nicht sofort erkennbar war. Er arbeitete als Zählerableser für das Elektrizitätswerk. Debbie war vierzehn, als sie ihn kennenlernte. Sie hatte ihm auf der Kellertreppe den Weg versperrt und gebettelt, er solle ihr zeigen, wie man den Zähler abliest – als hätte sie sich von jeher brennend für Fragen des Energieverbrauchs interessiert. Manchmal hätte ich Debbie am liebsten angeschrien und ihr gesagt, sie sei auf ihre verquere, beschränkte und gequälte Art der erstaunlichste Mensch, den ich je kennengelernt hätte. Nach den ersten drei Zählerablesungen wußte sie Jesses Namen und die Adresse seines Friseurs – mehr als genug Informationen, um ihn ausfindig zu machen. Er wohnte in Racine, am Quincy Boulevard, nicht weit von ihrem Elternhaus in der Russet Street. Also fuhr sie immer mit dem Fahrrad zu seiner Wohnung, um vor seiner Tür zu warten, bis er von der Arbeit kam.

Als ich es endlich fertigbrachte, Howard ihre Geschichte zu erzählen, fand er sie unwahrscheinlich. Aber ich glaube inzwischen sehr vieles, Natürliches wie Übernatürliches. Es ist erstaunlich, Howard, ja, und trotzdem wahr, daß eine reizlose Fünfzehnjährige, die sich aus Nervosität Augenbrauen und Wimpern ausrupft, den Mut besitzt, auf Jesse O'Learys Türschwelle zu warten. Wer könnte überhaupt noch sagen, was unwahrscheinlich ist? Es schien ein Wunder, daß Jesse schließlich ihre Zuneigung erwiderte. Daß er das Mädchen am Ende sitzen ließ, war noch der glaubwürdigste Aspekt dieser Liebesgeschichte, aber im Grunde auch der unwichtigste.

Jedenfalls hatte Debbie die Babys eigentlich nicht in einer Einkaufstüte unter der Schnellstraßenbrücke zurücklassen wollen. Die Geburt von nicht nur einem, sondern zwei äußerst mageren braunen Babys hatte sie fast umgebracht. Noch beim Pressen hatte sie gebetet, es möge sich nur um Nierensteine handeln. Sie hatte immer weiter gebetet, auch noch, als sie ein röchelndes Geräusch hörte. Und dann hatte diese tiefe, schreckliche Kinderangst sie gepackt: Was würde passieren, wenn ihre Mutter dahinterkam? Ein weißes Baby hätte schon ausgereicht für eine Herzattacke. Was für einen Schock würden dann erst zwei Babys auslösen – noch dazu zwei braune! Soweit sie das unter der Schnellstraßenbrücke und bei der Wagenbeleuchtung, die sie an- und sofort wieder ausknipste, feststellen konnte, waren die beiden kastanienbraun. Sie hatten große runde Augen wie Äffchen. Außerdem war der Rücksitz des Bonneville total versaut, und Debbie hatte den Wagen eigentlich gar nicht nehmen dürfen. Sie war in Richtung Highway aufgebrochen, als sie die Schmerzen nicht mehr ertragen konnte. Sie sagte sich, daß ihr vom Autofahren immer besser wurde, aber diesmal half es nichts. Eigentlich wollte sie die Babys nur kurz an der Straße liegen lassen und sie wieder abholen, nachdem sie im Supermarkt Windeln und Hemdchen gekauft hatte. Aber sie war so müde und mußte sich ausruhen, und sie wußte, daß Linda Brewsters Eltern nie die Kellertür abschlossen. Mrs. Brewster brauchte nicht lange, um ihre Schlüsse zu ziehen: Auf der Toilette im Untergeschoß war alles blutverschmiert, eine dicke Blutspur führte von der Waschküche zum Vorratsraum, dann rief Debbies Mutter an, um zu fragen, ob jemand ihr Auto oder ihre Tochter gesehen habe, und in den Fernsehnachrichten wurde von den toten Zwillingen berichtet. Als ich zu Debbie sagte, es sei ja schon schlimm genug, mit den Wochenbettdepressionen fertig zu werden, floß ihr scheinbar unendlicher Tränenstrom noch heftiger. «Ich weiß», schluchzte sie. «Ich wollt, hier gäb's was, womit ich mich umbringen könnte!»

Sie kniete oft mit gefalteten Händen auf ihrer Matte, schaukelte vor und zurück und klagte: «Jesse! Jesse! Wie konntest du das tun? Wie konntest du das mit mir machen?»

Ich hatte meine eigenen Sorgen, aber Debbies Schmerz war so lautstark und durchgängig, daß er ansteckend wirkte. Manchmal saß ich auf dem Fußboden und hielt sie in den Armen. Ich bemerkte, daß mir vor Trauer um die Babys und um Debbie sehr leicht die Tränen kamen. Mit achtzehn hätte sie eigentlich das Gefühl haben müssen, daß ihr für die Zukunft ungeahnte Möglichkeiten offenstanden. Aber aller Voraussicht nach hatte sie nicht viel zu erwarten oder zu erhoffen. Ich sagte ihr nicht, daß sie erst in Jahrzehnten sterben würde und daß sich ihr momentanes Elend im Lauf der Jahre verändern und vertiefen würde, daß der Schmerz immer da sein würde, wie ein unerwünschter Begleiter, der sie am Ellbogen packte und Wege entlangführte, die sie gar nicht einschlagen wollte. Debbie fragte sich nie, warum sie die Babys nicht liebte, aber mit der Zeit würde sie sich bestimmt überlegen, wer diese Babys gewesen waren und was sie ihr bedeuteten. Ich glaube, sie dachte, daß die beiden immer noch da draußen am Straßenrand lagen, wie durch Zauberhand versorgt, und auf ihre Hemdchen und Windeln warteten.

Sie tauchte nie weit genug aus ihrem Sumpf auf, um mich nach meinen eigenen Problemen zu fragen. Irgendwie nahm sie an, ich sei nur im Gefängnis, um mir immer und immer wieder ähnliche Varianten derselben traurigen Geschichte anzuhören. Wir waren alle von der Welt abgeschnitten, aber Debbie ganz besonders, weil sie nicht über die schrecklichen Einzelheiten jener Nacht hinauskam. Sie schaffte es nicht einmal ansatzweise, still zu sein und über ihr Unglück nachzudenken. Wenn es eine Lektion gab, die sie hätte lernen können, dann die, daß jede unserer Geschichten einmalig und so voller Schmerz war, daß viele von uns abstumpften.

Es gab noch ein paar andere Frauen in unserem Zellenblock, die für mindestens drei Monate da waren. Dyshett war verurteilt worden, weil sie einem Polizeibeamten das Gesicht zerkratzt hatte, als sie wegen Kokainbesitz festgenommen wurde. Sherry hatte Beihilfe zu einem Raubüberfall geleistet. Janet, eine große junge Weiße mit blonden Locken, die ihr bis über die Nase hingen, und einem ständig offenstehenden Mund, hatte so viel auf dem Kerbholz, daß man ihre Vergehen gar nicht einzeln aufzählen konnte. Im ganzen waren wir bis zu sechzehn Frauen. Manche blieben nur eine oder zwei Stunden, bis ihre Haftkaution bezahlt war, manche einen Tag oder eine Woche, während sie auf ihre Verlegung oder die Verhandlung warteten. Wenn eine Neue kam, quetschte Dyshett sie immer sofort aus, sofern sie nicht schon über ihre Vergehen Bescheid wußte, und dann rief sie in den Tagesraum, als kündigte sie eine Schönheitskönigin auf dem Laufsteg an: «Hier ist Debbie Clark. Die hat ihre nackten kleinen Zwillingsbabys unter der Brücke abgemurkst.» Oft wies sie die Neuankömmlinge speziell auf unsere Zelle hin. «Bleib da weg», sagte sie. «Da drin, da wohnen die Babykiller.»

Den ersten Zwischenfall gab es schon ein paar Tage nach meiner Ankunft. Ich versuchte, meine Strafe als «Aufenthalt» zu betrachten, als hätte man mich in ein Bergsanatorium geschickt, wie im letzten Jahrhundert, zu einer Kur, aus der ich geheilt hervorgehen würde. Wir aßen unser Mittagessen von den vorgeformten gelben Tabletts, deren Felder gleichzeitig als Teller dienten. Eine Käsescheiblette zwischen zwei Weißbrotscheiben, gelbes Apfelmus, zwei lasche Karottenstreifen und ein Schoko-Cookie. Obwohl wir mit den wichtigsten Nährstoffen versorgt wurden, hatte doch alles die gleiche teigige Konsistenz. Dyshett setzte sich in ihre Decke gehüllt an den Tisch und beugte sich über ihr Tablett. «Was'n das für'n Scheiß?» Und ohne aufzublicken fügte sie hinzu: «Hast du gewußt, daß du Zwillinge kriegst?»

Wenn Debbie gleichzeitig zu wimmern und zu essen versuchte, hatte das oft katastrophale Folgen. Sie verschluckte sich sogar an den weichen Sachen wie Donuts oder Wackelpudding, und ich, oder später Sherry, mußten ihr auf den Rücken klopfen, damit sie wieder Luft bekam.

«He, du!» sagte Dyshett und stupste Debbie gegen das Brustbein. «Ich red mit dir.» Wenn Debbie Angst hatte, wurden ihre Augen immer glasig, und sie atmete durch den Mund wie jemand, der schnarcht.

«Du bist eh so fett. Hast du drum nicht gemerkt, was Sache ist? Hast du gedacht, wenn die gekickt haben, das wär Bauchgrummeln? Du hast echt mordsviel Speck auf deinen Hinterschinken und an deinem süßen Wabbelbauch, und alles so schön rosa wie bei einer Sau. Findest du nicht, Sherry? Was tätst du dafür geben, daß du auch so schön fett und rosa wärst?»

Für eine so kleine, dünne Person hatte Dyshett ein verblüffend tiefes Lachen. Sie sang immer unter der Dusche, sie konnte nicht anders. Wir hielten inne und hörten ihr zu, gebannt von ihrer schönen Stimme. Sie sang alte Motown-Lieder, Songs, die lange vor ihrer Geburt Hits gewesen waren. Wir waren entschlossen, ihr zuzuhören, entschlossen, uns nicht anmerken zu lassen, daß wir alle wußten, wie sie uns verzaubern konnte. Ich stellte mir oft vor, daß wir alle das wahre Geheimnis ihrer Macht kannten – vielleicht das einzige, wovon sie selbst nichts wußte.

Sherry war mindestens einsachtzig. Sie hatte einen dichten, krausen orangeroten Pferdeschwanz, und ihre Haut glänzte tiefschwarz. «Ich wett, dein Kerl hat gedacht, du bist echt'n Sonntagsbraten, stimmt's? Isser auch so'n Fettwanst wie du?»

«Oh, oh», stöhnte Dyshett, «oh, mein kleiner Wabbelelefant, du hast so 'ne süße, glatte, enge Muschi für so 'n fettes Trumm. Was soll ich machen, um's dir zu besorgen?»

Ich aß. Es fiel mir schwer, mich bei soviel Frohsinn und Heiterkeit auf mein Sandwich zu konzentrieren. Ich wünschte mir, Debbie würde fertig essen und verschwinden, damit sie auf einer anderen herumhacken konnten. Debbie hatte den Kopf so tief gesenkt, daß sie fast auf den Tisch kippte.

«Jetzt heult sie wegen dir, Dyshett», sagte Sherry, nachdem sie sich wieder eingekriegt hatte. «Armes Ding, man hätt sie noch nicht von ihrer Mama wegnehmen dürfen.» Sie kniff Debbie in den Arm. «Wir sind doch deine Freundinnen, Schnuckelmaus. Wir wollen dir nur beibringen, wie's in der Welt läuft, damit du drauf gefaßt bist.»

«Erzähl uns was von Mr. Schwanz», sagte Dyshett. «Isser toll und stark? Und du? Hast du immer hübsch die Beine breitgemacht? Hast du geschrien ‹Huhuuu, immer rein, Mr. Schwanz!› und gewunken? Isser 'n braver weißer Junge, geht auf so 'n Fatzken-College? Wenn du draußen bist, komm zu Dyshett, dann kriegste was, wo ihm seine tolle Karriere kaputtmacht.»

Debbie glaubte – eine Überzeugung, die sich bestimmt nicht lange halten würde –, daß Tränen eine Form der Selbstverteidigung seien. Je mehr Dyshett redete, desto heftiger weinte sie.

«He, du», sagte Sherry zu mir. «Wieso hilfst du deiner Schwester nicht? Wir sitzen hier und piesacken sie bis aufs Blut, und du hockst nur da, wie wenn du nichts mit ihr zu tun hättst. Was'n mit dir los?»

Dyshett warf nur einen Blick zu mir herüber und murmelte: «Pervers», dann beugte sie sich tief über den Tisch und verdrehte den Kopf, damit sie Debbies Gesicht sehen konnte. Mit leiser Stimme fragte sie: «Oder hat's dir dein Daddy besorgt? Hmmmm? Ist dein Daddy immer nachts zu dir gekommen?»

Debbies Kinnlade sank ins Bodenlose. Es dauerte ein paar Sekunden, bis sie begriff. «Nein!» schrie sie schließlich entsetzt.

«Wow, wir haben grad schon gedacht, da kommt ein Riesenwal aus dem Ozean», kicherte Dyshett.

«Jetzt biste wach, Mädel!» grölte Sherry.

Abends, wenn ich nicht schlafen konnte, versuchte ich uns alle in einem größeren Kontext zu sehen, in allegorischen Begriffen. Howard hatte mir beigebracht, in einem Stück Land, einem mißglückten Tag, einer kaputten Bewässerungsanlage oder unseren Sekten-Nachbarn mehr zu sehen als nur die Summe aller Bestandteile, wodurch die Dinge auf merkwürdige Weise an Bedeutung verlieren und gleichzeitig gewinnen. Dyshett hatte so viele Eigenschaften, daß es schwer war, sie auf etwas festzulegen; sie war Freude und Schönheit, Wut und Grausamkeit. Schließlich entschied ich mich für Natur. Der Rest lag auf der Hand: Lynelle war Weisheit. Sherry entpuppte sich als Mitgefühl. Janet war Dummheit. Debbie Scham.

«Hat deine Mama gewußt, daß dein Daddy dich nachts besucht?» fragte Dyshett. Sie hing immer noch über dem Tisch, so daß der Apfelbreiklumpen, der blitzschnell aus Debbies Mund schoß, sie direkt ins Auge traf. Sherry war so verblüfft, daß sie loslachte. Es dauerte einen Augenblick, bis Dyshett die Ungeheuerlichkeit dieser Reflexreaktion erkannte. Sie blinzelte und faßte mit den Fingern nach dem Brei, der ihr über die Backe lief. Debbie blickte nach links und nach rechts; sie war sich wohl nicht sicher, ob sie es tatsächlich getan hatte. Sie hoffte, sie habe es nur geträumt, und wollte am liebsten verschwinden. Sie stieß einen hohen Klagelaut aus und sackte immer mehr in sich zusammen. Dyshett leckte sich langsam und genüßlich die Lippen, als die gelbliche Masse ihren Mund erreichte. Sie streckte die Zunge heraus und versuchte, damit ihre Wange zu erreichen, wobei sie ein Schmatzgeräusch machte. Erst als Debbie aufblickte, in der Hoffnung, das Schlimmste könnte vorüber sein, warf sich Dyshett über den Tisch, ohne Rücksicht auf unsere Eßtabletts und Milchtüten. «DU FETTES WEISSES ARSCHLOCH, DU GOTTVERDAMMTES STÜCK RATTENSCHEISSE DU!» Sie schlug Debbie ins Gesicht und riß sie zu Boden.

«Mein Freund ist schwarz wie du!» hörte ich Debbie unter Dyshett schreien. Sherry packte mich an der Schulter: «Was hat sie gesagt?»

«Ich hab's nicht verstanden», antwortete ich. Ich war mir ziemlich sicher, daß die Information über Jesse O'Learys ethnische

Daten nicht den plötzlichen Funken der Verbundenheit und Zuneigung auslösen würde, auf den Debbie hoffte. Dyshett würde nicht Frieden schließen, nur weil sie beide die gleiche Sorte Männer liebten. Ich lief zum Fenster unserer Abteilung und hämmerte gegen die Scheibe, um die Wärterinnen zu alarmieren, die, durch einen Flur und ein weiteres Fenster von uns getrennt, mit dem Rücken zu mir in ihrem Aufsichtsraum standen. Sie mußten meine weiße Schwester retten. Zwei von ihnen kamen in einem schwerfälligen Trab angerannt, der keine nennenswerte Geschwindigkeit zeitigte. Als sie die Tür schließlich doch noch aufrissen, hatte sich bereits ein weiteres Mädchen auf das Knäuel gestürzt, und alle jaulten und kratzten. Die Streitenden wurden getrennt und in Handschellen zur Einzelhaft abgeführt. Debbies Nase blutete, und wir bekamen Gummihandschuhe und Lappen gereicht, um hinter ihr aufzuwischen.

Während wir den Boden putzten, sagte Sherry zu mir: «Wie lange sind wir Dyshett los?»

«Weiß nicht», antwortete ich.

«So lang, wie sie weg ist, haben wir Luft. Ist richtig Urlaub, wenn die nicht da ist.»

Wir waren, ehrlich gesagt, eher wie Ratten als wie Hamster. Manchmal denke ich, es spielte gar keine Rolle, wer wir waren; wir hätten auf jeden Fall gestritten, denn im Gegensatz zu den Kühen hatten wir keine Komfort-Boxen. Um sechs Uhr morgens wurden die Zellentüren aufgeschlossen und im Tagesraum die Lichter aufgeblendet. Die Wärterin stellte außerdem von ihrem Schaltpult aus das Fernsehprogramm ihrer Wahl an. Nie wußten wir, ob wir von den CBS-Morgennachrichten geweckt würden oder von «Yoga mit Priscilla» oder «Woody Woodpecker». Ständig herrschte ein gewisser Geräuschpegel, immer war eine von uns irgendwie krank, also war es unmöglich, richtig tief zu schlafen. Wir torkelten durch die Gegend, als hätten wir einen Kater. Weil das Gefängnis der wachsenden Zahl beschäftigungsloser und gefährlicher Einwohner von Racine County nicht angepaßt worden war, hatten wir keine

Etagenbetten. Ich schlief auf einer Matte auf einem Zementblock, während Debbies Matte auf dem Zellenboden lag. Wenn mehr Personen als Zellenplätze da waren, wurden im Tagesraum Matten ausgelegt.

Anfangs versuchte ich, eine bestimmte Routine zu entwickeln, um mein Zeitgefühl nicht zu verlieren. Es kam mir ungeheuer wichtig vor, die Orientierung zu bewahren, damit ich wußte, wo ich war, wenn ich, wie aus dem Schattenreich, wieder in die Welt zurückkehren würde. Als erstes machte ich morgens auf meiner Matte Sitzbeugen. Es gab keinen Hofgang, keinen Gymnastikraum, und nur im Tagesraum konnte man kleine Runden drehen. Ich las nach dem Frühstück und schrieb nach dem Mittagessen Briefe, wie eine Privatgelehrte. Ich las die Bücher, die ich mitgebracht hatte. Während der Polizeibeamte in unserem Wohnzimmer wartend hinter mir gestanden hatte, hatte ich gedacht, ich würde Bücher brauchen, die ich liebte, die mich geistig lebendig hielten, Bücher, die mich vom Denken ablenkten, Bücher, die ich schon immer hatte lesen wollen. An jenem Dienstag morgen, als die Polizisten auf die Farm gekommen waren, hatte ich ihnen meine vollgepackte Tasche ausgehändigt und mir dabei die Zeit und die Ruhe, die vor mir lagen, wie eine breite Straße vorgestellt; sie würde immer schmaler werden, bis sie nur noch ein Punkt war, der sich ins Unendliche entfernte.

Im Gefängnis war ich oft so müde, daß ich mitten im Satz einschlief und dann benebelt und zerschlagen wieder aufwachte. Ich las die Bücher von Laura Ingalls Wilder wieder, zum Trost, damit ich alte Freunde um mich hatte. Als der brave Hund Jack am bedrohlich anschwellenden Missouri zurückgelassen wurde, verkroch ich mich unter meiner Decke und schluchzte. Ich wußte, daß ich überzogen auf das traurige Hundeschicksal reagierte, aber ich konnte nicht aufhören. Die Tränen flossen auch dann noch, als ich mit den Fäusten auf die Matte einschlug. Plötzlich merkte ich, daß ich mir eigentlich eine Frage stellte. Sie hatte mit dem Hund gar nichts zu tun. Es ging um Howard. Warum war er bei Lizzys Beerdigung nicht hinter mir hergekommen? Ich hatte mir das vorher noch gar nicht überlegt und mußte mich erst einmal aufsetzen. Warum hatte er sich nicht durch die Menschenmenge gedrängt, um mir beizustehen? Damals, nach dem Begräbnis, war es mir sehr edel erschienen, daß er geblieben war und mein unmögliches Benehmen ausgebügelt hatte. Es war eine schwierige Situation für ihn gewesen, aber er hatte sich großartig gehalten. Ich hatte Howard in eine äußerst peinliche Lage gebracht. Ich war einfach zuviel für ihn, wie die tägliche Dosis eines starken Medikaments, von dem einem speiübel wird. Er mußte beschämt weiter in der Schlange stehen bleiben, während alle ihn anstarrten. Typisch für ihn, daß er die Schläge hinnahm, ohne mit der Wimper zu zucken. Aber wenn er mir nachgekommen wäre – wenn er mich eingeholt hätte, wenn wir zusammen durch den Wald gelaufen wären und uns dann auf die trockene Erde gelegt hätten, ohne uns um die ganzen Leute zu kümmern, die uns an den Pranger stellen wollten; wenn er fähig gewesen wäre, sich dafür zu entschuldigen, daß er mich so oft gedankenlos gedemütigt und mir das Gefühl gegeben hatte, er wisse alles besser und ich sei einfach ein bißchen daneben, gerade genug, um – das hätte er zwar nie gesagt, aber gedacht hatte er es – um unverläßlich zu sein: Wie anders wäre der Sommer gewesen! Howard hatte mich, als wir uns kennenlernten, auf eine bestimmte Art gesehen, und dann hatte ich ihn verblüfft, weil ich ganz anders war. Er hatte Glück, denn rein zufällig stellte sich heraus, daß ich genauso war, wie er es gern wollte: eine Frau, die ihm seine eigene Stärke offenbarte und diese Stärke zu schätzen wußte. Mir wurde immer klarer, während ich da saß und mein Kissen umklammerte, daß sich unser ganzes Leben verändert hätte, wenn wir einander in den Armen gehalten und geweint hätten, wenn er mir irgendeine Liebesgabe hätte darbieten können, ein Zeichen, ein Wort, ein bißchen Beistand, wenn er einmal Schwäche gezeigt hätte. Er war so systematisch und ausgeglichen, daß in seinem Schatten jeder andere konfus und launisch wirken mußte. In seiner Gegenwart konnte ich im Grunde nichts anderes tun als dasitzen und den

Mond anbellen, ab und zu durchdrehen, mit einer Socke im Mund herumlaufen, ihn anspringen, wider besseres Wissen ungezogen, aber aus dem Gefühl heraus, es würde sich lohnen, wenn ich ihm wenigstens ein paarmal übers Gesicht lecken konnte. Er hatte mich all die Jahre auf unscheinbar-hinterhältige Art betrogen und das aus mir herausgesaugt, was meine Kraft ausmachte.

«Meinst du, ich soll ihn anrufen?» Ich brauchte nicht aufzusehen, um zu wissen, daß es Debbie war, die von ihrem Selbstwertgefühls-Kurs zurückkam. Sie registrierte gar nicht, daß ich mich unter meiner Decke verkrochen hatte. «Officer Stephans sagt, wir müssen die Verantwortung für unser Handeln übernehmen. Soll das heißen, ich soll ihn anrufen und nicht warten? Jesse hat gesagt, er will nichts mehr von mir hören, aber wenn ich ihn nicht anrufe, übernehm ich nicht die Verantwortung für meine Gefühle.»

«Es soll heißen, du bist allein», entgegnete ich, ohne mich zu rühren. «Es soll heißen, du bist ohne Jesse.» Das war das Härteste, was ich zu ihr sagen konnte.

«O Gott», jammerte sie. «Bitte nicht. Bitte, sag das nicht.»

«Es heißt einfach nur, daß nichts zu ändern ist», sagte ich. «Es heißt, bis dir verziehen ist, mußt du dich damit herumschlagen. Es heißt, du mußt auf echte Gerechtigkeit hoffen, was vermutlich das Gnädigste ist.»

«Hör auf!» stöhnte sie. «Red nicht weiter!»

Ich wußte gar nicht genau, was ich gesagt hatte und ob es stimmte. Ich war durcheinander, und mich packte die elementare Wut, mit der Emma uns Tag für Tag beglückte. Howard hätte mir bei dem Begräbnis niemals folgen können, das paßte nicht in seine Struktur. Er hatte sich immer für mich entschuldigen müssen, seit wir uns kennengelernt hatten, und als er da in der Schlange stand, als Vertreter der Familie, war das für ihn auch nicht anders gewesen. Er schien mir einfach nicht verzeihen zu können, daß ich ich war; er hatte mich zu der Überzeugung gebracht, daß mir nicht verziehen werden konnte, daß es keine Hoffnung auf Besserung gab. Die ganze Zeit hatte ich gedacht, es sei nicht seine Art, über andere zu urteilen, aber auf seine schweigsame Weise verurteilte er mich ununterbrochen, während er sich mit verschränkten Armen und mißtrauischem Blick im Hintergrund hielt. Es war so praktisch, einfach zu schweigen, andere sagen zu lassen, was sie wollten, während man selbst den Mund nicht aufmachte. Ich breitete mich über unser ganzes Leben aus, schnatterte wie ein Affe, ergoß mich über alles wie Öl aus einer Flasche mit fehlerhaftem Verschluß.

Ich machte auf dem Bett hundert Sitzbeugen und verschiedene Dehnübungen, stand auf und berührte meine Zehen, machte vierzigmal den Hampelmann, tanzte eine verkürzte Version eines rumänischen Volkstanzes, den ich über die Jahre weitergeübt hatte, und legte mich wieder hin. Auf einmal fühlte ich mich ganz schwach von zuviel Untätigkeit und Selbstmitleid sowie den Folgen meines Haßausbruchs. Ich erinnerte mich daran, wie Howard den Strick, der um den Baum geschlungen war, durchgeschnitten und den fremden Hund befreit hatte. Er hatte uns vorher auf den Kirschbaum klettern lassen, für den Fall, daß der Hund tollwütig oder bösartig war. Ich hatte das an ihm geliebt, diese instinktive Manneskraft, die uns beschützte und die Gefahr abfing. Ich fragte mich, wie es ihm wohl erging, was er unternahm, um das Gefühl zu haben, daß er immer noch beschützte, was sich jetzt außerhalb seiner Reichweite befand.

Der Fernseher lief den ganzen Tag, bis spät abends, und ich nahm die endlosen Wiederholungsfolgen von «Cheers», der «Bob Newhart Show», «M*A*S*H», «Dobbie Gillis» und «Raumschiff Enterprise» sozusagen per Osmose auf. Die einzige angenehme Konstante in meinem Leben war jedoch die Oprah-Show, immer werktags um drei Uhr nachmittags. Lynelle, eine zweiundzwanzigjährige Nutte, sagte gern: «Oprah, die ist die Königin. Die läßt sich von keinem ans Bein pinkeln.» Obwohl ich jetzt Schwierigkeiten habe, die zeitliche Abfolge der wichtigsten Ereignisse meiner Gefängniszeit zu rekonstruieren, muß Lynelle in der vierten oder fünften Woche meines Aufenthalts gekommen sein. Sie lebte normalerweise auf den Straßen von Chicago, und zwischendurch mußte sie manchmal ins County Hospital, um sich wegen Aids-bedingter Symptome behandeln zu lassen. Irgendwie war sie in Racine gelandet, zusammen mit einem Bruder oder Zuhälter, der krumme Dinger drehte und sie mitzog. «Wer hierherkommt, hat echt Glück», sagte sie über unser Gefängnis, das vor zehn Jahren gebaut worden war. «In Chicago, da geben sie dir nicht mal Klamotten zum Anziehen.»

Für Lynelle war die Woche Knast eine willkommene Abwechslung: drei anständige Mahlzeiten am Tag, medizinische Versorgung, ein Bett mit Laken, Kopfkissen und Wolldecke. Sie war für ihr Alter sehr weise, und ich bedauerte es sehr, daß ihr Vergehen, worin auch immer es bestand, nur eine Woche Gefängnis brachte. «Ich find Oprah toll», verkündete sie. «Viel toller wie die andern. Oprah, die könnt ich sein. Ich könnt sie sein. Sie hat mit nichts angefangen, und jetzt ist sie ganz oben. Sie ist mehr wie ganz oben, die Oprah. Sie ist irgendwo am Himmel, wo keiner ihr was kann. Die hat's geschafft, und das find ich toll. Ich guck sie an, und dann mach ich die Augen zu und denk, das könnte glatt ich sein. Zack, und schon bin ich Oprah, einfach so. Manchmal, da kommt's mir vor, wie wenn ihr Erfolg – verstehst du, was ich meine? Ihr Erfolg ist mein Erfolg. Wenn ich das sonst jemand erzähl, glotzen die mich blöd an, und dann lachen sie den halben Tag. Aber du kapierst, was ich meine, echt. Oprah hat lauter tolle Sachen, aber ich weiß, wenn das gehen tät, wenn sie könnt, tät sie mich an der Hand nehmen und auch da hoch holen, echt. Kann sie nicht, sie ist ja nicht Gott, nee, Sir, noch nicht! Aber weißt du was? Wenn sie's könnt, mich einfach zu sich raufholen, dann tät sie's machen. Sie würd's gern, aber niemand ist so stark, daß er das kann. Aber sie tät's machen, wenn sie könnt, jawoll, Ma'am, echt wahr, sie tät's machen.»

Ich konnte manchmal nicht anders als Lynelle anstarren, wenn sie redete. Sie bestand nur aus Haut und Knochen, ihre wenigen, großen Zähne standen weit auseinander und sahen aus, als würden sie gleich aus dem durchsichtigen rosaroten Zahnfleisch rutschen. Die anderen wußten, daß sie unberührbar war, und hätten niemals ein Gespräch mit ihr angefangen oder sich auch nur neben sie gesetzt. Ich versuchte mir einzureden, daß es nicht ihre Krankheit war, die die anderen von ihr fernhielt, sondern der Mantel der Weisheit, der sie umgab. Wenn ich Lynelle nach ihrem Leben fragte, antwortete sie immer: «Was schert's dich? Ich bin doch eh bald tot. Bis Weihnachten bin ich tot.» Sie sagte das nicht selbstmitleidig, sondern als Feststellung. Wenn ich nachhakte, dann wedelte sie langsam mit der Hand vor ihrem Gesicht hin und her und sagte: «Wir sind mehr als wie nur unser Körper. Der ist nur die Hülle von was anderem, und das fliegt – pfffft – weg, sobald mein Herz stehenbleibt. Oprah, die überlebt uns alle, die ist mein Leuchtstern.»

Ich dachte immer, ich würde Lynelle auf den Straßen von Chicago suchen und mit ihr in die «Oprah-Show» gehen. Ich träume immer noch davon, daß sie dort im Studio sitzt, ihre großen Zähne blitzen uns im Scheinwerferlicht an, und sie sagt den Millionen Zuschauern in ganz Amerika: «Euer oller Körper, der ist nichts wie'n Haufen Scheiß.» Ich bin oft aufgewacht, mit rasendem Herzklopfen, und habe mich gefragt, wie lange ich wohl herumlaufen müßte, um sie zu finden.

«Oprah soll der Richter sein», sagte ich bei einer unserer Sitzungen zu Rafferty. «Wir alle – Robbie und ich, Mrs. Mackessy, Howard, Theresa, Dan, Mrs. Glevitch – wir gehen einfach zu Oprah. Das Publikum im Studio soll abstimmen. Das sind anständige Frauen aus der Vorstadt in ihren Sonntagskleidern. Sie haben gesunden Menschenverstand und sagen, was sie denken.» Ich erinnere mich, wie er mich angeschaut hat – als redete ich mit einer neuen Stimme, als hätte mich der Gefängnisaufenthalt stärker verändert, als er erwartet hatte. Obwohl ich nicht lange mit Lynelle zu tun hatte, beeindruckte sie mich sehr. Ich wollte sie oft aufwecken, in dieser kurzen Woche, die sie bei uns war, und bei ihr sitzen, aber sie schien für sich sein zu wollen. Sie saß Tag für Tag auf ihrer Matte, die knochigen Knie angezogen bis fast zu den Ohren, und murmelte vor sich hin. Ich wartete nur darauf, daß es endlich drei Uhr war und wir uns gemeinsam in den scheinbar so einfachen Problemen von verlorenen Töchtern, Prominenten ohne Privatsphäre, Menschen mit besonderen sexuellen Vorlieben, Übergewichtigen, Untergewichtigen, Ladendieben, Transvestiten, körperlich Kranken oder seelisch Kranken verlieren konnten.

Als jemand in Chicago Lynelles Kaution bezahlte und sie ihre Sachen zusammenpackte, stand ich im Türrahmen ihrer Zelle. Ich stotterte Sachen wie «Paß gut auf dich auf.» Sie versuchte, ihre langen Füße in die engen Gefängnisschuhe zu quetschen, damit sie in den Aufbewahrungsraum gehen und ihre eigenen Kleider holen konnte. Sie blickte kurz hoch. «Wie heißt du noch mal?» Sie wedelte mit der Hand wie mit einem Fächer vor dem Gesicht hin und her, auf ihre typische Art. «Ach, ist ja auch scheißegal. Nur den Glauben nicht verlieren.» Sie überreichte mir ein abgegriffenes Lesezeichen mit dem Text des dreiundzwanzigsten Psalms. Unten stand: Für Lynelle Duchamps, 12. November 1974, First Baptist Church, Chicago, Illinois. «Ja nicht den Glauben verlieren, okay?»

Kaum hatte sich die Tür hinter ihr geschlossen, da schüttelte sich Dyshett. «Diese Niggernutte», sagte sie, «die ist mir unheimlich.»

Ich erinnere mich genau, wie Dyshett das erste Mal aus der Einzelhaft kam, nachdem sie Debbie verprügelt hatte. Sie kam in meine Zelle getänzelt, während Debbie gerade unter der Dusche stand. «Komm doch rein», sagte ich, als sie schon mitten im Raum stand, mit ihrem dreckigen Schuh auf Debbies Kopfkissen. Sie nahm ihre typische Haltung ein, eine Hüfte vorgeschoben, die Fäuste in die Taille gestemmt. «Bist du so 'ne superschlaue Professorin oder was? Du liest die ganze Zeit, wie wenn du die Queen persönlich wärst.»

«Ich lese andere Sachen als nur Zeug über Pferde und Hunde», sagte ich. «Wer ist jetzt dran? Arbeitest du dich systematisch durch alle durch? Ich habe noch nie gesessen und würde mich gern ein bißchen darauf einstellen. Gehst du von Zelle zu Zelle und beleidigst und verprügelst uns?»

«Ach, nee», sagte sie, die Augen weit aufgerissen, die Nase gerümpft, den schönen langen Hals gereckt. «Jetzt will sie mich auseinanderpflücken, an-a-lysieren.» Dann rief sie quer durch den Aufenthaltsraum: «Hey, Sherry – die ist so 'n Seelenklempner, erzähl mir deine Probleme, deine Träume und der ganze Scheiß.» Sie wandte sich zu mir und kam näher, mit zusammengekniffenen Augen, so daß ich nicht das kleinste Funkeln sehen konnte. «Das macht mich fertig, kapierst du?» flötete sie. «Das macht mich total kirre, daß nichts so ist, wie's aussieht. Wenn ich dich auf der Straße treffen tät, tät ich denken, du bist die perfekte Lady, mit Haus und Doppelgarage und Country-Club und 'nem Dienstmädchen, wo dir den Arsch abwischt. Ich seh so welche, und der eine Teil von mir sagt: ‹Ich hass das verdammte Luder.› Und der andere Teil sagt: ‹Warum bin ich nicht wie sie?› Und jetzt merk ich, du bist weiter nichts wie 'ne Perverse.» Sie schüttelte nachdrücklich den Kopf, und ihr rechter Nasenflügel blähte sich höhnisch. «Das macht mich alle, wenn Sachen total anders sind, wie ich denk.»

Leider hatte ich damals noch nicht begriffen, daß Dyshetts Worte nicht allein auf mich gemünzt waren, sondern vor allem auf sie selbst.

«Du siehst wie 'ne Prinzessin aus mit deinen feinen Zöpfen, aber innen drin, da bist du nichts wie ein geiler kleiner Scheißer, wo hinter jeder Pussy her ist. Das ist alles, wo du dran denkst. Du meinst wohl, wenn du hier drin hockst und dich nicht muckst, dann passiert dir nichts, aber da hast du dich geschnitten. Dein Gestank kommt raus und steigt mir in die Nase. Du brauchst bloß hier sitzen, und es stinkt bis zu uns rüber, und ich will mit'm Messer drauflos.»

Ich wurde sie los, weil eine Neue in unseren Zellenblock kam, der ihre Lebensgeschichte entlockt werden mußte. Dem Gerede, das tags und nachts kaum je verstummte, hatte ich entnommen, daß Dyshett mit einer Cousine und deren Freund von Illinois hierher gezogen war, auf der Suche nach einem besseren Leben, aber sie brachten auch ihre Drogenverbindungen mit und schlossen sich einer der vielen Crack-Connections an, die von Chicago ausgingen. Ich hörte, wie sie damit angab, daß sie noch keine Kinder hatte, weil sie so schlau gewesen war und die Pille genommen hatte. Sie würde keine Sozialhilfe-Mutter sein mit zehn Kindern in irgendeinem Wohnsilo, und sie würde auch nicht an einem Virus sterben. Sie war all das, was die anderen gern gewesen wären: Sie verfügte über mehr Wissen und Kraft als die übrigen, und sie war schön. Sie hatte eine Singstimme, so gewaltig wie die Liebe. Und neben ihren Naturbegabungen war sie auch noch reich. Sie verbrachte jeden Tag einen guten Teil der Zeit damit, ihre Besitztümer aufzuzählen. Sie besaß Pelze, Fernsehgeräte, Diamanten, Schuhe, Ohrringe, Seidenunterwäsche, Krokodilledertaschen. Wenn beim Essen irgend ein Gegenstand erwähnt wurde, erinnerte sie das sofort an ihren Reichtum zu Hause. Als Sherry sagte, sie esse gerne Toast, faßte sich Dyshett mit beiden Händen an den Kopf und sagte: «Ich hab 'nen Toaster in jedem Zimmer. Ich eß nämlich auch unheimlich gern Toast.»

Es waren diese vielen Toaster, die mich auf den Gedanken brachten, daß wir vielleicht etwas gemeinsam hatten. Dyshett war im Grunde ihres Herzens noch ein Kind und erträumte sich ihr Haus, glaubte daran, unverbrüchlich, während es immer phantastischer wurde und in jeder Ecke einen Toaster hatte. Sie war ein Nervenbündel und von einer so wütenden Energie erfüllt, daß es ihr schwerfiel zu entscheiden, was sie am meisten haßte. Ich begriff sofort, als sie aus meiner Zelle gegangen war, daß ich meine Chance verpaßt hatte – wenn ich schnell genug und klug genug gewesen wäre, hätte ich vielleicht die Möglichkeit gehabt, sie besser kennenzulernen. Vielleicht war es merkwürdig, daß mir das so wichtig war. Ich wollte ihr begreiflich machen, daß sie es zu etwas bringen konnte, wenn sie es schaffte, ihre Energie zu bündeln. Oft hatte ich das Gefühl, daß nichts real war außer den Gefängnismauern und den wütenden und hoffnungslosen Mädels, die zwischendurch hier landeten. Meine Familie existierte nur im Traum. Ich kam immer mehr zu der Überzeugung, daß nur das zählte, was hier im Gefängnis passierte. Und obwohl Dyshett viel stärker war, als ich es je sein würde, begriff ich endlich, daß wir in vieler Hinsicht gar nicht so weit voneinander entfernt waren. Aber als sie auf Debbies Matte stand, konnte ich weiter nichts tun als auf das Dröhnen in meinem Kopf horchen, um nicht den Boden unter den Füßen zu verlieren. Während meines restlichen Aufenthalts überlegte ich immer wieder, wie ich an diese Unterhaltung anknüpfen könnte, um etwas Entscheidendes zu erfahren.

Dyshett erzählte von einem bestimmten Vorfall in ihrem Leben, in immer neuen Versionen, als wäre es eine beliebte Gutenachtgeschichte. Sie erzählte die Story ihrer jeweiligen Zellengenossin, so daß ich sie im Lauf des Sommers mehrmals hörte. Es ging um eine Vergewaltigung – je nachdem durch einen Onkel, einen Fremden, einen Halbbruder, einen Exfreund. In manchen Varianten zückte sie ein Messer, das sie bei sich trug, und stach damit auf den Vergewaltiger ein. Sie wartete genau den richtigen Moment ab, «daß er grad in einem kommt und verreckt». Als sie das zum erstenmal erzählte, löste der Satz natürlich allseits eine heftige Reaktion aus, also übernahm sie ihn in die folgenden Versionen und wiederholte ihn immer gleich mehrmals. Manchmal flocht sie Debbies Geschichte mit ein und erzählte ihrem faszinierten Publikum, Debbie habe nicht soviel Glück gehabt wie sie. «Das arme Ding – sie konnt ja nicht ihren Daddy abstechen, oder? Und wie sollt sie die armen Würmer mit heim zu ihrer Mama nehmen, wo sie haargenau so aussehen taten wie der Alte? Wie ich meinen Sydney abgestochen hab, da hab ich ihm seine ganzen Diamantringe von den Fingern gezogen. Arme Debbie, arme, arme Debbie, konnt ja nicht ihren miesen alten Papa umbringen. Die Bullen, die können mir nichts, von wegen der Verjährung.»

Sherry erzählte mir ein paar Dinge über Dyshett, die ich für wahr hielt: daß man sie von einem Heim ins nächste verschoben hatte, weil ihre Mutter heroinsüchtig war, daß sie von Verwandten mißbraucht worden war, daß sie als Teenager ins Audi-Heim gekommen war, dann in eine Wohngruppe, von wo aus sie in die Welt des Erwachsenenstrafrechts hinausgestoßen worden war. «Ich sag ihr immer», erklärte Sherry, «ich sag zu ihr: ‹Du bist ’ne irre Nummer›, und dann guckt sie mich an, stolz wie was, und schmeißt ihre Zopfdinger. Sie guckt mich so von oben runter an – du weißt ja –, und dann sagt sie: ‹Dyshett kommt keiner dumm. Komm mir ja keiner dumm.›»

Ich wartete tagaus, tagein. An Sonntagen wartete ich auf Howards nachmittäglichen Besuch. Ich wartete die ganze Zeit darauf, daß Rafferty mich entweder rettete oder ins Verderben schickte, und ich wartete Stunde um Stunde auf die drohende Explosion. Ich dachte an Hiob und wie über ihn das hereingebrochen war, was er am meisten gefürchtet hatte. Ich war nie auf den Gedanken gekommen, mich vor dem zu fürchten, was uns in diesem Sommer widerfuhr. Mein ganzes Leben lang hatte ich vor allen möglichen Gefahren und potentiellen Katastrophen gezittert. Aber bis zu diesem letzten Jahr hatte ich nicht mal im Traum an diese Heimsuchungen gedacht, die manchmal biblische Ausmaße zu haben schienen und dann wieder so wirkten, als könnten sie jeden ereilen, so alltäglich wie eine undichte Wasserleitung oder ein abgewürgter Motor. Die große elektrische Uhr in unserem Zellenblock gab keinen Laut von sich, aber wenn ich sie ansah, glaubte ich manchmal das altmodische Ticktack-ticktack zu hören, dieses sinnlose Geräusch, das die Vergänglichkeit der Zeit signalisiert. Oft kam ich mir vor wie eine alte Frau, die am Ende ihres Lebens im Altenheim auf einem fremden Bett sitzt. Ich schloß oft die Augen und dachte an Emmas lange, geschmeidige Gliedmaßen, an ihre Schönheit. Ich glaube, wenn ich alt bin, werde ich vor allem vom Teich träumen. Im Schlaf sah ich die Sonne durch das warme grüne Wasser scheinen, auf Emmas helle, runzlige Hände und Füße, während sie in ihrem Autoreifen paddelte. Selbst im Schlaf konnte ich eine solche Szene nicht lange vor mir sehen, ohne daß das Wasser anschwoll: dunkler

Himmel, zehn Meter hohe Brecher, graue Leichen, die wie Säcke ans Ufer trieben und deren Seelen als dunstiger Hauch über dem Wasser entschwebten.

Ich weiß nicht, ob ich je ausführlich über diesen Tag werde sprechen können, der wie alle anderen begann: die Lichter gingen an, die Verriegelung der Zellen klickte auf, und der Fernseher begann zu plärren. Obwohl ich es geschafft hatte, mich von Dyshett fernzuhalten, indem ich in meiner Zelle blieb und mich vorsichtig bewegte, wußte ich doch, daß ich keine Angst vor ihr hatte. Ich erinnere mich, daß Howard mich im Besuchszimmer einmal fragte, ob ich Fremde in den Hof lassen und tatenlos zusehen würde, wie sie auf die Mädchen einschlügen. «Nein», hatte ich geantwortet, «natürlich nicht.» Er wollte andeuten, daß es genau dasselbe war, wenn ich untätig in meiner Zelle herumsaß. Ich wußte nicht, wie ich ihm erklären sollte, daß ich den Überlebenstrieb nicht verloren hatte, aber gleichzeitig keinen großen Drang zur Selbstverteidigung verspürte, und daß zwischen beidem ein Unterschied war.

An jenem ganz gewöhnlichen Tag saß ich auf meiner Matratze und begann mit meiner Gymnastik. Trotz aller Bemühungen hatte ich abgenommen und auch kräftemäßig abgebaut. Nach fünfzehn Sitzbeugen war ich total erschöpft. Ich machte noch ein paar klägliche Dehnübungen, dann drehte ich mich auf die Seite und blätterte in meinen Büchern, um herauszufinden, worauf ich Lust hatte. Der Vormittag war nicht anders als sonst. Janet, das riesige weiße Mädchen, war in der Woche vorher zu uns gestoßen. «Du», brüllte sie immer quer durch den Raum, «was hast du –» Sie brauchte selten weiterzureden, weil die Übeltäterin sofort alles liegen und stehen ließ und sich aus dem Staub machte. Wie die meisten der Mädchen hatte Janet den größten Teil ihres bisherigen Lebens in Erziehungsanstalten oder Gefängnissen verbracht. An diesem Morgen spielten sie und Dyshett Karten an einem der Tische, wobei sie sich jedesmal anschrien, wenn das Blatt sich wendete. Debbie saß auf dem Fußboden, aß Chips und sah fern. Sherry schlief. Ich las *Franny und Zooey* und putzte mir dann gründlich die Zähne.

Ich dachte dabei an die Buddhisten und versuchte, mich ganz auf den Augenblick einzulassen, die Wohltat der Mint-Crest-Zahnpaste auszukosten, sie wirklich wahrzunehmen und zu erleben. Anschließend legte ich mich kurz aufs Ohr. Ich verschlief sogar das Mittagessen. Als ich wieder aufwachte, schrieb ich einen Brief an Emma und Claire, für den ich eine weitere Anekdote aus unserem gemeinsamen Leben ausgrub. Wie gewöhnlich ging ich um drei Uhr in den Tagesraum, um meine Lieblingssendung zu sehen.

«Wieso guckst du immer Oprah?» rief Dyshett aus ihrer Zelle. «Ich krieg alles mit.» Sie schnalzte mit den Fingern und wiegte sich zu ihrer eigenen Musik, während sie auf mich zukam. «Du lauerst immer drauf, daß es endlich soweit ist. Dann legst du deine Bücher weg und kommst angehoppelt wie so 'n aufgeregtes Karnickel, wo seinen Puschelschwanz nicht stillhalten kann.» Zur Demonstration beugte sie die Knie und wackelte mit dem Hintern. «Du denkst» – ihre Stimme wechselte in eine höhere Tonlage – «‹*Ich* bin keine Rassistin, nein, Sir, ich find nämlich Oprah gut.› Du kommst dir richtig tolerant vor, stimmt's? Wie 'ne superheilige Perverse. Bei Debbie, da versteh ich, daß sie auf Oprah steht, weil sie beide gleich fett sind. Aber du, was hast du mit Oprah? Wen hat sie'n heut wieder da, paar Schwule, wo demnächst sterben? Ach so, ich versteh, du hoffst, daß Oprah sich am Schluß hinstellt und sagt: ‹He, ihr perversen weißen Schlampen da draußen, ist da wer, wo's im Gebüsch mit kleinen Jungs treibt, ist da wer von der Sorte, wo in meiner Show auftreten will?› Du könntst dich melden, so schick und super-intellektuell, wie daß du aussiehst, und könntst sagen: ‹Ich les Bücher, aber vom wirklichen Leben hab ich keinen Schimmer.› Und die Therapeutin, wo da immer dabei ist, die tät dann sagen: ‹Wie lange haben Sie dieses Problem schon?›»

Ich merkte auf einmal, daß ich mich nicht gut fühlte. Es war nichts Spezifisches, keine Übelkeit, keine Hitzewallungen, kein Jucken, nichts, was auch nur im Entferntesten mit kochender Wut oder würgender Angst zu tun hatte. Das Zimmer stürzte auf mich ein, wurde immer enger, alles rückte näher, immer näher.

«Und dir kommen die Tränen, und du wischst dir die Augen mit ’nem Taschentuch und erzählst Oprah, wie du klein warst, hat dich jemand an den Zöpfen gepackt und hinter die Hecke gezerrt...»

Sie würde den ganzen Nachmittag so weitermachen, ohne Unterbrechung, und um das zu verhindern, sagte ich: «Weißt du, warum ich dich so gern mag, Dyshett? Weil immer nur *du* redest. Das ist sehr entspannend.»

Das paßte ihr natürlich gar nicht. Ich sah, wie sie und Janet auf mich zukamen, und in dem Moment waren die Wände schon so nahe, daß sich der ganze Raum zu drehen begann, erst ganz langsam, und dann immer schneller, die Wände, das Orange unserer Kleidung, der Tisch, immer im Kreis. Es war wie diese alte Filmtechnik, wenn der Zuschauer in die Vergangenheit transportiert werden soll und das Bild herumwirbelt, bis schließlich alles in einer friedlichen, längst vergangenen Zeit wieder zum Stillstand kommt. Ich versuchte zu denken und gleichzeitig nicht umzukippen; ich sagte mir, ich werde wohl zulassen, daß dieses Mädchen mir weh tut, wenn sie das unbedingt will. Es war ein verrücktes Gefühl, als ich spürte, wie mein Kopf auf den Metalltisch knallte, und ich nur das eine denken konnte: Es ist wichtig, daß Dyshett kapiert, daß es mir nicht weh tut.

Als ich die Hitze auf meinem Gesicht spürte, glaubte ich zuerst, ich läge am Teich in der Sonne. Es war Sommer, das wußte ich, also gab es allen Grund, ausgestreckt im Sand zu liegen, in der fast schon duftenden Sonnenwärme. Ich öffnete die Augen und sah Fenster und dahinter goldenes Abendlicht. Noch ehe ich begriff, daß ich im Krankenhaus war, kam mir alles wieder in den Sinn. Mein letzter wacher Augenblick: Ich hatte auf meinem Hocker gesessen, an dem Metalltisch, und gesehen, wie Dyshett sich mit gefletschten Zähnen auf mich stürzte. Sie hatte irgend etwas mit mir gemacht, mich geschlagen vielleicht, meinen Kopf auf die Tischkante geknallt. Ich hatte sie nicht daran gehindert, sondern nur heiter-gelassen auf meinem Hocker gesessen. Als ich richtig wach wurde, geriet ich sofort in Panik. Ich versuchte, mich daran zu erinnern, worüber wir gestritten hatten. Wo ich jetzt war, interessierte mich nicht, auch nicht, wer mich weggebracht hatte. Ich mußte wissen, worum es gegangen war, damit ich es Howard erklären konnte. Mein Kopf war immerhin so klar, daß ich wußte, es gab Tausende von Gründen, Howard könnte unseren Konflikt mindestens bis ins Zeitalter der Sklaverei zurückverfolgen, er würde von Wirkungsmechanismen sprechen, vom «Manifest Destiny», von der Industrialisierung des Nordens, dem Baumwollanbau im Süden, dem Gleichgewicht der Macht, von Angebot und Nachfrage. Theresa hingegen würde einfach sagen, unser Streit sei so alt wie Hund und Katze. Ich würde Howard erklären müssen, warum ich Dyshett erlaubt hatte, mich zu schlagen, warum ich nicht wenigstens um Hilfe gerufen hatte. Ich würde vergebens das Argument vorbringen, daß ich zwar Überlebenswillen besaß, mich aber im Gegensatz zu Napoleon dafür entschieden hatte, nicht zurückzuschlagen. Theresa wäre die einzige, dachte ich, die das verstehen könnte, die begreifen würde, daß ich jetzt endlich begonnen hatte, für Lizzy zu büßen.

# 18

***Vier Tage nach der*** Auseinandersetzung war ich wieder zurück im Pferch, und die anderen hatten sich immer noch nicht auf eine gültige Version geeinigt. Ich bekam zahlreiche Schilderungen des Zweikampfs zu hören, mit einer Fülle dramatischer Details, von denen ich nicht recht weiß, ob sie der Wirklichkeit entsprachen. Debbie sagte, ich hätte gekotzt, bevor ich ohnmächtig geworden sei. Beim nächsten Durchgang erzählte Rita, ich hätte zuerst Blut und dann Galle gespuckt. Als ich skeptisch nachfragte, erklärte sie: «Was weißt denn du? Du warst doch gar nicht da!» Hilda, eine Frau, die nur für kurze Zeit bei uns war, sprach mit einer gewissen Autorität, da sie zwei Schußwunden im Oberschenkel hatte. «Habt ihr Blondys Gestöhne nicht gehört?» sagte sie immer wieder, fassungslos angesichts der armseligen Beobachtungsgabe der anderen.

«Sie hat nicht gestöhnt», rief Rita.

«Halt den Rand! Ich war direkt da, mit dem Ohr an ihrem Mund.»

Nach Hildas Version war Dyshett auf mich losgegangen, wir hatten gekämpft, sie hatte mich zu Boden geschlagen und auf mich eingedroschen. Die anderen machten im großen und ganzen keinen Hehl aus ihrer Verwirrung, was den Ablauf des Geschehens betraf. Ich war im Krankenhaus gelandet, in der Chirurgie, weil von der Wucht des Aufpralls ein Gefäß geplatzt war und Blut in meine Schädelhöhle sickerte. So habe ich es zumindest verstanden. Ich war bewußtlos gewesen, und der Arzt hatte offenbar bei Howard angerufen, dort aber, so erklärte er, nur ein kleines Mädchen erreicht und es beauftragt, ihm Bescheid zu sagen. Die Gefängnisleitung riß sich kein Bein aus, um Howard oder Rafferty zu benachrichtigen. Ein paar Tage wußte ich gar nicht genau, was los war, weil mir niemand etwas sagte. Ich war ans Bett gekettet, und draußen stand ein Aufseher, ein ziemlich bulliger Typ, genau, wie man es sich vorstellt, behaart, die ganzen Arme mit nackten Weibern tätowiert. Ich wußte, daß mein Kopf schmerzte und daß ich aller Wahrscheinlichkeit nach überleben würde, um wieder in das stikkige Verlies zurückzukehren, aus dem ich gekommen war. Am letzten Tag erklärte mir ein iranischer Arzt in feinstem Queen's English, daß sie mir in den Schädel hatten bohren müssen, um die Flüssigkeit abzusaugen. Er tröstete mich damit, daß es ein schwerwiegender Eingriff gewesen sei und daß ich wieder genesen würde. Ich hatte tatsächlich das Gefühl, wie auch Hilda später bemerkte, daß ich das Trauma kaum bewußt miterlebt hatte.

Als ich mich schließlich im Krankenhaus im Badezimmerspiegel sah, war es weniger die Beule auf meiner Stirn, die mich erschreckte, als vielmehr mein kurzgeschorenes Haar. Ich hatte immer dickes, langes Haar gehabt. Ich hatte mein Zöpfe aus Eitelkeit gepflegt, aber ich hatte auch immer geglaubt, daß das Haar irgendwie der echteste und beste Teil von mir war; ich sah es gern als das äußere Merkmal, das am meisten von meiner Person ausdrückte.

«Ein Jammer, daß sie's so kurz schneiden mußten», sagte die Schwester hinter mir. «Ist schon ein Schock, was? Ich habe ein Tuch, das können Sie nehmen, wenn sie's Ihnen erlauben, so ein rosa Dings, damit können Sie dann die ganze Bescherung kaschieren, wenn der Verband wegkommt.» Mit «die ganze Bescherung» meinte sie meinen Kopf. Sie schien meine Handschellen gar nicht zu bemerken, und sie redete mit mir, als sei ich ein normaler Mensch, der einen Unfall gehabt hatte.

Ich war nicht lange im Krankenhaus, aber während dieses kurzen Zwischenspiels versuchte ich, Luft und Licht, Stille und Dunkelheit zu tanken. Lizzys Tod schien in dieser Krankenhausumgebung wieder ganz nah, und ich merkte, wie ich mich zunächst über die vertraut-bedrückenden Bilder freute und mich erst dann wieder an ihren vollen Bedeutungsgehalt erinnerte. Als ich dazu in der Lage war, setzte ich mich auf, um den Himmel zu betrachten.

Trotz der Handschellen fühlte ich mich frei wie ein Vogel, nur weil ich aus einem Fenster schauen konnte. Durch den Schlag schien sich der Inhalt meines Gehirns verschoben zu haben, so daß jetzt alles Schwere vorn saß und das Leichte hinten. Ich war benommen von dem ständigen dumpfen Schmerz. Wenn ich den Kopf nicht bewußt gerade hielt, hatte ich das Gefühl, er würde mir gleich vornüber auf die Brust fallen. Es war schon Arbeit genug, diese neue Last zu balancieren, und dazu kam noch, daß ich die ganze Zeit an Howard denken mußte. Ich war mir sicher, daß man ihn benachrichtigt hatte und daß er jeden Moment zur Tür hereinkommen mußte. Ich wartete. Ich wollte ihn so gern sehen, ohne die Plexiglasbarriere. Ich wollte ihn anfassen; ich dachte, wenn ich ihn berühren könnte, nur die Finger auf seine Haut legen, würde ich klar erkennen, was ich fühlte.

Während der Zeit im Gefängnis war ich mir nicht immer sicher, ob Howard und ich dem Sturm trotzen würden, und ich versuchte oft, dahinterzukommen, was es eigentlich war, das tief genug ging, um uns zusammenzuhalten. Ich wußte, was uns damals in Ann Arbor zusammengebracht hatte, war jener mysteriöse chemische Vorgang gewesen, der nicht rational ist, nichts mit konkreter Nähe zu tun hat, so daß jeder von uns in seine eigene Wohnung ging und sich den anderen sehnsüchtig zurechtträumte, ohne sich gegen die Kraft zu stemmen, die uns zueinander zog. Emma war gleich zu Anfang unserer Beziehung gezeugt worden, wir hatten die Farm gekauft, dann war Claire gekommen. Es waren Kinder und Grund und Boden dagewesen, um Bande zwischen uns zu schmieden. Howards Eltern, Nellie und Walt, hatten eine sehr stabile Beziehung gehabt, und er selbst glaubte mit einer fast christlich anmutenden Inbrunst daran, daß die Ehe etwas Heiliges war, daß Mann und Frau gemeinsam durchs Leben zu gehen hatten, Schulter an Schulter. Ich hatte, als wir uns kennenlernten, keine richtige Vorstellung von der Ehe gehabt, seine aber einfach unwiderstehlich gefunden. Jetzt, hier in diesem Krankenhausbett, dachte ich, daß die Leidenschaft, die ich für Howard empfunden hatte, schon sehr bald durch etwas anderes ersetzt worden war, etwas, das stärker war als nur Achtung oder Gewohnheit oder vielleicht auch Bedürftigkeit. Es war auch nicht bloße Verbundenheit, denn es hatte Phasen gegeben, in denen ich das Gefühl gehabt hatte, mit einem Fremden zu leben, ihn gar nicht zu kennen und auch nicht besonders zu mögen, diesen Mann, der da neben mir schlief und jeden Morgen so früh aufstand. Mich überkamen viele verschiedene Gefühle unterschiedlicher Intensität, während ich völlig reglos dalag. Ich erinnerte mich an meine Zuneigung zu Howard, die Bewunderung, die Anziehungskraft, die er auf mich ausübte, an die Art, wie er mich manchmal überraschte und amüsierte. Diese Gefühle standen auf der Seite dessen, was ich Liebe nannte. Auf der anderen Seite waren da Wut, Ärger, Enttäuschung, Langeweile. Irgendwo in der Mitte war einfach Beständigkeit, so präsent und lebenswichtig wie die Luft zum Atmen. Ich war mir nicht sicher, ob all diese Gefühle sich nicht gegenseitig aufheben würden, ob auch nur ein einziges stark genug wäre, mich an Howards Seite zu halten, Schulter an Schulter.

Da ich den Nebel der nächsten Woche oder des nächsten Monats nicht zu durchdringen vermochte, versuchte ich, direkt das Ende ins Auge zu fassen. Ich würde sterben, und wenn ich dann immer noch mit Howard verheiratet war, würde ich an seiner Seite begraben werden. Wo würden unsere unnütz gewordenen Körper Ruhe finden? Vielleicht würde man uns keinen Platz auf dem Friedhof von Prairie Center zugestehen, aber das war weiter nicht schlimm, von der persönlichen Kränkung abgesehen, weil Howard sicher bei seiner Familie in Minnesota beerdigt werden wollte. Eine schreckliche Vorstellung, in Nellies Nähe zu liegen, noch im Tod, noch als ein Knochenhäufchen, ihre Mißbilligung spüren zu müssen. Howard würde zwischen uns gebettet werden wollen, um der alten Zeiten willen. «Du mußt auch die positive Seite sehen, Herzchen», würde Nellie über Howards bleiches Gerippe hinweg zu mir sagen. «Die Würmer brauchen schließlich auch etwas zu fressen.» Ich würde mich dort niemals heimisch fühlen, in dieser

Goodwinschen Parzelle am Stadtrand von Hastings, Minnesota. Vielleicht war es ja letztlich das, was die Ehe einem bot: eine gesicherte Grabstätte. Wir würden zur Ruhe gebettet werden, und im Herbst würden kleine Kinder kommen und Laub in die Luft kicken und von den Grabsteinen hopsen, während ihre Eltern mit ihnen schimpften. Emma und Claire würden erwachsen werden und sterben und woanders bei ihren Männern begraben werden – ach, es war zu einsam und trostlos, um es mir vorzustellen.

Ich saß mit pochendem Schädel in meinem Bett, und der Wärter saß draußen und kaute Kaugummi. Ich mußte an jenen Abend denken, als wir gerade nach Prairie Junction gezogen waren. Emma war noch ein Baby gewesen. Wir hatten sie in ihr Bettchen gelegt, in dem ansonsten noch leeren Kinderzimmer. Als sie fest eingeschlafen war, gingen wir nach draußen und schlossen die verzogene Haustür hinter uns ab. Howard beruhigte mich, daß schon nichts passieren würde. Wir würden nur einen kurzen Moment weg sein. Es war so heiß, und sie schlief ja. Wir rannten im Dunkeln den Waldweg entlang, rissen uns die Kleider vom Leib und ließen sie in den Sand fallen. Howard trug mich in das wohltuend kühle Wasser, er küßte mir dabei den Hals und die Brüste. Er ließ mich los, und wir schwammen nebeneinander her, tauchten unter, öffneten die Augen in der Dunkelheit. Und als ich wieder auftauchte, fragte ich mich, ob mein Vater und meine Mutter je so etwas gemacht hatten, in einer drückenden Sommernacht gemeinsam nackt zu schwimmen, Zug für Zug, sich gemeinsam ins Dunkel sinken zu lassen. Ich hoffte es so inbrünstig, daß ich mit den Zähnen zu klappern begann, und hoffte es dann, sicher vergebens, auch für die Mutter meiner Mutter und für deren Mutter. Ich stand im Wasser, schnappte nach Luft, warf den Kopf zurück und hoffte mehr noch als alles andere, daß meine Tochter eines Tages diese einmalige Freude erleben würde.

Zwischen den kühlen Krankenhauslaken versuchte ich, mich an das Gefühl des schwarzen Wassers auf meiner Haut zu erinnern, es zu spüren. Ich wußte noch, daß ich in jener Nacht am Teich Angst gehabt hatte, daß Howard, dieser Howard, der in Viehzucht, Automechanik und Geschichte so bewandert war – mein Howard mit dem schönen Gesicht, dem nassen, angeklatschten Haar, dem Marmorkörper –, daß er ohne Vorwarnung in Flammen aufgehen würde. In jener Nacht hatte ich auf ihn zuschwimmen wollen, und zugleich wollte ich mir stets vorstellen können, daß er immer dort am Ufer, auf sicherem Boden, auf mich warten würde. Ich hatte mit den Händen gewedelt und mit den Füßen getreten, um oben zu bleiben, um mich nicht in die Tiefe hinabziehen zu lassen.

Die Gedanken ans Wasser, an Howard, führten mich unweigerlich zu der Farm und meiner Angst, daß er womöglich versuchen könnte, sie zu verkaufen. Ich wußte, das war irrational. Rafferty hatte mir erklärt, die Farm sei unser größter Trumpf, das, was unsere Verwurzelung in Prairie Center ausmache. Howard neigte nicht zu vorschnellem Handeln, sagte ich mir, und er würde es schon schaffen, die Zuversicht zu bewahren, daran zu glauben, daß wir alle anderen Menschen in Prairie Center überleben würden, eingeigelt in unserem Haus, sicher in unserem Wald. Ich war fest davon überzeugt, daß wir durchhalten würden, bis all diese Gesichter hinter den Scheiben nichts mehr waren als ein leiser unangenehmer Traum. Es war unmöglich, sich Howard ohne die Farm vorzustellen. Ich konnte mir nicht denken, was sonst seine Tage und Nächte füllen sollte. Was sollte an die Stelle der Karte treten, die so fest in seinem Gehirn verankert war, einer kompletten Wetterkarte, die sämtliche meteorologischen Wechselfälle enthielt? Wolken: Cirrocumulus undulatis, Stratus uniformis, selbst wenn er den Nachthimmel betrachtete, zog an seinen Augen eine banale Kaltfront vorbei. In meinen schlimmsten Momenten sah ich Howard die Posthalterin von Prairie Center mit einem Eimer frischer warmer Milch aus ihrem Käfig im Postamt locken, nur weil er wußte, daß sie ein Vermögen machen konnten, wenn sie ihre Briefmarkensammlungen zusammenlegten. Helen, so hieß sie, und Howard! Sie gehörten zusammen. Emma und Claire würden Brüder bekommen und integriert sein.

Ich hatte als Kind gelernt, daß es blödsinnig ist, irgend etwas für selbstverständlich zu nehmen, und deshalb wußte ich, es konnte sein, daß sich Howard während meiner kurzen Abwesenheit rettungslos in die Posthalterin Helen verliebte. Er würde gut mit einer Frau auskommen, der es gefiel, Gegenstände zu wiegen, Wechselgeld abzuzählen und Waren auszuhändigen. Mrs. Glevitch würde sagen, es geschieht mir recht und so geht es nun mal, wenn man einen guten Mann aus den Händen läßt. Ich versuchte mir vorzustellen, wie ich mich, sobald ich draußen wäre, mit Luther Tritz einließ, dem Orchesterleiter, und wir ein Exilantenleben führten wie die Herzogin und der Herzog von Windsor, uns zwischen unseren Blackjack-Partien stritten, und das alles von Luthers magerer Apanage. Eine Fliege hatte irgendwie den Weg die Krankenhaustreppe hinauf gefunden und summte um mein Tablett. Ich betrachtete sie genauer, ein Geschöpf Gottes, ein gemeines Insekt, das wir für selbstverständlich nahmen und verächtlich behandelten. Wie bezaubernd sie war, wenn sie sich mit den Beinchen putzte, wie adrett sich die grauen Streifen ihren Körper entlangzogen. Vielleicht sollte ich sie den Mädels im Knast mitbringen, als Souvenir von meiner Auslandsreise.

Unmöglich war gar nichts, weder lebenslange Haft noch der Tod noch das Aufbewahren einer Fliege in einem Schrein, aber ich fragte mich, ob es wohl im entferntesten möglich war, etwas, nur ein kleines Fitzelchen, von dem alten Leben zu bewahren. Das alte Leben: Howard, die Arme bronzebraun bis an die T-Shirt-Ärmel, wie er das Maisfeld mit dem Kultivator bearbeitete und nachdachte, über seine Kühe, die Unwetterdrainage, die Farmer, die vor ihm dagewesen waren, den Blackhawk-Krieg, das Wunder, ausgerechnet dem dunklen Grund pflanzliches Leben abzuringen. Und ich, oben im Verandazimmer, wo ich bei heruntergelassenen Rollos ganz allein tanzte. Und indessen würden unsere Töchter heranwachsen und sich aus den Stücken, die wir ihnen mitgegeben hatten, ihr eigenes Leben zimmern. Das ganz gewöhnliche Leben war voller Wunder, das wußte ich, ich hatte genügend Gedichte gelesen, um zu wissen, daß uns dieses Bewußtsein erhebt, und doch fiel es einem schwer, es zu erkennen und dafür dankbar zu sein, wenn man ständig müde und gereizt war. Ich schätze, dieser stets empfängliche Sinn für das Wunderbare ist es, was die Heiligen und Poeten von uns Normaltrotteln unterscheidet. Vielleicht war das ja die Lektion, die ich hier lernen sollte: das alte Leben war um jeden Preis bewahrenswert. Wäre Theresa ins Gefängnis gekommen, hätte sie die Moral innerhalb von fünf Minuten kapiert. Wenn ich herauskam, würde ich doch sicher wissen, welche Dinge wirklich beklagenswert waren, oder? Vielleicht bestand ja der Nutzen dieses Gefängnisaufenthalts für mich darin, meine Gefühle für Howard zu wägen, herauszufinden, ob sich die Waage zur einen oder zur anderen Seite neigen würde. Ich habe in diesem letzten Sommer so oft an diese Nacht am Teich gedacht, vor so vielen Jahren, unsere erste Nacht in Prairie Junction, in der wir gemeinsam hin und her geschwommen waren. Das ganze letzte Jahr war ein einziges Chaos, aber an diesen einen weit zurückliegenden Abend erinnerte ich mich genau, und seine Bedeutung war mir klar. Auf den ersten Blick schien es einfach nur ein kühles Bad in einer heißen Nacht. Aber es war noch mehr gewesen, das sah ich jetzt, so etwas wie eine Taufe, eine Art Segnung. Damals war es uns nicht möglich gewesen, das zu sehen, zu verstehen, was sich da unmittelbar vor uns abspielte. Ohne Geistlichen, ohne Festmahl, brennende Kerzen und Absolution hatte dieses Bad einen Neuanfang markiert.

Als ich nach dem Vorfall wieder in meinen Zellenblock zurückkehrte, hatte eine überraschende Veränderung stattgefunden. Ich trat durch die Tür, und genau wie damals, als ich das erste Mal hereingekommen war, verstummten die Mädels mitten im Satz. Sie starrten mich unverhohlen an, während ich den Weg zu meiner Zelle zurücklegte, den weißen Verband wie einen zerknautschten Turban um den Kopf. Ich sah arg ramponiert aus, und mein Haar war weg, aber ich gab mir alle Mühe, aufrecht zu gehen. Ich bewegte mich langsam vorwärts, ohne nach rechts oder links zu gukken. Sie beobachteten mich. Ich lebte noch, war vermutlich noch in der Lage, die Geschichte zu erzählen, wie immer sie auch lauten mochte, während Dyshett und Janet auf der anderen Flurseite an den Wänden ihrer Einzelzellen kratzten.

Sherry war es, die zu mir kam, als ich mich hinlegen wollte, und mir behilflich war. Sie wußte vielleicht, daß die Ärzte mir Ruhe verordnet hatten und soviel Demerol, wie ich wollte. «Sie blickt überhaupt nichts mehr», flüsterte Sherry.

«Wer?» fragte ich.

«Dyshett», sagte sie. «Du hast es einfach geschluckt, wie ein verflixter Schwamm oder was, hast es einfach aufgesoffen, ihr ... ihr –» Sie wußte nicht recht, wie sie Dyshetts Raserei nennen sollte. «Sie hat dich wie wild angebrüllt, wo du hingeknallt warst – hat Janet angebrüllt, sie soll dich treten. Das Trampel von Janet hat nichts kapiert, nur ‹Hä?› gesagt. Aber du, du bist dagelegen, am Boden, total zermatscht, aber wir haben trotzdem gewußt, du hast Kraft in dir drin. Du hast sie nicht benutzt, aber irgendwie hast du sie trotzdem benutzt. Da knacken wir die ganze Zeit dran rum.»

Sie stützte meinen steifen Rücken, während ich mich auf die Matte hinunterließ. «Danke», sagte ich. «Nett von dir.» Sie kniff die Augen zusammen, als ob mein Heiligenschein sie blendete. «Ich habe keine Ahnung, was los war», murmelte ich.

«'n paar von ihnen, Natasha, Hilda und Rita, die sagen, Dyshett und Janet haben dich zusammengeschlagen. Aber ich sag dir, wie's wirklich war – und ich hab's gesehen, jede Bewegung hab ich gesehen. Dyshett geht grad auf dich los, aber du machst es schon für sie, wie wenn du's dir grad reinziehst und davon umfällst. Ich sag mir, halt dich da raus, weil's bestimmt keine so sieht wie du. Ich hab dich gesehen, das Grinsen auf deinem Gesicht, wie wenn du vor der Himmelstür stehst. Und dann knallst du hin, bäng, mit dem Kopf auf den Tisch, und dann fällst du auf den Boden, batsch, mit dem Kopf auf den Zement. So, wie ich's seh, ist die ganze Sache eine große Falle, aber ich weiß nicht, wer reingetappt ist.»

«Dyshett hat mir gar nichts getan?» fragte ich. «Ist es das, was du sagen willst?»

«Komm, leg dir Debbies Kissen auch noch unter», sagte sie, während sie meinen Kopf hob und das flache Kopfkissen darunter schob. «Sie braucht's nicht, so gepolstert, wie die ist. Nee, aber jetzt ist Dyshett richtig daneben. Sie ist es nicht gewöhnt, daß jemand sie einfach kommen läßt, mitten ins Gesicht. Sie hat sich ihr Leben lang geschlagen, und die andern haben zurückgeschlagen. Du bist dagehockt wie 'n oller Schwamm oder was, und hast es einfach geschluckt. Vielleicht hast du sie ja eh schon bis hier und kannst nichts mehr verkraften und kippst einfach um von all dem Scheiß, wo sie abläßt. Und wie der Aufseher fragt, was Sache ist, guckt sie ihn an wie 'n armes Lämmchen, was grad aus Versehen seinen Lieblingslehrerin umgebracht hat. Sie weiß noch nicht mal, ob sie's war. So was ist Dyshett noch nie passiert. Freut mich total, wenn ich seh, wie verdattert sie ist. Was für 'n toller Anblick, wo die mal so durcheinander ist, daß sie nicht mehr weiß, wo ihr Kopf und wo ihr Arsch ist.» Sherry breitete meine Decke über mich. «Du mußt jetzt schön liegenbleiben und dich ausruhen. Und nicht mehr reden jetzt. Wenn du was brauchst, ruf mich.»

Das Merkwürdige war, daß hinterher das Gefängnisleben einfach weitergehen sollte. Manchmal war mir, als hätte ich einen turbulenten, nicht ganz ungefährlichen Flug hinter mir. Ich hätte erleichtert sein sollen, vielleicht ein bißchen angeben, lachend herunterspielen, wie schlimm es gewesen war, wieviel schlimmer es hätte enden können. Ich hatte offensichtlich bei der ganzen Sache etwas gewonnen, und dennoch ging einfach alles weiter, tickte die Zeit so unerschütterlich wie eh und je vor sich hin. Obgleich die Mädels noch eine Weile ab und zu über die genaueren Einzelheiten des mysteriösen K. o. debattierten, schienen sie doch davon überzeugt, daß meine Beule und mein Verband auf Dyshetts Konto gingen. Sherry versicherte mir unter vier Augen, daß weder Dyshett noch Janet mich irgendwie berührt hatten. Ich wollte ihrer

Version glauben, weil ich in dieser absurden und doch eindringlichen Story Dyshetts Schlag durch die Kapitulation meines Körpers entging, eines Körpers, der zugleich schwach und weise schien, der wußte, wann es besser war nachzugeben. Ich war mir sicher, daß Howard und Rafferty das unplausibel finden würden. Ich war mit dem Kopf auf den Metalltisch geschlagen und ohnmächtig geworden und dann noch zusätzlich auf den Zementboden geknallt. Howard würde gewisse Aspekte der Geschichte sicher typisch für mich finden, vor allem den Umstand, daß ich mir nicht einmal den Kopf anhauen konnte, ohne Rassenunruhen anzuzetteln.

Die anderen machten die meiste Zeit einen Bogen um mich, als sei ich ein unberechenbares Wesen – ob eine Heilige oder eine Irre, war nicht ganz sicher. Ich zeigte mich nicht groß, gab nicht weiter zu erkennen, daß ich auf meiner Pritsche, unter der blauen Decke, meine Wunden leckte. Als Dyshett wieder zu uns zurückkam, kriegte ich dunkel mit, daß sie sich ziemlich zurückhielt und die alte Ordnung offenbar zusammengebrochen war. Janet wurde irgendwo anders hingesteckt, vier meiner fünf Haftgenossinnen der letzten Woche waren weg, und in der neuen Gruppe lief Sherry zu Hochform auf. Sobald jemand auch nur an einem Niednagel litt, schickte sie Debbie gleich Pflaster holen. Sie war mütterlich-resolut, und ihre Großmut wuchs mit jedem Tag in ihrer selbstgewählten neuen Rolle. Sie gab Dyshett Valium, das sie in einem Socken gehortet hatte, und hielt sie an, sich bei den Sitzungen mit dem Pflichtverteidiger anständig zu benehmen. Sie schien es um der Gruppe willen auf sich zu nehmen, Dyshett zu beschäftigen, indem sie endlose Runden Rommé mit ihr spielte. Wenn Dyshett bei einer Sitzung war oder schlief, besuchte Sherry mich, als sei sie der Gefängnisseelsorger bei seiner Runde. Sie leistete mir jedenfalls mehr Beistand, als es Reverend Joseph Nabor in Prairie Center je geschafft hatte. Sie hob mir routinemäßig ihr halbes Mittagssandwich auf und brachte mir Schokoriegel aus dem Automaten. «Du mußt gucken, daß du bei Kräften bleibst», pflegte sie zu sagen. «Du siehst aus wie gerupft mit der Frisur da.

Da müssen wir wenigstens dafür sorgen, daß du bißchen was auf die Knochen kriegst.»

Bei einem dieser Bettkanten-Schwätzchen erwähnte ich, daß ich, obwohl ich das Tagesgeschehen überwiegend verschlief, doch mitbekommen hatte, daß sie jetzt die unumstrittene Chefin war.

«Wart ab, bis wir eine neue Streithenne hier reinkriegen», sagte sie und schüttelte lachend den Kopf. «Wart nur, bis Dyshett wieder bißchen auf Trab kommt. Sie hat grad den großen Katzenjammer, und sie ist beduselt von meiner Hausapotheke, verstehste, bißchen von dem, paar von denen, damit sie sich bißchen beruhigt. Aber wenn sie erst wieder auf Zack ist, ist's rum mit dem Frieden.»

«Was ist denn mir ihr?» fragte ich.

«Sie kriegt wahrscheins fünf Jahre für die paar Schrammen, wo sie dem Bullen verpaßt hat», sagte Sherry. «Das ist nicht grad lustig. Und du liegst immer hier drin rum. Ich glaub, das macht sie fertig. Sie wartet, daß du mal ein Lebenszeichen von dir gibst. Du bist für sie ein gottverdammtes Rätsel, sie weiß nicht, ob sie Angst haben soll oder dich hassen oder was. Ist ihr alles ein verdammtes Rätsel, und sie mag keine Rätsel. Der Alte, den wo sie in Chicago umgebracht hat, der ist tot, und sie kann damit angeben. Aber du, du liegst immer noch hier rum, und sie weiß nicht, ob sie jetzt rumprahlen soll. Sie würd gern, aber ich denk, sie hat Angst vor dir, daß du noch so ein Voodoo-Ding gegen sie losläßt. Sie hat echt Muffensausen. Ich glaub, zur Zeit grad bricht alles über sie rein, was ihr im Leben passiert ist.»

«Könntest du ihr sagen, daß ich kein Voodoo-Ding gegen sie losgelassen habe und auch nichts dergleichen plane», sagte ich.

Sie beugte sich vor und flüsterte: «Ich sag ihr, ich weiß nicht, was mit dir ist. Ich sag ihr, du liegst hier drin rum und murmelst vor dich hin, wie wenn du Zaubersprüche sagen tätst und solches Abrakadabra-Zeug. Ich sag dir, sie frißt mir richtig aus der Hand.»

Ich bereitete mich auf Raffertys gelegentliche Besuche vor, indem ich duschte, mir in die Wangen kniff und saubere Socken anzog. Ich weiß noch, wie einmal, als ich mich gerade fertig machte, Sherry in ihrer Funktion als Torhüterin, Seelsorgerin, Krankenschwester und Gang-Leaderin rief: «Wo willst du hin?»

«Mein Freund ist da», sagte ich.

«Dein Freund?»

«Mein Freund.»

«Wie sieht er aus?»

«Er hat eine chronische Nebenhöhlenentzündung», sagte ich träumerisch. «Er trägt scheußliche Billig-Anzüge. Er hat eine Schmalzfrisur wie Elvis, nur graumeliert, und sein Ziegenbart ist gelb vom Rauchen.»

«Geht's dir nicht gut?» fragte sie und kam mit einem Ausdruck mütterlicher Besorgnis auf mich zu.

Was ich an Rafferty liebte und wovon mir schien, daß ich es schon mein Leben lang an ihm geliebt haben mußte, war die Tatsache, daß er nicht ein einziges Mal an mir zweifelte. Als ich das erste Mal nach meiner Verhaftung in den Sprechraum hinuntergebracht wurde, um mit ihm zu reden, sah er mich an, und dann schloß er die Augen, als sei er aus irgendeinem Grund nicht darauf gefaßt gewesen, mich in diesen orangeroten Klamotten zu sehen, als hätten sie etwas Obszönes, was sein Feingefühl verletzte. «Tut mir leid», sagte er.

«Nein», war alles, was ich herausbrachte, wobei ich ein bißchen über seine verdatterte Reaktion lachen mußte.

Er zischte: «Ich hasse diese Fälle», als ob schon die Worte selbst giftig wären und er sie möglichst schnell ausspucken müßte. Er war so erregt, daß er Mühe hatte, seine Kunstledermappe aufzukriegen. Ich wußte gleich, daß er den Zorn fühlte, den Howard eigentlich mir zugedacht hatte. «Ich dachte, das wäre vorbei, so ein Ding der achtziger Jahre, aber es kommt immer wieder. Immer wieder.» Natürlich hatte er mir nie in die Augen gesehen und mich gefragt, ob ich es getan hatte oder nicht, aber ich spürte seine Fähigkeit,

Dinge genau zu identifizieren und zu beurteilen, ich war mir sicher, daß er eine seltene Münze nur einmal anzugucken brauchte und sofort sagen konnte, was sie wert war; auch mich brauchte er nur einmal kurz zu taxieren, um zu wissen, daß ich nie und nimmer Robbie und den anderen Jungen das angetan haben konnte, was mir zur Last gelegt wurde. «Es ist ein Unding, Sie hier drinnen zu sehen», sagte Rafferty, als ob wir alte Freunde wären und meine Situation ihn schmerzte.

Ich fragte ihn nie, ob er meinen Prozeß gewinnen würde oder wie er meine Chancen einschätzte. Er war ein exzentrischer Typ, dessen ganze Habe aussah, als sei sie etwa 1957 eingefroren worden. Auch wenn es unlogisch klingen mag, hatte ich doch das Gefühl, daß er jemand war, der niemals urteilte. Heute weiß ich, daß ich diese Eigenschaft bei allen Leuten spüre, die mich begeistern. Bei unseren Gesprächen bemühte ich mich immer, mir ein klares Bild von dem letzten Jahr zu machen, ihm alles in den richtigen Proportionen zu schildern. Ich hatte Robbie geschlagen, und in meinem Kopf hatten er und ich monströse Dimensionen angenommen. Obwohl er nur ein dürrer, unterernährter Junge war, erschien er in meinen Träumen oft wie ein Punching-Ball, auf den man einschlagen kann, soviel man will, und der doch immer wieder hochfedert. Mrs. Mackessy war vor meinem inneren Auge ein golden flimmerndes Wesen, das den Flur entlanggesegelt kam, um seinen Sohn zu holen. Für Rafferty bemühte ich mich, das zu umreißen, was ich ursprünglich gesehen hatte – nichts weiter als einen kränklichen, vernachlässigten Jungen und seine anderweitig beschäftigte Mutter.

Obwohl Rafferty meinte, daß Robbie Mackessys Fall relativ einfach lag, gab es noch drei weitere Jungen, die ausgesagt hatten: Norman Frazer, Anthony Jenkins und Tommy Giddings. Außerdem waren da noch ein paar Kinder, denen das Jugendamt auf den Zahn fühlte, wobei Rafferty mir allerdings erst sehr viel später erzählte, wie viele. Aus meinen Unterlagen ging hervor, daß ich die drei Jungen während des Schuljahrs je ein- bis zweimal gesehen hatte, aber ich konnte mich nicht auf Anhieb an sie erinnern. Es gab siebenhundert Schüler an der Blackwell-Grundschule, und ich war nie auf die Idee gekommen, daß ich sie alle auseinanderhalten können müßte.

«Gibt es in Ihrer Praxis irgendwelche Maßnahmen, die mißdeutet werden könnten?» fragte Rafferty mit gefalteten Händen. Sein Bic-Kugelschreiber lag unbenutzt auf dem leeren Schreibblock. In all den Monaten, die er mit meinem Fall befaßt war, habe ich ihn nur ein einziges Mal etwas aufschreiben sehen. Es mag sein, daß ich Rafferty falsch eingeschätzt habe, ihn mit Qualitäten ausgestattet habe, die für einen Strafverteidiger ziemlich widersinnig wären. Das ist jetzt egal. Mir gefiel es, daß er keine Angst hatte, mich anzusehen. Er hielt, während ich nachzudenken versuchte, den Blick auf mich geheftet, nicht wie ein Aasgeier, der nur darauf wartete, daß ich stolperte, nicht, als wollte er herausbekommen, ob ich schuldig oder unschuldig war, sondern einfach so, als sei es seine Pflicht, seine Klienten liebevoll zu betrachten. Ich glaubte wohl an ihn wie ein kleines Kind an seinen Vater. Er würde da sein – da war ich mir sicher – und auf mich aufpassen, auch wenn der Himmel einstürzen und sich wie eine Plane über uns legen würde.

«Wenn sie krank sind, müssen sie sich auf eine Liege legen», sagte ich. «Theresa sagt immer, als sie in der Schule war, hätten die Nonnen ihnen eingeschärft, bei einem Date nie in ein Restaurant zu gehen, wo es weiße Tischtücher gebe, weil das die jungen Männer an Bettwäsche erinnern und auf begehrliche Gedanken bringen würde. Glauben Sie, eine Liege hat eine suggestive Wirkung auf einen sechsjährigen Jungen?»

Rafferty verdrehte die Augen und warf den Kopf zurück wie beim Gurgeln.

«Ich mache eigentlich nicht viel», sagte ich. «Ich bin nur Krankenschwester. Ich kann Fieber messen und ihnen in den Hals gukken und feststellen, ob er rot ist, und wenn sie sagen, es tut weh, schicke ich sie heim. Wenn die Eltern bei der Arbeit sind, bleiben die Kinder für den Rest des Tages auf der Liege, oder sie gehen wieder in ihre Klasse zurück. Während der Gesundheitswoche kommen sie alle zum Messen und Wiegen. Die Waage ist eins von diesen hohen Riesendingern, mit bedrohlichen schwarzen Gewichten, die nur darauf warten, einem auf die Zehen zu fallen. Ich weiß nicht, vielleicht ist das ja alles beängstigend. Letztes Jahr wollte die Biolehrerin der achten Klasse, daß ich während der Gesundheitswoche in ihren Unterricht käme und den Schülern erklärte, wie Aids übertragen wird, als ob mir die Uniform die Autorität verleihen würde, über Krankheiten zu reden. Manchmal bin ich in Eile; ich habe in den drei Stunden, die ich da bin, eine Menge zu tun, und ich bin dann oft streng. Ich sage den Kindern, sie sollen stillhalten, ruhig sein und sich anständig benehmen. Vielleicht kann man ja alles mißdeuten, so daß eine Sache zu einer anderen wird, ich meine, von Grund auf verdreht.»

Dort unten in dieser kahlen Zelle schien es mir, als würde Rafferty mir gegenübersitzen und mir zuhören, solange sich mein Mund bewegte. «Vielleicht kann man sich ja überhaupt nicht rühren, ohne mißverstanden zu werden. Das muß doch im Rechtswesen sehr entlastend sein, daß es da für alles genaue Regeln gibt.»

Er lachte laut auf und sagte dann: «Oh, ja, Alice, sehr entlastend, die ganzen Regeln, allerdings.»

«In der Schule hat man dagegen das ganze Spektrum vor sich», fuhr ich fort. «Das ist ja das Gute daran. Wir haben die Sportlehrerin, die eine heimliche Lesbe ist, den homophoben Direktor, den linken Softi, der Sozialkunde unterrichtet, den ultrarechten bibeltreuen Christen, der seine Doktrin in den Erdkundeunterricht einfließen läßt –»

«Aber fällt Ihnen vielleicht irgend etwas Spezielles ein?» bohrte Rafferty weiter.

«Ja! Ja – mir fallen tausend spezielle Sachen ein, Sachen, die ich getan habe, von denen ich geträumt habe, die ich befürchtet habe. Ich zittere immer noch, wenn ich an bestimmte Tage denke. Einmal im letzten Frühjahr bin ich den Korridor entlanggegangen, und die besagte Sportlehrerin, Miss Orin, hat mich hereingerufen, damit ich mir den Rücken einer Schülerin ansehe, eines Mädchens aus der Junior High, das sich gerade im Umkleideraum umzog. Sie ließ die Mädchen immer herumparadieren, als so eine Art Haltungstest, aber verstehen Sie, ich bin Krankenschwester: Ich habe keine Ahnung! Ich habe dem Mädchen nur mit der Hand über den Rükken gestrichen, so wie ich es bei meiner Tochter gemacht hätte, um festzustellen, ob ich irgendwelche verschobenen Rippen fühlen konnte. Alles, was ich von Skoliose weiß, ist, daß ich als junges Mädchen selbst mal daraufhin untersucht worden bin. Mein Vater dachte wahrscheinlich, weil ich so isoliert und introvertiert war wie eine viktorianische Heldin, müßte ich mindestens Gicht haben. Ich erinnere mich, wie ich den Umkleideraum verließ und die Blicke der Mädchen auf mir spürte und genau wußte, daß sie gleich anfangen würden zu tuscheln, über die schwule Sportlehrerin und die schwule Krankenschwester. Junior-High-Schülerinnen sind die reinsten Menschenfresser, verstehen Sie? Ich habe versucht, mit der linken Hand herumzuwedeln, um ihnen meinen Ehering zu zeigen und sie daran zu erinnern, daß ich *Mrs.* Goodwin bin. Aber ich wußte, sie würden sich trotzdem das Maul über uns zerreißen. Manchmal überkam mich regelrecht der Drang, mich vor diesen Mädchen aufzupflanzen und ihnen zu erzählen, wie ich früher für manche Lehrerinnen geschwärmt habe und daß mich dann aber der gute, alte ekstatische Akt der Kopulation zu neuen Ufern gelockt hat – verstehen Sie, was ich meine, sie waren so hämisch und so selbstgerecht in ihrer Entrüstung, daß man irgendwie den dringenden Wunsch verspürte, sie von ihrem hohen Roß herunterzufegen.»

Rafferty nickte und schneuzte seine verstopfte Nase in ein rotes Riesentaschentuch.

Nachdem ich in die Unterlagen geschaut hatte, fiel mir wieder ein, daß Norman Frazer, ein Vorschulkind, wegen eines blutenden losen Zahns bei mir im Sprechzimmer gewesen war. Er schien, genau wie Emma, eins dieser leicht erregbaren Kinder zu sein, die nichts Unerwartetes wegstecken können. Sein Zahn hing nur noch an einem Fädchen, und der blutige Speichel rann ihm beim Heulen übers Kinn. Bestimmt hatte ihn die Lehrerin zu mir geschickt, weil er störte. «Was soll ich da machen, ein Schaubild von einem Zahn suchen, ihm die Wurzeln zeigen, Aufklärung betreiben?» fragte ich Rafferty. «Ein Kind liegt auf der Liege und kotzt, ein anderes wartet auf seine Medizin; ich habe nicht die Zeit!»

«Norman war völlig hysterisch, es blieb mir nichts anderes übrig, als ihn mit einem Arm um den Bauch zu packen und mit der anderen um ihn herumzugreifen und den Zahn zu entfernen. Er war so locker, daß ich ihn einfach herauspflücken konnte. Pflücken, nicht ziehen. Ich hatte mir noch nicht mal vorschriftsmäßig Handschuhe angezogen, um mich vor seinem Blut zu schützen. Er war so überrascht, daß er urplötzlich zu schreien aufhörte. Wir steckten den Zahn in einen Umschlag, und er ging wieder zurück in seinen Klassenraum. Howard fand es schlimm, ich hätte dem Kind ja Gewalt angetan. Einmal machte er zu Emma und Claire so eine Bemerkung, daß sie auf ihre Zähne aufpassen sollten. Das hat mich mehr gewurmt, als ich mir anmerken ließ. Norman war so mit Schreien beschäftigt, daß er gar nicht richtig merkte, was passierte, bis ich den Zahn in der Hand hielt.»

«Und das war alles, was Sie mit ihm zu tun hatten?» fragte Rafferty.

«Ja», sagte ich.

Von Anthony Jenkins, dem zweiten Jungen, wußte ich nur noch, daß er sich das Knie aufgeschürft und ich ihm Desinfektionslösung auf die dreckige Wunde gegossen hatte. Er hatte vor Schmerz gezittert und ein tiefes, kehliges Fauchen von sich gegeben. Rafferty trieb ein Klassenfoto auf, um mir zu zeigen, wie der dritte Junge, Tommy Giddings, aussah, aber auch das löste keine Erinnerung aus. Laut meinem Protokollbuch hatte ich ihm im Oktober wegen einer Mittelohrentzündung Amoxicillin verabreicht. Alle drei behaupteten, ich hätte sie angebrüllt, ihnen den Hintern versohlt, sie ins Gesicht geschlagen und festgehalten, und ich sei böse und lauerte nur darauf, über sie herzufallen, wie ein gieriger Haifisch.

Bei einem unserer Gespräche, als wir nach einer möglichen Verbindung zwischen den drei Jungen und Robbie Mackessy fahndeten, beugte sich Rafferty über den Tisch, um mich zu fragen, ob ich jemals Angst hätte. Das war eine unserer ersten Sitzungen, noch vor meinem Zusammenstoß mit Dyshett. Ich sah auf die blaßgelbe Preßziegelwand, fragte mich, was ich sagen sollte, und sonnte mich gleichzeitig ein bißchen in seiner nie erlahmenden Aufmerksamkeit. Meinte er, ob ich den Tod fürchtete? Meine Töchter hatten eine animalische Angst vor dem Tod, genau wie ich in ihrem Alter, aber ich dachte eigentlich, daß mir dieser Instinkt inzwischen abhanden gekommen war. Ich wollte vor allem deshalb nicht sterben, damit Emma und Claire dem Trauma entgingen, eine tote Mutter zu haben. Ich selbst hatte genug vom Tod gesehen, um zu wissen, daß er nicht schrecklicher war, als den nächsten Atemzug zu tun. Meine größte und glühendste Hoffnung, was das Jenseits betraf, war die, daß es einem Plan gehorchte und verläßlich war. Das Leben auf dieser Erde, mit all seiner Ungewißheit und Wechselhaftigkeit, war viel schwieriger als alles, was danach kommen konnte.

«Angst nicht direkt», sagte ich zu Paul. «Da ist so viel Gutes, und sie nehmen es einem weg.»

Vielleicht hatte ich ja geflüstert, denn er fragte: «Was?»

«Ich vermisse die Farm», sagte ich.

Raffertys Assistent brachte mehrere Wochen damit zu, Informationen über die Jungen auszugraben, um herauszufinden, ob sie aus derselben Gegend, Klasse, Tagesstätte oder kirchlichen Kindergruppe kamen. Ich weiß nicht, wie er in Erfahrung brachte, daß sie im Juni alle im selben T-Ball-Team gewesen waren und sich höchstwahrscheinlich auch manchmal daheim sahen. Tommy Giddings' Mutter arbeitete als Serviererin im Dolphin Bay, dem Restaurant, wo Carol Mackessy Geschäftsführerin war. Anthonys Mutter war die Schwester von Mrs. Mackessys Friseuse. Nicht einmal Robbie war es zuzutrauen, daß er die Flammen entfacht und die anderen Jungs gegen mich aufgehetzt hatte. Bei Carol Mackessy lagen die Dinge schon ganz anders.

«Sehen Sie irgendeine Gemeinsamkeit zwischen diesen Jungen?» fragte mich Rafferty. «Irgend etwas, was sie alle in dieselbe Richtung getrieben haben könnte?»

Ich sah Carol vor mir, wie sie Norman und Robbie, Anthony und Tommy Hot dogs vorsetzte, mit neonorangefarbener Käsecreme aus der Spritzdose zickzackförmig verziert. Vielleicht dachte sie ja, sie sei eine gute Mutter, wenn sie es schaffte, die Abbildung auf der Dose bis ins letzte Zick haargenau zu reproduzieren. Obwohl sie ebensogut eine helle Küche mit Kochinsel, funkelnden Kupfertöpfen und gerahmten Drucken haben konnte, sah ich sie in einem schummrigen Raum mit dunklen Einbauschränken und einem Rotstich, fast schon ein Glühen, der von einer Pseudo-Backsteinwand kam. «Wie findet ihr denn eure Schulkrankenschwester, diese Mrs. Goodwin?» mochte sie beiläufig gefragt haben, während sie ihnen eines Nachmittags, nicht lange nach Lizzys Begräbnis, Hawaii-Punch einschenkte.

«Die ist gemein!» würde Norman geantwortet haben. «Sie hat meinen Zahn rausgezogen.»

«Sie hat deinen Zahn rausgezogen? Sie hat dir in den Mund gefaßt und deinen Zahn rausgerissen?»

«Sie hat mich gepackt, um den Bauch, daß ich gar nicht mehr wegkonnte, und dann hat sie hingelangt und mir den Zahn rausgebrochen. Er war noch nicht mal wacklig. Sie wollte mir bestimmt alle Zähne rausreißen, aber ich hab geschrien und bin abgehauen. Sie hat eine Zange, eine Riesenzange, in ihrer Schublade.»

«Ich tret sie immer», mochte Robbie beigesteuert haben.

«Macht Mrs. Goodwin mit euch auch so schlimme Sachen wie mit Robbie?»

«Sie reißt mir die Hose runter», würde Robbie daraufhin gebrüllt haben, begleitet von einer kurzen Demonstration. «Meine Mom sagt, wir kriegen einen Haufen Geld von ihr, weil sie das gemacht hat. Und außerdem hat sie ein Mädchen totgemacht!»

«Steckst du das sofort wieder dahin zurück, wo es hingehört!» mochte Mrs. Mackessy barsch gesagt haben, ehe ihr wieder einfiel, daß ja die Schulkrankenschwester einen kleinen Exhibitionisten aus ihm gemacht hatte. «Komm her, mein Häschen», hatte sie gegurrt und war auf ihn zugegangen, um seinen erstarrenden kleinen Körper in die Arme zu schließen.

«Mit mir hat sie das auch mal gemacht», schrie Anthony Jenkins im Gedanken an die Situation, als ich ihn seine zerrissenen Trainingshosen hatte ausziehen lassen, um die Kniewunde zu säubern.

«Noch Chips, Jungs? Limo? Hat jemand Lust auf ein Twinkie?»

Robbie, der noch immer von seiner Mutter umklammert wurde, sagte: «Wir werden ganz reich, meine Mom sagt, wir kriegen einen Sportwagen, so einen mit Dach.»

«Was hat sie mit dir gemacht, Anthony? Das darf doch nicht wahr sein – sie hat sich auch noch über andere Jungen hergemacht –»

Robbie brach aus ihrer Umarmung aus, stürmte zur Hintertür und brüllte: «So Autos fahren neunzig Meilen, *bruuummmm* –»

«Sachte, Männlein –»

Von der Hinterveranda rief er durch ein kleines Fenster in die Küche: «Sie hat mein Pipi geleckt!»

«Hat sie das mit euch auch gemacht?» fragte Mrs. Mackessy. «Keine Angst, ihr könnt es mir ruhig sagen. Wenn euch jemand anfaßt und euch weh tut, so wie Mrs. Goodwin, ist es ganz wichtig, daß ihr es jemandem sagt. Wir wissen, was los war. Wir wissen, was sie für eine ist. Ihr braucht nur ein klitzekleines Wörtchen zu sagen, dann wissen wir den Rest. Es gab Tage –» sie mußte jetzt wegen ihrer Tränen blinzeln –, «da wollte sie mich Robbie nicht mit heimnehmen lassen. Wir wissen ja alle, was sie für eine ist! Aber ihr seid die einzigen, die mithelfen können, daß Mrs. Goodwin nie wieder einen kleinen Jungen zu sehen kriegt, daß sie nie wieder einem von euch weh tun kann. Ihr müßt uns helfen, daß wir ihr das Handwerk legen. Die ganze Stadt wird euch vieren dankbar sein, weil ihr uns vor einer Person gerettet habt, die krankhaft gestört ist.»

«Langsam ergibt es einen Sinn», sagte ich zu Rafferty, wohl

wissend, daß Mrs. Mackessy in ihrer Küche in puncto Beweiskraft so viel wert war wie eine Halluzination.

«Glauben Sie, daß Lizzys Tod bei den Beschuldigungen auch mitspielt?» fragte Rafferty. Während er meine Antworten abwartete, stützte er stets das Kinn auf die gefalteten Hände. Ich dachte während dieser Sitzungen nie daran, daß er für seinen Zeitaufwand bezahlt wurde, daß meine Tagträume teuer waren. Das kam erst später. Seine Fragen, sein beobachtender Blick beflügelten mein Erinnerungsvermögen.

«War es denn irgend etwas Konkretes, was die Beschuldigungen ausgelöst hat?» bohrte er.

Es war, als hätte er hypnotische Kräfte, als bräuchte er nur einmal mit den Fingern zu schnippen, um mich einzuschläfern oder aufzuwecken. Ich sah den Warteraum im Krankenhaus, unmittelbar nachdem Lizzy in die Notaufnahme gebracht worden war; ich sah Mrs. Mackessy auf ihrem Stuhl sitzen und eine Illustrierte durchblättern. Ich hatte völlig vergessen, daß sie dort gewesen war. Sie war mit mir dagewesen, wie ein Schatten, während ich auf den Bescheid gewartet hatte. Ich hatte schweißgebadet und zusammengekrümmt auf der Sofakante gesessen und gebetet. Ich mußte genauso verzweifelt ausgesehen haben, wie mir zumute gewesen war. Dann fiel mir auch wieder ein, daß ich direkt an Carol und Robbie vorbeigerannt war, als ich bei der Beerdigung die Flucht ergriffen hatte. War es Carol gewesen, die es ihm eingeflüstert hatte, als ich an ihnen vorbeigestürzt war? Hatte sie vielleicht laut vor sich hingedacht: «Ist diese Frau übergeschnappt?» Vielleicht hatte sie ja gemerkt, daß ich es war, und zu Robbie gesagt: «Mrs. Goodwin sieht aus, als hätte sie das Mädchen umgebracht. Wie kann man so jemanden an einer Grundschule arbeiten lassen?»

«Ich fürchte, das meiste beruht eher auf einem Gefühl», sagte ich zu Rafferty.

Statt mich verächtlich oder spöttisch anzuschauen, sagte er nikkend: «Es hat mich nur rund zehn Jahre gekostet zu kapieren, daß das immer der Ausgangspunkt ist – nicht Fakten oder Beweise oder auch nur ein paar dürftige Indizien, sondern ein paar Menschen und dazu ein ganzes Spektrum von Möglichkeiten: ihr Stolz, ihre Liebe, ihre Begierde, ihre Verletzlichkeit, ihre Rachsucht, Habgier, Verzweiflung – was immer.»

«Ich glaube, es ist so gelaufen», begann ich. «Nicht lange nach der Beerdigung, in Mrs. Mackessys Küche.»

Als Rafferty und ich uns etwa eineinhalb Wochen nach meinem Ohnmachtsanfall wieder trafen, warf er einen Blick auf mich, um dann mit der üblichen näselnden Feurigkeit und Entrüstung zu verkünden, jetzt sei das Maß voll. «Warum haben sie mich nicht benachrichtigt?» brüllte er, wobei er mit der Faust auf den Tisch schlug.

Ich sagte achselzuckend, sie hätten versucht, Howard zu erreichen. Aber er wußte so gut wie ich, daß sie sich kein Bein ausrissen, um die Angehörigen auf dem laufenden zu halten. Meine Beule war nicht mehr so farbenprächtig wie anfangs, und ich dachte, ich könnte einfach nur sagen: «Ich habe mir den Kopf gestoßen», und es dabei belassen. «Man kriegt keine grapefruitgroße Beule davon, daß man sich den Kopf stößt», protestierte er.

«Es ist komisch», schnitt ich ihm das Wort ab, «ich meine, das mit der Angst. Sie haben mich doch vor ein paar Wochen mal danach gefragt. Ich dachte schon eine ganze Weile, daß ich Prügel beziehen würde. Das war es nicht, was mir Angst gemacht hat. Das Beängstigende ist, daß ich es einfach nicht schaffe, diese Mädels zu lieben.»

«Du meine Güte –»

«Nein», sagte ich, «Theresa wäre fähig, sie zu lieben. Sie würde verstehen, wo sie herkommen, warum sie so wütend sind. Ich habe mehr Angst vor dem, was ich nicht habe, davor, daß da drinnen, verstehen Sie, ganz tief da drinnen, im Grunde nicht viel ist.»

«Sie lesen die falschen Romane», sagte Rafferty. «Niemand verlangt von Ihnen, Ihre Mitgefangenen zu lieben.» Er hielt mir einen langen Vortrag darüber, daß wir uns vor denen schützen müssen, die, aus welchem Grund auch immer, Barbaren sind. «Heben Sie Ihre Liebe für Ihre Töchter auf», befahl er.

Ich sagte, natürlich seien auch Emma und Claire ein Grund, Angst zu haben. Ich hatte geweint, als sie geboren wurden, beide Male, wegen der halbautomatischen Waffen auf den Straßen, der Giftmülldeponien, der Terrorakte, des Hasses – wegen all der Greuel, die wir unseren Kindern hinterlassen. Mein generelles Leiden an der Conditio humana war nichts, verglichen mit diesem neuen, spezifischen Schmerz, weil das Leben meiner Töchter für immer ein anderes geworden war. Ich hatte mir geschworen, niemals meinen Kindern das anzutun, was meine Mutter mir angetan hatte, sie niemals zu verlassen, und doch hatte ich letztlich genau das getan. Selbst wenn ich wieder herauskam und wir nach Australien zogen, würden sie immer wissen, daß ich für etwas verantwortlich war, was alles von Grund auf verändert hatte. Sie würden sich, auch wenn niemand anders davon wußte, immer stigmatisiert fühlen. Es gab keinen Ort, wo wir hingehen konnten und nicht mehr unter dem Wissen zu leiden bräuchten, daß uns Böses angetan worden war und daß wir unsererseits den Menschen in unserer nächsten Umgebung Leid zugefügt hatten.

Eine knappe Woche nach meinem Krankenhausaufenthalt ging Debbie einmal lange genug aus sich heraus, um mir eine persönliche Frage zu stellen. Es war ein vergleichsweise ruhiger Morgen, jede von uns hatte damit zu tun, mit sich selbst klarzukommen. Debbie kam nach dem Frühstück in unsere Zelle geschlurft, stand da und starrte mich an, während ich las. Als sie kapierte, daß ich nicht aufschauen würde, fragte sie geradeheraus: «Wie alt sind deine Kinder?»

Daß sie mich etwas fragte, war so untypisch, daß ich erst gar nicht antworten konnte. «Was?» sagte ich schließlich.

«Du kriegst dauernd Briefe von deinen Töchtern. Sie malen dir Bilder. Ich wollt nur wissen, wie alt daß die sind.»

Ich hatte bisher vor Debbie wenig Gefühle gezeigt, außer, es ging um ihre Probleme. Ich merkte, wie mein Mund sich bewegte. Ich wollte mich unbedingt beherrschen. Debbie hatte soviel Takt, den Blick abzuwenden, während ich meine armen zitternden Lippen unter Kontrolle zu bringen versuchte. Mehrere Minuten stand sie so da, starrte hinaus in den Tagesraum und zupfte sich an der Nase. Zu meiner Bestürzung merkte ich, daß ich den Kopf in meinem Schoß barg und schluchzte. Offenbar war ich laut genug, um Aufmerksamkeit zu erregen, denn gleich darauf spähte Sherry um die Ecke. «Was'n hier los? Was hast du gemacht, Debbie-Girl, daß sie dasitzt und heult?»

«Ich hab sie nur was gefragt», piepste Debbie.

«Vermißt du deine Babys? Isses das?» fragte Sherry, während sie sich neben mich setzte. Sie zeigte mit dem Finger auf Debbie. «Geh und hol paar Taschentücher.» Sherry war neunzehn. Sie hatte das Fluchtauto gefahren, als ihr Freund einen Lebensmittelmarkt überfallen hatte. Er hatte zwei Menschen verletzt und es beinahe geschafft, sich mit sechshundert Dollar aus dem Staub zu machen. Mir war, als sei in meinem Kopf ein Kugellager ausgeschlagen, als krachte es jedesmal hin und her, wenn ich blinzelte. Wenn ich ins Gefängnis gesteckt würde und meine Kinder nach angemessener Frist eine Stiefmutter bekämen, würde ich immer noch als Fluch auf ihnen lasten. Wenn es zu einer Absprache kam und ich mich im Tausch gegen ein geringeres Strafmaß schuldig bekannte, würde das Jugendamt womöglich einfach in unser Haus platzen und Howard die Mädchen wegnehmen. Wenn ich den Prozeß verlor, würde ich jahrelang sitzen müssen. Meine Abwesenheit war eine Wunde – ebensogut hätte ich ihnen einen Arm oder ein Bein abhacken oder ein Auge ausstechen können.

«Ich vermiß meine Babys auch», sagte Sherry und schob den Arm um mich. Ich saß steif da, während sie hin- und herschaukelte und mich zu wiegen versuchte. «Meine drei Würmer sind jetzt bei meiner Mama daheim.»

Ich weiß noch, daß ich protestieren wollte, darauf beharren, daß eine Neunzehnjährige unmöglich um meinen Schmerz wissen konnte, daß wir von Alter und Erziehung her so grundverschieden waren, daß wir praktisch nicht derselben Spezies angehörten. Ich erinnere mich, daß ich das zu sagen versuchte. Mein Kopf pochte, und ich brachte die Worte nicht zustande, um ihr zu erklären, daß sie gar nichts wußte.

«Du hast drei Kinder?» fragte Debbie.

Sherry sah sie an. «Bist du heut starr vor Ehrfurcht oder was?»

«Aber ich –»

«Sie ist echt 'ne Nulpe, was?» sagte Sherry in dem Bemühen, mich aus der Reserve zu locken. «Grad wie wenn sie jetzt erst merken tät, daß wir aus Fleisch und Blut sind statt aus Beton. Glückwunsch, Mädel. Drei Stück, so isses, Dante, Jamella und Michael J. Eins, zwei, drei. Heißt immer, der Knast wär kein Urlaubshotel, aber für mich isser das wohl!» Sie lachte ihr mächtiges, rülpsendes Lachen. «Laßt euch von Dyshett nicht verarschen», sagte sie. «Sie hat einen kleinen Jungen gekriegt, wo sie vierzehn war, und ein Jahr drauf noch ein Mädchen, aber sie haben sie ihr alle zwei weggenommen und in Pflege gegeben. Sie sagt, das juckt sie nicht, aber das sind alles nur große Töne. Sie geht hin und haut ihr ganzes Geld raus, nur daß sie ihnen tolle Sachen zum Geburtstag schenkt. Der Kleinen hat sie 'ne Halskette gekauft, echt Gold und ein Diamantklunker, so groß wie mein Arsch.»

Ich stand auf, wischte mir die Augen mit dem Ärmel aus und bedankte mich bei Sherry. Mein Kopf tat so weh, daß ich nichts sah. Ich wollte, meine Kinder würden mich nicht kennen, sich nicht mehr daran erinnern, daß ich es war, die ihre Welt zertrümmert hatte; genausosehr wollte ich ihren Duft atmen, sie in die Arme schließen, sie beschützen. Ich beugte mich über das Klo, versuchte, den Schmerz runterzuwürgen, als müßte mir das, was da in mir war, die Kehle aufreißen, wenn es hochkam, als sei es etwas, das man von sich geben und wegspülen könnte.

Als Debbie und Sherry in den Tagesraum gegangen waren, lag ich auf dem Bauch und betrachtete den Stapel von Bildern, den die Mädchen gemalt hatten. Claire kritzelte und Emma zeichnete

Selbstporträts – Strichfigürchen in Dreieckskleidern, mit komischen kleinen Klumpfüßen, die beide in dieselbe Richtung zeigten. Ich roch an den Bildern und hielt sie mir an die Wange, weil es immer schien, als müßte das Papier in direkter Verbindung mit den beiden stehen. Wenn ich nur genauer hingucken könnte, auf eine Art sehen, die mir verwehrt blieb, würden die Mädchen dort unter dem Papier sein. Ich vergaß immer wieder die bittere Enttäuschung, und jedesmal, wenn die Post ausgeteilt wurde, öffnete ich ihre Briefe mit den größten Erwartungen. Jetzt, auf meinem Bett, versuchte ich, die Bilder nüchtern zu studieren, zu prüfen, ob etwas darauf hindeutete, daß die Mädchen irgendwelche Narben davongetragen hatten. Emmas Figuren hatten allesamt Füße und Finger, und ich versuchte mich zu erinnern, ob das nicht anzeigte, daß ein Kind psychisch stabil war und ein entwickeltes Selbstwertgefühl besaß. Claires Linien waren mit lockerer Hand gezogen, und sie benutzte jede Menge bunte Farben. Ich dachte, ein leidendes Kind würde doch sicher düstere Töne wählen und Spiralen zeichnen, die sich zu einem dichten Knoten zusammenzogen. Ich versuchte, meine ganze Willenskraft darauf zu konzentrieren, daß es den beiden gut ginge und sie wohlauf und unbeschädigt wären. Ich schloß die Augen und nahm jene angespannte Gebetshaltung ein, die damals im Krankenhaus nichts genützt hatte.

Am nächsten Morgen aßen wir unser Frühstück, bestehend aus einem Schlag Hafergrütze, der im voraus mit Milch und Zucker versehen wurde, sowie einem gammeligen Schnitz Kantalupe, Orangensaft und kaltem Kaffee. Aus irgendeinem Grund hatte Dyshett den Zellenblock schon verlassen. Keine von uns blickte auf oder zeigte überhaupt eine Reaktion, als sie über die elektrische Schließanlage wieder in den Tagesraum eingelassen wurde. Sie setzte sich an ihren üblichen Platz am anderen Tisch. Sie schien bewußt Distanz zu halten, jeden Blickkontakt zu meiden. Nach dem Frühstück ging sie in Sherrys Zelle zum Kartenspielen. Ich hatte Kopfschmerzen und verbrachte den Vormittag überwiegend damit, daß ich auf dem Bett lag und zu schlafen versuchte. Debbie saß im Schneidersitz auf dem Boden und wiegte sich hin und her, während sie über Kopfhörer Musik hörte.

Beim Mittagessen kam Dyshett zu dem Tisch herübergeschlendert, an dem ich aß. Sie setzte sich breitbeinig auf einen Hocker, mit der Seite zu mir. Ihr Profil war von dem Zöpfchenwust verhangen. Eine Frau namens Carla, die wegen Betrugs einsaß, erläuterte gerade, wie ihr Freund jahrelang mit seinem Kreditkartenschwindel durchgekommen war, bis sie ihn dann schließlich erwischt hatten. Ich nahm an, Dyshett interessiere sich für dieses Metier. Ich knabberte an meinem Hamburger und las in der Ehemaligenzeitung meines Colleges, die Howard mir, zusammen mit dem Katalog von L. L. Bean, in einem braunen Umschlag geschickt hatte. Ein Absolvent des Jahrgangs '67 namens Robert J. Harrison hatte ein Verfahren ausgeknobelt, wie man mittels genmanipulierter Kartoffeln Plastik auf natürlichem Weg erzeugen konnte. Die Kartoffeln produzierten den Kunststoff von ganz allein, in der Erde. Ein Problem bei der praktischen Nutzung dieses Wunders der Technologie lag darin, daß das Plastik in die Nahrungskette gelangen könnte. Ich stippte eine Fritte in einen Ketchupklecks und stellte mir vor, wie unsere Golden Guernseys auf der Weide erwartungsvoll die Mäuler in das fette grüne Gras senkten, nur um feststellen zu müssen, daß es künstlich war.

«Wie viele Kinder hast du?» fragte Dyshett, wobei sie sich zu unserer Gruppe umwandte und mir genau ins Gesicht sah.

«Warum fragen mich das alle?» jammerte ich in mein Hamburger-Brötchen. Ich wollte weiter über die gentechnisch erzeugten Erdäpfel nachdenken, die in der Lage wären, Vinyltischdecken mit und ohne Blumenmuster hervorzubringen. Sie sollte nicht merken, wie mich unsere Auseinandersetzung geschwächt hatte. Die anderen dachten, ich sei gestärkt daraus hervorgegangen, aber sie irrten sich. Sie sollte nicht merken, daß es Tage gab, an denen ich gar nicht richtig sehen konnte. Und sie sollte nicht merken, daß ich Howard auf eine Art und Weise liebte, wie sie ganz sicher nie irgend jemanden lieben würde. Ich führte ein Leben voller Wunder, von denen sie nie auch nur eine blasse Ahnung haben würde. Howard und ich, wir hatten uns auf einen Kurs festgelegt, der Liebe und Arbeit zusammenbrachte. Sie würde sich eine solche Verbindlichkeit nie auch nur vorstellen können. Wir hatten unser Leben in unsere Kinder investiert, und das, was wir ihnen schenkten, war für ihre Köpfe und für ihre Herzen gedacht. Emma und Claire waren mehr als nur Auslagen für teuren Schmuck.

«Ich will nicht über sie reden», sagte ich.

«*Tschul*digung», sagte Dyshett und kreuzte die Arme so vor der Brust, daß die Handflächen ihre Schultern berührten.

«Weil die Läden einen dann nämlich auf der Liste haben», sagte Carla gerade im Zuge ihrer Betrugs-Lektion, «eine von so Leuten, wo mit faulen Schecks zahlen, klar?»

Ich fühlte wieder ein heftiges Zucken in meinem Bauch und verschlang meinen Hamburger, so schnell ich konnte, in der Hoffnung, daß das Brötchen die Schluchzgeräusche ersticken würde.

«Wie heißen sie?» fragte Dyshett. «Das kannst du mir doch sagen.» Obwohl sie mir am Tisch gegenübersaß, sah ich sie nur verschwommen. «Sind's Jungen oder was? Mädel?»

«Nein», sagte ich. Das stechende, drückende Etwas in meinem Magen drängte empor, fiel zurück, drängte wieder empor. «NEIN», sagte ich. Ich stand auf, ging in meine Zelle, setzte mich aufs Bett und machte Atemübungen, die eigentlich zur Geburtsvorbereitung gedacht waren. Ich versuchte, mich auf einen kleinen Flecken an der Wand zu konzentrieren, mir vorzustellen, daß ich alles, was in mir war, in dieses schwarze Pünktchen auf der Preßsteinwand fließen ließ und den unendlichen Raum hinter jener winzigen Pforte füllte, bis ich ganz leer war.

Und während ich immer wieder versuchte, mich auf den Flecken zu konzentrieren, fiel mir ein, welcher Tag und welche Uhrzeit war. Howard würde bald zu seinem wöchentlichen Besuch erscheinen. Er würde mein pinkfarbenes Kopftuch sehen und sich fragen, wieso es so glatt um meinen Kopf lag. Ich würde ihn abzulenken versuchen, indem ich fragte: Weißt du noch, diese Nacht, als wir zusammen im Teich geschwommen sind, Howard? Weißt du noch, wie mühelos wir durchs Wasser geglitten sind, aneinandergeschmiegt, als seien wir ein Körper? Das war der Anfang, stimmt's?

Als ich an dem Nachmittag hinunterging, um ihn zu sehen, und als ich in meiner Box anlangte und nach dem Hörer griff, sah ich im selben Moment hinter ihm Emma und Claire in die Kommunikationszentrale gucken. Automatisch versuchte ich, durch die Scheibe zu gelangen, als bedeutete ihre Anwesenheit, daß sich das Glas in Luft auflösen würde. Sie waren so schön. Sie trugen neue Sommerkleidchen, und ihr frischgewaschenes Haar glänzte. Eineinhalb Monate war ich mir nicht mehr sicher gewesen, ob sie wirklich existierten, und jetzt waren sie da, lebendig und wundervoll. Neugierig musterten sie die Beamtinnen am Schaltpult, als sei das Ganze ein Ausflug ins Museum. Ich war so froh, und mit einemmal war ich Howard so dankbar, weil er entgegen meinen Anweisungen geahnt hatte, daß ich die Mädchen unbedingt sehen mußte. Er stand da und brüllte ins Telefon; mir schien es fast, als wollte er mir in diesem Moment die Sicht verstellen. Ich hatte keine Ahnung, weshalb er mich hindern wollte zu sehen. Er trug ein blaues Hemd, durch die Scheibe sah er aus wie ein dunkler Schatten, eine unheimliche Figur, die in einem Comic die Straße entlangkommt. Ich wollte das gerade ins Telefon sagen und dann ganz laut hineinbrüllen, wie sehr ich mich freute, die Mädchen zu sehen. Ich mußte hinter ihn sehen können – wenn er doch nur aus dem Weg ginge –, und ich mußte den Text aufsagen, den ich mir zurechtgelegt hatte: Weißt du noch, die Nacht damals am Teich, Howard? Ist es Liebe, was uns verbindet, ist es das? Ich habe nicht gewußt, daß dieses Gefühl, das ich empfinde, ganz normale Liebe ist, es ist so – kompliziert. Vielleicht gibt es ja noch einen anderen Namen dafür, einen, den wir noch nicht kennen. Ich dachte immer, Liebe sei etwas Simples und klar Erkennbares, wie Regen, und so, wie man auf seine Haut guckt und ‹Wasser› sagt, würde man morgens aufwachen und ‹Liebe› sagen. Aber es war tief unter der

Oberfläche, dieses neue und uralte Etwas, das ich fühle, unterirdisch, still und stetig, wie Blut, das die meiste Zeit vor sich hin fließt, ohne daß man es merkt.

Als ich ihn ansah, stippte er mit dem Finger gegen die Scheibe, als wollte er mich pieksen. Sein Gesicht war rot, ärgerlich. Ich hatte ihn noch nie mit so einem Gesichtsausdruck gesehen, einem Stirnrunzeln, das sich über das ganze Gesicht bis hin zum Hals erstreckte. «Ich liebe dich, Howard», wollte ich durch die Scheibe sagen, aber er spuckte und schäumte, und dann brach etwas aus ihm heraus, was am ehesten aussah wie Zorn. Der Raum begann sich zu neigen und zu drehen, ganz langsam, wie ein Karussell, das anläuft und erst einmal träge kreiselt, damit man noch aufspringen kann, wenn man erst sein Ticket hat. Da war ich mir nicht mehr sicher, daß die Mädchen wirklich da waren und nicht nur eine Art Fata Morgana. Ich mußte weg, bevor ich umkippte. Der Wärter versuchte, mich in meine Box zurückzulotsen, aber er ließ mich schließlich hinaus, als ich sagte: «Da ist niemand, den ich kenne.»

# 19

***Ich wäre nicht im Traum*** auf die Idee gekommen, daß Howard die Farm tatsächlich verkaufen könnte, daß er es über sich bringen könnte, sich von dem Stall zu trennen und von seinen Kühen, die er mit geradezu mütterlicher Fürsorge umhegte. Ich erinnere mich noch gut an einen längst vergangenen Tag, als ich hinausguckte und ihn die kreuzförmig unterteilten Fenster in den Seitenwänden des Stallgebäudes, gleich unter dem Dach, polieren sah. Unser Haus fiel in Trümmer, und es war von oben bis unten dreckig, aber Howard wienerte die Scheiben oben auf dem Heuboden, wo der Staub wie Nebel in der Luft hing.

Mir war nicht klar, daß Howard vorhatte, die Farm zu verkaufen, aber gegen Ende des Sommers wurden seine Briefe seltener, kurz und sehr bedrückt, und zu allem Überfluß schrieb mir Theresa gar nicht mehr. Kein Ausgleich, kein Yin gegen das Yang. Ich stand vor einem Rätsel: eben noch erzählte sie mir, wie wonnig die Mädchen seien, wie viel sie ihr bedeuteten, wie stoisch ich mein Schicksal trüge, und plötzlich kam gar nichts mehr. Eine Woche später trudelte eine Postkarte ein, auf der stand, sie seien krank gewesen, hätten so viel zu tun: ich erkannte ihre lahmen Ausreden, aber ich konnte mir nicht denken, was wirklich dahinter steckte. Ich schrieb ihr immer mehrmals in der Woche, zum einen, weil ich ihr so dankbar dafür war, daß sie sich um Emma und Claire kümmerte, und zum zweiten, weil ich dachte, daß sie Howard vielleicht nicht nur bekochen, sondern auch aufmuntern könnte. Theresas Briefe waren ungewöhnlich, weil sie genauso schrieb, wie sie redete, einfach lossprudelte, über ihre Mutter, die Mädchen, die Blumenrabatten, eine Offenbarung, ein Shortbread-Rezept. Ich wußte es zu schätzen, daß sie sich bemühte, mir den Kontakt zum normalen Leben zu erhalten, wo man sich über miserable Ware ärgerte und sich mit Beziehungsstreß herumschlug. Als ich nichts mehr von ihr hörte, wußte ich, daß etwas passiert war und daß nicht einmal sie mit ihrem unerschöpflichen Einfallsreichtum wußte, wie sie es mir beibringen sollte.

Als die Durchsage kam, daß ich gehen könne, hielten alle in ihrem Tun inne. Sie versammelten sich im Tagesraum, um mir beim Packen zuzuschauen. Sherry fragte mich, was ich für meine Heimkehr anziehen würde, und ich beschrieb ihr, so gut ich mich erinnerte, das graue T-Shirt und die Khaki-Shorts, die ich am Tag meiner Verhaftung angehabt hatte.

«Da kannste auch gleich das orange Zeugs anlassen», sagte Sherry. «Klingt so fetzig wie 'ne Schlammkruste.»

«Hast du Schwein», wimmerte Debbie. «Wenn mich doch auch einer hier rausholen tät.»

«Nur die Hoffnung nicht aufgeben», sagte ich.

«Gehste zurück auf die Farm?» fragte Sherry. Als ich nicht antwortete, sagte sie: «Ich könnt's nicht ertragen, im Finstern da draußen, mitten im Nichts. Ich hätt immer das Gefühl, daß mich wer beobachten tät.»

Eine neue Insassin rief quer durch den Raum: «Wie wenn uns hier niemand beobachten tät!»

«Guckt nicht so bedröppelt!» brüllte Sherry. «Irgendwann sind wir eh alle wieder hier. Wir sind doch alle eine große Familie.»

Dyshett stand vor ihrer Zellentür und sah herüber. Ich steckte alle meine Bücher in eine Einkaufstüte und ging rasch zur Tür, ohne mich von irgend jemandem persönlich zu verabschieden. Möglich, daß wir uns wiedertreffen würden, daß wir die Blüte unserer Jahre gemeinsam verbringen würden, falls sie uns unserer jeweiligen Verbrechen für schuldig befanden. Als der Türsummer ertönte und der Aufseher kam, um mich zu holen, winkte ich ihnen zu. «Seid schön brav», sagte ich.

«Laß von dir hören», schrie Sherry.

Ich sah sie diese Abschiedsscherze stumm wiederholen, während ich den Flur hinunter und durch eine Reihe von Türen zum Aufzug geführt wurde.

Ich fühlte mich, wie sich der Hund damals gefühlt haben mußte, dieser Hund, den wir eines Tages in unserem Wald fanden, mit der Leine an einem Baum verheddert. Er bellte und bellte. Und als Howard vorsichtig die Leine vom Baum gelöst hatte und er frei war, stand er immer noch da und bellte. Und selbst als er einen Schritt gemacht hatte und dann noch einen, konnte er es immer noch nicht fassen, daß er nicht mehr angebunden war. Er bellte uns an, den Baum, sich selbst. Er bellte noch, als er davonrannte, konnte es nicht fassen, bellte den ganzen Weg durch den Wald.

Bevor wir zu unserem neuen Wohnort fuhren, hielten wir noch bei einem Naturpark, um die Lehrpfade entlang zu spazieren. Wir redeten nicht viel, höchstens, um uns gegenseitig auf eine Schildkröte, einen Turmfalken, einen Blaureiher aufmerksam zu machen. Es hatte einen kurzen Regenguß gegeben, und von den Bäumen tropfte es auf uns herab. Ich hatte eine Jahreszeit verpaßt, einen ganzen trockenen Sommer; ich war ins Gefängnis gebracht worden, als die Hitze gar nicht mehr hatte nachlassen wollen, und jetzt fand ich draußen einen feuchten, kühlen Septembertag vor. Es hatte in meiner Abwesenheit geregnet. Howard hatte mir von dem ersten Juligewitter erzählt und von den wenigen Schauern, die ihm gefolgt waren. In unserem Zellenblock hatte ich den Donner nicht gehört. Der Regen war nicht ergiebig genug gewesen und auch nicht rechtzeitig gekommen, so daß viele Farmer im südlichen Teil des Bundesstaats ihre Ernte eingebüßt hatten. Ein verlorener Sommer war nicht viel, auf ein ganzes Leben gesehen, nur ein paar ausgetilgte Monate. Es würden vermutlich andere Sommer kommen, an einem neuen Ort, wilde, üppige Sommer mit Zikaden, Glühwürmchen, Mücken, springenden Fischen, Sonnenuntergängen und Nordlicht. Niemand wußte, wohin es uns verschlagen würde. Ich fühlte mich schwerelos, als würde ich wie ein Heliumballon in den Himmel entschweben, sobald ich Howards Hand losließe.

Ich stand gerade im Gebüsch und sah auf das Teichkolbenröhricht, als er mir mitteilte, daß die Schule am Montag beginne. Die Lehrer hätten fast einen Monat gestreikt. Im Gefängnis waren mir die Mädchen so weit weg erschienen, und ich hatte irgendwie noch gar nicht richtig kapiert, daß Emma von jetzt an ein Schulkind sein würde. Sie betrachtete gerade ein Nest, das Howard am Weg gefunden hatte. Ich fragte mich, ob er wohl daran gedacht hatte, sie an der Grundschule von Spring Grove anzumelden. Wir würden ein Formular ausfüllen müssen, Namen und Adresse, Berufe, Privat- und Dienstnummer, eine im Notfall zu benachrichtigende Person. Viel hatten wir nicht einzutragen. Wir konnten nichts Dauerhaftes angeben, außer unserem befleckten Namen. Ich fragte mich, ob wir wohl das Geld hätten, um Emma Buntstifte, einen Malkittel, ein Federmäppchen, eine Faltmappe und neue Schuhe zu kaufen. Ich ging zu ihr und kniete mich neben sie, tat so, als wollte ich mir das Nest ansehen. Ich werde sie nicht gehen lassen, dachte ich. Ich werde sie verstecken oder sagen, sie sei kränklich.

Howard setzte das Nest ins Gebüsch zurück. Ich mußte daran denken, wie wundervoll er immer ausgesehen hatte, mit einem feuchten Lämmchen in seinen großen Händen. Er wirkte müde und unglücklich, und ich sah ständig zu ihm hinüber, um zu prüfen, ob ich mir das nur einbildete. Es war nett von ihm, daß er mich hier in diesen Park gebracht hatte, und das sagte ich ihm auch. Er brachte ein lahmes Lächeln zustande. Die Mädchen liefen jetzt aus Gewohnheit neben ihm her. Ich kam mir vor wie ein Gast.

Ich hatte mich entschieden, als ich das mit der Farm erfahren hatte; ich hatte beschlossen, nicht undankbar für meine Freiheit zu sein. Wir verließen den Park wieder, nachdem wir noch Erdnußbuttersandwiches mit Gelee gegessen hatten, klitschiges Weißbrot, die billigste Sorte, genau wie im Gefängnis. Howard hatte früher manchmal selbst Brot gebacken, mit der Milch unserer Kühe und Mehl, das er aus selbstangebautem Weizen gemahlen hatte. Ich hatte den Mädchen immer erklärt, es sei das beste Brot der Welt, und sie hatten es prompt so genannt: «Das-beste-Brotder-Welt-Brot.» Wir aßen im Stehen, weil die Picknicktische und -bänke naß waren. Wir waren wie flüchtige Bekannte, die zusammen herumstanden und aßen und nicht recht wußten, was sie sagen sollten. Selbst die Mädchen waren still und starrten auf mein Kopftuch.

Als wir fertig waren, machten wir uns auf den Weg nach Spring Grove. Wir fuhren in den Garagenvorbau vor unserem Apartment und dem Nachbarapartment in der Neubausiedlung. Howard schloß die weiße Tür auf und führte mich in die kleine Diele. Nie, nicht einmal in unseren verrücktesten Träumen, hätten wir uns in einem so neuen Haus gesehen, an einem Ort, wo es roch, als sei das Raumspray schon in die Wände eingelassen. Howard hatte die Zähne zusammengebissen, seine Augen waren schmal, als er rasch durch die Küche ging, um die Schiebetür zu öffnen. Er hatte mich schon gewarnt, daß es nur eine Übergangslösung sei, nichts, was wir uns unter normalen Umständen ausgesucht hätten. Er und die Mädchen hatten irgendwo am Straßenrand Goldrute, Wildmöhrenkraut, schwarzäugige Susanna und Wegwarte gepflückt und die Sträuße in Marmeladengläsern in der Küche und im Wohnzimmer aufgestellt. Ich ließ mich in dem durchgesessenen Ohrensessel nieder, den wir schon auf der Farm gehabt hatten, und nahm die Mädchen auf den Schoß. Ich erzählte ihnen, wie damals meine Tante Kate zu mir ins Haus gezogen war, wie sie eines Tages mit ihrem Koffer vor der Tür gestanden hatte und wie sie gleich mit mir nach draußen in den Garten gegangen war, um als allererstes Tulpenzwiebeln zu stecken. «Wir werden fragen, ob wir hinterm Haus ein paar Tulpen pflanzen können», sagte ich.

«Hier gibt's kein hinterm Haus», sagte Emma.

«Dann eben vorn.»

«Da ist die Einfahrt.»

«In einem Blumenkasten. Wir legen uns einen Blumenkasten an.»

«Ich glaub nicht, daß Zwiebeln in einem Blumenkasten gehen. Da ist nicht genug Erde drin.»

Sie hatte recht. «Wir können ja bunte Tulpen malen», schlug ich vor, «und sie mit Klebestreifen an den Wänden festmachen, wie eine Borte. Dann haben wir sie das ganze Jahr um uns.»

«Wenn du willst», sagte sie und glitt von meinem Schoß. Ich las Kapitulation in ihrem X-beinigen Gang, Widerstand in den hochgezogenen Schultern. Sie wählte die Isolation und fand sie auch, indem sie nach oben in ihr Zimmer stapfte und die Tür zumachte.

«Was hast du unter deinem Hut?» fragte Claire.

Ich löste das Tuch und zeigte ihr mein extrem kurzes, weiches Haar.

«Du siehst nicht mehr so hübsch aus», sagte sie sachlich. «Wir werden ganz lieb zu dir sein.» Sie schmiegte sich an meine Brust, und ich las ihr *Blueberries for Sal* vor. Als ich fertig war, sagte sie: «Können wir bald zu Theresa gehen?»

«Wir müssen sie mal anrufen.»

«Wann?»

«Wir werden sie demnächst fragen.»

«Hier ist die Luft so komisch», sagte Claire. «Ich finde, das Haus stinkt.»

Ich wollte den Gedanken nicht zulassen, daß diese beklemmende «Wohneinheit», wie Howard es nannte, der Preis war, den wir alle für meine Freilassung bezahlen mußten. An diesem ersten Abend drang Howard darauf, daß ich mich an den Tisch in der Frühstücksecke setzte, damit er mir seine Finanzaufstellungen zeigen konnte. Er würde den Bankkredit abzahlen können, wenn er einen Job fand. Er hatte die Kaution für mich hinterlegt, Geld, das wir wiederbekommen würden, wenn ich zur Verhandlung erschien. Vorerst reichte es noch für Raffertys Honorar, ein paar bescheidene Essensvorräte, Versicherung, Miete, Steuern. Nellie würde auf ihr Geld noch warten müssen. Ich glaube, Howard wollte mir zeigen, daß der Grund für alles dort in diesem Abrechnungsbuch stand. «Verstehe», sagte ich, obwohl die Zahlen unten am Seitenrand zu einem dicken Tintenklecks verliefen. Ich werde wohl nie verstehen, was ihn damals bewegte. Er erklärte, in Prairie Center sei unser Leben vorbelastet. Das war nicht gerade eine abwegige Begründung, aber ich hatte immer, genau wie er auch, das Gefühl gehabt, daß die Farm uns auf eine Weise gehörte, die über den reinen Eigentumstitel hinausging. Bei der Farmarbeit hatte Howard immer so gewirkt, als bräuchte er nur einen Spaten zu nehmen und sich ans Umgraben zu machen, um sofort ein Teil der Landschaft zu werden. Nicht bildlich, sondern wirklich ein Teil der Erde, des Himmels, all dessen, was wuchs. Während ich von zu Hause weg gewesen war, hatte ich erkannt, daß mir die Farm zwar nicht ganz so viel bedeutete wie mein eigenes Fleisch und Blut, aber doch fast; auch war die Erde etwas, das mich sehr leicht dazu bewegen konnte, auf die Knie zu fallen, um es zu küssen, um mit ihm eins zu werden. Vielleicht hatte ja Lizzys Tod dem Wort «Erde» eine neue Bedeutung verliehen. Sie, die Erde, die heruntergekommenen Gebäude, das sprießende Frühlingsgrün, der Teich, der Garten, das alles begann dort, wo unsere Körper zu sein aufhörten.

Manchmal schien es, als könnte die Tatsache, daß Howard sich von dem Land getrennt hatte, nur als eine unendlich großzügige Geste gedeutet werden, als ginge er davon aus, daß diese Monate bis zu meinem Prozeß für lange Zeit meine letzte Chance waren, mit den Mädchen zusammenzusein, daß die Vernunft auch mit Raffertys Hilfe nicht obsiegen und das Gericht mich schuldig sprechen würde. Dann wieder schien es nur noch eine weitere Strafe zu sein für etwas, wovon wir nicht einmal wußten, daß wir es getan hatten.

Wir saßen auf dem Möbel, das er so gern den «Diwan» nannte, an diesem ersten Abend, als die Mädchen im Bett waren. Er legte seinen muskulösen Arm um mich. Ich spürte ihn nicht schwerer auf meinen Schultern als einen Ast. Mein Kopf hämmerte, wie meistens, wenn ich müde war. Ich merkte, daß Howard nervös war; er dachte wohl, ich würde ihn wegen der Farm fragen oder irgend etwas über die Wohnung oder über Rafferty sagen. Er saß schrecklich steif und aufrecht da. Wir müssen ausgesehen haben wie in einer gestellten Szene, wie Schaufensterpuppen, während wir verschiedene Themen ausprobierten und jedesmal auf Grund liefen, bevor wir an etwas Schwieriges oder Bedeutsames gerührt hatten. «Was macht Nellie?» fragte ich schließlich.

«Sie kommt bald wieder», sagte er.

«Sie hat immer schon gewußt, daß du mich nicht hättest heiraten sollen», sagte ich leichthin.

«Ich habe ihr nicht viel erzählt. Sie ist dort drüben ziemlich beschäftigt.»

«Wir schulden ihr noch einiges, oder?»

«Ja», sagte er. «Wir schulden ihr einiges.»

Wir schwiegen ein Weilchen. «Danke, Howard», sagte ich. «Danke, daß du –» Er sprang auf, bevor ich zu Ende sprechen konnte.

«Wir haben versucht, Feuer zu machen, als es mal einen Abend nicht so heiß war», sagte er, den Blick auf den Kamin gerichtet, «um Marshmallows zu braten. Die Mädchen wollten es», setzte er hinzu, vielleicht um zu demonstrieren, daß es nicht mehr viel gab, was er selbst wollte. «Man kriegt kaum einen Scheit rein, so klein ist das Ding. Warum bauen sie so was, wenn man es gar nicht benutzen kann?»

«Macht ja nichts», sagte ich.

«Aber wozu bauen sie's dann?»

Ich folgte ihm die Treppe hinauf ins Elternschlafzimmer. Ich wollte mit ihm im Bett liegen und weinen oder lachen oder krank sein, unter den Decken zittern, Partner im Elend. Auf dem orangegescheckten Teppich lag der Futon, das alte klumpige Ding, das wir immer für Gäste herausgeholt hatten. Unsere Uhren waren da, Big Ben und Little Ben, sie tickten vor sich hin wie immer, zeigten beide die falsche Zeit an. Aus den eingelagerten Beständen hatte Howard für mich einen Karton mit den wichtigsten Dingen zusammengestellt, ähnlich der Gefängnisausstattung: Unterwäsche, Socken, T-Shirts. Ich dachte gerade darüber nach, was außer «Danke» ich noch sagen könnte, als er erklärte: «Ich bin müde. Kannst du das Licht ausmachen, wenn du fertig bist?»

Ich stieg ins Bett, und er drehte sich zu mir, küßte mich auf die Wange und murmelte, wie sehr sie mich alle vermißt hätten. Als ich sicher war, daß er schlief, schlüpfte ich wieder aus dem Bett, öffnete die Schiebetür und trat hinaus auf die rauhen Bohlen der kleinen Terrasse mit Blick auf den Highway. Die Luft roch nach Fritierfett von dem Grillrestaurant ein Stück weiter unten. Es war nicht der schmucke Teppichboden, nicht die Tatsache, daß alles um mich herum so neu war, was mir das Gefühl gab, eben erst geboren zu sein und weder eine Vergangenheit noch ein Bewußtsein von Zukunft zu haben. Es waren nicht die Straßenlampen, die aufs Bett leuchteten, es war nicht die Tatsache, daß wir nicht einmal genug Erde für eine Tulpenzwiebel hatten; nichts von alledem war es, was mir das Gefühl gab, in Stücke zersprungen zu sein. Ich schlüpfte wieder unter die Decke und versuchte, mich an Howard zu schmiegen. Er schlief und hatte die Zähne immer noch zusammengebissen.

Er fand einen Job beim Kraftverkehrsamt, gleich neben dem Shopko-Einkaufszentrum am Stadtrand von Racine. Er mußte den Einstellungstest für den öffentlichen Dienst absolvieren, und die Tatsache, daß er dabei hervorragend abgeschnitten hatte, hob seine Stimmung für eine Weile. Er führte Sehtests durch, bearbeitete Um- und Anmeldungen und stellte Führerscheine aus. Sein Anfangsgehalt betrug einundzwanzigtausend Dollar jährlich plus Sozialleistungen. Soviel hatte er noch nie zur Verfügung gehabt. Er stand den ganzen Tag hinter einem verglasten Schalter wie ein Bankkassierer und war höflich und hilfsbereit. Sie erklärten ihm, wenn er ein Jahr bliebe, würde er höchstwahrscheinlich zum Teamleiter aufsteigen. Ich war inzwischen rührselig, sentimental, verbreitete das kurzlebige Strahlen eines nagelneuen Pennys. Eine dieser in Konventionen eingezwängten und dabei unerträglich lebensfrohen viktorianischen Kinderbuchheldinnen, Sara Crewe oder Pollyanna, führte eine Liste mit Gründen, dankbar zu sein. Emma und ich hatten ein Notizbuch, in dem wir alles festhielten, was uns an Gutem widerfuhr. Howards Erfolg auf dem Arbeitsmarkt war einer unserer ersten Einträge.

Es überraschte uns nicht weiter, daß Emma sich schwer tat, morgens aus dem Haus und in die Schule zu gehen. Täglich um acht Uhr zwanzig brachten Claire und ich sie zu Fuß zu ihrem Klassenzimmer in dem alten Schulhaus mit den hohen Räumen, den großen Fenstern und dem muffigen Charme. Wir ließen sie in den Händen von Miss Smucker zurück und versprachen hoch und heilig, daß wir an der Tür warten würden, wenn es um 11 Uhr 36 klingelte. Ich haßte es, solche Versprechen zu geben, wenn immer im Hintergrund die Gefahr lauerte, daß sie mich davonkarren würden. Während ich im Gefängnis war, hatte sich bei mir der Gedanke festgesetzt, daß ich es verdient hatte, dort zu sein; eine ganz normale Reaktion, wie Theresa mir später versicherte. Ich konnte keinen Streifenwagen die Straße entlangfahren sehen, ohne zu denken, daß ich besser schleunigst meine Sachen zusammenpackte.

Wenn wir Emma in der Schule abgeliefert hatten, gingen Claire und ich zum Spielplatz. Wir schaukelten, rutschten und marschierten dann rüber zum A&W. Wir teilten uns immer ein Stück Gebäck und tranken jede ein Glas Mineralwasser. Claires Mund stand nie still, und ich schloß die Augen, lauschte einfach nur dem Klang, den Kadenzen ihres Dreijährigen-Geplappers, und versuchte, diese Musik meinem Gehirn einzugravieren.

Ziemlich bald nach meiner Entlassung rief Theresa an, um zu sagen, es liege ihr schrecklich am Herzen, mich wiederzusehen. Ich weiß noch, wie ich dachte, was für eine seltsame und passende Formulierung: es liegt ihr schrecklich am Herzen. Mir war noch nicht danach gewesen, mit ihr zu reden. Ich war noch nicht dafür gerüstet, das Gefühl von Leere zu ertragen, das mir bei einem Treffen mit ihr bevorstand. Theresa mochte ja schon begonnen haben, Lizzys Tod auf ihre Weise zu verarbeiten, aber mir hatte die Zeit im Gefängnis nicht geholfen, ihn im tieferen Sinne als Realität zu begreifen. Sie schlug vor, wir sollten uns doch an einem Morgen in drei Wochen zum Frühstück treffen. Das schien so annehmbar weit weg, so fern in der Zukunft, daß es vielleicht nie eintreten würde. Doch der Morgen kam, Claire und ich standen vor dem A&W und warteten; wir wußten aus Erfahrung, daß sie zu spät kommen würde. Als ihr blauer Kombi angefahren kam, wollte ich wegrennen; ich mußte heftig atmen, um genug Sauerstoff zu kriegen, und mich an dem Metallpfosten des Schilds mit der Speisekarte festhalten, um nicht in meine angestammte Gewohnheit zu verfallen und zu flüchten. Als sie in die Einfahrt bog, steckte sie den Kopf aus dem Fenster und rief: «Wie toll, euch zu sehen!» Sie fuhr auf den Bordstein und kurbelte, bis sie richtig in der Parklücke stand. «Mein Gott», rief sie, während sie sich aus dem Sicherheitsgurt zu befreien versuchte, «ist das schön, euch zu sehen.»

Sie stellte den Motor ab und sprang aus dem Wagen, redete, während sie mich an sich zog, und redete, während sie mich auf Armeslänge von sich weghielt. «Sieht gut aus! Gefällt mir, dein Haar. So praktisch. Und schick. Ist dir dein Haar zuviel geworden? Du siehst jünger aus – wie Anfang zwanzig, ehrlich. Komm, Audrey, Schätzchen, sag Claire guten Tag.» Sie bückte sich. «Hallo, Claire. Gib mir ein Küßchen. Mmmmm, ich hab dich ja so vermißt. Audrey, hast du das Geschenkchen, das du Claire geben wolltest? Prima. Gott, Alice», sagte sie, indem sie mich am Ärmel packte. Sie hatte mich noch gar nicht richtig angesehen. Sie war ganz Geplapper und Geflatter, Bewegung und Lärm.

«Schön, dich zu sehen», brachte ich heraus.

Wir bewunderten die Kinder und staunten, wie groß sie geworden waren. Drinnen verzogen sich die Mädchen gleich in die Spielecke, wo es altmodische Pulte und einen Haufen Malbücher gab. Theresa ließ sich in unserer Sitznische nieder, wobei sie zuerst ihren Rock glattstrich. Sie beugte sich vor und sagte mit gedämpfter Stimme: «Kannst du das alles fassen? Stehst du nicht immer noch unter Schock? Manchmal kann ich es einfach nicht glauben. Manchmal sage ich laut Nein. Ich muß einfach Nein sagen!»

Zuerst dachte ich, das, was an ihr anders war, sei ihr schriller Ton, ihr hektisches Tempo. Ansonsten schien sie wie immer draufloszusprudeln. Sie arbeite jetzt zwanzig Stunden die Woche, sagte sie, mehr nicht, weil sie sich Audrey widmen wolle. «Man kann die Zeit nicht zurückdrehen», sagte sie und guckte auf ihre Speisekarte. Sie werde ihre Tubenligatur rückgängig machen lassen, Anfang November, bei einem Arzt in Milwaukee, der eine Erfolgsquote von neunzig Prozent habe. Dan bemühe sich, mehr daheim zu sein, und sie planten eine Menge gemeinsamer Aktivitäten. «Ich setze meine ganze Hoffnung auf ein Baby», flüsterte sie. «Vielleicht sollte ich das nicht, aber ich tu's. Wir werden schneller drüber wegkommen, wenn da ein neues Leben ist, das weiß ich einfach.»

Ich sagte, das würde bestimmt schön werden.

An der Art, wie sie die Seiten der Speisekarte umblätterte, ohne zu lesen, sah ich, daß sie vom Thema Lizzy wegwollte. Lizzy war nahe – wir fühlten es beide. Während wir über immer trivialere Dinge sprachen, schwebte ihre kleine Gestalt immer lastender im Raum. Theresa wäre natürlich lieber daheim gewesen; sie war gar nicht wirklich da, während sie dem Anschein nach dem Frühstück und der Freundschaft Genüge tat. Als unsere Bestellung kam und wir uns mit Essen beschäftigen konnten, fragte sie beiläufig: «Hält dich die – die ganze Sache jetzt dauernd in Atem?»

«Ich glaube, Rafferty bemüht sich, mir ein Weilchen Ruhe zu lassen», sagte ich. «Er war ja zuerst so wütend. Howard hat ihm nichts von der Sache mit der Farm erzählt, bis alles unter Dach und Fach war. Rafferty hat immer behauptet, der Grund und Boden sei unser wichtigstes Kapital, unser größter Trumpf; er sei der Beweis dafür, daß wir nicht kneifen und abhauen würden. Howard war an dem Montag, nachdem ich zurückgekommen bin, morgens bei ihm im Büro, um es ihm beizubringen. So, wie ich es mitbekommen habe, hat Rafferty ihn ordentlich heruntergeputzt. Paul und ich reden immer über irgendwelche Einzelheiten und meiden das Farm-Thema. Ich schätze, er hat Angst, daß Richter Peterson gegen uns ist. Er tut immer sehr optimistisch, aber ich weiß, daß er denkt, der Richter könnte womöglich unsere Hauptzeugen ablehnen.»

«O Gott –»

«Nein», sagte ich. «Mich regt das nicht sonderlich auf. Ich habe von Anfang an das Gefühl gehabt, daß es sich so abspielen muß, daß Howard und ich nur zwei von all den vielen ohnmächtigen Spielfiguren sind.»

Sie saß mir gegenüber und aß ihr Speckbrötchen mit jener intensiven Konzentration, wie sie Steuererklärungen und höhere Mathematik erfordern. Sie hielt den Kopf über den Teller gebeugt und kaute, als filzte sie ihr Essen nach etwas durch, was besser unter ein Mikroskop gehörte. «Ich habe in letzter Zeit sehr viel gegen das Gefühl der Hilflosigkeit angekämpft», sagte sie.

Ich nickte, weil ich wußte, daß es sie ungeheure Energien kosten mußte, ihre unerschütterliche Munterkeit aufrechtzuerhalten. Ich schwenkte meinen Kaffee in der Tasse und starrte aus dem Fenster, und sie setzte sich weiterhin mit ihrem Essen auseinander. Wir waren beide plötzlich verstummt. Uns war der Stoff ausgegangen. Wir hatten uns sonst immer persönliche Dinge erzählt, die Sorte, von denen ich nie gedacht hatte, daß ich sie je irgend jemandem erzählen würde. Wir wußten nicht, wie wir wieder daran anknüpfen sollten, wir wußten nicht, was sagen. Das Schweigen hatte sich über uns gelegt wie ein böser Zauber.

«Gott», sagte sie kopfschüttelnd, um die Leere zu füllen.

Ich zermarterte mir das Gehirn, um irgend etwas zu finden, was nicht zu Lizzy hinführte. Später fielen mir etliche Themen ein, die wir stundenlang hätten beackern können, aber dort in unserer Sitznische hatte ich nur das Gefühl, daß wir die Koordinaten verloren, daß wir die wichtigsten Informationen übereinander vergessen hatten. Wir machten uns beide über unser Frühstück her, als hätten wir wirklich Hunger. Als wir fertig waren, räusperte sie sich. Sie wischte sich sorgfältig den Mund, und ich putzte mir die Nase. Sie nahm ein Zuckerpäckchen und las die Aufschrift, und ich winkte Sharon, der Bedienung, daß sie uns noch Kaffee nachschenken sollte. «Die Kleinen sind ja schwer beschäftigt», sagte Sharon.

«Ja.» Ich brüllte fast. «Machen Claire und Audrey das nicht toll?»

«O ja», rief Theresa. «Ganz prima. Sie sind ja so brav.»

Wir guckten zur Spielecke hinüber und betrachteten sie, wie sie an ihren Pulten saßen und in ihren Malbüchern herumkritzelten. Früher hatte Emma immer mit Audrey gespielt; Claire war Lizzys Freundin gewesen. «Es hat mich erstaunt, wie toll die zwei Großen Claire einbezogen haben, wenn die beiden bei uns waren», sagte sie. «Oh, Alice, war es nicht schrecklich im Gefängnis?»

Wir hatten es geschafft. Wir hatten die Kalmen passiert und endlich Wind in den Segeln. Ich schüttelte erst den Kopf und nickte dann. «Ich weiß nicht.» Ich mußte selbst über meine Verwirrung lachen. «Ich habe viel gelesen. Es gibt da so ein Gedicht. *Kein Schlimmstes, es gibt keins / Hoch über Grames Höchstes noch hinaus / wird mehr Qual, an Vorqualen geübt / mich wieder martern.* Vor allem die letzte Zeile hat mir aus dem Herzen gesprochen: *Alles Leben endet der Tod / und jeder Tag stirbt mit Schlaf.*»

«Klingt toll», sagte Theresa lahm. «Muß ich mal nachlesen.»

«Eins der seltsamen Dinge, die ich schließlich kapiert habe», sagte ich, «war dieses elementare Bedürfnis nach Geschichten – die Mädels im Knast konnten aus dem kleinsten Vorfall etwas Übernatürliches machen.»

«O Gott, Alice», stöhnte Theresa auf ihre gute alte Art.

«Noch ein bißchen länger, und eine von uns hätte sich in eine Top-Rednerin verwandelt, eine Art kleinen Homer, eine Homerine, und die lange Gefangenenliste rezitiert, als ginge es um Schiffe, die in die Schlacht ziehen.» Ich hielt den warmen Kaffeebecher an meine Wange. «Ich bin immer noch recht desorientiert. Die ganze Sache hat mich ziemlich durcheinander gewirbelt.»

«Klar.»

«Sherry zum Beispiel», sagte ich, «die, die das Fluchtauto gefahren hat, ich hab dir ja von ihr geschrieben. Sie war neunzehn und hatte zwei oder drei Kinder. Am Anfang waren diese Mädchen für mich alle nur verwahrloste Gören, aber am Ende war mir klar, daß gerade Sherry eine Art Würde besitzt, eine Größe, die ich nie haben werde, und wenn ich neunzig werden sollte. Ich weiß noch nicht mal, wie ich drüber reden soll, ohne daß es klingt wie so ein albernes Rassenklischee, wie das Ideal des Edlen Wilden. Ich weiß nicht, wie ich über sie reden soll. Vielleicht geht es ja gar nicht. Sogar Dyshett, dieses andere Mädchen, von dem ich dir geschrieben habe, sogar sie hat versucht, eine Brücke über das zu schlagen, was mir wie ein unendlich breiter, unendlich tiefer Abgrund vorkam. Vor ein paar Jahren, als ich noch in meiner Menschheitsbeglückerinnen-Phase war, habe ich immer gedacht, ich könnte vielleicht ehrenamtliche Arbeit im Gefängnis machen, irgendwelchen Gefangenen helfen, ihren High-School-Abschluß nachzuholen, aber jetzt wüßte ich nicht mehr, was ich diesen Mädchen beibringen könnte.»

«Kannst du dir vorstellen, mit ihnen so was durchzunehmen wie – die Boston Teaparty?» fragte sie lachend. «Das erscheint diesen Straßenkindern doch alles so irrelevant.»

Ich setzte an, um ihr zu erklären, daß es nicht ganz das war, was ich meinte.

«Was sie brauchen, sind lebenspraktische Dinge, Verhütung, Ernährung, so was», unterbrach sie mich.

«I-ich weiß nicht», stammelte ich. «Ich glaube, Dyshett hätte *Kein Schlimmstes* verstanden.»

Wir aßen noch ein bißchen weiter. Alles hatte sich verändert: Ich war ins Gefängnis gekarrt worden, ihre Tochter war immer noch tot, wir wohnten nicht mehr nah beieinander, ich würde vielleicht für die nächsten paar Jahre eingelocht werden. Wie naiv von mir zu glauben, eine Freundschaft könnte sich unabhängig von der äußeren Situation halten.

«Ich sollte sie mal besuchen», sagte ich. «Aber ich weiß nicht, ob ich es aushalten würde. Ich versuche vielleicht, ihnen was zu schicken, ein Care-Paket.»

«Laß dir Zeit, Alice.»

«Ich hab das Gefühl –»

«Du brauchst sie nicht zu besuchen. Du hast diesen Leuten gegenüber keinerlei moralische Verpflichtung.»

«Moralische Verpflichtung», sagte ich. «Ich kapiere das mit den moralischen Verpflichtungen nicht. Neulich abends hat Howards Mutter angerufen. ‹Alice, Liebes›, sagt sie, ‹wie geht's dir?› ‹Prima› sage ich. Wohlgemerkt, ich habe fast drei Monate nicht mehr mit ihr geredet. Drei Monate, in denen eine Menge passiert ist. Sie sagt: ‹Ist Howard da?› Er ist seit Wochen am Rotieren, weil er noch nichts von ihr gehört hat, seit er ihr das mit der Farm geschrieben hat. Wir schulden ihr so viel Geld. Der eigenen Mutter nicht zurückgeben zu können, was man ihr schuldet, gibt einem das Gefühl, auf der ganzen Linie versagt zu haben. Ich höre zu, wie sie reden, und er sagt die ganze Zeit Sachen wie: ‹Ist ja toll, Mom. Klingt ja, als ob du dort drüben großartige Arbeit leistest, Mom. Uns geht's gut, ja, den Mädchen geht es prima.› Als er auflegte, sah er aus, als habe ihn ein Lastwagen gleich mehrmals überfahren; ich war mir ganz sicher, wenn er das Hemd ausziehen würde, wären da überall diese breiten Reifenspuren, kreuz und quer.» Ich fuchtelte mit den Armen, um das wilde Wüten des vierradgetriebenen Monsters zu demonstrieren, das meinen Mann plattgefahren hatte.

Sie schlug sich auf diese köstlich vertraute Art die Hand vor den Mund und mußte dennoch lachen.

«Nellie ist froh, daß unser ‹Farmabenteuer› – so nennt sie es –, daß das vorbei ist und Howard jetzt etwas Richtiges arbeiten kann. Ist es nicht irre, wie wenig sie ihn kennt? Sie weiß nichts von ihm! Vielleicht bin ich ja die einzige, die überhaupt wissen kann, daß er nie wieder so glücklich sein wird, wie er es mit seinem Stall war, seinem Stall mit den wunderschönen, sauberen, unterteilten Fenstern oben auf dem staubigen Heuboden und den wiederkäuenden Golden Guernseys darunter.»

Theresa drehte den Kopf weg, und ich sprach schnell weiter, um ihr die Verlegenheit zu ersparen. Ihr kamen von jeher leicht die Tränen, etwas, worum ich sie manchmal beneidet hatte. «Aber nochmal zurück zu den moralischen Verpflichtungen», sagte ich. «Ich hätte doch gedacht, daß Howard moralisch verpflichtet wäre, mir zu erzählen, daß unsere Kinder von der Polizei vernommen wurden. Er hat es kürzlich mal erwähnt – ganz nebenbei. Nach dem Abendessen hat er zu mir gesagt: ‹Ach, übrigens…› Ich war außer mir. Ich konnte ihm nur ein paar kurze Sätze aus der Nase ziehen. ‹War nichts weiter.› Sie hätten uns die Mädchen wegnehmen können! ‹Reg dich nicht auf.› Ich habe ihn gefragt, ob er es mir nicht erzählen wolle, um mich zu bestrafen. Er hat mich nur verständnislos angeguckt. ‹War nur kurz›, hat er gesagt. ‹Hat ihnen nichts ausgemacht. Dauerte bloß fünf Minuten. Sturm im Wasserglas.›»

«Er wollte wahrscheinlich nicht, daß du dir Sorgen machst.»

«Vermutlich. Aber es wirkt wie – na ja, wie Verrat oder so was.»

Danach redeten wir nicht mehr lange weiter. Sie meinte, wir sollten uns doch öfter mal treffen. Ich sagte, ich hätte so viel zu tun, wegen der Prozeßvorbereitung. Außerdem hätte ich kein Auto, deshalb sei es schwer, irgendwas zu planen, was weiter als fünf Querstraßen entfernt stattfinden sollte.

«Ich habe auch so viel zu tun», sagte sie. «Es ist schrecklich.» Als sie Audrey in ihrem Kindersitz festschnallte, fragte sie – vielleicht um zu beweisen, daß es noch mehr gab, worüber wir reden konnten, daß wir unseren Themenvorrat noch nicht erschöpft hatten: «Wie ist eure Wohnung? Ist sie okay?»

«Sie ist – unglaublich.»

«Das ist ja toll.»

Wir verabschiedeten uns mit der obligatorischen Umarmung, und sie sprang in ihren Kombi, ließ ihn an und fuhr prompt rückwärts gegen den Müllcontainer. Sie klatschte sich mit der Hand auf die Stirn und lachte. Ich sah ihr nach, als sie wegfuhr, und fragte mich, warum sie überhaupt angerufen hatte, ob sie mich hatte sehen wollen, weil sie wohlerzogen war und dachte, daß es sich so gehörte, daß es ein Gebot der Höflichkeit war. Wir hatten das Frühstück überstanden und nach einigen Startschwierigkeiten festgestellt, daß es genug zu sagen gab. Aber jetzt, als ich am Bordstein stand und ihr hinterhersah, merkte ich, wie absurd das alles war. Das Pflichttreffen hatte stattgefunden. Es hatte einen stark stilisierten Eindruck gemacht, wie die Kabuki-Version eines Frauenfrühstücks. Von jetzt an würde es nicht mehr viele Gründe geben, uns zu treffen.

Ich kaufte Farbtuben von dem Geld aus dem Kleingeldtopf und malte zu Howards Entsetzen in Taillenhöhe einen Blumenfries auf die Wohnzimmerwände. Vielleicht war dieses Leben in Pheasant Glade ja das gewesen, wonach ich mich heimlich gesehnt hatte, wenn ich sauer auf Howard gewesen war, weil er uns in diese Milchfarm-Geschichte hineingezogen hatte. Er schien nicht er selbst in seinen dunkelblauen Bügelfaltenhosen, dem hellblauen Hemd, dem rot-blauen Schlips und dem dunkelblauen Jackett, der offiziellen Uniform des Kraftverkehrsamtsbediensteten. Manchmal schien es, als brächte er es kaum über sich, mich auch nur um die kleinste Kleinigkeit zu bitten, als fiele es ihm schwer zu sagen: «Gibst du mir bitte mal das Salz?»

Ich kaufte Emma ein paar Sachen im Secondhandshop und polierte mit Vaseline ein Paar Lackschuhe auf, die ich auf einem Wohltätigkeitsbasar gefunden hatte. Emma ist sehr heikel, und ich war ihr dankbar – wieder etwas für unsere Liste –, daß sie die meisten Sachen, die ich in ihren Schrank packte, nicht naserümpfend von sich wies. Sie war über den Sommer groß geworden, gereift und in ihre eigene Welt entschwunden. Sie verbrachte viel Zeit damit, auf ihrem Bett zu liegen und Kinderliteratur-Kassetten aus der Bibliothek zu hören. Sie konnte noch nicht selbst lesen, aber sie hörte *Heidi*, *Sara, die kleine Prinzessin* und *Charly und die Schokoladenfabrik*, immer wieder. Sie wollte nicht mehr, daß ich ihr vorlas. Abends lag ich auf dem Fußboden oder auf ihrem Bett und hörte mit ihr Kassetten. Es kam vor, daß ich dort einschlief und die ganze Nacht liegen blieb. Als kleines Mädchen hatte ich immer im Dunkeln mein Tonband angestellt und meine tote Mutter *Laura im großen Wald* lesen hören. Dann hatte ich mir einzureden versucht, daß sie neben mir im Bett schlief.

# 20

***Die Blätter im Park*** färbten sich bunt und fielen ab, wir stapften darin herum, sammelten sie auf und preßten sie im Lexikon. Emma fand ein Kätzchen, und ich erlaubte ihr, es zu behalten, was den Geruch unserer Wohneinheit über Nacht veränderte. Wir hatten längst vergessen, was es hieß, ein richtiges Wochenende zu haben, und staunten über die schlichte Tatsache, daß es einen Freitag gab, der Freiheit verhieß. Selbst Howard wurde freitags um fünf bei dem Gedanken an zwei Nicht-Arbeitstage vorübergehend leichter ums Herz. Wir holten uns oft gebratenen Fisch aus der Imbißstube in unserer Straße. Howard brachte es meistens fertig, einen Scheit in den Kamin zu zwängen, und wir saßen davor, unser Essen auf dem Schoß, und guckten in die Flammen. Im Lauf des Herbsts besuchten wir Old World Wisconsin, wo wir Frauen beim Buttern und Wollespinnen zusahen, wir besichtigten das naturwissenschaftliche Museum, das Kunstmuseum. Wir gingen in den Seepark, ins Kino, in den botanischen Garten, ins Kindermuseum, ins State Capitol, ins Eisenbahnmuseum, in den Zirkus und ins Wachsfigurenkabinett. Howard war ein berufstätiger Mann, und ich gab sein Geld aus, ohne an morgen zu denken. Das, was wir taten, nennt man wohl in Bewegung bleiben. Ich betrachtete unser Spiegelbild in den Schaufensterscheiben in der City von Milwaukee, Howard mit Claire im Sportwagen, Emma und ich Hand in Hand. Wir sahen großartig aus. Wir sahen aus wie ganz normale Leute bei einem Wochenendausflug. Am Ende des Tages kamen wir dann erschöpft und hungrig heim und fauchten uns alle vier gegenseitig an. Ich wärmte das Dosenabendessen, auf dem die Mädchen bestanden: Kraft's Käsemakkaroni und dazu heiße Würstchen. Sie aßen geräuschvoll, während sie die Köpfe beinah in die tiefen Teller tauchten. Howard las die Zeitung über seinen Broten mit Erdnußbutter und Gelee und seinen Karottenstreifen. Dank seines Jobs hatten wir nicht nur eine Krankenversicherung für ärztliche Behandlung, sondern auch für Zahn- und Augenbehandlung. Noch nie hatten wir uns so sicher gefühlt, waren wir so gut auf einen möglichen Notfall vorbereitet gewesen.

Der Prozeßbeginn war auf den zweiten Dezember angesetzt. Ende Oktober zogen die drei Jungen, Anthony Jenkins, Norman Frazer und Tommy Giddings, ihre Anschuldigungen zurück. Die ganze Sache war wie ein raffiniert geworfenes Mikadospiel, und Norman zog die ersten tragenden Stäbchen heraus. Das halbe Gefüge krachte ein. Er begann offenbar, jeden an der Schule zu beschuldigen, erklärte, die Sportlehrerin habe ihm eine Pistole an den Kopf gesetzt, der Kunstlehrer habe ihn gezwungen, Farbe zu trinken, die Klassenlehrer stellten Zahlen und Buchstaben zugunsten satanischer Rituale hintan. Als die Sozialarbeiterinnen des Jugendamts das Gespräch wieder auf die ursprüngliche Missetäterin zurückzulenken versuchten, konnte er sich an nichts von dem erinnern, was er vorher gesagt hatte. Anthony Jenkins hatte sich ebenfalls in Widersprüche verwickelt, und es war absehbar, daß seine Aussage vor Gericht nicht standhalten würde. Die Eltern Giddings befanden, daß der Auftritt vor Gericht Tommy noch mehr Schaden zufügen würde, als er ohnehin schon erlitten hatte, und zogen widerstrebend die Beschuldigungen zurück. Die anderen Kinder hatten laut Gutachten des Jugendamts Dinge gegen mich vorgebracht, die zwar Disziplinarmaßnahmen seitens der Schule und die Kündigung meines Vertrags erfordert hätten, wenn ich noch als Schulkrankenschwester tätig gewesen wäre, die aber nicht schwer genug wogen, um eine strafrechtliche Verfolgung zu rechtfertigen. Mein Fall war also doch nicht so spektakulär. Anfangs hatte er wochenlang Schlagzeilen gemacht, später dann war er noch gelegentlich irgendwo auf den hinteren Seiten aufgetaucht, in Gestalt einer kleinen Notiz, daß der Prozeß ein weiteres Mal verschoben worden war.

Wenn ich einen Termin mit Rafferty hatte, brachte ich Howard zur Arbeit, um dann gleich dort im Einkaufszentrum Claire im Kinderparadies abzuladen, einer Betreuungseinrichtung, die vorher eine Boutique gewesen war. Claire störte sich nicht an der Kommerzatmosphäre, dem Neonlicht, dem spiegelnden Linoleum. Sie hatte dort eine Freundin namens Brianna, und sie liebte das Apfelmus, das weiß war und aus dem Glas kam. Sie hatte immer schon ein sonniges Gemüt gehabt und hatte es sich bewahrt; sie schien die einzige von uns, die alles unbeschadet überstanden hatte. Ich wartete auf irgendwelche Symptome, Schlafstörungen oder Einnässen. Ich fragte mich, ob mit ihr irgend etwas nicht stimmte, weil unsere Probleme sie überhaupt nicht tangierten.

Zuerst kam es mir komisch vor, selbsttätig zu Rafferty & Finn zu gehen, die Treppe zu dem einstigen Schlafzimmer emporzusteigen und mit Paul mitten in seinem Chaos zu sitzen. Er erklärte mir anschaulich, was er bei dem Prozeß zu tun gedachte. «Sie müssen sich das so vorstellen», sagte er. «Für die Staatsanwältin ist das Ganze wie so ein Knobelbild, bei dem man Pünktchen verbinden muß. Schafft sie's, alle Pünktchen zu verbinden, kommt ein wunderbares Bild vom schuldigen Angeklagten heraus, und sie kriegt ihre Verurteilung. Mein Job ist es, die Pünktchen durcheinanderzuwirbeln, damit sich kein klares Bild ergibt, sondern nur ein wildes Gekrakel. Mein Job», sagte er, indem er sich gespielt-diabolisch die Hände rieb, «ist es, Zweifel zu säen.» Wir saßen auf dem Sofa, und er kritzelte auf seinem Papier herum, um mir zu verdeutlichen, was er beim Kreuzverhör aus den Zeugen der Anklage herauszuholen hoffte. Unter Robbies Namen schrieb er: «Ihn durch mein schlichtes Auftreten provozieren, frech und unverschämt zu werden. Den Geschworenen demonstrieren, daß er ein launischer, unglaubwürdiger, aggressiver Bengel ist. Ihm im Idealfall das Geständnis entlocken, daß er Mom in kompromittierenden Situationen gesehen hat.»

«Glauben Sie wirklich?» fragte ich.

«Wir haben Mrs. Sheridan. Warten Sie nur, bis Sie ihr begegnen. Mrs. Sheridan wird Sie begeistern. Wenn Richter Peterson mir Mrs. Sheridan verweigert, werde ich mich auf den Teppichboden werfen und mit dem Kopf auf den Boden schlagen. Ich werde so lange Beschwerde einlegen, bis sie uns Mrs. Sheridan lassen. Mrs. Sheridan ist unsere Star-Zeugin, die stellt sogar Sie noch in den Schatten. Ich werde den Tag nie vergessen, als ich an ihre Tür geklopft habe und sie mich aus ihren Triefaugen ansah, als sei ich der Engel des Herrn.»

Ich sagte: «Sie haben wohl Vergnügen daran.» Der Paul Rafferty, den ich gekannt hatte, als ich im Gefängnis gesessen hatte, dieser väterlich-besorgte Mensch, der mein Leben wieder ins Lot bringen würde, ließ hier in der Intimität seines Boudoirs gelegentlich die Deckung fallen und entblößte einen leicht effeminierten Charakter; er war ein Exzentriker, der sich des Vergnügens, das ihm sein Job bereitete, nicht im geringsten schämte, den das Leid und die Pein der Betroffenen zwar nicht kaltließen, aber auch nicht unmittelbar betrafen.

«Natürlich habe ich Vergnügen daran. Ich würde nichts bringen in meinem Job, wenn ich kein Vergnügen daran hätte – die Art Vergnügen, wie Leute sie an Survival-Expeditionen haben, wo man sich fürchterlichen Strapazen aussetzt, damit man sich hinterher großartig fühlt. Das hier ist genau dasselbe, eine Plackerei, die am Ende etwas bringt. Aber mit Mrs. Sheridan zu arbeiten ist mehr als nur vergnüglich: es ist regelrecht berauschend, wie wenn man einen Rekord-Fisch an Land zieht. Eine Zeugin wie Mrs. Sheridan fällt einem höchstens einmal im Leben in den Schoß.» Er rückte seine Krawatte zurecht, legte mir die Hand auf die Schulter und setzte wieder seine ernste Vatermiene auf. «Ich amüsiere mich nicht auf Ihre Kosten, Alice. Kommt es so an? Sie können sicher sein, daß mich in erster Linie die Aussicht freut, die wahre Geschichte ans Licht zu bringen. Susan Dirks wird beim nächsten Mißbrauchsfall, den sie übernimmt, ihre Hausaufgaben sehr viel gründlicher machen, und die Ermittlungsbeamten ebenfalls, das kann ich Ihnen versprechen. Wir leuchten in die dunkelsten Winkel, in Ecken, in die die meisten Menschen nie vordringen. Ich verneige mich ehrfürchtig vor dem glücklichen Zufall, und wenn ich mich amüsiere, dann nur in isolierten Momenten, weil ich mir nun mal meinen Spaß hole, wo ich kann. Ich habe in dieser Sache auch mein Quantum Enttäuschungen einstecken müssen – das wissen Sie ja. Es war fürchterlich mühselig, an diese Liebhaber heranzukommen, und der, den wir bräuchten, der Vorzeige-Beau, verweigert die Kooperation. Also tun wir eben, was wir können. Sie müssen sich im klaren darüber sein, daß der Ausgang letztlich vom Richter abhängt, davon, wie er die Sache sieht. Ich könnte noch so brillant sein, Susan Dirks könnte die Star-Anklägerin des Jahrhunderts sein – wer Peterson nicht auf seiner Seite hat, kann so gut sein, wie er will, es wird ihm gar nichts bringen.»

Er erklärte mir, in Fällen wie dem meinen sei oft die schwerste Entscheidung die, ob der Angeklagte selbst als Zeuge gehört werden solle oder nicht. «Aber in diesem Fall ist das ganz klar», sagte er. «Wir präsentieren Sie ganz zum Schluß. Wir geben den Geschworenen als letztes Ihre offene, ehrliche und entrüstete Zurückweisung sämtlicher Beschuldigungen mit auf den Weg.»

Rafferty und ich probten in mehreren Sitzungen sein Direktverhör, und dann nahm mich ein Freund von ihm, ein Anwalt namens Ross Gryle, ins Kreuzverhör, wobei er eine gemeine, beleidigende Frage nach der anderen abfeuerte. Rafferty hatte den Antrag gestellt, Fragen zu Lizzys Tod als nicht sachrelevant aus dem Kreuzverhör auszuschließen. Er erklärte, der Rekurs auf den Unfall appelliere lediglich an die Emotionen der Geschworenen. Richter Peterson hatte daraufhin Rafferty und Susan Dirks in einem strengen Schreiben mitgeteilt, daß dem Antrag stattgegeben sei, und sie beide angewiesen, dafür zu sorgen, daß jede Erwähnung der Elizabeth Collins durch die Zeugen unterbleibe.

Wenn ich auf Ross Gryles Fragen antwortete, sagte Rafferty Sachen wie «Ja, ja! Wunderbar!», «Mit etwas mehr Schmiß, Alice!» oder «Sehr talentiert, meine Liebe!» Einmal meinte er: «Sie sehen aus wie Audrey Hepburn in diesem Film, wo sie das blinde Mädchen spielt, Sie wissen doch? *Warte, bis es dunkel wird.* Hilflos, unschuldig und ahnungslos. Die Zuschauer wissen, daß der Mörder im Zimmer ist, und sie sagt ganz naiv: ‹Ist da jemand?›»

Wenn ich dachte, ich würde jeden Moment auf ihn losgehen oder in Tränen ausbrechen, wenn ich protestierte, daß ich mich allerdings wie vor der Kamera fühlte, sagte Rafferty, grandios in seiner Demut: «Entschuldigung. Tut mir schrecklich leid. Es geht manchmal mit mir durch, weil ich Sie kenne, weil wir befreundet sind, weil wir bestimmte Dinge gemeinsam haben. Verstehen Sie, das ist der Punkt, an dem alles zusammenkommt. Jetzt geht es um die letzten Puzzle-Teilchen. Ich weiß, es ist sehr anstrengend. Sie machen es prima. Sie machen es ganz phantastisch. Sie sind wunderbar. He, Ross, weißt du noch, wie du damals diesen Burschen wegen Vergewaltigung drankriegen wolltest, und das Mädchen hatte diesen Affen, oder war es ein Papagei?»

Und ich überließ sie ihren Erinnerungen an die glorreichen alten Zeiten. Manchmal ging ich zum Gefängnis, schaute hinauf zum vierten Stock und fragte mich, ob sie wohl alle noch dort waren. Ich schlüpfte sogar ins Gerichtsgebäude und studierte die Aushänge über die Prozeßtermine, die Anklagevernehmungen, Anträge und Vorverhandlungen, um herauszufinden, ob eine von ihnen dran war. Dann ging ich nach draußen und setzte mich auf die Treppe. Ich hatte ein Ritual: Ich mußte soundsoviele Minuten dort sitzen bleiben und an sie denken, mir vorstellen, was gerade im Fernsehen kam, wieviele Kartenrunden sie schon hinter sich hatten. Ich mußte ihnen Zeit widmen, sitzend, wie in der Kirche. Ich wußte, es war albern zu glauben, daß es ihnen irgend etwas nützte, wenn ich ihnen zu Ehren ein paar Schweigeminuten einlegte. Wenn ich meine kleine Buße abgeleistet hatte, ging ich zu meinem Wagen und verließ die Innenstadt. Ich holte Claire ab, und wenn die Zeit reichte, gingen wir ins Kraftverkehrsamt, um zuzugucken, wie Howard Analphabeten und alte Damen durch den Dschungel der Formulare geleitete.

Die Mädchen erlebten zum erstenmal ein richtiges Halloween.

Sie durften verkleidet durch die Straßen ziehen und Süßigkeiten kassieren. Sie öffneten ihre Plastiktüten, und fremde Menschen warfen Bonbons hinein und sagten ihnen, wie süß sie in ihren St. Vincent de Paul-Kätzchenkostümen aussahen. Zur Farm war nie jemand gekommen, um Schabernack zu treiben und Süßigkeiten einzustreichen, und wir hatten es geschafft, Emma und Claire diesen Aspekt von Halloween vorzuenthalten. In Spring Grove konnte man die Süßigkeiten sogar ins Krankenhaus bringen und durchleuchten lassen, aber wir beschlossen, blind zu vertrauen. Als wir heimkamen, kippten die Mädchen ihre Beute auf dem Fußboden aus. Sie zogen einen Kreis auf dem Teppichboden, den niemand betreten durfte, und futterten und feilschten und futterten. Wir brachten es nicht über uns, ihnen Einhalt zu gebieten, und sie wurden weder grün im Gesicht, noch fingen sie an zu kotzen. Sie schienen einfach nur gesund, zufrieden und glücklich, in einem Meer aus Zucker.

Einen knappen Monat später löste sich das Problem, wie wir Thanksgiving begehen sollten, indem wir alle nacheinander die Magen-Darm-Grippe bekamen. Nellie hatte uns für das lange Wochenende nach Minnesota eingeladen. Ich glaube, ihr war nicht wirklich klar, daß ich nur wenige Tage später wegen einer Sache vor Gericht stehen würde, für die ich jahrelang eingelocht werden konnte. Ich weiß nicht, ob Howard ihr je begreiflich gemacht hatte, daß ich den Bundesstaat nicht verlassen durfte.

«Kannst du ihr nicht sagen, daß wir gerade jetzt Zeit und Ruhe füreinander haben müssen?» fragte ich ihn. «Kannst du nicht sagen, es war ein wirrer Sommer, und wir brauchen einen Tag Luft?»

«Ginge es nicht, daß du zu uns kommst?» hörte ich Howard beim nächsten Telefonat zu ihr sagen. «Wir haben doch das Bettsofa im Wohnzimmer.» Das war nicht die Alternative, die mir vorschwebte. Sie telefonierten hin und her, und sie erklärte sich schließlich bereit, früh am Donnerstagmorgen loszufahren, ihre selbstgemachte Preiselbeersauce mitzubringen und die Füllung zuzubereiten, sobald sie da war. Am Montag wurde Emma krank, am

Dienstag abend Claire. Es war nur eine Frage der Zeit, bis es auch Howard und mich erwischen würde. Ihn ereilte es am Mittwoch, und ich hielt mich bis zum Morgen des Thanksgiving-Tages. «Du bist schuld», sagte Emma, als ich vor der Toilette kauerte. «Wegen dir kann Grammie nicht zum Festessen kommen.»

Als ich am Nachmittag nach unten kam, legten die Mädchen auf dem Fußboden ein Puzzle, das Theresa ihnen geschickt hatte, und Howard saß auf dem Sofa und starrte aus dem Fenster. Auf der Anrichte in der Küche befanden sich ein Päckchen Cracker und ein Sechserpack Seven-up, und im Kühlschrank lagen der vor sich hintauende Truthahn und die Zutaten für den Krautsalat. Ich warf die Tür rasch wieder zu und überließ den großen, gerupften Vogel der Dunkelheit.

Als der Prozeß näherrückte, prophezeite Rafferty, er werde nicht länger als eine Woche dauern, allerhöchstens zwei. Während der Geschworenenauswahl und dann während der Verhandlung selbst horchte ich nach einer Melodie, einem Hauch von Musik in diesem traurigen Raum. Die Geschichte war so ewig alt, daß ich sicher war, irgendwo müßte Musik ertönen, unter den Sitzreihen, zwischen den Heizungsrohren, aus der Holztäfelung. Einmal versuchte ich, Rafferty dieses Gefühl zu erklären; ich versuchte zu sagen, daß trotz all seiner ausgeklügelten taktischen Manöver, trotz seiner Kenntnis sämtlicher Regeln, der neuen und neuesten Regeln, doch auch etwas Lyrisches im Spiel sein mußte, so etwas wie Musik.

«Ich kann Ihnen nicht ganz folgen», sagte er perplex. «Musik?»

Mein Kopf tat mir zu dem Zeitpunkt ziemlich weh, und ich konnte mir nur die Hände auf das Schädeldach pressen und mich fragen, ob da drinnen tatsächlich etwas locker war.

«Doch, das gefällt mir», sagte er nach einem Weilchen. «Ich werde darauf horchen müssen. Das gefällt mir. Musik.»

Am Tag des Prozeßbeginns schloß ich die Augen, als die Geschworenen hereinkamen. Die Atmosphäre im Saal hatte bereits etwas Müdes, und wenn wirklich irgendwo eine Art Musik ertönen würde, dann das langsame Jaulen einer ersterbenden Jukebox. Rafferty hatte erklärt, es gebe verschiedene Strategien der Geschworenenauswahl für Kindesmißbrauchs-Prozesse. Manche Juristen seien der Ansicht, Frauen stünden eher auf seiten der Kinder; manche, so auch er selbst, meinten, ältere Menschen könnten im allgemeinen nicht glauben, daß Erwachsene fähig seien, Kinder zu mißbrauchen, und hielten die Aussagen der Kinder häufig für reine Erfindung. Außerdem war Rafferty der Meinung, daß Männer mehr Verständnis für Mißbrauchstäter hätten. Obgleich ich am Vortag in einem hübschen Kleid dagesessen und die endlose Auswahlprozedur verfolgt hatte, war es doch etwas ganz anderes, sie alle miteinander hereinkommen zu sehen. Sie schienen eins, so ähnlich wie der Tausendfüßler bei einer Schulaufführung, nur ohne die übergeworfene Decke. Auf den ersten Blick schienen sie alle alt, übergewichtig und starrgesichtig. Sie wollten daheim im Bett liegen, vor dem Fernseher sitzen, häkeln, angeln, sonstwas tun, aber nicht auf ihre alten Tage das hier auf sich nehmen müssen. Sie sanken unglücklich auf ihre Stühle, als dächten sie, daß ihnen etwas Unangenehmes und Strapaziöses bevorstand. Als später das Zeugenverhör begann, konnte ich sie beobachten, immer wieder verstohlen zu ihnen hinübersehen, und bald schon wurden sie zu Individuen mit klar umrissenen Persönlichkeiten. Doch als sie an diesem Dienstagmorgen ihre Plätze einnahmen, mußte ich unwillkürlich Rafferty ansehen und ihn beim Arm packen.

«Was?» Er neigte den Kopf, um meine Beschwerde hören zu können.

«Sie sehen nicht so aus, als seien sie dem Job gewachsen», flüsterte ich.

«Sie würden staunen, was Menschen alles schaffen», sagte er. «In acht von zehn Fällen entwickeln sie ungeahnte Kräfte.» Ich schluckte und glaubte ihm.

Richter Peterson thronte hinter seinem Pult, las und kaute an den Nägeln. Er hatte das dichte, dunkle Haar eines jungen Mannes, aber tiefe Falten im Gesicht. Er sah aus wie vorzeitig gealtert, als wollte er am liebsten keinen einzigen Einspruch mehr hören müssen, als sei sein Job für ihn keine Herausforderung mehr, sondern nur noch ein lästiges Übel. Meine Zukunft lag in seinen müden Händen, und ich bemühte mich, so auszusehen, als vertraute ich auf Recht und Güte, wie es Theresa an meiner Stelle getan hätte. Howard hatte unbezahlten Urlaub genommen, um in seinem adretten Anzug hinter mir sitzen zu können. Dieser Anzug, der sich als so nützlich erwies, war noch etwas, wofür ich dankbar war. Nellie hatte recht gehabt: es war wichtig, etwas Anständiges zu haben, worauf man bei besonderen Anlässen zurückgreifen konnte.

Ich hatte mich, was meine Kleidung anging, genau an Raffertys Anweisungen gehalten. Ich hatte die letzten hundertsechzig Dollar von meinem Konto abgehoben und in dem Laura Ashley-Laden im Einkaufszentrum einen herabgesetzten Angorapulli mit Stehbündchen in Hellrosa und einen Alcantararock mit einem kleinen rosablauen Blumenmuster erworben. Mein Haar war inzwischen immerhin so lang, daß es einen gewissen androgynen Karrierefrauen-Chic hätte haben können, aber das billigte Rafferty nicht. «So verletzlich, weich und feminin, wie Sie es diesem Kessen-Vater-Schnitt irgend abringen können», meinte er. Ich kämmte, was da war, zurück und klemmte es mit einem rosa Samtstirnband fest.

Ich hatte gedacht, es würde großer Andrang herrschen, aber als wir in den Gerichtssaal kamen, waren nur eine Handvoll Blackwell-Mütter da. Rafferty wies mich darauf hin, daß Weihnachten vor der Tür stand und die Leute zu tun hatten.

«Sie befriedigen ihr Konsumbedürfnis anderweitig», sagte ich.

«Ja, das ist ungefähr die Ebene.»

Obwohl Howard am zweiten Tag des Zeugenverhörs behauptete, der Prozeß sei schon gelaufen, weil Susan Dirks' Hauptzeugen sich selbst demontiert hätten, war mir doch klar, daß er mir nur helfen wollte, daß es keinen echten Grund zum Aufatmen gab. Was mir besondere Sorge machte, war die Tatsache, daß Rafferty im Sommer mit seinem Antrag gescheitert war, das Geständnis, das ich den Polizeibeamten gegenüber abgelegt hatte, aus der Beweisaufnahme auszuschließen. Er hatte sich darauf berufen, daß man mich an jenem Abend der Schulkomitee-Sitzung auf meine Rechte hätte hinweisen müssen, daß ich damals bereits tatverdächtig gewesen und nicht nur befragt, sondern verhört worden sei. Mrs. Dirks beharrte darauf, daß es mir freigestanden habe zu gehen, wie ich es ja schließlich auch getan hätte, daß ich nicht zwangsweise festgehalten worden sei und daher auch keine Veranlassung bestanden habe, mich auf meine Rechte hinzuweisen. Als Mrs. Dirks in ihrer leidenschaftlichen Eröffnungserklärung mein Geständnis erwähnte, hob Rafferty den Finger auf jene Art und Weise, mit der sich der abgebrühte Bieter einer Auktion bemerkbar macht. «Einspruch, Euer Ehren. Würden Sie das Wort ‹Geständnis› bitte aus dem Protokoll streichen lassen?»

In ihrem zartlila Leinenjackett, dem weißen Wollrock, den schwarzen Stöckelschuhen und der rauchfarbenen Seidenbluse war sie viel betörender, als Rafferty es je hätte sein können, selbst wenn er das billige karierte Jackett gegen etwas Modischeres eingetauscht hätte. Gleich zu Beginn wies sie die Geschworenen darauf hin, daß es für sexuellen Mißbrauch oft keine konkreten Beweise gebe. «Wenn wir die Aussage eines Kindes hören», dozierte sie, «müssen wir ihm unsere ganze Aufmerksamkeit schenken. Es gilt nicht unbedingt, alles für bare Münze zu nehmen, was ein Kind sagt. Wir müssen auf die Details achten, aber wir müssen auch auf die emotionale Wahrheit horchen, die in dem steckt, was das Kind erzählt.»

Rafferty erhob Einspruch, und der Richter rieb sich langsam über den Mund, ehe er verkündete, Mrs. Dirks möge fortfahren. Als er an der Reihe war, erklärte Rafferty den Geschworenen, daß Mrs. Dirks ihnen quasi nahegelegt habe, gewisse demokratische Grundwerte zu vergessen, Werte wie beispielsweise die entscheidende Rolle von Beweisen in einem Strafprozeß. Er fragte sie, ob sie ihren Glauben an die Verfassung einfach an der Garderobe abgeben könnten. Er sagte, historisch gesehen seien wir eine Gesellschaft, die sich offenbar alle fünfzig Jahre einer Selbstreinigungsprozedur unterziehe, und mit einer solchen hätten es die Geschworenen gerade zu tun, denn überall in den Staaten seien ähnliche Prozesse im Gange. Dirks erhob Einspruch, und der Richter hielt Rafferty vor, er schweife ab und bringe Dinge vor, die ins Schlußplädoyer gehörten.

Das alles war Welten entfernt von meinem Sprechzimmer an der Blackwell-Grundschule, von dem Tag, als ich Robbie geschlagen hatte und er scheinbar ungerührt zurückgestarrt hatte. «Mrs. Dirks hat Ihnen gesagt, daß meine Mandantin ein Geständnis abgelegt hat, aber was sie Ihnen nicht gesagt hat, ist, unter welchen Umständen und in welchem Kontext dies geschah. Zum Glück bin ich hier, um Ihnen mehr über die Aussagen meiner Klientin zu erzählen, um ein vollständiges Bild zu zeichnen. Gott sei Dank bin ich in der Lage, Ihnen das Entscheidende zu liefern: den Kontext, meine Damen und Herren, den Kontext.»

Ich musterte die Geschworenen verstohlen. Zwei von ihnen faszinierten mich besonders: eine untersetzte Frau mit Hängebacken und einem Mund, der zu einer mißmutigen Grimasse erstarrt war, und eine grau-grüne, große, dünne Frau mit aufgemalten Brauenbögen, die sich ständig vor Staunen wölbten. Sie trugen beide identische Hochfrisuren, das, was wohl ihr Haar darstellen sollte, war zu einer bauschigen Fülle toupiert, die aussah wie Zuckerwatte. Sie saßen nebeneinander, die eine mürrisch, die andere erstaunt, und dachten – was? Ich wollte albern sein, zu ihnen hinübersingen: «Her-r-r-liche Suppe! Her-r-r-liche Suppe! Suppe der Suppen, herrliche, herrliche Suppe!» Neben ihnen saß ein junger Mann, der Milchprodukte im Supermarkt auffüllte; vielleicht war er mit uns seelenverwandt, verliebt in Joghurt, Käse, Butter, Sahne, Eierflip. Dann war da noch ein alternder Hippie mit weißem Haar, das ihm über den Rücken wallte, dem Gesicht eines griechischen Gottes und Augen, die aus der Entfernung wirkten, als seien sie golden. Er verdiente seinen Lebensunterhalt damit, daß er auf Telefonmasten kletterte, und ich sah ihn inmitten einer riesigen Sammlung von bunten Glasisolatoren, die seine Frau zur Verzweiflung trieb, weil das Haus schon aus den Fugen barst.

Robbie kam als erster in den Zeugenstand. Wieder saß er auf dem Schoß seiner Mutter. Er hatte einen Vorderzahn verloren und sah in gewisser Weise kindlicher aus als vorher. Ich fragte mich, wie er die letzten Monate verlebt haben mochte, was er wohl für ein Gefühl dabei hatte, in die erste Klasse zu gehen und der kleine Junge zu sein, den die Schulkrankenschwester fast abgemurkst hatte. Seine Mutter war auf vollendete Weise traurig; ihr Glamour wirkte zwar ein wenig verblaßt, aber er konnte bei Bedarf jederzeit wieder auf den alten Hochglanz poliert werden. Es ging um mein Schicksal, und doch rückten die Worte des hohen Gerichts in weite Ferne, während ich diese allerliebsten mütterlichen Gesten beobachtete, das Neigen des Kopfes, die zarten Liebkosungen, das klitzekleine Küßchen hinter sein Ohr, als sie wieder entlassen wurden. Sie selbst erschien mir wie ein güldener, dampfender, unwiderstehlich-köstlicher Trank, dargeboten mit der Aufforderung: Trink! Trink! Und erst wenn die Flüssigkeit unwiederbringlich die Kehle hinuntergeflossen war, merkte man, was man getrunken hatte. Ich konnte sie einfach nur als groteske Verzerrung wahrnehmen. Raffertys Proteste bewogen den Richter nicht im mindesten, Mrs. Mackessy aus dem Zeugenstand zu beordern.

Robbie war jetzt so erwachsen, daß er keine Puppe mehr brauchte, um meine Untaten zu demonstrieren. Sein langes, ernstes Gesicht und die kindischen Ausdrücke, mit denen er seine intimen Körperteile bezeichnete, paßten nicht zusammen. Vielleicht waren es die Wörter, die Miss Flint vorgeschlagen hatte. Vor seiner glitzernden Mutter war er fast unsichtbar. Aber was ich vor Augen hatte, war ein müder kleiner Junge, der aussah, als wollte er nicht mehr mitspielen. Er spulte seinen Part herunter, aber es wirkte, als könnte er kaum noch die Energie mobilisieren, größeres Unheil anzurichten. Als Mrs. Dirks wegen der offensichtlichen Erschöpfung des Zeugen Vertagung auf den nächsten Morgen beantragte, brummte der Richter zu unserem Erstaunen, wir seien alle müde, wir hätten alle warten müssen, die Sache sei schon zweimal aufgeschoben worden, und wir müßten voranmachen. Er gewährte ihr eine Unterbrechung von dreißig Minuten.

In der Pause zwitscherte Rafferty am anderen Ende des Flurs, den Terminkalender mit beiden Armen an sich gedrückt: «Er mag mich! Richter Peterson mag mich wirklich!»

Howard stand am Eiswasserspender, und als er Rafferty hörte, drehte er sich um und bedachte ihn mit jenem vernichtenden Blick, der einen denken läßt, man wäre besser nie geboren. Mir war noch gar nicht bewußt gewesen, wie gut Howard es verstand, Verachtung auszudrücken. «Diesmal ist der Richter auf unserer Seite», sagte Rafferty, schlürfte hastig seinen heißen Kaffee und ignorierte die angewiderte Miene meines Ehemanns. «Er wird es zu unseren Gunsten laufen lassen, das ist mein Gefühl.»

Im Kreuzverhör erfüllte Robbie Raffertys Hoffnungen mehr als hundertprozentig. Rafferty stand mit verschränkten Armen vor ihm. Er stellte Robbie auf sanfteste Weise bohrende und zum Teil auch indezente Fragen. Mehr als einmal sagte er mit samtweicher Stimme: «Das hast du aber bei der Vorverhandlung nicht gesagt, Rob.» Rafferty wurde immer freundlicher, je wütender Gesicht und Ton des Jungen wurden. Mein Top-Strafverteidiger entfaltete eben jene Väterlichkeit, die mich an ihm so entzückt hatte. Eine Stunde bearbeitete er den Jungen, wollte immer wieder wissen, aus welchem Stoff die Hosen gewesen seien, wer sie aufgeknöpft habe, ob sie einen Gürtel gehabt hätten, einen Druckknopf, einen Reißverschluß. Irgendwann war Robbie so gereizt, daß der Richter eine weitere kurze Pause verfügte.

Kurz vor Ende des Verhörs sagte Rafferty: «Als ihr noch in eurem alten Haus gewohnt habt, in der Main Street 372, da gab es doch ein Nachbarskind namens Jack Sheridan, nicht wahr, Robbie?»

Robbie sagte: «Na und?»

«Jack war ein bißchen älter als du, stimmt's?»

«Weiß nicht.»

«Mrs. Sheridan hat zwar nicht auf dich aufgepaßt, das weiß ich, aber sie hat doch manchmal nach dir geguckt, nicht wahr?»

Achselzucken.

«Sie kam einmal zu euch nach Hause, letztes Frühjahr, am dreiundzwanzigsten Mai, kurz vor den Sommerferien. Kannst du dich noch an diesen Abend erinnern?»

Jeder, der Robbie schon ein bißchen kannte, hätte sehen können, daß er nachdachte. Er rührte sich nicht und verzog keine Miene. Es war nicht erkennbar, ob er überlegte, wie er reagieren sollte, oder ob ihn die Frage in die betreffende Situation zurückversetzt hatte.

«Mrs. Sheridan ist an eure Haustür gekommen. Sie hat gefragt, ob Jack bei euch ist. Du hast gesagt, sie soll reinkommen. Du wolltest ihr etwas zeigen.»

Mrs. Mackessy schrumpfte auf ihrem Stuhl zusammen; es war, als ob sie verblaßte, als ob ihr Licht erlosch. Ihr Sohn rückte ins Blickfeld: die dunklen Ringe unter seinen Augen, sein impertinentes Starren, seine ungesunde Farbe, die blasse Haut, die so gespannt war wie das Fell einer Trommel. Hier saß, das mußten die Geschworenen sehen, ein krankes Kind. Die blonde Toupierfrisur der großen Frau bebte wegen ihres leichten Parkinsonzitterns, und ihre Augen waren so staunend weit aufgerissen, als setzte sie ihre ganze Kraft daran, wach zu bleiben. Mrs. Dirks erhob lautstark Einspruch und verlangte den Nachweis, daß die Zeugin eine sachrelevante Aussage zu machen habe. Sie, Rafferty und Richter Peterson verschwanden im Allerheiligsten. Ein paar Minuten später kamen sie wieder heraus, und Rafferty verfolgte seinen Ansatz weiter.

«Mrs. Sheridan kam also am dreiundzwanzigsten Mai an eure Haustür, Robbie, und du hast ihr gesagt, du wolltest ihr etwas zeigen. Kannst du dich daran erinnern?»

Er antwortete nicht, und Rafferty wies die Protokollantin darauf hin.

«Möchtest du nicht darüber reden?»

Immer noch keine Antwort.

«Es wurde gerade dunkel, und du hast gesagt, sie soll mitkommen und ins Wohnzimmer gucken. Weißt du das noch, mein Freund?»

Rafferty bat leise, ins Protokoll aufzunehmen, daß der Zeuge mit ausdrucksloser Miene dasitze und jede Antwort verweigere.

Später fragte er: «War Mrs. Goodwin nicht vor allem dafür da, euch Medizin zu geben, wenn ihr krank wart?»

«Nee.»

«Hat Mrs. Goodwin dir jemals Medizin gegeben, wenn du bei ihr im Sprechzimmer warst?»

«Nee.»

«Du hast nie Suprax bekommen, diese gelbe Medizin, die aus der Flasche kommt und wie Erdbeersirup schmeckt? Du hast diese Medizin kein einziges Mal von Mrs. Goodwin bekommen?»

«Hab doch gesagt, nee.»

«Hattest du Angst, als du Mrs. Sheridan ins Wohnzimmer hast gucken lassen?»

Es gab doch keine Musik im Gerichtssaal, nur eintönige Fragen, Zwischenrufe von Mrs. Dirks, den müden Richter, der der Gerechtigkeit den Weg ebnete. Das einzige Mal, daß ich zu Susan Dirks hinübersah, hatte sie gerade die ganze Unterlippe in den Mund gesogen, und sie schien ziemlich heftig darauf herumzubeißen. Ihr Stift klemmte zwischen Zeige- und Mittelfinger, und sie klopfte damit auf ihren Notizblock.

«Hat Mrs. Goodwin dir deine Medizin mit dem Löffel gegeben?»

«Na klar.»

«Sie hat dir diesen gelben Saft, das Suprax, mit dem Löffel gegeben?»

«Wie 'n sonst?»

«Dann bist du also manchmal zu ihr ins Sprechzimmer gegangen, und sie hat dir deine Medizin gegeben?»

«Du sollst mich das nicht fragen», heulte Robbie. «Du bist so langweilig! Du tust mir weh, wenn du so langweilig bist.»

«Ich tue dir weh?»

«ICH HAB DOCH GESAGT, ‹DU TUST MIR WEH›.»

Es wurde ganz still im Saal. «Keine weiteren Fragen, Euer Ehren», sagte Rafferty nach einer angemessenen Pause.

In der Mittagspause saßen Howard und ich in der Kälte am See, und ich sinnierte laut vor mich hin, was die Geschworenen wohl essen mochten, ob sie über ihren Vesperdosen Beziehungen knüpften und ob sich wohl schon eine Führungsfigur herausgeschält hatte. Ich versuchte, die paar Personen, die mein Interesse geweckt hatten, plastischer auszugestalten, mir ihr häusliches Leben auszumalen, aber Howard hörte nicht zu. Wenn ich noch lange weiterredete, würde er mich fragen, wie ich in so einem Moment mit solchen Dingen beschäftigt sein konnte. Und ich würde entgegnen müssen, daß die ausschließliche Konzentration auf den Prozeß mich gewiß nervös machen würde und ich dann drastische Alternativen erwägen könnte. Daß ich ernsthaft versucht wäre zu fliehen. Unter den Geschworenen war eine Frau mit ergrauten Locken, die immer bei der Sache zu sein schien und intelligent wirkte. Vielleicht würde sie es ja sein, die die Gruppe zu einer qualifizierten Entscheidung führte. Howard und ich hatten Schinken Käse Sandwiches dabei, die wir im bitterkalten Wind aßen. Wir reichten uns die Thermosflasche hin und her, versuchten, unsere Hände an dem letzten bißchen Wärme des Kaffees aufzuheizen. Wir waren nicht im Einklang mit unserer Umgebung, wir veranstalteten ein Picknick, wie man es tut, wenn man verliebt ist, wenn es sich lohnt, der Kälte zu trotzen, wenn man zu glücklich ist, um zu merken, daß das Brot lasch ist und der Kaffee lau. Ich hörte auf zu reden, und wir aßen und beobachteten die Möwen.

Mrs. Dirks rief an diesem ersten Nachmittag die Sozialarbeiterin des Jugendamts in den Zeugenstand. Myra Flint war eine stämmige Frau mit einer Stupsnase, kein Augenschmaus wie

Mrs. Mackessy. Sie stapfte in den Zeugenstand, in blauen Clogs, deren Klappern den Teppichboden zu durchdringen schien. Ihre Aussage drehte sich großenteils um die Befragungstechniken, die sie benutzt hatte, um Robbie sein Geheimnis zu entlocken. Der sachliche Charakter der Fragen mochte die paar Zuschauer enttäuschen, die sich Reißerisches nach Art der Fernsehdramen erhofft hatten, aber ich merkte, daß ich ihr zuhören konnte, daß ich den nüchternen, repetitiven Fragen und Antworten die meiste Zeit folgen konnte. Der Richter mußte einen der Geschworenen, einen älteren Mann, zur Ordnung rufen, weil er schnarchte.

«Kinder», erklärte Mrs. Flint, «sperren Erinnerungen manchmal in einen tiefen Winkel ihres Inneren. Ein Schlüssel, um diese Erinnerungen freizusetzen, können sehr spezifische Fragen oder gar Suggestivfragen sein. Das ist im juristischen Kontext natürlich nicht erlaubt. Daher zielt ein bestimmter methodischer Ansatz, den ich benutze, darauf ab, den Kindern Strategien und Hinweise für das Wiederauffinden von Erinnerungen an die Hand zu geben, ohne jedoch in irgendeiner Form suggestiv zu werden. Das kognitive Interview ist eine Technik, die ich bei größeren Kindern anwende, aber in etwas modifizierter Form kann es auch schon bei einem Kind in Robbies Alter nützlich sein.»

«Die Wiederherstellung des Kontexts», dozierte Myra weiter, «ist eine weitere Technik, die ich, wenn es angemessen ist, nutze, um das Erinnerungsvermögen von Kindern zu fördern. Ein Kind an den Schauplatz des Geschehens zurückzubringen kann, wenn man so will, dem Gedächtnis auf die Sprünge helfen.»

«Sie haben ihm also geholfen, nicht wahr?» eröffnete Rafferty eine Fragenserie. «Eine Menge Zeit mit ihm verbracht? Sie verdienen ja auch Ihr Geld nicht zuletzt damit, Kindern zu helfen, sich an Dinge zu erinnern, habe ich recht?»

«Es kann ein langwieriger Prozeß sein, Kindern dabei zu helfen, das Trauma des Mißbrauchs zu verarbeiten, Mr. Rafferty.»

«Es sind viele Sitzungen nötig, um ihrem Gedächtnis auf die Sprünge zu helfen?»

«Das habe ich nicht gesagt.»

«Aber kann man nicht mit Fug und Recht sagen, daß es häufig Ihre Arbeit ist, die es Kindern wie Robbie erst ermöglicht, genügend Erinnerungen zutage zu fördern, um überhaupt vor Gericht aussagen zu können?» Er deutete es die ganze Zeit an, sprach es aber nie aus: Ohne Ihre Arbeit, Mrs. Flint, wäre Robbie doch wie eine Bauchrednerpuppe ohne Bauchredner? «Ist es nicht richtig, daß ohne Ihre Technik, die Erinnerung zu fördern, Kinder nicht in der Lage wären, jene konkreten Einzelheiten zu liefern, die für eine glaubhafte Zeugenaussage nötig sind?»

Die Beschuldigungen hatten anfangs schockierend gewirkt, aber bei der zweiten Runde hatte sich ihr Effekt abgenutzt. Die Details schienen farblos, bedeutungslos. Ich versuchte noch einmal darüber nachzudenken, worum es bei diesem Prozeß eigentlich ging. Ich hatte gedacht, es ginge um Haß, schlichten, puren Haß: Haß um der Lust des Hassens willen – aber ich war mir nicht mehr sicher. Es war seltsam, aber ich konnte mich gar nicht mehr richtig daran erinnern, was Robbie bei mir ausgelöst hatte. Wenn wir klein sind, wird uns gesagt, Haß sei ein starkes Wort, das wir uns für die wirklich verabscheuungswürdigen Dinge im Leben aufheben sollten. Als ich meine Gefühle Robbie gegenüber zu bestimmen versuchte, fiel es mir schwer, die Intensität des Ärgers zu ermessen, der mich überkommen hatte, wenn ich ihn den Flur hatte entlangschlurfen sehen. Er war immer in der Tür stehengeblieben und hatte mich angestarrt. Er hatte immer so ausgesehen, als sei er sich sehr genau darüber im klaren, daß er viel mehr wußte, als seinem Alter angemessen oder gut für ihn war. Ich hatte mich immer bemüht, mir ins Bewußtsein zu rufen, daß ich das haßte, was ihn so unverschämt und kaltherzig gemacht hatte. Aber ich erinnerte mich an das beängstigende Gefühl, wenn er in der Tür meines Sprechzimmers erschienen war, das Gefühl, daß da in dem Moment nichts jenseits von ihm war, was ich hassen konnte. Jetzt waren diese heftigen Impulse nicht mehr da. In gewisser Weise war es enorm erleichternd zu wissen, daß brodelnde Wut wieder vergehen konnte, daß Emotionen nichts Ewiges waren, daß sie einen verlassen konnten wie Ratten, die die Fallreeps hinunterhuschen.

Myra war eine fähige und engagierte Therapeutin, der die Kinder, mit denen sie arbeitete, ganz offensichtlich am Herzen lagen. Sie war – aufgrund der akuten Symptome eines posttraumatischen Streß-Syndroms, die Robbie zeigte, und der Dinge, die er seiner Mutter und ihr selbst erzählt hatte – fest davon überzeugt, daß er von der Schulkrankenschwester sexuell mißbraucht worden war. Im Kreuzverhör ließ sie sich von Rafferty nicht aus der Fassung bringen. Sie wurde kein einziges Mal aggressiv, ausweichend oder defensiv, obgleich die Versuchung beträchtlich sein mußte. Als Rafferty fragte: «Stimmt es nicht, daß alle Kinder manchmal lügen?» sagte sie: «Doch, natürlich! Und Erwachsene ebenso. Aber Kinder lügen in der Regel, um Schwierigkeiten zu entgehen, nicht um sich welche zu schaffen.»

«Stimmt es nicht, daß Robbie ein notorischer Lügner ist, Miss Flint?»

«Ich weiß wohl, daß er in der Schule Probleme hatte. Um so wichtiger ist es, daß Robbie von erfahrenen Klinikern begutachtet wird, die darin geschult sind, Wahres und Unwahres auseinanderzuklauben.»

«Kann es nicht sein, daß sich Lügen durch Wiederholung verfestigen, so daß das Kind am Ende selbst an die Lüge glaubt?»

«Doch, das kann in der Tat passieren. Bei Kindern und bei Erwachsenen.» Sie erklärte, in Robbies Fall zählten zu den klinischen Daten unter anderem seine Spontaneität, sein Sexualwissen und die Tatsache, daß er seine Darstellungen nicht rigide wiederhole, was auf mechanisches Aufsagen hätte schließen lassen.

«Würden Sie sagen, daß kleine Kinder ein reges Phantasieleben haben, Miss Flint?»

«Ja, häufig schon.»

«Könnte es nicht sein, daß diese Mißbrauchsvorwürfe nichts weiter sind als Wunschdenken oder Phantasien, die auf sexuellen Szenen im Fernsehen oder auf elterlichem Verhalten fußen?»

«Ich würde sagen, das ist sehr unwahrscheinlich, Mr. Rafferty. Phantasien richten sich gewöhnlich auf positive Dinge. Kaum ein Kind oder erwachsener Mensch träumt davon, daß er körperlichen Übergriffen ausgesetzt ist. Die Phantasie ist darauf aus, Probleme zu lösen – nicht welche zu schaffen, was durch solche Beschuldigungen mit Sicherheit geschieht.»

«Was, Miss Flint, besagen statistische Untersuchungen über die Häufigkeit sexueller Phantasien und realer Mißbrauchserfahrungen bei kleinen Kindern?»

«Ich habe keine neueren Untersuchungen zu diesem Thema gelesen, Mr. Rafferty. Ich bin gern bereit, auf die konkreten Untersuchungsergebnisse in Robbies Fall einzugehen und Ihnen noch einmal auseinanderzusetzen, was ich über seine Phantasien herausgefunden habe und wie sie sich in das klinische Gesamtbild einfügen.»

Sie verhielt sich nicht so, wie Rafferty es gern gehabt hätte. Sie war zwar nicht charmant oder attraktiv, aber sie war auch zu keinem Zeitpunkt ausweichend oder defensiv. Ihre zweckmäßige Kleidung, ihre praktische Kurzhaarfrisur, ihre robuste Figur – alles an ihr, mit Ausnahme der Clogs, ließ auf ein gesundes Urteilsvermögen schließen.

Später versuchte er ihr ein Bein zu stellen, indem er sie nach den anatomisch detaillierten Puppen fragte. «Ist es nicht so, daß viele dieser anatomisch detaillierten Puppen von industriellen Herstellern bezogen werden?»

«Doch, das stimmt», sagte sie.

«Ist es dann nicht auch richtig, daß sich die anatomischen Details der Puppen, die Gestalt und der sexuelle Charakter, von Hersteller zu Hersteller deutlich unterscheiden?»

«Doch.»

«Gibt es schriftlich vorliegende und allgemein anerkannte Standards für die Benutzung anatomisch detaillierter Puppen?»

«Nicht daß ich wüßte», antwortete sie. «Und eben aus diesem Grund – weil es keine Standards gibt – sollten Befragungen unter

Verwendung anatomisch detaillierter Puppen unbedingt von erfahrenen Klinikern durchgeführt werden, die wissen, was es heißt, objektiv vorzugehen, und die im Lauf der Jahre praktische Normen entwickelt haben.»

«Trifft es nicht zu», insistierte Rafferty, «daß der Vorstand der Amerikanischen Psychoanalytischen Gesellschaft festgestellt hat, solche Puppen könnten nicht als standardisierte Erhebungsinstrumente gelten?»

Sie strich sich mit beiden Händen die Haare hinter die Ohren, ehe sie zu ihrer Antwort ansetzte. «Es gibt in der Tat Experten, die die Ansicht vertreten, die Puppen seien als Hilfsmittel ungeeignet, da sie zu falschen Schlußfolgerungen im Hinblick auf sexuellen Mißbrauch führten. Dennoch kam der Ausschuß der Amerikanischen Psychoanalytischen Gesellschaft für den Bereich Kinder, Jugend und Familie in seiner Erklärung vom vergangenen Jahr zu dem Schluß, die puppenzentrierten Begutachtungsverfahren seien vielleicht doch die beste praktische Lösung, vorausgesetzt, sie würden von kompetenten Psychologen und Sozialarbeitern praktiziert.»

«Wie viele Artikel haben Sie in Fachzeitschriften oder wissenschaftlichen Zeitschriften veröffentlicht?»

«Keinen.»

«Keinen einzigen, in keiner Zeitschrift, nirgends?»

«So ist es. Im Unterschied zu manchen Kollegen, die ihre Haupttätigkeit darin sehen, Publikationen zu verfassen, betrachte ich es als meine Hauptaufgabe, Probleme zu evaluieren und Menschen zu helfen.»

«Sie sind keine Ärztin, ist das richtig?»

«Wie ich dem Gericht bereits erklärt habe, bin ich Diplom-Sozialarbeiterin.»

«Haben Sie akademische Lehrveranstaltungen zu den Themen Wahrnehmung und Gedächtnis absolviert?»

«Ich kann keine formellen Lehrveranstaltungen zu diesen Themen vorweisen, Mr. Rafferty, aber jeder Sozialarbeiter muß

Psychologiekurse absolvieren, in denen ausführlich auf die fundamentale Rolle dieser Faktoren im menschlichen Leben eingegangen wird.»

«Haben Sie jemals eine Fehldiagnose gestellt, Miss Flint?»

«Ein Mediziner kann sich eine Röntgenaufnahme ansehen und eindeutig feststellen, daß es sich um einen Armbruch handelt. Bei der Evaluierung seelischer Traumata ergibt sich nicht immer eine so klare Diagnose.»

«Ich verstehe. Gab es in Ihrer Praxis schon einmal den Fall, daß Sie dachten, ein Kind sei sexuell mißbraucht worden, dies aber später zurücknehmen mußten?»

«Ja, den gab es, Mr. Rafferty.»

«Einige Ihrer Kollegen meinten, Sie hätten das Mädchen so aggressiv befragt, daß es schließlich den Mißbrauch eingestanden habe, um Sie zu besänftigen.»

«Einspruch», rief Susan Dirks.

«Würden Sie so freundlich sein», fragte Rafferty später, «uns das typische Profil eines Kindes mit einer Persönlichkeits- oder Primärbindungsstörung zu schildern, so wie es jede Sozialarbeiterin dem *Diagnostischen und statistischen Manual der psychischen Erkrankungen* und dem Buch *Gefährdet oder Gefahr – Kinder ohne Gewissen* entnehmen kann?»

«Letzteres Werk kenne ich nicht. Ich kann nicht die ganze Liste auswendig, Mr. Rafferty, aber unter den Symptomen, die ein bindungsgestörtes Kind zeigen würde, wären vermutlich selbstzerstörerisches Verhalten... hm... Unfähigkeit, Zuneigung zu zeigen oder anzunehmen, Lernstörungen verschiedener Art.»

«Beinhaltet diese Liste nicht auch eine bestimmte pathologische Form des Lügens – ich glaube, man nennt es ‹primärprozeßhaftes Lügen›?»

«Möglich.»

«Des weiteren Anomalien, den Blickkontakt betreffend, Grausamkeit gegenüber anderen, das Fehlen längerfristiger Freundschaften?»

«Ich habe die Liste schon länger nicht mehr eingehend studiert.»

«Um Ihr Gedächtnis aufzufrischen – zu den Symptomen gehören ferner: manipulatives Verhalten, Verstellung, gewinnendes Oberflächenverhalten und Freundlichkeit gegenüber Fremden.»

«Wie gesagt, ich habe die Liste länger nicht mehr studiert.»

«Möchten Sie sie noch einmal durchsehen?»

Sie überflog das Blatt, das er ihr hinstreckte.

«Ist Ihnen bei der Beschäftigung mit Robbie nie der Gedanke gekommen, daß etliche der eben genannten Merkmale auf ihn zutrafen und daß er Sie und seine Mutter möglicherweise zu manipulieren versuchte?»

«Nein, Mr. Rafferty, dieser Gedanke ist mir nicht gekommen.»

«Es ist Ihnen nie in den Sinn gekommen, daß er dem Profil des persönlichkeitsgestörten Kindes entsprechen könnte?»

«Absolut nicht.»

«Haben Sie Robbies Mutter befragt?»

«Nein.»

«Dachten Sie nicht, es könnte vielleicht wichtig sein, die Hauptbezugsperson des Kindes ebenfalls zu befragen?»

«Wenn ein Kind zu erkennen gibt, daß es mißbraucht wurde, steht für uns dieses Kind im Mittelpunkt.»

«Kopf hoch», sagte Rafferty in der Pause. «Es läuft prima.» Er schlug sich mit dem Brieföffner gegen das Hosenbein. «Schon was von den Mädels im Gefängnis gehört?» Es war nicht seine Art, Konversation zu machen oder Zeichen von Nervosität zu zeigen. Vielleicht war Myra Flint ja doch widersetzlicher gewesen, als er gedacht hatte. Ich streckte den Arm aus und berührte seine Hand, um sie zur Ruhe zu bringen. «Kopf hoch, Paul», sagte ich.

Nach diesem ersten Prozeßtag fuhren Howard und ich heim, ohne viel zu reden. Als wir vor dem Kinderparadies parkten, blieb er noch auf dem Fahrersitz sitzen und spielte geistesabwesend mit seinem Schlüsselbund. Ich lehnte den Kopf zurück, weil ich wußte, er würde etwas Hörenswertes sagen. «Ich wollte –», begann er.

Ich wartete, daß er den Gedanken zu Ende ausbrütete, und als ich es nach ein paar Minuten nicht länger aushalten konnte, fragte ich: «Was? Du wolltest was?»

«Warum konnte er nicht derjenige sein, der ertrunken ist? Wieso nicht? Vielleicht wäre es sogar besser für ihn, wenn er tot wäre.»

«Du meinst Robbie?»

«Warum haben wir das zugelassen? Dieses Verhör war eine teuflische Variante von *Alle Vögel fliegen hoch*. Rafferty hat Robbie in die Falle gelockt und sie dann zuschnappen lassen. Irgendwas hätten wir doch bestimmt tun können, um dieses arme Kind davor zu bewahren, durch den Wolf gedreht zu werden.»

«Ich weiß», sagte ich. «Ich habe schon die ganze Zeit das Gefühl, daß Robbie bei dieser Sache am meisten leiden wird, mehr als wir, in gewisser Weise. Ich habe immer noch die Musik und die Wörter, unsere Kinder –»

«Rafferty ist – ich habe außer ihm noch nie jemanden getroffen, der mich so angeekelt hat, daß ich dachte, ich muß kotzen.»

«Ich geh Claire holen», sagte ich. «Sonst berechnen sie uns die nächste Stunde auch noch.»

«Du hörst mir nie zu», knurrte er. «Ist dir das klar?»

«Howard», sagte ich, «ich hör dir zu. Ich weiß nur nicht, was ich sagen soll. Robbie ist nicht ertrunken, Lizzy ist ertrunken. Wenn nicht Rafferty, wer dann? Vielleicht hätte ich einen Deal machen sollen, mich schuldig bekennen und eine gewisse Zeit absitzen, dann hätte es keinen Prozeß gegeben. Aber das schien mir nicht richtig, nicht für mich, und langfristig auch nicht für uns. Ich könnte den Rest meines Lebens damit zubringen zu sagen, daß es mir leid tut, jeden Tag, jede Minute, und es würde immer noch nicht ausdrücken, *wie* leid es mir tut. Es tut mir leid für Lizzy, das am allermeisten. Es tut mir leid für Robbie, es tut mir leid für Theresa, es tut mir außerordentlich leid für dich und für Emma und Claire. Es tut mir leid im besonderen und es tut mir allgemein leid. Es tut mir leid, daß Rafferty dich anekelt. Vielleicht, ganz vielleicht, kriegt er mich ja da raus, und wir können irgendwie von vorn anfangen oder nochmal in der Mitte oder einfach von diesem Punkt aus weitermachen.»

Er blieb im Auto sitzen und ließ seine Schlüssel gegen das Lenkrad baumeln, während ich Claire holen ging. Wir fuhren zurück nach Spring Grove, holten Emma aus der Nachmittagsbetreuung ab, gingen zu A & W, aßen Salat vom Salatbuffet und Bacon-Burger, die selbst Emma inzwischen satt hatte, und fuhren dann schließlich heim. Viele Wohneinheiten in Pheasant Glade waren noch nicht verkauft, und die wenigen, die zur Vermietung bestimmt waren, hatten auch noch keine Liebhaber gefunden. Die beiden Apartmentblocks wirkten wir eine Geisterstadt, vor allem nachts. Als wir schließlich wegzogen, füllten sie sich gerade allmählich, aber zuvor hatten wir beim Heimkommen oft das Gefühl, uns an einen Ort zu begeben, wo sonst niemand sein wollte. Während des Prozesses aßen wir jeden Abend auswärts oder holten uns etwas. Wir steckten die Mädchen in den winzigen Whirlpool und anschließend ins Bett; dann begann ich, weil es nichts zu geben schien, worüber wir reden konnten, ehe die Sache entschieden war, die Küchenschränke umzuräumen oder Solitär zu spielen, bis ich dachte, daß Howard oben fest schlief.

Am dritten Tag der Anklagezeugenvernehmung traten David Henskin, der Rektor der Blackwell-Grundschule, und Robbies Lehrerin Mrs. Ritter in den Zeugenstand. Es schien eine lächerliche Prozedur, weil beide erklärten, ich sei eine mürrische, irgendwie finstere Person, und Rafferty jedesmal Einspruch erhob und tapfer beantragte, Persönlichkeitsurteile aus der Beweisaufnahme auszuschließen. Ich trug eine alte Quilt-Jacke, die ich vor Jahren einmal genäht hatte, und einen grünen Cordrock. Rafferty hatte die Stirn, meinen Aufzug für blaustrumpfhaft und exzentrisch zu erklären. «Ziehen Sie das nicht wieder an, kapiert?» befahl er. Mrs. Ritter sagte, im nachhinein sei ihr klargeworden, daß Robbie immer verstört reagiert habe, nachdem er bei mir gewesen sei, daß seine Bilder etwas Gewalttätiges gehabt hätten und seine Verhaltensprobleme nur in Zusammenhang mit den Besuchen bei mir aufgetreten seien. Nebenbei erwähnte sie, daß sie mich oft draußen auf dem Flur eine Art seltsamen Tanz habe aufführen sehen. Sie habe, so erklärte sie, immer so viel Vertrauen in das Personal der Schule gehabt, daß es ihr nie in den Sinn gekommen sei, irgend jemanden aus diesem Umfeld in irgendeiner Weise zu verdächtigen.

Rafferty machte sich gar nicht erst die Mühe, sie ins Kreuzverhör zu nehmen, weil er sie als Zeugin für wertlos hielt. Er erklärte, die Geschworenen würden das gleiche denken, wenn sie sähen, daß er sie keiner Frage würdigte. Er hatte einen Grundriß des Schulgebäudes so vergrößern lassen, daß die Verwaltungsräume erkennbar waren, wenn er ihn auf eine Staffelei stellte. Mit einem Zeigestock führte er Mr. Henskin durch die verschiedenen Flure und Diensträume und stellte unterwegs seine Fragen: Ob Mr. Henskin häufig seine Tür offenlasse, um Schüler und Lehrer zu ermutigen, zu ihm hereinzukommen? Ob die Sekretärin ihre Tür offenlasse? Sie sitze ja gleich nebenan, da brauche er die Gegensprechanlage wohl nicht oft zu benutzen? Sein Zeitplan sei doch wohl sehr wechselhaft und unvorhersagbar? Ob er gelegentlich sein Büro verlassen müsse, wenn es in einem anderen Teil der Schule ein Problem gebe? Mehrmals täglich? Und wenn er sein Büro so häufig verlasse, ob er dann am Sprechzimmer der Schulkrankenschwester vorbeikomme oder gar hindurchgehe?

Rafferty hatte mir gesagt, die Geschworenen würden sich fragen, wie zum Teufel der Mißbrauch denn stattgefunden haben könne, wenn Henskin ein dutzendmal am Tag vorbeimarschierte. Nachdem Paul diesen Punkt hinreichend beackert hatte, sagte er: «In den letzten zehn Jahren ist das Thema sexueller Mißbrauch sehr stark in die öffentliche Diskussion gerückt. Haben Sie selbst schon einmal befürchtet, es könnte Sie jemand wegen sexueller Belästigung anzeigen?»

«Natürlich geht einem das durch den Kopf, wenn man pädagogisch tätig ist. Ich glaube, jedem, der in diesem Klima mit Kindern arbeitet, ist bewußt, wie vorsichtig man da sein muß.»

«Was meinen Sie mit ‹in diesem Klima›?»

«Die Leute sind für das Thema Mißbrauch sensibilisiert.»

«Ist das ein Klima, in dem es jeder Kraft an Ihrer Schule passieren könnte, des Mißbrauchs bezichtigt zu werden?»

«Das Personal an unserer Schule ist erstklassig – grundsätzlich.»

«Gewiß ist Ihr Personal grundsätzlich erstklassig, aber meine Frage an Sie, Sir, lautet, ob angesichts dieses generellen Klimas der Vorwurf sexuellen Mißbrauchs für jeden Beschäftigten der Schulbehörde ein alltägliches Risiko ist – auch für Sie selbst.»

«Jeder, der mit Kindern arbeitet, muß vorbildlich sein.»

«Aufgrund des hysterischen Klimas –»

«Einspruch», schrie Susan Dirks.

Rafferty formulierte die Frage um. «Würden Sie sagen, Mr. Henskin, daß eine Kraft an Ihrer Schule über jeden Vorwurf erhaben sein muß, da eine allgemeine Sensibilisierung für die Gefahr des sexuellen Mißbrauchs besteht?»

«Ja, das sagte ich ja schon.»

«Und eine allgemeine Angst vor sexuellem Mißbrauch?»

«Es ist eben neuerdings allgemein bekannt, daß Kindesmißbrauch in unserer Gesellschaft sehr verbreitet ist.»

«Würden Sie sagen, daß viele Eltern Angst um ihre Kinder haben?»

«Ich kann es nicht konkret belegen, aber ich glaube schon, daß das so ist.»

Ich überflog die Gesichter der Geschworenen, um zu prüfen, ob sie den Grundgedanken erfaßt hatten: daß eine solche Anklage auch sie treffen könnte. Der Griechische Gott trug schon die ganze Woche ein Hawaii-Hemd, obwohl wir Dezember hatten. Ich zog mich jeden Morgen speziell für ihn an, fragte mich, ob er wohl besser von mir denken würde, wenn ich den rosa Rolli trug oder die blaue Baumwollbluse. Außer den beiden Toupierfrisur-Damen waren da noch zwei ältere Frauen, die im Lauf dieser Tage für mich zu Individuen geworden waren: Grace und Bette, so nannte ich sie, die Sorte Frauen, die sich, wenn sie heimkamen, eine Schürze umbanden und vor dem Fernseher strickten. Sie waren beide gediegen gekleidet und grauhaarig, bescheiden und mit ihrem Leben bestimmt zufrieden. Ich sah die großen bonbongefüllten Kristallgläser auf ihren Beistelltischchen, die selbstgeknüpften Teppiche über ihren Sofas und Sesseln, das geliebte kleine Schoßhündchen. Ich sah sie, beide verwitwet und allein, abends daheim ihr Essen wärmen und, während sie darauf warteten, über mich nachdenken. Der Fall machte sie sicher hilflos und traurig. Sie wußten nicht, was sie davon halten sollten. Sie saßen bestimmt vor ihrem Rindergeschnetzelten und dachten nicht an die Worte der Experten oder der Zeugen, sondern an mich, und wälzten nur die eine Frage: Hat sie's getan? Kann dieses junge Ding mit dem netten Mann im Hintergrund so etwas getan haben?

Am Donnerstag rief Susan Dirks Dr. Eugene Bailey auf, einen Psychologen von der Universität von Wisconsin. Er war ein schmächtiger Mann mit kleinen runden Brillengläsern, schwindendem rotem Haar und einer Zyste auf dem kahlen Teil seines Schädels. Rafferty hatte ihn noch nie vor Gericht erlebt. Er hatte mir in der Pause gesagt, der Professor tue ihm fast schon leid. «Die Leute, die Dirks normalerweise anschleppt, sind wohl alle gerade nicht da. Ich kann mir nicht vorstellen, wie sie diesen armen Bücherwurm von seinem Schreibtisch losgeeist hat, außer, er ist ein Verwandter von ihr, ihr Schwager oder so. Ich wette, er hockt seit vierzig Jahren im Elfenbeinturm und bewegt sich nur zwischen seinem Studierzimmer und dem Vorlesungsgebäude hin und her. Ich hätte ihn am liebsten gefragt, ob wir seine Mutter rufen sollen, weil wir unseren anderen Zeugen auch erlauben, auf Mamas Schoß zu sitzen.»

Dirks befragte Bailey vor allem zum posttraumatischen Streßsyndrom. Die ganze Litanei: Bettnässen, aggressives Verhalten, Alpträume, sozialer Rückzug, zwanghafte Erinnerungen an das traumatische Erlebnis. Inzwischen schienen mir die Fragen großenteils so formelhaft, daß ich dachte, ich könnte sie auch selbst stellen. «Dr. Bailey», sagte sie, «Sie haben uns erklärt, daß Robbie Mackessy an einem PTSS leidet. Sind Sie, aufgrund Ihrer Ausbildung, Ihrer Erfahrung und der Begutachtung des Kindes zu einer psychologisch hinreichend gesicherten Erklärung gelangt, welche Ursache diesem PTSS zugrunde liegt?»

«Ja, das bin ich.»

«Wie lautet diese Erklärung?»

Wieder beobachtete ich Bette und Grace, den Griechischen Gott, den Milchprodukte-Mann und die intellektuelle Frau, während Dr. Bailey verkündete, ich hätte Robbie Mackessy sowohl mißhandelt als auch sexuell mißbraucht. Meine Lieblingsgeschworenen hatten sich in ihre Pflicht gefügt. Einige von ihnen schaukelten ein wenig auf ihren bequemen Stühlen. Sie hörten alle zu, aber ihre Gesichter waren ungerührt und friedlich. Vielleicht sparten sie sich ihre Bewertungen und ihre Emotionen für die Urteilsfindung auf; ich hätte nicht sagen können, wie Dr. Baileys nur teilweise hörbare, vorsichtige Ausführungen auf sie wirkten.

Rafferty eröffnete das Kreuzverhör mit den Worten: «Dr. Bailey, lassen Sie mich Ihnen ein paar Fragen zu der sogenannten Urszene stellen. Mit Urszene meine ich hier den Sexualakt. Ich glaube, das allgemein anerkannte psychoanalytische Konzept besagt folgendes: Wenn ein Kind Augenzeuge der Urszene wird, ist dies ein zutiefst traumatisierendes Erlebnis, ist das richtig?»

Dr. Bailey trug einen Rollkragenpullover und lutschte Halspastillen. Es war gut zu wissen, daß seine Stimme vielleicht nicht immer so dünn und schwach war. «Das war im großen und ganzen Freuds Ansicht, jawohl», antwortete er.

«Wenn ein Kind die Urszene beobachtet, wird es dann nicht häufig den Sexualverkehr als einen grausamen, zerstörerischen Akt interpretieren?»

«Das ist eine der möglichen Fehlinterpretationen seitens des Kindes. Der psychische Gehalt variiert, je nach dem Alter des Kindes und der Vorgeschichte.»

«Aha. Aber eines findet sich doch fast immer bei jüngeren Kindern – Vier-, Fünf-, Sechsjährigen –, die der Urszene ansichtig werden, und zwar die Verknüpfung von Sex und Gefahr. Ist das nicht richtig?»

«Der Gehalt variiert, je nachdem, was im einzelnen beobachtet wurde.»

«Aber wenn ein jüngeres Kind den Sexualakt beobachtet, kann dies auf das Kind traumatisierend wirken?»

«Ja.»

«So traumatisierend, daß das Kind in der Folge eine Neurose entwickelt?»

«Anhänger der Freudschen Schule würden das wohl bejahen.»

«Etliche Psychoanalytiker, nicht nur Freud, sondern etwa auch Róheim und Ferenczi, sprechen von der Identifikation mit der Mutter, die für das Kind einen lebenswichtigen Rückhalt bedeutet, und dem Unvermögen des Kindes, Beziehungen der Mutter zu anderen Objekten wie etwa dem Vater zu verarbeiten. Ferenczi sagt, wenn ich mich recht erinnere, daß das Kind, wenn es die Urszene beobachtet, von Emotionen überwältigt wird, die es noch nicht einordnen kann. Ist das eine vertretbare Aussage?»

«Durchaus.»

«Wir wissen alle, daß es zu diesem Thema mehr als genug Literatur gibt, um dieses Gerichtsgebäude zu füllen. Würden Sie so freundlich sein, uns kurz zu erläutern, welche Auswirkung die Beobachtung der Urszene Ihrer Meinung nach auf ein jüngeres Kind hat?»

Dr. Bailey räusperte sich. «Wenn ein Kind sieht, daß seine Eltern in ihren intimsten Beziehungen das Körperliche nicht transzendieren können, so ist das von Natur aus beängstigend. Das Kind ist selbst gerade in dem Bemühen begriffen, das Problem des Körperlichen zu bewältigen, die Schrecken des Körpers zu überwinden.»

Es war nicht schwer zu verstehen, wie Dr. Bailey dazu kam, von den Schrecken des Körpers zu sprechen, wenn ihm doch seine eigene Gestalt – der eingefallene Brustkorb, die schmale Taille, derentwegen er sicher Extra-Löcher in seine Gürtel machen mußte – als solche schon eine Fülle von Traumata und daraus folgenden neurotischen Problemen beschert haben mußte. Ich mochte Dr. Bailey, ich spürte, daß er ein sensibler Mensch war und sich wahrscheinlich für Moose und Flechten, Wildblumen und Debussy erwärmen konnte.

«Wenn ein Kind seine Eltern beim ehelichen Verkehr beobachtet», sagte er gerade, «kann es sich leicht von ihnen verraten fühlen. Es sieht, daß die Eltern ihm diese offensichtlich besondere und tiefe Beziehung vorenthalten, ja, sogar verweigern. Das wird das Kind zweifellos als erschreckend und verwirrend erleben, aber wie gesagt, die Intensität des Traumas ist davon abhängig, was es beobachtet, wieviel, über wie lange Zeit und so fort.»

«Ist es möglich, Dr. Bailey», sagte Rafferty, während er an der Holzbrüstung vor den Geschworenen vorbeiging und mit seinem Stift daraufklopfte, als wollte er sie wecken, «ist es möglich, daß sich ein Kind, das seine Eltern beim Sex beobachtet, aufgrund dieses Erlebnisses verraten fühlt?»

«Ich dachte, das hätte ich eben gesagt – ja.»

«Was würden Sie sagen, was die typischen Reaktionen auf ein Verratserlebnis sind? Wie würde sich ein Mensch, der sich verraten fühlt, im Regelfall verhalten?»

«Nun ja, ich würde sagen, zu den typischen Reaktionen gehören wohl Zorn, Verzweiflung, vielleicht auch Rachegefühle.»

«Und könnte das Gefühl, verraten worden zu sein, bei einem Kind gewisse PTSS-Symptome, wie wir sie vorhin besprochen haben, hervorrufen?»

«Rein hypothetisch – ja.»

«Haben Sie Robbie gefragt, ob er je die Urszene mitangesehen hat?»

«Nein, das habe ich nicht getan.»

«Aber Sie sagten doch eben, daß ein Kind, das den Sexualakt mitansieht, gewisse PTSS-Symptome entwickeln kann, nicht?»

«Wir bewegen uns auf der hypothetischen Ebene.»

«Sie hielten es also nicht für nötig, ein Kind, das sexuelles Wissen und PTSS-Symptome aufweist, zu fragen, ob es je die Urszene mitangesehen hat?»

«In diesem Fall nicht, nein.»

«Ist es korrekt, wenn ich Ihrer Beschreibung der Urszene entnehme, daß man im allgemeinen davon ausgeht, daß es sich dabei um den Sexualakt zwischen den Eltern des Kindes handelt?»

«Das ist die übliche Prämisse.»

«Angenommen, Dr. Bailey, das Kind beobachtet die Urszene, aber der Sexualakt ist gewaltsamen Charakters und beinhaltet die Benutzung von Fesseln oder Peitschen, wäre es dann vertretbar zu sagen, daß dies eine noch schwerwiegendere Reaktion hervorrufen kann?»

«Ja, das wäre vertretbar.»

«Und ferner angenommen, die Szene ist nicht nur gewaltsam, sondern spielt sich zudem zwischen der Mutter des Kindes und einem Fremden ab – keinem Vergewaltiger, aber einem Mann, der nichts von dem Kind seiner Partnerin weiß oder wissen will. Könnte das nicht noch ausgeprägtere PTSS-Symptome zur Folge haben?»

«Zweifelsohne.»

«Sie haben in Ihrem Bericht erklärt, Robbies Alpträume, sein Ausagieren, seine regressiven Verhaltensmuster seien ausgeprägte Symptome eines PTSS. Haben Sie das geschrieben?»

«Wenn es im Bericht steht, habe ich es wohl geschrieben.»

«Sie haben also in Ihrem Bericht erklärt, Robbie zeige ausgeprägte Symptome eines PTSS.»

«Ja – infolge von –»

«Keine weiteren Fragen, Euer Ehren.»

Der letzte Zeuge der Anklage war Officer Melby. Sie hatten ihn ganz ans Ende gesetzt, damit den Geschworenen als letztes meine Worte im Ohr klängen, mein berühmtes Geständnis, mein «Ich tue allen Leuten weh». Es begann zu schneien, während er mein Verhalten bei der Schulkomitee-Sitzung schilderte. Susan Dirks stellte ihm eine Reihe verschiedener Fragen zu meinem Geständnis, so daß er den inkriminierenden Satz ständig wiederholen konnte. Ich sah zu, wie die Flocken vor dem Fenster herabschwebten. Bald war Weihnachten. Dan und Theresa hatten nur zwei Weihnachten mit Lizzy gehabt. Es würde jedes Jahr Gedenktage geben: den Tag, an dem sie ins Wasser gefallen war, ihren Todestag; Weihnachten; Ostern; ihren Geburtstag. Die Zeit konnte nicht einfach vorwärtslaufen, da dieser Zyklus sie an die Vergangenheit kettete: der Tag, an dem sie ins Wasser gefallen war, ihr Todestag; Weihnachten; Ostern; ihr Geburtstag. Ich wagte nicht, an Weihnachten zu denken, daran, wo ich dann sein würde. Ich hatte gedacht, daß ich besser ein paar Sachen besorgen sollte, für den Fall, daß ich nicht zu Hause sein würde, damit Howard sich nicht ins Einkaufsgetümmel stürzen mußte. Wenn ich in diesem Moment genug Vorstellungskraft aufgebracht hätte, würde der Schnee mir vielleicht das Gefühl gegeben haben, daß Lizzy anwesend war; ich hätte vielleicht gedacht, diese weiche, weiße Decke sei ihre Art, uns Mut zu machen.

Ich konnte nicht mehr zuhören, und Howard mußte mir auf der Heimfahrt erzählen, daß Rafferty Melbys Aussage wohl weichgeklopft habe. Es klang nicht ganz überzeugend. Er sagte, Rafferty habe den Officer zu dem Eingeständnis gezwungen, daß er nicht weiter nach anderen Erklärungen oder möglichen Schuldigen gesucht hatte. Gleich im Anschluß an Susan Dirks' Beweisführung hatte Rafferty aus technischen Gründen, die ich im einzelnen gar nicht durchschauen wollte, Rechtsbelehrung der Geschworenen beantragt. Er wußte, daß der Richter den Antrag ablehnen würde, aber im Fall einer Berufung mußte er gestellt worden sein. Wir hielten bei dem Haushaltswarengeschäft am Ortsrand von Spring Grove und kauften zwei grüne Plastikschlitten. Es war Donnerstag, und wir waren befreit bis zum Montag, in unsere neue Welt entlassen wie Mondspaziergänger an ihrer Leine. Nach dem Abendessen schalteten wir die Außenbeleuchtung ein und rodelten immer abwechselnd unsere Einfahrt hinunter auf die leere Straße.

# 21

*Raffertys erste Zeugin* am Montag war Robbies Vorschulerzieherin, eine große, graziöse Frau namens Linda Gildner. Ihr braunes Haar war zu einem Knoten hochgesteckt, und ihr Gesicht umrahmten hübsche Kringellocken. Sie trug ein Kleid mit einem runden Ausschnitt und tiefer Taille, marineblau, über und über mit hellblauen Vögeln verziert. Howard erklärte während der Pause in einem überraschenden Anfall von Heiterkeit, sie sehe aus wie die Disney-Version einer Erzieherin, das liebe, nette Kindermädchen mit den magischen Kräften. Ich sagte, vermutlich könne sie die Vögel auf ihrem Kleid zum Leben erwecken und herumfliegen lassen, um die ihr anbefohlenen Kindlein zu amüsieren. Er gab ein schnaubendes Geräusch von sich, und seine Lippen zogen sich in die Breite. Wir hatten zwar das ganze Wochenende nichts Gemeinsames unternommen, aber er war am Samstagnachmittag für ein paar Stunden mit dem Wagen verschwunden. Ich vermute, er war bei der Farm. Es waren zwei lange, stille Tage gewesen, und die Mädchen hatten sich ziemlich viel gezankt. Obwohl unsere Witzelei nicht besonders lustig war, wirkte sie dennoch erleichternd auf mich. Immerhin war es eine Form von Kommunikation. Howard und ich hatten uns in einer Art Warteschleife befunden, wie zwei Flugzeuge, die aneinander vorbei kreisten, immer rings herum im Nebel, weil das schlechte Wetter sie daran hinderte, zu landen oder von ihrer Bahn abzuweichen.

Linda Gildner sprach so über Robbie, als wollte sie sein schlechtes Benehmen nicht erwähnen, als sei es eigentlich nicht ihre Art, Leute zu verpetzen, aber sie habe nun mal geschworen, die Wahrheit zu sagen, und müsse dem Gericht behilflich sein. Rafferty gelang es, den Eindruck zu erwecken, als litte er ebenfalls in tiefster

Seele, während sie leise erklärte, vor zwei, drei Jahren sei Robbie ein aggressives, problematisches Kind gewesen, und die Erzieherinnen hätten den Mackessys mehrfach nahegelegt, ihn einem Psychologen vorzustellen. Rafferty nickte in Abständen und schüttelte dann leicht den Kopf, betrübt, schockiert, daß ein so junges Leben schon aus der Bahn geraten war. Ich dachte für mich, Ach, aber so schlimm war Robbie doch auch wieder nicht. So schrecklich war er wirklich nicht. Sie stellten ihn aufgrund seines Verhaltens in der Vorschule als einen kleinen Psychopathen hin. Es irritierte mich, daß die Gildners und Rafferty zusammen im Yachtclub waren und schon gemeinsame Bootsurlaube verbracht hatten. Linda erklärte dem Gericht, Robbie habe schon mit drei, vier Jahren in auffälliger Weise gelogen, als ein durchgängiges Verhaltensmuster und nicht nur gelegentlich in isolierten Fällen, wie es alle Kinder täten. Er haben bewußt unwahre Dinge erzählt, um andere in Schwierigkeiten zu bringen. Er habe gelogen, um andere anzuschwärzen, und wenngleich das bei Drei- bis Vierjährigen nichts Ungewöhnliches sei, habe diese Tendenz doch bei Robbie extreme Züge angenommen. Er sei ein helles Bürschchen gewesen, mit einem ausgeprägten Gespür für Gruppendynamik, und, in ihren Augen, anderen Dreijährigen kognitiv voraus, was die Fähigkeit anbelange, Erwachsene zu manipulieren. Ich fragte mich, ob wohl nur mir ins Auge sprang, welchen Gestus und welche Formulierungen Rafferty ihr für ihre Aussage nahegelegt hatte.

Als Robbie einmal vor den Augen seiner Erzieherinnen auf dem Klettergerüst einem Mädchen den Arm verdreht und nicht wieder losgelassen habe, so daß es zu einem Armbruch gekommen sei, habe er sein Tun aufs heftigste bestritten. Er habe die Realität schlichtweg verleugnet, sagte sie. Dabei schürzte sie die Lippen und nickte bekräftigend. Als man ihn behutsam zu dem Vorfall befragt habe, sei er, anders als die meisten Kinder in einer solchen Situation, weder verschlossen noch ängstlich gewesen. Er habe vielmehr getobt und gebrüllt und die anderen Jungen beschuldigt, behauptet, der und der und der sei auch auf dem Gerüst gewesen, und alle hätten dem Mädchen den Arm verdreht, nur nicht er.

Es war eine Sache, als Erwachsener vor Gericht zu stehen und miterleben zu müssen, wie alles, was man je getan hatte, an die Oberfläche kam und im Licht der Beschuldigung zerpflückt wurde, wie jeder Fehler sich so säuberlich in das gewünschte Profil fügte, aber es war etwas ganz anderes und eine Schande, wenn dasselbe bei einem kleinen Jungen geschah. Ich hätte Linda Gildner dankbar sein müssen, aber ich fand, es klang so falsch, so eingepaukt, was sie aus den paar üblen Streichen machte, die sich Robbie als Dreijähriger geleistet hatte.

Susan Dirks fragte beim Kreuzverhör, wie man habe zulassen können, daß Robbie einem kleinen Mädchen den Arm brach, da die Erzieherinnen doch anwesend waren. «Für mich klingt das nach Vernachlässigung der Aufsichtspflicht», sagte sie rasch, ehe Rafferty Einspruch einlegen konnte.

«Wie viele Erzieherinnen waren denn dabei, als dem Mädchen der Arm gebrochen wurde?»

«Drei.»

«Drei Erzieherinnen standen dabei und sahen zu, wie einem kleinen Mädchen auf dem Klettergerüst der Arm gebrochen wurde?»

Später sagte Dirks: «In Ihrer Zeugenaussage sprachen Sie von Robbie Mackessys kognitivem Entwicklungsstand mit drei Jahren. Haben Sie einen Doktor in Psychologie?»

«Nein, das nicht, aber –»

«Haben Sie denn wenigstens ein Diplom in Sozialpädagogik?»

«Nein, aber ich –»

«Ein Erzieherinnenexamen, Mrs. Gildner, befähigt Sie wohl kaum zu qualifizierten Aussagen auf dem Gebiet der Entwicklungspsychologie. Ist es nicht ganz normal für einen Dreijährigen, zu lügen, um Schwierigkeiten zu entgehen?»

«Doch, aber ich sagte ja –»

«Sie sagten, das Lügen sei bei ihm ein durchgängiges Verhaltensmuster gewesen, Mrs. Gildner, aber Sie haben trotzdem nur ein Beispiel angeführt.»

«I – ich erinnere mich, daß es bei ihm ein Verhaltensmuster war, aber jetzt, nach all den Jahren und bei all den vielen Kindern, mit denen ich zu tun habe, kann ich es nicht mehr genauer sagen. Ich meine, wenn Kinder lügen, geht es um kleine Dinge, Spielsachen, Essen, wie soll ich da ein spezifisches –»

«Sie erinnern sich also an keine weiteren Situationen?»

«Na ja, ich – ich weiß, daß es welche gab, aber wie gesagt –»

Als wir nach ihrer Aussage den Gerichtssaal verließen, flüsterte mir Rafferty zu: «Gucken Sie nicht so finster.»

«Sie war eine Katastrophe», sagte ich.

«Nein, überhaupt nicht. Die Geschworenen werden vor allem im Kopf behalten, wie milde sie war und daß Dirks über sie hergefallen ist. Sie werden sich daran erinnern, daß Robbie mit drei Jahren einem Kind den Arm gebrochen hat.»

«Hat er das wirklich getan?»

Raffertys Kinn sackte auf seine Brust herab, und er sah mich über seine Brillengläser hinweg streng an.

«Ich glaube nicht, daß der Junge so schlimm ist, wie Sie ihn hingestellt haben», sagte ich. «Ich bin mir nicht sicher, ob es wirklich so abgelaufen ist.»

Er zog mich an sich heran, während wir den Flur entlanggingen. «Das ist alles sehr strapaziös», sagte er. Er flüsterte immer noch, aber sein Griff war fest, der Druck seiner Fingerspitzen auf meinem Arm schon fast schmerzhaft. «Sie können sich sicher sein, daß ich niemals einem Zeugen nahelegen würde, die Unwahrheit zu sagen. Nie und nimmer. Und für Sie ist es gar nicht gut, wenn Sie an diesem entscheidenden Punkt anfangen, Robbie zu bemitleiden. Das ehrt Sie, ist aber gerade jetzt überhaupt nicht angebracht. Gehen Sie und holen Sie sich etwas zu trinken, und lassen Sie uns die Ruhe bewahren.»

Ich hörte Dyshett, hörte sie laut und klar, und ihre Stimme war so kraftvoll, daß sie beinah meine eigene Zunge in Bewegung setzte. «Wenn ich Sie auf der Straße sehen tät, Mr. Raf-fer-ty, tät ich denken, Sie sind wunder was für ein As von Anwalt, aber in echt sind Sie nur ein glubschäugiger, räudiger Straßenköter, wo den armen Bub da in Stücke fetzt und zerkaut und wieder ausspuckt und am End von uns will, daß wir uns die Bescherung angucken und sagen: ‹Jawoll, Sir, der Haufen Scheißdreck da ist ein kleiner Bub.›»

An diesem ersten Nachmittag rief Rafferty James «Grinder» Perkins auf. Er arbeitete als Abteilungsleiter in dem Oscar-Mayer-Werk in Madison und überwachte die Verarbeitung von Rind und Schwein zu Würstchen. Er war ein zierlicher Mann, kaum größer als Mrs. Mackessy. Er hatte eine auffallend modische Frisur, exakt geschnitten, conditioner-gepflegt, geföhnt, und eine blaugetönte Brille mit Metallgestell. Niemand in Prairie Center und Umgebung, außer Dan, trug Schnürsenkelkrawatten und Designer-Brillen. Kurz nachdem er in den Zeugenstand getreten war, beorderte der Richter Rafferty und Dirks in sein Kämmerlein. Howard und ich warteten draußen auf dem Flur. Howard versuchte, sein Kfz-Meldewesen-Handbuch zu studieren, damit er bald zum Teamleiter aufstieg, während ich aus dem Fenster sah und an die Mädels drüben im Gefängnis dachte. Rafferty hatte damit gerechnet, der Richter würde einen Nachweis verlangen, daß der Zeuge für den Fall unerläßlich war. Howard konnte nicht aufhören, mit dem Fuß zu wippen, bei ihm geradezu ein Zeichen von Hysterie. Ich mußte drei-, viermal seinen Namen sagen, ehe er von seinem Handbuch aufsah. «Ich frage mich nur», sagte er schließlich, «wie Rafferty darauf kommt, daß der Richter sich auf unsere Seite schlagen wird.»

«Richter Peterson hat bei seinem Amtsantritt versprochen, alle, die vor ihm erscheinen, fair und unparteiisch zu behandeln», sagte ich.

«Bitte.» Er faßte sich mit der Hand an der Kehle. «Das klingt wie ein Pfadfindereid.»

«Es besteht immer noch Hoffnung», sagte ich.

Er seufzte. «Ich finde es so absurd, daß sie sich tatsächlich mit einem Mann eingelassen hat, der Würstchen fabriziert. Einem, den sie ‹Grinder› nennen. Ist Rafferty einfach davon ausgegangen, daß sie eine ist, die auf Würstchenmacher steht? Ist er in die Oscar-Mayer-Fabrik marschiert und hat alle, die dort arbeiten, gefragt, ob sie je was mit ihr hatten? Warum gerade Würstchen? Warum konnte es nicht einer sein, der beim Sierra Club arbeitet?»

«Ich weiß es nicht, Howard», sagte ich. «Außerdem arbeitet er im Büro. Rafferty sagt, er sei nicht die erste Wahl, es gebe da noch einen anderen Freund, einen richtig üblen Kunden, den die Nachbarin gesehen hat. Immerhin steht Grinder nicht am Band, an irgendeiner Maschine, wo er die Wiener rauszieht. Er ist doch kein bulliger Neandertaler, der keinen vollständigen Satz rauskriegt und im Lendenschurz rumläuft. Mich hat es erstaunt, daß er ein höherer Angestellter ist und nicht irgendein bornierter Prolet –»

Wieder hörte ich Dyshett, diesmal an mich gerichtet. «Du redst immer, wie wenn du denkst, du bist Gott und guckst runter auf den ganzen Schwachsinn, wo du gemacht hast, wie wenn dir nichts von dem passen tät, wo du so lang dran rumgemacht hast. Du rennst rum und urteilst über Leute, und dabei weißt du einen Dreck über sie. Einen Dreck weißt du!»

«Wer weiß», sagte ich. «Wer kann sich schon ein Urteil erlauben.»

Als Rafferty, Dirks und Richter Peterson wieder erschienen, ging die Verhandlung weiter.

Jim Perkins war von seinem äußeren Auftreten her weder grob noch vulgär. Er war ein ruhiger, gutgekleideter Bürger mit guten Manieren. Für die Geschworenen wäre es leichter gewesen, ihn zu verstehen, wenn er dumm oder ungehobelt gewirkt hätte. Rafferty drückte später sehr gut aus, was Perkins ausgestrahlt hatte; mit etwas Glück war es auch bei den Geschworenen angekommen und hatte sie, mehr noch als die schlüpfrigen Details aus seinem Sexualleben, abgestoßen. «Haben Sie gemerkt», fragte mich Rafferty, «wie ernst Perkins über seine Spielchen geredet hat? Er nimmt sich selbst sehr wichtig. Es war ihm nicht im geringsten peinlich, sich dort vor uns allen hinzustellen und uns in die Finessen seines Sexuallebens einzuweihen. Und er hat klargestellt, daß sexuelle Entspannung für ihn ein verfassungsmäßiges Recht ist und daß er stolz auf seine Potenz ist. Perkins war zwar nicht meine erste Wahl, aber er hat es prima gemacht. Er hat uns mehr gebracht, als ich mir erhofft hatte.»

«Haben Sie gewöhnlich die ganze Nacht bei Carol Mackessy verbracht?» fragte Rafferty irgendwann im Lauf des Verhörs.

«Ein-, zweimal vielleicht. Meistens nicht.»

«Wo war Robbie während Ihrer Schäferstündchen in Carol Mackessys Haus?»

«Er war nicht da.»

«Wissen Sie, wo er hingeschickt wurde?»

«Wir haben nicht über ihn geredet.»

«Er war kein Thema?»

«Er war ihr Problem.»

«Verstehe. Sie haben sich also um ihr Privatleben nicht weiter gekümmert.»

«Das ist richtig.»

«Es hätte also sein können, daß Robbie irgendwo in der Nähe war, ohne daß Sie es wußten?»

«Ich habe mir nie Gedanken über ihn gemacht. Ich habe erst ziemlich gegen Ende erfahren, daß sie ein Kind hatte.»

«Sind Sie mit ihm zusammengetroffen?»

«Ich habe ihn ein paarmal gesehen.»

«Sie haben ihn im Haus gesehen?»

«Ja.»

«Waren Sie je einfach nur zu Besuch dort?»

«Äh, wir haben uns immer nur zu bestimmten Zwecken getroffen.»

«Welchen Zwecken?»

«Denen, die ich in meinem Inserat genannt hatte.»

«Sie kamen also zu ihr ins Haus, um Sex zu haben?»

«Richtig.»

«Und Sie sagen, Sie haben Robbie ein paarmal gesehen.»

«Wir haben ein paarmal hinterher noch was gegessen, und da ist er aufgetaucht.»

«Wo war er gewesen?»

«Bei einem Freund.»

«Wer hat Ihnen erzählt, daß er bei einem Freund war?»

«Na ja, ich bin wohl einfach davon ausgegangen. Sie hat nichts gesagt.»

«Robbie ist aufgetaucht, sagen Sie? Er stand einfach plötzlich in der Küche, um mitzuessen?»

«Wie gesagt, ich habe mir nie Gedanken über ihn gemacht.»

An diesem Abend war Howard auf der Heimfahrt stumm. Es ist eine Sache, mit jemandem im Auto zu sitzen, der schweigsam ist, und eine andere, mit jemandem zu fahren, der stumm ist. Ich konnte mich nicht mehr erinnern, wann ich ihn zuletzt mit einem anderen als einem grimmigen Gesicht gesehen hatte. Ich machte ein paar Bemerkungen. Ich sagte, daß ich mich fragte, was es wohl zu bedeuten habe, daß Dirks darauf verzichtet habe, «Grinder» ins Kreuzverhör zu nehmen. Ich dachte, Howard würde vielleicht etwas darauf antworten, aber er stieg sofort aus, als wir in der Einfahrt hielten; er ging ins Haus und schloß die Tür, bevor ich sie erreicht hatte.

Mrs. Nancy Sheridan, Raffertys fleischgewordener Traum, trat am Dienstag morgen auf. Sie setzte sich und wischte sich das eine tränende Auge mit ihrem frischgebügelten weißen Taschentuch. Theresa, die wegen ihrer Arbeit in der Vorwoche nicht zum Prozeß hatte kommen können, saß hinter mir, neben Howard. Als sie später draußen auf dem Flur sagte, sie habe um eine Zeugin wie Mrs. Sheridan gebetet, sah Howard zu Boden, und sein Mund verzog sich langsam zu einem Lächeln.

Mrs. Sheridan war eine gute Katholikin, die ihre Gebärtätigkeit

1960 aufgenommen und sie erst jüngst, vor drei Jahren, mit der Totgeburt ihres elften Kindes beschlossen hatte. Ihr rotbraunes Schneiderkostüm war so altmodisch, daß es schon wieder modern war, und es paßte ihr immer noch leidlich. Sie war höchstens einsfünfzig groß und hatte kurzes, stumpfes schwarzes Haar. Robbie und seine Mutter hatten im letzten Frühjahr drei Monate im Haus neben den Sheridans zur Miete gewohnt. Mrs. Sheridan beklagte, daß Mr. Gillis, der Vermieter, sich immer unerfreuliche Mieter aussuche und außerdem nicht einmal die notwendigsten Reparaturen vornehme. Rafferty tat sein Bestes, um sie beim Thema zu halten, aber vor einem zwangsweise lauschenden Publikum konnte sie sich wohl den einen oder anderen Exkurs über die Übel unserer Gesellschaft nicht verkneifen.

In der Nachbarschaft hatte es keine Kinder in Robbies Alter gegeben, und Mrs. Sheridan erzählte, daß Robbie sich eine Zeitlang an ihren achtjährigen Sohn Jack gehängt habe. Nach ein paar Wochen habe sie dann jedoch ihrem Jack verboten, mit Robbie zu spielen, da dieses Kind eine Sprache im Munde geführt habe, wie sie ihr noch nie begegnet sei. «Ich bin nicht willens, auch nur ein einziges von diesen Wörtern zu wiederholen», erklärte sie, «nicht einmal für das Gericht.»

«Das wird nicht nötig sein», beruhigte sie Rafferty.

Auf Raffertys Drängen hin berichtete Mrs. Sheridan von einem Vorfall, der sich im Mai zugetragen hatte. Sie sei etwa um halb acht Uhr abends auf die Suche nach Jack gegangen. Sie habe zuerst gerufen und dann mehrmals die Essensglocke geläutet. Er sei normalerweise ein sehr zuverlässiger Junge, und sie habe begonnen, sich Sorgen zu machen. Ein paar von den älteren Kindern seien mit Mr. Sheridan auf einem Angelausflug gewesen und nur sie und Jack zum Essen daheim. Es komme selten vor, daß nur ein Kind da sei, und deshalb habe sie ihn ins Taco Bell ausführen wollen, um ihm eine Freude zu machen. Sie sei die Main Street, an der sie wohnten, ein Stück hinuntergegangen. Sie sei um die Ecke gebogen und habe den Fußweg zu der Siedlung genommen, wo er manchmal mit Schulkameraden spiele. Ein paar Jungen seien in einer Einfahrt Skateboard gefahren, aber er sei nicht dabeigewesen. Die Jungen hätten gesagt, sie hätten ihn schon seit etwa einer Stunde nicht mehr gesehen und gedacht, er sei heimgegangen. Da habe sie es mit der Angst bekommen. «Wir wissen ja alle, wo es mit der Welt hingeht», sagte sie, wobei sie die Geschworenen Bestätigung heischend ansah. Jack sei zwar ihr Jüngster, aber aufgrund ihrer langen Erfahrung denke sie doch nicht, daß sie um ihn übermäßig besorgt sei. Es habe zu der Zeit Gerüchte gegeben, von einem Mann in einem grünen Lieferwagen, der kleine Mädchen belästige. Im Jahr zuvor sei ein Junge aus Walworth County verschwunden, einfach von der Straße weg, spurlos. Da mache sich auch eine erfahrene Mutter Sorgen.

Ich glaube, kein Mensch im Saal, weder Rafferty, noch Susan Dirks, noch Richter Peterson, wollte seinen guten Ruf gefährden, indem er Mrs. Sheridan unterbrach, ihre Aussagen in Frage stellte oder sie ermahnte, sich ein bißchen zu beeilen.

Am Abend dieses 23. Mai also sei sie vor dem Haus der Mackessys stehengeblieben, weil sie beschlossen habe, erst bei ihnen nachzufragen, bevor sie den ganzen Weg zum Spielplatz ging. Sie habe ihrem Sohn zwar verboten, mit Robbie zu spielen, aber ihr Jack sei ein gutherziger Junge, der sich in einer echten Notlage selbst um Robbie kümmern würde. Nicht auszuschließen, habe sie gedacht, daß Jack zu ihm nach Hause gegangen war, um ihm irgendwie zu helfen.

«Wäre Carol Mackessy denn nicht dagewesen», fragte Rafferty, «um ihm ein Pflaster aufs Knie zu kleben oder ihm ein Glas Milch zu geben?»

Nancy Sheridan schüttelte den Kopf und wischte sich wieder übers Gesicht. Sie weinte wohl nicht richtig, obgleich aus ihrem rechten Auge ein steter Tränenstrom quoll. «Sie hat den armen Jungen oft allein daheim gelassen», sagte sie. «Jack ist rübergegangen, und wenn er wiederkam, hat er mir erzählt, Robbie sei ganz allein und würde Froot Loops aus der Packung essen.» Obwohl

Susan Dirks Einspruch wegen Hörensagens erhob, sprach Mrs. Sheridan einfach weiter. «Solche Familien ruinieren doch die Welt. Für mich war es völlig unfaßbar, daß eine Mutter ein Kind im Kindergartenalter länger als zehn Minuten allein –»

«Stattgegeben», sagte Richter Peterson.

«Er hat mir nie in die Augen geguckt.» Mrs. Sheridan hörte weder den Richter noch Rafferty, die sie jetzt beide zu stoppen versuchten. «Eine Mutter, die zehn Kinder großgezogen hat, weiß einfach, daß der Junge Angst hatte, aufzublicken und zu sehen, daß da keiner war, der ihn liebhatte.»

Mrs. Dirks erhob im Lauf der Aussage etliche Male Einspruch und forderte, bestimmte Bemerkungen als nebensächlich aus dem Protokoll zu streichen. Peterson gönnte ihr zwar mehrere kleine Siege, aber er war offensichtlich angetan von unserer Starzeugin, die Rafferty insgeheim «unsere Große Mutter» nannte. Mrs. Sheridan konnte nicht genau sagen, wie oft Robbie allein gelassen worden war, aber es sei wohl ziemlich regelmäßig vorgekommen, daß er selbst daheim und das Auto seiner Mutter weg war. Soweit sie habe sehen können, sei niemand da gewesen, um auf das Kind aufzupassen. Es ginge sie ja nichts an, meinte sie, aber es sei schwer gewesen, nicht zu bemerken, wie er aus seinem Eßzimmerfenster herübergeschaut habe. Sie habe gewinkt, aber er habe nie zurückgewinkt. Sie habe manchmal gespürt, daß er sie beobachtete, und deshalb, bevor sie nachgeschaut habe, zuerst die Vorhänge zugezogen.

Am fraglichen Abend jedoch, als sie nach Jack gesucht habe, da sei sie zur Haustür der Mackessys gegangen und habe gerade klingeln wollen. Aus dem hinteren Teil des Hauses sei laute Musik gekommen, und sie habe gedacht, vielleicht sei da ja eine Party im Gange. «Ich wollte schon wieder gehen», sagte sie, «weil ich wußte, daß mein Jack unter diesen Umständen nicht zu ihnen reingegangen wäre. Da stand plötzlich Robbie in der Tür. Er war ein – na ja, er wirkte immer ziemlich zornig, der kleine Bursche. Als ob er es ganz allein mit der Welt aufnehmen wollte, der arme Kerl. Bei ihm konnte man sehen, wie sich all das Zarte, was Kinder haben, einfach verhärtete.»

«Was geschah dann?» fragte Rafferty.

«Ich hatte noch nie mehr als zwei Worte mit der Mutter geredet», sagte sie, ohne auf seine Frage einzugehen. «Sie hat wahrscheinlich gedacht, jemand wie ich hätte nichts zu bieten.» Sie holte tief Luft und faßte sich an den Kragen, um sich zu vergewissern, daß er noch richtig saß. «Robbie sagte, ich solle reinkommen. Er sagte: ‹Du – du sollst reinkommen.› Ich sagte, nein, nein, danke, ich sagte, ich müßte Jack suchen. ‹Du mußt›, sagte er. Er bestand darauf. Er stammelte und sah mich ausnahmsweise mal an, mit diesen riesengroßen Augen. Es überraschte mich, daß er so zutraulich war. Ich war erschrocken, wie er aussah, so –»

«Wie sah er aus, Mrs. Sheridan?»

«Wie gesagt, seine Augen waren riesig. Er war so blaß. Er war verängstigt, Mr. Rafferty. Der kleine Kerl zitterte am ganzen Körper. Ich wußte nicht, was ich davon halten sollte. Zuerst hatte ich Angst, wegen Jack, daß vielleicht etwas passiert war. ‹Was ist denn, Robbie?› fragte ich. Er sagte: ‹Komm gucken.› – ‹Ist was mit Jack?› habe ich gefragt. Er sagte, nein, Jack habe er nicht gesehen. Ich wollte nicht in dieses Haus gehen, aber ich bin ihm dann doch gefolgt.»

«Wo hat er Sie hingeführt, Mrs. Sheridan?»

«Er führte mich nach hinten durch, zum Wohnzimmer. Die Tür war nicht ganz zu.» Sie senkte den Kopf, offensichtlich war sie außerstande, weiterzureden.

«Was haben Sie gesehen, Mrs. Sheridan?»

«Das ist nicht leicht für mich, Mr. Rafferty.»

«Das glaube ich Ihnen.»

Sie umfaßte beide Armlehnen mit den Händen und setzte sich gerade auf. «Ich habe reingeguckt.»

«Und was haben Sie gesehen?»

«Es war dunkel, und die Musik war laut.»

«Was konnten Sie erkennen?»

«Dort drinnen gingen Erwachsenendinge vor sich, Dinge, die ein Kind nicht sehen sollte. Die Musik war so laut, daß man Herzklopfen kriegte.»

«Was ging in dem Raum vor sich?»

«Wie gesagt, es war dunkel, aber ich sah sie, Mrs. Mackessy, auf dem Sofa, mit einem ihrer Kerle. Sie waren wie die Tiere, Mr. Rafferty. So sah es aus. Sie kniete auf allen vieren. Er biß ihr in den Nacken. Robbie schrie los: ‹Er tut meiner Mama weh!› Er nahm meine Hand und zog mich fort, in die Küche. Er weinte und redete davon, daß wir auch noch drankommen würden. Da hörte die Musik auf, und das Kind warf sich regelrecht gegen mich und sagte, ich müßte weggehen. Er hat mich förmlich zur Hintertür rausgeschubst, Mr. Rafferty.»

«Haben Sie an diesem Abend außer Robbie noch jemanden gesehen?»

«Nein, niemanden. Ich war völlig außer mir. Ich wollte den Jungen mitnehmen, aber er schlug die Tür zu. Ich lief davon, so schnell mich die Beine trugen. Ich lief heim und gleich nach oben, und da war mein Jack in seinem Zimmer. Ich war ja so erleichtert. Ich weiß, ich hätte die Polizei benachrichtigen müssen.»

«Haben Sie irgend jemandem von Ihrem Erlebnis erzählt?»

«Das ist eine sehr gute Frage, Mr. Rafferty.» Rafferty verzog keine Miene, ließ sich nicht zu dem leisesten Lächeln hinreißen. «Mein Mann war ja auf diesem Angelausflug und wollte erst am Wochenende wieder zurück sein. Ich dachte, daß ich mit ihm besprechen müßte, was wir unternehmen sollten. Ich dachte, daß ich nicht ohne ihn einschreiten dürfte. Ich wußte ja, daß meine Nachbarin Männer empfing, und das waren oft große, bullige Kerle. Man weiß ja nie, ob Leute unter Drogen stehen, was mit ihnen los ist. Man kann sich ja heutzutage auf nichts mehr verlassen. Ich war nicht willens, allein die Polizei anzurufen und womöglich meine Familie in Gefahr zu bringen. Ich bin wahrhaftig nicht stolz auf meine Untätigkeit, aber ich hatte das Gefühl, meine eigenen Kinder schützen zu müssen. Ich weiß, daß Robbie mir vertraute und daß ich sein Vertrauen gebrochen habe, weil ich keine Hilfe holte. Das ist etwas, womit ich seither leben muß.»

«Wann haben Sie die Mackessys das nächste Mal wiedergesehen?»

«Ich habe Robbie im Garten gesehen, fünfzehn, zwanzig Minuten, nachdem ich weggelaufen war. Kurz darauf hat ihn seine Mutter reingerufen. Ehrlich gesagt, ich war so durcheinander, daß ich mich gefragt habe, ob ich das alles nur geträumt hatte. Dann, ein paar Tage später, waren die beiden auf einmal verschwunden. Ich habe gehört, sie seien zwangsgeräumt worden, aber ich weiß es nicht. Ich kam von einem Elternabend heim, und ihre Rollos waren runtergelassen, das Auto weg. Es sah alles leer und verlassen aus. Für mich war das eine große Erleichterung. Jemand aus der Straße sagte, sie hätten sich ein Haus auf dem Land gemietet. Ich beschloß, weiter für sie zu beten, aber sonst gar nicht mehr an sie zu denken.»

Als Rafferty sich schließlich wieder setzte, sah er kurz zu mir herüber und zog für einen Sekundenbruchteil fragend die Augenbrauen hoch. Als Susan Dirks sich erhob, brüllte Sherry von wo immer sie war, daheim bei ihren drei Würmern oder noch im Knast: «Oh, Mann, sie hockt TOOOTAL inner Scheiße.» Heute frage ich mich, ob Susan Dirks wußte, daß Mrs. Mackessy sich entweder so manches vorgemacht oder aber gelogen hatte. Ich frage mich, ob ihr klar wurde, daß sie baden gehen würde, als die Beschuldigungen der anderen Jungen zurückgezogen wurden, als nicht einmal Myra Flint sie dazu bringen konnte, zweimal dasselbe zu erzählen. Rafferty hatte oft gesagt, mein Fall sei einer von denen, die nie vor Gericht hätten kommen sollen. Er gab allein Susan Dirks die Schuld. Ich kenne das nur zu gut, diesen Drang, das eigene Versagen zu verschleiern, ein Drang, der so stark sein kann, daß man sich in eine imaginäre Welt flüchtet. Mrs. Mackessy hatte den Drang verspürt, sich ihr Leben anders vorzustellen. Vielleicht war dieser Drang ja so stark gewesen, daß sich auch Susan Dirks davon hatte überzeugen lassen.

Wie immer es während der Verhandlung in Susan Dirks aussehen mochte, sie gab ihr Bestes gegen Mrs. Sheridan. Wie sie denn überhaupt jemanden habe sehen können, wenn es doch in dem Zimmer dunkel gewesen sei? Wie lange sie hineingeschaut habe? Vier Sekunden? Fünf? Wie sie habe feststellen können, daß es zwei Personen waren? «Ich weiß, was ich gesehen habe», sagte Mrs. Sheridan. Sie würde sich nicht auseinandernehmen lassen. Sie hatte Gott auf ihrer Seite. Sie würde sich nicht von einer kinderlosen, großtuerischen Staatsanwältin das Ereignis zerreden lassen, das ihr Leben verändert hatte, das sie veranlaßt hatte, dreißig Dollar, die sie eigentlich nicht erübrigen konnte, zusammenzukratzen, um sie einem Senator zu schicken, der ihrer Meinung nach für die richtigen Grundsätze eintrat. «Miss Dirks», sagte sie, «oder Mrs. Dirks, was immer Sie sind. Es waren Personen in diesem Zimmer. Sie fügten sich, aus Gründen, denen ich gar nicht nachgehen will, gegenseitig Schmerz zu. Dieser Junge war halbtot vor Angst. Es geschahen schlimme Dinge in diesem Haus, und Ihre Andeutungen, es könnte im Bereich meiner Vorstellungskraft liegen, mir eine so ungeheuerliche Geschichte auszudenken, strapazieren meine Geduld aufs äußerste.»

Nach Mrs. Sheridans Aussage gingen Rafferty und ich in den Gefangenenwarteraum. Howard trottete davon, um uns irgendwo ein bißchen Gebäck aufzutreiben. Rafferty schlug sich die Hände vor den weit geöffneten Mund und wackelte mit den Hüften, auf eine Art, die ihm gar nicht stand. «Ich bin ja so schadenfroh», sagte er. «Ich freue mich diebisch. Ich werde eines Tages dafür bezahlen müssen, aber im Moment kann ich es mir nicht verkneifen. Ich kann es mir einfach nicht verkneifen!»

«Hören Sie auf», sagte ich.

«He!» Er packte mich an den Schultern und schüttelte mich. «Wenn irgend so ein Verrückter aus Hollywood bei Ihnen anklopft und Ihre Geschichte will – hören Sie? Und wenn Sie sie für anderthalb Millionen verscherbeln und sich mit Howard ein handtuchgroßes Grundstück in Montana zulegen, gleich neben Tom Brokaw und Brooke Shields – hören Sie mir zu?»

«Bitte, hören Sie auf», sagte ich mit einem gezwungenen Lachen angesichts seiner hervorquellenden Augen und seines schäumenden Mundes.

«Dann – dann müssen Sie darauf bestehen, daß Mrs. Sheridan ihre Rolle selbst spielt. Nicht mal diese Dingsda, Streep, würde diesen Akzent so hinkriegen, Sie wissen schon, diese gepreßten, tonlosen Vokale, typisch für Katholen aus Wisconsin, und diese leicht klagende Stimme. Das ist einfach phantastisch. Und noch so viel gehackte Zwiebeln im Taschentuch würden nie ein Auge allein so überzeugend zum Tränen bringen.»

«Bitte», sagte ich noch einmal.

«Ich weiß, ich weiß. Aber sie ist einfach einmalig, sie war wie die Madonna von Lourdes.»

«Seien Sie still», sagte ich.

«Okay, schon gut. Ich hoffe, Howard bringt uns irgend etwas Sündhaftes, so etwas richtig Schokoladiges und Klebriges, mit Sahne und Butter und vielen Eiern.»

Als wir wieder hineingerufen wurden, hatte Rafferty sich gefaßt. Er räusperte sich, strich sich das karierte Sakko glatt, senkte den Kopf, ganz Demut, ganz Mannhaftigkeit, und marschierte in den Gerichtssaal.

Ich mußte seither oft an beide denken, an Carol Mackessy und Mrs. Sheridan, sah sie beide zusammen vor mir, wie zwei Personen auf einem Foto. Ich hielt mir vor, daß sie sich in gewisser Weise gegenseitig brauchten. Carol hatte einen Prozeß gegen mich angestrengt, ohne an ihre Vergangenheit zu denken. Hatte sie gedacht, Anstand und Höflichkeit würden dafür sorgen, daß ihr unkonventioneller Lebenswandel bei der Beweisaufnahme nicht zur Sprache käme? Glaubte sie an Dirks, wie ich an Rafferty glaubte? Unsere Anwälte, so dachten wir, würden uns von unserer besten Seite präsentieren. Oder war Carol schlicht davon überzeugt gewesen, daß es ihr gutes Recht war, ihre Freunde bei sich daheim zu empfangen? Theresa behauptete, Carols Mutterinstinkte hätten sich plötzlich doch eingeschaltet, diese starken Emotionen hätten sie überwältigt und zum Handeln getrieben. Theresa meinte, sie habe wahrscheinlich Robbie gegenüber tiefsitzende Schuldgefühle, und sie habe einfach überkompensiert, indem sie den Prozeß anstrengte.

Carol hatte sich einfach nicht vorstellen können, daß es überhaupt jemanden wie Mrs. Sheridan gab. War diese Frau zu gut, um wahr zu sein, fragte ich mich oft, oder war es einfach so, daß es in unser aller Leben eine Mrs. Sheridan gab, die irgend etwas im Dunkeln sah und es eindeutig zu benennen vermochte? Vielleicht war Mrs. Sheridan ja Mrs. M. L. Glevitchs helle und gute Schwester. Mrs. Glevitch stand in der Kondolenzschlange bei Beerdigungen und in der Kassenschlange im Supermarkt, sie lauschte, spionierte und redete, redete unaufhörlich, die Worte troffen aus ihrem Mund wie Tinte und hinterließen eine unauslöschliche Spur. Mrs. Sheridan blieb daheim und zog die Vorhänge zu, und dennoch kam die Wahrheit zu ihr. Sie verhielt sich still, bis sie gerufen wurde, von den mächtigen Kräften der Zivilisation, von jenem Gericht, wo, wie sie glaubte, Gerechtigkeit geübt wurde.

Am Dienstagnachmittag rief Rafferty Theresa in den Zeugenstand. Ich hatte ihn mehrfach gefragt, ob es nicht besser sei, jemanden anzuheuern, der mich nicht kannte, bei dem keine verwickelte persönliche Beziehung mitspielte. Er hatte jedesmal geantwortet, sie sei genau die Richtige für uns, nicht trotz unserer Freundschaft, sondern eben deswegen. «Und außerdem ist sie eine hervorragende Sachverständige – immer klar, menschlich, mit einem praktischen Verstand. Die Geschworenen interessiert es nicht, wie viele akademische Grade jemand hat, solange diese Person überzeugend ist und ihre Sprache spricht.»

Ich hatte nach unserem Treffen bei A & W zwar noch mit Theresa telefoniert, sie aber nicht mehr gesehen. Ich hatte sie immer beneidet, um ihre helle Haut, ihre langen Wimpern, ihre lockigen Haare und ihr sonniges Naturell. Jetzt, vor Gericht, war sie kaum wiederzuerkennen. Sie hatte abgenommen, so daß ihr rundes

Gesicht eckiger geworden war; sie hatte flächige Wangen und hervorstehende Wangenknochen, wie sie es sich immer gewünscht hatte. Sie hatte die Brille abgenommen oder sich inzwischen Kontaktlinsen zugelegt. Vorher hatte sie so eine Art Schulmädchencharme besessen, etwas Liebreizendes, aber hier im Zeugenstand sah sie aus, als sei sie erwachsen geworden, als hätte sie ihre volle Blüte erreicht. Sie war schlicht gekleidet: blauer Pullover und dunkelblau-roter Rock.

Rafferty bat sie zu erläutern, nach welchen Richtlinien sie bei Mißbrauchsfällen vorgehe. Sie befeuchtete ihre Lippen und strich sich den Rock glatt. Zuerst fiel es mir schwer, hinzugucken, so wie es schwierig für mich sein wird, Emma oder Claire zuzusehen, wenn sie bei einer Vorführung ein Instrument spielen. Ich bin sicher, ich war ihretwegen nervöser als sie selbst.

«Erstens», sagte sie mit lauter, fester Stimme, «irre ich grundsätzlich zu Gunsten des Kindes. Was meine ich damit? Ich glaube nicht, daß Kinder fähig sind, sich zu verstellen, was ihre Gefühle betrifft. Mit anderen Worten, ich glaube grundsätzlich den Gefühlen des Kindes. Es ist unerläßlich, dem Kind sehr genau zuzuhören, aber genauso wichtig ist es, mit einer gewissen kritischen Sensibilität an die Details heranzugehen, sich dessen bewußt zu sein, daß Kinder oft Phantasie und Realität vermengen. Ich habe in meiner Praxis erlebt, wie Kinder Dinge ausschmücken, vor allem, je länger das betreffende Geschehen zurückliegt. Ich habe selbst erlebt, in welche Schwierigkeiten sich Sozialarbeiter bringen, wenn sie nach bestimmten Methoden verfahren, die bis heute weithin empfohlen und praktiziert werden, die aber häufig das betreffende Kind in die falsche Richtung lenken.»

«Mrs. Collins, könnten Sie bitte diese Methoden beschreiben, von denen Sie glauben, daß sie Kinder in die falsche Richtung lenken.»

«Das Diktum ‹Kinder lügen nicht› wird häufig viel zu wörtlich genommen. Ich habe in meiner Praxis festgestellt, daß Kinder oft sehr phantasiebegabt sind, daß sie die wildesten Dinge behaupten, von denen ich mir sicher bin, daß sie jeder realen Grundlage entbehren. Bei Gerichtsprozessen wird oft geprüft, ob das Kind zwischen Wahrheit und Lüge unterscheiden kann. Eine ganz andere Frage ist es jedoch, ob das Kind faktisch lügen oder die Tatsachen ausschmücken wird.»

Ich hatte Theresa noch nie in ihrer beruflichen Funktion gesehen. Sie war beschlagen, wortgewandt und leidenschaftlich, ohne fanatisch zu wirken. «Eine von diesen Seelenklempnern», hörte ich Dyshett sagen. «Erzähl mir deine Träume und der ganze Scheiß.»

«Zweitens», fuhr sie fort, «verblüffen anatomisch detaillierte Puppen Kinder zuweilen durch ihre ungewöhnlichen Geschlechtsmerkmale. Sie laden dazu ein, mit dem Finger in die klaffenden Löcher zu fahren. Geben Sie einem Kind Holzringe, und es wird unweigerlich die Finger durch das Loch stecken. Ich habe schon etliche Sachverständige die natürliche kindliche Neugier mißdeuten und voreilige Schlüsse ziehen sehen. Oft spürt das Kind die Wichtigkeit, die der betreffende Gutachter den Puppen beimißt. Es möchte dieser Person gefallen oder sie zu einer Reaktion veranlassen.

Drittens ist da, obwohl wir alle wissen, daß wir uns davor hüten müssen, das Problem der Suggestivfragen. Es ist mir selbst schon passiert, daß ich so spezifische Fragen gestellt habe wie etwa: ‹Steckt dein Papa seine Finger auch so in dich rein?›»

«Wovon redet sie?» Wieder Dyshett, die in meinem Kopf auftauchte. «Was soll das gottverdammte Gelaber?» Ich hatte Theresa damals im A & W zu erklären versucht, daß die Mädchen aus meinem Zellenblock in mich hineingeschlüpft waren, daß sie real waren, realer, als sie es im Gefängnis je für mich gewesen waren. Und aus der Ferne, aus der Sicherheit der Außenwelt, war es nicht besonders toll, sich als eine von ihnen zu fühlen.

«Viertens besteht die Gefahr, daß die Gutachter selektiv ignorieren, was ihnen unmöglich erscheint. Ich will Ihnen ein Beispiel geben. Wenn das Kind sagt ‹Mein Onkel hat mich mißbraucht›, sagen wir ‹Oh Gott!›, und wir bohren nach und setzen Himmel und Hölle in Bewegung, um den Onkel vor Gericht zu bringen. Sagt das Kind dann aber ‹Mein Onkel hat mich bei einem Familienausflug auf dem Picknicktisch mißbraucht, an dem alle aßen›, dann neigen wir als Gutachter dazu zu sagen ‹Oh, Sally ist müde. Gönnen wir ihr eine Pause.›»

«Ihrer Meinung nach hören Gutachter also nur das, was sie hören wollen?» sagte Rafferty.

«Ich sage, die Gefahr besteht, jawohl. Ein weiteres typisches Problem auf diesem Gebiet liegt darin, daß es die Sozialarbeiter versäumen, mit der beschuldigten Person oder der erwachsenen Person, die Anzeige erstattet hat, zu reden. Wir neigen dazu, die Anschuldigungen für bare Münze zu nehmen, und ziehen gar nicht in Erwägung, daß sie erfunden sein könnten. Wir meinen, daß keine Veranlassung besteht, eine zweite Darstellung zu hören, weil das Kind uns ja alles erzählt hat. Aber das ist nicht immer der Fall.»

«Mrs. Collins, es gibt im *Diagnostischen und statistischen Manual der psychischen Erkrankungen* eine Liste typischer Merkmale des sogenannten bindungsgestörten oder persönlichkeitsgestörten Kindes. Man spricht bei dieser Störung auch von einer antisozialen Persönlichkeitsstörung. Können Sie uns das Profil des persönlichkeitsgestörten Kindes umreißen?»

«Ein kleineres Kind mit einer antisozialen Persönlichkeitsstörung sieht einem nicht in die Augen. Ein solches Kind nimmt nur dann normalen Augenkontakt auf, wenn es sein Gegenüber zu manipulieren versucht oder wenn es zornig ist. Persönlichkeitsgestörte Kinder neigen dazu, die ungeheuerlichsten Lügen zu produzieren. Sie sind oft fasziniert von Feuer oder Blut und Gewalt. Viele dieser Kinder haben als Babys keine Bindung zu ihren Eltern hergestellt. Sie zeigen ein hohes Maß an Aggression und haben ausgeprägte Kontrollprobleme. Oft sind die Eltern ebenfalls zornige und aggressive Menschen.»

«Dr. Eugene Bailey hat uns erklärt, wenn ein Kind am Posttraumatischen Streßsyndrom leide, seien oft seine Grundannahmen über sich und seine Umgebung erschüttert. Der Glaube des Kindes an seine persönliche Unverletzbarkeit sei ins Wanken geraten, es nehme die Welt nicht mehr als sinnvoll wahr und könne sich selbst nicht mehr positiv sehen», sagte Rafferty.

«Ich teile diese Einschätzung», sagte Theresa.

«Mrs. Collins, ich weiß, Sie sind keine Psychologin, aber ich erkenne Ihre zwölfjährige Berufspraxis als Familientherapeutin an. Nach Aussage des Sachverständigen der Staatsanwaltschaft litt Robbie an einem PTSS. Würden Sie, nach Lektüre der Akten, aufgrund Ihrer Erfahrung und Ihrer Kenntnis des Jungen und seiner familiären Verhältnisse, Dr. Baileys Diagnose zustimmen?»

«Ja.»

«Aufgrund Ihrer Ausbildung, Ihrer Erfahrung und des Aktenstudiums meinen Sie auch, aus therapeutischer Sicht mit hinreichender Sicherheit sagen zu können, daß Robbie Mackessy einige Symptome eines persönlichkeitsgestörten Kindes aufweist?»

«Ja, das meine ich, Mr. Rafferty.»

«Stimmt es, daß bindungsgestörte Kinder selbst dann lügen, wenn man sie auf frischer Tat ertappt?»

«Sehr oft, ja. Es ist, als verquicke das Kind seine Wunschvorstellungen mit den realen Tatsachen.»

«Mrs. Collins, wenn ein sechsjähriger Junge seine Mutter bei sexuellen Aktivitäten gesehen hätte, würden Sie es dann aufgrund Ihrer Erfahrung für wahrscheinlich halten, daß dies für ihn ein traumatisierendes Erlebnis gewesen wäre?»

Mrs. Dirks legte Einspruch ein, und zum erstenmal erhob Rafferty die Stimme. «Euer Ehren», schrie er, «das ist eine hypothetische Frage!»

«Ja. Ganz bestimmt», konnte Theresa antworten.

«Halten Sie es für möglich, daß das Kind nicht nur um sich selbst fürchtet, sondern auch um seine Mutter? Könnte es sein, daß es Angst um ihr Leben hat?»

«Absolut.»

«Wäre es möglich, daß ein kleiner Junge sich im Geist in derselben Gefahr sieht wie seine Mutter? Daß er diese Gefahr fürchtet?»

«Das halte ich für durchaus möglich, Mr. Rafferty.»

«Wenn dieser Junge sich in seinen schlimmsten Phantasien selbst in der hilflosen Lage der Mutter sieht, könnte es dann sein, daß er sich eine Situation ausdenkt, in der er über die Gefahr, über das Böse, triumphiert?»

«Kinder phantasieren oft, daß sie Räuber, Tyrannen oder sonstige Bösewichte besiegen.»

Ich fragte mich, ob die Geschworenen darüber nachdachten, wie es für Robbie gewesen sein mußte, aus dem Keller nach oben zu kommen, wenn seine Mutter ihn rief, die Treppe hinaufzusteigen und sich an seinen Platz zu setzen. Vielleicht sahen sie ja im Geiste den pedantischen Grinder im Wohnzimmer ergründen, wie man den Videorecorder zurückspulen konnte. Mrs. Mackessy hatte vielleicht ihren Morgenrock an, während sie Hamburger auf dem Herd briet. Der Dunstabzug war nicht an, die Türen waren zu, und es roch nach Fett und Zigaretten. Würden sie ihn auf die Knie zwingen? mochte sich der Junge gefragt haben. «Wo warst du?» hatte sie ihn vielleicht angeblafft. «Ich dachte, du bist drüben bei den Sheridans.» Sie sah nicht aus, als sei ihr weh getan worden. Er konnte nicht genau sagen, ob sie ärgerlicher war als sonst. «Guck mich an, wenn ich mit dir rede!» Er wollte ihr sagen, daß er, wenn es ihr dann besser ginge, Grinder für sie umbringen würde, daß er Mrs. Sheridan deshalb hereingeholt und es ihr gezeigt habe, damit sie der Polizei sagte, sie solle den fremden Mann hier wegholen. Er dachte, sie müßten jeden Moment kommen, mit Blinklicht und Sirenengeheul. Doch als Grinder in die Küche kam, fing sie an, Teller mit Essen vor ihn hinzuknallen, als wollte sie ihn dick und rund füttern. Er konnte nicht sagen, ob sie ihn mochte, so, wie sie die Teller hinknallte. Er verstand nichts, gar nichts, und er fragte sich, was wäre, wenn jemand diese schrecklichen Dinge mit ihm machen würde, ob sie dann besorgt um ihn wäre und ihm hinterher auch Teller mit lauter guten Sachen hinknallen würde. Er erinnerte sich daran, wie er sich einmal die Hand in der Autotür eingeklemmt hatte. Sie war böse gewesen, weil er sich so ungeschickt anstellte, aber sie hatte auch mit ihm in der Arztpraxis gesessen und ihn am Ohr gekitzelt. Es war verwirrend, wie sie war, so nett und so laut, und wie sie Grinder anlächelte, und er fragte sich, ob es das war, was Erwachsene machten, sich gegenseitig wehtun.

Ich sah, während Rafferty weiterfragte, aus dem Fenster und versuchte, über Mrs. Mackessy nachzudenken, versuchte zum millionstenmal, mir ihre Seite der Geschichte vorzustellen. Sie war als Kind gehörloser Eltern aufgewachsen, hatte sich vielleicht mit schlimmen Mädchen herumgetrieben, war spät heimgekommen, hatte ihre Lügen in Zeichensprache erzählt, sich an Männer vergeudet, die sie schlecht behandelten. Sie würde mich vermutlich immer als eine Person sehen, die ohne jeden Zweifel durch und durch böse war. Es würde sie nicht kümmern, daß wir eine Art zu leben verloren hatten; ich hatte mein Unglück verdient und meine Familie ebenso. Ich fragte mich, ob sie je auch nur ansatzweise in der Lage sein würde, einen Teil von Robbies Tragödie auf sich selbst zurückzuführen.

Ehe Rafferty sein Verhör beendete, fragte er Theresa, wie es abzusehen war, nach unserer Freundschaft. Ich weiß noch, wie sie uns ansah, zuerst mich, die ich allein an meinem Tisch saß, dann Howard hinter mir. Sie musterte uns, als sei sie dabei, unser aller Verhältnis zu evaluieren. Ich dachte, die Worte würden ihr im Hals steckenbleiben. «Ja», antwortete sie, «wir waren Nachbarn und Freunde.»

«Haben Ihre Kinder miteinander gespielt?»

«Sehr oft. Mehrmals die Woche.»

«Hatten Sie je den Verdacht, meine Mandantin könnte die Kinder vernachlässigen oder zweifelhafte Dinge mit ihnen treiben?»

«Nein», sagte Theresa.

«Sie haben nie irgend etwas bemerkt, was Sie mißtrauisch gemacht hätte, irgendwelche Anzeichen oder Signale?»

«Nie.»

«Ihre Tochter ist immer gern zu den Goodwins gegangen?»

«Ja. Mit Begeisterung.»

«Würden Sie Ihre Tochter jetzt immer noch unbeaufsichtigt bei den Goodwins lassen?»

Sie weinte jetzt, auf die vertraute Art, hatte das professionelle Mäntelchen sinken lassen und die Frau und Mutter enthüllt. Sie weinte so herzergreifend, daß einige der Geschworenen sich bereits die Augen abtupften. «Ich kann Ihnen gar nicht deutlich genug machen», sagte sie zwischen ihren Schniefern, «daß Alice niemals jemandem – daß sie nie und nimmer irgend etwas von diesen Dingen getan hat.»

Ich würde gern sagen können, daß ich keine Angst hatte, als ich in den Zeugenstand trat. Ich wünschte mir Mrs. Sheridans feste Überzeugungen, ihre Selbstsicherheit und Theresas Würde. Ich erinnerte mich nicht mehr an das, was wir geprobt hatten, nur noch an Pauls dick aufgetragenes Lob. Ich betete kurz, während er seine Papiere zusammensuchte. Ich betete, daß es mir gelingen möge, der stellvertretenden Staatsanwältin so standzuhalten, wie es Theresa getan hatte, obwohl Dirks auf ihre Qualifikationen eingehackt hatte. Meine Hände lagen zitternd auf meinem Schoß, und mein Mund fühlte sich an, als sei er voller Sägemehl. Ich sah hinüber zu Paul, der Spaß an seinem Job hatte, der wieder jemand anderen retten würde, wenn er mit mir fertig war. Wir hatten die Fragen mehrmals durchgesprochen. Wir hatten uns auf einen bestimmten Wortlaut geeinigt. Es würde alles laufen wie geschmiert, hatte er gesagt.

Zu Beginn fragte er mich, welche Tatvorwürfe der Grund dafür gewesen seien, daß ich fast drei Monate im Bezirksgefängnis zugebracht hätte.

Mein Text fiel mir wieder ein. «Sexueller Mißbrauch, bewußte Fahrlässigkeit, Kindesmißhandlung», sagte ich.

«Und haben Sie sich schuldig bekannt oder nicht?»

«Nicht schuldig.»

«Und wie haben Sie das Gefängnis erlebt?»

Dirks erhob Einspruch.

«Euer Ehren», sagte Rafferty, «ich denke, es steht meiner Mandantin zu, ein paar Sätze über den Zeitraum zu sagen, den sie aufgrund dieser Beschuldigungen im Gefängnis verbracht hat. Sie wurde zusammengeschlagen und erlitt schwere Verletzungen, so schwer, daß sie in die Klinik eingewiesen wurde.»

Peterson nickte. «Und wie haben Sie das Bezirksgefängnis erlebt?» fragte Rafferty noch einmal.

Ich wußte, was ich darauf zu sagen hatte, daß es die schwerste Zeit meines Lebens gewesen sei, daß es eine enorme Strapaze bedeutete, zusammen mit abgebrühten Gefangenen in einer überfüllten Haftanstalt zu sitzen, daß ich infolge der Tätlichkeiten im St. Lukes Hospital einer Schädeloperation unterzogen worden sei. Mir fehlten die Worte. Aber ich sah die Mädels klar vor mir – Lynelle, Dyshett, Sherry, Debbie –, wie sie hinten im Saal saßen und mich beobachteten, hoffnungsvoll, verächtlich, liebevoll, desinteressiert. «Ich war starr vor Ehrfurcht.»

«Sie waren was?»

«Ich war starr vor Ehrfurcht.»

«Es war nichts, was Sie noch einmal durchmachen wollen, verstehe ich Sie recht?» sagte er schnell.

«Ja.»

Er hielt mein Diensttagebuch in den Händen, schlug es auf und las daraus vor, während er mich ausführlich zu einzelnen Besuchen Robbies im vergangenen Jahr befragte. Schließlich sagte er: «Und bei keinem dieser – wieviel? – fünfundzwanzig Besuche, die hier verzeichnet sind, Mrs. Goodwin, haben Sie Robbie in unangemessener Weise berührt?»

«Doch», sagte ich.

«Was haben Sie mit Robbie gemacht, was Sie nicht hätten tun sollen?»

«Ich habe ihn geschlagen.»

«Wie oft haben Sie ihn geschlagen?»

«Einmal. Ich habe ihn einmal ins Gesicht geschlagen. Ihm eine Ohrfeige verpaßt.»

«Haben Sie dem Rektor mitgeteilt, daß Sie den Jungen geschlagen hatten?»

«Nein, das habe ich nicht getan.»

«Warum nicht?»

«Ich habe mich geschämt. Es ist schlimm, wenn man die Beherrschung verliert.»

«Was hat dazu geführt, daß Sie, wie Sie sagen, ‹die Beherrschung verloren›?»

Ich schloß die Augen, versuchte mich auf die richtige Reihenfolge zu konzentrieren. «Es war schwer, Robbie zu behandeln», sagte ich. «Er wurde Erwachsenen gegenüber oft ausfällig – er schien keinerlei Angst oder Respekt zu haben. Seine Sprechzimmerbesuche liefen nach einem bestimmten Muster ab. Er kam an die Tür, blieb stehen und starrte mich an, auf eine Art, die mir unerträglich war. Er sagte oft beleidigende Dinge. Ich hatte versucht, mir Rat zu holen, sowohl beim Schulleiter als auch beim pädagogischen Berater –» Ich antwortete nicht auf die knappe, präzise Art und Weise, die wir geprobt hatten. Ich konnte mich nicht mehr daran erinnern, wie ich die Ohrfeige gerechtfertigt hatte. «Eines Tages hat mich seine höhnische und verächtliche Art so provoziert», murmelte ich, «daß ich ihm eine Ohrfeige gegeben habe.»

«Daß Sie Robbie geschlagen haben – gehört das auch zu den Beschuldigungen, die gegen Sie erhoben wurden?»

«Nein.»

«Warum hat Robbie seiner Mutter nicht erzählt, daß Sie ihn geschlagen haben?»

«Ich vermute, daß Robbie zu Hause möglicherweise auch geschlagen wird. Es war für ihn vielleicht nichts Besonderes.»

Mrs. Dirks erhob Einspruch wegen Hörensagen, und der Richter verfügte, daß diese Aussage aus dem Protokoll zu streichen sei.

«Was haben Sie gemeint, Mrs. Goodwin, als Sie zu Detective Grogan und Officer Melby sagten, Sie täten allen Leuten weh. Worauf bezog sich das?»

«Das Kind unserer Nachbarn, ein zweijähriges Mädchen, war

kurz vorher in unserem Teich ertrunken.» Ich sah beim Sprechen Theresa an. Ich sagte noch einmal: «Sie war zwei Jahre alt.» Rafferty hatte mir eingeschärft, mich unter gar keinen Umständen auf den Vorfall zu beziehen. Der Richter hatte Dirks und Rafferty schriftlich angehalten, Elizabeth Collins aus der Beweisaufnahme herauszuhalten. Aber es war doch wichtig, daß die Geschworenen den Kontext kannten; das hatte Rafferty doch selbst gesagt. Ich konnte mich nicht mehr an das erinnern, was ich hätte sagen sollen. Ich stand unter Eid, die Wahrheit zu sagen, und Lizzys Tod war doch ein wesentlicher Teil der Wahrheit. «Ich war – durch diesen Unfall schwer getroffen. Es war eine quälende Zeit. Ich hatte das Gefühl, mich um niemanden gut genug zu kümmern, nicht um meine Kinder, nicht um meine Familie, nicht um meine Freundin. In diesen ersten Wochen nach Lizzys Tod ist mir alles entglitten. Ich hatte keine Ahnung, wonach mich die Beamten an dem Abend fragten, aber meine Schuldgefühle waren erheblich.»

Dirks war natürlich aufgesprungen, und sie zeterte. Selbst Richter Peterson war aufgestanden. Ich schloß, daß er die Verhandlung unterbrochen hatte, da Dirks in das Richterkämmerlein rannte und Rafferty ihr mit gesenktem Kopf, die Hände hinter dem Rücken verschränkt, folgte. Rafferty sagte später, er habe den Richter noch nie so wütend gesehen. Peterson habe wild in der Luft herumgestikuliert, als wollte er ihn erwürgen, und gebrüllt: «Ich habe Ihrem Antrag stattgegeben, Elizabeth aus der Beweisaufnahme auszuschließen, und *Sie* bringen sie aufs Tapet! Wollten Sie mich reinlegen, Paul? Dann sagen Sie es gleich, und ich werde auf der Stelle den Prozeß für fehlerhaft erklären, und wir fangen nochmal von vorn an.» Zu Susan Dirks sagte Richter Peterson: «Nun, Mrs. Dirks, da Ihr Herr Kollege die Tür geöffnet hat, sollen Sie wissen, daß Sie alle Freiheit haben, dieser Geschichte im Kreuzverhör nachzugehen.»

Rafferty sah mich nicht an, als er die Befragung zu Ende führte. Er sagte einfach nur: «Sie hatten also das Gefühl, Leid zu verursachen?»

«Es ist immer noch ein äußerst schmerzliches Gefühl. Dieser Prozeß hat uns allen Leid zugefügt, meinen Kindern und meinem Mann und auch den Mackessys.»

In seinem getragensten, feierlichsten Ton fragte Rafferty: «Haben Sie Robbie Mackessy jemals sexuell mißbraucht, Mrs. Goodwin?»

Ich schüttelte nur den Kopf. Ich sollte offen, ehrlich und entrüstet sein. Er wartete darauf, daß ich etwas sagte. Er tappte vier-, fünfmal mit der Schuhspitze auf den Boden.

«Nein», brachte ich krächzend heraus, «das habe ich nicht.»

Ich wußte, daß Susan Dirks mich jetzt zu der Sache mit Lizzy vernehmen konnte. Ich wartete auf die Fragen, die die Geschworenen gegen mich aufbringen würden. «Mochten Sie Robbie Mackessy?» eröffnete sie das Kreuzverhör.

«Nein», sagte ich. «Er war ein schwieriges Kind.»

«Ist das ein Grund für eine professionelle Gesundheitsfürsorgerin, ein Kind nicht zu mögen? Daß es schwierig ist?»

«Es war nicht unbedingt richtig von mir, daß ich Robbie nicht mochte», sagte ich. «Ich nehme an, unsere Sympathien richten sich nicht immer nach unserem Verstand. Aber es war einfach so, daß ich ihn schwierig fand und nicht gern mit ihm zu tun hatte.»

«Sie haben ihn geschlagen?»

«Ja.»

«Ist Ihnen bewußt, daß es Beschäftigten an Schulen gesetzlich verboten ist, Kinder zu schlagen?»

«Ja, das ist mir bewußt.»

«Und Sie haben ihn trotzdem geschlagen?»

«Ja.»

«Wohin haben Sie ihn geschlagen?»

«Auf die Wange.»

«Er wurde zur Krankenschwester geschickt, zu Ihnen, und Sie haben ihn ins Gesicht geschlagen?»

«Das stimmt.»

«Wußten Sie, daß das gegen das Gesetz verstieß?»

«Ja.»

«Haben Sie den Vorfall gemeldet?»

«Nein.»

«Haben Sie irgend jemanden davon in Kenntnis gesetzt, daß Sie sich eines Gesetzesbruchs schuldig gemacht hatten?»

«Nein.»

«Sie lebten also einfach mit dem Wissen weiter, daß Sie Robbie Mackessy Schmerz zugefügt hatten, so, wie Sie auch mit dem Wissen um die anderen Mißbrauchs- und Mißhandlungsakte lebten.»

Rafferty sprang auf und erhob Einspruch.

«Bleiben Sie bei den Tatsachen», knurrte Richter Peterson.

«‹Ich tue allen Leuten weh›, haben Sie Officer Melby gegenüber zugegeben. Das klingt für mich nach etwas sehr Aktivem.»

«Im Leben mit Kindern», sagte ich, «kann man dadurch, daß man etwas nicht tut, daß man etwas Bestimmtes unterläßt, genauso viel anrichten wie durch vorsätzliche Schläge. Indem man nicht aufpaßt, wenn das Kind ein scharfes Messer vom Küchentisch nimmt, ihm eine Minute den Rücken kehrt, wenn es in der Badewanne sitzt, seine Hand losläßt, wenn es einen braucht. Manchmal scheint jede Minute, jede Sekunde irgendwo Gefahr zu lauern. Ich dachte, wir unterhielten uns ganz allgemein, die Beamten und ich. Ich wollte sagen, daß ich nur ein Mensch bin und daß ich deshalb den Menschen, die mir am nächsten stehen, weh getan hatte.»

Sie setzte an, aber ich hatte sie wohl aus dem Konzept gebracht. «‹Ich tue allen Leuten weh›, haben Sie gesagt.»

«Ja, das habe ich gesagt.»

«Haben Sie Ihrem Mann erzählt, daß Sie Robbie geschlagen hatten?»

«Nein.»

«Haben Sie Ihrer besten Freundin, der Therapeutin, davon erzählt?»

«Nein.»
«Sie haben es verheimlicht.»
«Ja», sagte ich. «Das habe ich.»

Als ich mich wieder neben Rafferty setzte, sah er stur auf seinen Notizblock. Es kümmerte mich nicht, ob er wütend war, es kümmerte mich nicht, ob mir in alle Zukunft an seiner Tür ein frostiger Empfang zuteil werden würde. Wenn er mich und meine schauspielerischen Fähigkeiten falsch eingeschätzt hatte, war das allein seine Schuld. Ich wußte nicht, warum Dirks mich nicht nach Lizzy gefragt hatte, und einen Moment lang überlegte ich, ob das vielleicht auch so etwas war, wovon ich mir nur einbildete, daß ich es gesagt hätte. Doch als sie Lizzys Tod in ihrem Schlußplädoyer erwähnte, nickte Rafferty. Es geschah mir recht, schien er sagen zu wollen, daß Dirks die Sache den Geschworenen noch einmal einbleute. Er beugte sich nicht zu mir, um mir ins Ohr zu flüstern, wie er es bisher andauernd getan hatte. Ich war mir sicher, daß für alle im Saal plötzlich nur noch Lizzy anwesend war. Wie hätten die Geschworenen an irgend etwas anderes denken können als an das kleine Mädchen, das unter uns hätte weilen sollen? Ich wollte aufstehen und selbst für mich sprechen, wollte mich vor sie hinstellen und ihnen ganz genau erzählen, was passiert war: Ich war nach oben gegangen, um meinen Badeanzug zu suchen, und hatte ihn nicht finden können, dann hatte ich mir noch ein paar alte Bilder aus meiner Kindheit angeschaut, und unterdessen war Lizzy auf dem Weg zum Teich gewesen.

Von Raffertys Schlußplädoyer habe ich nur einzelne Fetzen in Erinnerung. Nachdem er die Geschworenen noch einmal an ihre Pflicht erinnert hatte, sagte er: «Nun denn, kommen wir gleich zum Kern, dringen wir ins Herz vor, stellen wir uns, wie der große Dichter William Butler Yeats sagte, ‹dem Lumpensammlergestank des Herzens›. Lassen Sie uns prüfen, was – wenn überhaupt – über jeden vernünftigen Zweifel hinaus bewiesen werden konnte. Mrs. Dirks hat für mich, und wie ich denke, auch für Sie, hinreichend demonstriert, daß Robbie Mackessy traumatischen Erfahrungen ausgesetzt wurde.»

Ich betete, während er sprach. Ich hörte nicht mehr zu, sondern betete um Kraft und Festigkeit. Als ich noch ganz klein war, pflegte ich vor meiner Weltkarte zu sitzen und mir auszumalen, ich sei in einem idealen Land, allein und in Frieden. Wenn ich jetzt die Welt neu erfinden könnte, erklärte ich mir selbst – und wie immer auch Howard – in meinem Gebet, wenn ich eine ganz unrealistische neue Welt erschaffen könnte, Howard, dann würdest du das vorfinden: du würdest Emma finden, Claire, dich selbst sehen und mich, wie wir alle zusammen bei heruntergelassenen Rollos im Verandazimmer tanzen, Ausgestoßene, die einen vollendeten Kreis bilden.

# 22

***Ich habe lange gebraucht,*** um herauszufinden, was ich mit diesem letzten Jahr machen soll. Ich habe überlegt, ob ich die Zeitungen heraussuchen, die Artikel ausschneiden und in ein Album kleben sollte, damit die Mädchen, wenn sie größer sind, sich selbst ein Bild von dem machen können, was geschehen ist. Es ist eine Versuchung, einfach alles unter den Teppich zu kehren, in der Hoffnung, daß nichts davon je in irgendeiner Form wieder auftauchen wird. Aber meistens, wenn ich mich im Spiegel sehe und merke, daß meine Augen anders sind und die Narben dieses letzten Jahres in meinem Gesicht so offensichtlich, dann weiß ich, daß ich es nicht vergessen kann und in Wahrheit auch gar nicht vergessen will. Howard meint ab und zu, zögernd, wie mir scheint, wir könnten doch eine Familientherapie machen. Ich schätze, auf die Idee hat ihn Theresa gebracht. «Laß mir noch ein bißchen Zeit», sage ich dann. «Noch ein paar Wochen.» Es scheint ihn immer zu erleichtern, wenn ich ihn vertröste.

Er sorgt jetzt für das Milchvieh des Lincoln Park-Zoos von Chicago, das wir scherzhaft «die Herde» nennen. Ich kann niemandem erzählen, was mein Mann beruflich macht, ohne gleich sagen zu wollen, daß es absurd ist. Es sind sechs Holsteiner Kühe, Holsteiner, ein Wort, das so anders klingt als Golden Guernseys, ein Wort, das man nicht aussprechen kann, ohne daß es aussieht, als würde man wiederkäuen. Wir können auf die Dachterrasse unseres Apartments beim Wrigley Field hinaustreten und die Cubs spielen sehen. Howard verfolgt die Spiele begeistert von seinem Liegestuhl aus, nicht, weil ihm Baseball besonders gefiele, sondern weil wir die besten Plätze der ganzen Stadt haben. Wenn ich morgens früh wach bin, sehe ich ihn durch den Flur allein in der Küche sitzen und mit den Händen über den Tisch streichen, den wir von der Farm mitgebracht haben. Seine Hände kreisen, als sei der Tisch eine Alphabettafel, die ihm gleich eine wichtige Botschaft über seine Zukunft offenbaren wird. Er ist noch stiller geworden, was ich immer für gänzlich unmöglich gehalten hätte, so, als verwandelte sich eine Schildkröte in ein Tier, das noch weniger Geräusche macht. Ich weiß nicht, ob er wütend oder resigniert ist. Wenn ich eins im Lauf der Jahre gelernt habe, und zwar wirklich gelernt, dann ist es, stillzuhalten und abzuwarten. Ab und zu ist er so unbändig fröhlich, so wild entschlossen, sich zu amüsieren, daß Emma, Claire und ich uns in unsere Eckchen verziehen. Und doch schaffen Howard und ich es hin und wieder, zu dem zurückzufinden, was früher war, am Tisch zu sitzen, wenn die Mädchen im Bett sind, und bis spät in die Nacht zu reden. Das ist, als sei, wie Theresa sagen würde, «die Gnade über uns gekommen».

Manchmal denke ich, wir sind genau da, wo wir hingehören, Stadtmenschen, die in die Stadt zurückgekehrt sind. Wir haben eine sonnige Wohnung, Howard geht zur Arbeit, und ich bin Vollzeitmutter. Howards Job haben wir Dan Collins zu verdanken, weil er seine Beziehungen zu dem Zoodirektor hat spielen lassen. Wir haben halbherzig versucht, ein paar Dinge aus Prairie Center in unsere städtische Umgebung zu integrieren. Howard hat Regale für die Küche gebaut, aus Walnußholz von der Farm, von Bäumen, die er selbst gefällt hat. Lynelles Lesezeichen liegt neben dem Futon auf dem Fußboden, das erste, was ich beim Aufwachen sehe. Wir hatten ganze Filme voller Bilder von unserem Farmleben, die ich kürzlich zu einem Album zusammengestellt habe. Als es fertig war, habe ich es weggepackt, außer Reichweite, außer Sicht. Was das Wohnen in der Stadt betrifft, so gibt es den obdachlosen Mann vor der Tür und die Waldorfschule, die Emma zusammen mit Kindern aller Rassen und Glaubensbekenntnisse besucht und für die Nellie zahlt. Was mich umhaut, jeden Abend, wenn Howard heimkommt, ist die Tatsache, daß er immer noch nach Kühen riecht, nach Silofutter. Er bringt ziemlich viel Zeit am Schreibtisch zu, aber er hat auch mit der täglichen Versorgung der Tiere zu tun, und natürlich riecht er danach. Selbst wenn ich darauf gefaßt bin, daß er hereinkommt, muß ich meine ganze Kraft zusammennehmen und mich gegen diesen Duft nach Korn, Heu und Dung wappnen, gegen all das, was dieser Geruch heraufbeschwört, gegen heiße Sommernachmittage und das Wunder der Ballenpresse, die einen fertigen Heuballen auf den Wagen spuckt.

Lizzy haben wir offenbar hinter uns gelassen. Sie ist, wie Reverend Nabor einmal zu Howard sagte, «für immer jung». Ich habe Theresa an dem Tag geschrieben, der Lizzys dritter Geburtstag gewesen wäre, und sie schrieb mir zurück, ein kurzes Dankbriefchen, in dem sie uns mitteilte, sie sei schwanger. Wir sind nicht mehr wirklich befreundet, aber ich weiß, daß sie für mich immer ein Teil meines Lebens sein wird und umgekehrt, so wie ein toter Elternteil oder Liebespartner immer da ist, bei Tag gleich unterhalb der Bewußtseinsschwelle und nachts hinter den geschlossenen Lidern. Ich gehe mit Claire in den Park, wenn es draußen schön ist, und sitze auf der Bank und lese eine Illustrierte, während sie spielt. Manchmal rede ich mit den anderen Frauen, die auch auf Bänken sitzen, mit Zeitschriften auf dem Schoß. Und wenn wir entdecken, daß wir mehr gemeinsam haben als nur die Wohngegend und das Alter unserer Kinder, und wenn die andere auch einsam ist und mich auf eine Tasse Kaffee einlädt, dann fängt mein Herz an zu rasen, und ich versuche noch vor dem Austausch der Telefonnummern zu flüchten. Ich weiß nicht, könnte ich zu meiner neuen Bekannten sagen, wie man das macht, ein bißchen befreundet sein, und ich habe nicht die Kraft, voll und ganz befreundet zu sein. Ich habe nicht die Energie für die Verbindlichkeit und das Vertrauen, die das beinhaltet. Ich bin immer noch mit dem alten Leben beschäftigt. Ich könnte ihr erzählen, daß ich noch nicht ganz in die Gegenwart übergesiedelt bin. Ich befinde mich immer noch in Spring Grove, kurz vor unserem Umzug, weil das die Zeit und der Ort war, da wir beide, Howard und ich, jeder auf seine Weise, mit dem langen Prozeß der Aussöhnung begonnen haben.

Am Samstag nach dem Prozeß fragte ich ihn, ob ich den Wagen haben könne, um ein paar Besorgungen zu machen. Ich glaube, er wußte, wo ich hinwollte, denn er stand ein Weilchen mitten in der Küche und dachte über mein Ansinnen nach, ehe er in seiner Hosentasche nach den Autoschlüsseln kramte. Ich fuhr stadtauswärts, hielt mich etwas unterhalb der zulässigen Höchstgeschwindigkeit, musterte die Weihnachtsdekoration und die Landschaft, fand sie schön in ihrer Tristesse. Ich bildete mir ein, nicht zu wissen, daß ich auf dem Weg nach Prairie Center war.

Ich hatte den Dezember immer gemocht, weil er der Beginn der ruhigen Jahreszeit war. Die Ernte war eingebracht, das Haus voller Vorräte, wir waren für jeden Belagerungszustand gerüstet und konnten uns ausruhen. Bevor Howard morgens in den Stall ging, machte er immer Feuer im Küchenherd, und wenn ich dann hinunterkam, um zu frühstücken, waren da schon die wohlige Wärme und der Geruch von brennendem Holz. Obwohl ich zur Arbeit mußte, hatte ich oft einen Moment lang das Gefühl, daß wir alle eingeschlossen waren, in der üppigen Wärme des Herdes, in diesem Haus, wo Farbe war und Musik, der dichte Geruch unseres Lebens, das immer weitergehen würde, ungeachtet der fröstelnden kahlen Bäume, der nackten, kalten Welt draußen. Dann mußte ich mich natürlich beeilen, um mich anzuziehen, die Mädchen zu wekken, Haferbrei zu kochen, Vesperpakete zu packen, Handschuhe zu finden, eine Einkaufsliste zu schreiben. Aber es gab ihn oft, diesen Moment, wenn ich die Treppe hinunterkam, das schummriggelbe Licht über dem Herd anknipste und fühlte, wie ich unsere Zufluchtsstätte liebte.

Als ich in Prairie Center anlangte, parkte ich oben beim alten Kresler-Haus und marschierte dann am Straßenrand entlang die Viertelmeile bis zur Farm. Ich hatte zurückkommen wollen, seit sie mich im September freigelassen hatten, aber unter der Woche hatte ich kein Transportmittel gehabt, und es wäre auch gar nicht gegangen, weil Emma vormittags nur so kurz in der Schule war. Ich wußte, daß Howard ein paarmal am Wochenende da gewesen war, um Holz und Möbel zu holen, aber ich hatte mich nicht getraut, ihn zu bitten, uns mitzunehmen. Es war offenkundig, daß er das nicht wollte.

Er hatte erwähnt, daß die Leute von der Pfadfinder-Organisation das Haus abreißen wollten. Es sah nicht mehr nach viel aus, es herzurichten würde vermutlich mehr kosten, als es wert war, und wenn es leerstand, würde es nur zum Vandalismus herausfordern. Ich marschierte die Straße entlang, durch den Wald. Das Haus war ein guter Platz zum Wohnen gewesen, aber ich hatte mir Tag für Tag einzureden versucht, daß wir ein neues finden würden. Mit dem Wald war das anders. Ich war oft an Winterabenden hier herausgekommen, wenn der Himmel voller Sterne war. Die dunklen Bäume, würdevoll und weise, schienen ebensosehr Teil des Himmels wie der Erde, und ich hatte immer das Gefühl gehabt, es sei kein Problem, in die Schwärze des Himmels einzugehen, es bedürfe keiner besonderen Magie, eins mit ihm zu werden.

An diesem Dezembertag ging ich über den Teppich aus feuchtem, braunem Laub, berührte die grauen Stämme, einen nach dem anderen. Ich konnte den Teich stumpf und reglos daliegen sehen. Ich lehnte mich an eine riesige knorrige Eiche, und in diesem Augenblick wußte ich plötzlich, nicht nur im Kopf, sondern auch in den Gliedern, im Blut, in der Haut: Lizzy war nicht mehr hier in Prairie Center. Es war tröstlich, die kalte, faltige Baumrinde durch den Pullover zu spüren, meine Finger in meinem Mund zu spüren. Der Schmerz, das wußte ich, würde nie ganz weggehen. Ich lehnte eine Weile dort, fühlte die Schärfe und das Gewicht dieses Etwas, das Lizzys Abwesenheit war. Wir würden nie wissen, was aus ihr geworden war. Vermutlich existierte sie nur noch als Teil von uns, und in jedem von uns manifestierte sie sich anders: sie war in Dans ergrauendem Haar, seinem zögernden Lächeln, in Theresas entrücktem Blick, ihrem nervösen Lachen, vielleicht in einer Art tieferen Zärtlichkeit.

Der Teich hatte für all die Menschen, die auf unserer Farm gelebt hatten, verschiedenste Dinge bedeutet, und jetzt würde er das

Lieblingsplätzchen der Pfadfinder werden, aber für uns würde er immer mehr sein als das, was er faktisch war, ein seichtes Wasserloch, auf dessen Grund ein paar kalte, halbtote Fische schwammen. Das Wasser war unbewegt. Durch die Bäume sah es aus wie ein großes Auge, das sich nach einem Lid sehnte, nach Schlaf.

Das Schreckliche, wollte ich zu Howard sagen, das Schreckliche ist, daß es soviel Gutes gibt und daß es einem nach und nach entgleitet. Ich hatte bis zu diesem letzten Sommer nicht geglaubt, daß Verlust etwas ist, was vorgezeichnet ist, was von Anfang an in uns angelegt ist, so festgefügt und unabänderlich wie Blutgruppe und Augenfarbe. Während ich dort an diesem Baum lehnte, fiel mir jener Moment ein, nur wenige Tage zuvor, nach der Urteilsverkündung, nach dem Freispruch. Die Geschworenen hatten sich zwei Stunden beraten, während wir im Gerichtssaal gewartet hatten. Die Worte «Wie lautet der Spruch?» und «Wir befinden die Angeklagte für nicht schuldig» klangen mir in den Ohren, und der Saal begann sich um mich zu drehen. Ich weinte nicht. Ich muß aufgestanden sein, denn ich fand mich an Raffertys karierter Jackettbrust wieder. Er hatte seit meiner Aussage nicht mehr als fünf Worte mit mir gesprochen. Howard legte die Arme um uns beide. Der Richter an seinem imposanten Pult, die Geschworenen, die Zuschauer glitten abwechselnd weg und wieder auf mich zu. Ich guckte über Raffertys Schulter und sah, an einem fixen Punkt, Mrs. Mackessy. Susan Dirks tätschelte ihre Hand und sprach mit ihr. Sie war blaß und totenstarr. Dann versperrte Theresa mir den Blick, als sie vortrat und Howard packte und umarmte und an seinem Hals weinte. Als sie zur Seite trat, Howards Hand noch immer umklammert, war Mrs. Mackessy verschwunden, als hätte sie sich in Luft aufgelöst. Eine Feindin zu haben ist etwas seltsam Intimes, und ich hatte, noch während ich an Rafferty hing, das Gefühl, daß etwas fehlte, die Krebsgeschwulst, an die ich mich gewöhnt hatte.

Rafferty packte meine Handgelenke und postierte mich so vor sich, daß ich ihm genau ins Gesicht sah. «Ich muß flitzen», sagte er. «Wir reden in ein paar Tagen miteinander. Wir sollten sehr ernsthaft erwägen, Mrs. Mackessy auf Schadensersatz zu verklagen.»

«Nein», sagte ich.

«Das ist jetzt im Moment Ihr Gefühl, aber lassen Sie die Dinge sich erstmal setzen. Denken Sie darüber nach.»

«Nein.»

«Wir besprechen es später», sagte er und beugte sich vor, um mich auf die Wange zu küssen. «Wiedersehen, meine Liebe.» Er flüsterte: «Sie haben mich verdammt in die Bredouille gebracht, aber Sie haben es geschafft. Es hätte gar nicht besser laufen können; perfekter hätte ich es selbst nicht ausklügeln können. Dirks wußte, wenn sie es im Kreuzverhör ansprach, würden die Geschworenen nur noch mehr Mitleid mit Ihnen haben. Sich das entgehen lassen zu müssen hat ihren Blutdruck vermutlich ins Unermeßliche getrieben. Hatten Sie das geplant? Das war ein Geniestreich, meine Liebe, ein absoluter Geniestreich.»

«Nein», schickte ich seinem Rücken hinterher.

An diesem Morgen, als ich durch unseren Wald ging, schien es mir, als sei das ganze letzte Jahr die Blende verstellt gewesen, als würde sie jetzt erst allmählich zurückgedreht und das Bild wieder klar. Für Theresa war Gott etwas, was außerhalb ihrer selbst war, irgendein unfaßbares Wesen, das den Highway erstrahlen ließ. Ich dachte dort im schneidenden Dezemberwind, daß für mich Gott etwas in mir war, was es mir gelegentlich gestattete zu sehen. Theresa hatte uns vergeben, mir vergeben – schon ziemlich bald nach Lizzys Tod. Ich hatte nicht gewußt, daß ein Mensch so bereitwillig vergeben konnte, ich wußte nicht, was das hieß, wie es möglich war, worin es bestand, dieses seltsame Etwas namens Vergebung. Kaum daß sie jemandem die Schuld hatte zuweisen wollen, hatte sie mir auch schon vergeben, so daß ihre Vergebung mit etwas einherging, was mir als eine heilige Form des Verstehens und der Liebe erschien.

Sie hatten ausgesehen, als gehörten sie zusammen, Howard und

Theresa, wie sie zusammen aus dem Gerichtssaal gegangen waren, Seite an Seite, Schulter an Schulter, als seien sie diejenigen, die zusammenlebten und jetzt zum Abendessen heimfahren würden. Und ich dachte, wieviel leichter es doch für Howard wäre, jemanden wie Theresa zu lieben, jemanden, dessen Leid klar und eindeutig war. Mein Unglück war verworren, schwer auf den Punkt zu bringen, selbst herbeigeführt. Dort im Wald schien mir, daß Theresa eine gute und gesunde Welt repräsentierte und daß es auf Howard genauso wirken mußte. Ich stapfte im Schilf herum, scheuchte ein paar Enten und Gänse auf, die noch nicht nach Süden gezogen waren. Eines Tages, bald schon, sagte ich mir, würde ich versuchen, Howard mehr darüber zu erzählen, alles. Ich wußte nicht, mit wem ich leben sollte, wenn nicht mit Howard, wer sonst die Seltsamkeit unseres Lebens begreifen könnte. Aber ich wußte andererseits, daß wir immer weiter und weiter gehen konnten und irgendwann vielleicht an einen Punkt kommen würden, an dem wir zurückblicken und feststellen würden, daß die Beziehung nicht mehr da war.

Ich war aus dem Wald getreten, in den alten Obstgarten, und betrachtete die braunen, harten, fauligen Äpfel, die noch immer an den Bäumen hingen. Ich mußte an den Abend nach der Trauerfeier denken, als ich hier auf Theresa getroffen war und wir an den Bäumen gelehnt und geredet hatten. Ich war dankbar für diese zufällige Begegnung. So weh es tat, daran zu denken, bedeutete mir dieser Abend doch viel. Wir hatten es damals zwar nicht gemerkt, aber dieses Gespräch war unsere Chance gewesen, ein Ende zu machen. Es war ein passendes und gutes Ende gewesen.

Ich war dagestanden und hatte über die Wiesen und Felder geschaut, wo ich glaubte, jeden Stein und jeden Erdklumpen zu kennen, die ich als unsere ansah. Ich hatte etwas mitnehmen wollen, aber nicht gewußt, was. Schließlich hatte ich noch einmal hingesehen und die Augen geschlossen, um alles festzuhalten, zu bewahren. Dann war ich wieder heimgefahren, zurück nach Spring Grove, und wir hatten den Nachmittag in der Küche verbracht und unser lange überfälliges Thanksgiving-Mahl zubereitet. Howard war auf die Idee gekommen, den Truthahn aus dem Gefrierfach des Kühlschranks zu holen. Ich machte einen von Nellies berühmten Wackelpeter-Salaten und Kürbis-Pie aus Howards letztem Weizenmehl. Er schälte Kartoffeln und fabrizierte nach Nellies minutiösen telefonischen Anweisungen ihre hochheilige Füllung. Kurz bevor das Essen fertig war, wurden die Mädchen unerträglich. Wir fütterten sie mit heißen Würstchen und steckten sie ins Bett. Wir gingen wieder nach unten und setzten uns, im Schein zweier Kerzen, zu unserem Festmahl.

Eine Weile aßen wir schweigend. Wir wußten beide, daß wir noch eine ganze Zeit nicht fähig sein würden, über die Farm zu reden; über die Zukunft konnten wir nicht reden, weil wir keine Ahnung hatten, was und wo das sein würde. Die Gegenwart selbst war so lange ungewiß gewesen, und wir waren noch nicht so weit, all die Details und glücklichen Zufälle durchzuhecheln, die uns wieder auf festen Boden zurückgeführt hatten. Wir bemühten uns. Ich erzählte ihm noch dies und das über Dyshett, Sherry und Debbie, und er erzählte mir von der Traumwelt der Indianer, die vor einer Milliarde Jahren in Wisconsin gelebt hatten. Nach dem Essen packten wir Truthahn, Wackelpudding und Füllung in den Kühlschrank, bliesen die Kerzen aus und ließen das ganze Chaos von Nachmittag und Abend im Dunkeln zurück. Nirgends im Haus brannte Licht, und wir tappten vorsichtig nach oben ins Bett.

Ich lag schon unter der Decke und wartete, daß er seinen Wekker aufzog und neben mich schlüpfte. Er saß da, die Ellbogen auf den Oberschenkeln, den Kopf in die Hände gestützt.

«Was ist?» fragte ich. «Die Farm?»

Er schüttelte den Kopf. «Das ist es nicht. Ich weiß nicht, Alice. Ich weiß es nicht.»

Obwohl ich nicht hätte sagen können, was es war, was er loswerden wollte, sah ich die Farbe und die Form; es war wie ein kleiner schwarzer Nebelschleier, der über ihm hing. Was er sagen würde, war etwas, was alles verändern würde, ein weiteres Mal. Ich dachte daran, was er durchgemacht hatte, daß er verloren hatte, was er am meisten liebte, und ich dachte an meine Reise, den Weg, den ich allein gegangen war, ich dachte an den Zorn, den ich im Gefängnis auf ihn gehabt hatte, wegen der vielen hundert kleinen Akte des Verrats, und ich dachte an die Zuversicht, zu der ich gelangt war, den Glauben, daß wir mit diesen Gefühlen ins reine kommen würden. Vielleicht war bei ihm ja nichts bereinigt. Er lag mit dem Rükken zu mir. Ich fühlte seinen Körper zucken. Und ich fing selbst ein bißchen an zu weinen, hielt ihn in den Armen, küßte sein Haar, fühlte, was Theresa so leicht fiel und mir immer so schwer gefallen war. Aber zugleich wußte ich, daß ich ihm vergeben würde. Für einen Moment war da diese wundersame Klarheit, und ich begriff, daß die Vergebung selbst stark und haltbar war, wie Stränge eines Geflechts, das uns umfängt und hält.

## Starke Frauen

Starke Frauen, freche Bücher – scharfsinnige Geschichten mit viel Witz aus einer exotischen Welt: dem Frauenalltag.

Amanda Aizpuriete
**Laß mir das Meer**
*Liebesgedichte*
64 Seiten. Pappband
«Nichts ist gestelzt, gekünstelt in diesen Gedichten. Man spürt in jeder Zeile eine so sprachsichere Fähigkeit im unverstellten Bekenntnis, daß gerade das Subjektivste als etwas tief Gesellschaftliches verstanden werden kann.» *Süddeutsche Zeitung*

Lisa Alther
**Fünf Minuten im Himmel**
*Roman*
416 Seiten. Gebunden
Die Geschichte einer eigenwilligen Frau, die die Hoffnung auf eine erfüllende Beziehung nicht aufgibt.
**Eine besondere Frau** *Roman*
(rororo neue frau 13410)
**Schlechter als morgen, besser als gestern** *Roman*
(rororo neue frau 5942)

Pia Frankenberg
**Die Kellner & Ich** *Roman*
(rororo 13778)
Erzählt wird die Geschichte von Thea Goldmann, einem frechen, altklugen, rebellischen Kind, das während des Wirtschaftswunders auf der Wunderseite aufwächst.

Felicitas Hoppe
**Picknick der Friseure**
*Geschichten*
96 Seiten. Pappband
Zwanzig Geschichten: komisch, absurd, manchmal bitterböse, von atemberaubender Phantasie.

## rororo Unterhaltung

Kathy Lette
**Mein Bett gehört mir** *Roman*
320 Seiten. Gebunden
Eine australische Lebenskünstlerin, hoffnungslos verliebt, folgt ihrem Auserwählten nach London. Aus Lust und Liebe wird eine gar nicht nette Katastrophe.
**Die Sushi-Schwestern** *Stories*
(rororo 13598)

Francine Prose
**Jäger und Sammler** *Roman*
(rororo 13793)
Martha ist unzufrieden mit ihrem Job und trauert einer mißglückten Liebesbeziehung nach. Während eines Wochenendurlaubs trifft sie mit einer Gruppe von New-Age-Frauen zusammen, die eine geheimnisvolle, archaische Zeremonie abhalten... Eine geistreiche, witzige Gesellschaftssatire.

Romane und Erzählungen

Peter Høeg
**Fräulein Smillas Gespür für Schnee** *Roman*
(rororo 13599)
Fräulein Smilla verfolgt die Spuren eines Mörders bis ins Eismeer Grönlands. «Eine aberwitzige Verbindung von Thriller und hoher Literatur.» *Der Spiegel*

Denis Belloc
**Suzanne** *Roman*
(rororo 13797)
«Suzanne» ist die Geschichte von Bellocs Mutter: Das Schicksal eines Armeleutekinds in schlechten Zeiten. «Denis Belloc ist der Shootingstar der französischen Literatur.» *Tempo*

Ray Loriga
**Vom Himmel gefallen** *Roman*
(rororo 13903)
Ray Loriga, Jahrgang 1967, lebt in Madrid. In seinem mit Bitterkeit und schwarzem Humor getränkten Roman verfolgen Polizei und Medienmeute einen jugendlichen Killer quer durch Spanien.

Andre Dubus
**Ehebruch und anderes** *Vier Novellen*
(rororo 13744)
**Stimmen vom Mond** *Roman*
(rororo 12446)
**Sie leben jetzt in Texas** *Short Stories*
(rororo 13925)
Zehn klassische Short Stories von Andre Dubus über Menschen, die versuchen, mit aufrechtem Gang das Leben zu bewältigen. «Seine Geschichten sind bewegend und tief empfunden.» *John Irving*

rororo Literatur

Daniel Douglas Wissmann
**Dillingers Luftschiff** *Roman*
(rororo 13923)
«Dillingers Luftschiff» ist eine romantische Liebesgeschichte und zugleich eine verrückte Komödie voll schrägem Witz, unbekümmert um die Grenzen zwischen Literatur und Unterhaltung.

Michael Frayn
**Sonnenlandung** *Roman*
(rororo 13920)
«Spritziges, fesselndes, zum Nachdenken anregendes Lesefutter. Kaum ein Roman macht so viel Spaß wie dieser.» *The Times*

Radek Knapp
**Franio** *Erzählungen*
(rororo 13760)
Die Erzählungen von Radek Knapp wurden als bestes Debüt des Jahres mit dem «aspekte»-Literaturpreis des ZDF ausgezeichnet. «Dieser Autor hat Witz, Pfiff, Humor!»
*Marcel Reich-Ranicki*